Lucy Maud Montgomery
ANNE OF GREEN GABLES

8
아들들 딸들
루시 모드 몽고메리/김유경 옮김

동서문화사

원제 : Rilla of Ingleside(1921)
그림 : 계창훈
디자인 : 동서랑 미술팀

ANNE OF GREEN GABLES
8
아들들 딸들/차례

프레더리커 캠블 맥퍼런의
영전에 바친다

1919년 1월 25일 날이 샐 무렵
우리 곁을 떠난 참된 벗,
보기 드문 인물, 충실하고 용감한 영혼에게

글렌 마을 소식

Chang. kye

황금빛 구름이 두둥실 하늘에 뜬 따뜻하고 즐거운 오후였다. 잉글 사이드의 넓은 거실에서는 수전 베이커가 더할 나위 없이 만족스럽 게 앉아 있었다. 그녀의 만족감은 주변에 영기(靈氣)같이 떠다니고 있었다.

시각은 오후 4시. 아침 6시부터 줄곧 쉬지 않고 일한 수전은, 한 시 간쯤 세상에 대한 이야기를 나누며 쉬어도 될 만큼 일을 다 했다는 흐뭇한 마음이었다. 지금 수전은 더없이 기분 좋았다. 이날은 부엌일 이 이상하리만큼 잘되어 나갔다. 고양이 지킬 박사가 하이드 씨로 변 신하지 않았으므로 신경 쓸 일도 없었다.

수전이 앉은 곳에서 그녀가 아주 자랑스럽게 여기고 있는 것이 보 였다―수전이 직접 심어 가꾼 작약이 꽃밭 가득 옹긋쫑긋 피어나 있었다. 새빨간 작약, 은빛 도는 핑크빛 작약, 소복이 쌓인 겨울눈을 생각나게 하는 흰 작약 등이 활짝 피어 있는 모습은 글렌 세인트 메 리 마을의 어느 집 꽃밭에서도 피워본 일 없는, 아니 피울 수 없는 멋진 작약이었다.

수전은 마셜 엘리엇 부인조차도 입어본 적 없을 만큼 정성스럽게

새로 지은 검은 비단 블라우스 차림에, 나비가 5인치는 넉넉히 되어
보이는 복잡하게 손으로 짠 레이스로 가장자리를 두르고 물론 거기
에 어울리는 장식이 된 풀기 빳빳한 앞치마를 두르고 있었다.

그러므로 수전은 훌륭한 옷차림을 하고 있다는 느긋한 마음으로
'데일리 엔터프라이즈'를 펼쳐들고 글렌 마을에 대한 '기사'를 읽을 준
비를 하고 있었다. 이 '기사'는 미스 코닐리어가 지금 막 알려준 대로
신문의 반을 차지하고 있으며 잉글사이드 사람들 하나하나의 이야기
가 모두 실려 있었다.

신문 제1면에는 큼직한 검은 표제로 페르디난트 대공*1이라는 사
람이 사라예보라는 기묘한 이름의 장소에서 암살당했다는 기사가 실
려 있었다.

그러나 수전은 그런 시시하고 하찮은 일에 언제까지나 눈길을 멈추
고 있지는 않았다. 수전은 참으로 생생한 것을 찾고 있었다. 아, 이것
이다—'글렌 세인트 메리 소식'.

수전은 부족함 없이 마음에 흡족함을 느끼는 듯 날카로운 눈길로
또박또박 소리내어 읽어나갔다.

블라이스 부인과 손님 미스 코닐리어—마셜 엘리엇 부인—는 베
란다로 통하는 문 옆에서 이야기를 나누고 있었다. 문으로 불어들어
오는 시원하고 상쾌한 산들바람은 뜰로부터 환상적인 꽃내음과, 담쟁
이덩굴이 늘어뜨려진 한구석에서 릴러와 미스 올리버와 월터가 즐거
운 듯 웃으며 재잘거리고 있는 왁자지껄한 목소리가 깃든 메아리를
실어왔다. 릴러 블라이스가 있는 곳에는 어디나 웃음이 끊이지 않
았다.

또 하나 거실 침대의자에 웅크려앉은 이가 있었다. 이것도 그냥 보
아넘길 수는 없다. 그것은 유난히 별난 성질이어서 수전이 진심으로

---

*1 오스트리아 황태자.

미워하는 오직 한 마리의 동물이라는 영예를 지니고 있기 때문이다.

고양이란 어느 것이나 모두 정체를 알 수 없는 데가 있지만, '지킬 박사와 하이드'—줄여서 '박사'라고 부르는 이 고양이는 그런 점이 여느 고양이의 세 배나 되었다. '박사'는 이중성격이었던 것이다—그렇지 않다면 수전이 맹세한 것처럼 악마가 씌인 고양이었다.

아무튼 이 고양이에게는 처음부터 무언가 으스스한 기분 나쁜 것이 서려 있었다. 이 고양이가 태어난 4년 전, 릴러 블라이스는 한 마리 아기 고양이를 몹시 귀여워하고 있었다. 릴러는 눈처럼 희고 꼬리 끝이 멋진 검은빛을 띤 이 고양이에게 잭 프로스트*2라는 이름을 붙여주었다. 수전으로서는 이렇다 할 뚜렷한 까닭은 없었지만 잭 프로스트가 몹시 싫었다.

그리고 불길한 말을 입버릇처럼 했다.

"두고 보세요, 마님. 저 고양이는 언젠가 말썽을 크게 일으키고 말 테니까요."

"아니, 왜 그렇게 생각해요?"

블라이스 부인이 물으면 수전은 이렇게 대답하는 것이었다.

"생각하는 게 아니에요……아는 거지요."

잉글사이드 다른 사람들도 모두 잭 프로스트를 귀여워하고 있었다. 잭 프로스트는 아주 깔끔하고 몸치장을 잘하여 그 아름다운 흰 털에 얼룩 한 점 없었다. 사랑스러운 모습으로 목을 가르랑거리며 사람에게 몸을 바짝 붙이는 성질이 온순한 좋은 고양이었다.

그런데 잉글사이드에 생각지 못한 비극이 일어났다. 잭 프로스트가 아기 고양이를 우글우글 낳아 놓은 것이다!

보란 듯이 우쭐거리는 수전의 모습은 무어라 말할 수 없을 정도였다. 저 고양이는 요물이어서 사람에게 해를 끼치는 녀석임을 곧 알게

---

*2 서리의 요정.

될 거라고 그녀는 전부터 말했잖은가? 이제 모두들 알았을 것이다.

릴러는 아기 고양이 가운데 가장 예쁜 것으로 한 마리만 가졌다. 귤빛 줄무늬가 든 노란 털이 아주 매끄럽게 윤기가 흘렀으며 공단 같은 큰 금빛 귀를 가지고 있었다.

릴러는 이 아기 고양이에게 골디(황금빛)라는 이름을 붙였는데, 이 이름은 재롱을 부리며 돌아다니는 아기 고양이에게 꼭 어울리는 것 같았다. 골디는 아기 고양이였을 때는 비뚤어진 나쁜 성질을 조금도 나타내지 않았던 것이다.

물론 수전은 고약한 잭 프로스트의 자손한테서 좋은 일이 일어날 리 없을 거라고 가족들에게 경고했으나, 카산드라*³ 같은 그녀의 불길한 예언을 귀담아듣는 사람은 아무도 없었다.

블라이스네 사람들은 잭 프로스트를 남성의 일원으로 보고 있었으며 그 습성에서 벗어나지 못했다. 그래서 끊임없이 사람에게 쓰는 대명사를 썼는데, 그 결과는 참으로 우스꽝스러웠다. 릴러가 아무 생각 없이 '잭과 그의 아기'라고 말하거나 또는 골디를 향해 엄하게 '어머니에게로 가서 털을 씻어 달라고 해'라고 명령하는 것을 듣고 손님들은 기겁하며 놀라곤 했다.

수전도 난처해 하며 얼굴을 찌푸리고 투덜거렸다.

"마님, 이것은 온당치 못해요."

수전 자신은 타협하여 잭을 가리켜 '그것'이니 '흰것'이라고 말했다. '그것'이 우연히 다음해 겨울, 독약을 잘못 먹고 죽었을 때 적어도 수전 한 사람만은 그리 가슴 아파하지 않았다.

1년이 지나자 골디라는 이름이 귤빛 아기 고양이에게 그리 어울리지 않게 되었으므로 마침 그때 스티븐슨의 소설을 읽고 있던 월터가 '지킬 박사와 하이드'라는 긴 이름으로 바꾸었다. '지킬 박사' 기분일

---

*3 트로이의 불길한 여예언자.

때의 이 고양이는 졸린 듯한 애정어린 모습으로 가족들을 따랐다. 한 가족답게 방석 위에 웅크리고 귀여움받기를 좋아해서 안거나 쓰다듬어주면 눈을 가늘게 떴다. 특히 벌렁 드러누운 지킬 박사의 매끄러운 크림빛 목을 부드럽게 쓰다듬어주면 몹시 좋아하며 황홀한 듯 만족스럽게 목을 골골 울렸다. '박사'는 목을 가르랑거리는 것으로 유명했다. 잉글사이드에서 키운 고양이 가운데 밤낮으로 이처럼 목을 가르랑거리며 좋아하는 고양이는 이제까지 없었다.

블라이스 의사가 언젠가 박사의 쾌활한 멜로디에 귀를 기울이며 이렇게 말한 적이 있었다.

"단 한 가지 고양이가 부럽게 여겨지는 것은 목을 가르랑거리는 거야. 이 세상에서 가장 행복한 목소리지."

박사는 아주 잘 생겼다. 동작 하나하나가 모두 우아하고 아름다웠으며 태도에 위엄이 있었다. 거무스름한 무늬가 있는 긴 꼬리를 다리 사이로 집어넣고 베란다에 앉아 오랫동안 물끄러미 하늘을 처다보는 모습은 이집트에 있는 스핑크스도 수호신으로서 이보다 더 뛰어나지는 못했을 거라고 블라이스네 사람들은 생각했다.

'하이드 씨' 기분이 들면—그것은 반드시 비가 내리거나 바람이 불기 전에 일어났다—고양이는 눈초리마저 달라져 미친 듯이 되었다. 이 변화는 언제나 갑작스럽게 일어났다. 광포한 외침소리와 더불어 명상에서 거칠게 후닥닥 깨어나 가로막거나 쓰다듬으려는 손을 사납게 물어뜯었다. 털빛이 차츰차츰 더 짙어지고 눈에는 흉악한 빛이 떠올랐다. 그 모습에는 실제로 이 세상 것 아닌 아름다움이 있었다. 해질 무렵에 이 변화가 일어날 때면 잉글사이드 사람들은 모두 이 고양이에게 어떤 두려움을 느꼈다. 그런 때 '박사'는 무서운 짐승이므로 감싸주는 사람은 오직 릴러뿐이었다.

릴러는 말했다.

"그저 방황하는 귀여운 고양이예요."

방황하는 것은 확실했다.

지킬 박사는 갓 짠 우유를 좋아하지만 하이드는 우유를 쳐다볼 생각도 하지 않고 고기를 주어도 으르렁댔다. 지킬 박사는 사람 귀에 들리지 않을 만큼 유령처럼 소리 없이 층계를 내려왔으나 하이드는 남자 같은 무거운 발소리를 냈다. 저녁 무렵 수전이 혼자 집에 있을 때 이 소리에 '기절할 뻔했던' 일이 여러 번 있었다.

하이드는 부엌 한가운데 앉아 한 시간 동안이나 눈 한 번 깜박이지 않고 그 무서운 눈으로 수전을 뚫어지게 노려보았다. 그 때문에 신경이 올올이 곤두섰지만 가엾은 수전은 하이드를 너무나 두려워하고 있었으므로 쫓아내지도 못했다.

수전이 한 번은 용기 내어 막대기를 집어던진 일이 있었다. 그러자 하이드는 곧 수전에게 무서운 기세로 덤벼들었다. 수전은 밖으로 달아나 다시는 하이드와 맞서려 하지 않았다—하지만 하이드가 한 나쁜 일에 대한 앙갚음을 죄없는 지킬 박사가 받아야만 했다. 박사는 수전의 영역에 코를 들이밀 때마다 가차없이 쫓겨났으며, 먹고 싶은 맛있는 음식도 얻어먹지 못하곤 했다.

"페이스 메러디스 양, 제럴드 메러디스, 제임스 블라이스 많은 친구들은—"

수전은 마치 그 이름들이 아주 맛있는 음식이기라도 한 듯 입맛을 다시며 읽어 내려갔다.

"2, 3주 전 레드먼드 대학에서 고향으로 돌아온 이 세 사람을 반갑게 맞았다. 1913년 문과를 졸업한 제임스 블라이스는 지금 의과 1학년을 마쳤다."

미스 코닐리어가 뜨개질을 하며 말했다.

"페이스 메러디스는 내가 알고 있는 이들 가운데 가장 뛰어난 아가씨가 되어 왔더군요. 로즈머리 웨스트가 목사관에 온 뒤로 아이들이 얼마나 나아졌는지 정말 놀라울 정도예요. 이제는 그 아이들이 얼마나 장난꾸러기였던가를 기억하는 사람이 없을 정도니까요. 앤, 그 아이들이 얼마나 장난꾸러기였는지 잘 알고 있죠?

로즈머리는 그 아이들과 정말로 놀랄 만큼 잘해 나가고 있어요. 계모라기보다 친구처럼 말이에요. 아이들은 모두 로즈머리를 무척 좋아해요. 우나는 글쎄 그녀를 숭배하고 있다니까요.

우나는 브루스 도령에게 완전히 노예처럼 열중하고 있어요. 물론 브루스는 귀여운 아이예요. 하지만 어쩌면 엘런을 그토록 닮았을까요. 그 애만큼 이모를 닮은 아이를 본 적 있어요? 이모 못지않게 살빛이 짙고 생김새도 뚜렷해요. 로즈머리를 닮은 데라고는 하나도 없잖아요. 노먼 더글러스는 황새가 브루스를 자기와 엘런에게로 보내려 했는데 잘못하여 목사관으로 가져가고 말았다고 언제나 큰 소리로 말한다니까요."

블라이스 부인이 말했다.

"브루스는 우리 집의 젬을 숭배하고 있어요. 브루스는 여기에 오면 충실한 작은 개처럼 말없이 젬의 뒤를 따라다니면서 검은 눈썹 밑으로 젬을 올려다보고 있어요. 젬을 위해서라면 무슨 일이든지 하리라고 나는 생각해요."

"젬과 페이스는 결혼하나요?"

미스 코닐리어가 묻자 블라이스 부인은 미소 지었다. 한때 남자를 싫어하여 늘 독설을 퍼붓던 미스 코닐리어가 한창때가 지난 요즘 연분을 맺어주기에 매우 열중하고 있다는 것은 모두 다 아는 사실이었다.

"아직 사이좋은 친구에 지나지 않아요, 미스 코닐리어."

미스 코닐리어는 힘주어 말했다.

"아주 사이좋은 친구지요, 정말이지. 젊은 사람들의 행동은 모두 내 귀에 들어오니까요."

수전이 뼈 있는 말을 했다.

"메리 밴스가 빠짐없이 보고하고 있겠지요, 마셜 엘리엇 부인. 하지만 아이들에 대해서 연분 맺느니 어쩌느니 하는 것은 부끄럽게 여겨야 할 일이라고 나는 생각해요."

미스 코닐리어가 이어 말을 받았다.

"아이들이라고요? 젬은 이제 21살이고 페이스는 19살이에요. 세상에서 우리 늙은이들만이 어른이라는 착각을 해서는 안 돼요, 수전."

자기 나이를 들추는 것을 몹시 싫어하는 수전은—그것은 허영에서가 아니라, 사람들이 일하기에 너무 나이가 많다고 생각하지 않을까 하는 걱정이 늘 뒤따르기 때문이었다—화를 내며 다시 신문기사로 눈길을 돌렸다.

"칼 메러디스와 셜리 블라이스는 지난주 금요일 밤 퀸즈아카데미에서 집으로 돌아왔다. 칼은 다음해 항구 곶 초등학교로 부임한다고 한다. 인기 있는 훌륭한 교사가 될 것이다."

미스 코닐리어가 말했다.

"아무튼 칼은 벌레에 대한 거라면 할 수 있는 데까지 아이들에게 가르치겠죠. 이제 퀸즈아카데미를 졸업했으니까 메러디스 씨와 로즈메리는 곧 레드먼드 대학에 보내려 하는데도, 칼은 아주 독립심이 강해서 학비를 얼마쯤이나마 자기가 벌어 대학을 마치고 싶다고 해요. 그러니 그편이 좋을 테죠."

수전이 읽어 나갔다.

"지난 2년 동안 로브리지에서 가르치고 있던 월터 블라이스가 사직했다. 올가을 레드먼드에 간다고 한다."

미스 코닐리어가 걱정스러운 듯 물었다.

"월터는 이제 레드먼드에 갈 수 있을 만큼 몸이 건강해졌나요?"

블라이스 부인이 대답했다.

"가을까지는 건강해졌으면 해요. 넓게 트인 밖에서 햇볕을 쬐며 한가로이 여름을 보내면 꽤 효과가 있겠죠."

미스 코닐리어가 강조하며 말했다.

"장티푸스는 좀처럼 회복되기 힘들어요. 특히 월터처럼 가까스로 목숨을 건진 경우에는요. 대학에 가는 건 1년 더 기다리는 게 좋다고 여겨요. 하지만 월터는 각오가 대단한 모양이에요. 다이와 낸도 가나요?"

"네. 둘 다 1년만 더 가르치고 싶어하지만, 길버트가 올가을 꼭 레드먼드에 가야 한다지 뭐예요."

"그거 잘 됐군요. 월터가 너무 열심히 공부만 하지 않도록 둘이서 지켜봐 줄 테니까요."

미스 코닐리어는 수전 쪽을 흘끗 보며 말을 이었다.

"아까 살짝 타박을 받았는데, 제리 메러디스가 낸에게 어떤 행동을 보이고 있다고 말하면 또 핀잔을 주겠죠?"

수전은 시치미를 뚝 뗀 얼굴을 하고 있었다.

블라이스 부인이 웃음을 쿡 터뜨렸다.

"미스 코닐리어, 나도 짐이 무거워요—자식들이 내 주변에서 사랑을 하고 있으니 말이에요. 심각하게 생각하고 있다가는 짓눌려버려요. 하지만 나는 심각하게 생각지 않아요. 아이들이 어른이 됐다고는 아직 여겨지지 않는걸요.

키 큰 내 아들 둘을 보면, 이 애들이 내가 전에 껴안고 입 맞추고 자장가를 불러 잠재워준, 포동포동하고 보조개가 파인 순진한 갓난 아기였을까 생각될 때가 있어요. 바로 어제 같은데요, 미스 코닐리어. '꿈의 집'에서는 젬이 가장 귀여운 아기였잖아요? 그 아이가 지금은 대학을 졸업하고, 구혼 중이라고들 말하고 있어요."

미스 코닐리어는 한숨을 내쉬었다.

"우리는 모두 벌써 나이들었군요."

"내게 나이들었다는 생각을 하도록 하는 유일한 부분은 그린게이블즈 시절 조지 파이가 나를 부추겨 배리 씨네 집 지붕 위로 걷게 했을 때 똑 부러졌던 다리예요. 동풍이 불 때마다 욱신욱신 아프거든요. 류머티즘이라고 인정하고 싶지는 않지만 너무나 아프답니다.

아이들—우리 집 아이들과 메러디스 씨네 아이들은 가을에 학교로 돌아가기 전 즐거운 여름을 보낼 계획을 세우고 있어요. 정말 놀기 좋아하는 아이들이에요. 그 덕분에 이 집이 끊임없이 떠들썩한 소용돌이 속에 있답니다."

"셜리가 퀸즈아카데미로 돌아갈 때 릴러도 함께 가나요?"

"아직 결정되지 않았어요. 나는 가지 않는 편이 좋다고 생각해요. 한 가지 이유는 그 애 아버지가 그 아이에게는 그만한 체력이 없다고 여기기 때문이에요. 체력이 미치는 이상으로 너무 자라버렸어요. 사실 15살도 안 된 아이치고는 어이없게 키가 크니까요. 나는 그 아이를 보내는 게 썩 마음 내키지 않아요. 올겨울 나와 함께 있어줄 아이가 하나도 없다니 정말이지 견딜 수 없어요. 수전과 나는 무료함을 잊기 위해 맞잡고 싸움이라도 시작하게 될 거예요."

이 농담에 수전은 미소지었다.

'마님과 맞잡고 싸우다니, 원!'

미스 코닐리어가 물었다.

"그런데 릴러 자신은 가고 싶어하나요?"

"아니에요. 솔직히 말해서 우리집 아이들 가운데 야심을 지니지 않은 아이는 릴러뿐이에요. 좀 더 야심을 지녔으면 좋겠다고 생각해요. 진지한 이상 같은 것을 전혀 갖고 있지 않아요—그 아이의 유일한 바람은 유쾌하게 지내는 일인가봐요."

수전이 정색하며 소리쳤다.

"유쾌하게 지내서 나쁠 건 없잖아요, 마님."

수전은 비록 집안사람이라 하더라도 잉글사이드의 누군가를 나쁘게 헐뜯는 걸 한 마디도 참고 들을 수 없었던 것이다.

"젊은 아가씨란 즐겁게 지내는 게 당연해요. 그것만은 내가 주장하겠어요. 라틴어나 그리스어에 대해서 생각할 시간은 얼마든지 있어요."

"나는 조금이라도 그 아이에게 책임감이 있었으면 좋겠다고 생각하는 거예요, 수전. 릴러가 너무나 허영심이 강한 아이라는 것은 수전도 알고 있잖아요."

"릴러에게는 우쭐댈 만한 매력이 있으니까요. 릴러는 글렌 세인트 메리에서 가장 으뜸가는 아름다운 아가씨예요. 항구 건너편 매컬리스터 집안이나 크로퍼드 집안이나 엘리엇 집안사람들 모두가 4대 걸려서라도 릴러 같은 피부를 만들어낼 수 있다고 여기나요? 어림도 없어요. 아니에요, 마님. 나는 분수를 모르는 것은 아니지만, 릴러를 헐뜯는 것만은 용서할 수 없어요. 이걸 들어보세요, 마셜 엘리엇 부인."

수전은 아이들 연애 일로 빈정거리는 미스 코닐리어에 대해 반격할 기회를 발견했던 것이다. 수전은 힘차게 기사를 읽어내려갔다.

"밀러 더글러스는 서부로 가지 않겠다고 결심했다. 그에게는 그리운 프린스 에드워드 섬에 만족하므로 고모인 앨릭 데이비스 부인을 위해 농사를 계속 짓겠다고 말하고 있다."

수전은 날카롭게 미스 코닐리어 쪽을 보았다.

"마셜 엘리엇 부인, 밀러가 메리 밴스에게 구혼하고 있다고들 하잖아요?"

이 총알은 미스 코닐리어의 갑옷과 투구를 꿰뚫어 그녀의 밝고 쾌활한 얼굴이 새빨개졌다.

그러나 미스 코닐리어는 아랑곳하지 않고 힘차게 말했다.

"밀러 더글러스가 메리 언저리를 어정거리도록 내버려두지는 않겠어요. 그 남자는 천한 집안 출신이니까요. 아버지는 더글러스 집안사람들에게 따돌림당했고—어머니라는 사람은 항구 곳의 지독한 딜런 집안 출신이에요."

"메리 밴스의 부모도 귀족적이라고는 말할 수 없을 것 같은데요,

마셜 엘리엇 부인?"

"메리 밴스는 좋은 환경에서 자란데다 재치 있고 영리하며 무슨 일이든 할 수 있는 아가씨예요. 그 아이가 밀러 더글러스에게 자기를 내던지는 짓을 할 것 같아요, 천만에요! 이 일에 대한 '내' 의견을 그아이도 똑똑히 알고 있고, 메리는 이제까지 한 번도 내 말을 거스른 일이 없어요."

"뭐, 그토록 애태울 필요는 없다고 여겨요, 마셜 엘리엇 부인. 앨릭 데이비스 부인도 미스 코닐리어 못지않게 이 일에 반대하고 자기 조카아이를 메리 밴스 같은 이름도 없는 아가씨와 결혼시키지는 않겠다고 말하고 있다니까요."

수전은 이 논쟁에서 승리를 거두었음을 느끼며 다시 신문으로 눈길을 돌려 다른 기사를 읽었다.

"미스 거트루드 올리버가 교사로서 다시 1년 계약을 맺었다고 들어 기쁘다. 미스 올리버는 로브리지의 자택에서 휴가를 보낼 것이다."

블라이스 부인이 말했다.

"거트루드가 1년 더 이곳에 있게 되어 기뻐요. 그녀가 없으면 우리는 쓸쓸해서 못 견디겠죠. 게다가 릴러에게 아주 좋은 영향을 주고 있어요. 릴러는 그녀를 숭배하고 있거든요. 나이 차이가 많은데도 그두 사람은 아주 단짝이에요."

"그녀는 결혼할 것으로 여겼는데요?"

"그런 이야기가 있었지만, 1년 뒤로 미뤄졌나봐요."

"그 상대는 누구죠."

"로버트 그랜트예요. 샬럿타운에 있는 젊은 변호사죠. 나는 거트루드가 진심으로 행복해지기를 바라고 있어요. 거트루드는 여러 가지로 괴롭고 슬픈 인생을 보냈으므로 모든 일을 무척 날카롭게 느껴요. 젊은 시절은 지나갔고, 이 세상에서 완전히 외톨이나 다름없어요. 그녀로서도 이 새로운 애정이 그녀의 생활에 들어왔다는 것은 매우 놀라운 일로 정말로 잘 이루어지리라고는 믿지 않는 게 아닌가 싶어요.

결혼이 미뤄졌을 때는 몹시 절망했었답니다—그것이 그랜트 씨 탓은 아니었지만요. 아버지의 재산상속으로 복잡한 일이 있었고—아버지가 올겨울에 돌아가셨죠—그 일이 해결될 때까지 그랜트 씨는 결혼할 수 없었던 거예요. 하지만 거트루드는 그것을 불길한 조짐으로 여기고 자기의 행복이 멀리 달아나버린다고 생각했었나봐요."

수전이 굳어진 얼굴로 말했다.

"남자에게 너무 애정을 기울이는 것은 좋지 않아요, 마님."

"그랜트 씨도 거트루드 못지않게 그녀를 깊이 사랑하고 있어요, 수전. 그녀가 믿지 못하는 것은 그랜트 씨가 아니에요—운명이죠. 그녀에게는 좀 신비론자 같은 데가 있어요. 사람에 따라서는 미신가라고 말할지도 모르죠.

그녀는 이상하게도 꿈을 강하게 믿어요. 우리로서도 그 일로 그녀를 가벼이 웃어버릴 수는 없었어요. 나도 인정하고 있지만, 그 꿈 속에는—하지만 내가 이런 이단 같은 말을 하는 것을 길버트가 듣게 되면 안 돼요. 무슨 재미있는 일을 발견했어요, 수전?"

수전이 소리를 질렀던 것이다.

"들어보세요, 마님. '소피어 크로퍼드 부인은 로브리지에 있는 집을 처분하고 앞으로 조카딸 앨버트 크로퍼드 부인에게 의지하게 되었다.'

아, 이건 내 사촌 소피어예요, 마님. 우리는 어렸을 때 주일학교의 장미 꽃봉오리로 둘러싼 '신은 사랑이다'라고 씌어진 카드를 누가 받느냐 하는 일로 싸운 뒤 서로 말을 하지 않았답니다. 그런데 이번에 소피어가 우리 집 길 건너 맞은편 집으로 오게 되었다니 말예요."

"옛날에 싸웠던 일을 이제 화해해야겠군요, 수전. 결코 이웃사람과 사이가 나빠서는 안 되니까요."

그러나 수전은 오만하게 말했다.

"소피어 쪽에서 싸움을 시작했으니까 화해도 그녀 쪽에서 먼저 해 와야겠지요. 그렇게 하면 나도 훌륭한 크리스천답게 굽히고 들어가 겠어요. 사실 그녀는 유쾌한 사람은 아니에요. 한평생 우는 소리를 하면서 살아왔어요. 요전에 만났을 때는 걱정과 불길한 예감 같은 것 으로 얼굴에 주름이 1천 개나 쭈글쭈글하더군요—더 많을지도 모 르고 적을지도 모르지만요. 첫 남편 장례식 때 엄청 울고불고했으면 서 1년도 못되어 재혼했답니다.

다음 기사는 지난 일요일 밤 우리 교회에서 있었던 특별예배 광경 에 대해 씌어 있는데, 장식이 썩 아름다웠다고 하는군요."

미스 코닐리어가 말했다.

"그 말을 들으니 생각나는데, 프라이어 씨가 교회에 꽃을 장식하 는 일을 무척 반대한답니다. 그 사람이 로브리지에서 옮겨왔을 때 나 는 골치아픈 일이 일어나리라고 늘 말했었죠. 그런 사람에게 섣불리 장로직을 주는 게 아니었어요—그것은 큰 잘못이었어요. 우리는 두 고두고 후회하게 될 거예요, 정말이지! 그 사람은 아가씨들이 '잡초 로 설교단을 계속 더럽힌다면' 자기는 교회에 가지 않겠다고 했다는 군요."

수전이 말했다.

"교회는 '달에 구레나룻'이 글렌 마을로 오기 전에도 잘 되어나가 고 있었으니까 그 사람이 없어도 잘 해나갈 수 있다는 게 내 생각이 에요."

블라이스 부인이 물었다.

"대체 누가 그런 우스운 별명을 붙였죠?"

"내가 기억하는 한 줄곧 로브리지의 남자아이들이 그렇게 부르고 있었답니다, 마님. 그 남자는 얼굴이 둥그렇고 빨간데다 모랫빛 구레 나룻이 빙 둘러 나 있기 때문이겠죠. 하지만 그 사람이 듣는 데서 그렇게 부르는 것은 좋지 않은 일이겠죠. 그건 분명해요.

그러나 구레나룻보다 더 골치아픈 일은, 그 사나이는 정말로 분별 없는 사람이어서 이상한 일을 여러 가지 궁리한다고 있답니다. 지금은 장로이고, 모두들 매우 신앙심이 깊다고 하죠. 하지만 나는 지금도 기억하고 있는데, 20년 전 그는 자기 집 소를 로브리지의 묘지에서 놓아먹이다 들킨 일이 있었어요. 그래요, 뚜렷이 기억하고 있어요. 그래서 그 사나이가 모임에서 기도하고 있을 때는 언제나 그 일이 생각난답니다.

기사는 이게 다예요. 신문에는 그밖에 중요한 일은 실려 있지 않아요. 외국 일에 대해서는 나는 그다지 흥미가 없고요. 이 암살된 대공인가 하는 이는 어떤 사람이죠?"

"그것이 우리와 무슨 관계가 있다는 거죠?"

이렇게 되물은 미스 코닐리어는 그때 이미 운명이 소름 끼치는 대답을 준비하고 있음을 알지 못했다.

"그 발칸 반도에서는 늘 누군가가 죽이거나 죽임 당하니까요. 그것이 그 사람들의 일상적인 상태니까 그런 끔찍한 일을 우리 신문에 실을 필요는 없다고 여겨요.

이제 그만 돌아가야겠어요. 아니에요, 앤, 내게 저녁 식사를 하고 가라고 해도 헛일이에요. 식사시간에 내가 집에 없으면 마셜은 식사를 할 가치가 없다고 여기게 되었으니까요—남자들이 생각할 만한 일이죠.

어머나, 앤. 저 고양이는 왜 저러죠? 발작이라도 일으킨 것일까요?"

박사가 갑자기 카펫 위를 달려 미스 코닐리어의 발치로 와서 귀를 뒤로 눕히고 미스 코닐리어에게 가르랑거리더니 후다닥 창문으로 뛰어나가 모습을 감췄기 때문이다.

"어머나, 그렇지 않아요. 저 고양이는 다만 하이드로 바뀌었을 뿐이에요—즉 날이 밝기 전에 비가 오거나 센 바람이 쌩쌩 분다는 거죠.

박사는 청우계나 마찬가지랍니다."

수전이 기뻐했다.

"아무튼 저 고양이가 이번에는 우리 부엌이 아닌 밖에서 날뛰게 되어 한시름 놓았어요. 마침 저녁 식사 준비를 하려던 참이거든요. 지금의 잉글사이드처럼 대가족을 거느리고 있으면 늦지 않게 식사준비를 하는 게 내 의무니까요."

아침이슬

잉글사이드 잔디밭에는 황금빛 햇살이 흘러넘치고 여기저기에 마음을 사로잡는 그늘이 져 있었다.

릴러 블라이스는 큰 소나무 아래 걸어놓은 해먹에 누워 흔들거리고 있고, 소나무 밑에는 거트루드 올리버가 앉아 있었다. 월터는 풀 위에 길게 누워 화려했던 무렵 기사도 이야기의 꿈을 좇고 있었다. 그 속에는 먼 옛날 나타난 영웅이며 미녀가 눈앞에서 보듯 또렷하게 살아 있었다.

릴러는 블라이스 집안의 '어린아기'로, 아무도 자신이 어른이 되었다는 사실을 믿어주지 않아 늘 마음속으로 못마땅하게 여기고 있었다. 릴러는 15살 되는 날이 눈앞에 닥쳐왔으므로 자기를 어른으로 믿고 있었다. 키도 다이나 낸 못지 않게 큰데다 수전 말대로 아름다웠다.

꿈꾸는 듯한 커다랗고 엷은 갈색 눈, 자잘한 금빛 주근깨가 여기저기 흩어져 있는 젖빛 살결, 우아하게 둥그런 눈썹 등이 온순하고 무언가 묻고 싶은 듯한 호기심 어린 표정을 지어 그것을 보는 사람은 모두—특히 10대 소년들은—그 표정에 답하고 싶은 마음이 드는

것이었다.

머리는 붉은빛 도는 갈색이고, 윗입술의 움푹 파인 곳은 릴러의 세례식 때 친절한 요정이 손가락으로 꾹 누른 것인지도 모른다.

가장 호의를 보이는 친구들조차도 부정할 수 없는 오만함의 소유자 릴러로서도 얼굴에는 나름 만족하지만 몸매에 대해서 만큼은 고민스러웠다. 릴러는 어머니가 좀 더 긴 옷을 입혀주지 않는 것을 한탄했다.

'무지개 골짜기' 시절 포동포동한 어린아기였던 릴러는 이제 팔과 다리만 훌쩍 자라는 나이가 되어 믿을 수 없을 만큼 가냘펐다. 젬과 셜리는 그런 릴러를 '거미'라고 불러 괴롭히고 있었다.

그러나 다행히도 보기 흉하게 되지는 않았다. 릴러가 걷는 모습은 마치 춤추는 듯이 보였다. 응석받이로 자라나 좀 제멋대로인 점은 있지만, 그래도 릴러 블라이스는 낸이나 다이만큼 머리가 좋지는 않으나 귀염성있는 소녀라고 모두들 생각하고 있었다.

그날 밤 휴가로 집에 돌아가게 된 미스 올리버는 잉글사이드에서 1년 동안 하숙하고 있었다. 블라이스네 집에서는 릴러를 기쁘게 해주고 싶은 마음으로 올리버 선생을 있게 했다. 릴러는 올리버 선생을 뜨겁게 사랑하고 있었으며, 달리 알맞은 방이 없어서 스스로 자기 방을 함께 쓰도록 부탁했다.

거트루드 올리버는 28살로, 지금까지 힘든 생활을 보내왔다. 사람 눈길을 끄는 아가씨로, 슬픔어린 다갈색 눈은 열매를 닮은 모양이었다. 영리해 보이는 입가는 차가운 미소를 머금고, 풍성한 검은 머리를 둘러싸고 있었다. 비록 아름답지는 않았으나, 얼굴에 남의 주의를 끄는 매력과 신비함이 깃들어 있어 릴러는 그것을 매혹적이라고 생각했다.

때로 그녀를 덮치는 우울하고 비꼬인 마음도 릴러에게는 매력적이었다. 그런 기분은 미스 올리버가 피로할 때만 찾아오며, 그렇지 않을 때에는 언제나 밝고 활기 있는 이야기를 나눌 수 있으므로, 잉글사이드의 명랑한 사람들은 올리버 선생이 자신들보다 훨씬 나이가 많다는 것은 생각지도 않았다. 월터와 릴러는 미스 올리버의 마음에 쏙 들었으며, 두 사람의 은밀한 소망과 포부를 털어놓게 하는 둘도 없는 벗이었다.

올리버는 릴러가 '사교계'에 몹시 나가고 싶어하는 것을 알고 있었다―낸과 다이처럼 파티에 가고, 아름다운 야회복을 입고, 그리고―'숭배자들'을 가지고 싶어 했다. 한 사람이 아닌 여러 사람의 숭배자를!

월터가 '로자먼드―즉 페이스 메러디스―에게'라는 짧은 시를 쓴 일이며 어딘가 큰 대학의 영문학 교수가 되고 싶어 하는 것을 미스 올리버는 알고 있었다. 월터가 아름다움을 열렬히 사랑하고 그 못지 않게 추함을 몹시 혐오한다는 사실을 알고 있었으며, 월터의 강점과 약점도 알고 있었다.

월터는 지금도 변함없이 잉글사이드 남자아이들 가운데 가장 잘생겼다. 윤기있는 검은 머리, 반짝이는 짙은 잿빛 눈, 나무랄 데 없는 생김새. 게다가 순수한 시인이다! 마음 좁은 비평가가 아닌 미스 올리버는 월터 블라이스가 뛰어난 천분을 지녔음을 느끼고 있었다. 그 짧은 시구는 20살 된 젊은이가 쓴 것 치고는 아주 훌륭했다.

릴러는 월터에게 모든 애정을 바치고 있었다. 월터는 젬이나 셜리처럼 릴러를 놀리는 일이 결코 없었으며, 단 한번도 '거미'라고 부른 적도 없었다.

월터가 릴러에게 붙여준 애칭은 '릴러 마이 릴러(릴러 나의 릴러)'였다―릴러의 본디이름인 머릴러를 조금 변형시킨 것이었다. 그린게이블즈의 머릴러 할머니 이름을 따서 지은 이름인데, 머릴러 할머니는 릴러가 아직 어렸을 때 세상을 떠났으므로 릴러는 할머니에 대해 잘 모르고 이 이름이 너무 구식이며 딱딱하다고 싫어했다.

'어째서 다들 나를 첫 번째 이름인 버서라고 불러주지 않을까? 그 것이 이 얼빠진 릴러라는 이름보다 아름답고 위엄도 있는데.'

릴러는 월터가 자기 나름대로 부르는 것은 신경 쓰지 않았지만, 미스 올리버가 이따금 쓰는 때 말고는 아무에게도 그렇게 부르지 못하도록 했다. 월터가 음악을 하듯 울리는 목소리로 말하는 '릴러 마이 릴러'는 릴러에게 꽤 아름답게 들렸다. 그것은 은빛 시냇물의 잔잔한 소곤거림을 생각나게 했다.

월터를 위해서라면 '죽어도' 좋다고 릴러는 미스 올리버에게 이야기했다. 릴러도 15살의 소녀에게 있음직한 과장된 표현을 좋아했다. 릴러에게 무엇보다도 괴로운 일은 월터가 자기에게보다 다이에게 마음의 비밀을 더 많이 털어놓는 게 아닌가 하는 것이었다. 언젠가 릴러는 너무너무 분해서 미스 올리버에게 한탄한 일이 있었다.

"월터는 내가 아직 어른이 되지 않아서 이해를 못한다고 여기고 있는 거예요. 하지만 나는 어른이에요! 게다가 들은 이야기를 '결코' 아무에게도 말하지 않는데 말이에요……선생님에게도 말하지 않아요, 올리버 선생님.

사실, 선생님에게 내 일은 뭐든지 다 이야기해요. 선생님에게 조금이라도 비밀로 한 일이 있으면 나는 즐겁지 못할걸요. 하지만 월터를 배신할 수는 없어요. '나'는 '월터'에게 무슨 일이든 다 이야기하고 있어요—일기까지 보여주고 있는걸요. 그런데 오빠가 '내게' 아무 말도 하지 않다니, 나를 무시하는 것 같아 '굉장히' 기분 나빠요.

그렇지만 시는 모두 보여줘요—'훌륭'해요, 올리버 선생님. 아, 언젠가는 나도 오빠에게 워즈워스*¹의 누이 도러시처럼 되고 싶다는 바람으로 오로지 살아가고 있어요. 워즈워스도 월터와 같은 시는 하나도 쓰지 못했어요. 테니슨*²도 마찬가지예요."

---

*1 19세기 영국의 시인.
*2 19세기 영국의 시인.

"나 같으면 그렇게 단언하지는 않겠어. 그 두 사람은 변변찮은 습작도 꽤 썼단다."

미스 올리버는 아무 생각 없이 말했으나, 릴러의 눈에 마음 상한 표정이 떠오르는 것을 보고 후회하며 당황한 기색으로 덧붙였다.

"하지만 월터도 반드시 대시인이 되리라고 생각해―언젠가는 말이야. 너도 나이가 들면 차츰 월터의 믿음을 받게 되겠지."

릴러는 거드름을 좀 피우며 한숨을 쉬었다.

"지난해 월터가 장티푸스에 걸려 입원했을 때 나는 미칠 것만 같았어요. 오빠의 병이 얼마나 나빴었는지 그 고비가 지날 때까지 아무도 내게 가르쳐주지 않았어요. 아버지가 말하지 못하게 했던 거예요. 모르기를 정말 잘했어요. 알고 있었더라면 견딜 수 없었을 테니까요. 그렇지 않아도 밤마다 울면서 잠들었을 정도였는걸요. 하지만 이따금 생각하지만―"

릴러는 비통한 목소리로 말했다. 미스 올리버의 흉내를 내어 때때로 릴러는 비통한 목소리로 말하기를 좋아했다.

"이따금 월터는 나보다도 먼디를 더 좋아하는 게 아닌가 여겨질 때가 있어요."

먼디는 잉글사이드의 개였다. 월요일(먼디)에 월터가 《로빈슨 크루소》를 읽고 있을 때 가족으로 끼게 되어 그런 이름이 붙여졌던 것이다. 사실은 젬의 개였으나 월터도 잘 따랐다. 먼디는 지금도 월터의 팔에 코를 문지르며 엎드려 있고 월터는 건성으로 쓰다듬어주고 있었는데, 그때마다 기쁜 듯 꼬리를 탁탁 땅바닥에 내리치고 있었다.

먼디는 콜리나 세터가 아니고 사냥개도 아니고 뉴펀들랜드산(産)도 아닌 젬이 말하듯 '흔해 빠진 개'에 지나지 않았다―인정사정없는 사람들은 '아주 흔해 빠진 개'라고 가차없이 덧붙였다.

확실히 먼디의 '겉모습'은 보잘것없었다. 누런 몸에 검은 반점이 얼룩덜룩 있고, 그 하나는 한쪽 눈 위에 있었다. 더군다나 귀는 너덜너덜 찢어져 있었다. 명예를 건 싸움에서 이긴 일이 없었던 증거이다.

그러나 먼디는 한 가지 불가사의한 힘을 지니고 있었다. 모든 개가 잘생기고 웅변가며 힘이 셀 수는 없지만, 어떤 개든지 모두 애정을 가질 수 있다는 사실을 알고 있었던 것이다.

그 보기 싫은 털가죽 속에는 어느 개도 일찍이 지녔던 일이 없을 만큼 깊은 애정과 강한 의리와 힘차게 뛰는 심장이 있었다. 갈색 눈에서는 신학자도 미치지 못할 만큼 사람의 영혼을 뒤흔드는 빛이 엿보였다. 잉글사이드 사람들은 모두들, 수전까지도 먼디를 귀여워했다. 그런데 꼭 한 가지 먼디에게는 손님용 침실로 몰래 들어가 침대 위에서 잠자는 나쁜 버릇이 있어서 수전을 골치 아프게 만들었다.

그날 오후는 릴러에게 이렇다할 아무 괴로움도 없었다.

릴러는 '무지개 골싸기' 위에 한가로이 걸린 작은 은빛구름을 멀리 꿈꾸듯 바라보고 있었다.

"6월은 즐거운 달이었죠? 무척 즐겁게 보냈고—날씨도 좋았어요. 무엇을 생각하든지요."

미스 올리버는 한숨을 쉬었다.

"그것은 그리 탐탁지 않아. 불길해—왠지 모르게. 완전한 것이란 신께서 주신 거지. 그 뒤에 일어날 일에 대한 어떤 보상 같은 거란다. 그것을 나는 너무 자주 보아와서, 사람이 완벽하게 즐거운 때를 보냈다고 하는 말 같은 걸 듣기 좋아하지 않아. 하지만 6월은 정말 즐거웠어."

"물론 그리 흥분할 일은 없었어요. 요 1년 동안 글렌 마을에 일어났던 한 가지 조마조마한 일이라면 미드 할머니가 교회에서 기절한 것뿐이에요. 때로는 무언가 극적인 일이라도 일어났으면 좋겠다고 생각한 적이 있어요."

"그런 일을 바라서는 안 돼. 극적인 일은 반드시 누군가에게 고통을 주니까. 쾌활한 너희들은 얼마나 유쾌한 여름을 보내겠니! 그런데도 나는 로브리지에서 속썩이고 있는 거야!"

"때때로 여기에 오시겠죠? 올여름은 한껏 즐거운 일을 할 건가 봐요. 언제나 마찬가지로 나는 끼워주지 않겠지만요. 어린아이가 아닌데도 언제까지나 다들 그렇게 여기는 것은 정말 속상한 일이에요."

"어른이 되려면 아직 좀더 있어야 해, 릴러. 어린 시절이 빨리 가버리면 좋겠다고 생각해서는 안 돼. 눈깜짝할 사이에 화살처럼 지나가버리거든. 너도 이제 곧 인생을 맛보기 시작하게 될 거야."

릴러는 웃으며 외쳤다.

"인생을 맛본다고요? 얼른 먹어버리고 싶어요. 나는 모든 것을 갖고 싶어요—아가씨로서 손에 넣을 수 있는 것은 무엇이든지.

앞으로 한 달 뒤면 나도 어엿한 15살이에요. 그러면 이제 아무도 나를 어린아이라고 하지 못할 거예요. 전에 15살부터 19살까지가 가장 좋은 때라고 누군가가 말했던 것을 들은 적이 있어요. 나는 그 시절을 더없이 훌륭하게 만들 작정이에요. 신나는 일로 가득 채워서."

"어떻게 하겠다는 작정 같은 걸 해봐야 헛일이야—대개 그렇게 될 수 없도록 정해져 있는걸."

릴러는 외쳤다.

"어머나, 하지만 생각하는 것만으로도 아주 신나잖아요."

"너는 신나는 일밖에 생각지 않는구나, 이 장난꾸러기야."

미스 올리버는 응석을 받아주듯 말하며 릴러의 동그스름한 턱은 정말 예쁘다고 생각했다.

"그래, 15살이라면 달리 생각할 것도 없겠지. 그런데 너는 올가을 대학에 갈 생각은 없니?"

"없어요—어느 가을에도. 가고 싶지 않은걸요. 낸 언니나 다이 언니가 열중하고 있는 그 무슨 '학'이니 무슨 '주의'니 하는 것에는 조금도 흥미가 없어요. 게다가 우리 집에서 벌써 다섯이나 대학에 갔잖아요. 그쯤이면 충분해요. 어느 집에나 반드시 한 사람은 바보가 있는 법이에요. 아름답고 인기 있는 유쾌한 바보라면 기꺼이 바보가 되겠어요. 나는 재능이 전혀 없어요. 그게 얼마나 마음 편한 일인지 꿈도 꿀 수 없을 거예요. 아무도 내게 기대를 걸지 않으니까 그 일로 괴로워할 필요도 없어요.

그렇다고 가정적이어서 요리만들기를 좋아하는 것도 아니에요. 바느질이나 청소는 딱 질색이고, 수전도 내게 비스킷 만드는 법을 가르치지 못했을 정도인걸요. 누가 내게 가르칠 수 있겠어요.

아버지는 나에게 일도 하지 않고 길쌈도 하지 않는다고 하세요. 그러니 나는 들의 백합*3임에 틀림없어요."

릴러는 그렇게 결론짓고 또 까르르 웃었다.

"너는 아직 어리니까 공부를 완전히 그만두는 건 좋지 않아, 릴러."

"어머나, 어머니가 올겨울 내게 독서공부를 시켜주기로 했어요. 그렇게 하면 어머니도 문학사 학위를 닦는 일이 되고요. 다행히 나는 독서를 좋아하거든요. 그렇게 슬프게 나무라듯 나를 보지 말아주세요, 선생님. 나는 점잔부릴 줄 몰라요—내게는 모든 게 장밋빛 무지개처럼 보이는걸요.

다음달에 나는 15살이 돼요—그리고 다음해에는 16살, 그 다음해에는 17살이 되죠. 이보다 멋진 일이 또 있겠어요?"

거트루드 올리버는 웃음과 진지함을 반씩 담아 말했다.

"얼마든지 좋을 대로 말하려무나. 얼마든지 좋을 대로, 릴러 마이 릴러."

---

*3 《신약성서》 〈마태복음〉 제6장 제28절. "들의 백합화가 어떻게 자라는가 생각하여 보라. 수고도 아니하고 길쌈도 아니하느니라"

달밤의 향연

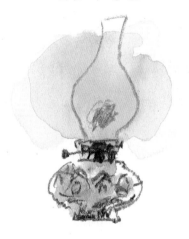

잠잘 때도 여전히 눈까지 아래쪽에서 이불을 감아올리고 자면서 웃고 있는 듯 보이는 릴러는, 하품을 하고 마음껏 기지개를 켜며 거트루드 올리버에게 방긋 미소 지었다.

어젯밤 로브리지에서 온 거트루드 올리버는 다음날 밤 포 윈즈 등대에서 댄스파티가 있다고 붙잡는 바람에 머무르게 된 것이었다.

"새로운 날이 어서 일어나라며 창문을 두드리고 있어요. 우리에게 무엇을 가져다줄까요."

미스 올리버는 희미하게 몸을 떨었다. 그녀는 릴러처럼 열의에 찬 나날을 맞이했던 일이 결코 없었다. 미스 올리버 나이쯤 되면 새로운 날이 두려운 일을 가져올 수도 있다는 걸 알고 있기 때문이다.

"매일 매일 다가오는 날이 좋은 것은 뜻밖의 일이 일어나기 때문이라고 '나는' 생각해요. 맑은 금빛 아침 이렇게 잠이 깨어 오늘이 어떤 놀라운 소식을 내게 가져다줄 것인가를 생각하면 즐거워져요. 나는 언제나 일어나기 전 10분쯤 공상에 잠겨 하루가 끝날 때까지 일어날지도 모르는 산더미처럼 많은 일들을 멋지게 상상해요."

"오늘은 뭔가 뜻밖의 일이 일어났으면 좋겠구나. 독일과 프랑스 사이에 전쟁이 일어나지 않게 되었다는 소식이 오면 좋으련만."

릴러는 건성으로 대답했다.

"아, 그렇군요. 전쟁을 피할 수 없게 되면 큰일이겠죠. 하지만 우리와는 그리 관계 없는 일이잖아요? 전쟁이란 분명 아슬아슬한 것일 거예요. 보어 전쟁이 그랬다죠. 하지만 나는 그때 일은 아무 것도 몰라요, 물론.

선생님, 오늘 밤 저 흰 드레스를 입을까요, 아니면 초록빛 새 드레스를 입을까요? 초록빛 옷이 훨씬 아름답지만 바닷가 댄스에 입고 가서 더럽히기라도 하면 어쩌나 싶어 걱정스러워요. 머리는 그 새로운 스타일로 빗겨주시겠어요? 글렌 마을에서 그런 머리를 한 사람은 아무도 없으니 센세이션을 일으킬 거예요."

"어머니에게 댄스에 갈 허락을 어떻게 받았지?"

"아, 다행히 월터가 어머니를 설득해 줬어요. 가지 않으면 내가 몹시 슬퍼한다는 것을 오빠는 알고 있었거든요. 이것은 내가 참된 의미에서 어른이 된 뒤의 첫 파티예요, 선생님.

밤에 이 일을 생각하며 1주일 동안이나 잠도 못잤을 정도예요. 오늘 아침 해가 빛나는 것을 보았을 때 기뻐서 크게 소리 지르고 싶었어요. 오늘 밤 비가 온다면 정말 큰일이에요.

모험이긴 하지만 나는 초록빛 드레스를 입고 가기로 하겠어요. 첫 파티인걸요, 가장 예쁘게 차리고 싶어요. 그것이 흰 드레스보다 1인치나 길거든요. 그리고 굽 높은 은빛 구두도 신겠어요. 포드 부인이 지난해 크리스마스 때 보내준 것인데 아직 신을 기회가 없었어요. 그건 정말 멋진 구두예요.

아, 올리버 선생님, 남자들 가운데 누군가가 내게 춤을 신청해 주면 좋겠는데요. 아무도 신청해 주지 않아 하룻밤 내내 벽에 붙어 앉아 있어야만 한다면 나는 부끄러워 죽어버릴 거예요―정말로 죽어버릴 거예요. 칼과 제리는 목사님 아들이니까 물론 춤출 리 없겠죠.

그렇지 않다면 틀림없이 나를 창피한 일로부터 구원해줄 텐데 말
예요."

"상대는 얼마든지 많아─항구 건너편 젊은이들이 모두 올 테고─
아가씨보다 남자들 쪽이 훨씬 많을 거야."

릴러는 웃었다.

"내가 목사님 딸이 아닌 게 다행이에요. 페이스는 가엾게도 오늘
밤 춤추러 가지 못해서 몹시 화나 있어요. 물론 우나는 그런 일이 아
무렇지도 않은 듯싶지만요.

춤을 추지 않는 사람들을 위해서 부엌에서 엿만들기를 한다고 누
군가가 페이스에게 이야기했어요. 그때 드러난 페이스 얼굴을 보여주
고 싶어요. 젬과 페이스는 아마 저녁 내내 바위 위에 앉아 있을 거예
요. 알고 있나요? 우리는 모두 '꿈의 집'까지 걸어가 거기서 배를 타고
등대로 갈 거예요. 아주 멋지죠?"

미스 올리버는 비꼬듯 말했다.

"나도 15살 무렵에는 부풀려 말하기도 하고 최상급 형용사를 쓰기
도 했지. 이 파티는 젊은 사람들에게는 틀림없이 유쾌하겠지만, 나는
지루할 거야. 남자아이들은 어느 누구도 나같은 노처녀와는 춤추려
하지 않겠지. 젬과 월터가 인정상 한번은 신청해 주겠지만. 이야기 상
대가 되어줄 사람도 없을 거야. 그러니 너처럼 좋아할 만큼 기쁜 마
음으로 기다려보라고 해봐야 소용없는 일이야."

"선생님의 첫 파티는 즐거웠어요?"

"아니, 싫었어. 나는 초라하고 못생겼고, 오직 한 남자아이 말고는
아무도 춤을 청해오지 않았지. 그 한 사람이란 나보다도 더 못생기
고 초라한 남자였어. 그 사람과 있는 게 어찌나 어색한지 나는 정말
힘들었단다. '그 사람'도 두 번 다시 청하지 않았지.

내게는 참된 처녀시절이 없었어, 릴러. 돌이킬 수 없는 슬픈 일이야.
그러니 너는 멋지고 행복한 처녀시절을 보냈으면 해. 그리고 네 첫

파티가 일생을 두고 유쾌한 추억이 되기를 바라고 있어."

"나는 어젯밤 댄스파티에 간 꿈을 꾸었어요. 그런데 여러 사람이 있는 한복판에서 내가 일본의 기모노를 입고 침실용 슬리퍼를 신고 있다는 걸 알아차리는 꿈이었어요. 나는 진저리를 치며 눈을 번쩍 떴어요."

릴러는 한숨을 쉬었다.

미스 올리버는 멍한 모습으로 말했다.

"꿈이라니 말인데—나는 이상한 꿈을 꾸었어. 내가 이따금 꾸는 뚜렷한 꿈이었어—여느 때 꾸는 것 같은 막연하고 복잡한 꿈이 아니라—현실처럼 분명했어."

"어떤 꿈이었는데요?"

"나는 이 잉글사이드 베란다 층계에 서서 글렌 마을의 밭이며 목장을 바라보고 있었지. 그런데 갑자기 먼 곳에서 은빛으로 반짝이는 긴 파도가 길게 일직선으로 밭이며 목장으로 밀려오는 게 보였어. 그 파도는 차츰 다가오고 있었지. 이따금 모래사장에 밀려오는 것 같은 작고 흰 파도가 몰려오고 또 몰려왔던 거야. 파도는 글렌 마을을 휩쓸어 삼켜버리려 했지.

나는 저 성난 파도가 설마 잉글사이드 옆까지는 오지 않으리라 여겼어. 그런데 파도는 자꾸자꾸 다가와, 너무도 갑작스러워 내가 움직이지도 못하고 소리지르지도 못하는 동안 어느덧 내 발치로 밀려왔어. 그리고 모든 것을 삼켜버렸지. 글렌 마을이 있었던 곳은 미친 듯 출렁이는 큰 바다 말고는 아무것도 없었어.

나는 뒤로 물러서려고 했어—그랬더니 내 옷자락이 붉은 피에 젖어 있지 뭐겠니. 거기서 잠이 깼어—벌벌 떨면서.

이것은 기분 나쁜 꿈이야. 이 꿈에는 뭔가 불길한 뜻이 담겨 있어. 이런 생생한 꿈은 내 경우 반드시 '들어맞아'."

릴러는 걱정스러운 듯 중얼거렸다.

"그게 동쪽에서 비바람이 불어닥쳐 파티가 엉망이 되어버린다는 뜻이 아니면 좋겠는데요."

미스 올리버는 쌀쌀맞게 말했다.

"어쩔 수 없는 15살이로군. 염려 마, 릴러 마이 릴러, 그토록 무서운 위험을 예언하고 있다고는 여겨지지 않아."

며칠 동안 잉글사이드에는 나날이 긴장된 분위기가 흐르고 있었으나, 릴러만이 봉오리가 막 피어오르기 시작한 자기 생활에 너무나 열중한 나머지 그것을 알아차리지 못했다.

블라이스 박사는 우울한 얼굴이 되었고, 날마다 오는 신문을 보고는 심각한 표정을 지었으나 거의 아무 말도 하지 않았다. 젬과 월터는 신문이 가져다주는 놀라운 소식에 큰 흥미를 품고 있었다.

그날 저녁, 젬은 흥분을 감추지 못하고 월터를 찾아내어 고래고래 소리쳤다.

"월터, 독일이 프랑스에 마침내 선전포고를 했어. 그것은 영국도 전쟁에 끼어든다는 뜻일 거야, 아마―만일 영국이 전쟁에 끼어든다면―그래, 너의 공상의 피리 부는 사나이가 마침내 찾아온 셈이야."

월터는 천천히 말했다.

"공상이 아니야. 예감이지―직감에서 오는 환상이야―젬 형,

나는 오래 전 어느 날 밤 한순간 정말로 피리 부는 사나이를 보았어. 영국이 전쟁에 끼어들면 어떻게 되지?"

젬은 명랑하게 소리쳤다.

"우리는 모두 영국에 협력해야 되겠지. '북쪽 바다의 늙은 백발어머니'*¹를 혼자 싸우게 할 수는 없잖아? 하지만 넌 못 가―너는 장티푸스를 앓아서 제외되고 말았어."

월터는 잠자코 글렌 마을과 마을 저쪽으로 보이는 잔물결 이는 파

---

*1 영국을 가리킴.

란 항구를 바라보았다.

"우리는 아기사자야―일족*²의 싸움이라면 필사적으로 싸워야만 해."

젬은 명랑하게 말을 이으며 햇볕에 그을린 강하고 길며 예민한 손으로―타고난 외과의사 손이라고 아버지는 이따금 생각했다―빨간 곱슬머리를 마구 헝클었다.

"큰 모험이겠지! 그러나 막바지에 이르면 그레이*³든 누구든 사려 깊은 노인들이 진압할 거야. 무엇보다도 프랑스를 궁지에 몰아넣은 채로는 엄청난 치욕일 테니까. 프랑스를 포기하지 않는다면 얼마쯤 재미있는 일이 되겠지. 자, 등대에서 유쾌한 때를 보낼 채비를 하러 갈 시간이야."

젬은 휘파람으로 '1백 명 악사와 함께'의 멜로디를 불며 유유히 사라져갔다.

월터는 한참 동안 그 자리에 우두커니 서 있었다. 이마를 살짝 찌푸리고 있었다. 이것은 모두 우레가 치는 구름처럼 시꺼멓게 갑자기 밀어닥친 일이었다. 며칠 전만 해도 아무도 이런 일을 생각지도 못했다. 지금 생각해 봐도 어이없는 일이다. 뭔가 좋은 방법이 발견되겠지.

전쟁은 지옥같이 무섭고 치명적인 것이다. 이 20세기 문명국 사이에서도 여전히 일어난다니 너무나 두려웠다. 생각만 해도 가슴이 아프고, 인생의 아름다움에 위협을 주는 것으로서 월터의 마음을 비참하게 했다. 전쟁에 대한 것은 더 이상 생각하지 말자―월터는 단호하게 마음 속에서 몰아내려고 했다.

열매들이 익어가는 8월 그리운 글렌 마을은 어쩌면 이토록 아름다운가! 나무들에 둘러싸인 낡은 농가들, 갈아엎은 목초지, 고요한 뜰. 서쪽 하늘은 마치 커다란 금빛 진주였다. 멀리 눈 아래 보이는 항구

---

*2 캐나다는 영국연방의 한 나라.

*3 에드워드 그레이. 영국 자유당 정치가. 1862~1933. 1905~1916년에 외상을 지냄.

는 떠오른 달빛을 받아 설탕을 뿌려 놓은 듯 하얗게 빛나고 있었다.

그 둘레는 사물의 기묘한 소리로 가득차 있었다―나른한 울새의 지저귐, 해질녘 나무 사이로 부는 멋진 바람의 슬픈 듯한 부드러운 노래, 우아한 하트 모양 잎사귀를 흔들며 은방울을 또르르 굴리듯 맑은 속삭임을 남몰래 나누고 있는 포플러 나뭇가지의 살랑거리는 가벼운 소리, 소녀들이 댄스파티에 갈 준비를 하고 있는 방 창문으로 새어나오는 생기가 넘치고 즐거운 웃음. 세계는 아름다운 소리와 갖가지 빛깔에 정신이 혼미할 만큼 잠겨 있었다. 이런 것 하나로 어우러져 세상이 그에게 주는 깊고 더없는 기쁨만을 생각하기로 했다.

'어쨌든 아무도 내가 가기를 기대하지 않을 테니까. 젬의 말대로 장티푸스 덕분이야.'

댄스파티에 갈 옷차림을 한 릴러는 창문으로 윗몸을 쑥 내밀고 있었다. 노란 팬지꽃 한 송이가 머리에서 빠져 금빛의 별처럼 떨어져 내렸다. 릴러는 창문턱 밖으로 손을 내밀어 받으려 했으나 헛일이었다―그러나 아직도 많이 남아 있었다. 미스 올리버가 이 사랑하는 아이의 머리를 꾸미기 위해 조그만 팬지꽃 핀을 만들어주었던 것이다.

"어쩌면 이토록 아름답고 조용하죠―멋지잖아요? 오늘 밤은 더없이 좋은 밤이에요. 들어보세요, 선생님―저 '무지개 골짜기'의 낡은 방울소리가 또렷이 들려와요. 방울은 그곳에 10년이 넘도록 매달려 있었던 거예요."

미스 올리버가 대답했다.

"바람에 불려 울리는 저 방울소리를 들을 때마다 나는 아담과 이브가 밀턴*4의 낙원에서 들은 하늘의 음악을 생각한단다."

릴러는 꿈꾸듯 말했다.

---

*4 영국의 시인.

"우리는 어렸을 때 '무지개 골짜기'에서 무척 재미있게 놀았어요."

지금은 아무도 '무지개 골짜기'에서 노는 사람이 없어 여름 해질녘이면 아주 조용했다. 월터는 그곳으로 책을 읽으러 가기를 좋아했고, 젬과 페이스는 꽤 자주 여기서 만나고 있었으며, 제리와 낸은 두 사람에게 그것이 바람직한 구애의 수단인 듯 아무 방해도 받지 않고 심원한 문제에 대하여 끝없는 논쟁과 토론을 이어 가기 위해 그곳으로 갔다. 그리고 릴러에게는 릴러만의 귀엽고 조그만 숲 속 작은 골짜기가 있어, 그곳에서 몽상에 잠겨 앉아 있기를 좋아했다.

"떠나기 전에 부엌으로 얼른 달려가 수전에게 내 모습을 보여줘야 해요. 그렇지 않으면 수전은 언제까지나 내게 화낼 거예요."

수전이 양말을 깁고 있는, 시적인 일과는 꽤 거리가 먼 어두컴컴한 잉글사이드 부엌은 달려들어온 릴러의 아름다움으로 환히 밝아졌다.

릴러는 조그만 핑크빛 데이지 꽃다발 무늬의 초록빛 드레스를 입고 비단양말에 굽 높은 은빛 구두를 신고 있었다. 머리와 매끈한 목을 팬지꽃으로 꾸미고 있었다.

릴러가 너무나 아름답고 젊음으로 빛났으므로 수전의 사촌 소피어 크로퍼드까지도 감탄해 마지않았다─더욱이 그녀는 변하기 쉬운 세속적인 것을 칭찬하는 일은 드물었던 것이다.

사촌간인 소피어와 수전은 소피어가 글렌 마을에 와서 살게 된 뒤로 싸웠던 옛일을 물에 씻은 듯 말끔히 잊었다─소피어는 그런 일은 전혀 없었던 듯 아무렇지도 않게 저녁이면 자주 거리낌없이 찾아왔다. 그런데 수전은 언제나 반갑게 맞아들이는 것은 아니었다. 소피어는 마음 맞는 이야기 상대가 못되었기 때문이다.

"같은 방문객이라도 하느님이 되는 경우도 있지만 역병신이 되는 경우도 있지요, 마님."

수전은 소피어의 방문이 뒤의 경우에 해당된다는 것을 은근히 비추며 말한 일이 있었다.

사촌 소피어는 얼굴빛이 좋지 않은 쭈글쭈글한 얼굴에 기다란 코는 얄팍하며 입이 길고 입술도 얇았다. 마르고 까칠한 두 손을 언제나 검은 사라사 무명옷 위에 체념한 듯한 모양으로 포개 놓고 있었다. 몸 언저리의 모든 것이 길고 얄팍하여 핏기가 없어 보였다.

소피어는 음울한 눈길로 릴러 블라이스를 바라보며 슬픈 듯 물었다.

"네 머리는 모두 네 자신의 것이니?"

릴러는 분개하여 소리쳤다.

"물론이지요."

소피어는 한숨을 쉬었다.

"아, 그래! 그렇지 않은 편이 너를 위해서는 좋았을 텐데! 그린 숱 많은 머리는 사람의 정력을 앗아가니까. 폐병의 징조라고 하더라. 하지만 네 경우에는 그렇지 않으리라고 여겨.

너희들은 모두 오늘 밤 춤을 추겠지. 목사님 아이들까지도 춤출 게 틀림없어. 아가씨들 쪽은 그렇게까지 못하리라 여겨지지만 말야.

나는 본디 춤을 탐탁하게 여기지 않아. 한창 춤추는 도중에 픽 쓰러져 죽어버린 아가씨를 알고 있거든. 그런 천벌을 받은 뒤에도 어떻게 사람들은 춤출 마음이 생기는지 나는 도저히 모르겠어."

릴러는 건방지게 물었다.

"그 아가씨가 또 춤을 췄나요?"

"그 아가씨는 픽 쓰러져 죽었다고 했잖아. 물론 두 번 다시 춤추지 못했지. 가엾게도 그 아가씨는 로브리지의 커크 집안사람이었어. 너는 그렇게 드러낸 목에 아무것도 걸치지 않고 가는 건 아니겠지?"

"오늘 밤은 더운걸요. 하지만 물 위에서는 스카프를 두를 생각이에요."

소피어는 슬픈 얼굴로 힘없이 말했다.

"40년 전 어느 날 밤—꼭 오늘 같은 밤에 저 항구에서 젊은이들을 가득 태운 배가 벌렁 뒤집혀 모두 빠져죽고 말았지—한 사람도 남김없이. 아, 그런 일이 오늘 밤 너희들에게 일어나지 말아야 할 텐데.

그 까뭇까뭇한 주근깨에 무슨 치료를 하고 있지? 내게는 '질경이' 즙이 썩 잘 듣던데."

수전은 릴러를 감싸주려고 나섰다.

"확실히 소피어는 주근깨에 대해 잘 알 거야. 처녀시절에 어떤 두꺼비라도 무색할 만큼 주근깨투성이였으니까. 릴러의 주근깨는 여름에만 보이지만 소피어는 일년내내 다닥다닥했고, 게다가 살결도 릴러처럼 매끄럽지 못했지.

정말 멋져, 릴러. 그 머리도 참 잘 어울려. 하지만 그 굽 높은 구두를 신고 항구까지 걸어가는 것은 아니겠지?"

"네, 아니고말고요. 우리들 모두 항구까지는 낮은 구두를 신고 이 굽 높은 구두는 가지고 갈 거예요. 내 드레스가 마음에 들어요, 수전?"

"그것을 보니 내가 처녀시절에 입었던 옷이 생각나는구나."

수전이 대답할 사이도 없이 소피어는 말하면서 한숨을 쉬었다.

"그 옷도 핑크빛 꽃다발 무늬의 초록빛 옷이었지. 허리에서 아랫단까지 주름이 잡혀 있었어. 우리는 요즘 아가씨들이 입는 것 같은 짤막한 옷은 입지 않았으니까. 아, 시대가 많이도 달라졌지. 하지만 좋은 쪽으로 달라진 것 같지는 않아.

그날 밤 나는 그 옷에 커다란 구멍을 내버렸는데, 거기에다 누군가 차를 가득 엎지르고 말았어. 완전히 못쓰게 되어버렸지. 하지만 네 옷에는 그런 일이 일어나지 않았으면 좋겠다고 생각해. 네 옷은 좀 더 길어야 될 듯싶구나—다리가 엄청 길고 가냘프니까."

"마님은 작은 여자아이가 어른 같은 옷차림을 하는 데 찬성하지 않아."

위엄 있게 말한 수전은 소피어에게 핀잔을 줄 작정이었는데, 반대로 릴러가 모욕을 느꼈다.

작은 여자아이라니, 기가 막혀! 릴러는 무척 화가 나서 급히 부엌에서 나갔다.

'다음에는 수전에게 아무것도 보이러 가지 않을 테야. 수전은 60살이 아니면 어른으로 여기지 않으니까! 게다가 그 보기 싫은 오그랑쪼그랑 소피어 할멈은 주근깨와 다리를 들춰 빈정대니 말이야! 그 할멈—그렇게 뼈만 앙상하게 남은 늙은이 주제에 남더러 길다느니 가냘프다니 말할 수 있어?'

릴러는 그날 밤에 대한 기대감으로 흥분해 있었는데 그 유쾌함도 곧 흐려져 기분이 엉망이 되어버렸다. 못 견디게 초조해져 털썩 주저앉아 엉엉 울고 싶었다.

그러나 이윽고 포 윈즈 등대 쪽으로 떠나는 왁자지껄한 이들 가운데 끼어들었을 때 릴러는 다시 타고난 명랑한 기분을 되찾고 있었다.

블라이스 집안 젊은이들은 먼디가 컹컹 짖어대는 슬픈 듯한 음악에 맞춰 잉글사이드를 훌쩍 떠났다. 먼디는 초대받지 않은 손님이므로 등대에 따라가지 못하도록 헛간에 갇혀야만 했다.

마을에서 그들이 메러디스네 아이들을 불러내어 옛 항구 큰길을 걸어가는 도중 다른 사람들도 불쑥 끼어들었다.

메리 밴스는 파란 크레이프 드레스에 레이스 겉옷을 걸친 화려한 모습으로 미스 코닐리어네 집 문에서 나타나 릴러며 미스 올리버와 함께 되었다. 나란히 걷고 있던 릴러들은 메리 밴스를 그리 환영하지 않았다. 릴러는 메리 밴스를 썩 좋아하지는 않았다. 마른 대구를 든 메리에게 마을길을 뒤쫓겼던 그 비참한 날의 일을 결코 잊을 수가 없기 때문이었다.

사실대로 말하면 메리는 동무들 어느 누구로부터도 그리 호감을 얻지 못했다. 그러나 사람들은 메리와 사귀기를 좋아했다—신랄하게 서슴없이 내뱉는 말이 너무나 통쾌했기 때문이었다.

다이 블라이스가 이렇게 말한 일이 있었다.

"메리 밴스는 우리들에게 있어서 좋든 싫든 습관 같은 거예요. 그 애 일로 아무리 화를 내도 그 애 없이는 지낼 수 없거든요."

이 조그만 무리는 대개 정해진 대로 두 사람씩 짝을 짓고 있었다. 젬은 물론 페이스 메러디스와 함께 걸었고, 제리 메러디스는 낸 블라이스와 함께였다. 릴러가 부러워하는 다이와 월터는 마음을 터놓고 두 사람만의 이야기에 열중하고 있었다.

칼 메러디스는 미랜더 프라이어와 나란히 걷고 있었으나, 그것은 조 밀그레이브의 마음을 애타게 하기 위해서일 뿐 다른 이유는 없었다. 조가 미랜더에게 깊이 사모하는 마음을 품고 있는 것은 널리 알려진 일이었지만, 내성적인 조는 그것을 뚜렷이 나타내지 못했다. 만일 캄캄한 밤이었다면 용기내어 성큼성큼 미랜더 곁으로 다가갈 수 있겠지만, 달이 뜬 이 해질녘에는 도저히 그럴 수 없었다. 따라서 조는 행렬 뒤에서 졸졸 따라가며 칼 메러디스에 대해 입에 담기 망설여지는 일을 마음속으로 생각했다.

미랜더는 '달에 구레나룻'의 딸이었다. 아버지처럼 인기없는 건 아니었지만 그렇다고 사람 마음을 끄는 편도 아니었다. 얼굴빛이 나쁘고 중성적(中性的)이며 몸집이 자그마한 아가씨로 신경질적으로 쿡쿡 웃는 버릇이 있었다. 머리는 은빛 띤 금발로 도자기를 연상케 하는 파란 눈은 어렸을 때 몹시 겁먹은 일이 있었으며, 거기서 아직도 벗어나지 못하고 있는 듯 보였다.

사실 미랜더는 칼보다 조와 함께 걷고 싶었다. 칼과 있으면 마음이 조금도 편하지 않았다. 그렇지만 대학생이며 목사의 아들인 그와 나란히 걷는다는 것은 명예로운 일이었다.

셜리 블라이스는 우나 메러디스와 함께였다. 둘 다 말이 없는 편이었는데 그것은 두 사람의 성격 때문이었다. 셜리는 16살 소년으로, 진지하고 침착하고 사려깊으며 잔잔한 유머가 넘쳐 흐르고 있었다. 지금까지도 수전의 '다갈색 도련님'인 셜리는 밤색 머리, 갈빛 눈, 맑고도 까무잡잡한 피부를 하고 있었다. 셜리가 우나와 함께 걷기를 좋아하는 까닭은, 셜리에게 억지로 이야기를 시키거나 또는 수다를 떨며 그를 괴롭히는 일이 없기 때문이었다.

우나는 '무지개 골짜기' 시절과 다름없이 다정하고 내성적이었다. 짙은 파란빛의 커다란 눈도 여전히 꿈꾸는 듯한 슬픈 표정을 띠고 있었다. 우나가 월터 블라이스에게 비밀스러운 마음을 조심스럽게 품고 있는 것을 릴러 말고는 아무도 알아차리지 못했다.

릴러는 그런 우나를 동정하여 월터도 그에 응해 줬으면 하고 바랐다. 릴러는 페이스보다 우나가 더 좋았다. 페이스는 그 아름다움과 강한 성격으로 다른 소녀들을 얼마쯤 희미한 존재로 만들었기 때문이다―그리고 릴러는 희미한 존재가 되는 것이 달갑지 않았다.

그러나 지금 릴러는 아주 행복했다. 어두컴컴한 거리를 친구들과 함께 발걸음 가볍게 걸어가는 일은 즐거웠다. 길가에는 여기저기 어린 가문비나무며 전나무가 서 있어 언저리 가득히 나뭇진 향기가 감돌고 있었다. 지는 해 서쪽으로 비탈진 언덕 뒤는 남은 햇빛을 모조리 받고 있는 목장이었다.

그들 앞에는 반짝이는 항구가 있었다. 항구 건너편 조그만 교회의 종이 울리고, 흔들거리는 꿈 같은 여운은 몽롱한 자수정 같은 곳 언저리로 사라져갔다. 그 앞에 펼쳐진 만은 아직 남은 빛을 받아 은청색이었다.

아, 모든 것이 멋지다―바다 내음 나는 상쾌한 공기, 전나무 내음, 벗들의 웃음소리.

릴러는 인생을 사랑했다. 인생의 꽃과 빛남을 특히 사랑했다. 음악의 잔물결, 쾌활하고 떠들썩한 이야깃거리를 사랑했다. 이 은빛 그림자에 둘러싸인 길을 릴러는 영원히 계속 걸어가고 싶었다.

이것이 그녀의 첫 파티인 것이다. 멋지고 유쾌하게 지내야 한다. 세상에는 아무 괴로움도 없다—주근깨며 가냘프고 긴 다리조차 마음 쓰이지 않는다—다만 한 가지 떨쳐버릴 수 없는 걱정은 춤을 청해 오는 사람이 하나도 없지나 않을까 하는 것이었다. 오직 살아 있다는 것만으로—15살이라는 것만으로, 아름답다는 것만으로 만족했다.

릴러는 기쁨에 찬 가쁜 숨을 깊이 들이마셨다—그러나 도중에 갑자기 멈췄다. 젬이 페이스에게 뭔가 이야기를—발칸전쟁*5 때 일어났던 어떤 일을—들려주고 있었다.

"그 의사는 그만 두 다리를 잃고 말았어—엉망으로 부서져버렸지—그 때문에 전쟁터에서 죽도록 그대로 내버려져 있었던 거야. 그런데 자신의 체력이 이어지는 한 차례차례 자기 둘레의 부상한 병사들 하나하나에게로 기어가 그 고통을 없애주려고 온 힘을 다했어—자기 일은 생각지도 않고 말이야.

끝내 다른 사나이의 다리에 붕대를 감아주는 동안 그만 숨져버렸지. 발견되었을 때 의사의 죽은 두 손은 아직 붕대를 꼭 쥐고 있었고, 다른 한 사람은 출혈이 멎어 겨우 목숨을 건졌지. 이것도 하나의 영웅이 아닐까, 페이스? 실제로 나는 그것을 읽었을 때 ⋯⋯"

젬과 페이스는 앞쪽으로 멀어졌으므로 목소리가 들리지 않게 되었다. 거트루드 올리버는 갑자기 몸을 와들와들 떨었다. 릴러는 동정하여 팔을 꽉 잡았다.

"무섭지요, 선생님? 우리 모두 이렇듯 유쾌하게 놀기 위해 가는데 젬 오빠는 왜 저런 기분 나쁜 이야기를 하는지 모르겠어요."

"너는 무섭다고 여기니, 릴러? 멋지게—아름답게 여겼어. 저런 이야기를 들으면 인간성을 의심하거나 했던 일이 부끄러워져. 그 사람의 행동은 마치 신과 같아. 그리고 인류는 자기희생에 대해 이상적으로 응하지!

---

*5 1912년 불가리아, 그리스, 세르비아, 몬테네그로, 터키 사이에 일어났던 전쟁.

어째서 내가 몸을 떤 것인지 나 자신도 모르겠어. 오늘 밤은 확실히 따뜻하구나. 아마 내 무덤이 될, 별이 반짝이는 어두운 밤하늘 아래 누군가가 걷고 있기 때문인지도 몰라. 미신을 믿는 옛사람이라면 그렇게 설명하겠지. 자, 이토록 좋은 밤에 그런 생각은 하지 말기로 하자.

릴러, 밤이 되면 나는 언제나 시골에 살기를 잘했다고 생각해. 시골에서는 도시 사람으로서는 느낄 수 없는 밤의 좋은 점을 알게 되거든. 시골에서는 어떤 밤도 아름다워—심한 비바람이 부는 밤조차도. 나는 옛날부터 만의 바닷가에서는 심한 밤바람이 아주 좋았어. 그런 밤은 '너무너무' 아름답단다—그것은 청춘과 꿈나라의 밤이고 그러면서도 나는 반쯤 두려운 기분이 들어."

릴러가 말했다.

"나는 마치 내 자신이 그 한 부분인 듯한 기분이 들어요."

"아, 그렇고말고. 너는 아직 어려서 완전한 것을 두려워하는 마음이 없는 거야. 자, '꿈의 집'에 닿았어. 이 집도 올여름에는 퍽 쓸쓸해 보이는구나. 포드 씨네 사람들이 오지 않았니?"

"네, 포드 아저씨와 아주머니와 퍼시스는 오지 않았어요. 케니스만 왔어요. 하지만 항구 건너편 어머니 친척집에 있어요. 올여름에는 케니스를 자주 만나지 못했어요. 케니스는 다리를 좀 절거든요. 그래서 잘 돌아다니지 못해요."

"다리를 전다고? 왜 그렇지?"

"지난해 가을 축구시합에서 복사뼈를 삐어 겨울 동안 거의 집 안에만 있었어요. 그 뒤 조금 절룩거리지만, 차츰 나아지고 있으니 머지않아 완쾌될 거라고 케니스가 말했어요. 잉글사이드에도 두 번밖에 오지 않았어요."

메리 밴스가 끼어들었다.

"에설 리스가 그를 죽도록 좋아해요. 그 사람 일이라면 완전히 눈이 멀어버리지요. 케니스는 요전번 기도회 밤에 항구 건너편 교회에서 에설과 함께 돌아갔어요. 그 뒤로 에설은 이 세상이 짓눌릴 만큼 뻐기고 있어요. 마치 켄 포드 같은 토론토 젊은이가 에설 같은 시골 아가씨를 진심으로 생각하고 있는 듯이 말예요!"

릴러는 발끈했다. 릴러로서는 케니스 포드가 에설 리스와 몇 번이나 함께 돌아갔는가 하는 것은 문제가 아니었다. '조금도' 문제가 아니었다! 케니스가 '무엇'을 하든 문제가 아니었다—케니스는 릴러보다 훨씬 나이가 위였다. 낸, 다이 그리고 페이스와 서로 친하게 지내며, 릴러는 어린아이로 여겨 놀려줄 때 말고는 있는지도 몰랐다.

더욱이 릴러는 에설 리스를 굉장히 싫어했고, 에설도 릴러를 미워하고 있었다—'무지개 골짜기' 시절 소문이 날 만큼 월터가 댄 리스를 심하게 때려눕힌 뒤로 줄곧 미워하고 있었다. 그러나 에설이 시골 아가씨라고 해서 왜 케니스 포드에게 하찮게 여겨져야만 한단 말인가? 메리 밴스는 손댈 수 없을 만큼 소문을 좋아하게 되어 누가 누구와 함께 돌아갔다는 시시한 일밖에는 머릿속에 없다!

'꿈의 집' 아래 물가에 조그만 다리가 있고 배가 두 척 매여 있었다. 한 척은 젬 블라이스가 선장을 맡고 또 한 척은 조 밀그레이브가 맡았다.

배에 대해서는 뭐든지 다 아는 조는 그 사실을 미랜더 프라이어에게 알리게 된 것을 기뻐했다. 두 척의 배는 항구까지 경주하여 마침내 조의 배가 이겼다.

다시 많은 배가 항구의 곶이며 서쪽으로부터 만을 건너왔다. 여기 저기서 웃음소리가 들려왔다.

포 윈즈 곶의 커다란 흰 탑에는 불빛이 넘칠 듯이 흐르고, 한편 빙빙 도는 등대의 불빛이 머리 위로 번쩍였다.

샬럿타운에서 등대로 피서 와 있던 등대지기의 친척들이 파티를 열어 포 윈즈와 글렌 세인트 메리와 항구 건너편의 모든 젊은이들을 초대한 것이다.

젬의 배가 등대 아래에서 흔들리면서 멎자, 릴러는 신고 온 구두를 곧 벗어던지고 호위 역할을 하고 있는 미스 올리버의 등 뒤에 숨어 굽 높은 은빛 구두로 갈아 신었다. 흘끗 올려다보았을 때 바위를 깎아 등대로 올라가게 만든 층계에 젊은이들이 늘어서 있고 종이초롱에 불이 켜져 있는 것을 알자 릴러는 어머니가 먼 길을 어떻게 걸어가겠느냐고 한사코 권하여 신고 온 튼튼한 구두를 그대로 신고 층계를 올라가지는 않겠다고 결심했던 것이다.

은빛 구두는 심하게 발에 꽉 끼었으나, 릴러가 부드러운 검은 눈동자를 무언가 묻고 싶은 듯이 반짝이고 통통한 크림빛 볼을 짙게 붉히며 미소를 머금은 채 층계를 올라가는 것을 보고 그것을 알아차린 사람은 아무도 없었다.

릴러가 층계를 올라가자마자 항구 건너편 젊은이가 춤을 청했다. 다음 순간 두 사람은 춤추기 위해 등대로 향한 쪽에 쳐놓은 큰 천막 안에 있었다. 위로는 지붕처럼 내뻗은 전나무 가지에 초롱이 대롱대롱 매달려 있는 기분 좋은 곳이었다. 앞쪽에는 바다가 반짝반짝 빛나고 있었다.

왼편에는 달빛을 받은 모래언덕의 높은 곳과 낮은 곳이 달빛에 비쳐 보였고, 오른편은 캄캄한 그림자와 수정 같은 작은 후미가 있는 바위터가 이어져 있었다.

릴러와 파트너는 춤추는 사람들 사이로 자연스럽게 섞여 들어갔다. 릴러는 기쁨에 벅찬 숨을 깊숙이 내쉬었다.

위 글렌의 네드 버는 저 바이올린으로 얼마나 사람을 매혹시키는 음색을 켜는지—옛날이야기에 나오는, 그 멜로디를 들은 사람은 누구나 다 춤추지 않고는 견딜 수 없었다는 그 마법의 피리와 꼭 같았다.

만에서 불어오는 산들바람이 참으로 상쾌하고 선선했다. 모든 것을 비춰주는 달빛이 이 얼마나 희고 아름다운가!

이것이 인생인 것이다—넋을 빼앗는 인생이다.

릴러는 다리에도 마음에도 날개가 돋아난 듯한 기분이었다.

피리 부는 사나이

릴러의 첫 파티는 성공적이었다―처음에는 그렇게 생각되었다.

춤상대가 너무 많아 릴러는 두루두루 나누어 추어야만 할 정도였다. 은빛 구두는 저절로 춤추는 듯 보이고, 발끝이 꽉 죄고 뒤꿈치가 부르트기는 했으나 그런 일로 릴러의 즐거움은 조금도 깨지지 않았다.

사실 에설 리스 때문에 릴러는 잠시 당황했다. 에설은 천막 밖으로 나오라고 손짓하여, 리스네 집안사람들이면 누구나 갖고 있는 능글맞은 웃음을 지으면서 릴러의 드레스 뒤가 찢어졌고 옷주름 장식에 얼룩이 묻어 있다고 속삭였다.

릴러가 비참한 마음으로 임시 숙녀용 탈의실로 정해진 등대의 방으로 뛰어들어가 살펴보니 얼룩이란 풀물이 조금 묻은 자국이었고, 찢어졌다는 것도 호크 하나가 빠진 데 지나지 않았다.

아이린 하워드가 호크를 끼워주며 지나친 칭찬을 했다. 아이린에게 칭찬의 말을 듣고 릴러는 기분이 다시 좋아졌다.

아이린은 글렌 마을 윗쪽에 사는 19살 된 아가씨로 어린 소녀들과 사귀기를 좋아하는 것 같았다. 짓궂은 친구들은 그 까닭을 경쟁상대없이 여왕처럼 뽐낼 수 있기 때문이라고 말했다.

그러나 릴러는 아이린을 정말 멋지게 여겼으며, 자기를 감싸준 일로 그녀에게 애정을 품었다. 더욱이 노래를 '썩' 잘 불러 해마다 샬럿타운에서 겨울을 지내며 음악수업을 받고 있었다. 아이린은 아름답고 멋졌다. 몬트리올에 고모가 있어 멋진 옷을 보내주었기 때문이다.

아이린은 슬픈 연애를 한 일이 있다는 소문이 있었다—어떤 일인지 누구도 몰랐지만 그 비밀스러운 점이 매력으로 다가왔다.

릴러는 아이린이 한 칭찬이 자기에게 오늘 밤 최고의 영예라고 느꼈다. 릴러는 들뜬 마음에 천막으로 뛰어들어가 잠시 초롱불빛을 받으며 문 앞에서 걸음을 멈추고 춤추는 사람들을 바라보았다. 빙글빙글 돌아가는 사람들 사이에 한순간 틈이 생겼을 때 그 사이로 저쪽에 서 있는 케니스 포드가 언뜻 보였다.

릴러의 가슴이 한 번씩 걸러서 뛰었다—그것이 생리학상 불가능하다 할지라도 릴러로서는 그렇게 여겨졌던 것이다.

'그렇다면 케니스도 와 있었겠군.'

릴러는 케니스가 오지 않으리라 생각하고 있었다—그런 일은 조금도 문제가 아니었지만.

'케니스는 나를 찾아낼까? 나를 알아차릴까? 설마 춤을 추자고 하지는 않겠지—'그런' 일은 도저히 바랄 수 없어. 케니스는 나를 어린아이로 여기고 있으니까.'

아직 3주도 채 지나지 않은 어느 날 밤 잉글사이드에 왔을 때, 케니스는 릴러를 '거미'라고 불렀다. 나중에 릴러는 2층으로 올라가 울면서 케니스를 몹시 미워했다.

그러나 케니스가 텐트 둘레를 빙 돌아 릴러 쪽으로 다가오는 것을 보았을 때 릴러의 가슴이 다시 한 번씩 걸러 뛰었다.

'케니스는 내가 있는 곳으로 오는 걸까?—내가 있는 곳으로?—내가 있는 곳으로?'

그렇다. 케니스는 릴러가 있는 곳으로 왔다! 케니스는 릴러를 찾고 있었다―케니스는 릴러 곁으로 왔다―그는 잿빛 눈에 여태까지 릴러가 본 적 없는 야릇한 표정으로 릴러를 지그시 내려다보았다.

아, 견딜 수 없을 것만 같았다! 더욱이 모든 게 전과 다름없이 움직이고 있다―춤추는 사람들은 빙그르르 돌아가고 있고, 상대를 찾지 못한 젊은이들은 천막 언저리를 서성거렸으며, 가까워진 연인들은 바위 위에 앉아 있었다―어떤 놀라운 일이 일어났는지 아무도 깨닫지 못했다.

케니스는 키가 크고 아주 잘생긴 젊은이로 아무렇지 않게 행동하는 몸가짐에서 엿보이는 기품이 반대로 다른 모든 젊은이들을 딱딱하고 얼빠져보이게 했다. 케니스는 머리가 좋다는 소문이었으며, 게다가 먼 도회지에 살고 일류대학에 다닌다는 매력이 그를 감돌고 있었다.

여자를 좀 울렸다는 소문도 있었는데, 그것은 케니스가 어떤 아가씨든지 가슴을 두근거리게 할 듯한 미소를 머금고 부드러운 목소리를 지녔으며 아가씨가 하는 말을 마치 자신의 삶을 걸고서라도 듣고 싶다고 염원하듯 귀를 기울이는 위험한 태도를 지닌 결과임에 틀림없었다.

케니스는 낮은 목소리로 물었다.

"릴러 마이 릴러?"

"네, '그려요.'"

답하는 순간 릴러는 등대의 바위에서 몸을 거꾸로 내던지든지, 아니면 자신을 비웃는 세상의 눈에서 사라져버렸으면 좋겠다고 바랐다.

릴러는 어렸을 때 혀짧은 발음을 했으나, 이제는 그 버릇이 거의 사라져버렸다. 다만 긴장하거나 신경이 곤두서 있을 때만 나타나는 것이었다. 요 1년 동안 혀짧은 발음을 한 적은 없었다. 그런데 하필이면 지금, 어려운 말을 술술 잘하는 어른처럼 보였으면 하는 이때 어린아이처럼 혀짧은 소리를 내다니! 너무도 분했다.

눈물이 왈칵 나올 것만 같았다. 다음 순간 릴러는 정말이지 울음을 터뜨릴 듯이 되었다—그렇다, 엉엉 울 것 같았다—케니스가 저리로 가버렸으면 좋겠다—케니스가 오지 않았더라면 좋았을 텐데 하고 생각했다. 파티는 엉망이 되고 말았다. 모든 것이 형편없이 되어버렸다.

더구나 케니스는 릴러를 '릴러 마이 릴러'라고 불러주었는데—여태까지는 눈에 띄기만 하면 '거미'라든가 '어린애'라든가 '야옹이'라고밖에 불러주지 않았던 것이다.

월터가 릴러에게 붙인 애칭을 케니스가 써도 전혀 싫지 않았다. 케니스가 나지막이 달래는 듯한 목소리로 '마이(나의)'를 조금 세게 발음하자 아름답게 울렸다. 릴러가 그런 바보스러운 소리만 내지 않더라면 정말 멋있었을 텐데.

릴러는 케니스의 눈이 웃고 있지 않을까 생각하자 얼굴을 들 수 없었다. 그래서 고개를 숙였다. 그러자 릴러의 길고 까만 속눈썹과 도톰한 눈두덩이가 꿈꾸는 듯 보였으므로 아주 사랑스럽고 마음을 자극하는 효과를 냈다. 케니스는 릴러가 잉글사이드의 자매들 가운데 가장 아름다워질 거라고 여겼다.

그는 릴러에게 얼굴을 들게 하고 싶었다—다시 한번 그 귀엽고 차분한 무엇을 묻고 싶어하는 듯한 눈길을 받고 싶었다. 이 파티에서 릴러가 가장 아름답다는 것은 의심할 여지가 없었다.

"같이 춤출래?"

릴러는 자신의 귀가 믿어지지 않았다.

'케니스는 무슨 말을 하고 있는 것일까?'

릴러는 대답했다.

"네."

혀짧은 소리를 내지 않으려고 애썼으므로 말투가 무뚝뚝해졌다.

그래서 또 마음 속으로 괴로웠다. 아주 뻔뻔스럽고—몹시 다급하게 들렸다—다만 케니스에게 덤벼들지만 않았을 뿐이었다!

'케니스는 나를 어떻게 생각할까? 가장 잘 보이고 싶다고 여길 때, 어째서 이런 언짢은 일이 일어나는 것일까?'

케니스는 춤추는 사람들 사이로 릴러를 끌어들였다.

"내 다친 복사뼈가 적어도 한 번쯤은 춤추게 해줄 거야."

릴러는 물었다.

"복사뼈는 좀 어때요?"

아, 어째서 달리 할 말이 생각나지 않는단 말인가? 케니스가 복사뼈에 대해 묻는 것을 싫어하는 줄 알면서도. 릴러는 케니스가 잉글사이드에서 그렇게 말하는 것을 들었었다—가슴에 플래카드를 달아 '복사뼈는 회복되어 가고 있음'이라고 만나는 사람에게마다 발표할 참이라고 다이 언니에게 장난스럽게 말하는 걸 우연히 들었던 것이다. 그런데 지금 또 그 재미없는 일을 묻다니.

분명 케니스는 복사뼈에 대해 묻는 데 진저리가 났을 것이다. 그러나 입맞추고 싶어지는 이토록 사랑스러운 보조개가 있는 입술로 물어오는 일은 좀처럼 있는 일이 아니었다. 아마도 그 때문이리라. 케니스는 아주 참을성 있는 태도로 복사뼈는 많이 나아서 너무 오래 걷거나 서 있지만 않으면 그리 고통스럽지 않다고 대답했다.

"머지않아 전과 다름없이 튼튼해진다는 말을 들었지만, 올가을 축구는 단념해야 되겠지."

두 사람은 함께 춤추었다. 릴러는 그곳에 있는 아가씨들이 한결같이 자기를 부러워하고 있음을 알았다. 춤을 춘 뒤 두 사람이 바위층계를 내려가보니 거룻배가 놓여 있었으므로 모래톱 쪽으로 달밤의 바다를 저어 건넜다. 모래톱을 걸어가는 동안 케니스의 복사뼈가 꾹꾹 쑤시며 이의를 내세웠으므로 두 사람은 모래언덕에 앉았다.

케니스는 앤과 다이에게 이야기할 때와 똑같은 투로 릴러에게 말을 건넸다. 릴러는 스스로도 까닭을 알 수 없는 수줍음에 짓눌려 아무 말도 못하며, 케니스는 아마도 자기를 아주 바보스럽게 여길 게 틀림없다고 생각했다.

그럼에도 불구하고 모든 게 다 근사했다―아름다운 달밤, 반짝이는 바다, 찰싹찰싹 모래톱으로 하얀 포말을 일으키며 밀려오는 잔물결, 모래언덕 꼭대기에 나 있는 바삭바삭한 풀 사이에서 노래하는 시원하고 변덕스러운 밤바람, 바다 건너 희미하고 달콤하게 울려오는 음악.

케니스는 월터가 창작한 시 한 구절을 조용히 인용했다.

"들떠서 떠드는 인어들과 달빛이 켜는 명랑한 음악소리."

이 매혹적인 음악과 풍경 속에 케니스와 릴러는 단둘이 있는 것이다! 다만 은빛 구두가 이토록 발을 죄어오지 않으면 좋으련만 그리고 올리버 선생님처럼 이야기를 잘할 수 있었으면 좋으련만―아니, 다른 남자아이들과 이야기할 때처럼만 되어도 좋을 텐데!

그러나 릴러는 말이 쉽게 나오지 않아 귀만 기울이며 이따금 평범하고 간단한 말을 몇 마디 나직하게 속삭일 수 있을 뿐이었다. 그러나 릴러의 꿈꾸는 듯한 눈과 도톰한 입술과 가냘픈 목이 그녀를 대신하여 웅변적으로 이야기했을 게 틀림없었다.

어쨌든 케니스는 서둘러 돌아가려 하지 않아, 오랫동안 앉아 있다가 마지못해 돌아갔을 때에는 한창 저녁 식사를 하는 중이었다. 케니스는 등대의 부엌 창문 가까이에 릴러가 앉을 자리를 찾아내주고, 릴러가 아이스크림과 케익을 먹는 동안 자기는 릴러 옆의 창문턱에 걸터앉아 있었다. 릴러는 주위를 둘러보며 첫 파티는 정말 즐거웠다고 생각했다. 언제까지나 잊지 못하리라. 방에는 웃음과 우스갯소리가 울려퍼지고, 젊음에 찬 아름다운 눈들이 반짝반짝 빛났다. 밖의 천막에서는 경쾌한 바이올린 소리가 흐르고, 리듬에 실려 스텝을 밟으며 춤추는 사람들의 발소리가 들려왔다.

문 앞에 몰려 있던 한무리 젊은이들 사이에 가벼운 웅성거림이 일었다. 한 젊은 남자가 사람들을 헤치고 들어와 문턱에서 걸음을 멈추고 어두운 얼굴로 주위를 둘러보았다. 그는 항구 건너편에 사는 잭 엘리엇이었다—맥길 의과대학생으로 사교적인 모임에는 그리 열중하지 않는 조용한 젊은이였다. 파티에 초대받았으나 그날 샬럿타운에 가야 했으므로 돌아오는 시간이 늦어져 오지 않으리라 여기고 있었다. 그런데 지금 이렇게 모습을 나타낸 것이다. 손에는 접은 신문을 들고 있었다.

구석 쪽에 있던 거트루드 올리버는 잭을 보고 다시 몸을 떨었다. 거트루드 자신에게도 파티는 즐거웠다. 왜냐하면 샬럿타운에 사는 아는 사람과 이야기를 나누었기 때문이다. 그는 그 고장사람이 아닌 데다 대부분 손님들보다 나이가 훨씬 위였으므로 소외감을 조금 느끼고 있던 참에 이 총명한 여자가 나타나 넓은 시야로 세계의 움직임이며 여러 가지 일에 대해 남자 같은 열의와 힘을 가지고 이야기하므로 크게 기뻐했다.

그와 유쾌하게 지내는 동안 거트루드는 그날 느낀 불만을 얼마쯤 잊어버렸었는데, 지금 그것이 갑자기 되살아났다.

잭 엘리엇은 어떤 소식을 가지고 온 것일까?

옛시 한 구절이 저절로 떠올랐다—'밤마다 환락의 소리, 떠들썩한 울림'—'조용하라! 들으라! 근엄한 소리, 장례의 종소리처럼 울려옴을'—왜 지금 이것이 불현듯 생각났을까? 왜 잭 엘리엇은 입을 열지 않는 것일까? 뭔가 할말이 있는 것일까?

거트루드는 열에 들뜬 사람처럼 앨런 데일리에게 말했다.

"물어보세요. 얼른 물어보세요."

그러나 이미 다른 사람이 묻고 있었다. 방 안은 갑자기 찬물을 끼얹은 듯 조용해졌다. 밖에서는 바이올린이 잠시 쉬기 위해 소리를 그쳐 그곳도 침묵으로 가라앉았다. 먼 곳에서 나지막한 '만의 부르짖음'

이 들려왔다. 이미 대서양으로 불어닥쳐오고 있는 폭풍의 조짐이었다. 바위 쪽에서 한 소녀의 웃음소리가 들려왔으나 갑자기 조용해진 데 위협받은 듯 사라져버렸다.

잭 엘리엇이 천천히 말했다.

"영국은 오늘 독일에 대해 선전포고를 했습니다. 이 소식은 내가 시내에서 돌아오려고 할 때 전보로 왔습니다."

거트루드 올리버는 나직한 목소리로 속삭였다.

"아, 큰일이군. 꿈이 맞았어. 내 꿈이! 첫 파도가 밀려온 거야."

거트루드는 앨런 데일리 쪽을 보며 애써 미소 지으려 했다.

"이것은 아마겟돈이 되겠지요?"

앨런 데일리는 침통한 얼굴로 대답했다.

"그렇지 않을까 여겨집니다."

두 사람 주위에서 일제히 외침이 일었다—사람들은 거의 가벼운 놀라움과 무책임한 흥미를 느끼는 데 지나지 않았다. 그 자리에 있던 사람들 가운데 이 소식이 지닌 뜻을 이해한 사람은 몇 안 되었다—더욱이 그것이 자기네들과 관계가 있다는 것을 깨달은 사람은 아주 적었다. 이윽고 춤이 다시 시작되고, 즐거운 웅성거림이 아까 못지않게 드높아졌다.

거트루드와 앨런 데일리는 걱정스러운 목소리로 이 소식에 대해 이야기했다.

월터 블라이스는 얼굴이 새파래져 방을 나갔다. 밖에서 바위층계를 올라오는 젬을 만났다.

"소식 들었어, 젬?"

"들었어. 피리 부는 사나이가 왔지. 만세야! 영국이 프랑스를 궁지에 빠뜨려둔 채 모른 척하지는 않으리라는 것을 나는 알고 있었어.

조사이어 선장에게 국기를 높이 내걸라고 말했지만, 선장은 해가 떠오르기 전에 그렇게 하는 것은 좋지 못하다고 고집스레 주장하며 막무가내였어. 잭이 말하던데, 내일은 의용병을 모집한다나 봐."

젬이 가버리자 메리 밴스가 경멸하듯 말했다.

"하찮은 일에 왜 그토록 떠들어대지."

메리는 밀러 더글러스와 둘이 새우잡이바구니 위에 앉아 있었는데, 그것은 낭만적이 아닐 뿐더러 앉기 거북한 곳이었다. 그러나 그 위에 앉은 메리와 밀러는 둘 다 더없이 행복했고, 그것만이 중요한 일이었다.

키가 크고 튼튼한 밀러 더글러스는 버릇없는 젊은이로, 메리 밴스처럼 유창하게 말할 수 있는 사람은 좀처럼 없으며 그녀의 맑은 눈은 견줄 수 없는 최고의 별이라고 생각하고 있었다. 두 사람 다 왜 젬 블라이스가 등대에 국기를 높이 내걸고 싶어하는지 조금도 알지 못했다.

"유럽에서 전쟁이 일어나는 게 어떻다는 거지? 그런 일은 우리와 아무 관계도 없을 텐데 말이야."

월터는 메리 밴스를 지그시 바라보았을 때, 그 기묘한 예언이 찾아오는 것을 보았다.

월터는 말했다. 그보다 무엇인가가 월터의 입술을 빌려 말했다.

"이 전쟁이 끝나기 전에, 온 캐나다 안 모든 남자와 여자와 어린이들까지 한 사람도 남김없이 전쟁을 느끼게 될 거야—메리, 너도 느끼게 될 거야—뼈저리게 느끼게 될걸. 저마다 전쟁 때문에 피눈물을 흘리게 될 거야.

드디어 피리 부는 사나이가 찾아온 거야—세계 구석구석까지 거부할 수 없는 그 두려운 피리 소리가 고루 퍼질 때까지 계속 피리를 불어대겠지. 죽음의 무도회가 끝날 때까지는 여러 해가 걸릴 거야—몇 년이나, 메리. 그리고 그 세월이 지나는 동안 몇 백만 사람의 가슴이 찢어지겠지."

메리는 말했다.

"어머나, 놀라워라!"

달리 할 이야기가 생각나지 않을 때면 메리는 늘 그 말을 했다. 월터의 말뜻을 이해할 수 없었으나 메리는 불안해졌다. 월터 블라이스는 언제나 저렇듯 이상한 말만 한다.

마침 그곳으로 온 하비 크로퍼드가 되물었다.

"너는 좀 지나치게 묘사하는 게 아니니, 월터? 이 전쟁은 몇 년씩 걸리지 않아—한두 달로 끝나버릴 거야. 영국은 곧 독일을 지상에서 말살해버릴걸."

월터는 고개를 저으며 격렬하게 말했다.

"너는 독일이 20년 동안이나 준비한 전쟁이 몇 주 만에 끝나리라고 여기니? 발칸 같은 구석에서 일어난 조그만 싸움과는 달라, 하비. 이 것은 목숨을 건 접전(接戰)이야. 독일에게는 승리, 아니면 죽음인 거야. 게다가 만일 독일이 이기면 어떻게 되는지 알아? 캐나다는 독일의 식민지가 되는 거야."

하비는 어깨를 으쓱했다.

"천만에, 그리 쉽게는 되지 않아. 첫째로, 그러려면 영국 해군을 쳐부숴야 해. 게다가 여기 있는 밀러나 나는 그 전에 한 차례 난동을 부릴 테니까. 안 그래, 밀러? 독일사람에게 먼저 선수를 치게 할 순 없잖아. 안 그래?"

하비는 비웃으며 층계를 뛰어내려갔다.

"너희들 남자아이들은 정말 미치광이 같은 말을 하는구나."

정나미 떨어진 메리 밴스가 말했다. 그녀는 일어서서 밀러를 잡아끌고 해안의 바위 모래톱 쪽으로 갔다. 둘이 이야기할 기회가 좀처럼 없었으므로, 메리는 이 기회를 월터의 피리 부는 사나이니 독일 사람이니 하는 터무니없고 하찮은 이야기로 망칠 수 없다고 생각했다.

월터는 두 사람이 사라진 뒤 혼자 바위층계에 서서 아름다운 포윈즈를 바라보았으나, 생각에 잠긴 눈은 포 윈즈를 보고 있지 않았다.

릴러에게도 그날 밤 가장 멋진 한때는 지나가버렸다. 잭 엘리엇이 뉴스를 발표한 뒤 케니스는 이미 자기를 생각하고 있지 않음을 알아차렸다.

릴러는 갑자기 외롭고 슬픈 기분이 들었다. 케니스가 처음부터 릴러에게 전혀 관심을 쏟지 않았던 것보다도 더 형편없었다. 인생이란 이런 것일까—뭔가 기쁜 일이 있어 정신없이 좋아하고 있으면 그것은 손가락 사이로 슬그머니 빠져나가 버린다.

릴러는 아까 집을 나왔을 때보다 몇 살이나 더 나이먹어 버린 듯한 울적한 기분이 든다고 혼잣말을 했다.

"아마 그럴지도 몰라. 아마 몇 살이나 더 나이를 먹었을 게 틀림없어. 아무도 이해하지 못해. 젊은이의 괴로움을 가벼이 웃어넘겨서는 안 돼. 젊은이는 '이것도 또한 지나가 버리리라'는 것을 아직 알지 못해서, 그 괴로움이 격렬한 거야."

케니스가 상냥하기는 하나 건성으로 물었다.

"피곤해?"

아, 아무래도 건성으로 묻는 것 같았다. 자기가 지쳐 있는지 어떤지 정말로 걱정하는 것은 아니라고 릴러는 생각했다.

릴러는 용기를 내어 조심스럽게 물어보았다.

"케니스, 이 전쟁이 우리 캐나다 사람과 중대한 관계가 있다고 생각하는 건 아닐 테죠?"

"중대한 관계라니? 물론 전쟁에 참가할 수 있는 행운을 안은 사람들에게는 중대한 관계가 있지. 내게는 없지만—이 괘씸한 복사뼈 덕분에 말이야. 운이 나쁜 편이지."

릴러는 소리쳤다.

"영국의 전쟁에 왜 우리 캐나다인이 싸워야 하는지 도무지 모르겠어요. 영국은 자기네들만으로도 충분히 싸울 수 있을 텐데."

"중요한 점은 그게 아니야. 우리는 대영제국의 한 부분인 거야. 이번 일은 일족에 대한 일이란 말이야. 우리는 서로 도와야만 해. 무엇보다도 최악은, 내가 얼마쯤이라도 도울 수 있게 되기 전에 전쟁이 허무하게 끝나버리리라는 거지."

"복사뼈를 다치지 않았더라면 정말로 지원한다는 말인가요?"

릴러는 믿어지지 않는 얼굴이었다.

"물론이지. 몇천 명이나 갈걸. 젬은 틀림없이 갈 테고—월터는 아직 몸이 건강하지 못하니 가지 않겠지. 그리고 제리 메러디스도—그는 갈 거야! 그런데 나는 올해 축구에 나가지 못한다고 안달했으니!"

릴러는 너무 놀라서 아무 말도 하지 못했다.

'젬—그리고 제리도! 어이가 없어! 아버지도 메러디스 씨도 틀림없이 허락하지 않을 거야. 둘 다 아직 대학을 마치지 않았는걸. 아, 잭 엘리엇은 왜 이 무서운 소식을 자기 가슴에만 담아두지 않았단 말인가?'

마크 워런이 다가와 릴러에게 춤을 청했다. 릴러는 자기가 자리를 뜨든 그곳에 머무르든 케니스가 마음 쓰지 않으리라는 것을 알고 있었으므로 갔다. 한 시간 전 케니스는 모래톱에서 릴러만이 이 세상에서 오직 하나뿐인 소중한 사람인 듯 릴러를 지그시 지켜보고 있었다. 그런데 지금 릴러는 그가 거들떠보지도 않는 존재인 것이다.

케니스의 머릿속은 이 나라가 처해질 운명을 건 피에 젖은 싸움터에서 일어날 큰 승부에 대한 일로 가득했다—그리고 이 승부에 여자들은 참가할 수가 없는 것이다. 여자는 다만 집에 앉아서 울 수밖에 없다. 그렇게 생각하며 릴러는 비참한 마음이 되었다.

그러나 이런 것은 모두 바보스러운 일이다—케니스는 갈 수 없다—자신도 그렇게 말하고 있으며—그리고 월터도 가지 못한다—고마운 일이다—게다가 젬과 제리는 그런 짓을 할 만큼 생각이 모자라지 않는다. 걱정하지 말자—즐겁게 지내야지.

그러나 마크 워런은 어쩌면 이토록 서투른가! 스텝이 자꾸만 틀리잖아! 대체 가장 쉬운 동작도 모르는 사람이 어떻게 춤을 추려는 것일까? 발은 배처럼 크다!

릴러는 다른 사람들과 춤을 추었다. 하지만 흥이 깨지고 은빛 구두에 죄어진 발이 무척 아파오기 시작했다. 케니스는 돌아가버린 듯했다. 그의 그림자 조차도 보이지 않았다. 릴러의 첫 파티는 한동안 멋지게 느껴졌으나 마침내 엉망이 되어버렸다. 머리가 지끈지끈 아프고—발 끝은 타오르는 듯 화끈거렸다.

그런데 더욱 나쁜 일이 기다리고 있었다. 릴러는 위쪽에서 춤이 이어지는 동안 항구 건너편 몇몇 친구들과 바위 모래톱으로 내려가 거닐고 있었다. 시원해서 기분이 좋았지만 모두들 지쳐 있었다. 릴러는 쾌활한 이야기에 끼어들지 않고 잠자코 앉아 있었다.

누군가가 항구 건너편으로 돌아갈 배가 떠난다고 외쳐 불렀을 때 릴러는 안도의 숨을 내쉬었다. 다들 웃으며 등대의 바위를 기어올라 갔다. 천막에는 아직 두세 쌍이 춤추고 있었으나 사람들이 많이 줄어 있었다. 릴러는 글렌 마을 단체를 찾았지만 한 사람도 눈에 띄지 않았다. 등대의 건물 안으로 뛰어가 보았으나 역시 아무도 없었다. 릴러는 당황하여 항구 건너편 손님들이 서둘러 내려가는 바위층계 쪽으로 뛰어갔다. 아래쪽에 배가 몇 개 보였다—젬의 배는 어디 있을까?—조의 배는?

메리 밴스가 말했다.

"어머나, 릴러 블라이스, 벌써 돌아간 줄 알았는데."

메리는 해협을 미끄러져가는 한 척의 배 쪽으로 스카프를 흔들고 있었다. 그 배는 밀러 더글러스가 젓고 있었다.

릴러는 헐떡였다.

"다른 사람들은 어디 있지?"

"어머나, 모두 돌아갔어—젬은 한 시간 전에 돌아갔고—우나는 두통이 난다더군. 그리고 다른 사람들은 15분쯤 전에 조와 함께 갔

어. 저기 봐―그 사람들 지금 막 자작나무 곳을 돌아가는 참이야. 나는 파도가 높아져서 배멀미를 할 것 같아 가지 않았어. 나는 여기서 걸어 돌아가는 게 조금도 싫지 않거든. 겨우 1마일 반이니까. 나는 네가 벌써 돌아간 줄 알았어. 어디 있었니?"

"젠과 몰리 크로퍼드와 함께 아래쪽 바위 모래톱에 있었어. 아, 어째서 모두들 나를 찾아주지 않았을까?"

"찾았어―하지만 보이지 않았지. 그래서 너는 다른 배로 돌아갔으리라고 여긴 거야. 걱정하지 않아도 돼. 오늘 밤 우리집에서 자고, 잉글사이드에는 전화로 알리면 되니까."

릴러는 달리 어떻게도 할 수 없음을 깨달았다. 입술이 파르르 떨리고 눈물이 울컥 솟아나왔다. 릴러는 세게 눈을 깜빡거렸다.

'우는 것을 메리에게 절대로 보이면 안 돼. 하지만 이렇게 두고 가다니! 내가 어디 있는지 아무도 확인해 보려 하지 않은 거야―월터까지도.'

그때 릴러는 갑자기 당황스런 일이 떠올랐다.

"갈아 신을 구두를 배 안에 두었어."

"어머나, 기가 막혀. 너처럼 생각없는 아이는 본 일이 없어. 헤이절루이슨에게 한 켤레 빌려와야겠구나."

헤이절을 싫어하는 릴러는 소리쳤다.

"싫어. 그럴 바엔 맨발로 걸을 테야."

메리는 어깨를 으쓱했다.

"마음대로 하렴. 빌려오는 게 싫으면 괴로운 걸 참을 수밖에 없어. 그래야 앞으로 좀 더 정신차리게 되겠지. 자, 하이킹 떠날까."

두 사람은 걷기 시작했다. 그러나 마차바퀴 자국이 깊이 파인 자갈투성이 오솔길을 프랑스식 하이힐인 화려한 은빛 구두를 신고 걷는 일은 유쾌한 운동이 못되었다.

릴러는 항구 큰길로 나올 때까지는 절룩거리고 비틀대며 가까스로 걸었으나, 거기서부터는 이 밉살스러운 은빛 구두를 신고는 한 발자국도 더 나아갈 수 없었다. 도저히 아픔을 참을 수 없었다.

릴러는 은빛 구두와 소중한 비단양말을 벗고 맨발로 걷기 시작했다. 그것도 기분 좋은 일은 못되었다. 릴러의 발은 몹시 보들보들했으므로 길에 깔린 자갈이며 바퀴자국에 다치기 일쑤였다. 특히 부르튼 뒤꿈치가 몹시 아팠다.

그러나 육체적인 고통도 찌르는 듯한 굴욕적인 마음에 비하면 거의 잊혀졌다. 이 얼마나 심한 꼴을 당하게 되었는가! 이렇게 돌에 다친 작은 여자아이처럼 다리를 절뚝이며 걸어가는 지금의 모습을 만일 케니스 포드가 보게 된다면! 나의 멋들어졌던 파티는 어쩌면 이토록 괴롭게 끝이 난단 말인가!

릴러는 울음을 참을 수 없었다—너무하다. 아무도 자기 일을 걱정해 주지 않는 것이다. 아무도 자기에게 주의를 기울여주지 않는 것이다. 좋아, 이슬에 젖은 길을 맨발로 걸어가 감기에 걸려 폐병으로 심해진다면 모두들 후회하리라.

릴러는 살그머니 스카프로 눈물을 닦았다. 손수건도 구두와 함께 없어져버렸다. 그러므로 코를 훌쩍거릴 수밖에 없었다. 모든 것이 점점 더 나빠져갈 뿐이었다.

메리가 말했다.

"너 감기들었구나. 그렇게 바람 부는 바위 같은 데 앉아 있었으니 감기들 게 뻔하지. 두고 봐, 네 어머니가 너를 얼마 동안은 다시 내보내지 않을 테니까. 확실히 이 파티는 좋았어. 루이슨 집안사람들은 무엇을 하든 그 방법을 아는 사람들이야, 이것은 그 사람들을 위해 하는 말이지만.

그러나 나는 헤이절 루이슨을 좋아하지 않아. 글쎄, 네가 켄 포드와 춤추는 것을 보고 헤이절은 무서운 얼굴이 되었어. 그리고 그 말괄량이 에설 리스도. 켄은 어쩌면 그토록 바람둥이람!"

릴러는 격렬하게 두 번 흐느끼며 도전적인 태도로 말했다.

"그는 결코 바람둥이는 아니라고 생각해."

메리는 잘난 체하며 말했다.

"아무튼 좋아. 너도 나만한 나이가 되면 남자에 대해 더 잘 알게 될 테니까. 알겠니? 남자가 하는 말을 모두 다 믿어서는 안 돼. 켄 포드가 네게 손수건 한 장만 달랑 떨어뜨리면 널 마음대로 조종할 수 있다고 생각하게 만들지 마. 좀 더 의연한 기개를 가져야 해."

메리 밴스가 이렇듯 뻐기며 보호자인 체 대하는 것은 참을 수 없었다. 부르튼 맨발로 자갈길을 걷는 것도 참을 수 없었다! 손수건 없이 비참하게 우는 것도, 또 울음을 그칠 수 없는 것도 견딜 수 없었다! 자책감에 시달리며 릴러는 외쳤다.

"나는 케니스―훌쩍―포드의 일 따윈―훌쩍훌쩍―조금도 생각하지―훌쩍―않아."

"조금도 화낼 일이 못돼. 손윗사람이 하는 말은 기꺼이 들어야 하는 거야. 네가 켄과 몰래 모래톱으로 가서 오랫동안 함께 있는 걸 나는 다 봤으니까. 이 일이 알려지면 네 어머니는 기뻐하지 않을 거야."

릴러는 흐느낌 사이사이에 띄엄띄엄 말했다.

"나는 어머니에게 모든 것을 말할 작정이야―그리고 올리버 선생님에게도―월터에게도. 너도 밀러 더글러스와 함께 그 새우잡이바구니 위에 '몇 시간'이나 앉아 있었잖아, 메리 밴스! 그 일이야말로 엘리엇 부인이 알면 뭐라고 하리라 생각해?"

갑자기 메리는 뒤로 한 발자국 물러나 도도한 자세로 나왔다.

"어머나, 나는 너와 말다툼할 생각은 없어. 다만 내 말은, 네가 좀더 어른이 된 뒤에 그런 일을 하라는 것뿐이야."

릴러는 우는 것을 숨기려는 노력을 포기했다. 모든 것이 엉망이 되었다. 케니스와 모래톱에서 단둘이 보낸 꿈같이 그 아름다운 달밤의 낭만도 천하고 품위없는 일로 보여지고 말았다. 릴러는 메리 밴스가 싫었다.

메리가 어리둥절하여 소리쳤다.

"어머나, 왜 그러니? 왜 우는 거지?"

"발이—아파 못 견디겠어—"

흐느껴 울면서 릴러는 자존심의 마지막 끄트머리에 매달렸다. 발이 아파서 운다는 편이—어떤 남자가 나를 데리고 놀아서, 친구들에게 따돌림받아서, 다른 사람이 나한테 선심 쓰는 체해서 운다는 것보다 얼마쯤 체면이 섰다.

메리는 친절하게 말했다.

"그럴 거야. 걱정하지 마. 나는 코닐리어 아주머니의 정돈된 식료품방 거위기름 항아리가 어디에 있는지 알고 있으니까. 그것은 어떤 사치스러운 콜드크림보다도 효과가 있어. 자기 전에 네 발뒤꿈치에 발라줄게."

거위기름을 발뒤꿈치에 바르다니! 그럼, 그것이 자기의 첫 파티, 첫 연인, 달밤에서 펼쳐진 첫 로맨스의 끝이란 말인가!

릴러는 헛되이 눈물 흘리는 일에도 싫증나서 울음을 그만 그치고 메리 밴스의 침대에서 잠들었다. 밖에는 비바람의 날개를 타고 잿빛 새벽이 다가오고 있었다.

조사이어 선장은 약속대로 포 윈즈 등대에 영국 국기를 달았다. 깃발은 거센 바람에 나부끼며 꺼지지 않는 봉화처럼 늠름하게 구름낀 하늘을 등지고 펄럭였다.

떠나는 사람들

　잉글사이드 뒤쪽 단풍나무숲은 눈부시게 쏟아지는 햇빛을 받고 있었다. 릴러는 그 숲을 조용히 빠져나가 마음에 드는 '무지개 골짜기' 한 구석으로 내려갔다. 양치류 한복판 푸르게 이끼낀 돌에 걸터앉아, 턱을 괴고 8월 오후 눈부신 푸른 하늘을 지그시 바라보았으나, 눈에는 아무것도 들어오지 않았다―릴러가 기억하는 한 하늘은 해마다 여름이 끝날 무렵 한가로운 날 오후면 '무지개 골짜기' 위로 이처럼 아치를 만들고 있었다.

　릴러는 혼자 있고 싶었다―골똘히 생각해 보고 싶었던 것이다―할 수만 있다면 이 새로운 세계에 자신을 맞춰가고 싶었다. 릴러는 너무나 갑자기, 그리고 완벽하게 이 새로운 세계로 옮겨와 버렸으므로 스스로도 감당할 수 없을 만큼 당혹해 하고 있었다.

　자기는 엿새 전―겨우 엿새 전―포 윈즈 등대에서 춤추었던 릴러 블라이스와 똑같을까―그럴 수 있을까. 릴러에게 그 엿새 동안은 그때까지 지내온 모든 세월보다도 훨씬 보람있는 것이었다―가슴의 고동으로 시간을 헤아릴 수 있다면, 릴러의 경우가 바로 그러했다. 희망, 불안, 승리, 굴욕이 뒤섞인 그날 밤도 지금은 먼 옛날 일처럼 여겨졌다. 모두로부터 잊혀져 메리 밴스와 함께 걸어서 돌아가야 했던 일만으로 그토록 흐느껴 울었던 것이다. 아, 그런 일로 울다니, 지금 와서 보니 얼마나 하찮고 우스꽝스러운가 하고 릴러는 슬퍼했다.

'지금은' 정정당당하고 훌륭한 어른처럼 울어도 좋다. 그러나 나는 울지 않는다. 결코 울어서는 안 된다. 어머니가 핏기 없는 입술에 지금까지 한 번도 본 적 없는 얼어붙은 듯한 눈길로 바라보며 말하지 않았던가.

"여자들의 용기가 한풀 꺾인다면 남자들이 어떻게 진실로 강해질 수 있겠니?"

그렇다, 그 말이 맞다. 나는 용기를 내야만 한다—어머니처럼—낸 처럼—페이스처럼—페이스는 눈에 노기를 띠고 "아! 나도 남자라면 갈 수 있을 텐데!" 하고 외치지 않았던가.

다만 이렇게 눈이 아프고 목이 불타는 듯할 때에는 '무지개 골짜기'에 숨어 생각해야만 했다. 그리고 자신은 이제 어린아이가 아니다—이미 어른인 것이다. 그러니 여자로서 이런 사태에 맞서나가야 한다는 것을 진지하게 생각할 필요가 있었다.

그러나 때때로 빠져나와 아무 눈에도 띄지 않는, 아무리 눈물을 흘려도 겁쟁이라고 놀림받지 않으며 혼자 있을 수 있는 곳은—여기밖에 없었다.

향긋한 양치류 내음은 이 얼마나 기분 좋게 숲 속에 가득 맴돌게 하는 것일까. 위쪽에서 커다란 깃털 같은 전나무 가지가 얼마나 부드럽게 흔들리며 소곤대고 있는가! '연인의 나무'에 매달린 종이 산들바람이 불어올 때마다 요정 같은 소리를 내며 딸랑딸랑 울리고 있었다.

수많은 제단에 향이 피어오르는 산과 들 언저리에는 잡을 길 없는 보랏빛 안개가 자욱이 끼어 있다! 바람에 불려 단풍나무가 하얀 잎사귀 뒷면을 드러내보여 숲이 온통 하얀 은 같은 꽃으로 뒤덮여 있는 듯 보인다!

모든 것은 릴러가 이제까지 수없이 보아온 그대로였다. 그러나 온 세계가 완전히 표정을 바꾸어버린 것 같이 보였다.

"어떤 극적인 일이 일어났으면 좋겠다는 희망을 품다니, 나는 얼마나 어리석었던가! 아, 단조롭지만 유쾌한 나날들이 다시 찾아와준다면 좋으련만! 이제 결코 두 번 다시 불평을 하지 않을 테니까."

릴러의 세계는 파티 다음날 산산이 무너져버렸다. 가족들이 잉글사이드에서 점심 식사를 한 뒤 식탁을 둘러싸고 앉아 전쟁이야기를 하고 있을 때 전화 벨이 울렸다. 샬럿타운에서 젬에게 걸려온 장거리 전화였다.

이야기를 끝내자 젬은 수화기를 내려놓고 돌아섰다. 그 얼굴은 불타오르고 눈이 반짝이고 있었다. 젬이 한 마디도 하기 전에 어머니와 낸과 다이의 얼굴이 새파래졌다. 릴러는 태어나서 처음으로 자기 가슴의 고동이 모두에게 들리고 있을 게 틀림없다고 여기며 무언가가 자신의 목을 꽉 움켜잡는 것 같았다.

"아버지, 시내에서 의용병을 모집하고 있습니다. 벌써 많이 입대했어요. 나는 오늘 밤 입대수속을 하러 가려고 합니다."

블라이스 부인은 띄엄띄엄 외쳤다.

"오—젬 아가야."

몇 해 동안이나 이렇게 부른 일이 없었다—젬이 그렇게 부르는 걸 싫어한 뒤로 한 번도 없었다.

"오—안 돼—안 된다—젬 아가야."

젬이 말했다.

"그렇게 해야만 합니다, 어머니. 내 생각이 옳습니다—그렇지요, 아버지?"

블라이스 박사는 일어서 있었다. 그의 얼굴도 새파랬고 목소리는 낮게 가라앉아 쉬어 있었다. 그러나 머뭇거리지 않았다.

"그래, 젬, 그렇고말고—네가 그렇게 느낀다면 옳은 거야—"

절망에 빠진 블라이스 부인은 얼굴을 감쌌다. 월터는 시무룩해져 말없이 접시를 내려다보고 있었다. 낸과 다이는 서로 손을 마주잡았다. 설리는 애써 태연한 척하려고 했다. 수전은 먹고 있던 파이를 접시에 내려놓은 채 마비된 듯 가만히 앉아 있었다. 파이는 수전의 마음속 격동을 웅변적으로 증명하고 있었다. 왜냐하면 수전은 음식을 먹다 남긴다는 것은 문명사회에 대한 기본적인 죄악으로 여기고 있었기 때문이다. 그것은 고의적인 낭비라고 하던 그녀의 주장을 보기 좋게 깨뜨리고 있었다.

　젬은 다시 전화기 쪽으로 돌아섰다.

　"목사관에 전화해야 해요. 제리도 가고 싶어할 테니까요."

　이 말을 듣자 낸은 몸이 칼에 찔린 듯 오! 외마디 소리를 치며 참다못해 방에서 뛰쳐나갔다. 다이가 그 뒤를 쫓아갔다.

　릴러는 위안을 받으려고 월터 쪽을 보았으나, 그는 깊은 생각에 잠겨 릴러는 생각지도 않았다.

　젬은 피크닉에 갈 의논이라도 하고 있는 것처럼 침착했다.

　"좋아. 너도 그러리라 여겼어.—그래, 오늘 밤이야.—7시에—역에서 만나자. 잘 있어."

　가엾은 수전은 파이를 밀쳐놓았다.

　"마님, 내 눈을 뜨게 해줄 수 없나요. 나는 지금 꿈꾸고 있는 걸까요—아니면 깨어나 있는 걸까요? 젬은 자기가 무슨 말을 하고 있는지 아는 것일까요? 정말 젬이 군인으로 입대한다는 말인가요? 설마 정부에서도 저런 아이까지 필요한 건 아니겠지요! 말도 안 되는 소리예요. 설마 마님께서, 선생님께서 허락하지는 않겠지요?"

　블라이스 부인이 목멘 소리로 말했다.

　"우리로서는 저 아이를 말릴 수가 없어요. 오, 길버트!"

　블라이스 박사는 아내 뒤로 돌아가 살그머니 손을 잡고 부드러운 잿빛 눈을 내려다보았다. 전에도 꼭 한 번 지금처럼 괴로움을 호소하고 있는 눈을 본 적이 있다. 둘 다 그때 일을 생각하고 있었다—여러 해 전 '꿈의 집'에서 어린 조이스가 죽었을 때의 일이었다.

"다른 이들이 가니까—그러는 게 자신의 의무라고 여기고 있는데—못 가게 잡고 싶단 말이지?—저 아이에게 자기 이익만 생각하는 이기적이고 소견 좁은 짓을 하게 하고 싶단 말이야?"

"그렇지는 않아—그렇지는 않아! 하지만—아—우리의 첫아들인데—저 아이는 아직 어린데—길버트—나도 담담해지려 하고 있어—하지만 지금은 안 돼—너무 갑작스러운 일이야. 내게 시간을 줘."

의사와 아내는 방에서 나갔다.

젬은 가버렸다—월터도 나간 뒤였다. 셜리도 힘없이 일어나 나갔다. 릴러와 수전은 모두 사라진 식탁을 사이에 두고 얼굴을 마주보고 있었다. 릴러는 아직 울지 않았다—아연하여 눈물도 나오지 않았다. 그때 비로소 깨닫고 보니 수전이 흐느끼며 울고 있었다. 여태까지 눈물 한 방울 보인 적 없는 수전이었다.

릴러가 물었다.

"아, 수전, 젬은 정말 가나요?"

수전은 결연히 눈물을 닦고 울음을 억누르며 일어섰다.

"접시를 닦아야지. 비록 모든 사람의 머리가 돌아버린다 해도 이것만은 해야 할 일이니까. 자, 착한 아이니 울지 마. 아마도 젬은 가겠지. 하지만 젬이 가기 전에 전쟁은 끝나버릴 거야. 가엾은 어머니에게 걱정끼치지 않도록 우리는 기운내야 해."

릴러는 도저히 믿을 수 없었다.

"오늘 신문에 키치너 경*¹이 전쟁은 3년 동안 이어진다고 말했다고 나와 있었어요."

---

*1 영국 군인. 1850~1916. 제1차 세계대전이 시작되자 육군장관이 되었음.

수전은 침착해져 있었다.

"나는 키치너 경과는 모르는 사이지만, 그도 다른 사람들처럼 잘못 생각하는 일이 가끔 있겠지. 네 아버님 말씀으로는 전쟁이 두세 달 뒤면 끝날 거래. 나는 무슨 경이라는 사람의 의견 못지않게 네 아버님 의견을 믿고 있어. 그러니 우리는 마음을 가라앉히고 하느님께 모든 것을 맡기고, 지금은 여기를 치워야지. 나는 울지 않겠어. 시간 낭비고, 모두의 기분을 상하게 하니까."

젬과 제리는 그날 밤 샬럿타운으로 갔으며 이틀 뒤 카키색 군복차림으로 돌아왔다. 이 일로 글렌 마을은 온통 열광하여 들끓었다. 잉글사이드 생활은 갑자기 팽팽하게 긴장되어 가슴 뛰게 되었다. 블라이스 부인과 낸은 얼굴에 미소를 띠고 의연하게 움직였다. 블라이스 부인과 미스 코닐리어는 이미 적십자 조직을 편성하기 시작하고 있었다. 블라이스 박사와 메러디스 목사는 애국자협회를 만들기 위해 남자들을 동원했다.

릴러는 처음의 충격이 지나자 슬픔에 잠기면서도 이 일이 전체적으로 낭만적인 반응을 나타냄을 느꼈다. 군복차림을 한 젬은 확실히 훌륭했다. 캐나다 젊은이들이 조국의 요구에 이처럼 재빨리 이해타산을 버리고 두려움 없이 응한 것은 생각만 해도 멋졌다. 릴러의 오빠들은 이처럼 나라의 부름에 응하지 않은 소녀들 사이에서 보란 듯이 머리를 번쩍 들고 다녔다. 릴러는 일기에 이렇게 썼다.

내가 남자였다면 그렇게 할 게 틀림없을 일을 그들은 하러 가는 것이다.

릴러는 진심으로 그렇게 생각하고 있었다. 만일 자기가 남자라면 물론 갈 것이다! 의문의 여지가 없다.

릴러는 월터가 장티푸스를 앓고 난 뒤 모두가 바라는 대로 빨리

회복되지 않기를 다행이었다고 여기는 것은 아주 나쁜 일일까 하고
생각했다.

릴러는 또 이렇게 썼다.

월터가 가게 되면 나는 정말 참을 수 없다. 젬도 무척 좋지만, 월
터는 내게 있어 이 세상 어느 누구보다도 소중하다. 월터는 요즘
많이 달라져버렸다. 나와 거의 말을 하지 않는다. 그도 가고 싶은
데, 가지 못하는 것을 괴로워한다고 여겨진다. 월터는 젬, 제리와
전혀 나다니지 않는다.

젬이 카키색 군복을 입고 돌아왔을 때 수전의 얼굴을 나는 언
제까지나 잊을 수 없으리라. 수전의 얼굴은 경련을 일으킨 듯 일
그러져 금방 울음을 터뜨릴 것 같았으나 다만 이렇게 말했을 뿐이
었다.

"그것을 입으니 꼭 어른 같아 보이는구나, 젬."

젬은 환히 웃었다. 수전이 아직 어린아이로 대해도 젬은 결코 탓
하지 않는다.

나 말고는 모두들 바빠 보인다. 나도 할 수 있는 일이 무언가 있
으면 좋겠다고 여기지만, 아무것도 없는 듯하다. 어머니도 낸도 다
이도 하루 종일 바쁜데, 나는 혼자 외로운 유령처럼 떠돌아다니고
있다.

어머니와 낸의 미소 지은 얼굴이 마치 억지로 만들어 붙인 듯
어색한 것이 못 견디게 마음에 걸린다. 지금 어머니의 눈은 결코
웃지 않는다. 그것을 보면 나도 웃어서는 안 된다는 생각이 든
다—웃고 싶어지는 건 나쁜 일인 것처럼 느껴진다. 더구나 비록
젬이 전쟁터에 간다고 하는데 웃지 않고 있어야 하는 것은 내게 무
척 힘든 일이다.

하지만 웃고 있어도 전처럼 즐겁지 않다. 등 뒤에 줄곧 무언가가

숨어 있어 나를 계속 쿡쿡 쑤시며 괴롭힌다. 특히 밤에 잠이 깼을 때 그렇다. 그러면 하르툼*²의 키치너*³가 말한 대로 전쟁이 몇 년이나 이어지는 게 아닌가 걱정되어 울음이 터져나온다.

그리고 젬이 만일—아니, 그런 것은 쓰지 말자. 쓰면 정말로 그렇게 될 것처럼 여겨지니까.

얼마 전에 낸이 말했다.

"우린 누구나 두 번 다시 전처럼 되지 못할 거야."

그 말을 듣고 나는 화가 머리 끝까지 치밀었다. 왜 다시 전처럼 되지 못한단 말인가—모든 것이 끝나고 젬과 제리가 무사히 돌아왔을 때? 우리는 모두 다시 행복하고 명랑해져, 요즘 같은 나날은 악몽으로밖에 여기지 않게 될 게 틀림없다.

이제는 우편물이 오는 게 나날의 가장 가슴 죄는 일이 되었다. 아버지는 신문을 움켜잡는다—여태까지 나는 아버지가 물건을 움켜잡는 것을 본 일이 없었다—그리고 우리는 모두 둘레에 물러서서 아버지 어깨 너머로 신문 표제를 본다.

수전은 신문에 쓰여진 일은 한 마디도 믿지 않고 믿을 마음도 없다고 잘라 말하면서도 늘 부엌문 앞에서 가만히 듣고는 머리를 내저으며 돌아간다. 수전은 내내 분개하면서도 젬이 특별히 좋아하는 음식을 모두 만들어 놓았고, 어제 먼디가 손님용 침실의 레이철 린드 아주머니가 만든 사과나뭇잎 무늬 퀼트 이불 위에서 자는 것을 보고도 전혀 나무라지 않았다.

"머지않아 네 주인이 어떤 곳에서 자게 될지, 그건 하느님밖에 모르시겠지. 너도 가엾구나."

그리고 수전은 상냥하게 먼디를 밖으로 내보냈다.

그러나 '박사'에게는 용서없었다. 이 고양이는 군복 입은 젬의 모

---

*2 수단의 수도.
*3 그즈음 수단은 이집트와 영국의 지배 아래 있었으며, 키치너는 이집트 총독이었음.

습을 보는 순간 하이드로 바뀌었다. 이 일이야말로 이 고양이의 정체를 나타내는 것으로 여긴다고 수전은 말했다. 수전은 가끔 이상한 말을 하지만 좋은 사람이다. 수전은 반쯤 천사이고, 반쯤은 솜씨 좋은 요리사라고 셜리가 말했다. 하지만 우리들 가운데 수전에게 야단맞지 않는 사람은 셜리뿐인걸, 뭐.

페이스 메러디스는 훌륭하다. 이제는 정말로 젬과 약혼한 듯하다. 눈에 반짝이는 빛을 띠고 있으나, 그 웃음 띤 얼굴은 우리 어머니처럼 얼마쯤 어색하게 굳어 있다. 만일 내게 연인이 있고 그 사람이 싸움터에 나간다면, '나는' 페이스처럼 용감해질 수 있을지 어떨지 모르겠다. 오빠인데도 나는 이토록 괴로운데.

브루스 메러디스는 젬과 제리가 간다는 말을 듣고 밤새도록 울었다고 메러디스 부인이 말했다. 그리고 아버지가 말한 'K의 K'*4란 왕 중의 왕*5을 말하는 것인지 부디 가르쳐 달라고 했다 한다.

그처럼 귀여운 아이는 없다. 나는 브루스를 썩 좋아한다—사실은 아이를 그리 좋아하지 않는다. 갓난아기는 더더욱 좋아하지 않는다—그러나 내가 그렇게 말하면 사람들은 마치 내가 무슨 어이없는 말이라도 한 듯이 내 얼굴을 빤히 바라본다.

그렇다, 인정하자, 좋아하지 않는다. 그 사실을 솔직히 말해 둬야만 한다. 그래도 다른 사람이 안고 있는 예쁘고 사랑스러운 아기라면 보는 것이 싫지는 않다—하지만 무슨 일이 있어도 만져볼 마음은 일지 않고 흥미 같은 건 전혀 없다.

올리버 선생님도 동감이라고 말했다.(선생님처럼 정직한 사람은 본 일이 없다. 결코 마음에 없는 말을 하지 않는다.) 선생님은 갓난아기에게 따분함을 느끼지만, 말을 할 만큼 자라면 좋아진다고 했다—하지만 그때도 좀 떨어져 있어야만 한다고 말했다. 어머니도

---

*4 Kitchener of Khartoum. 하르툼의 키치너의 준말.
*5 King of King. 하느님.

낸도 다이도 아기라면 정신없이 열중하므로 그렇지 않은 나를 이상하게 여기고 있는 듯하다.

그 파티 날 밤 뒤로 케니스를 만나지 못했다. 젬이 돌아온 뒤 어느 날 밤 이곳에 왔었던 듯한데 마침 나는 집에 없었다. 케니스는 내 이야기를 전혀 입 밖에 내지 않았던 것 같다―적어도 케니스가 나에 대해 이야기하더라는 말을 아무도 내게 해주지 않았고, 나도 묻지 않으려고 '결심'했다―하지만 그런 일은 전혀 상관없다. 그때는 심각했던 모든 게 지금의 나에게는 '결코 아무것도' 아니니까.

중대한 일은 오직 하나, 젬이 군대에 지원해 2,3일 뒤면 발카르티에로 간다는 사실뿐이다―훌륭한 큰오빠 젬, 아, 나는 셈이 아주 자랑스럽다!

케니스도 발목만 다치지 않았더라면 입대했을 것이다. 이것은 참으로 하늘의 도움이라고 여겨진다. 케니스는 그의 어머니에게 단 하나뿐인 아들이니 만일 가게 된다면 어머니가 얼마나 괴로워할지 모른다. 외아들은 가족을 버리고 가려는 생각은 결코 해서는 안되는 것이다!

월터가 어슬렁어슬렁 뒷짐을 지고 고개를 숙인 채 릴러가 앉아 있는 골짜기로 걸어왔다. 릴러를 보자 월터는 갑자기 방향을 바꿔 가려다가 다시 획 돌아서서 릴러 쪽으로 다가왔다.

"릴러 마이 릴러, 무슨 생각을 하고 있니?"

릴러는 슬픈 듯 대답했다.

"모든 게 너무도 달라져버렸어, 월터. 오빠까지―달라져버렸는걸. 1주일 전까지 우리는 모두 다 행복했는데―그런데―그런데―지금 나는 내 자신을 발견할 수 없어. 미아가 되어버렸어."

월터는 가까운 돌에 걸터앉아 호소하는 듯한 릴러의 작은 손을 힘을 주어 잡았다.

"우리들의 옛 세계는 이미 끝난 게 아닐까, 릴러. 우리는 이 사실에 피하려 해서도 안 되고 맞서 나가야만 하는 거야."

"젬을 생각하면 못 견디겠어. 때로는 잠깐 동안만이나마 그 참다운 뜻을 잊고 열광하거나 우쭐대지만—그런 뒤에는 다시 차가운 바람을 세게 얻어맞은 듯한 기분이 들어."

월터는 기분이 언짢았다.

"나는 젬이 부러워."

"젬이 부럽다고? 어머나, 월터, 오빠도—오빠도 가고 싶다는 말은 아니겠지?"

"그래."

월터는 앞쪽 짙푸른 골짜기의 나무들을 물끄러미 내려다보았다.

"그래, 나는 가고 싶지 않은 거야. 그래서 더 괴로워하고 있어. 릴러, 나는 전쟁터에 가는 것이 무서워. 나는 겁쟁이야."

릴러는 분연히 떨쳐 일어나며 소리쳤다.

"그렇지 않아! 누구나 다 전쟁터에 가는 것을 무서워해. 자칫하면—자칫하면 죽을지도 모르잖아."

월터의 목소리가 나직하게 이어졌다.

"아프지만 않다면 나는 그런 건 괜찮아. 나는 죽음 그 자체를 무서워한다고는 생각지 않아. 죽음 전에 찾아올 고통을 두려워하고 있는 거야. 죽어서 그것으로 끝나버리는 거라면 그토록 싫지는 않겠지. 그러나 앞서 죽음에 괴로움이 기다리고 있다면! 릴러, 나는 본디부터 통증을 몹시 두려워했었어. 너도 알고 있을 거야.

칼로 갈기갈기 잘리거나 또는—또는 장님이 될 수도 있다는 것을 생각하면 나는 두려움을 느끼지 않을 수 없어. 몸이 부르르 떨릴 정도야. 릴러, 나는 이 무서움에 똑바로 맞설 수가 없어. 장님이 된다고 생각하면—이 아름다운 세계를 두 번 다시 볼 수 없다고 생각하면—달밤의 포 윈즈도—전나무 너머로 빛나는 별도—만의 안개도 두 번 다시 볼 수 없다고 생각하면 견딜 수 없어.

사실, 나는 가야 하는 거야—가고 싶다고 생각해야만 해—그러나 나는 가고 싶지 않아—생각만 해도 싫어—그래서 부끄러워—부끄러운 거야."

릴러는 비통한 목소리로 말했다.

"하지만 오빠는 아무래도 갈 수 없잖아. 아직 건강하지 않은걸, 뭐."

월터도 마침내 가게 되는 게 아닐까 하는 두려움으로 겁을 먹은 릴러는 비참한 기분이 되었다.

"아니, 나는 건강해. 요 한 달 동안 전과 다름없이 건강해졌다고 느끼고 있어. 어떤 검사에도 통과할 거야—나는 알고 있어. 모두들 내가 아직 건강해지지 않았다고 여기고 있어—나는 그 생각 뒤에 비겁하게 웅크리고 숨어 있는 거야. 나는—나는 여자로 태어났어야만 했어."

월터는 격렬하게 자기의 힘든 마음을 눈물로 터뜨렸다. 릴러는 오빠를 따라 흐느껴 울었다.

"비록 오빠가 건강해졌다 해도 가면 안 돼. 어머니는 어떻게 하라고? 어머니는 젬 일로 가슴이 터질 듯할 거야. 둘 다 가는 걸 보면 어머니는 돌아가시고 말텐데."

"나는 안 가—걱정하지 않아도 돼. 알겠니, 나는 가는 게 무서워, 무서워. 나는 내 자신에게 잘난 체하는 말은 하지 않아. 그나마 너에게 털어놓는 건 큰 구원이야, 릴러. 다른 어떤 사람에게도 털어놓을 기분이 들지 않아—낸이나 다이는 나를 경멸할 거야.

하지만 나는 그 모든 게 싫어—공포, 괴로움, 추함. 전쟁은 카키색 군복도 아니고 교련(敎練)도 아니야—오랜 역사로 읽어서 안 일이 모두 내 머릿속에서 떠나지 않아. 밤에 잠이 깬 채로 멍하니 있으면 여태까지 일어났던 일들이 뚜렷하게 보여—피며 불결함이며 비참한 일들이.

그리고 총검돌격! 비록 다른 일에는 맞설 수 있을지라도 이것에만은 '도저히' 맞설 수 없어. 생각만 해도 가슴이 메슥거려—상처받는 것보다도 그 상처를 주는 경우를 생각하면 더욱더 메슥거려—총검으로 다른 사람을 찌르는 것을 생각하면 말이야!"

월터는 괴로워하며 몸을 떨었다.

"이런 일을 나는 늘 상상하고 있어—젬과 제리는 이런 일을 생각해 본 적 없으리라고 여겨. 그들은 웃으며 '독일군을 닥치는 대로 무찌르는' 이야기를 아무렇지 않게 하고 있어. 하지만 나는 군복차림의 그 두 사람을 보면 미칠 것만 같아. 그 두 사람은 내가 갈 수 없는 몸이어서 초조해 하는 줄 알고 있어."

월터는 씁쓸하게 웃었다.

"자신을 겁쟁이라고 느끼는 건 좋은 일이 못되거든."

그러나 릴러는 월터에게 와락 달려들어 그의 어깨에 머리를 기댔다. 월터가 가고 싶어하지 않으므로 릴러는 매우 기뻤다. 한때 아주 걱정했던 것이다. 게다가 월터로부터 괴로움을 고백받은 일도 기뻤다. 다이가 아닌 자기에게 털어놓은 것이다. 릴러는 이제 씁쓸하다고도, 자신이 쓸모없는 사람이라는 기분도 들지 않았다.

월터는 슬픈 듯 물었다.

"나를 경멸하지 않니, 릴러 마이 릴러?"

월터는 릴러가 미워할지도 모른다고 생각하니 왠지 괴로웠다—다이로부터 경멸받는 일 못지않게 괴로웠다. 갑자기 월터는 곤혹에 잠긴 아가씨다운 얼굴에 호소하는 듯한 눈을 가진, 자기를 숭배하는 이 어린 여동생을 자신이 얼마나 귀여워하고 있는지 깨달았다.

"아니야, 그렇지 않아. 몇백 명이나 되는 사람들이 모두 오빠와 같은 마음일 거야. 독본 제5권에 나오는 그 셰익스피어의 시가 있잖아—'용감한 사람이란 두려움을 느끼지 않는 사람을 말하는 게 아

니다'라고.'

"그렇지—하지만 '그 숭고한 마음은 두려움을 극복한다'라고 했어. 나는 그렇지 않아. 속임수를 쓸 수는 없어, 릴러. 나는 겁쟁이야."

"그렇지 않아. 오래전 댄 리스와 싸웠을 때의 일을 생각해 봐."

"일생 동안 꼭 한 번 용기를 불러일으킨 적이 있었다고 해서, 그것으로 충분하다고 할 수 없어."

"오빠, 언젠가 아버지가 오빠의 곤란한 점은 예민한 신경과 생생한 상상력이라고 말한 일이 있었지. 아버지의 말뜻을 알 수 있을 것 같아.

오빠는 무슨 일이 실제로 일어나기도 전에 그것을 온몸으로 느껴버리는 거야. 그 무거운 짐을 함께 져주는 사람도 없고, 무거운 짐으로부터 오빠를 끌어내주는 사람도 없이 오직 혼자 느끼고 있는 거야. 잘 이야기할 수는 없지만—그러나 그것이 오빠에게 무엇보다 골치아픈 점이라는 걸 알 수 있어. 아무것도 부끄러워 할 일이 아니야.

2년 전 오빠가 젬 오빠랑 모래언덕의 불타오르는 풀밭에서 손을 데었을 때, 젬 오빠가 두 배나 더 아프다고 떠들어댔잖아. 이 무서운 전쟁에는 오빠가 나서지 않더라도 얼마든지 갈 사람이 있어. 오래 이어지지도 않을 거야."

"그것을 믿을 수 있다면. 자, 저녁 식사 시간이야. 릴러, 가도록 해. 나는 아무것도 먹고 싶지 않으니까."

"나도 그래. 한 입도 먹을 수 없어. 여기 함께 있게 해줘, 오빠. 누구든 마음에 담아 둔 것을 이야기한다는 건 후련해지는 일이야. 다른 사람들은 나 같은 어린아이는 아무것도 모른다고 여기고 있거든."

두 사람이 해묵은 골짜기에 앉아 있는 동안 단풍나무숲 위에 드리워진 엷은 잿빛 망사 구름을 뚫고 초저녁 별이 반짝이기 시작했다. 그들이 있는 조그만 골짜기 위로 촉촉한 이슬을 머금은 향긋한 저녁 어둠이 내렸다.

이 시간은 릴러가 한평생 가슴에 간직할 소중한 추억이 될 만한 밤이었다―그것은 월터가 처음으로 릴러를 어린아이가 아닌 어른을 대하듯 이야기해 준 밤이었다.

두 사람은 서로 위로하고 진심으로 격려해 주었다. 월터는 잠시나마 전쟁의 끔찍한 불행에 대해 두려워하는 것은 마침내 그토록 경멸받을 일이 아니라는 기분이 들었고, 릴러는 월터로부터 괴로움을 털어놓을 상대로 선택된 것이 기뻤다―월터를 동정하고 격려하는 일이 기뻤다. 그녀도 누군가에게 쓸모 있었던 것이다.

두 사람이 잉글사이드로 돌아가니 때마침 베란다에 손님이 있었다. 목사관의 메러디스 부부와 농장의 노먼 더글러스 부부였다. 소피어도 수전과 함께 어두컴컴한 자리에 앉아 있었다.

블라이스 부인과 낸과 다이는 집에 없었지만, 블라이스 의사와 고양이 지킬 박사는 있었다. 박사는 층계 맨꼭대기에 금빛찬란하게 위엄을 떨치며 앉아 있었다. 사람들은 물론 모두 전쟁이야기를 하고 있었다. 박사만은 가슴속 이야기를 하지 않고 고양이 특유의 경멸하는 표정을 띠고 있었다.

이즈음은 둘만 모여도 전쟁이야기를 했고, 항구 곳 하일랜드 샌디 할아범은 혼자 있으면서도 전쟁이야기를 하며 눈길 닿는 한 자기 농장 여기저기에서 카이저를 향한 저주를 던졌다.

월터는 사람들을 만나고 싶지 않고 자신의 모습을 보이고 싶지도 않아 살짝 사라져버렸으나, 릴러는 층계에 앉았다. 층계 언저리에는 뜰의 박하에 이슬이 내려 짙게 알싸한 향기를 뿜고 있었다. 아주 고요한 밤으로, 골짜기 마을이 금빛 저녁해에 빛나고 있었다.

릴러는 두려웠던 이 1주일 동안 지금만큼 행복하게 느낀 일이 없었다. 이제는 월터가 가지 않을까 하는 걱정으로 끊임없이 괴로워하지 않아도 되었다.

노먼 더글러스가 분개하며 말했다.

"내가 스무 살만 젊어도 지원해 나가는 건데."

노먼은 흥분하면 언제나 고함을 질렀다.

"카이저에게 본때를 보여주는 거야! 지옥은 없다느니 하는 말을 내가 한 적이 있소? 물론 지옥은 있소—몇 다스나—몇 백이나 있지—카이저와 그들 패거리가 떨어질 지옥 말이오."

더글러스 부인이 우쭐거리며 말했다.

"이 전쟁이 시작되리라는 걸 오래전 '나는' 이미 알고 있었어요. 시작되는 게 내 눈에 보였으니까요. 그 얼빠진 영국사람들에게 앞길에 무엇이 기다리고 있는지를 가르쳐주고 싶을 정도였어요.

존, 몇 해 전 카이저*6가 어떤 일을 하고 있는지 내가 말했을 때 믿지 않았죠. 그때 카이저가 세계를 전쟁으로 몰아넣는 일은 결코 없을 거라고 했잖아요. 누구 생각이 옳았죠, 존? 당신인가요—아니면 나인가요? 자, 말해 보세요."

메러디스 씨가 말했다.

"처형이 옳았음을 인정합니다."

"이제 와서 인정해 봐야 이미 늦었어요."

더글러스 부인은 머리를 내저었다. 마치 존 메러디스가 그 사실을 좀 더 빨리 인정했더라면 전쟁은 일어나지 않았으리라는 말투였다.

블라이스 의사가 말했다.

"영국 해군이 언제라도 싸울 태세가 되어 있어 그나마 다행이지요."

더글러스 부인은 고개를 끄덕였다.

"동감이에요. 사람들은 거의 눈을 뜨고 있어도 박쥐처럼 보이지 않았는데, 뭔가 선견지명이 있어 앞을 내다본 사람이 있었던 모양이죠."

소피어가 가련한 목소리로 말했다.

"아마 영국은 소용돌이에 휩쓸려들지 않고 조용히 끝내려 하겠죠.

---

*6 황제·원수라는 뜻으로, 여기에서는 독일 황제를 가리킴.

나는 잘 모르지만, 왠지 그런 기분이 들어요."

"그 말은 마치 영국이 목까지 푹 어지러움 속에 잠겨 있는 듯 들리는군, 소피어. 하지만 소피어의 사고방식은 예나 지금이나 나로서 알 수가 없으니까. 내 생각으로는 영국 해군이 눈 깜짝할 사이에 독일을 처부숴버려, 우리는 쓸데없이 소란을 피운 게 되리라고 여겨."

수전은 내뱉듯이 말했는데, 그것은 다른 사람에게라기보다 자기 자신을 납득시키고 싶기 때문인 듯했다. 수전은 인생의 길잡이라고도 할 만한 소박한 철학을 자기 나름대로 얼마쯤 지니고 있었으나, 이 마른 하늘의 날벼락과도 같은 1주일 동안에 대하여 갖추어야 할 것은 아무것도 갖고 있지 않았다.

몇천 마일이나 떨어진 곳에서 일어나고 있는 전쟁을 글렌 세인트 메리 마을의 성실하고 근면한 장로교회파인 한 노처녀가 어떻게 할 수 있단 말인가? 수전은 이런 일로 마음을 어지럽히는 것은 경박한 짓이라고 느꼈다.

노먼이 소리쳤다.

"영국 육군이 독일을 밀어붙일 거요. 이보시오, 영국 육군이 모두 모이면 카이저도 코밑 수염을 양쪽으로 죽 뻗치고 베를린 거리를 행진하는 것과 진정한 전쟁은 다르다는 걸 알 거란 말입니다."

더글러스 부인이 힘주어 말했다.

"영국에 육군은 없어요. 나를 쏘아보지 말아요, 노먼. 노려본다고 풀줄기에서 군대가 저절로 만들어지지는 않으니까요. 몇 만 몇십 만의 병사는 독일의 몇 백만 병사를 만나면 한입에 꿀꺽 삼켜져버리고 말아요."

그러나 노먼은 완강하게 주장했다.

"한입에 삼킨다 해도, 씹으려면 애를 좀 먹어야 할 거요. 덕분에 독일은 이가 부러져버릴걸. 알겠소, 영국사람 하나는 외국인 열에 해당된단 말이오."

수전이 말했다.

"늙은 프라이어 씨는 이 전쟁을 좋게 생각지 않고, 영국이 전쟁에 끼어든 것은 독일을 샘냈기 때문이며 벨기에에서의 일을 정말로 염려한 건 아니라고 말한다더군요."

노먼도 말했다.

"그 녀석이라면 그런 얼빠진 말을 할 테지요. 그렇게 말하는 걸 나는 못 들었지만 말이오. '달에 구레나룻' 녀석 그런 말을 했다간 어떤 꼴을 당할지 알 수 없을걸. 나의 소중한 친척인 키티 앨릭도 그런 소리를 떠벌리는 모양이지만 내 앞에서는 못 그러죠—누구든 내 앞에서는 그런 이야기를 하려 들지 않소. 내 앞에서 그런 소리를 지껄이는 것은 건강상 좋지 못하다는 불길한 예감을 느끼기 때문일 거요."

"이 전쟁은 우리들의 죄에 대한 벌로 일어난 게 아닐까 여겨져요."

소피어는 창백한 손을 무릎에서 풀어 가슴 언저리에 다시 무겁게 마주 쥐었다.

"이 세상은 악이 넘치고 있어요. 말세지요."

노먼이 껄껄 웃었다.

"여기 계신 목사님도 같은 생각일 겁니다. 그렇잖습니까, 목사님? 그래서 목사님은 지난날 밤 '피를 흘리지 않으면 죄를 용서받을 수 없다*7라는 구절을 전했겠지요.

나는 목사님 설교에 찬성하지 않아요. 자리에서 일어나 목사님 말은 한 마디도 분별이 없다고 소리치고 싶었지만, 여기 있는 엘런에게 단단히 억눌림을 당했죠. 결혼한 뒤로 나는 목사를 꼼짝 못하게 하는 즐거움을 한 번도 맛보지 못하고 있소."

"피를 흘리지 않고는 아무것도 이룰 수 없습니다."

메러디스 씨는 부드럽고 꿈꾸는 듯한 목소리로 대답했는데, 그 말

---

*7 신약성서 헤브라이인에게 보내는 편지 제9장 22절.

투는 듣는 사람을 납득시키는 뜻밖의 효과를 거두고 있었다.

"모든 것은 자기 희생으로 얻어지는 거라고 생각합니다. 우리 종족은 피를 가지고 한 걸음 한 걸음 고통에 찬 진보를 해왔습니다. 지금 우리는 다시 붉은 피를 흘리지 않으면 안 되는 것입니다.

아니, 크로퍼드 부인, 나는 이 전쟁이 죄의 벌로 일어난 거라고는 생각지 않습니다. 인류가 어떤 축복—그 대가만이 가치 있는 위대한 어떤 전진을 위하여 치러야만 하는 대가라고 생각합니다. 그래서 얻은 것을 우리가 살아 있는 동안에 볼 수 없을지도 모르지만, 우리 아이들이 낳은 그 아이들이 이어받겠죠."

노먼이 따져 물었다.

"만일 제리가 죽는다면 그런 좋은 기분으로 계시지 못하겠지요?"

노먼은 한평생 이런 말을 해왔으며, 어째서 그런 말을 해서는 안 되는지 그에게 납득시키는 일은 아무래도 불가능했다.

"허, 내 정강이를 걷어차지 않아도 좋소, 엘런. 나는 목사님이 진심으로 이야기하는 것인지 아니면 설교단에서 허세를 부리는 것인지 알고 싶을 뿐이니까."

메러디스 씨의 얼굴이 심하게 떨렸다. 젬과 제리가 샬럿타운으로 간 날 밤 메러디스 씨는 혼자 서재에 들어앉아 괴로운 한때를 보냈던 것이다. 그러나 그는 조용히 대답했다.

"내 기분은 어떻든, 내 신념—아들들이 조국을 지키러 나아가 생명을 바친 나라는 그들의 희생으로 보다 새로운 이상을 실현시킬 수 있다는 내 확신은 바꿀 수 없습니다."

"진심이겠지요, 목사님. 나는 본디부터 사람이 무슨 말을 할 때 진심인지 어떤지 잘 압니다. 태어나면서부터 지닌 천분이죠. 그래서 대개 목사는 나를 두려워했지요! 그러나 목사님이 진심으로 말하지 않는 때를 붙잡은 적은 없소. 알아내고 싶다고 늘 바라고 있지만 말입니다. 그러므로 교회에 갈 마음이 드는 셈이오. 그렇게 되면 나는 아주 즐거울 텐데—여기 있는 엘런이 나를 교화하려 할 때 꼼짝 못하게 하는 데 아주 좋은 무기가 될 거요.

그럼, 길 건너편 에이브 크로퍼드 씨를 잠시 만나러 갔다오리다. 여러분에게 신의 은총이 내리기를."

노먼이 성큼성큼 나가자 수전이 중얼거렸다.

"저 이교도 녀석!"

엘런 더글러스에게 들려도 상관없다고 생각했다. 저토록 목사님을 모욕하는데 왜 하늘에서 노먼 더글러스 위로 불이 떨어지지 않는지 수전은 이해할 수 없었다. 그러나 놀랍게도 메러디스 씨는 이 동서를 진심으로 좋아하고 있는 듯했다.

릴러는 사람들이 뭔가 전쟁 아닌 다른 이야기를 했으면 좋겠다고 생각했다. 1주일 동안 다른 이야기는 하나도 듣지 못했으므로 사실 그녀는 좀 싫증이 났다.

월터가 가고 싶어하는 게 아닐까 하는 생각이 잠시도 머리에서 떠나지 않던 걱정으로부터 풀려난 지금, 전쟁 이야기를 들으니 초조했다. 그러나 릴러는 전쟁은 아직 서너 달 이어질 거라고—한숨을 쉬며—생각했다.

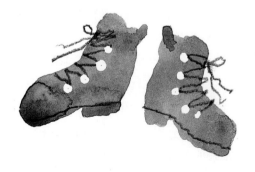

수전, 릴러, 먼디 결심하다

잉글사이드의 넓은 거실에는 눈이 날려와 쌓인 듯 흰 무명이 펼쳐져 있었다. 적십자 본부에서 시트와 붕대가 필요하다는 소식이 왔던 것이다. 낸과 다이와 릴러가 열심히 일하고 있었다.

블라이스 부인과 수전은 2층 남자아이들 방에서 좀 더 개인적인 일을 하고 있었다. 눈물도 안 나오는 괴로움에 찬 눈으로 두 사람은 젬의 짐을 꾸리고 있었다. 젬은 다음날 아침 퀘벡 언저리의 발카르티에로 떠나야만 했다. 가족들은 이 소식을 예상하고 있었지만, 드디어 그때가 왔을 때에는 마음 또한 괴로웠다.

릴러는 태어나서 처음으로 시트 가장자리에 시침질을 하고 있었다. 젬이 가야 한다는 소식이 왔을 때, 릴러는 '무지개 골짜기'의 소나무 밑에서 울고 싶은 만큼 실컷 운 뒤 어머니에게로 다가갔다.

"엄마, 나 무슨 일이든 하고 싶어요. 나는 아직 어리고─전쟁에 이기기 위해 내가 할 수 있는 건 아무것도 없어요─하지만 뭔가 여기서 도움될 일을 하고 싶어요."

"시트 만들 무명이 와 있으니 낸과 다이의 일을 거들면 되겠구나. 그리고 릴러, 너는 어린 여자아이들로 적십자 소녀단을 조직할 수 있겠니? 어린 사람들은 나이든 사람들 가운데 끼는 것보다 자기들끼리 하는 게 좋고, 그편이 더 좋은 일을 할 수 있지 않을까 여겨지는데."

"하지만 엄마, 나는 아직 그런 일을 한 번도 해본 적 없어요."

"우리는 모두 앞으로 몇 달 동안 여태까지 해본 적 없는 일들을 많이 해야 될 거야, 릴러."

릴러는 결심하고 그렇게 하기로 했다.

"좋아요. 해보겠어요, 엄마─어떻게 시작하면 되는지 가르쳐주세요. 나는 곰곰이 생각해 봤는데, '용감'하고 '씩씩'하게 열심히 하고 '쓸데없는 고집을 버리기'로 마음먹었어요."

릴러의 과장된 말을 들어도 블라이스 부인은 미소 짓지 않았다. 웃고 싶은 마음이 들지 않았던 까닭인지도 모르고, 또는 릴러의 로맨틱한 겉치레 뒤에 있는 진지한 마음을 얼마쯤 느꼈기 때문인지도 모른다.

그리하여 릴러는 지금 시트 가장자리를 꿰매며 머릿속으로는 적십자 소녀단 조직에 대해 생각하고 있었다. 게다가 이것은 즐거운 일이었다─바느질이 아니라 소녀단 조직 쪽이다. 재미있을 뿐 아니라 자기에게 그 방면에 재능이 있음을 발견하고 릴러는 내심 놀랐다.

'단장은 누가 하면 좋을까? 나는 안 돼. 나보다 나이 많은 아이들이 좋아하지 않겠지. 아이린 하워드는? 안 돼, 아이린은 마땅히 믿고 따를 만한 덕이 더 있음직한데도 왠지 없어. 마저리 드류는 어떨까? 안 돼. 마저리에게는 그만큼 확고한 기개가 없어. 남이 하라는 대로 하고 말걸, 뭐. 베티 미드는─침착하고 총명하며 재치 있는 베티─꼭 어울려!

그리고 우나 메러디스를 회계로 하고, 만일 꼭 해달라고 한다면 나는 서기가 되어도 좋겠지.'

여러 위원은 소녀단이 결성된 뒤 뽑아야겠지만, 릴러는 누구에게 무엇을 시키면 좋겠다는 걸 벌써 알고 있었다.

모임 장소는 저마다의 집을 차례로 돌아 가며 쓰자—먹을 것은 전혀 내놓지 말 것. 이 일로 릴러는 올리브 커크와 격전을 벌이게 될 게 틀림없다고 각오했다. 그리고 모든 것을 아주 사무적이고 조직적으로 해야 한다. 내 의사록에는 적십자 표지가 든 흰 덮개를 씌워야지—그리고 모금을 위한 음악회에 모두가 똑같이 입을 수 있는 제복 같은 게 있으면 멋지지 않을까—무언가 산뜻하면서도 맵시 있는 것을.

다이가 주의를 주었다.

"너는 시트 윗가장자리와 아랫가장자리를 다른 쪽으로 꿰매버린 게 아니니?"

릴러는 꿰맨 데를 뜯으며 바느질 같은 건 딱 질색이라고 생각했다. 소녀단을 운영하는 편이 훨씬 재미있다.

2층에서는 블라이스 부인이 수전에게 말하고 있었다.

"수전, 젬이 처음으로 내게 조그만 손을 내밀며 '엄마'라고 했던 날의 일을 기억하고 있어요? 젬이 처음으로 하려고 했던 말을 말예요."

수전은 쓸쓸하게 대답했다.

"그 귀여운 도련님 일이라면 무엇이든지 다 죽는 날까지 잊어버리지 않을 거예요."

"수전, 나는 오늘 젬이 언젠가 나를 찾으며 울었던 날 밤의 일을 생각하고 있어요. 태어난 지 몇 달밖에 안 되었을 때였죠. 길버트는 나를 젬에게로 보내려 하지 않았어요. 젬은 몸 상태도 좋고 따뜻이 잠들게 해줬으니 내가 그렇게 하면 나쁜 버릇이 든다는 것이었어요.

그래도 나는 갔어요. 그리고 그 아이를 안아 올렸죠. 지금도 그 조그만 팔로 내 목을 꼭 잡았을 때의 느낌이 아직도 고스란히 남아 있어요. 수전, 만일 21년 전 그날 밤 그 아이가 나를 찾아 울었을 때 가서 안아주지 않았더라면 나는 '도저히' 내일 아침을 맞을 수 없을 거예요."

"나로서도 어떻게 내일 아침을 맞아야 할지 모르겠어요, 마님. 그러나 이것이 마지막 이별은 아니겠죠. 외국으로 가기 전 휴가를 얻어 돌아오겠죠?"

"그러기를 바라지만 확실히는 알 수 없어요. 나는 돌아오지 않을 것으로 생각하려고 해요. 그러면 실망하지 않아도 되니까요. 수전, 나는 내일 웃으며 젬을 보내기로 결심했어요. 아들에게는 갈 용기가 있는데, 그 아이를 보낼 용기도 없는 무기력한 어머니라는 기억을 젬에게 주지 않을 작정이에요. 아무도 울지 않았으면 좋으련만."

"나는 울지 않을 거예요, 마님. 그것만은 확실하지만, 웃을 수 있을지는 하느님 뜻과 내 마음에 따라 정해질 거예요. 이 과일 케이크를 넣을 데가 있을까요? 그리고 이 과자와 민스파이도? 그 퀘벡인가 하는 곳에는 먹을 것이 있는지 어떤지 모르지만, 젬을 굶게 해서야 되겠어요? 모든 게 한꺼번에 달라져버리는 듯하죠? 목사관의 늙은 고양이까지도 죽어버렸어요. 어젯밤 10시 15분 전에 숨을 거둔 듯한데, 브루스가 몹시 슬퍼하더라는군요."

"그 고양이도 좋은 고양이들이 가는 곳으로 갈 때가 온 거예요. 적어도 15살은 되었을 테니까요. 마서 아주머니가 돌아가신 뒤로 그 고양이는 혼자 쓸쓸해 보였어요."

"만일 하이드 고양이가 죽는다 해도 나는 슬퍼하지 않을 거예요, 마님. 젬이 군복을 입고 돌아온 뒤로 저 고양이는 거의 내내 하이드가 되어 있으니까요. 무언가 뜻이 있다고 나는 생각해요. 젬이 가버린다면 먼디는 어떻게 될까요? 그 개는 사람 같은 눈을 하고 있어서 그것을 보면 나는 가슴이 저려요. 엘런 웨스트는 전부터 카이저를 심하게 욕하여 그녀를 미치광이 같다고 여겼었는데, 이제 와서 보니 그녀의 미치광이 같은 데에는 까닭이 있다는 걸 알겠어요.

자, 이 칸은 가득 찼어요, 마님. 그럼, 아래층에 내려가 솜씨를 부려 저녁 식사 준비를 하겠어요. 언제 또 젬에게 저녁 식사를 만들어

줄 수 있을는지. 그런 생각은 우리들 눈에서 애써 숨겨져 있는 일이지만요."

젬 블라이스와 제리 메러디스는 다음날 아침 떠났다. 비가 올 듯한 흐린 날씨로, 하늘에 온통 무거운 잿빛 구름이 끼어 있었다. 그러나 글렌 마을, 포 윈즈, 항구 곶, 위 글렌, 항구 건너편에서 거의 한 사람도 빠짐없이—'달에 구레나룻' 말고는 모두—배웅하러 왔다.

블라이스 집안사람들은 쓸쓸한 미소를 띠고 있었다. 수전까지도 하느님의 명령에 따라 미소를 떠올리고 있었으나, 그 효과는 눈물을 흘리는 것보다 더 애처로운 느낌을 주었다. 페이스와 낸은 핏기없는 얼굴이었지만, 꿋꿋한 태도를 보이고 있었다. 릴러는 뭔가 목에 걸리는 것만 없으면, 그리고 입술이 발작적으로 떨리지만 않는다면 훌륭하게 견디어낼 수 있을 텐데 생각했다.

개 먼디도 와 있었다. 젬은 잉글사이드에서 먼디에게 이별을 고하려 했으나 너무도 절실한 먼디의 호소에 꺾여 역까지 오게 했다. 먼디는 젬의 발치에서 떠나지 않으며 사랑하는 주인의 모든 것을 하나도 놓치지 않고 지켜보았다.

메러디스 목사부인이 말했다.

"나는 저 개의 눈을 보고 있을 수가 없어요."

메리 밴스가 말했다.

"저 개는 사람보다도 분별이 있어요. 하지만 이렇게 될 줄 누가 알았겠어요? 이렇게 젬과 제리도 떠나는구나 생각하고, 난 지난 밤 한숨도 못자고 소리 높이 울었답니다. 정말이지 두 사람 다 머리가 이상해진 거라고 나는 여겨요.

밀러도 당치도 않게 가려는 생각을 했지만 내가 곧 타일러 마음을 돌렸어요. 그의 고모님도 가슴에 품은 불평을 두세 마디 했어요. 태어나 처음으로 키티 앨릭 아주머니와 내가 의견일치를 본 셈이죠. 이런 기적은 두 번 다시 일어날 것 같지 않아요. 켄이 와 있어, 릴러."

릴러는 케니스가 와 있는 것을 알고 있었다. 케니스가 레오 웨스트의 마차에서 뛰어내릴 때부터 똑똑히 의식하고 있었다. 지금 케니스는 미소를 띠며 릴러 쪽으로 다가왔다.

"용기를 내어 웃는 동생 역할을 다하고 있는 중이군, 릴러. 글렌 마을에서도 꽤 많은 사람들이 모였어! 나도 2,3일 뒤 돌아갈 작정이야."

젬의 출발에서조차 느끼지 못했던 기묘한 외로움이 릴러의 마음을 바람처럼 스쳐지나갔다.

"왜요? 아직 휴가가 한 달이나 남았잖아요?"

"음—하지만 세상이 이처럼 어수선한데 포 윈즈에 남아 꾸물거리며 안일하게 즐거운 생각을 하고 있을 수 없으니까. 이런 불편한 다리를 하고 있어도 내가 무언가 도움될 곳은 저 그리운 토론토야. 나는 젬과 제리 쪽은 보지 않기로 했어—부러워 견딜 수 없어질 테니까. 너희 여자아이들은 너무나 훌륭해—울지도 않고 얼굴을 찌푸리며 억지로 참고 견디는 표정도 짓지 않으니까. 젬과 제리는 좋은 인상을 가슴에 안고 떠나가겠지. 내 차례가 왔을 때 퍼시스와 어머니도 이렇게 꿋꿋하면 좋으련만."

"아, 케니스 차례가 오기 전에 전쟁은 끝나버릴 '거여요.'"

'아차! 또 혀짧은 소리로 말하는 버릇이 나왔군. 일생의 소중한 순간을 또 엉망으로 만들어버렸어. 하는 수 없지, 이것이 내 운명이니까. 어떻게 되든 나는 아무래도 괜찮아.'

케니스는 이미 저쪽으로 가 있었다. 케니스는 에설 리스와 이야기하고 있었다. 에설은 아침 7시인데도 춤출 때 입었던 옷 그대로 울고 있었다.

'대체 에설은 왜 울고 있을까? 리스네 집에는 아무도 군복 입은 이가 없는데.'

그 모습을 보니 릴러도 울고 싶었다. 그러나 울지 않으려 했다.

'저 보기 싫은 드류 아주머니는 그 우는 소리로 어떤 꿍꿍이가 있

어 어머니에게 무슨 말을 하고 있는 것일까?'

"잘 견디어내는군요, 블라이스 부인. 만일 내 가엾은 아이가 떠나게 된다면 나는 도저히 참지 못할 거예요."

어머니는—아, 어머니는 어떤 경우에나 믿음직스럽다. 핼쑥한 얼굴에 그 잿빛 눈이 반짝 불타올랐다.

"억지로 보내야 했다면 더 괴로울지도 모르죠, 드류 부인."

드류 부인은 이해하지 못했지만, 릴러는 알아들었다. 릴러는 갑자기 머리를 번쩍 쳐들었다.

'오빠는 억지로 가도록 설득받을 필요가 없었던 거야.'

문득 깨닫고 보니 릴러는 오직 혼자 서서 옆을 오가는 사람들의 단편적인 이야기에 귀기울이고 있었다.

팔머 버 부인이 말했다.

"나는 마크에게 두 번째 모집이 있을지 어떨지 상태를 보고 있으라고 말했어요. 두 번째 모집이 있다면 그 애를 보내주겠지만, 두 번째 모집은 없을 거예요."

베시 클로가 말했다.

"나는 그것을 벨벳 따로 만들어두려고 생각해요."

항구 건너편에 사는 귀여운 새색시가 이야기하고 있었다.

"남편 얼굴을 보기가 두려워요. 이마가 가고 싶다고 씌어 있지 않을까 걱정되어서요."

변덕스러운 짐 하워드 부인이 말했다.

"나는 짐이 입대하지 않을까 벌벌 떨고 있어요. 또 입대할 마음이 없지 않을까 생각하며 겁나기도 해요."

조 비커스가 말했다.

"크리스마스 때까지는 전쟁도 끝날 겁니다."

애브너 리스가 말했다.

"유럽 나라들끼리 실컷 싸우면 되는 거예요."

노먼 더글러스가 큰 소리로 고함쳐 샬럿타운의 어느 훌륭한 군인 이야기를 하고 있는 듯했다.

"그 사나이가 어렸을 때 내가 몇 번이나 혼내줬는지 모릅니다. 그래요, 무섭게 때려줬었지요. 그 사나이도 지금은 훌륭한 거물이 되어 있지만 말입니다."

감리교파 목사가 말했다.

"대영제국의 존망이 걸려 있습니다."

아이린 하워드는 한숨을 내쉬었다.

"확실히 군복은 멋지군요."

바닷가 호텔에서 온 낯선 사람이 의견을 말했다.

"결국 이것은 상업전쟁인 셈이므로 귀중한 캐나다의 피를 한 방울이라도 흘릴 가치가 없습니다."

케이트 드류가 물었다.

"블라이스 씨네 사람들은 태평하게 서 있잖아요?"

네이선 크로퍼드가 물어뜯을 듯이 말했다.

"저 젊은 얼간이들은 모험을 하고 싶어서 가는 데 지나지 않아."

항구 건너편 의사가 말했다.

"나는 키치너를 절대적으로 믿고 있습니다."

릭 매컬리스터가 콧노래를 불렀다.

"티퍼리얼리로의 길은 멀고—"

이 10분 동안 릴러는 눈이 핑핑 돌 듯 버럭 화내고 웃고 경멸하고 의기소침하고 흥분하는 일을 차례로 겪었다. 아, 사람이란—이상한 존재다! 어쩌면 저토록 이해심이 없을까.

'태평하게 서 있다'니 정말—수전까지도 밤을 꼬박 새웠는데! 케이트 드류는 예전부터 순수하지 못했어. 릴러는 기이한 악몽이라도 꾸고 있는 것 같은 기분이었다. 저 사람들이 3주 전 농작물이며 물가며 소문에 대한 이야기를 주고받던 그 사람들일까?

이윽고—기차가 보였다—어머니가 젬의 손을 꼭 잡고 있다—먼디가 그 손을 핥고 있다—모두들 입을 모아 잘 다녀오라고 말하고 있다—기차가 들어왔다! 젬은 모두들 앞에서 페이스에게 키스했다. 드류 할머니가 히스테릭하게 우 하고 소리를 질렀다—남자들은 케니스의 선창으로 만세를 외쳤다—릴러는 젬에게 손이 잡히는 것을 느꼈다.

"갔다올게, 거미."

누군가 릴러의 볼에 키스했다—제리라고 여겼으나 확실히 알 수 없었다—젬과 제리가 멀어져갔다—기차가 덜커덩 움직이기 시작한다—젬과 제리가 모두에게 손을 흔들고 있다—사람들도 저마다 손을 흔들어 답하고 있다—어머니와 낸은 아직도 미소를 떠올리고 있었는데, 마치 미소 거두는 걸 잊어버린 것 같았다.

먼디가 몹시 컹컹 짖으며 기차 뒤를 따라 달리려는 것을 감리교파 목사가 애써 말리고 있었다. 수전은 가장 소중히 여기는 보닛을 흔들며 남자같이 소리치고 있다—머리가 이상해진 것일까?—기차는 모퉁이를 돌아갔다—젬도 제리도 가버렸다.

혈떡이는 듯한 숨소리와 함께 릴러는 제정신으로 돌아왔다. 갑자기 주위가 조용해졌다. 이제는 집으로 돌아가—기다릴 수밖에 없었다. 블라이스 부부는 둘이서 돌아갔다—낸과 페이스도—존 메러디스와 로즈머리 부부도 돌아갔다. 월터와 우나와 셜리와 다이와 칼과 릴러는 함께 어울려 걸어갔다. 수전은 모자를 거꾸로 쓰고 시무룩한 얼굴로 혼자 서둘러 돌아갔다.

처음에는 아무도 먼디가 없는 것을 알아차리지 못했다. 없는 것을 알아차리고 셜리가 되돌아가 보니, 먼디는 역 언저리 화물창고에 웅크리고 있었다. 달래어 집으로 데려가려 했으나 꼼짝하지 않았다. 꼬리를 흔들어 슬프게 생각하고 있지는 않다는 것을 나타냈으나 아무리 달래도 고집스럽게 움직이지 않았다.

"먼디는 젬이 돌아올 때까지 저기서 기다리기로 마음먹은 모양이야."

친구들이 있는 곳으로 돌아와 보고하며 셜리는 웃으려 했다.

먼디는 정말로 그렇게 했다. 소중한 주인은 가버렸다—자기 먼디는 감리교 목사 옷으로 분장한 악마 때문에 고의적인 악의로 주인을 따라갈 수 없게 되어버렸다. 그래서 자기 먼디는 우리 영웅을 데려간 그 연기를 푹푹 내뱉고 증기를 쉭쉭 내뿜는 괴물이 다시 주인을 데리고 돌아올 때까지 여기서 기다릴 것이다.

그렇다, 거기서 기다리거라, 상냥하고 다정하며 당혹한 눈을 한 충실한 조그만 개여. 그러나 너의 젊은 친구가 네게로 돌아올 때까지는 괴롭고 긴 세월이 걸리는 것이다.

그날 밤 의사는 환자가 있어 나가고 없었으므로, 수전은 자기 침실로 가는 도중 소중한 마님이 '기분 좋게 마음을 가라앉히고' 있는지 어떤지 살펴보려고 블라이스 부인 방으로 들어갔다. 수전은 침대 발치에 엄숙하게 서서 선언했다.

"마님, 나는 여장부가 되기로 결심했어요."

'마님'은 웃음을 참을 수가 없었다—분명 불공평한 일이었지만. 릴러가 그와 똑같은 씩씩한 결심을 말했을 때에는 조금도 웃지 않았기 때문이다. 확실히 릴러는 흰 옷을 입은 가냘픈 몸에, 얼굴은 꽃처럼 아름다웠으며, 생기가 넘치는 별 같은 눈에서 젊음이 빛나고 있었다. 한편 수전은 아주 검소한 잿빛 잠옷을 입고 신경통을 낫게 하려는 방법으로 빨간 털실띠로 흰 머리를 묶고 있었다.

그러나 그런 것으로 구별해서는 안 된다. 문제는 정신에 있는 게 아니겠는가! 하지만 블라이스 부인은 웃음을 억누르기 힘들었다.

수전은 단호하게 말을 이었다.

"나는 이제 지금까지처럼 한탄하고 우는 소리를 내며 하느님의 지혜를 의심하거나 하지 않을 작정이에요. 우는 소리를 하고 게으름피우고 하느님을 나쁘게 말해 봐야 아무 소용 없으니까요. 양파밭 잡초 뽑기든 정부를 휘두르는 일이든 마땅히 해야 할 일과 맞붙어야만 해요. 나는 맞서 싸울 거예요. 그 귀여운 도련님들은 용감하게 싸움터로 나갔어요. 우리 여자들도 힘껏 분발해야 해요, 마님."

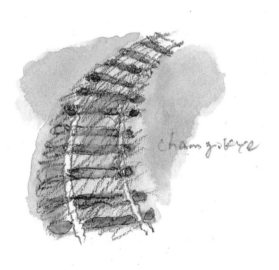

수프 그릇 속의 아기

Chang·Kye

"리에주와 나무르―그리고 이번은 브뤼셀이군!"

블라이스 의사는 고개를 저었다.

"탐탁지 않아―못마땅해."

수전이 당당한 얼굴로 힘차게 격려했다.

"실망하시면 안 돼요, 선생님. 그런 곳은 외국 군인들이 지키고 있던 곳이니까요. 독일군이 영국군과 맞부딪칠 때까지 잠자코 기다리세요. 반드시 이야기가 달라질 테니까요."

의사는 또 고개를 절레절레 저었으나 아까처럼 침통한 얼굴은 아니었다. 아마도 집안사람들 모두 비록 승리를 뽐내는 독일군이 수백만 명 몰려온다 해도 '엷은 잿빛 선'은 무너지지 않는다는 수전의 신념을 무의식중에 서로 나누어 지니고 있었는지도 몰랐다.

마침내 무서운 날이 다가와―수많은 무서운 날들 가운데 첫 번째였는데―영국군을 격퇴했다는 뉴스가 전해졌을 때 모두들 망연히 얼굴을 마주보았다.

낸이 내뱉듯 말했다.

"그런―그런 일이 일어날 리 없어요."

그리고 한동안 믿지 않는 것으로서 조그만 위안을 찾아냈다.

수전이 말했다.

"오늘은 나쁜 소식이 들어올 것 같은 기분이 들었어요. 고양이 녀석이 까닭도 없이 아침부터 하이드로 바뀌었으니까요. 그것은 좋은 조짐이 아니었지요."

의사는 런던 특보를 중얼중얼 읽었다.

"격퇴되어 패했어도 사기는 꺾이지 않았다. 영국 육군이 이런 말을 듣게 되다니 있을 수 있는 일일까?"

"이렇게 되면 전쟁이 좀처럼 끝나지 않겠어."

블라이스 부인은 절망했다.

한순간 침몰해 있던 수전의 신념이 다시 의기양양하게 나타났다.

"아시겠어요, 마님, 영국 육군은 영국 해군이 아니에요. 그것만은 결코 잊으면 안 돼요. 게다가 러시아군도 응원군으로 오고 있는 중이에요. 하기야 러시아 사람이 어떤지 나는 잘 모르니 확실한 건 알 수 없지만요."

월터가 어두운 얼굴로 말했다.

"러시아군도 파리를 구하기에는 이미 늦을 거예요. 파리는 프랑스의 심장이고—파리로 가는 길은 무방비 상태이니까요. 아, 내가—"

월터는 문득 말을 끊고 방에서 나갔다.

허탈한 하루를 보낸 뒤 잉글사이드 사람들은 잇달아 악화되는 뉴스에도 불구하고 나름대로 '살아갈' 수 있음을 알았다.

수전은 부엌에서 열심히 일하고, 길버트는 왕진을 다니고, 낸과 다이는 적십자 활동으로 돌아갔다. 블라이스 부인은 샬럿타운에서 열리는 적십자 모임에 나갔다.

릴러는 '무지개 골짜기'에서 실컷 울고 일기에 숨김없이 털어놓아 마음이 조금은 후련해졌다. 그러자 용감하고 영웅적이 되려고 결심했던 기억이 떠올랐다.

그러려면 그 동안에 언젠가 애브너 크로퍼드의 늙은 잿빛 말을 타고 글렌 마을과 포 윈즈를 돌아다니며 예약해둔 적십자 물자를 스스로 나서서 모아 와야 한다. 그 일을 맡는 것이야말로 영웅적이라고 생각했다. 잉글사이드 말 가운데 한 필은 절룩거리고, 나머지 한 필은 아버지가 써서 크로퍼드네 말로 참을 수밖에 없었다. 이 말은 조용하고 서두르지 않는 둔한 동물로, 두세 걸음마다 멈춰서서 다리에 달라붙은 파리를 한쪽 발로 차서 쫓는 점잖은 버릇이 있었다. 독일군이 파리에서 겨우 50마일 되는 곳에 이르러 있다는 사실을 생각하면 릴러는 이렇게 굼뜬 말로는 초조하여 견딜 수 없었다. 그러나 릴러는 놀랄 만한 결과로 처해질 사명을 가지고 씩씩하게 나섰다.

그날 오후 늦게 릴러는 산더미처럼 꾸러미를 쌓아올린 마차를 달려 풀이 무성하고 바퀴자국이 깊숙이 파인 항구 바닷가로 이어지는 오솔길 어귀에 이른 것을 깨닫고 앤더슨네 집을 찾아가도 그 보람이 있을까 생각했다. 앤더슨네 집은 말할 수 없을 만큼 가난했으므로 앤더슨 부인이 무엇을 내줄 것 같지 않았다.

한편 그녀의 남편은 영국 태생으로 킹스포트에서 일하고 있었는데, 전쟁이 시작되자 집에 돌아오지 않고 그렇다고 해서 자기를 대신할 만한 돈을 보내는 일도 없이 곧장 영국으로 건너가 입대해 버렸다. 그러므로 만일 빼놓는다면 앤더슨 부인은 몹시 언짢아할 게 틀림없다. 릴러는 반드시 들르기로 결심했다. 나중에 가지 않았더라면 좋았을 거라는 후회가 없지 않았지만, 결국 릴러는 들르기를 참 잘했다고 생각했다.

앤더슨네 집은 바닷가 가까운 가문비나무 숲 속에 웅크리고 있는 조그만 낡은 집으로 자신의 모습을 부끄러워하여 사람 눈을 피해 있고 싶어하는 듯한 정경이었다. 릴러는 쓰러질 듯한 울짱에 잿빛 말을 매고 문 앞으로 갔다. 문은 빼꼼히 열려 있었다. 집 안의 모습을 본 릴러는 한동안 입을 열 수도 움직일 수도 없었다.

맞은편에 있는 작은 침실의 열려진 문 안으로 지저분한 침대에 드러누운 앤더슨 부인이 보였다. 앤더슨 부인은 죽어 있는 것이었다. 그것은 의심할 여지가 없었다. 또한 문 가까이에 앉아 유유히 담배를 뻐끔뻐끔 피우고 있는 몸집이 크고 구지레한 빨강머리에 얼굴이 붉고 뚱뚱하게 살찐 여자가 팔팔하게 살아 있는 것도 틀림없었다. 여자는 더럽게 어질러진 방 안에서 귀찮은 듯 몸을 앞뒤로 흔들며 방 한복판 요람 속에서 들려오는 찢어지는 듯한 울음소리에 아무도 관심을 기울이지 않았다.

릴러는 이 여자를 본 적이 있었고, 소문도 익히 들어 알고 있었다. 코너버 할머니로 어촌에 살고 있었다. 앤더슨 부인의 대고모인데 담배를 피우고 술도 마셨다.

릴러는 저도 모르게 왔던 길로 달아나고 싶은 충동에 사로잡혔다. 그러나 그러면 안 된다. 아무리 싫은 느낌이 들더라도 이 여자가 도움을 바라고 있을지도 모르니까—그러나 그 모습으로 보아서는 손이 모자라 난처해 하고 있는 것 같지 않았다.

코너버 할머니는 입에서 파이프를 떼고 생쥐 같은 눈으로 릴러를 말끄러미 쳐다보며 말했다.

"들어와."

릴러는 안으로 들어가며 머뭇머뭇 물었다.

"저—앤더슨 부인은 정말 돌아가셨나요?"

코너버 할머니는 아무렇지 않게 말했다.

"죽었지. 30분쯤 전에 뻗어버렸어. 내가 젠 코너버에게 장의사로 전화를 걸어 바닷가에서 누군가 일할 사람을 데려와달라고 일러뒀어. 너는 의사선생님 댁 아가씨지? 앉아."

릴러는 사방을 둘러보았으나 의자에는 하나같이 무언가 얹혀져 있었으므로 가만히 선 채로 있었다.

"저—갑자기 이렇게 되었나요?"

"글쎄, 그 변변찮은 짐이 영국으로 달아난 뒤 늘 마음속으로 걱정하고 있었지. 그가 가버린 건 어리석은 짓이었어. 그 소식을 들은 뒤로 죽음을 서두른 거지. 저기 있는 아기는 2주일 전에 태어났는데, 그 뒤로 몸이 약해져 드디어 오늘 아무도 모르게 죽어버린 거야."

릴러는 입 속으로 우물거렸다.

"내가 뭐—도와드릴 일이 있어요?"

"없어—애기를 볼 줄 안다면 모르지만. 나는 못하겠어. 그 애기는 밤낮 빽빽 울기만 해서 나는 내버려두기로 했어."

릴러는 무서워 부들부들 떨면서 발 끝으로 요람 옆에 다가가 조심스레 더러워진 담요를 끌어내려 보았다. 갓난아기를 만져볼 생각은 조금도 없었다. '아기다루는 법'을 릴러도 전혀 몰랐기 때문이다.

릴러의 눈에 들어온 것은 더럽고 낡은 플란넬에 싸인 빨갛게 일그러진 조그만 얼굴을 한 보기싫은 난쟁이었다. 이토록 미운 아기를 릴러는 본 일이 없었다. 그러면서도 릴러는 이런 황량한 곳에 태어난 어머니 없는 비참한 아기에게 갑자기 불쌍한 마음이 들었다. 릴러가 물었다.

"이 아기는 어떻게 되는 거예요?"

코너버 할머니는 솔직하게 대답했다.

"알 게 뭐냐. 애 엄마는 죽을 때까지 가슴을 태웠지. '아, 가엾어라, 이 아이는 어떻게 될까' 하고 너무 계속 지껄여대어 나중에는 나도 귀찮아졌어. 나는 이 아이 일로 골치 썩게 되는 건 딱 질색이니까. 나는 여동생이 남기고 죽은 남자아이를 키웠었는데, 좀 쓸 만해지니까 재빨리 달아나버려 내가 늙었는데도 전혀 도와주지 않는단다. 은혜도 모르는 짐승 같은 녀석.

나는 민에게 짐이 이 아이를 돌보러 돌아올 것인지 어떤지 알게 될 때까지는 이 아이를 고아원에 보내야만 한다고 말했지. 그런데 민은 좋아하지 않았어. 하지만 결국 그렇게 될 수밖에."

릴러는 캐물었다.

"하지만 고아원으로 데려가기 전까지는 누가 이 아이를 돌봐요?"

아무래도 이 아기의 운명이 마음에 걸렸다.

"내가 해야겠지."

코너버 할머니는 불평스럽게 내뱉듯 말하고 옆 선반에서 검은 병을 꺼내 부끄러워하지도 않고 벌컥벌컥 마셨다.

"내 생각으로는 이 아이도 오래 못 살 것 같아. 약해 보이니까. 민에게는 남은 체력이 없었으니 이 아이도 그럴 거라고 생각해. 틀림없이 그리 오래 남의 신세를 지지는 않을 테고, 그편이 낫지."

릴러는 담요를 조금 더 끌어내려 보았다. 그리고 소스라치게 놀라 소리쳤다.

"어머나, 이 아기는 옷을 안 입었어요!"

코너버 할머니는 잔혹하게 말하며 몰아세웠다.

"누가 입혀줘야 하는지 물어보고 싶구나. 나는 그럴 틈이 없었어─민을 간호하고 있었으니까. 게다가 아까도 말했듯이 나는 아기에 대해 아무것도 몰라. 빌리 크로퍼드네 할머니가 그 애가 태어날 때 이곳에 와서 씻기고 그 플란넬에 싸놓은 거야. 그 뒤 젠이 조금 돌봐줬지. 그 아이는 충분히 따뜻해. 이 날씨에는 놋쇠원숭이도 몸이 녹아버릴 거야."

릴러는 울어대는 아기를 잠자코 내려다보고 있었다. 여태까지 인생의 비극에 맞닥뜨린 일이 없었으므로 이 모습은 릴러의 가슴을 깊이 찔렀다. 가엾은 어머니가 아기를 걱정하며 괴로워하면서도 곁에 이 밉살스러운 여자 말고는 아무도 없어 혼자 죽음의 그늘진 골짜기로 내려간 것을 생각하니 릴러의 마음은 몹시 아팠다.

'내가 좀 더 빨리 왔더라면 좋았을걸! 그러나 내가 무슨 일을 할 수 있었을까─지금에 와서 어떻게 할 수 있을까?'

릴러는 알 수 없었다. 그러나 어떻게든 해야 한다. 갓난아기는 딱 질색이다—그러나 아무래도 이 가엾은 아이를 코너버 할머니에게 맡기고 나몰라라 가버릴 수는 없었다—코너버 할머니는 다시 또 검은 병을 잡고 놓을 줄 모르니 누군가가 오기 전에 몸도 가누지 못하도록 취해 버릴 것이다.

"나는 여기 있을 수가 없어요. 오늘 밤 저 말을 쓴다고 저녁 때까지 돌아와 달라고 크로퍼드 씨가 말했거든요. 아, 어떻게 하면 좋을까?"

릴러는 갑자기 필사적이고 충동적인 결심을 했다.

"이 아기를 집으로 데려가겠어요. 괜찮을까요?"

그러자 코너버 할머니는 붙임성있게 대답했다.

"그렇게 하고 싶다면 좋을 대로 하렴. 나는 아무것도 불평하지 않을 테니까. 데려가도 좋아."

"나—나는 안지 못해요. 말을 몰고 가야 하니 이 아기를 떨어뜨리면 큰일이에요. 어디—어딘가에 이 아기를 담아갈 바구니가 없을까요?"

"모르겠는걸. 이 집에는 뭐 쓸 만한 게 있어야지. 민은 가난하고 짐 못지않게 주변머리 없었으니까. 저쪽 서랍을 열면 갓난아기에게 입힐 옷이 얼마쯤 들어 있을 거야. 함께 가져가는 것이 좋을 게다."

릴러는 옷가지를 꺼냈다—초라하지만 가엾은 어머니가 열심히 준비한 것이었다. 그렇다고 아기를 데려간다는 절박한 문제가 풀린 것은 아니었다. 릴러는 어쩔할 바를 몰라 주위를 둘러보았다. 아, 어머니가 계셨으면 좋으련만—수전이라도 좋아! 릴러의 눈은 조리대 뒤 어마어마하게 큰 수프 그릇에 멎었다.

"저기에—이 아이를 넣어가도 될까요?"

"글쎄, 내 건 아니지만 가져가도 되겠지. 되도록 깨뜨리지 않도록 해다오—짐이 살아서 돌아오면 이러니저러니할지도 모르니까—짐은 반드시 살아서 돌아올 거야. 그 낡은 수프 그릇은 짐이 영국에서 가져온 거란다—본디부터 짐의 집에 있었던 것이라더군. 짐도 민도 그것을 한 번도 쓰지 않았지만—그 속에 넣을 만큼의 수프를 만든 일이 없으니까—하지만 짐은 그 수프 그릇을 소중한 것으로 여기고 있었어. 짐에게는 꽤 꼼꼼한 점도 있었지만, 접시에 담을 음식이 없는 일 같은 건 전혀 신경쓰지 않았지."

태어나서 처음으로 릴러는 갓난아기에게 손을 대어—들어올려—떨어뜨리거나 또—또—부서지지나 않을까 하는 걱정으로 몸을 떨면서 갓난아기를 담요에 쌌다. 그리고 수프 그릇에 넣었다.

릴러는 걱정스럽게 물었다.

"숨막히지 않을까요?"

"숨막혀 봐야 큰 차이는 없을 거야."

코너버 할머니의 대답에 놀라 릴러는 아기 얼굴 언저리 담요를 조금 헤쳐주었다. 아기는 울음을 그치고 눈을 깜빡이며 릴러를 가만히 보고 있었다. 작고 보기싫은 얼굴이지만 눈은 크고 검었다.

코너버 할머니가 주의를 주었다.

"얼굴에 바람이 닿지 않도록 하는 게 좋을 거야. 숨을 빼앗아가 버리니까."

릴러는 너덜더덜한 작은 이불로 수프 그릇을 쌌다.

"내가 마차에 올라타면 이것을 건네주겠어요?"

"그러지."

코너버 할머니는 신음소리를 내며 일어섰다.

이리하여 앤더슨네 집으로 올 때만 해도 갓난아기를 몹시 싫어했던 릴러는 이 집에서 나갈 때에는 수프 그릇에 담은 아기를 무릎 위에 올려놓고 있었다.

릴러는 영원히 잉글사이드에 닿지 못하는 게 아닐까 생각했다. 비참한 말은 기어가는 거나 다름없었다. 수프 그릇 속은 기분 나쁠 만큼 조용했다. 아기가 울지 않는 것은 한편으로 생각하면 고마운 일이었으나, 때로는 귀가 찢어지는 듯한 소리라도 질러 살아 있다는 증거를 보여주면 좋을 텐데 하고 릴러는 생각했다.

만일 숨이 막혔다면 어쩌나! 릴러는 담요를 들춰보고 싶은 마음은 없었다. 어떤 무서운 일인지는 알 수 없지만, 바야흐로 심하게 불어대는 바람에 '숨을 빼앗기면' 큰일이라고 생각했기 때문이었다. 마침내 잉글사이드에 무사히 다다랐을 때에는 안도의 숨을 내쉬었다.

릴러는 수프 그릇을 부엌으로 가져갔다. 그리고 수전 바로 앞 테이블 위에 올려놓고 이불을 벗겼다. 수프 그릇을 들여다본 수전은 태어나서 처음으로 너무나 기가 막혀 무어라 할 말을 잃었다. 아버지가 부엌으로 들어왔다.

"이게 대체 어찌된 일이냐?"

릴러는 모든 이야기를 했다.

"나는 데려오지 않을 수 없었어요, 아버지. 거기 내버려두고 올 수 없었는걸요."

"이 갓난아기를 어떻게 할 작정이냐?"

아버지의 태도는 차갑고 쌀쌀맞았다.

릴러는 이런 질문을 받으리라고는 생각지 않았었다.

릴러는 당혹하여 입 속으로 우물거렸다.

"집에—여기에 얼마 동안 있게 해도 되잖아요—괜찮겠지요? 어딘가 갈 곳이 정해질 때까지."

아버지는 잠시 부엌을 서성거리고, 한편 갓난아기는 수프 그릇의 하얀 벽을 말끄러미 바라보고 있었으며, 수전은 가까스로 기력을 되찾은 듯 보였다.

이윽고 아버지는 릴러 쪽으로 돌아섰다.

"갓난아기란 집안사람들에게 여러 가지 시중을 들게 하고 폐를 끼치게 된단다, 릴러. 낸과 다이는 다음주 레드먼드로 가고, 지금 상태로는 엄마나 수전에게 그런 수고를 하게 할 수 없어. 만일 네가 그 아기를 여기 두고 싶다면 스스로 돌봐줘야만 해."

"내가요? 어머나—아버지—나는—나는 못해요!"

"너보다 더 나이어린 여자아이도 갓난아기 시중을 들고 있어. 나와 수전이 아는 일이라면 무엇이든지 가르쳐주마. 네가 할 수 없다면 아기는 메그 코너버 할머니에게로 돌려보내야 해.

돌려보내면 이 아기는 오래 못 살겠지. 분명 이 아기는 아주 허약한 체질로 특별한 보살핌이 필요할 듯하구나. 만일 고아원으로 보낸다 해도 오래 살 수 있을지 알 수 없는 일이야. 그러나 네 엄마나 수전에게 무리하게 시중들게 할 수는 없어."

아버지는 엄격하고 단호한 모습으로 부엌에서 나갔다. 마음속으로는 저 큰 수프 그릇의 작은 주인이 잉글사이드에 자리잡게 되리라는 것을 알고 있었지만, 릴러가 이런 일에 맞닥뜨려 훌륭한 솜씨를 보일 것인지 어떤지 잘 살펴볼 생각이었다.

릴러는 넋을 잃고 아기를 멍하니 바라보며 시무룩하게 앉아 있었다. 자기가 아기의 시중을 들다니 생각만 해도 어찌해야 좋을지 모를 일이었다. 하지만—아기 일을 걱정했던 그 가엾고 몸이 약하여 죽은 어머니—그 지독한 메그 코너버 할머니.

릴러는 침울한 얼굴로 물었다.

"수전, 갓난아기에게는 어떤 일을 해줘야 해요?"

"따뜻이 해주고, 몸이 보송보송하도록 해주고, 날마다 목욕시켜야 해. 물은 너무 뜨거워도 안 되고 너무 미지근해도 안 돼. 그리고 두 시간마다 먹을것을 줘야 해. 배탈났을 때는 배를 따뜻이 해주어야지."

수전답지 않은 힘없고 퉁명스러운 말투였다.

갓난아기가 또 울기 시작했다.

"배가 고픈 게 틀림없어—어쨌든 뭘 먹여야지."

릴러는 필사적이었다.

"어떤 것을 만들어야 하는지 가르쳐줘요, 수전. 그러면 내가 만들 테니까요."

수전이 일러주는 대로 우유와 물을 준비하고 아버지 사무실에서 젖병도 가져왔다. 릴러는 아기를 수프 그릇에서 안아올려 우유를 먹이고 지붕밑 다락방에서 자기가 어렸을 때 썼던 낡은 요람을 가져다 잠든 아기를 그 속에 눕힌 다음 곰곰이 생각해 보았다.

릴러는 아기가 잠을 깨자 눈치를 살피며 수전에게로 다가갔다.

"수전, 나 할 수 있는 일은 최대한 다 해보겠어요. 가엾은 아기를 코너버 할머니에게 돌려줄 마음이 들지 않는걸요. 목욕시키는 법과 옷 입히는 법을 가르쳐줘요."

수전의 감독을 받으며 릴러는 갓난아기를 목욕시켰다. 수전은 주의를 줄 뿐 도와주려고는 하지 않았다. 의사선생님이 거실에 있으므로 어느 때 갑자기 들어올지 알 수 없었기 때문이다.

수전은 의사선생님이 어떻게 해야 하는지 단호하게 말할 때는 그대로 따라야 한다는 것을 겪어서 알고 있었다. 릴러는 이를 꽉 물고 열심히 해보려고 마음먹었다.

'정말이지 갓난아기란 어쩌면 이렇게도 주름살투성이고 비틀렸을까! 잡을 만한 곳도 없을 정도야. 만일 물 속에 떨어뜨리면 어쩌나. 이렇게 건들건들하니 말이야! 제발 빽빽 울지 말아줬으면 좋으련만! 작은 몸에서 용케도 이런 소리가 나오는군.'

그 날카로운 울음소리는 잉글사이드 지하실에서 지붕밑 다락방까지 들릴 정도였다.

릴러는 안쓰러운 목소리로 물었다.

"내가 이 아기를 너무 아프게 하고 있는 걸까요, 수전?"

"아니, 그렇지 않아. 갓난아기는 대개 목욕하기를 아주 싫어해. 처음 하는 일치고는 아주 잘했어, 릴러. 무엇을 하든 아기 등 밑에 손을 대고 침착하게 해."

침착하라고? 릴러의 털구멍 하나하나에서 진땀이 솟아나고 있었다. 아기의 몸을 닦고 옷을 입힌 뒤 우유를 또 한 병 먹여 잠시 조용해졌을 즈음 릴러는 누더기처럼 후줄근하게 지쳐버리고 말았다.

"오늘 밤에는 어떤 일을 해야 해요, 수전?"

낮에 갓난아기를 보는 일만도 큰일인데 밤에는 상상도 할 수 없었다.

"이 요람을 침대 옆 의자 위에 놓고 뭘 좀 덮어줘. 밤중에 한두 번쯤 우유를 먹여야 하니 석유난로를 2층에 갖다두는 게 좋을 거야. 제대로 되지 않을 때는 나를 불러. 선생님이 뭐라고 하시든 가줄 테니까."

"하지만 수전, 울면 어쩌지?"

그러나 아기는 울지 않았다. 뜻밖에도 얌전했다─아마 굶주린 작은 위가 거기에 맞는 음식으로 두둑이 채워졌기 때문이리라. 아기는 거의 밤새도록 잠들어 있었으나 릴러는 잘 수 없었다. 아기에게 무슨 일이 일어나면 큰일이라고 여겨져 잠자기가 무서웠기 때문이었다. 릴러는 수전을 부르지 않고 견디려는 고집스러운 마음으로 오전 3시에 먹일 우유를 준비해 놓았다.

'아, 꿈을 꾸고 있는 걸까? 이런 어이없는 일에 빠져들다니, 나는 정말 릴러 블라이스일까?'

릴러는 독일군이 파리로 밀고 들어오든말든 상관없었다. 이미 파리로 침입해 들어왔다 해도 상관없었다. 다만 아기가 울거나 목메어 숨이 막히거나 '경련'을 일으키지만 않으면 되었다.

'갓난아기는 분명 경련을 일으키게 되어 있다. 아, 아기가 경련을 일으키는 경우 어떻게 하면 좋을지 수전에게 물어볼 것을 그만 깜박 잊고 말았어.'

릴러는 아버지가 어머니와 수전의 건강에는 그토록 마음쓰고 있지만 자기에 대해서는 이토록 무심하여 씁쓸하게 생각했다.

'내가 전혀 잠자지 않아도 살아갈 수 있다고 아버지는 생각하는 걸까? 하지만 이제는 손뗄 마음이 없어. 누가 손을 댄담. 이 못생긴 아기의 시중을 비록 죽는 한이 있어도 끝까지 해낼 테니까. 유아위생학 책을 사서 누구의 도움도 받지 않을 테야.

아버지한테는 결코 아무것도 묻지 않겠어—엄마에게도 괴로움을 끼치지 않겠어—수전에게는 어쩔 수 없으니 곤란할 때만 부탁하기로 하자. 모두들 두고 보라지!'

이틀 뒤 집으로 돌아온 블라이스 부인은 릴러는 어디 있느냐고 물었을 때 수전의 침착한 대답에 기절할 만큼 놀랐다.

"2층에서 아기를 재우고 있어요, 마님."

릴러의 다짐

가족 전체에게도, 한 사람 한 사람에게도 새로운 상태는 곧 익숙해져 의심을 품지 않고 받아들이게 되었다. 1주일이 지날 무렵 앤더슨네 아기는 처음부터 잉글사이드에 있었던 것처럼 일상생활의 한 부분이 되어 있었다.

처음 사흘 밤을 정신없이 지낸 릴러는 평소대로 다시 잠잘 수 있게 되었고, 예정시간이 되면 저절로 잠이 깨어 아기를 돌보았다.

릴러는 전부터 해왔던 일처럼 익숙하게 아기를 목욕시키고 우유를 먹이고 옷을 입혔다. 이 일을 전보다 아기가 좋아져서 하는 게 아니라 아기를 마치 조그만 도마뱀의 한 종류인 듯이, 더욱이 부서지기 쉬운 도마뱀인 듯 여전히 싫어하면서 억지로 다루고 있었다.

그러나 릴러는 자신의 일을 철저하게 했으므로 글렌 세인트 메리 마을 안에서 이토록 깨끗하고 이토록 잘 보살핌을 받은 아기는 달리 없었다.

릴러는 날마다 아기 몸무게를 재어 그것을 일기에 적어넣기까지 하고 있었다. 그러나 그 숙명적인 날에 불친절한 운명의 손은 왜 자기를 앤더슨네 집 오솔길로 데려갔을까 때때로 한심스럽게 생각하는 일도 있었다.

셜리와 낸과 다이는 릴러가 예상했던 만큼 놀리지 않았다. 다만 릴러가 전쟁고아를 맡았다는 사실에 어리벙벙해 했다. 아마 그들도 아버지로부터 주의를 받았을 게 틀림없었다. 월터는 물론 어떤 일이든 릴러를 놀린 적이 한 번도 없었고, 어느 날 릴러에게 훌륭하다며 칭찬까지 했다.

월터는 안타까운 듯 말했다.

"젬이 끝없이 밀려오는 독일군을 맞아 싸우는 것보다도 릴러 마이 릴러, 네가 저 5파운드 나가는 갓난아기 시중을 드는 편이 훨씬 용기 있는 일이야. 나에게 네 용기의 절반만 있어도 좋을 텐데."

월터에게 칭찬을 들었으므로 릴러는 자랑스럽기 이를 데 없었다. 그럼에도 불구하고 그날 밤 릴러는 일기에 비관하는 글을 썼다.

내가 좀 더 저 아이를 좋아하게 되었으면. 그러면 모든 게 편해지련만. 그러나 나는 마음이 가지 않는다. 갓난아기란 보살펴주고 있는 동안 귀여워지게 되는 법이라고 한다. 그러나 그렇지도 않다. 아무튼 내 경우에는 그렇게 되지 않는다.

갓난아기는 귀찮은 존재다─모든 일을 방해한다. 나를 꽁꽁 묶어버린다─적십자 소녀단을 발족시키려 하고 있는 때인데. 게다가 어젯밤에는 앨리스 클로의 파티에도 가지 못했다. 몹시 가고 싶었는데. 물론 아버지도 정말로 이해심 없는 사람은 아니니까 필요하면 저녁 때 한두 시간은 언제든지 빠져나갈 수 있지만, 밤중까지 집을 비워 수전이나 어머니에게 아이 시중을 들게 하는 일에는 찬성하지 않으리라는 걸 알고 있기 때문이다.

그래, 그렇게 하기를 잘했다─왜냐하면 아기가 한밤중 1시쯤 배앓이를─또는 무언가 그 비슷한 것을─일으켰기 때문이다. 다리를 번쩍번쩍 차올리고 몸을 뻗대지 않아서 화가 나서 우는 게 아니라는 것을 모건의 육아책을 읽어 알고 있었다. 배가 고파서도 아니고 몸에 핀이 걸려서 그런 것도 아니었다.

그런데도 울고 또 울어대어 얼굴이 가지처럼 보랏빛이 되었으므로 나는 물을 팔팔 끓여 배에 따뜻한 물주머니를 갖다대 주었더니 아기는 전보다 더 크게 울어대며 가엾은 가느다란 다리를 옴츠렸다. 화상을 입은 게 아닐까 걱정되었으나 그렇지는 않은 듯했다.

그리고 나서 '모건식 육아법'에는 결코 안 된다고 씌어 있었지만 나는 아기를 안고 방 안을 돌아다녔다. 몇 마일을 걸었는지 모른다. 아, 나는 지치고 풀이 죽고 화가 났다―정말로 화가 났다. 저 아기가 좀더 크다면 마구 흔들어주고 싶었지만, 그럴 수도 없었다.

아버지는 환자가 있어 나가셨고, 어머니는 두통이 났으며, 수전은―내가 수전의 말과 모건의 책에 씌어진 게 다를 때에는 언제나 모건 쪽을 택한다면서 언짢아했으므로 아주 급할 때 말고는 부르지 않기로 결심했다.

드디어 올리버 선생님이 들어왔다. 선생님은 이제 나와 있지 못하고 낸의 방을 함께 쓴다. 그것도 다 갓난아기 때문이다. 나는 슬퍼서 견딜 수 없다. 잠자리에 든 뒤 오래 이야기를 하곤 했는데, 이제는 쓸쓸해서 어쩔 줄 모르겠다. 내가 선생님을 독차지할 수 있는 것은 그때뿐이었으니까.

아기 우는 소리에 선생님이 잠을 깨셨나 생각하니 마음이 언짢았다. 선생님에게는 지금 여러 가지 걱정거리가 있기 때문이다. 약혼자 그랜트 씨도 발카르티에에 가 있으므로 선생님은 안타까워하고 있는 것이다. 참으로 훌륭한 태도를 보이고는 있지만. 선생님은 그랜트 씨가 다시는 돌아오지 않으리라 여기고 있어, 선생님 눈을 보면 가슴이 찢어질 것 같다―너무나 비극적이다.

선생님은 아기 때문에 잠에서 깨어난 게 아니라―독일군이 파리에 다가와 있어 잠을 이룰 수 없다고 말하며 밉살스러운 아기를 안

아울려 무릎 위에 엎드려 뉘고는 등을 가볍게 두세 번 두드려주었다. 그랬더니 아기는 곧 울음을 그치고 잠들어 밤새도록 얌전하게 잤다.

그러나 나는 자지 못했다—너무 피곤했지만 잘 수 없었다. 하루 종일—수전은 아니지만—고양이에게 몰린 사람 같은 기분으로 지냈다.

적십자 소녀단을 발족시키기 위한 많은 생각을 하고 있다. 베티 미드를 단장으로 하고 내가 서기가 되는 일에는 성공했으나, 모두들 내가 경멸하는 젠 비커스를 회계로 정하고 말았다. 젠은 자신이 아는 머리 좋은 사람이며 아름다운 사람이며 위대한 사람들을 업신여기듯 성을 빼고 이름으로 부르는 그런 소녀다—그 사람들이 없는 뒤에서 그렇게 한다. 게다가 교활하며 겉과 속이 다르다.

물론 우나는 아무렇지도 않게 여긴다. 우나는 무슨 일이든 닥치는 대로 기꺼이 하고 어떤 일을 맡게 되건 안 되건 그런 일은 문제삼지 않는다. 우나는 정말이지 천사다. 한편 나는 때로는 천사다운 점도 있지만 나머지는 완전히 악마다.

월터가 우나를 좋아하게 되기를 바라지만, 월터는 우나를 그렇게 보지 않는 것 같다. 하기야 언젠가 월터가 우나를 월계화 같다고 말하는 것을 들은 적 있는데 우나는 정말 그렇다. 또 남에게 이용당하기 쉽다—너무 상냥하고 뭐든지 자진해서 하기 때문이다. 하지만 릴러 블라이스는 남에게 이용당하거나 하지는 않으니까—수전의 말투대로 '믿어도 좋다'.

예상했던 대로 올리브는 모임 때 식사를 내자고 말했다. 그 일로 물론 엄청난 격전이 벌어졌는데 많은 사람이 식사에 반대했으므로 찬성한 소수파는 지금 잔뜩 부어 있다. 아이린 하워드는 식사하자는 쪽이어서 그 뒤로 내게 몹시 얄밉도록 차갑게 대해서 나는 비참한 기분이 든다.

어머니와 엘리엇 부인도 적십자 부인회에서 여러 가지 문제에 부딪치고 있을까. 틀림없이 그럴 거라고 여겨지지만, 두 분 다 어떤 일에 나 침착하게 대처하고 있다. 나도 일을 해내고는 있다. 그러나 차분하지는 못하다.

나는 분개하기도 하고 울기도 한다. 하지만 그런 일은 모두 아무도 모르게 살그머니 끝내고, 이 일기에 가슴속 불평을 털어놓는다. 그리고 마음이 후련해지면 이제 두고보라고 속으로 다짐한다. 나는 결코 토라지거나 하지 않는다. 조그마한 일에도 삐치는 사람은 딱 질색이다.

어쨌든 적십자 소녀단은 발족되었고 우리들은 1주일에 한 번 모여 뜨개질을 배우기로 했다. 그럭저럭 여기까지 가까스로 이르렀다.

셜리와 둘이 다시 역으로 가서 먼디를 집에 데려오려 했으나 헛일이었다. 젬이 떠난 지 사흘 뒤 월터가 가서 강제로 먼디를 마차에 태워 데려다가 사흘 동안 가두었다.

그러자 먼디는 단식투쟁에 들어가 밤낮으로 밴시*¹ 같은 소리로 짖어댔으므로 우리는 내놓아주지 않을 수 없었다. 그렇지 않으면 굶어죽고 말 테니까.

그리하여 먼디를 자유로이 풀어주게 되었고, 아버지는 역 가까이 있는 푸줏간에다 뼈다귀와 부스러기 고기를 먼디에게 먹이도록 부탁해 두었다. 그리고 우리들 가운데 누군가가 거의 날마다 먹을 것을 가져다주고 있다.

먼디는 화물창고에 웅크리고 있다가 기차가 들어올 때마다 플랫폼으로 쏜살같이 달려나가 기대에 찬 모습으로 꼬리를 흔들며 기차에서 내리는 한 사람 한 사람 사이를 누비고 다닌다. 이윽고 기차가 떠나고 젬 오빠가 돌아오지 않았음을 알면 먼디는 풀이 죽어 무거운 걸음으로 창고에 돌아가 실망한 눈으로 누워 잠자코 다음 기차를 기

---

*1 가족의 죽음을 알려주기 위해 그 집의 창 아래에서 울부짖는다는 아일랜드·스코틀랜드의 요정.

다린다.

어느 날 몇몇 남자아이들이 먼디에게 돌을 던지자 여태까지 모든 일에 무관심하기만 하던 조니 미드 할아버지가 푸줏간에서 고기 자르는 도끼를 움켜쥐고 달려나와 짓궂은 남자아이들을 뒤쫓아 온 마을을 뛰어다녔다.

케니스 포드는 토론토로 돌아갔다. 이틀 전 인사하러 왔었다. 그때 나는 집에 없었다―갓난아기에게 입힐 옷을 만들어야 했으므로. 메러디스 부인이 도와주겠다고 하여 목사관에 가 있었으므로 케니스를 만나지 못했다.

케니스는 낸에게 말했다고 한다.

"나 대신 거미한테 왔다갔다고 말해 줘. 그리고 엄마로서의 의무에 너무 몰두하여 나를 완전히 잊어버리지 말아주었으면 좋겠다고 하더라고 해줘."

사람을 업신여기는 그런 경박한 말을 전하고 간 것을 보면, 그 모래톱에서 보낸 아름다운 한때도 케니스에게는 아무 뜻이 없었음이 확실하다. 나는 이제 두 번 다시 케니스도 그때 일도 생각하지 않을 작정이다.

프레드 아널드가 목사관에 와 있어서 나를 바래다주었다. 프레드는 새로 온 감리교회 목사 아들로 인상이 썩 좋고 똑똑한 사람이다. 코만 빼면 꽤 잘생겼다. 정말 지독한 코를 가지고 있다. 일상적인 이야기를 할 때는 그리 상관없지만 시라든가 이상에 대해 이야기하면, 그 코와 이야기하는 내용이 너무도 동떨어져 나는 큰 소리로 웃고 싶어진다.

그것은 정말 불공평한 일이다. 프레드가 하는 말은 모두 훌륭하기만 해서 만일 케니스 같은 사람이 그렇게 이야기했다면 나는 황홀해졌을 게 틀림없기 때문이다. 눈을 감고 프레드의 이야기를 듣노라면 나는 완전히 매혹되어 버린다. 그러나 눈을 뜨고 프레드의 코를 보기가 무섭게 매력은 사라지고 마는 것이다.

프레드도 입대하고 싶어하지만 아직 17살이어서 불가능하다.

우리는 마을길을 걸어가다가 엘리엇 부인을 만났다. 아주머니는 내가 카이저와 함께 걸어가는 것을 보았다 해도 이토록 겁내지는 않으리라 여겨질 만큼 두려워하는 모습이었다. 엘리엇 아주머니는 감리교파와 감리교파에서 하는 일을 모두 싫어한다. 강박관념이 되어 있는 거라고 아버지는 말씀하신다.

9월 첫무렵 잉글사이드와 목사관의 여러 사람이 떠나갔다. 페이스와 낸과 다이와 월터는 레드먼드로 가고, 칼은 항구 곳의 초등학교 선생으로 부임했으며, 셜리는 퀸즈아카데미에 갔다.

잉글사이드에 오직 혼자 남은 릴러는 바쁘지 않았다면 쓸쓸해 할 참이었다. 월터가 없는 것이 몹시 괴로웠다. 무지개 골짜기에서 이야기한 뒤로 둘은 사이가 아주 좋아져 릴러는 다른 사람에게는 말하지 않는 일을 월터에게는 이야기 나누게 되었다.

그러나 적십자 소녀단과 갓난아기 일에 쫓겨 릴러는 쓸쓸해 할 겨를조차 제대로 없었다. 때로는 잠자리에 들어 얼마 동안 월터가 없는 일, 발카르티에 있는 젬의 일, 케니스의 저열한 작별의 전갈 등을 생각하고 우는 적도 있었지만, 대개 눈물이 나오기도 전에 잠들고 말았다.

어느 날 아버지가 물었다.

"아기를 호프타운에 있는 고아원으로 보낼 수속을 밟으련?"

한순간 릴러는 "네" 하고 대답할까 생각했다.

'아기는 호프타운으로 보내도 된다—잘 보살펴줄 테니까. 나는 또다시 날마다 자유로이 지낼 수 있으며 밤에도 아기에게 얽매이지 않게 된다. 하지만—하지만—그 가엾은 어머니는 결코 아기를 고아원에 보내고 싶어하지 않았다!'

릴러는 그 일이 머릿속에서 떠나지 않았다. 게다가 그날 아침, 아기가 잉글사이드에 온 뒤 몸무게가 8온스나 늘었음을 발견했던 것이다. 릴러는 자랑스러워 온 몸이 짜릿해질 정도였다.

릴러가 말했다.

"아버지는—아버지는 아기가 호프타운에 가면 살아나지 못할지도 모른다고 했잖아요."

"그래. 어쨌든 그런 시설에서 보살핀다는 건 아무리 잘해준다 해도 허약한 갓난아기에게는 반드시 성공한다고 할 수 없으니까. 하지만 여기에 계속 둔다는 게 어떤 뜻인지 너는 잘 알고 있겠지, 릴러."

릴러는 외쳤다.

"나는 2주일 동안 아기를 보살펴왔어요—몸무게가 반 파운드나 늘었어요. 어쨌든 아기 아빠로부터 무슨 말이 있을 때까지 기다리는 게 좋을 것 같아요. 아기 아빠도 고아원에 보내고 싶어하지 않을지도 모르잖아요. 나라를 위해 싸우고 있는데."

아버지와 어머니는 살그머니 대견한 듯 흡족한 미소를 주고받았다. 그리고 호프타운 이야기는 그 뒤로 다시 나오지 않았다.

이윽고 아버지의 얼굴에서 미소가 사라졌다. 독일군은 파리로부터 20마일 지점에 와 있었다. 박해받는 벨기에에서 일어난 무서운 일들이 신문에 실리기 시작했다. 잉글사이드의 나이 든 사람들은 긴장 속에서 생활하고 있었다.

"우리들은 전쟁 뉴스에 너무 열중하고 있는 거예요."

거트루드 올리버는 메러디스 부인에게 이야기하며 애써 웃으려 했으나 잘 되지 않았다.

"우리는 지도를 연구하여 전 독일군을 때려부술 작전수단을 두세 개 잘 세웠지만, 유감스럽게도 파파 조프르*²에게 도움이 될 말이 닿

---

*2 프랑스 군인. 1852~1931. 제1차 세계대전에서 프랑스군 총사령관.

지 않아요—따라서 파리는—함락될 게 틀림없어요.”

존 메러디스 씨가 중얼거렸다.

“놈들이 파리에 이른다고요?—무언가 강력한 세력이 개입되지 않을까요?”

거트루드는 말을 이었다.

“나는 학교에서는 꿈 속에 있는 듯한 기분으로 가르치고 집에 돌아오면 내 방에 틀어박혀 서성거려요. 낸의 깔개가 닳아 길이 나 있을 정도예요. 이 전쟁은 두렵게도 우리 가까이 다가오고 있어요. 우리 모두에게 큰 관계가 있어 깊은 영향을 끼칠 거예요.”

소피어가 한탄했다.

“독일사람들은 센리스까지 왔어요. 이제는 어떤 일도, 어떤 사람도 파리를 구할 수 없어요.”

소피어는 신문 읽기에 아주 열중하여, 프랑스 지명의 발음이야 어쨌든 북 프랑스 지리에 대해 초등학교 시절에 배운 것보다도 훨씬 많은 것을 71살이라는 나이에 익히게 되었다.

수전이 고집스럽게 주장했다.

“나는 전능하신 하느님에 대해서도 키치너에 대해서도 그리 나쁘게 여기지 않아요. 합중국의 번스토프인가 하는 사람이 전쟁은 끝나고 독일이 승리했다고 말하고 있답니다. 그리고 ‘달에 구레나룻’도 그와 똑같은 말을 하며 기뻐하고 있다던데, 나라면 이 두 사람에게 가르쳐주고 싶어요. 닭은 달걀이 부화하기 전날이라도 그 수를 세는 건 위험한 일이고, 곰은 가죽이 벗겨져 그 가죽이 팔린 뒤에도 오래 산다는 말이 있다구요.”

소피어가 계속 추궁했다.

“어째서 영국 해군은 좀더 활약하지 않는 것일까요?”

“아무리 영국 해군이라도 배를 타고 육지로 달려갈 수는 없으니까요, 소피어 크로퍼드. 나는 희망을 버리지 않고 앞으로도 포기하지 않을 거예요.

이거야 원, 토마슈프니 모바제*3니 하는 야만적인 이름들만 늘어놓여져 있군요. 그건 그렇고, 마님, R–h–e–i–m–s란 라임즈라고 읽나요, 림즈인가요, 라메즈인가요, 렘즈인가요?"

"랭스*4라고 읽어야 할 것 같아요, 수전."

수전은 신음소리를 냈다.

"프랑스 지명이란 정말—"

소피어가 한숨을 쉬었다.

"독일군은 그곳 교회를 엉망진창으로 만들었다지 뭐예요. 나는 독일군이 크리스천이라고 여겼는데 말이에요."

수전이 무서운 얼굴을 지었다.

"교회 일도 너무했지만, 벨기에에서 독일군 소행이 더 심했어요. 선생님께서 그들이 갓난아기를 총검으로 찔렀다는 기사를 읽어주시는 것을 들으며, 아, 그게 우리 집의 작은 젬 도련님이었다면 어쩌나 했답니다.

그 끔찍한 생각이 떠올랐을 때—그래요, 나는 수프를 마구 휘젓고 있었는데—그 부글부글 끓는 수프가 가득 든 스튜 냄비를 들어올려 카이저에게 뒤집어씌울 수 있다면 나도 태어난 보람이 있을 텐데 하고 생각했어요."

"내일은—내일은—독일군이 파리로 진군하며 주둔했다는 뉴스가 들어오겠지요."

거트루드 올리버의 입매가 굳어졌다. 그녀는 괴로움에 허덕이는 주위 세계와 함께 아파하며 마음을 불태우는 성격이었다. 전쟁에 대한 자기 개인의 이해관계는 제쳐두고라도 거트루드는 루뱅을 불태우고 멋들어진 랭스를 파괴한 무자비한 이리떼의 손에 파리가 함락될 것

---

*3 둘 다 폴란드에 있는 옛 도시.
*4 프랑스 북부 상파뉴 지방의 상공업도시.

을 생각하니 온몸이 찢어지는 듯한 심정이었다.

그러나 다음날 아침과 그 다음날 아침에 마른의 기적*5을 알리는 뉴스가 들어왔다. 릴러는 커다란 붉은 표제가 붙은 신문을 마구 흔들어대며 우체국에서 정신없이 집으로 뛰어 돌아왔다. 수전은 문으로 달려나가 떨리는 손으로 국기를 달았다. 길버트는 고맙다고 중얼거리며 서성거리고, 블라이스 부인은 울고 웃고 또 울었다.

그날 밤 메러디스 씨는 말했다.

"하느님께서 손길을 뻗으시어 그들에게 닿았던 것입니다—'여기까지는 좋다—이 앞은 안 된다' 라고."

릴러는 2층에서 노래를 부르며 아기를 재우고 있었다. 파리는 구원되었다—전쟁은 끝났다—독일은 패배한 것이다—머지않아 끝나버릴 것이다—젬도 제리도 돌아온다. 먹구름은 사라져버렸다.

릴러는 아기에게 타일렀다.

"이토록 기쁜 밤에 배탈이 나면 안 돼. 배탈 같은 걸 일으키면 너를 저 수프 그릇에 다시 휙 집어던져 호프타운으로 보내버릴 테야—보통 화물편으로—아침 첫차에 실어서.

네 눈은 확실히 아름다워—그리고 살결도 전처럼 빨갛지 않고 쭈글쭈글하지도 않아—하지만 머리칼이 조금도 안 나잖니—게다가 손은 꼭 새 발톱 같고. 나는 네가 전보다 조금도 좋아지지 않았단다. 그러나 네가 코너버 할머니 손에서 서서히 굶어죽게 되는 대신, 보드라운 요람에 누워 모건이 허락하는 한 진한 우유를 먹고 있는 것을 네 가엾은 어머니에게 알려주고 싶어.

하지만 수전이 없었던 그 첫날 아침 내 손에서 미끄러져 너를 물속에 떨어뜨려 하마터면 익사시킬 뻔했던 일은 네 어머니에게 알려주고 싶지 않아. 왜 너는 그렇게 미끌미끌해서 잘 미끄러지려고 하지?

---

*5 조프르가 지휘하는 프랑스군이 프랑스 북부 상파뉴 지방을 흐르는 마른 강에서 독일군을 무찌른 일.

그래, 나는 너를 좋아하지 않아. 언제까지나 끌리지 않을 거야. 그렇지만 너를 어엿하고 훌륭한 아이로 키울 거야. 이를테면 자존심 있는 다른 아이들처럼 포동포동 살이 쪄야 해. 어제 적십자 부인회에서 드류 할머니가 말했듯 릴러 블라이스 아기는 어쩌면 그토록 가냘프냐는 말을 두 번 다시 듣지 않도록 하겠어. 너를 좋아하게 되지는 않을지라도 적어도 자랑할 수 있게는 만들 생각이야."

부엌 소동

"이렇게 되면 전쟁이 봄까지 끝나지 않겠는걸."

엔 강*1의 장기전이 교착상태에 빠진 게 뚜렷해지자 블라이스 박사는 걱정했다.

릴러는 "네 코 뜨고 하나 뒤로" 라고 중얼거리며 한쪽 발로 아이의 요람을 흔들고 있었다. 아기를 요람에 재우는 데 모건은 반대했으나 수전은 그렇지 않았다. 그리고 중요한 일이 아닌 한 자신의 고집을 굽히더라도 수전을 기분 좋게 해주면 그만한 이익이 있었다. 그리하여 요람이 릴러의 아기바구니와 바뀌었다.

릴러는 뜨개질감을 내려놓고 말했다.

"아, 그렇게 오랫동안 어떻게 견딜 수 있을까."

그리고는 다시 양말을 집어들고 뜨기 시작했다. 두 달 전 릴러였다면 '무지개 골짜기'로 달려가 어깨를 들먹이며 울었을 것이다.

미스 올리버는 한숨을 쉬고, 블라이스 부인은 한순간 손을 맞잡았다.

---

*1 프랑스 북부를 흐르는 강.

이윽고 수전이 시원시원하게 말했다.

"자, 우리 모두 힘껏 버티며 열심히 일을 시작해야 해요. 일은 언제나 다름없이 하라는 게 영국의 신조라고 하니까요, 마님. 나는 이것을 내 신조로 삼겠어요. 이보다 더 좋은 말은 좀처럼 없을 것 같으니까요.

나는 언제나 토요일에 내놓는 것과 똑같은 푸딩을 만들겠어요. 꽤 잔손이 가지만 그편이 좋아요. 쓸데없는 생각은 사라지고 거기에 정신을 쏟게 되니까요. 나는 키치너가 열심히 하고 있고 조프르도 프랑스 사람치고는 잘하고 있다는 것을 잊지 않아요.

젬에게 저 과자상자를 보내고 양말도 한 켤레 완성시키기로 하겠어요. 나로서는 하루에 양말 한 짝이 고작이에요. 항구 곳 앨버트 미드 미망인은 하루에 한 켤레 반을 뜬다지만, 그녀는 달리 할 일이 없으니까요.

마님도 알고 계시듯 그녀는 오랫동안 누워 있기만 해서 아무에게도 도움이 안 되고 폐만 끼쳐왔는데, 아직 죽지 못한다고 하며 아주 괴로워하고 있었죠. 그런데 지금은 자기 같은 사람도 할 일이 있으니 살아가기로 했다면서 기운이 솟구쳐 새벽부터 저녁까지 군인을 위해 뜨개질하고 있대요.

사촌인 소피어까지도 뜨개질에 열중하고 있답니다, 마님. 참 다행스러운 일이에요. 손을 가슴 언저리에 포개고 있는 대신 부지런히 뜨개바늘을 움직이고 있으면 그만큼 우울한 불평거리도 생각나지 않을 테니까요.

소피어는 다음해 이맘때쯤에는 우리가 모두 독일사람이 되어 있을 거라더군요. 하지만 나를 독일사람으로 만들려면 1년 이상 걸릴 거라고 말해 줬어요.

릭 매컬리스터도 입대한 것을 알고 계신가요, 마님? 그리고 조 밀그레이브도 입대하고 싶어하지만, 들어가면 '달에 구레나룻'이 미랜더를 주지 않을까봐 걱정하고 있대요.

'달에 구레나룻'은 독일군의 잔인한 모습을 눈으로 직접 볼 때까지는 믿을 수 없고, 독일군이 랭스의 대성당을 때려 부순 것은 잘한 일이다, 그것은 로마 가톨릭 교회니까 이렇게 말하고 있어요.

마님, 나는 가톨릭 신자는 아니에요. 어엿한 장로교회파로 태어나 자랐으며 그것으로 일생을 마칠 작정이니까요. 그러나 가톨릭 신자들도 우리와 마찬가지로 자기들 교회에 대한 권리가 있을 테니 독일군에게는 그것을 파괴할 권리가 전혀 없다고 여겨요. 생각해 보세요, 마님."

수전은 비통한 얼굴로 말을 이었다.

"만일 독일군의 포탄이 글렌 마을의 '우리들' 교회 뾰족탑을 때려부쉈다고 생각해 보세요. 프랑스의 대성당이 낱낱이 파괴된 일 못지않게 견딜 수 없을 게 아니겠어요."

이러는 동안에도 세계 곳곳의 젊은이들이, 부자도 가난한 사람도 신분 낮은 사람도 높은 사람도 살갗이 흰 사람도 검은 사람도 피리 부는 사나이의 부름에 따라 망설임 없이 나아갔다.

블라이스 부인이 말했다.

"빌리 앤드루스네 아들까지도 간대요—제인의 외아들도—다이애너의 잭 도령도. 프리실러의 아들은 일본에서 나갔고, 스텔러의 아들은 밴쿠버에서—조 목사의 아들은 둘 다 갔어요. 필리퍼의 편지에는 아들들이 결심하지 못하는 어머니를 아랑곳하지 않고 가버렸다고 씌어 있어요."

의사는 아내에게 편지를 건네주었다.

"젬으로부터, 이제 곧 떠나리라고 생각되는데 통고가 내린 뒤 몇 시간 안에 떠나야 하므로 떠나기 전에 집까지 멀리 갈 만한 휴가는 얻을 수 없을 것 같다는 소식이 왔군."

수전은 분개했다.

"그건 너무하군요. 샘 휴즈 경은 우리들의 마음을 생각지 않는 걸까요? 그 소중한 아이를 마지막으로 우리에게 보여주지도 않고 유럽으로 낚아채 가다니! 내가 선생님이라면 이 사실을 신문에 투서하겠어요."

블라이스 부인이 실망한 투로 말했다.

"아마 그편이 좋을지도 모르지요. 다시 한번 젬과 헤어지는 일을 나는 견뎌낼 수 있을 것 같지 않아요—전쟁도 젬이 떠날 때 생각했던 것만큼 빨리 끝나지 않으리라는 걸—알았으니까요. 아, 적어도—하지만 그만두겠어요. 이런 말은 하지 않겠어요. 수전이나 릴러처럼 나도 여장부가 되기로 결심했어요."

블라이스 부인은 가까스로 웃음 지어 보였다.

"모두들 훌륭해요. 나는 우리 집 여자들을 자랑스럽게 여겨요. 여기 있는 내 '들의 백합'인 릴러까지도 적십자를 활발하게 이끌어나가고, 캐나다를 위해 어린 생명을 하나 구원해 주고 있으니. 훌륭한 일이에요.

앤의 딸 릴러여, 네 전쟁고아에게 어떤 이름을 붙일 생각이니?"

"나는 짐 앤더슨 씨의 편지를 기다리고 있어요. 자기 아기니 자신이 직접 이름을 붙이고 싶어할 것 같아서요."

그러나 가을이 깊어 가도 짐 앤더슨으로부터는 아무 소식도 없었다. 그는 핼리팩스에서 출범한 뒤 한 번도 편지를 보내지 않았으며, 아내와 아기의 운명이 어찌되든 상관없는 모양이었다.

마침내 릴러는 아기에게 제임스라는 이름을 붙여주기로 결정했고, 수전은 거기에 키치너를 덧붙여야 한다고 주장했다. 그리하여 제임스 키치너 앤더슨은 자신보다 얼마쯤 당당한 이름을 갖게 되었다. 잉글사이드 사람들은 곧 그 이름을 '짐스'로 줄여버렸으나 수전만은 완강히 '키치너 도련님'이라고 부르며 결코 다른 이름으로 부르지 않았다.

수전은 반대하고 나섰다.

"짐스란 크리스천 아이에게 붙일 이름이 아니에요, 마님. 사촌 소피어도 그 이름은 너무 경박하다고 했는데, 처음으로 소피어가 분별 있는 말을 했다고 여겼어요. 물론 맞대놓고 찬성하여 기뻐하지는 않았지만요.

그 애도 그럭저럭 아기다워졌어요. 릴러의 아기를 다루는 솜씨는 확실히 훌륭해요. 공연히 우쭐대면 안 되니까 릴러에게는 말하지 않지만요.

마님, 그 갓난아기가 더러운 플란넬에 싸여 그 큰 수프 그릇 속에 누워 있는 걸 처음 보았을 때 일을 일생 동안, 그렇지요, 평생 동안 잊어버릴 수 없어요. 수전 베이커가 깜짝 놀라는 일은 그리 많지 않지만, 그때는 정말 놀랐답니다. 믿어두 좋아요. 잠시 동안 나는 머리가 어떻게 되어버려 악몽을 꾸고 있는 게 아닐까 여겨졌었으니까요.

그리고 생각했어요. 아니, 지금까지 사람이 수프 그릇 속에 든 환상을 보았다는 이야기를 들은 적 없으니 적어도 이것만은 진짜임에 틀림없다고요. 그래서 나는 자신을 되찾았던 거예요.

선생님께서 릴러가 아기의 시중을 자기 손으로 들어야만 한다고 하셨을 때 농담인 줄 여겼었어요. 릴러에게 그렇게 하려는 마음이 있을 거라는 상상도, 그렇게 해나갈 수 있으리라는 생각도 못했으니까요.

그런데 보시다시피 릴러도 어엿하게 제구실을 하게 되지 않았겠어요? 꼭 해야 한다고 마음만 먹으면 할 수 있군요, 마님."

이 마지막 단정을 10월 어느 날 수전은 다시 증명하게 되었다. 의사부부는 외출했고 릴러는 2층에서 쌔근쌔근 낮잠을 자는 짐스 옆에 앉아 꾸준히 뜨개질하고 있었다. 수전은 뒤쪽 베란다에 앉아 콩깍지를 까고, 사촌 소피어가 그 일을 거들고 있었다. 글렌 마을은 더없이 평화로웠다. 하늘에는 은빛으로 반짝이는 구름이 떠올라 있었다. '무지개 골짜기'는 부드러운 보랏빛 가을안개에 싸여 있었다. 환상적인 단풍나무숲은 불타오르는 듯 보였고, 부엌 뒤뜰의 들장미 산울타리는 무어라 말할 수 없는 빛깔이었다. 그것을 보면 이 세상에 전쟁이 있다고는 여겨지지 않아 수전의 충실한 마음은 잠시 동안 편안함을 누릴 수 있었다. 그러나 대함대가 최초의 캐나다 육군을 이끌고 건너고 있는 먼 대서양 위의 젬 도련님 일을 생각하며 수전은 지난밤 거의 잠을 이루지 못했었다.

소피어까지도 여느 때처럼 음울하지 않고 오늘 같은 날씨에는 그리 불평 없음을 인정했다. 하지만 이것은 분명 폭풍 전의 잔잔한 날씨로 틀림없이 무서운 폭풍이 곧 몰아닥칠 조짐이라고 말했다.

소피어는 말했다.

"너무 조용해. 이 침묵은 오래 이어지지 않을 거야."

이 말을 그대로 증명하듯 갑자기 두 사람 뒤에서 굉장한 소리가 들렸다. 부엌에서 울려오는 부딪치는 소리, 와장창하는 소리, 숨죽인 듯한 외침소리와 신음소리, 그리고 이따금 쨍그렁 하는 반주가 들어가는 요란한 소리는 말로 나타낼 수 없는 것이었다.

수전과 소피어는 놀라 얼굴을 마주보았다.

"대체 무슨 일이 일어난 거지?"

소피어는 눈을 동그랗게 떴다.

수전이 투덜투덜했다.

"하이드 고양이 녀석이 드디어 미친 모양이군. 나는 처음부터 알고 있었으니까."

거실 옆문으로 릴러가 뛰어나왔다.

"왜 그래요?"

"나로서는 모르겠지만 미친 고양이가 하는 짓임에 틀림없어. 어쨌든 가까이 가면 안 돼. 내가 문을 열고 들여다볼 테니까. 저봐, 또 사기그릇이 깨지는군. 저 고양이에게는 악마가 들렸다고 내가 전부터 말했던 대로야."

소피어가 위엄 있게 말했다.

"나는 저 고양이가 광견병에 걸렸다고 생각해. 언젠가 들은 이야기 인데, 미친 고양이가 세 사람에게 덤벼들어 물어뜯었대. 그들은 모두 새까맣게 되어 끔찍스럽게 죽어갔어."

이 말을 듣고도 수전은 겁내지 않고 문을 열고 안을 들여다보았다. 바닥에는 깨진 접시조각이 흩어져 있었는데, 그것은 이 처절한 비극 이 수전의 반짝반짝 빛나는 요리용 기구들이 즐비하게 늘어놓은 조 리대 위에서 일어났기 때문인 것 같았다.

빈 연어 통조림통 속에 머리를 푹 처박은 고양이는 미친 듯이 날뛰 며 온 부엌 안을 빙빙 돌고 있었다. 비명과 고함을 번갈아 지르며 고 양이는 무턱대고 날뛰며 닥치는 대로 깡통을 부딪치는가 하면 앞발 로 헛되이 잡아 뽑으려 하고 있었다.

그 모양이 너무 우스워 릴러는 배를 움켜잡고 자지러지게 웃어댔 다. 수전은 나무라는 눈으로 릴러를 보았다.

"조금도 우스울 게 없어. 저 고양이는 어머니가 시집올 때 그린게이 블즈에서 가져온 커다랗고 푸른 그릇을 깨버렸잖아. 이것은 작은 손 해가 아니야. 그러나 곧장 생각해야 할 것은 어떻게 하이드의 머리에 서 저 깡통을 뽑아내느냐 하는 일이지."

소피어가 활기차게 외쳤다.

"고양이에게 손대면 안 돼. 그랬다가는 수전이 죽을지도 모르니까. 부엌문을 꼭 닫아놓고 앨버트를 불러."

수전은 거드름피우며 말했다.

"나는 집안식구들의 소란스러운 일로 앨버트를 불러오는 버릇은 배어 있지 않아. 저 고양이는 괴로워하고 있어. 비록 내가 저 고양이 를 못마땅하게 여기고 있다 해도 아파하는 것을 보고 있을 수는 없 어. 미친 게 아니야. 적어도 이제까지보다 더 심한 것은 아니니까. 하 지만 릴러, 릴러는 저리 비켜, 키치너 도련님을 위해서. 내가 할 수 있 는 데까지 해볼 테니까."

수전은 용감하게 부엌으로 들어가 블라이스 의사의 낡은 비옷을 집어들고 미친 듯이 고양이를 쫓아가 몇 번이나 덤벼들려 했으나 실패를 거듭했다. 여러 차례 실패를 되풀이한 끝에 마침내 비옷을 고양이와 깡통 위에 덮어씌울 수 있었다. 그리고 수전은 깡통따개로 깡통을 따기 시작했으며, 릴러는 비옷에 싸여 몸부림치는 고양이를 누르고 있었다. 이때 박사가 지른 비명은 잉글사이드가 지어진 뒤 처음 들어본 것으로, 수전은 앨버트 크로퍼드가 이 소리를 듣고 수전이 고양이를 못살게 학대하여 죽이고 있다고 여기지나 않을까 몹시 걱정했다.

몸이 겨우 자유로워진 박사는 매우 씩씩거리며 분개했다. 이번 일은 분명 자기를 괴롭히기 위해 꾸며진 거라고 여겼던 것이다. 박사는 감사하는 대신 수전을 원망스러운 눈으로 노려보고는 부엌에서 후다닥 달아나 들장미 산울타리 속으로 몸을 피한 뒤 하루 종일 부루퉁해 있었다. 수전은 신경질적인 얼굴로 깨진 접시를 쓸어 모으며 씁쓰레하게 말했다.

"독일군도 이토록 거칠지는 않을걸. 하지만 남의 주의도 듣지 않고 저런 악마 같은 짐승을 키우는 한 시집올 때 가져온 그릇을 깨뜨려도 불평은 못하겠지. 사람이 잠깐 자리를 비운 동안 고양이 녀석이 머리를 연어 통조림통에 처박고 부엌을 휘젓고 돌아다닌대서야 정말 큰일이지 뭐야."

괴로움이여, 안녕

10월이 지나고 쓸쓸한 11월과 12월의 어두운 나날이 서서히 돌아왔다. 세계는 서로 무참하게 싸우는 전쟁의 울림으로 요란하게 진동했다. 안트베르펜이 함락되었다—터키가 선전포고를 했다—작지만 용감한 나라 세르비아가 들고 일어나 그 압제자에게 치명적인 타격을 주었다. 몇 천 마일이나 떨어진 조용한 언덕에 둘러싸인 글렌 세인트 메리 마을 사람들은 나날이 변화무쌍한 바깥 소식에 희망과 공포로 가슴이 마구 두근거렸다.

미스 올리버가 말했다.

"두세 달 전까지는 우리들이 글렌 세인트 메리의 눈으로 생각하거나 이야기를 했지만, 지금은 군사적 용어며 외교정책 용어로 모든 것을 생각하며 이야기하고 있어요."

날마다 꼭 한 가지씩 큰 사건이 있었다—우편이다. 수전까지도 우편마차가 역과 마을 사이의 작은 다리를 덜커덩거리며 건널 때부터 신문이 집에 와 닿아 읽게 되기까지는 일이 손에 잡히지 않는다고 말했다.

"그럴 때면 뜨개질감을 꺼내 신문이 올 때까지 정신없이 손을 움직이지 않고는 견딜 수 없어요, 마님. 비록 가슴이 세차게 두근거리고 명치 끝이 움푹 파이는 듯하고 머리가 걷잡을 수 없이 혼란할 때도 뜨개질만은 할 수 있으니까요.

그런데 표제를 보고 나면 비록 그것이 좋든 나쁘든 마음이 어느 정도는 가라앉아 다시 내 일을 할 수 있게 되죠. 점심 식사 준비로 한창 바쁠 때 우편이 오면 정말 큰일이에요. 정부에서도 좀 더 형편 좋게 배려할 수 있음직한데 말이에요.

그건 그렇고, 칼레 침공은 내가 생각하고 있었던 대로 실패였으니 카이저도 올해는 런던에서 크리스마스 만찬을 들 수 없겠군요. 저, 마님……"

수전이 목소리를 낮추는 것은 무언가 어이없는 정보를 이야기할 조짐이었다.

"이것은 확실한 계통에서 들은 말인데요, 그렇지 않다면 목사에 대한 일이라서 이야기하지 않을 거예요. 아널드 목사가 류머티즘에 잘 듣는다면서 매주 샬럿타운의 터키탕에 간다는군요. 우리가 터키와 전쟁하고 있는데 그런 몹쓸 짓을 하다니! 아널드 씨의 교회 집사가 그 사람의 신학은 건전하지 못하다고 했는데, 그럴 만한 까닭이 있을 게 틀림없다고 여기게 되었어요.

자, 오늘 오후에는 힘을 내어 젬 도련님에게 보낼 과자를 꾸리기로 해요. 아주 기뻐할 거예요. 그때까지 진흙바다 속에 빠져 죽지 않고 있다면 말이에요."

젬은 솔즈버리 평야의 막사에 있으면서 진흙바다 속임에도 불구하고 명랑한 편지를 보내왔다. 그러나 레드먼드에 있는 월터로부터 릴러에게 오는 편지는 명랑하지 못했다. 릴러는 월터가 입대했다고 씌어 있지 않을까 하는 불안함에 가슴 죄는 일 없이 편지를 편 적이 한 번도 없었다.

월터의 비참한 마음은 릴러를 더더욱 고통스럽게 했다. 릴러는 그날 '무지개 골짜기'에서 한 것처럼 월터를 감싸 위로해 주고 싶었다. 릴러는 월터에게 어두운 마음을 갖게 하는 모든 사람이 미웠다.

어느 날 오후 '무지개 골짜기'에 혼자 앉아 월터로부터 온 편지를 읽으며 릴러는 슬픈 듯 중얼거렸다.

"오빠도 갈 거야—간다면 나는 견딜 수 없어."

월터의 편지에는 누군가가 겁쟁이의 상징인 흰 깃털이 든 봉투를 보냈다고 씌어 있었다.

내게는 마땅한 일이야, 릴러. 나는 그 깃털을 달아야 한다고 생각했어—레드먼드 안의 모든 사람에게 나는 겁쟁이임을 알고 있다는 걸 알리기 위해서 말이야. 우리 학년에서도 입대하는 사람이 나오고 있어—계속 나오고 있지. 날마다 두세 사람씩 입대해.

나도 그렇게 하려고 거의 결심하는 때도 있지—그러면 내가 다른 사나이를—어딘가에 사는 여자의 남편인지, 연인인지, 아들인지—또는 작은 아이들의 아버지인지도 모르는 사람을 총검으로 찌르는 장면이 눈앞에 떠올라—내가 온통 칼에 찔린 모습으로 타는 듯한 목마름에 괴로워하며 차가운 이슬이 내린 싸움터에서 죽은 사람이며 죽어가는 사람들에게 둘러싸여 누워 있는 장면이 눈앞에 또렷이 떠오르는 거야—그러면 나로서는 도저히 군인이 될 수 없다는 것을 알게 되지. 생각만 해도 견딜 수 없는데 어떻게 실제로 맞설 수 있겠니?

차라리 태어나지 않았으면 좋았을 거라는 생각을 할 때가 있어. 지금까지 나에게 인생은 아름다운 것이었어—좀 더 아름다워지고 싶다고 나는 바라고 있었지—그런데 지금은 불길한 게 되어버렸어. 릴러 마이 릴러, 네 편지가—귀엽고 명랑하며 즐겁고 우스우며 익살맞고 믿음직한 편지가 없었다면—나는 단념해 버렸을 거야.

그리고 우나의 편지도! 우나는 정말 훌륭한 아가씨야. 그처럼 수줍고 구슬프며 천진난만하면서도 정말 놀랄 만한 숭고함과 확고함을 지니고 있어. 우나는 너처럼 웃음을 자아내게 하는 편지를 쓰는 비결은 알고 있지 못하지만 그녀 편지에는 무언가가 담겨 있어—그것이 무엇인지 나로서는 알 수 없어—적어도 우나의 편지를 읽고 있는 동안만은 전선으로 가도 좋다는 마음마저 들어.

우나는 나에게 가라는 말은 한 마디도 쓰지 않아—가야 한다고 권유하지도 않아—그녀는 그런 성품이 아니야. 편지에 담긴 것은 그 정신이란다—인격이지.

그래, 나는 갈 수 없어. 네게는 겁쟁이 오빠가 있고 우나에게는 겁쟁이 친구가 있는 거야.

릴러는 한숨을 쉬었다.

"아, 오빠는 이런 것을 쓰지 않으면 좋으련만. 마음이 아파. 오빠는 겁쟁이가 아닌데—그럴 리 없어—없고말고!"

릴러는 슬프게 주위를 둘러보았다—작은 골짜기며 그 맞은편에 잿빛으로 펼쳐진 인기척 없는 빈 땅을. 어디를 보나 월터가 생각났다! 시냇물이 구부러져 흐르는 곳에 핀 들장미에는 아직 빨간 꽃잎이 달려 있었다. 빨간 잎자루에는 조금 전에 내린 보슬비 방울이 진주처럼 빛나고 있다. 이 광경을 언젠가 월터가 시로 쓴 적이 있었다.

바람은 서리 맞아 시들어 갈색이 된 양치류 사이에서 한숨을 쉬고, 바스락거리며 슬픈 듯 시냇물 쪽으로 유유히 사라져 갔다.

"월터가 11월의 구슬픈 바람이 아주 좋다고 말한 일이 있었지."

해묵은 '연인의 나무'는 지금도 여전히 휘감겨 있고, 이제 커다란 흰 가지만 남은 '흰 옷 입은 숙녀'는 벨벳 같은 잿빛 하늘을 등지고 아름답게 우뚝 서 있다. 이런 이름들도 모두 월터가 오래 전에 붙여 준 것들이다. 지난해 11월 월터는 릴러며 올리버 선생과 함께 골짜기를 거닐다가 낙엽진 '흰 옷 입은 숙녀'에 은빛 초승달이 걸려 있는 것을 보고 말했다.

"자작나무는 벌거벗어도 부끄러워하지 않는다는 에덴의 비밀을 간직하고 있는 아름다운 이교도 아가씨야."

"그것을 시로 만들어 봐, 월터."

올리버 선생의 말을 듣고 월터는 다음날 두 사람에게 들려주었다—아주 짧은 시로, 한 구절 한 구절에 소년다운 상상력이 넘쳐 있었다. 아, 그즈음에는 얼마나 행복했던가!

자—릴러는 어쩔 수 없이 일어섰다—벌써 시간이 되었다. 짐스가 이제 곧 잠을 깨리라—짐스의 점심을 만들어야만 한다. 짐스의 조그만 턱받이를 다림질해야 한다. 오늘 밤은 적십자 소녀단 위원회가 열린다. 새로운 편물 가방을 완성해야 해—소녀단의 어느 누구도 그토록 예쁜 가방은 갖고 있지 못하리라. 아이린 하워드의 가방보다도 예쁘다—집으로 돌아가 일해야 한다.

요즘 릴러는 아침부터 밤까지 바빴다. 장난꾸러기 짐스 덕분에 꽤 많은 시간을 빼앗겼다. 그러나 짐스는 점점 자라났다—확실히 자라났다. 짐스가 눈에 띄게 보기 좋아졌다는 것은 먼 희망이 아니라 절대적인 사실이라고 릴러는 생각하는 일이 있었다. 때로는 짐스가 자랑스럽게 여겨질 때도 있고 또 때로는 궁둥이를 찰싹 때려주고 싶을 때도 있었지만, 짐스에게 뽀뽀를 한 일은 한 번도 없고 해주고 싶다고 생각지도 않았다.

12월 어느 날 밤, 아늑한 거실에서 블라이스 부인과 수전과 미스 올리버는 바쁘게 바느질이며 뜨개질을 하고 있었다.

미스 올리버가 말했다.

"독일군이 오늘 우지*1를 점령했어요. 이 전쟁은 적어도 내 지리 지식을 넓혀줬어요. 학교선생이라지만 석 달 전 나는 세계에 우지라는

---

*1 폴란드 중앙부의 도시.

곳이 있는 줄 몰랐으니까요. 우지라는 지명을 들어도 아무것도 몰랐을 테고 알려고도 생각하지 않았을 거예요. 그런데 지금은 무엇이든지 다 알고 있어요―그 면적, 위치, 군사상 의미에 이르기까지요. 어제 독일군이 바르샤바로 두 번째 진격하여 우지를 점령했다는 뉴스를 들었을 때는 실망하고 말았어요. 밤중에 잠이 깨어 우지의 일이 염려되어 견딜 수 없었지요.

아기가 밤중에 잠이 깨면 반드시 우는 것은 무리가 아니라고 생각해요. 밤중에는 모든 것들이 마음을 짓누르고 구름 뒤 숨어 있는 은빛별처럼 명랑한 생각 같은 건 할 수 없거든요.”

뜨개질하며 책을 읽던 수전이 말했다.

“나는 밤중에 깨어나 잠을 이루지 못할 때에는 시간을 보내려고 카이저를 무찔러 죽여요. 어젯밤에는 펄펄 끓는 기름 속에 넣고 튀겨버렸는데, 그 벨기에의 아기들*2 일을 생각하니 참으로 기분이 좋더군요.”

“만일 카이저가 여기 있어 어깨가 아프다는 말이라도 한다면 누구보다도 먼저 달려가 약병을 가져다 발라줬을 텐데요, 뭘.”

미스 올리버는 웃었다.

수전이 분개하여 소리쳤다.

“내가요? 내가 그럴 거란 말예요, 미스 올리버? 나라면 석유를 발라주겠어요, 미스 올리버―그리고 물집이 생기든 말든 내버려둘 거예요. 나는 그렇게 해줄 테니 두고 봐요. 어깨가 아프다고요, 내 참! 첫 아픔이 사라지기도 전에 온몸이 아파올 거예요.”

블라이스 박사가 진지하게 타일렀다.

“우리는 원수를 사랑하도록 가르침받고 있잖소, 수전.”

그러자 수전은 야무지게 받아넘겼다.

---

*2 제1차 세계대전 중 벨기에에서 많은 일반시민이 살해되어 수많은 아이들이 고아가 되고 굶어죽었음.

"그렇고말고요, '우리의' 적이라면요. 하지만 조지 왕*³의 적을 그렇게 하라고는 말하지 않았지요, 선생님."

블라이스 박사를 이토록 멋지게 공격한 일이 너무 기뻐 수전은 안경을 닦으며 미소마저 떠올렸다. 이제까지 수전은 안경을 전혀 쓰지 않았지만, 전쟁 뉴스를 읽기 위해 드디어 쓰게 되었던 것이다. 그러므로 특별한 뉴스를 하나도 빠뜨리는 일이 없었다.

"미스 올리버, M−l−a−w−a와 B−z−u−r−a와 P−r−z−e−m−y−s−l은 어떻게 발음하면 되지요?"

"그 맨 끝의 지명은 아직 아무도 모르는 수수께끼예요, 수전. 그 나머지도 어렴풋이 짐작하는 정도지요."

수전이 투덜거렸다.

"그런 외국지명은 온당치 못하다고 생각해요."

"오스트리아인이나 러시아인 쪽에서도 서스캐처원이며 머스쿠도보이트 같은 캐나다 지명을 그 못지않게 귀찮게 여길 거예요, 수전. 요즘 세르비아 군은 눈부시더군요. 베오그라드를 점령했대요."

"그리고 오스트리아 사람들에게 귀가 따갑도록 말하여 다뉴브 강 건너편으로 쫓아보냈지요."

수전은 유쾌한 듯 맞장구치고 동유럽 지도를 요기조기 살펴보며 뜨개바늘로 지명을 하나하나 찔러 기억에 새겨넣었다.

"조금 전에 소피어가 세르비아는 멸망했다고 말했으므로, 나는 누가 의심할지라도 모든 것을 지배하시는 신은 아직 있는 법이라고 말해 주었지요. 거기서는 많은 사람이 살해된 모양이더군요. 외국인일지라도 그토록 많은 남자가 살해되었는가 생각하면 두렵지 뭐겠어요, 마님—그렇지 않더라도 남자가 모자라니까요."

2층에서는 릴러가 일기를 쓰며 걷잡을 수 없는 마음을 토해내고

---

*3 영국 국왕 조지 5세. 1895~1952.

있었다.

이번주는 내게 수전이 말한 것처럼 '지독했다'. 나도 반은 나빴지만, 반은 내 탓이 아니다. 그 양쪽 다 참으로 비참하게 여겨진다.

얼마 전 시내로 겨울모자를 사러 갔었다. 태어나서 처음으로 아무도 나에게 함께 가서 모자 고르는 일을 도와주겠다고 말하는 사람이 없었다. 마침내 나는 어머니도 나를 어린아이로 여기지 않게 되었구나 하는 생각이 들었다.

나는 아주 더없이 멋진 모자를 발견했다—참으로 매력적이었다. 벨벳으로 만들었으며, 내게 맞춘 것 같은 짙은 초록빛이었다. 내 머리와 피부에 썩 잘 어울려 적갈색과, 올리버 선생이 곧잘 말하는 내 '크림빛'을 매우 돋보이게 했다. 이런 초록빛을 만난 것은 여태까지 한 번밖에 없다. 12살 때 이 빛깔의 비버 모자를 가지고 있었는데 학교 안 모든 여자 애들이 무척 부러워했다.

그래서 이 모자를 보는 순간 아무래도 사지 않고는 견딜 수 없어—사버렸다. 너무 비쌌다. 굳이 값은 여기 쓰지 않기로 하겠다. 자손에게 내가 모자 하나에, 더구나 사람들이 모두 절약하고 있는—또한 절약하지 않으면 안 되는 전쟁 동안인데, 그렇게 많은 돈을 주고 샀음을 알리고 싶지 않았기 때문이다.

집으로 돌아와 내 방에서 다시 한 번 써보았을 때 나는 불안해졌다. 물론 썩 잘 어울렸지만 교회나 글렌 마을의 검소한 모임에 쓰고 가기에는 어쩐지 너무 공들여 치장하고 요란한 느낌이었다—즉 너무 두드러지게 눈에 띄는 것이다. 모자가게에서는 그렇게 느끼지 않았는데, 내 작고 흰 방에서는 그런 마음이 들었다. 더욱이 그 어마어마한 값! 그리고 굶주리고 있는 벨기에 사람들!

어머니는 모자와 값을 보더니, 아무 말 없이 나를 지그시 바라보았다. 그렇게 바라보는 일에 어머니는 아주 숙련되어 있다.

아버지 이야기로는, 옛날 애번리 초등학교 시절 어머니가 지그시 바라보는 눈길에 사랑하게 되었다고 한다. 더욱이 두 사람이 처음 알게 된 무렵 어머니가 석판으로 아버지의 머리를 내리쳤다는 우스운 이야기도 들었다. 어머니는 어렸을 때 말괄량이었던 것 같다. 젬이 출정할 때조차도 꿋꿋했다. 그러나 본디 이야기로 되돌아가야만 한다—즉 내 초록빛 새 모자 이야기다.

이윽고 어머니는 조용히 말을 꺼냈다—너무도 조용했다.

"어떻게 생각하니, 릴러? 모자에 그토록 많은 돈을 들이는 게 옳은 일일까? 특히 세상이 이렇게 궁핍한 때에."

나는 소리쳤다.

"내 용돈으로 샀어요, 어머니."

"그런 걸 말하는 게 아니야. 네 용돈은 네게 필요한 것을 하나하나 생각해서 알맞게 정한 금액이야. 한 가지에 너무 많은 돈을 쓰면 어떤 것이든 다른 데 아껴야 할 테고, 그렇게 되면 제대로 되어나가지 않아. 하지만 릴러, 네가 올바르다고 생각한다면 나는 아무 말도 할 필요 없지. 네 양심에 맡기겠다."

나는 엄마가 이 일을 내 양심에 맡기겠다고 말하지 않았으면 좋았을 거라고 생각한다! 어쨌든 어떻게 해야 좋을까? 모자를 돌려줄 수도 없다—시내 음악회에 쓰고 갔었으니까—그냥 둘 수밖에 없다! 나는 불안한 나머지 짜증이 나고 말았다—차갑고 가라앉은 무서운 짜증이었다.

나는 의연하게 말했다.

"어머니, 모자가 어머니 마음에 들지 않아 죄송해요."

"모자가 마음에 들지 않는 게 아니야. 하긴 너 같은 어린 아가씨가 쓰기엔 좀 어떨까 여겨지긴 하지만—내가 말하는 건 네가 치른 값에 대해서야."

도중에서 말허리를 잘렸으므로 내 짜증은 가라앉기는커녕 아까보다도 더 차갑고 가라앉은 무서운 말투로 마치 어머니 충고는 개의치 않는다는 듯 말을 이었다.

"하지만 이제는 이 모자를 가질 수밖에 없어요. 그렇지만 앞으로 3년 동안—또는 전쟁이 더 이상 오래 끌 경우에는 전쟁이 끝날 때까지 다른 모자를 사지 않겠다고 약속하겠어요. 어머니도—"

—아, 그 '어머니도'라고 했을 때 비꼬인 말투—

"적어도 3년 쓴다면 내가 이 모자에 돈을 너무 많이 들였다고는 말할 수 없겠지요."

"3년이 되기 전에 너는 이 모자에 싫증나 버릴 게다, 릴러."

어머니는 못마땅한 듯 쓴웃음을 지었다. 나로서는 도저히 참을 수 없을 것 같은 웃음이었다.

"싫증이 나건 안 나건 그때까지 쓰겠어요."

나는 이렇게 말하고 2층으로 올라가 어머니에게 비꼬는 태도를 취했던 일을 생각하며 울었다.

이제 나는 그 모자가 싫어졌다. 그러나 3년 동안 또는 전쟁이 끝날 때까지라고 했으니, 3년 동안 또는 전쟁이 끝날 때까지 쓰기로 하겠다. 맹세한 이상 어떤 희생을 치르더라도 지켜 나가리라.

이것이 지독한 일 가운데 하나다. 또 하나는 내가 아이린 하워드와 싸운 일이다—아니, 아이린 쪽에서 내게 싸움을 걸어온 것이다—그렇지 않다, 우리들 둘이 서로 싸운 것이다.

어제 집에서 적십자 소녀단 모임이 있었다. 모임시각이 2시 30분으로 되어 있었는데, 아이린은 위 글렌에서 오는 마차편이 있어 일찍 왔다면서 1시 30분에 왔다. 아이린은 그 식사문제 뒤로 내게 그리 좋은 태도를 보이고 있지 않다. 게다가 단장이 되지 못한 일도 원망하고 있는 듯했다. 그러나 나는 모든 일을 말썽없이 진행시키려 결심하고 신경쓰지 않았다. 어제 아이린이 왔을 때에는 다시 인상 좋은 상냥한 모습으로 보였으므로, 나는 생각했다.

'아이린의 못마땅해 하던 마음이 없어졌구나. 다시 전처럼 사이좋게 지내면 좋겠는데……'

그런데 앉기가 무섭게 아이린은 내 화를 돋구었다.

아이린이 내 새로운 뜨개질 가방을 흘끗 쳐다보는 것을 나는 보았다. 소녀들은 모두 아이린을 질투가 심하다고 전부터 말해 왔지만, 나는 믿으려 하지 않았었다. 그러나 지금은 어쩌면 그럴지도 모른다는 생각이 든다.

아이린이 맨 먼저 한 일은 짐스에게 덤벼든 것이었다—아이린은 아기를 무척 좋아하는 듯한 시늉을 했다—짐스를 요람에서 안아올려 온 얼굴에 뽀뽀했다. 짐스에게 그렇게 뽀뽀하는 것을 내가 싫어하는 줄 잘 알고 있으면서 말이다. 위생상 좋지 않은 일이다.

아이린에게 시달리고 있는 동안 짐스가 마침내 칭얼거리기 시작했다. 그러자 아이린은 내 쪽을 바라보고 이상한 웃음을 지었으나, 말만은 아주 상냥하게 했다.

"어머나, 릴러, 마치 내가 이 아기를 독살이라도 할 것 같은 얼굴을 하고 있잖아."

나도 한 마디 한 마디 상냥하게 말했다.

"아니야, 그럴 리가 없어. 하지만 아이린도 알 듯이 모건은 아기에게 뽀뽀해도 좋은 곳은 이마뿐이라고 했어. 세균을 옮기면 안 되니까. 그래서 나도 짐스에게는 그 주의를 따르고 있어."

아이린은 가련한 목소리로 물었다.

"어머나, 내가 그토록 세균투성이라고?"

아이린이 나를 놀리고 있음을 알았으므로 화가 났지만 겉으로는 조금도 그런 눈치를 보이지 않고 아이린과 싸우지 말아야겠다고 결심했다.

그러자 아이린은 짐스를 몹시 흔들기 시작했다. 모건은 아기를 들까부는 것만큼 나쁜 일은 없다고 말하고 있다. 나는 결코 짐스를 괴롭히지 못하게 해야 한다. 그래도 아이린은 짐스를 흔들어댔고, 밉살스럽게도 짐스는 그것을 좋아했다.

짐스는 싱글벙글 웃었다—처음으로 환히 웃었던 것이다. 지금까지 넉 달 동안 한 번도 웃은 일이 없었다. 어머니나 수전이 아무리 웃게 하려 해도 할 수가 없었다. 그런데 지금 아이린이 들까불어 줬다고 해서 웃은 것이다! 전혀 고맙지도 않았다!

그 웃음은 짐스의 얼굴에 큰 변화를 주었다. 무어라 말할 수 없이 귀여운 보조개가 두 볼에 옴폭옴폭 나타나고, 커다란 갈색 눈에 웃음이 넘쳐흐르고 있는 것처럼 보였다. 그 보조개를 보고 아이린이 떠들어대는 모습은 어이없을 정도였다. 마치 자기가 그 보조개를 만들어낸 듯 여기는 것으로 생각될 정도였다.

그러나 나는 부지런히 바느질하며 떠들어대지 않았으므로 아이린도 곧 들까불어대는 일에 싫증나 짐스를 요람에 다시 눕혔다. 짐스는 한동안 데리고 놀아준 뒤이므로 그것이 마음에 안 들어 울음을 터뜨리고 오후 내내 보챘다. 아이린이 가만히 내버려두었더라면 조금도 성가신 일은 없을 텐데.

아이린은 짐스를 보며 물었다.

"맨날 이렇게 우니?"

마치 지금까지 한 번도 아기 울음소리를 들은 적 없는 듯한 말투였다.

나는 꾹 참고 아기는 폐의 발육을 촉진하기 위해 하루에 꽤 오랜 시간을 울어야 한다고 설명했다. 모건의 책에 그렇게 씌어 있다.

"만일 짐스가 전혀 울지 않을 때는 적어도 20분 동안은 울려야 해"

"어머나, 그러니!"

아이린은 내 말을 믿지 않는 듯 웃었다. '모건식 육아법' 책을 2층에 놓아두지 않고 바로 옆에 두었더라면 곧 아이린을 납득시킬 수 있었을 텐데. 아이린은 이번에는 짐스는 머리카락이 제대로 나 있지

않다—넉 달이나 되었는데 이렇게 머리칼이 나지 않은 아기는 본 적 없다고 말했다.

물론 나도 짐스가—아직—머리칼이 그리 나 있지 않다는 것을 알고 있다. 그러나 아이린은 그것이 내 탓인 듯한 말투였다.

"짐스와 마찬가지로 머리가 나 있지 않은 아기를 나는 많이 봤어."

"어머나, 어쩌지? 뭐, 너를 화나게 하려고 한 말은 아니야."

나는 화내고 있지 않은데. 그 뒤로도 그런 식이었다—아이린은 나를 빈정대는 말만 하고 있었다. 아이린이 뭔가 앙심을 품으면 이처럼 까다롭게 군다는 말을 전부터 들었지만 나는 결코 믿지 않았다. 아이린은 완벽한 사람이라고만 생각해 왔으므로, 이런 짓을 하는 것을 알자 몹시 괴로웠다. 그러나 나는 감정을 억누르고 온 힘을 다해 벨기에의 잠옷을 계속 꿰맸다.

그러자 아이린은 누군가로부터 들었다면서 월터에 대해 무어라 말할 수 없을 만큼 심술궂고 경멸스러운 말을 했다. 여기에는 쓰지 않겠다—나로서는 도저히 쓸 수 없다. 그것을 들었을 때에는 물론 몹시 화가 났느니 어쩌니 하고 아이린은 말했다—그러나 그런 이야기를 들었다 해도 그런 것을 내게 말할 필요는 없다. 아이린은 내 기분을 나쁘게 하려고 말한 것이다.

나는 폭발하고 말았다.

"여기 와서 내 오빠 일을 그런 식으로 용케도 말하는구나, 아이린. 결코 용서하지 않겠어—용서할 수 없어. 아이린네 오빠는 입대하지 않았잖아—입대하려는 마음조차도 전혀 없잖아."

"어머나, 릴러, 내가 한 말이 아니야. 조지 버 부인의 말이라고 했잖아. 그래서 나는 말해 줬어—"

"뭐라고 했는지 그런 것은 듣고 싶지 않아. 두 번 다시 내게 말 걸지 말아 줘, 아이린 하워드."

나는 물론 그런 말을 하지 말아야 했다. 그러나 불평이 절로 툭 튀어나와버린 것처럼 여겨진다. 그때 소녀 적십자 사람들이 모두 왔으므로 나는 마음을 가라앉히고 열심히 여주인 역할을 해야만 했다. 아이린은 오후 내내 올리브 커크와 짝이 되어 내 쪽을 쳐다보지도 않고 있다가 돌아갔다. 그러므로 내 말을 그대로 받아들인 듯하지만, 나는 상관없다. 월터에 대해 그런 거짓말을 지껄이는 사람과 친구가 되고 싶지는 않으니까.

하지만 그렇게 말했어도 마음은 비참했다. 우리는 여태까지 둘도 없는 단짝이었고, 아이린은 얼마 전까지 내게 정말 친절히 대해 주었다. 지금 또 하나 환멸의 슬픔을 맛보고 세상에 진정한 우정은 없는 게 아닌가 하는 마음이 든다.

오늘 아버지는 조 미드 할아버지에게 부탁하여 화물창고 구석에 먼디의 작은 개집을 만들게 했다. 우리는 추운 계절이 되면 먼디가 집으로 돌아오리라 여겼으나 돌아오려 하지 않았다. 아무리 달래도 단 2,3분 동안도 먼디를 그 화물창고에서 데려나올 수 없었다.

먼디는 그곳에서 기차를 하나하나 맞는다. 그러므로 우리는 먼디가 편히 지낼 수 있도록 어떻게든 해줘야만 했다. 조 할아버지는 먼디가 그 안에 있어도 플랫폼이 보이도록 개집을 만들어주었으므로 먼디가 그 안에 들어가줬으면 좋겠다고 생각하고 있다.

먼디는 그 마을에서 아주 유명해졌다. 시내에서 신문기자가 와 먼디의 사진을 찍고 충실히 불침번 서고 있는 이야기를 모두 써 갔다. 이 기사는 신문에 실려 온 캐나다 안에 자자하게 퍼졌다.

그러나 그런 건 가엾고 작은 먼디에게는 아무래도 좋은 일이었다. 젬은 영영 가버린 것이다—어디로 왜 갔는지 먼디로서는 모른다—그러나 젬이 돌아올 때까지 기다리기로 하자.

이 일은 어쩐지 내 마음의 작은 위안이 되었다. 어리석은 일이라고 여겨지지만, 틀림없이 젬은 돌아올 것이다. 그렇지 않으면 먼디가 이렇게 계속 젬을 기다리고 있지는 않을 테니까.

짐스는 내 곁의 요람 속에서 코를 골고 있다. 코를 고는 것은 감기 때문이다―아데노이드가 나쁜 것은 아니다. 아이린이 어제 감기에 걸려 있었으므로 뽀뽀를 하여 짐스에게 옮긴 게 틀림없다. 짐스도 전처럼 성가스럽지 않게 되었다. 등뼈가 꼿꼿해졌으므로 꽤 잘 앉아 있을 수 있다. 이제는 목욕을 좋아하여 몸을 뒤틀며 울어대는 대신 입도 벙긋하지 않고 물을 찰싹찰싹 때리고 있다.

아, 그 처음 두 달 동안을 잊을 수 있겠는가! 잘도 지내왔다. 그러나 나도 이렇게 있고, 짐스도 이렇게 있다. 그리고 우리들은 둘 다 이렇게 살아갈 생각이다.

오늘 밤 옷을 갈아입힐 때 짐스를 조금 간질러 보았다―나는 짐스를 들까불러주지는 않지만, 모건이 간지럼 태우는 일에 대해서는 별다른 말 쓰지 않았으므로―짐스가 아이린에게 웃어보였듯이 내게도 웃는지 어떤지 보고 싶었던 것이다.

그랬더니 짐스는 까르르 웃었다―그리고 보조개가 패였다. 짐스의 어머니가 이 보조개를 볼 수 없다니 얼마나 안타까운 일이겠는가!

오늘 여섯 켤레째 양말을 완성했다. 처음 세 켤레는 수전에게 뒤꿈치를 대달라고 했지만, 그러면 게으름피우고 있는 듯했으므로 내가 배워서 하게 되었다. 뒤꿈치를 대는 것은 싫은 일이다―그러나 8월 4일 뒤로 싫은 일만 너무 많이 해왔으므로 하나쯤 더 늘든 줄든 상관없다. 젬이 농담으로 말한 솔즈버리 평야의 진흙바다를 생각하고 나도 진격한다.

화이트 블랙

크리스마스가 되자 대학에 가 있던 아이들이 돌아왔다. 잉글사이드는 한동안 다시 떠들썩해졌다. 그러나 다 함께 모인 것은 아니었다. 크리스마스 탁자를 둘러싸고 앉은 자리에 처음 빈 자리가 하나 생겼다. 야무지게 다문 입매, 두려움 모르는 눈을 한 젬은 저 멀리 떨어진 곳에 있다. 릴러는 젬이 없는 자리를 차마 바라볼 수가 없었다.

수전은 전과 다름없이 젬의 자리도 마련해야 한다고 우겨 젬이 어렸을 때부터 써온 비틀어진 작은 냅킨 고리와 머릴러 아주머니에게서 받은 것으로 젬이 그것으로 마시겠다고 고집부린 그린게이블즈의 특이한 키 높은 받침 달린 잔을 늘어놓았다.

수전은 딱 잘라 말했다.

"귀여운 도련님 자리도 마련해야지요, 마님. 생각에 잠겨서는 안 돼요. 젬의 마음은 틀림없이 이곳에 와 있을 테고, 내년 크리스마스에는 몸도 돌아올 테니까요. 찬란한 봄의 대공격이 시작될 때까지 기다리세요. 그러면 눈 깜짝할 사이에 전쟁은 끝나버릴 테니까요."

모두들 그렇게 생각하려고 애썼다. 그러나 아무리 즐겁게 행동하려 애써도 그 뒤에는 그림자가 살그머니 몰래 다가와 있었다. 휴가 내내 월터도 조용하고 기운이 없었다. 월터는 레드먼드에서 받은, 이름을 밝히지 않은 잔혹한 편지를 릴러에게 보여주었다. 애국하는 마음에서 나온 정의로운 분노가 아니라 악의에 찬 편지인 게 뚜렷했다.

"그래도 여기 씌어진 일은 모두 사실이야, 릴러."

릴러는 월터에게서 편지를 빼앗아 불 속에 던져넣었다. 머리 끝까지 화가 났다.

"사실이라고는 하나도 씌어 있지 않아. 오빠는 병에 걸려버린 거야. 올리버 선생님도 너무 한 가지 일만 지나치게 생각하면 그렇게 된다고 말했어."

"레드먼드에서는 달아날 수가 없어, 릴러. 온 학교가 전쟁 일로 들끓고 있으니까. 징병적령기에 있는 완전한 자격을 지닌 남자로 입대하지 않는 이는 병역을 기피하는 사람으로 보여져 그에 어울리는 취급을 받는 거야. 전부터 나를 특별히 귀여워해 주시던 영문학 밀른 교수는 아들 둘이 군대에 간 뒤로, 나에 대한 태도가 싹 달라진 걸 느낄 수 있어."

"그건 너무해—몸이 건강해지지 않았는데."

"몸은 건강해. 아주 건강해. 건강하지 못한 것은 마음이야. 그러니까 불명예스럽고 부끄러운 일이지. 자, 울지 마, 릴러. 내가 입대할까봐 걱정하는 거라면, 나는 가지 않을 거니까. 피리 부는 사나이의 소리는 밤낮으로 귀에 울려오지만—그러나 나는 따라갈 수 없어."

"그런 짓을 하면 어머니도 나도 가슴이 찢어져버릴 거야. 아, 오빠, 이 집에서 한 사람이면 충분해."

릴러는 흐느껴 울었다.

릴러로서는 이 휴가가 너무나 슬펐다. 그래도 낸과 다이와 월터와 셜리가 집에 돌아와 있으므로 모든 일을 참을 수 있게 해주었다.

케니스 포드로부터 릴러 앞으로 편지와 책이 와닿았다. 편지 속 어느 부분은 릴러의 볼을 발갛게 달아오르게 하고 두근거리게 했다. 그런데 끝부분에 와서 릴러는 찬물을 끼얹은 듯 오싹했다.

내 복사뼈는 이제 거의 다 나았어. 앞으로 두 달 뒤면 입대할 수 있는 몸이 될 거야, 릴러 마이 릴러. 떳떳하게 군복을 입을 수 있다는 건 기분 좋은 일이야. 그렇게 되면 나도 얼굴을 똑바로 들고 온 세계를 바라볼 수 있고, 아무도 두려워할 필요가 없을 거야. 요즘 기분이 몹시 나빠. 다리를 절지 않고 걷게 되니까, 모르는 사람들은 '입대하는 게 싫어서 기피하고 있는 자다!'라고 하는 듯한 눈으로 바라보는 거야. 자, 이제부터는 그런 눈으로 볼 기회가 없어지는 셈이지.

릴러는 겨울 저녁해를 받아 붉은빛으로 빛나고 있는 단풍나무숲을 바라보며 울분에 차 내뱉듯 말했다.

"이 전쟁이 미워."

숲을 뒤덮은 눈 위로 떨어지는 빨간 무늬는 릴러에게 피에 물든 참호를 떠올리게 했다—젬과 제리가 곧 가게 될 참호—그곳으로 케니스도 머지않아 가게 된다—그렇다, 월터도.

가엾은 릴러는 생각했다.

'월터도 틀림없이 갈 거야. 그때는 나도 용감하게 행동할 수 없을 거야. 결코 할 수 없어. 어떤 일에든 맞설 수 있지만 그것만은 할 수 없어. 생각만 해도 힘이 빠져버리는걸. 아, 전쟁이 빨리 끝나주면 좋을 텐데.'

정월 초하루에 블라이스 의사가 말했다.

"1914년은 지나갔다. 밝게 솟아오른 태양은 핏속으로 가라앉았다. 1915년은 무엇을 가져올까?"

수전이 처음으로 짧게 말했다.

"승리지요!"

미스 올리버가 쓸쓸하게 물었다.

"정말 이번 전쟁에서 이길 거라고 믿고 있나요, 수전?"

미스 올리버는 월터와 다이와 낸이 레드먼드로 돌아가기 전에 만나보려고 이날 로브리지에서 와 있었다. 그녀는 얼마쯤 기운이 빠져 비꼬인 마음으로 모든 것을 어둡게 보려 했다.

수전이 소리쳤다.

"전쟁에 이긴다는 것을 '믿어라!'예요. 아니에요, 미스 올리버. 나는 '믿고' 있는 게 아니에요. '알고' 있는 거지요. 그런 것을 걱정하는 게 아니랍니다. 내가 걱정하는 것은 그 고생과 희생이에요. 하지만 달걀을 깨지 않고는 오믈렛을 만들 수 없으니까요. 우리도 하느님을 믿고 마음을 크게 가져야 해요."

그러자 미스 올리버가 도전해 왔다.

"때때로 나는 하느님을 믿기보다 대포를 만드는 편이 훨씬 좋겠다고 생각하는 일이 있어요."

"그래서는 안 돼요. 독일군은 마른 강에 대포를 장치했잖아요. 하지만 하느님이 없애버리셨어요. 그것을 잊어서는 안 돼요. 의심하는 마음이 일면 이 사실을 분명히 떠올려야 해요. 의자 양쪽을 꼭 잡고 똑바로 앉아 '대포도 좋지만 하느님 편이 더 좋다. 카이저가 뭐라든 하느님은 우리 편이다'라고 외치는 거예요.

미스 올리버, 나도 그렇게 똑바로 앉아 이 말을 되뇌지 않았다면 미칠 것 같았던 날이 요즘에는 이어졌답니다. 사촌 소피어도 미스 올리버처럼 툭하면 낙심하여 어제도 '아, 아, 독일군이 여기까지 오면 어떻게 하나' 하고 떠들어대는 거예요. 나는 '묻어버려' 하고 아무렇지도 않게 말했지요. '묘지는 얼마든지 있으니까'라고 말예요.

소피어는 나를 경박하다고 말하지만 나는 결코 경박하지 않아요, 미스 올리버. 다만 침착하게 영국 해군과 우리 캐나다군을 믿고 있을 뿐이지요. 나는 항구 곶의 윌리엄 폴록 영감님과 똑같아요.

그 영감님은 나이가 꽤 많은 데다 오랫동안 병으로 누워 있는데, 지난주 어느 날 밤 너무 쇠약해졌으므로 며느리가 누군가에게 영감님은 돌아가실 듯하다고 작은 목소리로 말하자 영감님이 곧 '제기랄, 나는 죽지 않았어'라고 마구 소리를 지르더래요—알겠지요, 미스 올리버. 영감님은 '제기랄'이라는 말만으로 그만두지 않았어요. '제기랄, 나는 죽지 않았어. 카이저를 보기 좋게 때려눕히기 전에는 죽을 생각이 없으니까'라고 했대요. 바로 그거예요, 미스 올리버. 그런 정신이야말로 숭고하다고 여겨져요."

미스 올리버는 한숨을 쉬었다.

"나로서도 그것은 숭고하다고 여겨요. 하지만 도저히 버티어낼 수가 없어요. 예전에는 괴로운 일이 있으면 잠시 꿈나라로 달아났다가 거인처럼 기운차게 돌아왔었는데, '이 일'로부터는 달아날 수가 없어요."

블라이스 부인도 맞장구쳤다.

"나도 그래요. 요즘은 잠자리에 드는 게 싫어요. 이제까지는 잠자리에 드는 일이 기뻤고, 잠들기 전에 30분 동안 쾌활하고 머리가 돈 듯한 멋진 상상에 잠기는 게 즐거웠었는데요. 여전히 공상은 해요. 그러나 지금까지와는 다른 상상이에요—눈에 보이는 것은 참호며—피에 물든 눈(雪)이며—죽은 사람들이며—젬의 일이에요. 처마를 불고 지나가는 바람소리를 들으면 서부전선에 있는 이슬로 사라져간 사람들의 영혼을 생각하게 돼요."

미스 올리버가 말했다.

"나는 잠잘 시간이 되면 기뻐요. 내가 어둠을 좋아하는 것은 내 자신으로 되돌아갈 수 있기 때문이지요. 미소를 떠올릴 필요도, 용감한 말을 할 필요도 없는걸요. 하지만 때로는 내 상상력도 벽찰 때가 있어요. 그러면 지금 말씀하신 것이—두려운 일들이며—앞으로의 두려운 세월이 눈에 보이지요."

수전이 말했다.

"나는 상상력 같은 것을 지니고 있지 않아 고맙게 여겨요. 그것만은 확실히 구원받았군요. 이 신문에 황태자가 또 살해되었다고 실려 있네요. 이번에는 죽은 그대로 있어 주지 않을까요?

그리고 우드로 윌슨*¹이 또 각서를 발표할 모양이에요. 대체 그 사나이의 학교선생은 아직 살아 있을까요?"

수전은 요즘 무능한 대통령 일을 이야기할 때 쓰기 시작한 신랄하고 비꼬인 투로 말을 맺었다.

1월에 짐스는 다섯 달이 되었으므로 릴러는 어린이옷을 입히고 축하했다.

릴러는 기뻐 어쩔 줄 모르며 말했다.

"몸무게가 14파운드예요. 모건의 책에 의하면, 다섯 달에 꼭 그만큼의 무게가 되어야 한대요."

짐스가 눈에 띄게 귀여워지는 것은 이제 누가 보아도 의심할 여지가 없었다. 통통해진 볼은 연한 핑크빛이고 눈은 크고 반짝였으며 작은 손은 손가락 마디마디마다 옴폭옴폭 패어 있었다. 머리칼도 나기 시작했으므로 릴러는 말할 수 없이 마음이 놓였다. 머리 전체가 연한 금발로 곱슬곱슬하게 덮여 빛을 받는 데 따라 뚜렷이 보였다.

짐스는 모건이 정한 대로 거의 늘 잠자고 음식을 잘 소화시키는 좋은 아기였다. 가끔 방긋 웃은 적이 있었지만, 아무리 웃기려 해도 소리내어 웃은 일은 아직 없었다. 이것 또한 릴러의 괴로움거리였다—모건의 책에는 대개 아기는 석 달에서 다섯 달 사이에 소리내어 웃는다고 씌어 있기 때문이었다. 짐스는 다섯 달이 되어 가는데도 소리내어 웃으려 하지 않는다. 어째서일까? 정상이 아닌 것일까?

어느 날 밤 릴러는 신병모집 모임에서 늦게 돌아왔다. 이 모임에서

---

*1 미국 정치가. 1858~1924. 그즈음의 미국 대통령으로, 독일이 무제한 잠수함 작전으로 나서자 미국의 참전을 결의함.

릴러는 애국적인 시를 암송했던 것이다. 이제까지 릴러는 사람들 앞에서 암송하려고 한 일이 한 번도 없었다. 긴장하여 무언가 하려 하면 반드시 나타나는 혀 짧은 소리를 내는 버릇이 걱정스러웠기 때문이었다.

처음으로 위 글렌의 모임에서 암송해 주기를 부탁받았을 때 릴러는 거절했다. 그러나 그 뒤 거절한 일이 계속 마음에 걸렸다. 비겁한 일이 아닐까? 젬이 알면 어떻게 생각할까? 이틀 동안 고심하며 괴로워하다가 마침내 릴러는 애국협회 회장에게 암송하겠다고 전화로 알렸다. 그래서 암송했는데, 몇 군데 혀 짧은 소리가 나왔다. 그 실수를 되새기며 그날 밤 거의 잠을 이루지 못했다.

그 이틀 뒤 밤, 항구 곳에서 다시 암송했다. 그 뒤로 로브리지며 항구 건너편에도 가서 암송하면서, 때로 혀 짧은 소리가 나와도 어쩔 수 없다고 체념하게 되었다. 릴러 말고는 아무도 그것에 마음 쓰는 사람이 없는 것 같았다.

더욱이 릴러는 아주 진지했고, 사람들의 마음에 호소하는 뭔가가 있었으며, 눈이 별처럼 빛나고 있었다! 릴러가 암송할 때마다 적어도 한 사람은 지원자가 나왔다. 남자로서 자신의 선조와 신들의 사당에 있는 재를 지키기 위하여 싸우다 죽는 것보다 더 나은 죽음이 있겠느냐고 정열을 담아 호소하고 또 이름도 없는 일생을 헛되이 보내느니 영광에 찬 한순간을 얻는 편이 더 보람 있는 일이라고 마음을 흔드는 격렬한 목소리로 단언할 때 릴러의 눈이 똑바로 자신을 보고 있는 듯 느껴졌던 것이다.

둔감한 밀러 더글러스까지도 어느 날 밤 몹시 열광했으므로 메리 밴스는 그를 혼미에서 깨어나게 하기 위해 오랫동안 설득하지 않으면 안 되었다. 메리는 릴러가 겉으로 드러나보이는 것처럼 젬이 전선에 간 것을 괴로워하고 있다면 다른 아가씨들의 형제며 벗들을 부추겨서는 안 될 거라며 분개했다.

그날 밤, 지치고 추위에 떤 릴러는 자신의 따뜻한 잠자리에 들어가 담요 사이로 파고들었을 때 마음이 놓이며 기뻤다. 늘 그렇듯 맨 먼저 젬과 제리는 어떻게 지내고 있을까 생각하자 슬퍼졌다.

몸이 따뜻해지고 잠이 사르르 들 무렵 갑자기 짐스가 칭얼칭얼 울기 시작했다—그리고는 계속해서 그치지 않았다. 릴러는 침대 속에 몸을 옹크리고 우는 대로 내버려둬야겠다고 생각했다.

'내게는 모건이라는 훌륭한 후원자가 있다. 짐스는 따뜻하고, 몸도 기분좋게 해줬다. 저 울음소리는 괴로운 울음소리가 아니다. 조그만 배는 알맞게 가득 채워져 있다. 그렇다면 지금 얼러주면 짐스를 응석받이로 만들 뿐이다. 그렇게는 하지 않을 작정이다. 울다가 지치면 다시 잠들겠지.'

그러는 동안 릴러의 상상력이 그녀를 괴롭히기 시작했다.

'만일 내가 겨우 다섯 달밖에 안 된 불안한 상태의 갓난아이고 아빠는 프랑스 어딘가에 가 있으며 나를 그토록 염려해 주던 가엾은 엄마는 무덤에 묻혔다면 어떻겠는가. 만일 내가 불도 켜져 있지 않은 아무도 없는 캄캄하고 넓은 방안 요람 속에 누워 있다면 어떤 마음이 들까.

만일 아무 데도 내 일을 염려해 주는 사람이 없다면 어떨까. 왜냐하면 아빠는 한 번도 나를 본 적이 없으므로 나에게 거의 애정을 가질 수 없기 때문이다. 더욱이 나에 대해 쓴 편지는커녕 소식 한 마디 보내지 않을 정도다. 그렇다면 나는 울지 않을 것인가? 외롭고 불안하며 무서워 울지 않을 수 없잖을까?'

릴러는 침대에서 벌떡 일어났다. 요람에서 짐스를 안아올려 자기 침대로 데려갔다. 가엾게도 조그만 손이 싸늘했다. 그러나 짐스는 곧 울음을 그쳤다. 그리고 릴러가 어둠 속에서 짐스를 꼭 끌어안자 갑자기 소리내어 웃었다. 키득키득 목을 울리며 기뻐하는 듯한 귀여운 웃음소리였다.

릴러는 소리쳤다.

"어머나, 귀여워! 그렇게 기쁘니. 캄캄한 큰 방에 혼자 있지 않다는 것을 알았어?"

이때 릴러는 짐스에게 입맞추고 싶은 생각이 들어 뽀뽀했다. 좋은 냄새가 나는 짐스의 비단 같은 작은 머리며 통통하게 살찐 조그만 볼과 앙증맞고 싸늘한 손에 뽀뽀했다. 아기 고양이에게 해주었던 대로 짐스를 꼭 끌어안아 보고 싶었다—단단히 끌어안아 보고 싶었다. 무언가 즐겁고 흐뭇하며 간절한 듯한 마음이 릴러를 사로잡았다. 이런 마음을 느껴본 것은 처음이었다.

얼마 뒤 짐스는 깊이 잠들었다. 고르게 내쉬는 그 부드러운 숨소리에 귀를 기울이며 조그만 몸이 따뜻이 만족스러운 듯 릴러에게 기대고 있는 것을 느꼈을 때, 릴러는—드디어—이 전쟁고아에게 애정을 품고 있음을 깨달았다.

'짐스는—귀여워—졌어.'

릴러는 졸린 듯 생각하며 꿈나라로 떠돌아다녔다.

2월이 되어 젬과 제리와 로버트 그랜트가 참호에 들어갔으므로 잉글사이드에서의 나날은 전보다도 긴장과 걱정이 한층 더해졌다.

3월에는 수전의 이른바 '이프레즈*²'가 중대한 의미를 지니게 되었다. 신문에는 거의 날마다 사상자 명단이 실리기 시작하고, 잉글사이드에서는 모두들 전화 벨이 울릴 때마다 멈칫 뒷걸음질쳤다. 해외에서 전보가 왔다고 역장이 전화한 건지도 모르기 때문이었다.

잉글사이드에서는 아침에 일어날 때 오늘은 어떤 일이 벌어질까 하는 갑작스러운 불안으로 가슴 찔리지 않는 이가 없었다.

릴러는 생각했다.

'나는 새로운 아침을 그토록 반겼었는데.'

---

*2 이프르의 수전 식으로 읽은 것. 이프르는 벨기에 북서부의 도시로 제1차 세계대전 때의 격전지. 독일군이 처음으로 독가스를 사용한 곳.

블라이스 부인은 '무지개 골짜기' 위로 아름답게 빛나는 하얀 보름달을 보면, 저 달은 부상을 입었거나 또는 죽어가고 있을 젬을 비추고 있지나 않을까 하고 걱정하지 않을 수 없었다. 그런데도 바쁜 일과와 의무는 착착 이루어져 1주일 내지 2주일마다 바로 얼마 전까지 장난치며 다닌 초등학생이었던 글렌 마을 젊은이들 가운데 누군가가 입대해 나갔다.

반짝이는 별이 얼어붙은 캐나다의 겨울 저녁 무렵, 밖에서 돌아온 수전이 말했다.

"오늘 저녁은 밖이 몹시 추워요, 마님. 참호에 있는 아이들은 따뜻할까요."

거트루드 올리버가 소리쳤다.

"모든 게 다 전쟁으로 귀결되는군요. 우리는 거기서 벗어날 수 없어요. 비록 날씨이야기를 할 때라 할지라도 말예요. 나도 요즘 같은 어둡고 추운 밤에 나갈 때에는 아무래도 참호 안의 사람들을 생각지 않을 수 없어요. 우리들과 가까운 사람들뿐만 아니라 모든 이들의 친지까지도요. 아는 사람이 전선에 하나도 가 있지 않다 하더라도 똑같은 마음일 거라고 여겨요.

나는 기분 좋은 잠자리에 따뜻하게 들어갈 때면 편히 있는 게 부끄러워져요. 많은 사람들이 그렇지 못한데 나만 편히 지내는 건 마음이 언짢아요."

수전이 말했다.

"카터네 가게에서 메러디스 부인을 만났는데, 브루스가 모든 것을 너무 예민하게 느껴 큰일이라고 하더군요. 굶주린 벨기에 사람들을 생각하고 1주일 동안이나 울면서 잠들었대요.

'엄마, 어린아이들은 굶거나 하지 않겠지. 아, 조그만 어린아이들은 그렇지 않지, 엄마' 하고 매달리다시피 묻는다는 거예요. 그렇게 물어와도 거짓말할 수는 없어 대답을 못하고 어찌해야 좋을지 난처하다더군요. 부부가 그러한 일을 브루스에게는 숨기도록 하고 있으나, 브루스가 그것을 알아버려서 그럴 때면 달랠 말이 도무지 없다는 거예요. 정말이지 조그만 어린아이들이 굶주리고 있다니 생각만 해도 무서운 일이지 뭐예요, 마님."

블라이스 부인은 뜨개질감 너머로 난롯불을 바라보았으나 이미 그 불빛에는 웃고 있는 아이들의 눈이 비치지 않아 몸을 바들바들 떨었다. 정말 견딜 수 없었다. 그러나 이 일 또한 참아야만 했다.

수전은 말을 이었다.

"그것을 읽었을 때에는 가슴이 찢어지는 것 같았어요, 마님. 이런 이야기는 사실이 아니라고 하며 위안받을 수도 있긴 해요. 소설을 읽고 울고 싶어지면 나는 '이봐, 수전 베이커, 그런 것은 다 거짓말임을 알고 있잖아' 하고 스스로를 엄격하게 타일렀겠죠. 어쨌든 우리는 끝까지 노력하며 헤쳐나가야만 해요.

잭 크로퍼드는 밭일이 지겨워 전쟁에 나간다더군요. 기분전환이 되어 즐거울 거라고 하면서요. 항구 건너편 리처드 엘리엇 부인은 담배를 피워 응접실 커튼을 그을리게 했다고 남편에게 늘 잔소리했던 일을 아주 마음 아파하고 있어요. 남편이 입대하게 되자 잔소리하지 않았더라면 좋았을 거라고 후회했답니다.

조슈어 쿠퍼와 윌리엄 테일러를 아시죠, 마님. 그 두 사람은 본디 사이가 좋았으나 20년 전 싸운 뒤로 한 번도 말을 한 적이 없었어요. 그런데 요즘 조슈어가 윌리엄네 집으로 찾아가 '화해하세. 서로 원망하거나 할 때가 아니잖은가' 하고 불쑥 말했다더군요. 윌리엄도 진심으로 기뻐하며 손을 내밀어 두 사람은 사이좋게 이야기하자고 자리에 앉았대요.

그런데 30분도 안 되어 두 사람은 또다시 싸움을 시작했어요. 전쟁을 어떻게 해나가야 하는가 하는 일로 말예요. 조슈어는 다르다넬스 원정은 말도 안 될 만큼 어리석다고 말하고, 윌리엄은 연합군이 한 일 가운데 분별 있는 일은 그것뿐이라고 주장하여 지금 두 사람은 전보다 더 틀어져 윌리엄은 조슈어를 가리켜 '달에 구레나룻' 못지않게 독일을 역성든다고 말하고 있지요.

'달에 구레나룻'은 자기는 독일을 편드는 게 아니며 전쟁 자체에 반대한다고 말한대요, 마님. 변변치 못한 말이지요. 그렇잖다면 '달에 구레나룻'이 될 리 없으니까요. 그럴 게 틀림없어요. 누브 샤펠*³에서 거둔 영국군의 대승리는 희생이 크다는 둥 말하고 있으니까요. 그리고 이 뉴스를 들었을 때 조 밀그레이브가 자기 아버지의 국기를 내걸었다고 해서 '달에 구레나룻'은 집에 가까이 오지 못하게 했지요.

마님, 알아차리셨어요, 러시아 황제가 프리시라는 이름을 프셰미실*⁴로 바꾸었잖아요. 이것만 봐도 러시아인이라지만 황제는 분별 있는 사람임을 알 수 있어요.

가게에서 조 비커스한테 들었는데, 오늘 밤 조는 로브리지 상공에서 진기한 것을 보았다고 했어요. 혹시나 체펠린*⁵이었을까요, 마님?"

"설마 그럴 리는 없다고 생각해요, 수전."

"그래요. 나로서도 '달에 구레나룻'이 글렌에 살고 있지 않다면 좀 더 마음을 놓겠는데요. 요전날 밤 '달에 구레나룻'은 자기네 집 뒤뜰에서 칸델라를 들고 묘한 짓을 하고 있었대요. 신호를 보냈다고 여기는 사람도 있어요."

"누구에게—무슨 일로요?"

"아, 그것이 수수께끼지요, 마님. 내 생각으로는, 우리가 언젠가 밤에 잠자리에 든 채 몰살당하는 일이 없도록 하려면 정부가 그 사람

---

*3 프랑스 북부에 자리한, 벨기에와의 국경에 가까운 도시.
*4 폴란드 남동부에 자리한, 러시아와의 국경에 가까운 도시. 제1차 세계대전 중 때때로 러시아에 지배되었음.
*5 독일사람 체펠린(1838~1917) 백작이 만든 비행선. 세계대전 동안 88척이나 만들어져 주로 런던을 겨냥한 영국 공습에 쓰여졌음.

에게서 눈을 떼지 않는 편이 좋을 거예요.

자, 잠깐 신문을 본 뒤 젬 도련님에게 편지를 써야겠어요. 내가 여태까지 한 번도 한 적 없는 일이 꼭 두 가지 있어요, 마님. 편지 쓰는 일과 신문 읽는 일이지요. 그런데 지금은 그 두 가지를 어김없이 해내고 있어요.

게다가 정치란 역시 재미있는 것임을 알게 되었어요. 우드로 윌슨의 의도는 나로서 잘 짐작되지 않지만, 머지않아 알아내리라 기대하고 있어요.”

윌슨과 더불어 정치를 추구하던 수전은 얼마 뒤 마음의 평정을 흩뜨리는 기사에 맞닥뜨려 실망하여 큰 소리를 질렀다.

“저 카이저 악마 녀석, 마침내 부스럼이 났을 뿐이었다는군요.”

“그런 저주를 내뱉으면 안 되오, 수전.”

블라이스 의사는 점잔빼는 듯한 얼굴을 지어보였다.

“악마라고 말하는 건 저주가 아니에요, 선생님. 저주란 신의 이름을 올바르지 못하게 쓰는 방법을 가리키는 거라고 여겼었는데요.”

의사는 미스 올리버에게 눈짓해 보였다.

“그렇소. 그리―저―그리 고상한 사람은 아니죠.”

“그렇고말고요, 선생님, 악마도 카이저도―만일 이 두 사람이 서로 다른 인간이라면 말예요―둘 다 고상하지는 않지요. 그러니까 이 두 사람 이야기를 할 때는 고상한 말을 쓸 수 없는 거예요. 따라서 나는 내 말하는 방식을 그대로 써나가겠어요. 무엇보다도 주의해 보면 아시겠지만, 이런 말을 어린 릴러 아가씨 앞에서는 쓰지 않도록 조심하고 있어요.

또 신문만 해도 카이저가 폐렴에 걸렸다는 기사를 써서 사람들에게 혹시나 하는 희망을 품게 하고서 부스럼에 지나지 않는다고 할 권리는 없지 않겠어요. 부스럼이라니요, 정말이지! 온몸이 온통 부스럼투성이가 되어버리면 좋을 텐데.”

그리고 나서 수전은 부엌으로 가서 젬에게 편지를 쓰기 시작했다. 그날 온 젬의 편지 가운데 어떤 부분을 보고 가정적인 위안이 필요하리라 여겨졌기 때문이었다.

젬의 편지에는 다음과 같이 씌어 있었다.

오늘 밤 우리는 낡은 지하 술창고에 있는데, 무릎까지 물에 잠겨 있습니다, 아버지. 곳곳에 쥐가 있고—불은 없고—비는 부슬부슬 내리고 있으며—좀 침울합니다. 그러나 더 지독한 곳도 있으니까요.

오늘 수전이 보내준 소포상자가 와 닿았습니다. 모두 너무 좋은 것뿐이어서 우리는 큰 잔치를 벌였지요. 제리는 전선에 나가 있는데, 마서 할머니가 주던 것보다 더 형편없는 음식을 먹는답니다. 그러나 여기는 나쁘지 않습니다. 다만 변화가 없을 뿐이지요. 수전의 '원숭이 얼굴' 쿠키가 한아름 손에 들어온다면 1년치 봉급을 다 써버려도 좋을 것 같다고 수전에게 말씀해 주세요. 그러나 보내려는 마음이 들게 하지는 마세요, 보관할 수 없을 테니까요.

우리는 2월 마지막 주부터 포화 세례를 받고 있습니다. 어제 한 사람—노바 스코샤 출신이 바로 내 곁에서 죽었습니다. 우리 가까이에서 포탄이 터졌는데, 혼란이 수습되고 보니 그 사나이는 죽어 있었습니다—조금도 흐트러지지 않은 모습으로—얼마쯤 놀란 듯한 표정을 짓고 있었습니다. 그런 일이 가까이에서 일어난 것은 처음이라 기분이 언짢았지만, 여기서는 모두들 무섭고도 끔찍한 일에 곧 익숙해집니다. 우리는 다른 세계에 와 있는 것입니다. 달라지지 않은 것은 별뿐입니다—때로는 그 별마저 있어야 할 장소에 없는 것 같은 기분이 듭니다.

어머니에게 걱정하지 마시라고 말씀해 주십시오—잘 있으니까요—아주 건강합니다. 그리고 여전히 오기를 잘했다고 생각하고 있습니다. 지금 우리가 있는 곳 맞은편에는 세계에서 없애버려야만 할 자들이 있을 뿐입니다. 그렇게 하지 않으면 영원히 그들이 내뿜는 악이 세상을 해롭게 할 겁니다. 이 일은 비록 아무리 오래 걸리더라도, 또 어떤 희생을 치르더라도 해내야 합니다.

이 사실을 저 대신 글렌 마을사람들에게 말씀해 주십시오. 마을사람들로서는 사슬을 끊고 날뛰기 시작한 자의 정체를 아직 모르고 있을 것입니다. 나도 갓 입대했을 무렵에는 몰랐습니다. 나는 유쾌한 일이라고 생각했습니다. 그런데 그게 아니었습니다! 그러나 나는 있어야 할 곳에 있습니다—그것만은 확실합니다. 여기서 집들이며 정원이며 사람들에 대해 어떤 일이 행해지고 있는지를 보았을 때 나로서는 한 무리의 독일군이 '무지개 골짜기'와 글렌 마을을 지나 잉글사이드로 밀고 들어가는 것을 보는 듯한 기분이 들었습니다. 여기에도 아름다운 정원—여러 세기의 고풍스러움이 축적된 아름다운 정원이 있었습니다—그런데 지금은 어떻게 되었는지 아십니까? 여기저기 무참하게 파괴되고 더럽혀진 모습이 되어 있습니다.

우리가 싸우고 있는 것은, 우리가 어렸을 때 놀던 그 그리운 장소를 다른 남자아이며 여자아이들에게 안전한 곳으로 만들어주기 위해—모든 아름답고 건전한 것을 안전하게 간직해 두기 위해서임을 나는 알았습니다.

집안사람 누군가가 역에 갈 때는 반드시 내 몫으로 먼디를 두 번 토닥여 주십시오. 그 충실한 작은 녀석이 그렇게 거기서 나를 기다려주고 있다니! 아버지, 솔직히 말해서 요즘처럼 어둡고 추운 밤 참호에 들어가 있을 때 몇천 마일이나 떨어진 그 글렌 마을역에서 작은 얼룩개가 나와 함께 불침번을 서고 있는가 생각하면 얼마나 마음 따뜻해지고 힘이 불끈불끈 솟는지 모릅니다.

릴러가 키우는 전쟁고아가 그토록 많이 자랐다는 말을 듣고 기뻐하고 있다고 릴러에게 꼭 전해주십시오. 그리고 수전에게는 내가 독일군과 '흡혈귀' 양쪽 모두와 크게 싸우고 있다고 말씀해 주십시오.

수전이 위엄 있는 얼굴로 물었다.
"마님, 흡혈귀란 무엇이지요?"
블라이스 부인이 속삭여주자 수전은 혐오스러운 소리를 질렀다.
"참호 속에서는 늘 있는 일이에요, 수전."
수전은 머리를 뒤흔들며 입을 굳게 다문 채 말없이 방에서 나가 젬에게 보내려고 꿰매둔 소포를 다시 풀어 참빗을 집어넣었다.

랑게마르크의 나날

릴러는 일기를 썼다.

따스한 봄은 훈훈한 바람과 함께 어김없이 찾아왔다. 해가 빛나고 시냇가 버드나무에 하늘하늘한 노랑꽃이 피며 뜰이 아름다워지기 시작하고 있을 때, 플랑드르*¹에서 그처럼 무서운 일이 일어나고 있다고는 생각되지 않는다. 그렇지만 실제로 일어나고 있는 것이다!

지난 주는 우리 모두에게 괴로운 1주일이었다. 이프르 언저리에서의 전투와 랑게마르크와 생쥘리엔*²의 전투 상황을 알리는 뉴스가 들어왔기 때문이다.

우리 캐나다군은 훌륭한 공훈을 세우고 있다―프렌치 장군*³은 우리 전선이 독일군에게 바야흐로 돌파당하려던 참에 캐나다군 덕분에 '시국을 수습'할 수 있었다고 말하고 있다.

그러나 나는 젬과 제리와 그랜트 씨의 일이 걱정되어 우쭐대거나

---

*1 벨기에와 프랑스 북해에 걸쳐 있는 저지대.
*2 둘 다 프랑스와의 국경에 가까운 벨기에 남부의 도시.
*3 영국 군인. 1852~1925. 제1차 세계대전 때 육군 원수로, 프랑스 원정군 총사령관.

기뻐하고 있을 수는 없다.

신문에 날마다 사상자 명단이 실린다―아, 어쩌면 이토록 많을까. 젬의 이름이 있으면 어쩌나 하는 생각을 하면 무서워서 읽을 수가 없다―전보로 공보(公報)가 들어오기 전에 사상자 명단에서 자기 아들 이름을 발견하는 경우가 실제로 있기 때문이다.

하루이틀 동안 나는 전화를 받기 싫다며 받지 않았다. '여보세요' 한 다음 대답을 들을 때까지의 괴로운 침묵의 순간을 견딜 수 없었기 때문이다. '블라이스 선생께 전보가 와 있습니다'라는 말을 듣기가 몹시 두려웠기 때문이다. 한동안 그렇게 피했으나, 어머니와 수전에게만 떠맡겨두는 게 부끄러워져 이제는 억지로라도 내가 받으려 하고 있다. 그러나 조금도 편해지지 않는다.

올리버 선생님은 여태까지와 다름없이 학교에서 가르치고 작문을 읽고 시험지를 나누어준다. 그러나 나는 선생님의 마음은 늘 플랑드르로 달려가 있음을 안다. 선생님의 눈은 나를 힘들게 한다.

케니스도 지금은 입대해 있다. 중위로 임명 사령을 받아 한여름에는 나라 밖으로 나가게 될 거라고 편지에 씌어 있었다. 편지에는 다른 일에 대해서는 씌어 있지 않았다. 해외로 떠나는 일밖에 염두에 없는 듯하다.

케니스가 떠나기 전에 다시 만나게 될 수는 없을 것이다―아마 우리는 두 번 다시 못 만날지도 모른다. 가끔 포 윈즈에서의 그날 밤 일은 꿈에 지나지 않는 게 아니었던가 하고 여겨질 때가 있다. 아련한 꿈과도 같았다. 여러 해 전 다른 세계에서 일어난 일 같은 기분이 든다. 나 말고는 기억하고 있는 이가 아무도 없다.

어젯밤 낸과 다이와 월터가 레드먼드에서 돌아왔다. 월터가 기차에서 내렸을 때 먼디는 미친 듯 기뻐하면서 꼬리를 살랑살랑 흔들며 월터를 맞으려고 달려나갔다. 젬도 함께 있는 줄 안 것임에 틀림없다.

처음 한순간이 지나자 먼디는 월터도, 쓰다듬어주는 월터의 손도 거들떠보지 않고 꼬리를 불안스럽게 흔들며 그곳에 선 채 월터의 뒤로 기차에서 내리는 다른 사람들을 보고 있었다. 그 눈을 보았을 때 나는 가슴이 뭉클해졌다. 젬이 기차에서 내리는 것을 먼디는 다시 볼 수 없을지도 모르기 때문이다.

이윽고 승객들이 다 내려버리자 먼디는 월터를 올려다보고 '젬이 오지 않는 것은 당신 탓이 아님을 알고 있습니다—실망해서 죄송합니다'라고 말하는 듯 월터의 손을 잠깐 핥고 나서 몸을 이상하게 옆으로 흔들며 터덜터덜 자신의 작은 집으로 돌아갔다. 그 걸음걸이는 뒷다리가 앞다리의 목표하는 곳과 반대로 가고 있는 듯이 보였다.

우리는 먼디를 함께 데려오려 했다. 다이는 앉아서 먼디의 두 눈 사이에 키스하며 부탁했다.

"먼디, 착하지. 오늘 밤만이라도 우리와 함께 가주지 않겠니?"

그런데 먼디의 말은—정말로 말했던 것이다!

"정말 안됐지만 갈 수 없습니다. 알다시피 여기로 젬을 마중 오겠다고 약속했고, 8시에 지나가는 기차가 있으니까요."

아무튼 월터가 다시 돌아와 기쁘다. 하기야 크리스마스 때와 마찬가지로 조용하고 슬퍼 보이지만. 그러나 나는 오빠를 열심히 위로해 주고 기운을 북돋아 전처럼 웃게 만들 작정이다. 오빠는 날이 갈수록 나에게 소중해진다.

요전날 밤 우연히 수전이 '무지개 골짜기'에 산사나무꽃이 하나둘 피기 시작했다고 말했다. 수전이 그렇게 말할 때 나는 마침 어머니 쪽을 보고 있었다. 어머니는 얼굴빛이 달라지며 기묘하게 목메는 듯한 소리를 질렀다. 거의 언제나 어머니는 용기에 넘쳐 명랑하게 행동했으므로 마음속으로 어떤 생각을 하고 있는지 짐작도 할 수 없다. 그러나 가끔 작은 일에 견디지 못해 우리에게 마음속을 드러내보인다.

"산사나무꽃이라고요? 젬이 지난해 내게 꺾어다 줬지요!"

어머니는 이렇게 말하고 일어나 방에서 나가버렸다.

나는 '무지개 골짜기'로 달려가 어머니에게 산사나무꽃을 한아름 꺾어다 갖다드리고 싶었으나, 어머니가 바라는 것은 단순히 꽃이 아님을 알고 있었다.

어젯밤 월터가 집에 돌아온 뒤 살짝 골짜기로 가서 눈에 띄는 대로 산사나무꽃을 꺾어다 어머니에게 갖다드렸다. 아무도 그 말을 오빠에게 하지 않았는데, 월터는 다만 여태까지 젬이 가장 먼저 핀 산사나무꽃을 어머니에게 꺾어다 드렸던 일을 기억하고 젬 대신 그렇게 했던 것이다.

그것만 보아도 월터가 얼마나 섬세하고 인정 있는지 알 수 있다. 그런데 잔혹한 편지를 보내는 사람들이 있는 것이다!

해외에서는 우리들과 관계 있는 중대한 일이 일어나고 있어 언제 무서운 소식이 날아들지 모르는데, 그런 일은 일어나지 않은 것처럼 우리가 나날의 생활을 이어 나갈 수 있다니 참으로 이상한 기분이 든다. 그렇지만 계속해 갈 수 있고 지금도 이어 가고 있다. 수전은 뜰을 일구고, 어머니와 둘이 대청소를 하기도 한다.

우리 적십자 소녀단은 벨기에 돕기 음악회를 열려고 한다. 이미 한 달 동안 연습해 왔는데, 성질이 비뚤어진 아이들 때문에 적지 않게 애를 먹고 있다.

미랜더 프라이어는 대화극에 나가 주기로 약속하고 자신이 할 대사를 몽땅 외웠는데, 그 애 아빠가 도와줘서는 안 된다고 완강히 고집했다. 미랜더가 나쁘다는 건 아니지만, 때로는 좀더 밀고나가는 힘이 있어도 좋지 않을까 생각한다. 가끔은 딱 버티는 굳센 의지를 보인다면 아버지도 어쩔 수 없이 항복할 텐데. 집안을 꾸려나가는 것은 미랜더뿐이므로, 만일 미랜더가 '파업'을 일으킨다면 어떻게 할 것인가? 내가 미랜더 입장이라면 '달에 구레나룻'을 어떻게든 조종하고 말 텐데—뿐만 아니라 다른 수단으로 안 될 경우에는 회초리로 찰싹찰싹 때려줄 것이다―이로 물어뜯어 줘도 좋다. 그러나 미랜더는 순하고 말 잘 듣는 아가씨로 정말 신통하다.

그 대역을 달리 해줄 사람을 찾아낼 수 없었다. 아무도 그 역을 좋아하지 않기 때문이다. 그래서 마침내 내가 맡을 수밖에 없었다.

올리브 커크도 음악회 단원으로 사사건건 내게 반대한다. 그러나 나는 내 의견을 밀고 나가 시내에서 채닝 부인을 초청하여 노래를 부탁하기로 결정했다. 채닝 부인은 훌륭한 가수이므로 많은 사람을 끌어들여, 그녀에게 드릴 사례금을 웃도는 많은 수입이 생길 것이다.

올리브는 이 '고장 인재'만으로도 충분하다고 하고, 미니 클로는 채닝 부인 앞에서는 흥분해 굳어버리므로 합창대에서 노래부르지 않겠다고 말했다. 더욱이 우리들 가운데 훌륭한 앨토는 미니뿐인데 말이다!

때로는 너무 화가 나 모든 일에서 손을 떼어버릴까 생각하는 일도 있지만, 내 방에서 실컷 화낸 뒤 마음을 가라앉혀 다시 돌진해 나간다.

요즘 아이적 리스네 사람들이 백일해에 걸린 게 아닐까 하는 걱정으로 견딜 수 없는 심정이다. 온 가족이 심한 감기에 걸려 있는데, 이 집안의 다섯 사람이 프로그램의 중요한 역을 맡고 있으므로 만일 감기가 악화되어 백일해라도 된다면 어떻게 해야 할지 모르겠다.

딕 리스의 바이올린 독주는 인기 있는 것 가운데 하나고, 킷 리스는 모든 활인화(活人畵)에 등장하며, 어린 세 여자아이는 귀여운 수기(手旗) 훈련을 한다.

나는 몇 주일이나 걸려 연습을 시켰는데 그 수고가 모두 아무 쓸모없게 된 듯하다.

짐스에게 오늘 처음 이가 났다. 기쁨을 참을 수 없었다. 어느새 짐스는 아홉 달이 다 되었음에도 이가 나지 않았다. 특히나 메리 밴스에게서 이 아이는 이가 꽤 늦게 난다는 말을 들었기 때문이다.

짐스는 살살거리며 기어다니기 시작했는데, 여느 아이들처럼 배를 깔고 기지 않는다. 팔을 짚고 강아지처럼 네 발로 걸으며 입으로 물건을 문다. 어쨌든 기는 것은 어느 누구도 짐스가 예정보다 늦다고 말할 수 없다. 늦기는커녕 빠를 정도다. 모건의 책에는 기어다니는 평균 나이가 열 달로 되어 있으니까.

짐스는 참으로 귀엽다. 이 애 아버지가 이 아기를 보게 되지 말라는 법은 없다. 머리도 알맞게 나 있고, 어쩌면 곱슬머리가 되지 않을까 싶다.

짐스의 일과 음악회 일을 쓰고 있는 잠시 동안, 나는 이프르며 독가스며 사상자 명단 등의 일을 까맣게 잊고 있었다. 그런데 지금 갑자기 아까보다도 더 심하게 되살아났다. 아, 젬이 무사하다는 것을 알 수만 있다면! 전에는 젬이 '거미'라고 부르면 몹시 화를 냈지만, 이제는 만일 젬이 휘파람을 불고 거실을 지나며 여느 때처럼 '여, 거미' 하고 불러준다면 나는 그야말로 세계에서 가장 아름다운 이름이라고 생각할 것이다.

릴러는 일기를 다 쓰고 뜰로 나갔다. 봄날 저녁은 아름다웠다. 바다와 잇닿은 길고 좁은 푸른 골짜기에는 저녁어둠이 스멀스멀 몰려와 스며들고, 그 맞은편에는 저녁해를 받은 목초지가 펼쳐져 있었다. 항구는 이쪽은 보랏빛, 저쪽은 하늘빛, 그밖에는 모두 유백색으로 빛나고 있었다. 단풍나무숲은 푸르름이 싹트기 시작하고 있다.

릴러는 둘레를 슬픈 눈으로 바라보았다. 봄은 1년의 기쁨이라고 누가 말했던가? 이토록 괴롭고 서글픈 계절인데. 엷은 보랏빛 하늘도, 수선화 같은 별도, 늙은 소나무에 불어대는 바람도 저마다 다른 아픔을 준다. 이 세상은 두 번 다시 불안감에서 벗어나지 못하는 것일까? 월터도 릴러가 있는 곳으로 다가왔다.

"프린스 에드워드 섬 저녁해를 다시 바라볼 수 있는 것은 기쁜 일이야. 바다가 이처럼 푸르고, 길이 이토록 붉고, 숲의 한구석이 이처럼 황폐해져 요정이 출몰한다는 것은 여태까지 기억에 없던 일인 것 같아. 그래, 여기에는 아직 요정이 살고 있어. '무지개 골짜기'의 보랏빛 제비꽃 밑에 숨어 있다고 맹세해도 좋아."

한순간 릴러는 기뻤다. 월터는 전의 월터다운 말을 하고 있다. 월터가 그의 마음을 괴롭히는 어떤 일을 잊어버리고 있으면 좋을 텐데 하고 릴러는 생각했다.

릴러도 월터의 기분에 맞춰주었다.

"'무지개 골짜기' 위 하늘도 푸르잖아. 푸르다―푸르다―푸르다 하고 1백 번이나 되뇌지 않으면 얼마나 푸른지 표현할 수 없을 정도야."

숄로 머리를 꽉 묶은 수전이 두 손에 뜰일 하는 연장을 잔뜩 안고 지나갔다. 광포한 눈을 한 박사가 조팝나무 덤불에서 발소리를 죽이며 수전의 뒤를 몰래 따르고 있었다.

수전이 말했다.

"하늘은 푸른지 모르지만, 고양이가 하루 종일 하이드가 되어 있으니 오늘 밤에는 틀림없이 비가 올 거야. 그 증거로 어깨의 류머티즘도 도지기 시작했으니까."

월터는 들떠서 말했다.

"비가 올지 모르지만―류머티즘 같은 건 생각하면 안 돼요, 수전. 어여쁜 제비꽃을 생각해 봐요."

릴러는 월터가 좀 지나치게 들떠 있다고 생각했다. 수전은 그런 월터가 동정심이 모자란다고 생각했다.

"정말이지 월터, 제비꽃을 생각하라니 무슨 뜻인지 모르겠구나. 류머티즘은 결코 농담이 아니야. 월터도 이제 알게 될 때가 오겠지만. 나도 여기가 아프다 저기가 아프다 하고 늘 불평만 하는 사람들 축에 끼고 싶지는 않아. 특히 요즘같이 나쁜 뉴스가 들어오는 때에는. 류머티즘도 괴롭지만, 독일군에게 가스 공격을 당하는 데 비할 바는 못되니까."

"아, 싫어, 싫어!"

월터는 큰소리로 부르짖더니 홱 돌아서서 집 쪽으로 가버렸다.

수전은 머리를 내저었다. 그리고 생각했다.

'저런 비명은 도무지 탐탁지 않아. 저런 말을 하는 것을 저 도련님 어머니에게 들려주고 싶지는 않아.'

수전은 괭이며 갈퀴를 치웠다.

릴러는 눈물이 글썽해져 봉오리가 불룩해진 수선화 가운데 서 있었다. 모처럼의 저녁이 엉망이 되었다. 수전이 미웠다.

'수전은 월터의 기분을 언짢게 했어. 그리고 젬은—젬은 가스 공격을 받았을까? 젬은 괴로워 몸부림치다가 죽었을까?'

릴러는 비참한 기분이 되었다.

'이런 불안한 상태에는 이제 더 이상 살 수 없어.'

그러나 릴러는 다른 사람들과 마찬가지로 다시 1주일을 참고 견디었다. 그리고 젬으로부터 무사함을 알리는 반가운 편지가 왔다.

아버지, 나는 살갗이 벗겨진 가벼운 상처 하나도 없이 잘 견디어 왔습니다. 나도 다른 사람들도 모두 어떻게 무사했는지 모르겠습니다. 이 일은 신문에서 모두 읽으셨겠지요—여기에는 쓸 수 없습니다. 그러나 독일군은 목적을 이룰 수가 없었습니다. 앞으로도 마찬가지일 것입니다. 제리가 포탄에 한동안 기절해 버렸습니다만, 충격에 지나지 않았지요. 2,3일 지나자 기운을 되찾았습니다. 그랜트 씨도 아무 탈 없습니다.

제리 메러디스로부터 낸에게로 편지가 왔다.

나는 새벽녘에 의식을 되찾았어. 내게 어떤 일이 있었는지 몰랬지만 당했구나 하는 생각이 들더군. 나는 혼자 있는 게 무서웠어—엄청 무서웠어. 죽은 사람들에게 빙 둘러싸여, 모두 끈적끈적한 기분 나쁜 잿빛 싸움터에 누워 있었지.

나는 입술이 바짝바짝 타고 목이 말라 견딜 수 없었어—다윗과 베들레헴의 물이 생각나더군. 그리고 단풍나무 밑에 있는 그 '무지개 골짜기'의 해묵은 샘물도.

그 샘물은 바로 내 눈 앞에 있는 듯 보였어—그 맞은편에는 낸이 웃으며 서 있고. 나는 이제 틀렸구나 하고 생각했지. 그래도 괜찮았어. 정말이지 아무래도 좋았어.

다만 혼자라는 것과 둘레의 죽어 있는 사람들에 대해 어린아이처럼 심한 두려움이 느껴져 내가 왜 이렇게 되었을까 하고 이상하게 여겼을 뿐이야.

그러다가 나는 다른 이들 눈에 띄어 마차로 실려갔고, 사실은 아무 데도 이상이 없음을 곧 알게 되었지. 내일 참호로 돌아갈 거야. 참호에는 갖가지 일손이 필요하니까.

페이스 메러디스가 한탄했다.

"웃음이 이 세상에서 없어져버렸어요."

페이스는 자기에게 온 편지를 보고하러 와 있었다.

"지금도 기억하는데, 오래 전 나는 테일러 할머니에게 이 세상은 웃음의 세계라고 말했던 일이 있어요. 그러나 이제는 그렇지 않아요."

거트루드 올리버가 말했다.

"괴로움에 몸부림치는 고함소리로 가득찬 지옥이야."

블라이스 부인이 조그만 목소리로 덧붙였다.

"웃음도 얼마쯤은 필요해요. 마음속에서 우러나오는 진정한 웃음은 때로 기도 못지않게 좋으니까요—어쩌다 가끔 있는 일이지만."

가까스로 지내온 지난 3주일 동안 블라이스 부인은 웃는 일이 얼마나 어려운지를 뼈저리게 맛보았던 것이다. 미소가 언제나 어렵지 않게 생기 있게 넘쳐흐르던 앤 블라이스였는데.

무엇보다도 괴로운 것은 릴러가 좀처럼 웃지 않게 된 일이었다— 전에는 웃음이 너무 헤프다고 여겨졌던 릴러인데. 이 아이는 이토록 어두운 처녀시절을 보내야만 한단 말인가? 그러나 이 아이는 얼마나 꿋꿋하고 총명하고 여자답게 자랐는가! 끈기있게 뜨개질과 바느질을 하고, 어려움 많은 적십자 소녀단을 잘 이끌어가고 있다! 게다가 짐스를 얼마나 잘 키우고 있는가.

수전은 진지한 목소리로 말했다.

"비록 아기를 열셋이나 키운 여자라 해도 그보다 더 잘할 수는 없을 만큼, 릴러는 그 아이에게 정성을 다하고 있어요, 마님. 릴러가 그 수프 그릇과 함께 왔을 때는 설마 이렇게까지 좋아지리라고 생각지 못했지요."

굴욕의 파이 한 조각

"뭔가 두려운 일이 일어난 게 아닌가 싶어 걱정되어 못 견디겠어요, 마님. 샬럿타운으로부터 오는 기차에서 '달에 구레나룻'이 기쁜 얼굴로 내렸어요. 내 기억으로는 '달에 구레나룻'이 사람들 속에서 웃는 것을 여태까지 본 적 없으니까요.

물론 소를 사고 파는 일로 돈을 많이 벌었기 때문인지도 모르지만, 내 생각으로는 어쩐지 독일군들이 어딘가를 돌파한 게 아닌가 하는 기분이 들어요."

먼디에게 좋은 고기뼈를 주러 역까지 갔다온 수전이 말했다.

수전이 프라이어 씨의 웃음과 루시타니아 호의 침몰[*1]을 연관시켜 생각한 것은 좀 지나친 일일지도 모르지만, 그 뉴스는 한 시간 뒤 우편물이 배달된 다음 퍼지기 시작했다. 글렌 마을 젊은이들은 그날 밤 한덩어리가 되어 일어나, 카이저의 행위에 분노한 나머지 프라이어 씨네 집 창문을 모두 와장창 깨뜨려 부쉈다.

이 이야기를 들은 수전은 말했다.

[*1] 대서양 항로를 오간 영국의 호화여객선. 1915년 5월 7일 아일랜드 남쪽 바다에서 독일 잠수함에 경고 없이 격침당해 승객과 선원 1198명이 죽었음.

"그들이 한 일이 좋은지 나쁜지는 굳이 말하지 않겠어요. 그러나 나도 돌 몇 개쯤은 던져도 괜찮다는 마음이 들었을 거예요. 꼭 한 가지 뚜렷한 일이 있어요. '달에 구레나룻'은 그 뉴스가 발표되던 날 우체국에서 '독일의 경고가 내려졌는데도 집에 틀어박혀 있지 않는 자는 그런 꼴을 당해도 마땅해'라고 말했다더군요. 여기에는 증인도 있어요.

마님, 그 사나이는 우리 교회 신도인지 아닌지 모르지만, 이것만은 확실해요. 만일 내가 죽어서 그 사람이 장례식에 온다면 나는 벌떡 일어나 그에게 돌아가라고 소리쳐줄 작정이에요.

이 일로 노먼 더글러스는 입에 거품을 물며 정신없이 화를 내고 있어요. '루시타니아 호를 가라앉힌 녀석들에게 악마가 붙지 않는다면 악마 따윈 있어도 소용없어'라고 어젯밤 카터네 가게에서 고함쳤죠. 노먼 더글러스는 자기에게 반대하는 사람은 악마와 한편이라고 믿는 사나이인데, 그런 사람은 가끔 바른 말을 하는 법이지요.

브루스 메러디스는 물에 빠져 죽은 어린아이들 일로 마음 아파하고 있어요. 지난 금요일 뭔가 특별한 소원이 이뤄지지 않아 몹시 불만스러워하고 있었다더군요. 그런데 루시타니아 호 이야기를 듣더니 어머니에게 '하느님이 왜 내 소원을 들어주시지 않았는지 지금 알겠어요. 하느님은 루시타니아 호에서 빠져 죽은 많은 사람들의 넋을 달래느라고 바빴던 모양이에요' 하고 말했대요. 그 사려 깊은 아이는 몸에 비해 백 살은 더 되어 보여요, 마님.

루시타니아 호 일은 어느 모로 보나 무서운 사건이에요. 그러나 우드로 윌슨이 이 일로 성명을 낼 듯하니 걱정할 필요는 없겠지요. 참으로 훌륭한 대통령이에요!"

수전은 분노를 못 이겨 냄비를 덜그럭거렸다. 수전의 부엌에서는 우드로 윌슨이 갑자기 미움받는 사람이 되었다.

어느 날 밤 메리 밴스가 잉글사이드에 들러, 밀러 더글러스가 입대하는 데 반대해 왔으나 이제 더 이상 반대하지 않기로 했다고 말했다.

메리는 퉁명스럽게 말했다.

"루시타니아 호 일로 더 이상 참을 수 없게 되었는걸요. 카이저가 죄 없는 어린아이들까지 물에 빠뜨려 죽이는 그런 짓을 하기 시작한 이상 누군가가 그만두라고 주의시킬 때가 온 셈이에요. 이것은 마지막까지 싸워야 할 일이에요. 이 일은 조금씩 내 마음에 배어들어와 있었지만, 이제는 되든 안 되든 해볼 거예요.

그래서 나는 밀러에게 '가려면 가, 나는 괜찮으니까' 하고 말했어요. 그래도 키티 아주머니는 결심을 바꿀 생각을 안해요. 비록 온 세계의 배가 하나 남김없이 잠수함에게 격침되고, 온 세계의 어린이들이 모조리 다 빠져죽는다 해도 그 아주머니만은 태연하게 있을 거예요. 그러나 나는 밀러를 여태까지 줄곧 잡아두었던 건 미스 키티가 아니라 나였다고 자부하고 있어요. 내가 잘못 생각한 것인지는 몰라도— 이제 알게 될 거예요."

사람들은 확실히 알았다. 다음 일요일 밀러 더글러스는 군복차림으로 메리 밴스와 나란히 글렌 마을 교회에 들어왔다. 메리는 밀러를 자랑스럽게 생각한 나머지 그 눈이 불타오르듯 반짝이고 있었다.

뒤쪽 특별석 아래쪽에 있던 조 밀그레이브는 밀러와 메리를 바라보더니 미랜더 프라이어 쪽을 보고 크게 한숨을 쉬었으므로 조 가까이에 앉은 사람들은 그의 괴로움을 알았다. 월터 블라이스는 한숨을 쉬지 않았지만, 그의 얼굴을 걱정스러운 듯 지켜보고 있던 릴러는 그 표정에 가슴이 찔리는 듯 조마조마했다.

그 얼굴 표정은 다음 1주일 동안이나 릴러를 따라다니며 가슴을 아프게 했다. 릴러는 겉으로는 다가올 적십자 음악회와 거기에 따르는 마음 고생으로 더욱 시달리고 있었다.

리스 집안의 감기는 백일해까지 되지는 않았으므로 그 문제는 해결되었다. 그러나 아무래도 달리 해결되지 않는 일이 있었다.

그리고 음악회 전날 채닝 부인으로부터 노래부르러 갈 수 없다는 사과편지가 날아왔다. 소속된 연대와 더불어 킹스포트에 있는 부인의 아들이 폐렴에 걸려 중태이므로 곧 가야 한다는 것이었다.

음악회 단원들은 어찌해야 좋을지 몰라 서로 얼굴을 마주보았다. 어떻게 하면 좋을까?

올리브 커크가 듣기 싫은 소리를 했다.

"이런 것도 다 외부의 도움에 너무 기댔기 때문이야."

릴러는 절망한 나머지 올리브의 태도에 마음쓸 겨를이 없었다.

"우리는 사방에 음악회 광고를 내버렸으니─많은 사람들이 올 거야. 시내에서 큰 단체도 올걸─그렇잖아도 음악 프로그램이 모자라는데. 누군가 채닝 부인 대신 노래할 사람을 찾아내야만 해."

올리브가 말했다.

"이토록 임박해서 누구를 찾아낸다는 거니? 아이린 하워드가 꼭 알맞겠지만, 우리 적십자 소녀단에게 모욕을 당했으니 맡지 않겠지."

"우리 적십자 소녀단이 언제 아이린을 모욕했다는 거니?"

릴러 자신이 이름을 붙인 '쌀쌀하고 파리한 투'로 물었으나 그런 말투에는 눈도 깜짝하지 않고 올리브는 표독스럽게 대답했다.

"네가 모욕하지 않았니? 아이린이 모두 이야기해 줬어─마치 가슴이 찢어지는 듯했다더라. 너는 그녀에게 두 번 다시 말을 걸지 말라고 했잖니─아이린은 그런 취급 받을 만한 말을 한 적 없고, 그런 행동을 한 일도 없대.

그래서 아이린은 우리들 모임에 오지 않고 로브리지의 적십자 쪽으로 가게 된 거야. 나는 조금도 그녀를 나쁘게 생각지 않아. 그러니까 나는 그 애에게 고집을 꺾고 우리의 다급한 사정을 좀 봐달라고 부탁할 수 없어."

남은 한 사람의 단원 에이미 매컬리스터가 소리내어 웃으며 말했다.

"설마 나더러 부탁하라는 말은 아니겠지. 아이린과는 백 년이나 말을 하지 않았으니까. 아이린은 언제나 누구로부터 '모욕'당하고 있어. 그러나 분명 노래는 잘해. 그녀의 노래라면 사람들은 모두 채닝 부인이나 다름없이 듣고 싶어할 거야."

올리브는 의미심장하게 말했다.

"네가 부탁한다 해도 헛일일 거야. 우리가 이 음악회 계획을 세우기 시작한 지 얼마 안 된 4월이었어. 어느 날 나는 시내에서 아이린을 만나 도와줄 수 없겠느냐고 부탁했었지. 아이린은 도와주고 싶은 생각은 간절하지만, 자신에게 그런 묘한 태도를 보인 릴러가 프로그램을 짜고 있는 이상 도저히 도와줄 수 없을 것 같다고 했는걸. 그런데 이런 결과가 되었으니 우리 음악회도 실패하고 말 거야."

지친 릴러는 터덜터덜 집에 돌아오자 힘없이 방문을 걸고 틀어박혔다. 마음이 몹시 흐트러져 있었다. 아이린에게 사과하는 그런 비굴한 행동은 하지 않을 테다! 아이린도 나 못지않게 잘못했으니까. 게다가 아이린은 그들 두 사람의 싸움을 비겁하게도 여기저기 그릇되게 이야기하며, 자기는 마음에 상처를 받아 어찌할 바 모르는 순교자인 척하고 있다.

릴러는 변명하고 싶은 생각은 없었다. 월터에 대한 나쁜 평판이 얽혀 있으므로 말하고 싶지 않았던 것이다. 그래서 전부터 아이린이 싫어 릴러 편을 드는 몇몇 소녀들도 있었지만, 대부분의 아이들은 아이린이 심한 취급을 받은 것으로 알고 있었다.

그러나 릴러는 이 소녀들의 동정을 받아도 그리 마음의 위안이 되지 않았다. 왜냐하면 이 동정어린 말 속에는 은근히 릴러가 전에는 아이린을 위해 이 소녀들과 다투며 아이린을 추어올려 주지 않았으며 핀잔했던 때의 일이 담겨 있어, 양심에 콕콕 찔렸기 때문이다. 그렇기는 하지만—그녀가 그토록 애써온 음악회가 실패로 끝나려 하고 있다―채닝 부인의 독창 네 곡목이 프로그램 전체 가운데 가장 인기가 있었던 것이다.

릴러는 어찌해야 좋을지 알 수 없어 선생님과 상담해 보았다.

"올리버 선생님, 어떻게 생각하세요?"

"나는 아이린이야말로 사과해야 한다고 생각해. 그러나 난처하게도 내 의견이 네 프로그램의 빈 곳을 메울 수는 없을 듯싶구나."

릴러는 깊은 한숨을 내쉬었다.

"내가 아이린을 찾아가 얌전하게 사과하면 틀림없이 노래부르리라 생각해요. 그 아이는 남 앞에서 노래부르기를 정말 좋아하거든요. 하지만 또다시 심술궂은 태도를 보이겠지요. 가지 않아도 될 수 있다면 어떤 일이라도 하겠지만, 가지 않으면 안 될 것 같아요― 젬과 제리가 독일군과 맞서고 있는걸요. 나도 자존심을 버리고 아이린과 맞서서, 벨기에 사람들을 위해 힘을 빌어줬으면 좋겠다고 부탁해야겠죠.

지금으로서는 도저히 그렇게 못할 것 같은 기분이지만 저녁식사 뒤 내가 위 글렌 거리를 향해 얌전히 '무지개 골짜기'를 걸어가는 모습을 선생님은 틀림없이 보게 될 거라는 예감이 들어요."

릴러의 생각은 들어맞았다. 저녁 식사 뒤 릴러는 구슬장식이 있는 파란 크레이프 옷을 입고 정성껏 몸치장을 했다. 허영심이 자존심보다 강해서 아이린은 언제나 다른 소녀의 차림새에서 흠을 잡아내기 때문이었다. 게다가 릴러가 9살 때 어머니에게 말했듯, 좋은 옷을 입었을 때 예의를 잘 지킬 수 있기 때문이기도 했다. 실제로 그편이 편했다. 사기도 높아질 수 있다.

릴러는 머리를 모양 좋게 빗고, 소나기를 만날 것에 대비하여 긴 레인코트를 입었다. 그러는 동안에도 눈앞에 기다리고 있는 불쾌한 만남에 대한 생각이 머리를 떠나지 않아, 마음속으로 자기가 할 말을 계속 연습하고 있었다.

릴러는 이 모든 게 빨리 끝나버렸으면 좋겠다고 생각했다. 지금은 벨기에 돕기 음악회를 열려고 하지 말았더라면 더 좋았을 거라고 후회했다. 아이린과 싸운 일까지도 뉘우쳤다. 월터를 모욕했을 때 마침내 경멸하듯 잠자코 있었던 편이 훨씬 좋았을 것이다. 그렇게 발끈 화낸 일은 어리석고 어린아이 같은 짓이었다―좋아, 앞으로는 좀 더 현명해져야지―그러나 지금은 굴욕이라는 크고 맛없는 파이 한 조각을 먹지 않으면 안 된다. 그러나 릴러는 아무리 몸에 좋더라도 그런 파이는 조금도 좋아하지 않았다.

해질 무렵, 릴러는 하워드네 집 현관에 닿았다. 처마 둘레에 흰 소용돌이무늬 장식이 있고, 사방으로 내다지창문이 튀어나와 있는 과장되게 꾸며진 집이었다. 뚱뚱하고 말솜씨가 뛰어난 하워드 부인은 릴러를 호들갑스럽게 환영하며 맞아들여 응접실에서 기다리게 한 다음 아이린을 부르러 갔다.

릴러는 레인코트를 벗고 맨틀피스 위 거울로 조심스럽게 자신의 모습을 살폈다. 머리도 모자도 옷도 더없이 단정했다. 아이린이 우습게 여길 만한 점은 하나도 없었다. 릴러는 아이린이 다른 소녀들을 보고 찌르듯 비평하는 것을 전에는 얼마쯤 재미있어 했던 일을 생각해 내고, 지금 그 일이 가슴에 사무쳤다.

조금 뒤 아이린이 가벼운 발걸음으로 내려왔다. 우아하고 아름다운 옷을 입고 노르스름한 머리는 최신유행으로 빗었으며 짙은 향수냄새를 풍기고 있었다.

아이린은 붙임성 있게 말했다.

"어머나, 안녕, 릴러 블라이스. 뜻밖의 영광이구나."

릴러는 일어나 아이린의 차가운 손가락을 잡고 다시 앉는 순간 문득 눈에 들어온 게 있어 한순간 멍해졌다. 의자에 앉은 아이린도 그것을 알아차리고 놀리는 듯 무례한 웃음이 입술에 감돌아 릴러가 돌아갈 때까지 사라지지 않았다. 릴러의 한쪽 발은 날씬한 강철 쇠장식이 달린 구두와 안개처럼 파란 비단양말을 신고 있었다. 또 한쪽은 얼마쯤 초라해 보이는 튼튼한 구두와 검은 무명양말에 싸여 있었던 것이다!

가엾은 릴러! 릴러는 옷을 입고 나서 구두와 양말을 갈아신었다— 아니, 갈아신기 시작했던 것이다. 이렇게 된 것도 다른 생각을 하며 건성으로 했기 때문이다.

아, 얼마나 바보스러운 꼴이 되어버렸단 말인가—더욱이 하필이면 다른 사람도 아닌 아이린 앞에서—아이린은 여태까지 발이라는 것을 본 적 없었던 것처럼 릴러의 발을 뚫어져라 바라보고 있다! 릴러는 준비해온 말을 고스란히 잊어버리고 말았다. 창피한 발을 의자 밑으로 밀어넣으려고 헛된 시도를 하며 릴러는 무뚝뚝하게 나오는 대로 지껄였다.

"부탁하고 싶은 일이 '있저' 왔어, 아이린."

어머나—혀 짧은 소리가 나왔어! 아, 설마 이렇게 부끄러운 일이 될 줄은 몰랐다. 정말이지 참는 데에도 한도가 있다.

"어머나, 그래?"

아이린은 쌀쌀맞게 되묻고, 경박한 눈에 멸시하는 빛을 띠며 릴러의 빨개진 얼굴을 쳐다보았으나 초라한 구두와 멋진 구두에 마음 빼앗겨 충분히 이야기할 수가 없다는 듯 곧 다시 밑으로 눈을 내리깔았다.

릴러는 마음을 다잡았다. 혀 짧은 소리를 내지 말자—침착해지자.

"아드님이 킹스포트에서 갑자기 병이 나서 채닝 부인이 오지 못하게 되었어. 나는 소녀단을 대표해 대신 네가 노래를 불러 달라고 부탁하러 온 거야."

릴러는 한 마디 한 마디 또렷하고 주의 깊게 발음했으므로 교과서를 외는 것처럼 딱딱하게 들렸다.

아이린은 그 기분 나쁜 웃음을 떠올렸다.

"좀 어이없는 이야기구나."

릴러가 말했다.

"처음에 우리가 음악회 이야기를 생각해 냈을 때, 올리브 커크가 네게 부탁했지만 너는 거절했잖니."

아이린은 가엾은 목소리로 말했다.

"하지만 할 수 없는 일이었어—그때는—안 그러니? 네가 다시는 말 걸지 말라고 내게 명령한 뒤였는걸. 받아들이게 되면 우리 둘 사이가 거북해졌을 거야. 그렇게 생각지 않니?"

자, 굴욕을 참는 것은 지금이다. 릴러는 또렷하게 말했다.

"그런 말을 한 걸 사과하려고 해. 그런 말을 한 건 잘못이었고, 그 뒤로 나빴다고 생각했어. 용서해 주겠니?"

아이린은 상냥하게 그리고 모욕적으로 말했다.

"그리고 너희 음악회에서 노래하란 말이지?"

릴러는 비참한 생각이 들었다.

"음악회 일이 없었다면 내가 사과하지 않았을 게 아니냐는 뜻이라면, 그것은 사실일지도 몰라. 그러나 그런 말을 한 뒤부터 나는 그러지 말걸 그랬다고 겨우내 후회했던 것도 사실이야. 그것뿐이야. 네가 나를 용서할 수 없다고 생각한다면 더 이상 아무 할 말이 없어."

아이린이 부탁하는 투로 말했다.

"어머나, 릴러, 그렇게 딱딱거리지 마. 물론 용서해 줄 거야—그렇긴 하지만 무척 괴로웠어—얼마나 괴로웠는지 네게 알리고 싶지 않을 정도였지. 그 일로 나는 몇 주일 동안이나 울었단다. 더구나 내가 뭐라고 말했던 것도 아닌데!"

릴러는 대꾸해 주고 싶은 것을 꾹 참았다. 결국 아이린과 다퉈봐야 헛일이며 벨기에 사람들은 굶주리고 있으니까.

"음악회를 도와주지 않겠니?"

릴러는 내키지 않는 마음을 억누르며 부탁했다. 아, 아이린이 이 구두를 그만 보아주었으면! 아이린이 올리브에게 이 일을 이야기하고 있는 소리가 들리는 것 같았다.

"이렇게 갑작스럽게 막판에 와서 부탁하니 노래할 수 있을지 모르겠어. 새로운 노래를 익힐 시간은 없고."

겨우내내 아이린이 시내로 음악 레슨 받으러 다닌 일을 아는 릴러는 그것이 핑계에 지나지 않음을 알고 있었다.

"어머나, 너는 글렌 마을에서는 아직 아무도 들은 적 없는 아름다운 노래를 많이 알고 있잖니. 그 어느 것도 이곳에서는 새로운 것뿐이야."

"하지만 반주할 사람이 없잖아."

"우나 메러디스가 반주할 수 있어."

아이린은 한숨을 쉬었다.

"어머나, 그 아이에게는 부탁할 수 없어. 지난해 가을부터 우리는 둘 다 말을 안 하는걸. 그 아이는 주일학교 음악회에서 내게 아주 싫은 행동을 해서 나는 그 애와 절교할 수밖에 없었어."

정말이지 아이린은 누구하고나 틀어지는 모양이다. 우나 메러디스가 남이 싫어할 행동을 하다니 생각만 해도 웃음이 나와, 릴러는 아이린 앞에서 웃지 않으려고 애썼다.

릴러는 필사적이었다.

"올리버 선생님은 피아노를 잘 치시니 어떤 반주든지 해내실 거야. 내가 부탁하면 선생님이 네 반주를 해주실 테니 내일 저녁 음악회가 열리기 전 잉글사이드에 와서 노래를 모두 한 번씩 연습해 보면 돼."

"하지만 입고 갈 옷이 없어. 새로 만든 이브닝드레스는 아직 샬럿타운에서 가져오지 않았고, 그런 훌륭한 모임에 헌 옷을 입고 갈 수는 없잖아. 너무 초라하고 유행이 지난 것인걸."

릴러는 무거운 목소리로 말했다.

"우리 음악회는 굶주려 죽어가는 벨기에 아이들을 구해주기 위한 거야. 이 아이들을 위해 이번만 초라한 옷을 입을 수 없겠니, 아이린?"

"어머나, 우리에게 들려오는 벨기에 사람들의 정보는 일부러 허풍스럽게 부풀려 쓰는 거라고 생각지 않니? 20세기에 굶주리는 사람이 있을 리 있겠어? 신문이란 본디 사건을 부풀려 쓰는 법이야."

릴러는 더 이상 고개숙일 필요가 없다고 생각했다. 자존심이라는 게 있다. 음악회를 위한 일이든 아니든 더 이상 비위를 맞출 필요는 없다. 릴러는 비참한 구두에 대해서는 아랑곳하지 않고 벌떡 일어섰다.

"도움받을 수 없어 안됐구나, 아이린. 하지만 그렇게 해주지 못하는 이상 우리끼리 최선을 다할 수밖에 없겠지."

그런데 이것은 아이린이 바라는 바가 아니었다. 아이린은 음악회에서 노래부르고 싶은 마음이 누구보다 간절했다. 그러나 이렇게 머뭇거려 보인 것은 마지못해 응하는 듯이 하여 보다 많은 칭찬을 받기 위한 수단이었다.

게다가 사실은 릴러와 화해하고 싶기도 했다. 릴러의 진심어린 아낌없는 숭배를 받는 것은 참으로 달콤하고 도취하게 하는 일이었다. 그리고 잉글사이드를 방문하는 일은 매력적이다. 특히 월터 같은 잘생긴 대학생이 돌아와 있을 테니까.

아이린은 릴러의 발에서 눈을 떼었다.

"릴러, 그렇게 덤벼들 듯이 말하지 마. 될 수만 있다면 나도 정말 돕고 싶어. 자, 차분히 앉아서 잘 의논하기로 해."

"유감스럽지만 그러고 있을 수가 없어. 곧 집에 돌아가야 해—짐스를 재워야 하니까."

"아, 그렇지. 네가 책으로 키우고 있는 아기 말이지. 아기를 싫어하는 너인데 정말 훌륭해. 내가 그 아기에게 뽀뽀를 했을 뿐인데 너는 몹시 화냈지! 그러나 그 일은 다 잊어버리고 다시 사이좋게 지내자.

그럼, 음악회 일인데—나는 아침 기차로 서둘러 시내로 옷을 가지러 갔다가 오후 기차로 돌아오고, 네가 올리버 선생님에게 반주를 부탁해 주면 충분히 음악회에 갈 수 있을 거야. 나는 부탁할 수 없어— 그 선생님은 거만하고 도도해서 나 같은 가엾은 사람은 몸이 오그라 들고 말아."

릴러는 올리버 선생님을 변호하고 싶었으나 헛된 일에 시간들이지 않고, 갑자기 붙임성 있게 떠들어대는 아이린에게 쌀쌀맞게 고맙다는 인사를 하고는 자리를 떴다. 릴러는 이렇게 아이린을 만나고 나서 안도의 숨을 쉬었다.

그러나 이제는 아이린과 전과 같은 친구가 될 수 없음을 깨달았다. 친구처럼 보일 수는 있어도—친구가 될 수는 없다. 친구가 되고 싶은 생각도 없었다. 겨우내 다른 더 중대한 걱정거리로 바쁘면서도 잃어버린 친구를 아쉬워하는 마음이 깃들어 있었는데, 지금 갑자기 그것이 흔적도 없이 사라져버렸다. 아이린은 엘리엇 부인이 말하는 요셉을 아는 사람은 아닌 것이다.

릴러는 자기가 아이린보다 어른이 되었다고는 말하지 않았고 그렇게 생각하지도 않았다. 릴러는 아직 17살도 되지 않았는데, 아이린은 20살이므로 그런 생각이 들었다면 터무니없는 일이라고 여겼을 것이다. 그러나 사실은 그러했다. 아이린은 1년 전의 아이린과 똑같았다—앞으로도 달라지지 않을 것이다. 릴러는 지난 1년 동안에 많은 것들이 달라지고 원숙해졌으며 깊이가 생겼다.

릴러는 어김없는 정확한 눈으로 아이린의 본성을 꿰뚫어보았다. 살살거리며 상냥하게 구는 그 속에 비열하고 집념 깊으며 불성실한 근본적인 천박함이 숨겨져 있음을 알았다. 아이린은 충실한 숭배자를 영원히 잃은 것이다.

릴러는 위 글렌 거리를 가로질러 달이 얼룩진 그림자를 떨어뜨리고 있는, 인기척 없는 '무지개 골짜기'에 이르러서야 비로소 기운을 되찾았다. 릴러는 희끄무레하게 아름다운 흰 꽃이 핀 키가 큰 서양 자

두나무 밑에 걸음을 멈추고 웃었다.

"지금 중요한 일은 꼭 한 가지밖에 없어—그것은 연합군이 전쟁에 이기는 일이야. 내가 구두와 양말을 짝짝이로 신고 아이린을 만나러 갔던 것은 하찮은 일임에 틀림없어. 그러나 나 버서 머릴러 블라이스 는—"

릴러는 극적인 몸짓으로 달을 향해 한 손을 높이 쳐들었다.

"방을 나가기 전에 반드시 자신의 두 발을 주의깊게 살펴볼 것을 저 보름달을 증인으로 하여 굳게 맹세하노라."

결의

다음날 하루 종일 수전은 이탈리아가 선전포고한 일을 축하하여 잉글사이드에 국기를 높이 달았다.

"마침 좋은 때예요. 러시아 전선 상태로 보면 말예요, 마님. 뭐니뭐니해도 러시아 사람이란 다루기 힘든 무리들이니까요. 니콜라이 대공*¹은 별도로 치더라도요.

이탈리아가 올바른 쪽에 가담한 것은 다행스러운 일이지만, 연합군에게 잘된 일인지 어떤지 이탈리아 사람에 대해 내가 좀더 잘 알게 될 때까지는 섣불리 뭐라고 말할 수 없어요. 그렇지만 이탈리아 덕분에 저 건달인 프란츠 요제프*²라고 하는 자도 조금은 생각을 하게 될 거예요. 골치 아픈 황제님이죠, 정말이지—한 발을 관 속에 집어넣은 채 대규모 살인을 계획하고 있으니까요."

수전은 만약 프란츠 요제프 자신이 운 나쁘게 수전의 손아귀에 잡힐 경우 그를 두드려 패는 데 쓸 수 있을 만큼의 맹렬한 힘을 가해

---

*1 제1차 세계대전 때 러시아군 총사령관. 1856~1929.
*2 오스트리아 황제. 1830~1916. 제1차 세계대전의 도화선이 된 사라예보 사건을 일으켰음.

빵 반죽을 두드리기도 하고 만지작거리기도 했다.

월터는 아침 일찍 기차로 시내에 나갔고, 낸이 오늘 하루 짐스를 돌봐주겠다고 하여 릴러는 자유로운 몸이 되었다. 하루 종일 릴러는 글렌 마을 공회당을 꾸미는 일을 돕기도 하고 여러 가지 마무리짓는 일에 쫓겨 바빴다.

프라이어 씨가 비가 억수로 쏟아졌으면 좋겠다며 미랜더의 개를 아무 까닭도 없이 걷어찼다는 소문이 있었음에도 그날 밤은 맑게 개었다.

릴러는 공회당에서 집으로 뛰어 돌아가자마자 서둘러 옷을 갈아입었다. 드디어 시작될 즈음에 이르러 모든 일이 놀랄 만큼 순조롭게 진행되었다. 지금도 이래층에서는 아이린이 미스 올리버와 노래 연습을 하고 있었다. 릴러는 즐거움에 마음이 들떠 한순간 서부전선의 일마저 잊어버렸다. 몇 주일에 걸친 노력이 이처럼 훌륭하게 열매를 맺는구나 생각하니 릴러는 일을 잘 해낸 승리감에 취해버렸다.

릴러 블라이스에게는 음악회의 프로그램을 기획할 솜씨도 인내력도 없다고 생각하거나 그런 뜻을 내비추는 사람이 꽤 있었음을 본인도 알고 있었다. 그러나 그 사람들도 이제는 알게 될 것이다! 옷매무시를 바로하면서 노래가 절로 흘러나왔다. 릴러는 자기 모습을 아름답다고 생각했다. 흥분되어 복스러운 크림빛 볼이 발그레 물들어 조금 있는 주근깨마저 아예 없애버렸고, 머리는 붉은 갈색으로 반짝이고 있었다.

머리에는 능금꽃을 꽂는 게 좋을까, 아니면 조그만 진주장식으로 할까? 한동안 망설이다가 릴러는 능금꽃을 꽂기로 정하고, 흰 밀랍으로 만든 꽃 한 송이를 왼쪽 귀 뒤에 꽂았다. 자, 마지막으로 발을 봐야지. 염려없다. 양쪽 다 구두를 제대로 신고 있었다.

릴러는 잠들어 있는 짐스에게 뽀뽀하고―참으로 귀엽고 따스하며 매끄러운 장밋빛 얼굴이다―서둘러 언덕을 내려가 공회당으로 갔다.

그곳에는 이미 사람들이 모여들고 있었다―머지않아 가득찼다. 릴러의 음악회는 눈부신 성공을 거두려 하고 있었다.

처음 세 프로그램은 성공적으로 끝났다. 릴러는 무대 뒤 작은 분장실에서 달빛을 받은 항구를 바라보며 자기가 낭독할 것을 연습하고 있었다. 릴러는 혼자 있었다. 다른 출연자들은 모두 맞은편 더 큰 방에 있었던 것이다. 그 순간 갑자기 두 개의 드러낸 맨팔이 허리에 감기는 것을 느낀 순간 아이린이 릴러의 볼에 가볍게 키스했다.

"릴러, 정말 멋져. 오늘 밤 너는 꼭 천사 같아. 너는 용기가 있어―월터의 입대로 낙심하여 괴로워하고 있는 게 아닌가 했는데, 이토록 침착하니 말이야. 내게도 너 같은 담력이 반만이라도 좋으니 있었으면 해."

릴러는 꼼짝도 않고 서 있었다. 아무 감정도 솟지 않았다―아무것도 느껴지지 않았다. 감정의 세계는 공백이 되어버렸다.

"월터가―입대했다고?"

릴러는 그렇게 묻는 자신의 낯선 목소리를 들었다―그러자 일부러 지어낸 듯한 아이린의 가식적인 웃음소리가 울려왔다.

"어머나, 몰랐니? 물론 네가 알고 있는 줄 알았어. 그렇지 않았다면 말하지 않았을 텐데. 나는 늘 실수만 한다니까.

그래, 그 때문에 오늘 월터는 시내에 간 거야―오늘 밤 기차에서 내렸을 때 월터가 내게 그렇게 말했어. 월터가 그 말을 맨 먼저 해준 사람은 바로 나였어. 아직 군복은 입고 있지 않아―조금 모자란대―그렇지만 하루이틀 뒤면 갖게 되겠지. 나는 월터도 다른 사람 못지않을 만큼 용기가 있다고 전부터 말해 왔었어. 월터가 무슨 일을 하고 왔는지 말해 주었을 때 나는 정말 월터가 너무나 자랑스러웠어, 릴러.

어머나, 릭 매컬리스터의 낭독이 끝났네. 빨리 가봐야지. 나는 다음 합창에 나가기로 약속했거든―앨리스 클로가 심하게 두통이 난다고 해서."

아이린은 가버렸다—아, 고맙게도 아이린은 가버렸다! 다시 혼자 있게 된 릴러는 여전히 꿈 같은 아름다움을 간직한 포 윈즈를 물끄러미 바라보고 있었다. 감정이 되돌아왔다. 육체적인 고통과도 같은 괴로움으로 온몸이 날카로운 무언가에 찢어지는 것 같았다.

"도저히 견딜 수 없어."

이렇게 말한 순간, 그래도 자기는 견딜 수 있을지 모른다는 것과, 자기 앞에는 이 고통스러운 슬픈 세월이 몇 년이나 이어질지도 모른다는 무서운 생각이 떠올랐다.

'빠져나가야만 한다—집으로 달려가야 한다—나는 혼자 있고 싶다. 저기 나가서 교련에 반주를 붙이거나 낭독을 하거나 대화극에 낄 수는 없다. 음악회의 절반을 망쳐버릴지 모르지만 상관없다—무엇이 어떻게 된다 해도 괜찮다. 이것이—이처럼 괴로워 몸부림치는 것이 바로 조금 전까지 그토록 행복했던 릴러 블라이스였던가?'

방 밖에서는 사중창으로 '우리의 낡은 국기를 쓰러뜨리면 안 된다'를 부르고 있었다. 그 목소리는 멀리 떨어진 곳에서 들려오는 듯 여겨졌다.

젬이 입대하겠다고 모두에게 이야기했을 때처럼 왜 눈물이 나오지 않는 것일까? 속시원하게 울고 나면 내 생명을 움켜쥐고 있는 듯이 여겨지는 이 두려움이 손을 놓아줄지도 모르는데. 그러나 눈물은 나오지 않았다. 내 스카프와 코트는 어디 있을까? 이곳을 나가 치명상을 입은 동물처럼 숨어야만 한다.

이처럼 달아나는 것은 비겁한 자가 하는 것일까? 이 의문이 누군가로부터 질문받은 듯 갑자기 릴러의 머리에 떠올랐다. 릴러는 지금도 격전이 벌어져 아수라장이 되어 있을 항구 플랑드르 전선의 일을 생각했다—포화로 황폐해진 참호 수비에 온 힘을 기울이고 있는 오빠와 친구들의 일을 생각했다. 내가 여기서의 작은 의무를—적십자 소녀단을 위해 프로그램을 끝까지 마치는 작은 의무를 게을리한다면 오빠들은 어떻게 생각할까? 그러나 여기에 머물러 있을 수 없다―도저히 할 수 없다―하지만 젬이 출정할 때 어머니가 뭐라고 말했던가?

"여자들의 용기가 꺾인다면 남자들이 어떻게 진실로 강해질 수 있겠니?"

하지만 이것은―이것은 견딜 수 없다.

그래도 릴러는 문으로 나가다가 도중에 멈춰서서 창가로 되돌아갔다. 지금 아이린이 노래를 부르고 있다. 그 아름다운 목소리―아이린에게 있어 진정한 보석이라고 할 수 있는 오직 주옥 같이 아름다운 목소리가 감미롭고 맑게 건물 안으로 울려 퍼지고 있었다.

릴러는 '소녀의 요정 교련'이 다음 순서임을 알고 있었다. 저곳으로 나가 반주를 할 수 있을까? 머리가 지끈지끈 아팠다―목은 따끔따끔 타는 듯했다. 아, 아이린은 왜 이런 때 알려줬을까? 지금 알려줘봐야 아무 도움도 안 되는데. 아이린은 너무나 잔인하다.

지금 생각해 보니 릴러는 그날 어머니가 묘한 눈초리로 릴러를 보던 일을 여러 차례 눈치챘던 일이 떠올랐다. 바쁜 일에 쫓겨 이상하다고 여기지 못했는데, 이제 알았다. 어머니는 월터가 무엇하러 시내로 갔는지 알고 있었지만 음악회가 끝날 때까지 릴러에게 알리지 않으려 했던 것이다. 어머니는 얼마나 강한 정신력과 인내력을 지닌 분일까!

"나도 여기 남아서 이 일을 끝까지 해내야 한다."

릴러는 차가운 손을 꼭 쥐었다.

그날 밤 나머지 부분은 릴러에게 있어 열기에 들뜬 꿈과 같았다. 몸은 여러 사람에게 둘러싸여 있으면서 넋은 독방 고문실에 덩그러니 혼자 있었다.

그러나 교련의 반주를 꿋꿋이 연주하고, 머뭇거리는 부분도 없이 무사히 낭독을 끝냈다. 기괴한 아일랜드 노파 옷을 입고 미랜더 프라이어가 나오지 못하게 된 대화극에도 출연했다. 그러나 연습 때 들었던 것과 같은 더할 나위 없는 아일랜드 사투리는 쓰지 않았고, 낭독도 여느 때의 열의와 호소력이 식어 있었다.

관객 앞에 선 릴러에게는 단 하나의 얼굴밖에 눈에 들어오지 않았다—어머니 옆에 앉아 있는 검은 머리에 수려하게 생긴 젊은이의 얼굴이었다—그 얼굴이 참호에 들어가 있는 게 보였다—별하늘 아래 죽어서 차갑게 되어 있는 것이 보였다—감옥에서 헐떡이는 것이 보였다—그 눈빛이 사라지는 것이 보였다—헤아릴 수 없이 많은 무서운 광경을 눈앞에 떠올리며 깃발로 꾸며진 글렌 마을 공회당 무대에 선 릴러의 얼굴은 머리에 꽂은 젖빛 능금꽃보다도 더 핼쑥해져 있었다. 프로그램 사이사이에는 작은 분장실에서 초조하게 서성거리며 시간을 보냈다. 음악회는 언제까지나 끝나지 않는 것일까!

드디어 끝났다. 올리브 커크가 뛰어들어와 기뻐하며 1백 달러나 들어왔다고 보고했다.

"그거 참, 잘됐구나."

릴러는 기계적으로 답하고 나서 그렇게 말하는 모든 사람들로부터 조용히 떠나갔다—아, 고맙다. 그 모든 사람들로부터 벗어나올 수 있어서—월터가 문 앞에서 릴러를 기다리고 있었다. 월터는 말없이 릴러를 꼭 끌어안고, 두 사람은 달밤의 길을 걸어갔다. 늪지대에서는 개구리가 노래부르고, 몽롱하게 은빛으로 빛나는 고향의 들이 주위를 둘러싸고 있었다. 봄날 밤은 아련하게 그리운 마음에 호소하는 무언가가 있었다. 릴러에게는 그 아름다움이 자신의 괴로움에 대한 모욕으로 느껴졌다. 달빛조차 영원히 싫어졌다.

월터가 나직이 물었다.

"알고 있니?"

"응, 아이린이 말해줬어."

릴러는 목이 메었다.

"오늘 밤 음악회가 끝날 때까지 우리는 네게 알려주고 싶지 않았어. 네가 무대에 나왔을 때 들었구나 했지. 릴러, 나는 그렇게 할 수밖에 없었어. 루시타니아 호가 침몰했다는 말을 들은 뒤부터 나는 지금과 같은 상태로는 더 이상 살아갈 수 없게 된 거야. 그 죽은 여자며 아이들이 무정한 얼음처럼 차가운 물 위에 떠다니고 있는 것을 떠올렸을 때─그래, 맨 먼저 나는 인생에 대한 뼈저린 혐오를 느꼈어. 이런 일이 일어나는 세계로부터 빠져나가고 싶었지─그 저주스러운 먼지를 영원히 내 발에서 떨쳐버리고 싶었던 거야. 그때 나는 가야 한다는 것을 깨달았어."

"다른 방법이 얼마든지 있어─오빠 아니라도."

"그렇지 않아, 릴러 나의 릴러. 나는 나를 위해─내 영혼을 살리기 위해 가는 거야. 만일 가지 않으면 내 영혼은 조그맣고 천하며 생기 없는 것으로 맥없이 오그라들고 말 거야. 그렇게 되는 게 장님이 되거나 몸이 칼에 찔리거나 또는 그밖에 내가 두려워하는 여러 가지 일을 당하는 것보다 더 괴로운 일이야."

"오빠는……죽을지도……몰라."

릴러는 그런 말을 입에 올리는 자신이 더더욱 미웠다─그런 말을 하는 것은 약하고 비겁한 일임을 알고 있었다─그러나 그날 밤 마음이 긴장되었던 뒤로는 어떻게 되든 아무래도 상관없었다. 월터는 시구를 인용했다.

"늦든 빠르든, 마지막으로 오는 것은 죽음이다.[3] 내가 두려워하는 것은 죽음이 아니야─그것은 내가 오래 전에 네게 이야기했지. 사람은 다만 생명을 위해 너무 비싼 대가를 치르는 일도 있어.

이 전쟁에는 혐오스러운 일이 너무도 많아─나는 그것을 세계에

---

[3] 영국 시인·소설가인 월터 스콧(1771~1832)의 《마지막 음유시인의 노래》에서.

서 깨끗이 없애버리는 일을 돕기 위해 가야 해. 나는 인생에 펼쳐질 아름다움을 위해 싸울 작정이야, 릴러 나의 릴러—그것이 내 의무야. 아마 좀 더 높은 의무가 있을지도 모르지만—그러나 이것이 내게 주어진 의무야. 나는 인생과 캐나다에 대해 그렇게 할 만큼의 은혜를 입었으니 그것을 갚아야 하는 거야. 릴러, 오늘 밤 젬이 출정한 뒤 처음으로 내 자존심을 되찾았어. 시도 쓸 수 있겠어."

월터는 활짝 웃었다.

"지난해 8월 이래 나는 한 줄도 쓰지 못했어. 오늘 밤 나는 시로 넘쳐 있어. 릴러, 용감한 모습으로 내 곁에 있어줘—젬이 출정했을 때는 그토록 꿋꿋했잖아."

"이번은……다르단……말이야."

왈칵 터질 것 같은 울음을 꾹꾹 참느라 릴러는 말을 한 마디 한 마디 끊어서 해야만 했다.

"물론……젬은 아주 소중해……하지만 젬이……갈 때는……우리는……전쟁이……곧……끝나버릴 것으로……알고 있었고……게다가……오빠는……나에게……누구보다도 소중한걸, 월터."

"너는 꿋꿋한 마음으로 나를 도와줘야 해, 릴러 나의 릴러. 오늘 밤 나는 기분이 들떠 있어. 내 자신에 대해 얻은 승리의 기쁨에 취해 있어. 그러나 다른 때도 이렇다고는 할 수 없어. 그렇게 되면 너의 도움이 필요해지는 거야."

"언제……입대……하지?"

최악의 일은 얼른 알아버려야만 한다.

"아직 1주일쯤 남았어. 그리고 킹스포트에서 훈련받을 거야. 나라 밖으로 가는 것은 7월 중간쯤 되리라고 여기지만 잘 모르겠어."

1주일—월터와 함께 있을 수 있는 것도 앞으로 1주일 밖에 남지 않았다! 어린 릴러로서는 앞으로 어떻게 살아가야 할지 갈피를 잡을 수 없었다.

월터는 잉글사이드 문을 들어서자 늙은 소나무 밑에서 걸음을 멈추고 릴러를 끌어안았다.

"릴러 나의 릴러, 벨기에나 플랑드르에도 너처럼 상냥하고 맑은 아가씨들이 있었어. 너는—너까지도—그 사람들이 어떤 운명에 놓였는지 알고 있잖아. 우리는 이 세계가 이어지는 한 그와 같은 일이 다시는 일어나지 않도록 해야 해. 나를 도와주겠지?"

"해보겠어, 월터. 아, 그래, 최선을 다하여 해볼 생각이야."

월터의 어깨에 머리를 기대고 팔은 목에 매달리며 릴러는 그렇게 하지 않으면 안 된다는 것을 깨달았다. 그 자리에서 릴러는 거부할 수 없는 셜실을 받아들였다. 월터는 가야만 한다—아름다운 영혼과 꿈과 이상을 지닌 나의 아름다운 오빠는. 릴러는 이 일이 늦든 이르든 한 번쯤은 닥쳐오리라는 것을 어렴풋이 알고 있었다. 양지바른 들판 위를 피할 수 없는 속도로 다가오는 구름 그림자처럼 릴러는 그것이 자기 쪽으로 시시각각 다가오는 걸 보고 있었던 것이다.

고통 속에 있음에도 불구하고 릴러는 마음속 은밀한 곳에 야릇한 안도감을 느꼈다. 마음 밑바닥에 희미하고 둔한 무의식적인 아픔이 겨울 내내 웅크리고 숨어 있었던 것이다. 지금은 아무도—누구 한 사람도 월터를 병역기피자라고 나무랄 수 없다.

그날 밤 릴러는 잠들지 못했다. 아마도 짐스 말고는 잉글사이드의 어느 누구도 잠들지 못했을 게 틀림없다. 몸은 서서히 규칙적으로 성장해 가지만 정신은 껑충 뛰어 눈부시게 성장한다. 겨우 한 시간으로 그 온갖 능력을 갖춘 상태에 이를 수도 있다.

그날 밤부터 릴러 블라이스는 고통을 이겨내는 능력, 강함, 인내력을 지닌 어엿한 여성으로서 정신을 갖게 되었다.

괴로운 새벽녘이 다가오자 릴러는 일어나 창가로 갔다. 창문 밑에는 장밋빛 꽃으로 커다란 원뿔꼴이 된 큰 사과나무가 있었다. 몇 해 전 월터가 어렸을 때 심은 것이었다.

'무지개 골짜기' 맞은편은 마치 구름 바닷가처럼 되어 햇빛 물결이 밀려와 있었다. 그 위 아득한 곳에 사라지지 않은 오직 하나의 별이 아름다운 빛으로 차갑게 빛나고 있었다. 어째서 세상은 아름다운 봄철인데 사람들은 슬픔에 잠겨야만 하는 것일까?

릴러는 누군가가 자비롭게 감싸듯 자기를 끌어안는 것을 느꼈다. 어머니였다—얼굴이 파리하고 눈을 크게 뜬 어머니였다.

릴러는 격렬하게 소리쳤다.

"아, 어머니, 어머니는 견딜 수 있어요?"

"릴러, 나는 며칠 전부터 월터가 무슨 일이 있어도 꼭 갈 마음임을 알고 있었단다. 그래서 반항하거나 체념할 시간을 가질 수 있었지. 월터의 일은 포기해야 해. 우리들의 애정보다 더 위대하고 더 강한 소리가 부르고 있는걸. 월터는 그 소리에 귀기울이고 있는 거야. 우리는 월터의 희생에 대해 괴로움으로 안기게 해줘서는 안 돼."

릴러는 숨김없이 감정을 털어놓았다.

"우리의 희생이 월터가 겪어야 할 희생보다 더 커요. 우리 오빠들은 자기를 바치는 것만으로 되지만 우리는 오빠들을 바치는 것인걸요."

블라이스 부인이 미처 대답하기도 전에 노크니 하는 쓸데없는 예절도 아랑곳하지 않고 수전이 문으로 머리를 들이밀었다. 그 눈이 빨갰다.

그러나 이렇게 물었을 뿐이었다.

"마님, 아침 식사를 이리로 가져올까요?"

"아니에요, 우리는 곧 아래로 내려가겠어요. 알고 있어요? 월터가 지원한 것을?"

"네, 마님, 어젯밤에 선생님이 말씀해 주셨어요. 그런 일을 허락하시다니, 하느님에게도 그만한 까닭이 있으시겠지요. 우리는 그 뜻에 따라 밝은 면을 보도록 해야만 해요. 적어도 월터의 시인 병이 나을지도 모르니까요."

수전은 지금도 시인과 건달을 똑같이 여기고 있었다.

"그것만으로도 엄청난 일이지요. 게다가 고맙게도 셜리는 아직 나이가 어리니 가지 않아도 돼요."

의사가 문 앞에서 걸음을 멈추고 물었다.

"그것은 누군가 다른 사람의 아들이 셜리 대신 가야 하는 일을 고마워하는 것과 같지 않겠소?"

"아니에요, 그렇지 않아요, 선생님."

수전은 딱 잘라 말하고 짐스를 안아 일으켰다.

짐스는 커다란 검은 눈을 뜨고 마디마다 오동보동한 손을 옴질거리며 쭉 뻗은 참이었다.

"꿈에도 생각지 못했던 말을 했다고 나무라지는 마세요. 나는 하찮은 인간이므로 선생님께 이러니저러니 변명은 할 수 없지만, 다른 사람이 군대에 가지 않으면 안 되게 된 일을 하느님께 감사하거나 하지는 않아요. 내가 아는 건 우리가 모두 카이저에게 정복되고 싶지 않으므로 군대에 가야 한다는 것뿐이에요—왜냐하면 먼로주의*⁴라는 게 무엇이든 그 뒤에 우드로 윌슨이라는 사람이 버티고 있는 한 결코 기대를 가질 수는 없으니까요. 고작 독일군들을 성명서로 벌할 수는 없는걸요, 선생님."

수전은 야윈 팔에 짐스를 끌어안고 아래층으로 내려가며 말했다.

"자, 울 만큼 울고 말할 만큼 말했으면 기운을 내야지. 명랑하게는 보이지 않더라도 적어도 겉으로나마 명랑한 척이라도 해야 돼."

---

*4 1823년 미국 먼로 대통령이 주창한 것으로, 미국은 유럽의 국제적 분쟁에 관여하지 않는 동시에 유럽의 내정간섭도 용서하지 않는다는 주장.

날이 새면 언제나

수전은 신문에서 얼굴을 들고 실망하여 말했다.

"독일군이 또 프셰미실을 점령했어요. 이렇게 되면 우리는 그곳을 또 야만스러운 이름으로 불러야겠지요. 우편이 왔을 때 사촌 소피어가 마침 와 있었는데, 뱃속에서부터 크게 한숨을 내쉬었어요, 마님. 그래요, 이번에는 페트로그라드*¹ 차례가 틀림없다는 거예요.

나는 말해줬지요.

'내 지리 지식은 그리 넓지 않지만 프셰미실에서 페트로그라드까지는 거리로 보아 꽤 많이 걸어야 한다고 보는데'라고요.

소피어는 또다시 땅이 꺼질 듯 한숨을 내쉬며 말했어요.

'니콜라이 대공이 그런 사람인 줄은 몰랐어.'

'그런 것을 니콜라이 대공에게 알리면 안 돼, 언짢게 생각할지도 모르니까. 그렇잖아도 그 사람에게는 걱정거리가 많아' 하고 나는 말했어요.

그러나 아무리 빈정거려도 소피어의 마음을 북돋울 수는 없었어

---

*1 1919~1924년 사이의 상트페테르부르크의 이름.

요, 마님. 소피어는 세 번째로 한숨을 쉬며 말하더군요. '하지만 러시아군은 자꾸만 물러나고 있잖아.' 그리고는 신음했지요. 그래서 내가 말해줬어요. '그게 어떻다는 거지? 물러날 곳이 얼마든지 있잖아.'

하지만 소피어 앞에서는 결코 그렇게 말하지 않았지만, 나도 동부전선의 전황을 탐탁하게 볼 수는 없어요."

만족스럽게 보는 사람은 아무도 없었다. 그러나 러시아군의 후퇴는 여름 내내 이어졌다. 안절부절못하는 걱정이 오래 꼬리를 끌었다.

거트루드 올리버가 말했다.

"언제 다시 우편이 도착하기를 침착하게 기다릴 수 있게 될지 모르겠어요―즐겁게 기다린다는 것은 당치도 않구요. 밤낮으로 머릿속에서 떠나지 않는 것은 독일군이 러시아를 무찌르고, 이긴 여세로 동부전선의 병력을 서부전선에 보내지 않을까 하는 일이에요."

수전이 예언자 역할을 하고 나섰다.

"그렇지는 않을 거예요, 미스 올리버. 우선 첫 번째로 하느님이 그런 일을 용서하지 않을 것이고, 두 번째로는 우리가 얼마쯤 실망한 점이 있다 해도 니콜라이 대공은 보기 흉하지 않도록 규율 있게 달아나는 법을 알고 있으니, 그것은 독일군에게 쫓기고 있을 때 꽤 많은 도움이 될 거예요.

노먼 더글러스는 니콜라이 대공이 독일군을 꾀어내어 아군 한 명에 대해 적 열 명의 비율로 죽이려 하는 거라고 하지만, 나는 니콜라이 대공이 그렇게 할 수밖에 없으므로 우리와 마찬가지로 지금 상태로서 가장 좋다고 생각하는 행동을 하는 데 지나지 않는다고 생각해요. 그러니 먼 뒷날 일까지 생각하며 쓸데없는 걱정을 해선 안 돼요, 미스 올리버. 근심은 이제 우리 집 문턱까지 들어와 앉아 있을 정도니까요."

월터는 7월 1일 킹스포트로 갔다. 낸과 다이와 페이스도 여름 휴가 동안 적십자 일을 하러 떠났다. 7월 중간 무렵, 월터는 해외로 가기 전 1주일 동안의 휴가를 얻어 돌아왔다. 월터가 없는 동안 오로지 그 1주일만을 애타게 기다렸던 릴러는 마침내 그 1주일이 다가오자 한 시각 한 시각을 마치 굶주린 사람처럼 맛보았고, 소중한 시간을 헛되이 보내는 듯해 잠자는 시간마저도 아꼈다.

슬프지만 보람 있는, 잊을 수 없는 순간이 이어진 1주일이었다. 릴러와 월터는 오랜 동안 산책하고 이야기하고, 아무 말 없는 가운데 시간을 보내기도 했다. 월터는 릴러만의 것이고, 릴러가 줄 수 있는 사랑과 이해로부터 월터가 어느 만큼 위안과 힘을 얻고 있음을 릴러는 알았다.

월터에게 자기가 그만큼 소중한 사람임을 알고 릴러는 말할 수 없이 기뻤다―그렇게 생각하면 견딜 수 없다고 여겨질 때도 그런대로 참아지고, 미소를 보일 수 있는 힘마저 솟았다―때로는 짤막하지만 소리내어 웃는 일까지도 있었다. 월터가 가버린 뒤에는 실컷 울어도 되지만, 월터가 있는 동안은 울지 않을 생각이었다. 릴러는 밤에도 울지 않으려 했다. 그 퉁퉁 부은 눈을 보고 아침에 월터가 운 것을 알게 되어선 안 되기 때문이었다.

월터가 집에서 지내는 마지막 날 저녁 때, 둘은 '무지개 골짜기'로 가서 시냇가 둑의 '흰 옷 입은 숙녀' 아래 앉았다. 거기에는 전의 그늘 없이 지냈던 세월에 지낸 활기 있고 명랑한 환락이 흔적을 남기고 있었다.

그날 저녁 '무지개 골짜기'에는 전에 없이 멋진 저녁놀이 지붕처럼 덮여 있었다. 기분 좋은 잿빛 황혼에 희미하게 별이 빛나고 이윽고 달이 솟는가 하면 숨었다가 다시 모습을 나타냈다. 달은 이쪽 작은 골짜기와 저지대를 비추고, 저쪽 골짜기며 저지대는 까만 벨벳 같은 그림자가 드리워져 있었다.

월터는 진심으로 사랑해 마지않는 주위의 아름다운 것을 모두 뚫어지게 바라보며 말했다.

"내가 '프랑스 어딘가'에 가 있을 때, 이슬에 젖어 달빛에 빛나는 이 조용한 경치가 생각날 거야. 전나무 향기—평화로운 흰 달빛—'산들의 힘'—이것은 참으로 아름다운 옛 성서의 구절이야.

릴러! 우리 주변에 있는 산들을 봐. 어렸을 때, 저 산들을 올려다보며 저 너머 넓은 세계에는 무언가 우리를 기다리는 게 있을까 하고 생각했었어. 얼마나 조용하고 힘차 보이니. 참을성 있고 변함없고— 훌륭한 어머니의 마음 같아.

릴러 나의 릴러, 지난 1년 네가 나에게 어떤 존재였는지 알겠니? 나는 가기 전에 꼭 말해 두고 싶어. 네가 없었다면—애정에 넘치는, 깊이 믿어주는 네가 없었다면 나는 살아 있지 못했을 거야."

릴러는 과감하게 말할 용기가 나지 않았다. 살그머니 월터의 손 안에 손을 밀어넣고 꼭 쥐었다.

"하느님을 잊어버린 사람들이 이 땅에 만들어낸 지옥에 내가 갔을 때 너를 생각하면 힘이 불끈 솟을 거야. 네가 지난 1년 동안 그랬듯 앞으로도 씩씩하고 참을성 있게 살아가리라는 것을 나는 잘 알아— 너에 대해서는 걱정하지 않겠어. 어떤 일이 일어나든 네가 나의 릴러임을 나는 알아—비록 어떤 일이 일어나더라도."

릴러는 눈물과 한숨은 참을 수 있었으나 몸이 희미하게 떨리는 것을 멈추게 할 수 없었으므로, 월터는 이야기를 이쯤에서 그만둬야겠다는 것을 알았다. 말로는 할 수 없는 약속을 서로 주고받는 침묵의 한순간이 고요히 흐른 뒤 월터가 말했다.

"자, 이제 어두운 이야기는 그만두자. 몇 년 뒤 일어날 일로 눈을 돌리자. 전쟁이 끝나고 젬과 제리와 내가 건강하게 집으로 돌아와 다시금 행복해질 수 있을 때의 일을."

"우리는—전과 같이—행복해지지는 못할 거야."

"그래. 전과 똑같이 될 수는 없겠지. 이 전쟁에 관계한 사람은 누구나 전과 같은 행복을 다시 얻지 못할 거야. 그러나 보다 나은 행복이리라고 생각해, 릴러―우리가 얻어낸 행복인걸.

전쟁 전 우리는 아주 행복했지? 잉글사이드 같은 집이 있고 우리 아버지와 어머니 같은 부모님이 계시다면 행복해지지 않을 수 없잖겠니? 그러나 그 행복은 인생과 애정이 준 것이지 참다운 우리의 것은 아니었던 거야. 인생은 언제든 마음대로 되찾아가 버릴 수 있는 거야. 그러나 우리가 자기 의무로서 자신의 힘으로 얻어낸 행복은 인생이 빼앗아갈 수 없어. 그 사실을 입대한 뒤 알았어. 쓸데없는 걱정을 하며 겁쟁이처럼 두려워하는 일도 가끔 있기는 하지만 나는 5월의 그날 밤부터 행복해.

릴러, 내가 없는 동안 어머니에게 최선을 다해 잘 보살펴드려줘. 이 전쟁에서는 어머니라는 위치가 견딜 수 없이 괴로울 테니까―어머니, 누이, 아내, 연인들이 가장 괴로워하고 있을 거야. 릴러, 아름다운 릴러, 너는 어느 누구의 연인이니? 그렇다면 내가 가기 전에 말해줘."

"없어."

그렇게 대답한 뒤 이것이 마지막이 될지도 모르는 지금 월터에게 진정으로 솔직하고 싶다는 마음으로 릴러는 달빛 속에서 얼굴을 붉히며 덧붙여 말했다.

"하지만 만일―케니스 포드가 좋다고 생각해 준다면―"

"알았어, 켄도 입대했으니 어디를 보나 네게는 괴로운 일뿐이구나. 그래, 나는 내 일로 슬픔에 잠기는 그런 애인을 두고 가는 건 아니니까―그 점은 고마운 일이야."

릴러는 언덕 위 목사관을 흘끗 올려다보았다. 우나의 방 불빛이 보였다. 릴러는 어떤 말을 하고 싶은 충동을 느꼈다―그러나 말해서는 안 된다는 것을 깨달았다.

'이것은 내 비밀이 아닐 뿐더러, 아무튼 분명하게 알고 있는 것이 아니라 다만 그렇지 않을까 여기는 데 지나지 않아.'

월터는 아쉬운 듯 사랑스러운 눈으로 주위를 바라보았다. 이곳은 전부터 월터에게는 그리운 곳이었다. 그 옛날 모두들 여기서 얼마나 즐겁게 지냈는지 모른다. 달빛이 얼룩진 그늘을 드리우는 오솔길을 기억의 환영이 돌아다니기도 하고 흔들리는 나뭇가지 사이로 달이 내다보기도 했다.

젬과 제리, 볕에 그을린 맨발의 초등학생들이 시냇물에서 물고기를 낚아 오래된 돌난로에서 송어를 구워먹기도 했다. 옴폭 파인 보조개와 생기 있는 낱의 어린이다운 아름다움을 지닌 젬과 다이와 페이스, 마음씨 고운 내성적인 우나, 개미며 곤충류에 열중하는 칼, 얼마쯤 말씨가 좋지 않고 입버릇도 나쁘지만 마음씨 좋은 메리 밴스, 월터 자신은 풀밭 위에 누워 시를 읽거나 공상의 궁전을 헤매곤 했었다.

누구나 다 월터 가까이에 있었다. 이 사람들을 월터는 지금 릴러를 보는 것과 마찬가지로 똑똑히 보았다. 전에 희미해져 가는 저녁 어스름 속에 피리를 불면서 골짜기를 내려가는 피리 부는 사나이를 보았을 때와 똑같이 분명히 보았다. 그 지난날 명랑한 작은 유령들은 월터를 향해 말했다.

"우리는 과거의 아이들이야, 월터. 지금의 아이들과 미래의 아이들을 위해 열심히 싸워줘."

릴러가 가볍게 웃으며 소리쳤다.

"어디 있어, 월터? 돌아와. 돌아와."

월터는 긴 한숨을 쉬며 제정신으로 돌아왔다. 그는 일어서서 달빛을 받은 골짜기의 아름다움을 하나도 남김없이 머리와 가슴에 새겨두려는 듯 주위를 둘러보았다. 은빛 하늘에 우뚝 솟은 크고 검은 깃털 같은 전나무, 위엄 있는 '흰옷 입은 숙녀', 옛날 그대로 마술을 부리는 춤추는 시냇물, 충실한 '연인의 나무', 손짓해 부르는 장난꾸러기 오솔길.

월터가 떠나며 말했다.

"나는 꿈속에서 이 길을 다시 볼 거야."

두 사람은 잉글사이드로 돌아갔다. 때마침 메러디스 목사 부부가 와 있었으며 거트루드 올리버도 송별하러 로브리지에서 와 있었다. 사람들은 모두 기운차고 명랑했으나 젬이 출정했을 때와 같이 전쟁이 곧 끝날 것이라는 막연한 희망의 말을 하는 사람은 아무도 없었다. 그들은 전쟁이야기를 전혀 하지 않았다. 그러면서도 머릿속은 그 일로 가득 차 있었다. 마지막으로 모두들 피아노 둘레에 모여 그 엄숙한 찬송가를 불렀다.

아, 신이여, 예부터 나의 구원이며
또한 앞으로 나의 소망

거친 폭풍에서 우리를 지켜주는
우리의 영원한 안식처

거트루드가 존 메러디스 목사에게 말했다.

"이 영혼의 선별(選別)시대에 우리는 모두 하느님에게로 돌아가는 거예요. 이제까지 하느님을 믿지 않았던 때가 여러 번 있었어요—하느님으로서가 아니라 과학자가 말하는 비인격적인 위대한 조물주로서만 생각했었거든요. 이제는 하느님을 믿어요—믿지 않을 수 없어요—하느님 말고는 의지할 것이 없는걸요—겸허하게, 절대적으로, 무조건."

목사가 다정하게 일러주었다.

"예부터 나의 구원이며—어제도, 오늘도, 언제까지나 변함이 없지요.[2] 우리가 하느님을 잊을지라도 하느님께선 우리를 영원히 기억해주십니다."

---

[2] 신약성서의 헤브라이인에게 보내는 편지 제13장 8절 '예수 그리스도는 어제도, 오늘도, 언제까지나 변함이 없다'에서.

다음날 아침 글렌 역으로 월터를 배웅나온 사람은 그리 많지 않았다. 마지막 휴가를 보낸 뒤 이른 아침 기차로 떠나는 군복차림을 한 젊은이를 보는 것은 이제 자연스러운 일이 되어버렸다. 가족들 말고는 목사관 사람들과 메리 밴스가 있을 뿐이었다. 지난주에 웃으면서 그녀의 소중한 밀러를 떠나보낸 메리는 이제 이런 이별을 어떻게 해야 하는가에 대해 전문가적인 의견을 말할 자격이 있다고 생각하며 잉글사이드 사람들에게 이렇게 말했다.

"중요한 것은 활짝 웃으며 아무 일도 아닌 듯 행동하는 거예요. 남자아이들이란 모두 훌쩍거리고 우는 걸 가장 싫어하니까요.

내가 세상없어도 크게 소리내어 울어야겠다면 역 가까이 오지도 말라고 밀러가 말해서 나는 미리 울 만큼 다 울고 난 뒤 마지막으로 밀러에게 말했어요.

'다녀와, 밀러. 네가 돌아오면 내 마음이 조금도 달라지지 않았음을 알게 될 거야. 만일 네가 돌아오지 않을 때는, 나는 언제까지나 너를 자랑스럽게 여기고 있겠어. 그러니 무슨 일이 있어도 프랑스 아가씨와 사랑에 빠지거나 해선 안 돼.'

밀러는 그런 일은 없다고 맹세했지만, 그토록 매력이 넘쳐흐르는 외국 여자들이란 무슨 짓을 할지 모를 일이에요. 아무튼 밀러의 눈에 마지막으로 비친 건 마음껏 웃고 있는 나였어요. 정말 나는 평생 얼굴에 풀을 먹이고 다리미로 다려 웃는 얼굴을 만든 듯한 생각이 들 거예요."

블라이스 부인은 메리가 충고와 본보기를 보였음에도 젬이 나갈 때에는 웃는 얼굴을 지어보였으나 월터에게는 웃는 얼굴을 보일 수가 없었다. 그러나 적어도 울지는 않았다. 먼디는 자기 집에서 나와 월터에게 바싹 붙어 앉아 월터가 이야기할 때마다 플랫폼 바닥을 꼬리로 탁탁 세게 치며 '당신이 젬을 찾아 내게 데려다 주리라는 것을 알고 있습니다'라고 말하는 듯한 굳게 믿는 눈으로 월터를 올려다보

고 있었다.

이윽고 헤어질 때가 되자 칼 메러디스가 밝은 얼굴로 쾌활하게 말했다.

"몸조심해. 거기 가 있는 사람들에게 모두 힘껏 싸워달라고 전해 줘—나도 곧 갈 테니까."

"나도."

셜리는 짧게 말하고 볕에 그을린 손을 쑥 내밀었다. 이 말을 들은 수전은 새파래졌다.

우나는 애틋함과 슬픔에 젖은 듯한 짙푸른 눈으로 물끄러미 월터를 바라보면서 조용히 악수했다. 그러나 우나의 눈은 본디부터 애틋함에 젖어 있었으므로 월터는 카키색 군모를 쓴 아름다운 검은 머리를 숙이고 남매가 나누는 친밀감 담긴 따뜻한 키스를 우나에게 했다. 월터가 우나에게 키스한 것은 이것이 처음이었고, 한순간 우나의 얼굴은 속마음을 드러냈으나 그것을 알아차린 사람은 아무도 없었다.

차장이 기차에 오르라고 소리치고 있었다.

사람들은 모두 명랑한 얼굴을 하려고 몹시 애쓰고 있었다. 월터는 릴러 쪽으로 돌아섰다. 릴러는 월터의 손을 꼭 잡으며 올려다보았다. 날이 밝고 어둠이 사라질 때까지 다시는 만날 수 없는 것이다. 그 밝아오는 새벽도 이 세상에서 맞게 될지 저 세상에서 맞게 될지 알 수 없었다.

"잘 다녀와."

릴러의 입술에 담긴 이 말에는 오랜 세월 이별을 통하여 쌓여 온 괴로움을 모두 떨쳐버리고 그 대신 사랑하는 사람을 위해 사랑과 기도를 바치는 모든 여성의 예부터 내려오는 달콤한 애정만이 담겨 있었다.

월터는 쾌활하게 말했다.

"자주 편지보내 줘. 그리고 모건의 가르침에 따라 충실히 짐스를 키워야 해."

중요한 일은 모두 어젯밤 '무지개 골짜기'에서 이야기했다. 그러나 마지막 순간 월터는 릴러의 얼굴을 두 손으로 감싸고 그 꿋꿋한 눈을 지그시 들여다보며 부드러운 목소리로 조용히 말했다.

"하느님의 보살핌이 있기를, 릴러 나의 릴러."

'결국 이 같은 아가씨들을 낳은 나라를 위해 싸우는 것은 힘든 일이 아니다.'

기차가 움직이기 시작하자 월터는 맨 뒤 층계에 서서 손을 흔들었다. 릴러는 혼자 서 있었는데, 우나가 옆으로 왔다. 그리고 월터를 누구보다도 깊이 사랑하는 이 두 소녀가 서로 차가운 손을 잡고 함께 배웅하고 있는 동안 기차는 나무가 울창한 언덕 모퉁이를 돌아가버렸다.

릴러는 그날 아침, '무지개 골짜기'에서 지낸 한 시간 동안의 일을 아무에게도 이야기하지 않았다. 일기에도 쓰지 않았다. 그 뒤 집에 돌아오자 하루 종일 짐스의 놀이옷을 만들었으며, 저녁 때 적십자 소녀단 위원회에 나가서는 사무적인 태도를 보였다.

아이린이 나중에 올리브에게 말했다.

"저 모습을 보면 월터가 바로 오늘 아침 전선에 나갔다고는 믿을 수 없잖니. 하지만 사람에 따라서는 깊은 감정 같은 걸 지니고 있지 않은 모양이야. 그러나 그런 사람들에게는 오히려 그편이 나아. 나도 릴러처럼 모든 일을 가볍게 받아들일 수 있으면 좋겠다는 생각을 곧잘 해."

리얼리즘 그리고 로망스

8월 어느 더운 날, 우편물을 들고 온 블라이스 의사가 단념한 투로 보고했다.

"바르샤바가 함락되었어."

거트루드와 블라이스 부인은 낙담한 얼굴로 서로 마주보았다. 공들여 소독한 스푼으로 모건 식 아기죽을 짐스에게 떠먹이던 릴러는 세균이 붙는 것도 아랑곳하지 않고 그 스푼을 쟁반 위에 놓으며 말했다.

"어머나, 이를 어쩌나!"

그 비극적인 말투로 보아 그 뉴스는 지난주 외신전보로 전해진 예정된 결과가 아니라 전격적으로 엄습해 온 것인 듯했다. 그들은 바르샤바 함락을 체념하고 있다고 여겼었으나 이제 와서 생각해 보니 지금까지 겪었던 경우와 마찬가지로 뜻밖에 얻는 행운을 막연히 바라고 있었음을 깨달았던 것이다.

수전이 격려했다.

"자, 기운내도록 해요. 우리가 생각했던 것처럼 심하지는 않으니까요.

어제 '몬트리올 헤럴드'에 나온 3단에 걸친 외신전보를 읽었는데, 그에 의하면 바르샤바는 군사적으로 조금도 중요하지 않다더군요. 그러니 우리도 가볍게 생각하기로 해요, 마님."

거트루드가 말했다.

"나도 그걸 읽고 정말 기운이 났어요. 그것이 처음부터 끝까지 거짓말이라는 것을 읽는 순간부터 알았지만요. 내 심리상태는 거짓말이라도 위로가 될 정도예요. 착한 거짓말이라면 말예요."

수전이 빈정거렸다.

"그렇다면 독일군의 공식발표는 모두 선생님한테 필요할지도 모르겠군요, 미스 올리버. 나는 요즈음 그런 것은 하나도 읽지 않아요. 그런 걸 읽으면 몹시 화가 나서 도무지 일이 손에 잡히지 않으니까요.

이 바르샤바에 대한 뉴스도 내가 오후에 하려고 예정했던 일들을 중도에서 가로막고 말았어요. 재난이란 결코 하나만으로는 끝나지 않는 법이죠. 오늘 나는 빵을 태웠고—바르샤바는 함락되었고—키치너 도련님은 이렇게 숨이 막히려 하고 있고."

짐스는 혀를 내밀며 세균과 함께 스푼을 먹으려 하고 있었다. 릴러는 기계적으로 짐스를 안고 다시 먹을 것을 주는 동작을 계속하려다가 무심코 한 아버지의 말에 소스라치게 놀라 가슴이 뛰는 바람에 또다시 그 운 나쁜 스푼을 떨어뜨리고 말았다.

블라이스 의사가 말했다.

"케니스 포드가 항구 건너편 마틴 웨스트에 와 있었어. 케니스의 연대는 전선으로 가는 도중인데, 어떤 이유로 킹스포트에 머무르고 있으므로 케니스는 집에 오려고 휴가를 얻었다더군."

블라이스 부인이 소리쳤다.

"여기에도 와줬으면 좋겠는데."

의사는 멍하니 대답했다.

"하루이틀밖에 시간이 없는 모양이야."

릴러의 발그레해진 얼굴과 바들바들 떨리는 손을 알아차린 사람은 아무도 없었다. 누구보다도 사려 깊고 누구보다도 주의 깊은 부모도 바로 눈앞에서 이루어지고 있는 일을 빠짐없이 모두 보고 있는 것은 아니었다.

릴러는 아까부터 퍽 호된 꼴을 당하고 있는 짐스에게 음식을 먹이려고 세 번째 시도를 했으나 머릿속은—가기 전에 켄은 자기를 만나러 와줄까 하는 일로 가득 차 있었다.

'오랫동안 켄에게서 소식이 없었어. 나를 완전히 잊어버린 것일까? 만일 오지 않는다면, 틀림없이 잊은 게 사실이란 걸 알 수 있다. 아마—누군가 다른 아가씨가 토론토에 있는지도 몰라. 물론 그럴 것이다.

켄을 생각하고 있다니 나는 어리석었어. 이제 켄에 대해서는 조금도 생각하지 않을 테야. 오게 되면 오는 것으로 그만이다. 자주 찾아왔던 잉글사이드에 인사하러 오는 것은 예의상 오는 일에 지나지 않으니까. 오지 않으면—그것도 또 좋다. 대수로운 일은 아니다. 아무도 마음 죄지 않을 테니까. 이것으로 일이 형편 좋게 끝난 것이다—나는 전혀 관심 없는 일이니까.'

그러나 그러는 동안 줄곧 모건을 놀라게 할 만큼 쉴새없이 짐스에게 죽을 먹이고 있었다. 짐스 자신도 이런 방법이 못마땅했다. 짐스는 여태까지 규칙적으로 키워져 스푼으로 한 입씩 받아먹을 때마다 숨을 쉬기 위해 알맞은 간격을 두는 데 익숙해져 있었기 때문이다. 짐스는 항의했으나 받아들여지지 않았다. 릴러는 오늘 짐스의 식사와 시중드는 일에 완전히 엉망이었다.

이때 느닷없이 전화 벨이 울렸다. 사실 벨이 울린 일은 그리 이상할 것 없었다. 잉글사이드에는 평균 10분에 한 번꼴로 전화가 걸려오기 때문이다. 그러나 릴러는 또다시 짐스의 스푼을 카펫 위에 떨어뜨리고, 다른 사람보다 먼저 전화를 받지 않으면 목숨에 관계되는 중대한 일이라도 일어날 듯이 무서운 기세로 달려갔다. 더 이상 참을 수 없어진 짐스는 크게 소리내어 울음을 터뜨렸다.

"여보세요, 거기 잉글사이드입니까?"

"네."

"너로구나, 릴러?"

"그래요—그래요."

'아, 왜 짐스는 잠시 울음을 그치지 못할까? 왜 누군가 와서 짐스를 달래주지 않는담!'

"내가 누군지 알겠어?"

'아, 모를 리 없지! 이 목소리라면 어디서나—언제라도 알아들을 게 뻔하잖아!'

"켄……이지요?"

"맞았어. 잠깐 이곳까지 왔어. 오늘 밤 잉글사이드로 만나러 가도 될까?"

"물론이에요."

'만나러 간다는 것은 나를 두고 하는 말일까, 아니면 모든 사람들을 말하는 것일까? 지금 곧 짐스의 목을 비틀어줄 테다—어머나, 켄은 무슨 말을 하는 거지?'

"알겠지, 릴러. 주위에 두세 다스 넘는 사람들이 모여 있지 않도록 할 수 있겠어? 알겠지? 이놈의 시원찮은 시골 전화로는 이 이상 내가 하려는 말을 또렷이 전할 수가 없어. 수화기가 열 개나 통화중이니까."

'알았느냐고? 물론 알고말고.'

릴러는 떨리는 목소리로 말했다.

"그렇게 하겠어요."

"그럼, 8시쯤 갈게, 잘 있어."

릴러는 수화기를 놓자 짐스에게로 달려갔다. 그러나 릴러는 기분이 나빠서 울어대는 이 아기의 목을 비틀려 하지 않고, 그 대신 의자에서 안아들어 자기 얼굴에 찰싹 붙이고 우유로 범벅이 된 입에 정신 없이 뽀뽀하고 짐스를 안은 채 미친 듯이 빙그르르 춤추며 방 안을 돌아다녔다.

그런 뒤 짐스가 마음놓이도록 릴러는 제정신으로 돌아와 남은 죽을 제대로 천천히 먹여주고 나서 짐스가 가장 좋아하는 자장가를 불러 오후의 낮잠을 재워 주었다. 릴러는 오후에 적십자 셔츠를 꿰매며 무지개가 온통 여기저기 걸린 꿈의 수정궁을 그리고 있었다.

'켄은 나를 만나고 싶어하는 것이다―단둘이서만. 그렇게 만드는 일은 어렵지 않다. 셜리는 방해하지 않을 테고, 아버지와 어머니는 목사관에 가기로 되어 있다. 올리버 선생님은 결코 옆에서 눈을 번쩍이며 살필 사람이 아니고, 짐스는 밤 7시부터 아침 7시까지 늘 잠자고 있으니까.

켄을 베란다에서 접대하자―오늘 밤은 환한 달이 뜰 테니까―나는 흰 조젯 드레스를 입고, 풍성한 머리는 묶어올려야지―그래, 그렇게 하자―적어도 목덜미 쪽에 나직하게 틀어올리자. 그쯤이라면 아마 어머니도 반대하시지 않을 것이다. 아, 얼마나 멋지고 로맨틱한 일인가!

켄은 무슨 할 말이 있는 걸까―무엇인가 있는 게 틀림없어. 그렇지 않으면 나와 단둘이 만나고 싶다고 그토록 다짐하지 않았을 테니까. 그런데 비가 오면 어쩌지―오늘 아침 수전이 하이드 씨 일로 투덜대고 있었으니까! 만일 누군가 참견 잘하는 소녀단 회원이 벨기에 사람들 문제며 셔츠 일로 토론하러 오면 어쩌지? 무엇보다도 난처한 일은 프레드 아널드가 지나다가 홀연히 들르면 어쩌지? 때때로 그렇게 했었으니까.'

마침내 밤이 되었고, 더구나 나무랄 데 없는 밤이었다. 의사 부부는 목사관에 가고 셜리와 올리버 선생은 어디론지 나갔으며 수전은 일용품을 사러 가터네 가게에 갔고 짐스는 꿈나라로 갔다. 릴러는 조젯 드레스로 갈아입고 머리를 틀어올려 그 둘레에 아침이슬 같은 진주를 두 줄로 감았다. 그리고 연한 핑크빛 작은 장미꽃 한다발을 띠에 장식했다.

'켄은 마음의 표시로 장미꽃 한 송이를 달라고 할까?'

젬이 플랑드르 참호로 빛바랜 장미를 한 송이 가져간 것을 릴러는 알고 있었다. 젬이 떠나기 전날 밤 페이스가 키스하고 준 꽃이었다.

넓은 베란다의 칡나무잎 그림자와 달빛이 뒤얽힌 자리에서 켄을 맞이한 릴러는 너무나 아름다웠다. 켄에게 내민 손은 차갑고, 혀짧은 소리를 내지 않으려 신경 쓴 나머지 릴러의 인사는 딱딱하고 새침한 것이 되고 말았다. 중위 제복을 입은 켄은 참으로 멋지고 키가 커 보였다! 나이보다 더 어른스러워 보였다. 너무 나이들어 보여 릴러는 어쩐지 기가 죽어버렸다.

'이 훌륭한 젊은 사관이 내게, 글렌 세인트 메리 마을에 있는 릴러 블라이스에게 뭔가 특별히 이야기할 것이 있다고 생각하다니, 이만저만 어리석은 게 아니야. 역시 나는 켄의 말을 잘못 알아들은 게 틀림없어—켄은 아마도 항구 건너편에서는 틀림없이 그랬겠지만, 많은 사람들이 몰려들어 이름 있는 명사처럼 다루어지는 게 싫다는 뜻임에 지나지 않았던 거야.

그래, 물론 그렇게 한 말이었던 거야—그런데 나는 바보여서 켄이나 말고 다른 사람은 아무도 만나고 싶어하지 않는다고 쓸데없이 상상한 거야. 켄은 내가 켄과 단둘이 되게끔 일부러 사람들을 쫓아냈을 거라고 여겨 속으로 나를 비웃겠지.'

"이렇게 운이 좋을 줄은 몰랐어."

켄은 의자에 허리를 쭉 펴고 앉아 표정이 풍부한 눈으로 감탄해 마지않는 기분을 그대로 드러내보이며 릴러를 그윽하게 바라보았다.

"틀림없이 누군가가 곁에 있으리라고 생각했지. 더구나 내가 만나고 싶었던 사람은 오직 릴러뿐인데 말이야, 릴러 마이 릴러."

릴러의 환상이 다시 모습을 드러냈다. 이것은 확실하다―켄이 여기 온 까닭은 틀림이 없다.

릴러는 조용히 말했다.

"서성델 가족들도 전처럼 많지 않은걸요."

켄은 상냥하게 말했다.

"그렇겠군. 젬도 월터도 언니들도 없으니까 큰 공백이 생긴 셈이야. 그러나―"

켄은 까만 곱슬머리가 릴러의 머리에 닿을 만큼 몸을 가까이 내밀며 말을 이었다.

"가끔 프레드 아널드가 그 공백을 메우려 하는 게 아니야? 그런 말을 들었는데."

이때 릴러가 미처 대답하기 전에 두 사람 바로 위 창문이 열린 방에서 짐스가 한껏 크게 소리내어 울기 시작했다―밤에는 거의 운 적 없는 짐스였다. 게다가 악을 쓰고 우는 것으로 보아 이미 오래 전부터 훌쩍훌쩍 울었는데도 아무 소리도 들리지 않자 그만 화가 난 것임을 릴러는 경험으로 알았다.

이렇게 울기 시작하면 짐스는 철저했다. 릴러는 우두커니 앉아 모른 척하려 해도 안 된다는 것을 깨달았다. 짐스는 울음을 그치려 하지 않았고, 머리 위에서 그토록 울어대면 아무 이야기도 할 수 없을 것이다. 게다가 아기를 저렇듯 울게 내버려두고 가만히 앉아 있으면 켄이 무정하다고 여기지 않을까 하는 생각이 들었다. 모건의 귀중한 책 같은 것을 켄은 아마 알지 못할 테니까.

릴러는 일어섰다.

"짐스가 무서운 꿈을 꾸었나봐요. 가끔 그런 일이 있어 늘 잔뜩 겁먹거든요. 잠깐 실례하겠어요."

릴러는 2층으로 성큼성큼 뛰어올라가며 수프 그릇 같은 게 발명되지 않았더라면 좋았을걸 하고 원망했다. 그러나 릴러의 모습을 본 짐스가 애원하듯 작은 팔을 내밀고 눈물을 뚝뚝 흘리며 몇 번인지 흐느낌을 삼키는 모습에 릴러의 화도 풀렸다. 마침내 가엾게도 이 아이는 무서웠던 것이다.

릴러가 다정하게 짐스를 안아 조용히 흔들어주는 동안 흐느낌 소리가 그치고 짐스는 눈을 감았다. 그래서 릴러는 짐스를 침대에 눕히려 했다. 그러자 짐스는 다시 눈을 뜨고 소리를 지르며 마구 울었다. 이것이 두 번 되풀이되었다.

릴러는 어쩔 줄 몰라했다. 이제 더 이상 켄을 아래층에 혼자 있게할 수 없었다─벌써 30분 가까운 시간이 지났다. 하는 수 없이 릴러는 짐스를 안은 채 아래층으로 내려가 베란다에 앉았다. 자기에게 가장 소중한 젊은이가 작별인사를 하러 왔는데, 떼쟁이 전쟁고아를 안고 앉아 있다는 것은 우스꽝스러운 이야기였지만 달리 어떻게 할 수가 없었다.

짐스는 더없이 기분 좋았다. 흰 잠옷 밑으로 분홍빛 발바닥을 기쁜 듯이 차대며 좀처럼 없는 일이건만 소리내어 웃어 보였다. 짐스는 퍽 귀여운 아기가 되어 있었다. 작고 동그란 머리 전체에 금발이 비단처럼 소용돌이쳤으며 눈도 퍽 아름다웠다.

켄이 말했다.

"예쁜 아이야."

"보기에는 괜찮아요."

릴러는 쓸 만한 것은 그것뿐이라는 듯 씁쓸한 표정을 지었다.

짐스는 민감한 아이였으므로 분위기가 야릇함을 느끼고 그것을 없애는 게 자신의 책임이라고 깨달았다. 짐스는 릴러 쪽으로 얼굴을 돌리고 방긋 웃으며 또렷이 붙임성 있게 말했다.

"월─월."

짐스가 말을 한 것도 처음이고 이야기를 하려 한 것도 이번이 처음이었다. 릴러는 너무 기쁜 나머지 원망스러움도 잊어버리고 짐스를 꼭 끌어안고 뽀뽀했다. 짐스는 다시 기분이 나아졌다는 것을 알자 릴러에게 바짝 달라붙었다. 마침 거실의 램프 불빛 한 줄기가 짐스의 머리에 떨어져 릴러의 가슴에 금빛 후광을 던진 듯이 보였다.

케니스는 말없이 꼼짝 않고 앉은 채 릴러를—화사하고 소녀다운 자태, 긴 속눈썹, 오목한 입술, 잘 가다듬어진 턱을 지그시 지켜보고 있었다. 어슴푸레한 달빛 속에서 릴러는 짐스 위로 고개를 조금 숙이고 앉아 있었다. 램프 불빛에 진주는 가는 빛 고리를 그려내고 있다.

켄은 어머니 책상 위에 걸어놓은 마돈나와 똑같다고 생각했다. 이 릴러의 모습을 가슴속 깊이 담아가지고 켄은 위험한 프랑스의 싸움터로 향했다. 포 윈즈에서 춤춘 뒤로 켄은 릴러에게 강하게 마음 끌리고 있었으나 릴러를 사랑한다는 사실을 깨달은 것은 릴러가 짐스를 안고 앉아 있는 모습을 보았을 때였다.

그런데 가엾은 릴러는 켄과의 마지막 밤이 엉망이 되었다고 여겼다. 어째서 모든 일들이 언제나 심술궂게 마음먹은 대로 되지 않을까 실망하여 부끄러운 마음으로 다소곳이 앉아 있었다. 말을 건네기도 꺼려졌다. 저렇게 돌처럼 말없이 앉아 있는 것을 보면 켄은 완전히 정나미떨어진 게 틀림없다고 생각했다.

짐스가 너무 잘 자고 있었으므로 거실 침대의자에 뉘어도 되겠다는 생각이 들었을 때 한순간 희망이 되살아났다. 그러나 돌아와보니 수전이 베란다에 앉아 있고, 한동안 그대로 있을 작정인지 모자끈을 풀고 있는 중이었다.

수전이 상냥하게 물었다.

"네 아기는 잠들었니?"

'네 아기라니! 수전도 좀 눈치 있게 굴면 좋으련만.'

릴러는 쌀쌀맞게 대답했다.

"네."

수전은 의무를 다하려는 사람처럼 갈대로 만든 탁자 위에 사온 물건 꾸러미를 놓았다. 수전은 몹시 피곤했으나 릴러를 도와주어야 한다고 생각했다.

'이렇게 케니스가 찾아왔는데, 공교롭게도 집안사람들이 모두 집에 없어 '가엾게도 이 아이는' 혼자 상대해야 했던 거야. 그러나 내가 도와주러 온 셈이지—아무리 피곤해도 나는 내 소임을 다해 보이자.'

"정말이지 어쩜 이렇게 어른이 다 되었을까."

수전은 머뭇거림도 없어 켄의 6척이 넘는 당당한 군복차림을 자랑스럽게 바라보았다. 이제는 수전도 카키색 군복에 익숙해져 있었고 64살이라는 나이로는 중위 제복도 여느 옷에 지나지 않는 것이다.

"아이들이란 어쩌면 이렇듯 빨리 자라는지 놀라울 따름이야. 여기 있는 릴러도 머지 않아 15살이니."

릴러는 소리지르듯 외쳤다.

"17살이 되는 거예요, 수전."

'16살에서 만 한 달이나 지났는데. 수전은 참, 참을 수 없어.'

수전은 릴러의 꼿꼿한 항의에는 귀기울이려고도 하지 않고 말했다.

"너희들이 모두 갓난아기였던 게 바로 엊그제 같은데. 정말 너희처럼 예쁜 아기는 본 일이 없었지, 켄. 하긴 엄지손가락을 빠는 버릇을 고치느라 네 어머니는 몹시 애를 먹었지만. 넌 나한테 찰짝찰짝 맞았던 일을 기억하니?"

"아뇨."

"그렇겠지. 아주 어렸을 테니까—4살쯤 되었을 때였어. 어머니와 함께 여기 왔을 때 낸에게 너무 못살게 굴어 낸이 울어버렸어. 나는 몇 번이나 못하게 말렸지만 헛일이어서 때려줄 수밖에 없다고 생각하고 너를 잡아다 무릎 위에 눕히고 마구 때려줬지. 넌 큰 소리로 울어댔지만 그 뒤로는 낸을 괴롭히지 않았어."

릴러는 어쩔 줄 모르고 있었다.

'수전은 자기가 캐나다 육군사관한테 말하고 있음을 모르는 걸까?

분명 모르는 모양이야. 아, 켄이 어떻게 생각할까?'

"네 어머니한테 호되게 매를 맞은 일도 기억나지 않을 거야."

오늘 밤 수전은 오로지 정다운 추억에 잠기고 싶은 모양이었다.

"나는 결코 잊을 수 없어. 켄이 3살 때인 어느 날 밤 어머니를 따라와 월터와 뒤뜰에 나가 아기 고양이와 놀고 있었지. 나는 비누 만드는 데 쓰는 큰 빗물통을 물받이 옆에 놓아두었어.

그러다가 월터와 고양이 때문에 싸움이 벌어졌는데, 월터는 물통 이쪽 의자 위에 서서 아기 고양이를 잡고 있었고 넌 저쪽 의자에 올라 서 있었지. 너는 물통 위로 몸을 내밀고 고양이를 잡아당겼어. 본디 넌 갖고 싶은 것은 사양하지 않고 빼앗아버리는 데 명수였으니까.

월터도 단단히 쥐고 놓지 않아서 가엾게도 고양이는 야옹야옹 비명을 질렀어. 네가 월터와 고양이를 가운데쯤까지 잡아당겼는데, 그러다가 둘 다 균형을 잃고 고양이와 함께 물통 속에 빠져버렸지 뭐야.

만일 내가 그 자리에 없었더라면 둘 다 죽어버렸을걸. 내가 달려가 둘을 건져내서 큰일이 벌어지지 않고 끝났지만. 2층 창문으로 그것을 모두 보고 계셨던 어머니는 아래층으로 내려오시더니, 물이 뚝뚝 떨어지는 널 잡아다가 무섭게 때리셨어."

수전은 한숨을 쉬고 넋두리했다.

"아, 그 무렵 잉글사이드는 행복했지."

켄이 말했다.

"그렇고말고요."

켄의 목소리는 묘하게 서먹서먹하게 들렸다. 릴러는 켄이 어떻게도 할 수 없을 만큼 화내고 있다고 생각했다. 그러나 켄은 사실 배를 잡고 웃고 싶었지만 예의에 어긋나는 게 될까봐 마음 놓고 소리낼 수 없었던 것이다.

"이 릴러는—"

수전은 자비로운 눈길로 비참한 생각을 하고 있는 릴러를 흐뭇하게 보았다.

"그리 매를 맞지 않았지. 아주 얌전한 아이였으니까. 그래도 꼭 한 번 아버지한테 맞은 일이 있었어. 아버지 진찰실에서 알약병을 두 개 꺼내와 누가 먼저 이 알약을 다 먹어버리는지 내기하자고 앨리스 클로를 꾀었거든.

만일 때마침 아버지가 돌아오시지 않았으면 밤이 되기도 전에 둘 다 시체가 되었을 뻔했지. 그 정도는 아니어도 그 뒤 곧 둘 다 한참 앓았지만. 하지만 선생님은 그 자리에서 릴러를 용서없이 때려서 그 뒤 릴러는 진찰실 물건을 아무것도 건드리지 않게 되었단다. 오늘날 '도덕적 설득'이니 하는 말을 많이 듣지만, 나로서는 실컷 때려주고 나중에 시끄럽게 잔소리하지 않는 편이 훨씬 좋다고 생각해."

릴러는 심술궂은 생각을 했다.

'수전은 우리 집 아이들이 엉덩이를 맞은 이야기를 길게 늘어놓을 생각일까.'

수전은 그 화제를 그것으로 끝내고 또 다른 명랑한 화제로 옮아 갔다.

"지금도 기억하지만 항구 건너편 토드 매컬리스터 도련님이 그와 똑같은 일로 죽었지. 당의정 설사약을 캔디인 줄 알고 한 통 고스란히 다 먹어버렸거든. 참 가엾은 짓을 했지 뭐겠어. 그 아이만큼 사랑스러운 시체는 본 일이 없었어. 어머니로서도 아이의 손이 닿을 곳에 위험한 당의정 설사약을 내버려두다니 이만저만 부주의한 게 아니었지. 하긴 이 어머니란 사람은 덜렁대기로 유명했어.

어느 날 갓 지은 다갈색 비단옷을 입고 교회에 가려고 목장을 가로질러 가는데 알이 다섯 개 들어 있는 새 둥지를 발견했지 뭐겠어. 그래서 알을 페티코트 주머니에 쑥 집어넣은 것까지는 좋았는데 교회에 다다르자 까맣게 잊어버리고 그대로 털썩 앉아버렸지. 페티코트는 말할 것도 없고 옷을 엉망으로 만들었지 뭐겠어.

잠깐만, 토드는 네 친척이지? 네 증조할머니 웨스트 씨는 매컬리스터 집안이었으니까. 이 할머니의 남동생 애머스가 맥도널드교 신자였는데 소문으로는 때때로 끔찍스러운 경련을 일으켰다더군. 그렇지만 넌 매컬리스터 집안보다 증조부이신 웨스트 씨를 닮았어. 그 증조부님은 안타깝게도 젊었을 때 중풍으로 돌아가셨지만."

릴러는 수전의 이야기를 좀더 유쾌한 쪽으로 돌려야겠다는 가느다란 희망을 갖고 필사적으로 물었다.

"카터네 가게에서 누구를 만났어요?"

"메리 밴스 말고는 아무도 만나지 못했어. 메리는 아일랜드 벼룩처럼 톡톡 튀며 걸어가더구나."

'어쩌면 이렇게 심한 비유를 할까. 우리 집 사람에게 옮았다고 케니스가 생각하겠어.'

수전이 이야기를 계속했다.

"메리 이야기를 듣고 있으면 글렌 마을에서 지원한 사람은 밀러 더글러스밖에 없는 듯 느껴진다니까. 하지만 물론 그 처녀의 자랑하는 버릇은 전부터 있었던 것이고 게다가 마음씨 좋은 점도 있지. 하기야 마른 대구를 들고 릴러 뒤를 쫓아 온 글렌 마을을 뛰어다녀 가엾게도 마침내 릴러가 카터네 가게 앞 물구덩이에 거꾸로 굴러버렸을 때는 그렇게 생각지 않았지만 말야."

릴러는 노여움과 부끄러움으로 온 몸이 싸늘해졌다.

'수전이 수집할 만한 창피하기 이를 데 없는 내 과거 사건이 더 있었을까?'

켄은 수전의 이야기에 큰 소리로 웃고 싶었으나 그렇게 하면 자기의 소중한 사람을 시중드는 부인에게 실례된다고 여겨져 아주 초자연적인 힘을 다하여 참으며 정색한 얼굴로 잠자코 앉아 있었으므로, 가엾은 릴러가 보기에는 기분이 언짢아서 오만하게 앉아 있는 듯 여거졌다.

수전이 불평을 늘어놓았다.

"오늘 저녁엔 잉크 한 병에 11센트나 주었어. 지난해 두 배야. 아마 이건 우드로 윌슨이 너무 많은 각서를 쓰기 때문일 거야. 꽤나 많은 비용이 들 테지. 소피어는 우드로 윌슨이 그런 사람인 줄 몰랐다고 하지만—어떤 사나이라 할지라도 그렇겠지. 나는 독신녀이므로 남자에 대해 그리 알지 못하고 아는 체할 수도 없지만. 소피어는 남자들을 무섭게 헐뜯는단다. 그러면서도 자기는 두 번이나 결혼했었지. 둘씩이나 남편을 가지게 되면 모자란다고 할 수는 없을 것 같은데 말이야.

앨버트 크로퍼드네 굴뚝이 지난주 닥쳐온 태풍에 날아가 벽돌이 와르르 지붕 위로 허물어지는 소리를 듣고 소피어는 체펠린의 습격인 줄 알고 히스테리를 일으켰대. 앨버트의 아내는 차라리 체펠린의 습격이 낫겠다고 했어."

릴러는 최면술에 걸린 듯 온힘이 빠져 의자에 털썩 기대고 말았다. 수전의 이야기는 스스로 그만둬야겠다고 생각하기 전에는 무슨 짓을 해도 빨리 끝내게 할 수 없음을 릴러는 알고 있었다. 대체로 릴러는 수전을 무척 좋아했지만, 지금은 뼈에 사무치도록 원망스러웠다.

'벌써 10시야. 이제 곧 켄은 돌아가야만 해—다른 식구들도 돌아올 테지—그런데도 나는 프레드 아널드가 내 생활의 공백을 메우고 있지 않으며 앞으로도 그렇게 되지 않을 것이라는 말을 켄에게 설명할 기회조차 없는 거야.'

릴러의 무지개 성은 폐허가 되어 언저리에 처참하게 무너져 있었다.

마침내 케니스는 일어섰다. 자기가 여기 있는 한 수전도 있을 작정임을 알았으며, 항구 건너편 마틴 웨스트네 집까지 3마일이나 걸어야 했기 때문이다. 케니스는 릴러가 프레드 아널드의 연인이므로 케니스로부터 듣고 싶지 않은 말을 듣게 되지 않을까 하여 그와 단둘이 있기 싫어 수전에게 이렇게 하도록 시킨 게 아닌가 의심했다.

릴러도 일어나 말없이 베란다 끝까지 케니스와 함께 걸어갔다. 거기서 두 사람은 한순간 멈춰섰다. 켄은 한 단 낮은 층계에 서 있었다. 층계는 반쯤 흙에 파묻히고 그 둘레에 우거져 가장자리를 넘어든 박하가 있었다. 오가는 사람들의 발에 끊임없이 밟히므로 아낌없이 기름을 내어 그 알싸한 향기는 눈에 보이지 않는 커다란 축복처럼 두 사람 주위에 가득히 풍겼다.

켄은 릴러를 올려다보았다. 달빛에 릴러의 머리가 반짝이고 눈에는 사람의 마음을 끄는 빛이 넘쳐 있었다. 갑자기 켄은 프레드 아널드에 얽힌 소문이 터무니없는 것임을 깨달았다.

그는 갑자기 속삭였다.

"릴러, 릴러처럼 아름다운 사람은 없어."

릴러는 볼이 빨개져 수전 쪽을 보았다. 켄도 보았다. 그리고 수전이 이쪽으로 등을 돌리고 있음을 알았다. 켄은 릴러를 안고 키스했다. 릴러에게 처음 하는 키스였다. 화를 내야 한다고 생각했으나 화나지 않았다. 그 대신 케니스의 구애하는 듯한 눈을 겁먹은 듯 조용히 바라보았다.

켄이 말했다.

"릴러 마이 릴러, 내가 돌아올 때까지 다른 아무한테도 키스하지 않겠다고 약속해 주겠어?"

"네."

릴러는 가슴이 두근두근 뛰고 몸이 파르르 떨렸다.

수전이 이쪽을 돌아보려 했으므로 켄은 릴러를 얼른 놓아주고 오솔길로 걸음을 옮겼다.

켄은 아무렇지 않은 듯 말했다.

"안녕."

릴러는 자기도 역시 아무렇지 않은 듯한 투로 같은 말을 하는 것

을 들었다. 릴러는 오솔길을 따라 문 밖으로 나가 큰길로 걸어가는 케니스를 배웅하고 있었다.

전나무숲에서 켄의 모습이 보이지 않게 되었을 때 갑자기 릴러는 "오" 하고 쥐어짜는 듯한 소리를 내며 문으로 뛰어갔다. 그 옷자락에 무언지 아름다운 꽃을 피운 풀이 붙어 있었다. 문으로 몸을 내밀자 재빨리 큰길을 걸어가는 켄의 모습이 보였다. 띠와도 같은 나무그림자와 달빛 속을 걸어가는 그 후리후리하게 키 크고 곧은 모습은 흰빛을 받아 잿빛으로 보였다.

길모퉁이에서 걸음을 멈추고 뒤돌아본 켄은 릴러가 문옆 키 큰 백합 가운데에 서 있는 것을 보았다. 켄은 손을 흔들었다. 릴러도 흔들었다. 이제 켄은 모퉁이를 돌아 보이지 않게 되었다.

릴러는 그래도 한참 동안 그곳에 선 채 안개가 끼어 은빛으로 반짝이는 들판을 가만히 바라보고 있었다. 릴러는 길모퉁이가 좋다고 어머니가 한 말을 들은 일이 있었다—사람의 마음을 북돋우고 끌어당긴다고. 자기는 딱 질색이라고 생각했다. 젬과 제리가 길모퉁이를 돌아서 가버리는 것을 보았다—다음에는 월터가—그리고 지금은 켄이. 오빠들도 놀이친구도 연인도 모두 가버렸다—다시는 돌아오지 않을지도 모르는 것이다. 그래도 여전히 피리 부는 사나이는 피리를 불었고 죽음의 춤은 이어졌다.

릴러가 무거운 발걸음을 옮겨 집에 돌아와보니 수전은 아직 베란다 탁자 옆에 앉아 있었다. 아무래도 울고 있었던 모양이었다.

"나는 말이야, 릴러, '꿈의 집' 시절을 생각하고 있었어. 케니스 어머니와 아버지의 구혼시절을. 젬은 갓난아기였고, 릴러는 아직 세상에 태어나지 않았고 태어날 생각도 하지 않았을 무렵이었어. 물론 로맨틱하게 진행되었고 켄의 어머니와 릴러 어머니는 아주 친한 단짝이었지.

이 나이까지 살아서 그 아들이 싸움터에 나가는 것을 보게 될 줄

이야, 정말이지. 이번 일이 아니더라도, 저 아이 어머니는 젊었을 때 몹시 고생했는데! 그러나 어디까지나 용기를 내야만 하겠지."

수전에 대한 릴러의 노여움이 깨끗이 사라졌다. 입술에는 아직 켄의 키스가 타는 듯 남아 있고, 켄이 요구한 약속에 담긴 멋진 의미를 생각하며 머리도 가슴도 뛰고 있는 지금 릴러는 아무에게도 화낼 마음이 없었다.

릴러는 가냘픈 흰 손으로 수전의 볕에 그을리고 마디 굵은 손을 꼭 잡아쥐었다. 수전은 충실한 좋은 사람이다. 누구든 가족을 위해서는 목숨도 내던질 사람인 것이다.

수전은 릴러의 사랑스러운 손을 쓰다듬으며 말했다.

"릴러는 피곤할 테니 쉬는 게 좋겠어. 나는 알고 있었지만 오늘 밤 릴러는 너무 지쳐 이야기할 기운도 없었잖아. 내가 마침 알맞을 때 돌아와 도와줄 수 있어 다행이었다고 생각해. 젊은 남자를 상대하는 것은 익숙해 있지 않으면 참 힘든 일이니까."

릴러는 짐스를 안고 2층으로 올라가 잠자리에 들었으나, 그전에 오랫동안 창가에 앉아 무지개 성을 다시 쌓아올리고 거기에 둥근 지붕과 작은 탑을 몇 개 덧붙였다.

릴러는 혼잣말을 했다.

"나는 케니스 포드와 약혼한 걸까, 하지 않은 걸까?"

세월은 간다

릴러는 처음 받은 사랑의 편지를 '무지개 골짜기'의 전나무 그늘 아래에서 읽었다. 놀이에 지친 나이 많은 사람들이 어떻게 생각하든 아가씨가 처음 받은 사랑의 편지란 10대로선 중대한 사건이다.

케니스의 연대가 킹스포트로 옮긴 뒤 2주일은 으레 그렇듯 불안한 나날들이었다. 일요일 저녁이면 어김없이 신자들은 교회에서 노래 불렀다.

오, 하느님, 우리의 외침을 들으소서
바다에서 위험에 놓인 자를 위해 기도드리는 소리를

그럴 때면 릴러는 반드시 목소리가 나오지 않았다. 왜냐하면 그 문구와 함께 격침된 배가 무정한 파도 밑으로 가라앉아가는 가운데 물에 빠진 남자들이 허우적허우적 몸부림치며 외치는 무서운 광경이 또렷이 눈앞에 떠오르기 때문이었다.

그러던 중 케니스의 연대가 아무 탈없이 영국에 도착했다는 좋은 소식이 들어왔고, 그리고 지금 마침내 케니스가 보낸 편지가 와 닿은 것이었다. 편지 첫부분은 릴러를 더없이 행복하게 하는 말로 시작되었고, 마지막 부분은 놀라움과 흥분과 기쁨으로 릴러의 볼을 새빨갛게 물들였다.

편지 처음과 끝 사이 부분은 켄이 누구에게나 쓰는 것 같은 여러 가지 일들이 가득 씌어 있는 쾌활한 편지였다. 그 첫머리와 마지막 부분 때문에 릴러는 몇 주일 동안이나 편지를 베개 밑에 몰래 넣고 자며 가끔 한밤중에 잠이 깨면 베개 밑에 손을 넣어 편지를 만져보았다. 그리고 이 절반만큼도 멋진 편지를 쓰지 못하는 연인을 가진 아가씨들을 마음속으로 가엾게 여기는 눈으로 보았다.

케니스는 하릴없이 유명한 소설가의 아들로 태어난 것이 아니었다. 케니스는 힘있고 의미 깊은 말을 조금 쓰는 것만으로도 충분히 나타낼 수 있는 '요령'을 알고 있었다. 그런 말은 겉보기 이상의 암시를 머금고 있어 몇십 번을 되읽어도 전혀 맥빠지거나 하찮은 생각이 들거나 바보스럽게 느껴지지 않았다.

릴러는 두둥실 떠 있는 뭉게구름을 밟는 듯한 기분으로 '무지개 골짜기'에서 집으로 돌아왔다.

그러나 그 가을에는 이 같은 기쁨에 넘친 순간이 어쩌다 한 번씩밖에 없었다. 분명 9월 어느 날 연합군이 서부전선에서 대승리를 거두었다는 큰 뉴스가 들어와 수전이 밖으로 뛰어나가 국기를 건 일은 있었다. 수전이 국기를 건 것은 러시아 전선이 무너진 뒤 처음이었으며, 또 이것을 마지막으로 어두운 몇 달을 지내야만 했다.

수전이 외쳤다.

"틀림없이 대공격이 마침내 시작되었을 거예요, 마님. 독일의 최후도 가까와졌겠지요. 우리 도련님들도 크리스마스까지는 돌아오겠군요. 만세!"

그렇게 말한 순간 수전은 만세라고 말한 것을 부끄러워하며 너무너무 기뻐서 저도 모르게 그런 말을 했음을 얌전하게 사과했다.

"그렇지만 마님, 러시아군이 힘을 떨치지 못하거나 갈리폴리*¹ 철수가 있었던 이 끔찍스러운 여름이 지나간 뒤인걸요. 이 기막힌 뉴스로 나는 '흥분해 버리고' 말았어요."

미스 올리버가 얼굴을 찡그렸다.

"좋은 뉴스라고요? 그 때문에 남편이며 연인을 잃어버린 여자들은 그걸 좋은 뉴스라고 여길까요? 자신의 연인이며 아들이 그 전선에 있지 않다고 해서 이 승리에는 사람 목숨이 희생되지 않은 듯 우리는 기뻐하고 있군요."

수전은 찬성하지 않았다.

"미스 올리버, 모든 걸 그렇게 보면 안 돼요. 요즈음 기뻐할 만한 일이 그리 없었고, 병사들이 자꾸 죽어가고 있는 것도 변함없는 사실이에요. 그렇지만 선생님도 소피어처럼 낙심해선 안 돼요.

이 소식이 들어왔을 때 소피어는 '아, 마치 구름에 갈라진 틈이 생긴 거나 같아. 이번주는 좋아도 다음주는 나빠질걸' 하지 뭐겠어요.

그래서 나는 이렇게 말해 주었답니다—나는 결코 소피어에게 지지 않으니까요, 마님—'하느님 자신도 두 개의 언덕을 만드실 때에는 사이에 움푹 들어간 골짜기를 만들지 않을 수 없다는 말을 들었는데, 그렇다고 해서 우리가 언덕에 올라갔을 때 언덕의 좋은 점을 즐겨서 안될 이유는 없겠지'라고요.

그렇지만 소피어는 신음하며 말했답니다.

'갈리폴리 전투는 실패하고, 니콜라이 대공은 항복하고, 러시아 황제가 독일 편을 든다는 것은 모르는 사람이 없고, 연합군은 탄약도 떨어지고, 불가리아는 독일측에 가담하려 하고 있으니 말이야. 더구나 그것뿐이겠어? 영국과 프랑스는 '거친 옷을 입고, 재를 뒤집어쓰

*1 다르다넬스 해협과 에게 해 사이에 긴 터키 반도에 있는 항만도시. 영국과 프랑스의 연합군이 상륙작전에 실패한 곳.

고, 회개할 때까지*² 벌을 받아야 하니까.'

그래서 나는 '영국도 프랑스도 회개할 때는 군복을 입고 참호 진흙 바닥 속에서 할 것이며, 독일군들도 몇 가지 회개해야 할 죄가 얼마쯤 있다고 생각해'라고 말했답니다.

그러자 소피어는 '독일군들은 곡식 창고를 깨끗하게 하기 위해 하느님께서 쓰시는 도구지' 하잖겠어요.

그 말을 듣고 나는 화가 났답니다, 마님. 그래서 '어떤 목적을 위해서라고는 하지만 하느님이 그런 더러운 도구를 쓰시다니 도저히 믿어지지 않고, 성경말씀을 그런 일상대화 속에서 거침없이 쓴다는 것은 온당치 않아. 소피어는 목사도 아니고 장로도 아니니까'라고 일침을 줬죠.

소피어에게는 기개라는 게 없어요. 조카딸인 항구 건너편에 사는 딘 크로퍼드의 아내와는 전혀 다르죠. 딘 크로퍼드네는 아들만 다섯 있는데, 이번에 태어난 아기가 또 아들인 것은 알고 계실 거예요. 친척들은 모두, 그 가운데에서도 특히 딘 크로퍼드는 실망이 컸답니다. 무슨 일이 있어도 딸아이를 갖고 싶어 했으니까요.

그래도 아내는 그냥 웃기만 하며 '올여름은 어디를 가나 〈아들을 구함〉이라는 표찰이 내 얼굴을 찬찬히 보고 있더군요. 그런데 딸아이를 낳을 수 있겠어요?' 하더라지 뭐예요. 엄청난 기개가 아니겠어요, 마님? 그렇지만 소피어는 '그 아이도 대포 밥이 될 뿐이지' 하는 거예요."

그해 어두운 가을에 사촌 소피어는 비관주의를 최대한으로 휘둘러 도저히 구원하기 어려운 낙관주의자인 수전도 그것을 밝은 쪽으로 돌리기가 쉽지 않았다.

불가리아가 독일측에 가담했을 때 수전은 경멸하듯 말했다.

---

*² 신약성서 마태복음 제11장 21절.

"지고 싶어 하는 나라가 또 하나 생겼군."

하지만 그리스의 분쟁에는 너무너무 걱정되어서 수전의 인생철학 능력으로도 침착하게 견디어내고 있을 수 없게 되었다.

그리스 수상 베니젤로스가 패했다는 뉴스가 들어왔을 때 수전은 격노했다. 그리고 밉살스러운 듯 소리쳤다.

"그리스 콘스탄틴 국왕의 아내는 독일사람이지요, 마님. 그래서 희망을 가질 수 없는 거예요. 나도 설마 그리스에 있는 콘스탄틴 국왕의 아내가 어떤 사람인지 마음 쓰게 되리라고는 생각조차 못했었지요! 그 겁쟁이는 아내가 하라는 대로 한답니다. 어떤 남자든 그건 좋은 일이 아니에요.

나는 독신녀이고, 독신녀란 독립심을 가져야만 해요. 그렇지 않으면 짓눌리고 마니까요. 그렇지만 만약 내가 결혼했다면 나는 얌전하고 조심성 있게 굴겠어요. 내 생각으로는 이 그리스의 소피어 왕비는 너무 건방져요. 잘못을 뉘우치도록 콘스탄틴의 엉덩이를 후려치고, 그런 다음 산 채로 가죽을 벗겨주고 싶을 정도예요."

블라이스 의사는 아주 진지한 얼굴로 말했다.

"저런, 수전, 놀랍구료. 몸가짐이라는 것을 전혀 생각지 않소? 가죽을 벗기는 것은 괜찮지만 엉덩이를 후려치는 벌은 그만두는 게 좋겠소."

"콘스탄틴도 어렸을 때 충분히 엉덩이에 매를 맞았었더라면 좀더 분별이 생겼을 거예요. 하기야 국왕의 아들인가 하는 사람은 결코 벌 같은 건 받지 않을 테니 더욱 분한 일이지요. 연합군은 콘스탄틴에게 최후통첩을 보냈더군요. 뱀 같은 콘스탄틴의 가죽을 산 채로 벗겨주는 편이 최후통첩보다 훨씬 더 효과가 있다고 가르쳐주고 싶을 정도예요. 연합군의 봉쇄로 조금은 분별이 생기겠지요. 하지만 그러려면 얼마 동안 시간이 걸릴테죠. 가엾게도 세르비아는 어떻게 될까요?"

세르비아가 어떻게 되었는지는 곧 알게 되었다. 그동안 수전과 함께 살아온 사람들은 호된 꼴을 당했다. 너무 분개해서 수전은 키치너 도련님 말고는 모든 사람이나 물건에 닥치는 대로 분풀이하여 가엾은 윌슨 대통령을 있는 힘을 다해 공격을 퍼부었다.

수전은 딱 잘라 말했다.

"윌슨이 자신의 의무를 다하여 좀 더 빨리 전쟁에 참가했다면 세르비아에서 일어난 소동은 보지 않고 끝났을 거예요."

"온갖 인종이 섞여 사는 합중국 같은 큰 나라가 전쟁에 돌입한다는 것은 쉽지 않은 일이오, 수전."

의사는 이따금 대통령을 변호하는 측에 섰으나 그것은 윌슨에게 특히 필요하다는 생각에서가 아니라 수전을 골려주는 것이 몹시 재미있었기 때문이었다.

그러자 수전은 한 손에 스튜 냄비를, 또 한 손에 국자를 들고 힘차게 두드리며 말했다.

"그야 그렇겠지요, 선생님. 마땅히 그럴 테지요! 그렇지만 그 말씀으로 옛날이야기가 문득 생각났는데, 어떤 아가씨가 결혼하려 한다는 말을 할머니에게 했답니다. '결혼이란 중대한 일이다' 하고 할머니가 말하자 아가씨는 '그래요. 하지만 결혼하지 못하는 일이 더 중대해요'라고 대답했다는 거예요. 이건 내 자신의 경험으로 증명할 수 있어요, 선생님. 그러니까 양키들이 참전한 사실보다도 참전하지 않고 버티어 왔다는 일이 더 중대하다고 생각해요.

양키의 일은 그리 잘 알지 못하지만, 우드로 윌슨이건 누구건 일단 이 전쟁이 통신교육학교가 아님을 안 이상 양키들도 너무 점잖게 앉아 있지만 말고 어떻게든 할 거라고 여겨요."

거친 바람이 세게 불며 누렇게 저물어가던 10월 어느 날 저녁, 칼 메러디스가 출정했다. 칼은 18살 되는 생일에 입대한 것이다. 존 메러디스는 굳은 표정으로 칼을 보냈다. 아들이 둘이나 떠나갔다—남은 건 블루스뿐이다.

존 메러디스는 블루스와 그의 어머니를 진심으로 사랑하고 있었다. 그러나 제리와 칼은 자기가 젊었을 때 아내가 낳은 아들들이고, 아이들 가운데 시실리어의 눈을 지닌 아이는 칼뿐이었다. 그 눈이 칼의 군복 위쪽에서 애정을 담아 자기를 지켜보고 있는 것을 보았을 때, 존 메러디스는 문득 단 한 번 칼을 회초리로 때리려 했었던 그날 일이 생각났다. 그때 비로소 칼의 눈이 시실리어를 닮았음을 알아차렸던 것이다. 그 일을 이제 와서 새삼스레 다시 느꼈다.

자신을 바라보고 있는 아들의 얼굴에서 세상을 떠난 아내의 눈을 다시 볼 수 있을 것인가? '이 아이의 눈은 참으로 맑고 아름다우며 얼굴생김은 또 어찌 이토록 훌륭하단 말인가!'

이 아들을 내보내기는 괴로웠다. '18살에서 45살 사이의 굽힐 줄 모르는 군센 남자들'의 시체가 갈라지고 움푹 파인 들판 여기저기에 쓰러져 있는 것이 존 메러디스의 눈에 선했다.

바로 얼마 전까지 칼은 '무지개 골짜기'에서 이리저리 돌아다니며 곤충을 찾기도 하고 도마뱀을 잠자리로 가지고 들어가기도 했었다. 그리고 주일학교에 개구리를 가져가 글렌 마을 사람들을 화나게 만들기도 한 작은 남자아이에 지나지 않았었는데. 그 칼이 군복을 입은 '군센 남자'니 하는 것은 어쩐지 잘못된 것처럼 여겨졌다. 그러나 칼이 꼭 입대하겠다는 말을 털어놓았을 때 존 메러디스는 한 마디도 반대하지 않았다.

릴리에게는 칼의 출정이 충격을 주었다. 둘은 본디 둘도 없는 단짝이었고 소꿉친구였다. 칼은 릴러보다 나이가 조금 위이므로 함께 '무지개 골짜기'에서 어린 시절을 보냈던 것이다. 둘이 했던 장난이며 짓궂은 일들을 하나하나 떠올리면서 릴러는 무거운 걸음으로 혼자 집으로 돌아왔다.

무섭게 달리는 구름에서 돌연 보름달이 얼굴을 내밀어 기분 나쁜 빛을 던졌다. 바람에 불려 전화선이 을씨년스럽게 비명을 지르고 있다. 울타리 구석에서는 잿빛으로 시든 가을 기린초의 키 큰 꽃대가 바람에 건들거리며 미친 듯이 릴러를 손짓해 부르는 모습이 사악한 저주를 마련하고 있는 늙은 마녀 무리를 연상케 했다.

이런 밤이면 칼은 잉글사이드로 와서 휙휙 휘파람을 불며 릴러를 대문까지 나오게 만들었다.

"우리 달에 들떠서 흥겹게 놀자."

그리고 둘은 '무지개 골짜기'로 급히 달려갔던 것이었다. 릴러는 칼의 갑충이며 곤충류를 조금도 무서워하지 않았으나 징그러운 뱀만은 단단히 미리 거절해 두었다.

둘은 온갖 일들을 거의 숨김없이 다 이야기했으며 학교에서는 그둘을 몹시 놀려댔다. 어느 봄날 저녁 둘은 '무지개 골짜기'의 해묵은 샘가에서 상대방과 절대로 결혼하지 않겠다는 맹세를 굳게 했다. 그날 학교에서 앨리스 클로가 석판에 두 사람의 이름을 '짝지어' 썼기 때문이며, 그것은 '둘이 결혼한다'는 의미를 나타내고 있었다. 두 사람으로서는 이것이 마음에 들지 않아 '무지개 골짜기'에서 서로 맹세한 것이었다. 둘 사이를 방해하는 건 아무것도 없었다.

이 오래된 추억에 릴러는 웃음을 풋 터뜨리고 그런 다음 한숨을 내쉬었다. 마침 그날, 런던신문발 외신으로 '현재 전쟁이 시작된 뒤로 가장 나쁜 상황에 처해있다'는 지독한 소식이 들어와 있었던 것이다. 정말이지 앞길은 암담하여 거의 날마다 마을에서 젊은이가 출정해 가는 것을 보며 릴러는 집에서 그냥 기다리거나 봉사하는 일 말고 뭔가 다른 일을 하고 싶은 마음이 간절했다.

'내가 남자여서 군복을 입고 칼과 함께 서부전선으로 서둘러 가고 있는 거라면 좋을 텐데!'

쩸이 출정했을 때도 그렇게 바랐으나 로맨틱한 기분에 젖어 진심이라고는 할 수 없었을지도 모른다. 그러나 지금은 진심이었다. 집에서 안전하고 안락하게 지내고 있는 것이 때로는 견딜 수 없을 만큼 힘들었다.

달이 유난히 검은 구름에서 의기양양하게 얼굴을 내밀었으므로, 그림자와 은색 빛이 물결처럼 넘실거리며 글렌 마을 위에서 서로 술래잡기를 했다. 릴러는 어린 시절 어느 달밤에 '달님 얼굴은 너무너무 슬퍼 보인다'고 어머니에게 말한 일이 있었다. 지금도 아직 그렇게 보였다―마치 무서운 광경을 내려다보는 것처럼 고민하고 걱정하여 초라해진 얼굴 같았다.

'달은 서부전선에서 무엇을 보고 있을까? 무너진 세르비아에서는? 폭격된 갈리폴리에서는?'

그날 미스 올리버는 보기 드물게 짜증을 마구 냈다.

"이렇게 감정을 긴장시키고 계속 괴로워해야 하다니, 이제 진저리가 쳐질 만큼 질려버렸어요. 날마다 들려오는 뉴스란 새로운 참상이라든가 또는 그 일로 생기는 걱정뿐인걸요.

아니, 그렇게 나무라듯 쳐다보지 마세요, 블라이스 부인. 오늘 나는 씩씩한 점이라곤 하나도 없어요. 절망 속 구덩이에 빠져 있어요. 영국이 벨기에를 되는 대로 내버려두었더라면 좋았을걸―캐나다에서 한 사람의 병사도 보내지 말았더라면 좋았을걸―남자아이들 한 사람도 내보내지 말았더라면 좋았을걸 그랬어요. 아, 30분만 지나면 나는 내 자신이 부끄러워지겠죠―하지만 지금은 한 마디도 남김없이 진심으로 말하고 있는 거예요. 연합군은 절대로 공격으로 나서지 않으려는 걸까요?"

수전이 깨우쳐주었다.

"인내라는 말(馬)은 아무리 지쳐도 계속 앞으로 나아가지요."

"아마겟돈에서 군마가 우리들의 가슴을 짓밟고 우레 같은 소리를 내고 있는 한편, 세르비아는 숨통이 끊어지려 하고 있고, 서부전선 연합군은 어머니들이 세상에서 다시없이 애지중지 애태우는 목숨을 내놓은 대가로 하루에 참호를 몇 야드 손에 넣는 일 말고는 아무것도 못하는 것 같아요.

수전, 말해줘요—괴로움이 더 이상 견딜 수 없는 데까지 이르렀을 때 수전은 소리치든가 하느님을 욕하든가 무엇을 부수지 않고는 견딜 수 없는 심정이 되거나 발작을 일으키는 일이 없나요?"

"나는 하느님을 욕한 일도, 그렇게 하고 싶다고 생각해본 적도 없어요, 미스 올리버. 하지만—"

수전은 모든 것을 속 시원히 털어놓으려고 결심한 듯 말을 이었다.

"문을 거칠게 밀어붙이고 나면 기분이 후련해지는 경우는 있었어요."

"그것도 하느님에게 욕을 퍼붓는 일이라고 생각지 않으세요, 수전? 어떤 차이가 있나요, 문을 힘껏 밀어붙이는 일과 입 밖에 내어 빌어먹—"

"미스 올리버."

수전은 말을 막아버리고 사람의 힘으로 가능한 일이라면 거트루드의 마음을 구해보려는 비장한 결심을 했다.

"몹시 지쳐서 마음이 꺾여버린 거예요. 무리도 아니죠. 하루 종일 그 다루기 힘든 개구쟁이들을 가르치고 집에 돌아오면 또 나쁜 전쟁 뉴스가 기다리고 있으니 말이에요. 이제 2층에 올라가 좀 누워요. 내가 뜨거운 커피와 토스트를 갖다줄게요. 그러면 곧 문을 마구 밀어붙이거나 욕을 퍼붓지 않아도 될 거예요."

"수전은 역시 좋은 분이군요—수전의 모습 가운데 특별히 뛰어난 수전이에요! 하지만 수전, 시원하게 욕을 하고 나면 얼마나 기분이 좋을까 하는 생각이 들어요. 꼭 한 번만 살그머니 낮은 목소리로 빌어먹—"

수전은 단호히 가로막았다.

"발을 따뜻하게 할 수 있도록 탕파도 갖다줄게요. 하지만 그런 말을 해봐야 조금도 기분이 좋아지지는 않아요. 그것은 분명해요."

"그러면 탕파부터 먼저 시험해 보겠어요."

수전을 못살게 굴었던 일을 후회하며 미스 올리버가 2층으로 모습을 감췄으므로 수전은 안도의 숨을 내쉬었다. 탕파에 뜨거운 물을 넣으며 수전은 탐탁지 않은 태도로 머리를 내저었다. 전쟁은 분명 한심스러울 만큼 모든 사람을 무례하게 만들고 있다. 미스 올리버도 분명 하느님을 모독할 뻔하지 않았는가.

"저 사람의 머리에서 흥분을 가라앉게 해야만 해. 만일 이 탕파가 듣지 않는다면 겨자찜질로 어떻게 될지 한번 해봐야지."

다행히 거트루드는 기운을 되찾고 본디상태로 돌아갔다.

키치너 경이 그리스에 갔으므로 수전은 콘스탄틴 국왕도 이제 곧 생각을 바꾸게 될 거라고 예언했다. 로이드 조지는 병기와 대포 일로 연합군에게 어려운 문제를 꺼냈으므로 수전은 이제부터 로이드 조지에 대한 이야기가 또 화제에 오를 거라고 했다.

용감한 앤잭 군단*3이 갈리폴리에서 철수했는데, 수전은 조건부로 이 조치에 찬성했다. 쿠트 엘 아마라의 포위가 시작되어 수전은 열심히 메소포타미아 지도를 살펴보며 터키에 대해 험담했다.

유럽으로 떠난 헨리 포드에게 수전은 지독한 조롱의 말을 퍼부었다. 존 프렌치 경이 영국군 서부전선 최고사령관직에서 해임되고, 대신 더글러스 헤이그 경이 취임한 데 대해 수전은 말했다.

"강을 건너가는 도중 말을 바꾸어 타는 것은 졸렬한 방법이에요. 하기야 헤이그는 좋은 이름이고 프렌치는 외국식으로 들리지만 말예요."

수전의 눈은 큼직한 장기판 위의 왕이며 비숍이며 졸의 움직임을 어느 것 하나도 놓치지 않았다. 그러한 수전도 전에는 글렌 세인트 메리 소식밖에 읽지 않았었는데.

---

*3 오스트레일리아와 뉴질랜드의 연합군.

"한때는 나도 프린스 에드워드 섬 아닌 곳에서는 무슨 일이 일어나든 신경쓰지 않았죠. 그런데 지금은 러시아나 중국에서 왕이 이앓이를 일으켰다는 것만으로도 걱정을 하는 형편이에요. 선생님 말씀대로 지식은 넓어질지 모르지만 감정상으로는 몹시 괴롭답니다."

크리스마스가 다시 찾아오자 수전은 집에 없는 사람의 자리를 마련하려 하지 않았다. 빈자리가 둘이나 되고 보니 수전도 견딜 수가 없었다. 9월 무렵에는 빈자리가 하나도 없으리라고 수전은 생각했었으니까.

그날 밤, 릴러는 일기에 이렇게 썼다.

월터가 없는 크리스마스는 이번이 처음이다. 젬은 언제나 애번리에서 크리스마스를 지냈으므로 해마다 없었지만, 월터가 집에 없는 일은 한 번도 없었다.

오늘 켄과 월터에게서 편지가 왔다. 둘 다 아직 영국에 있으나 머지않아 참호로 들어갈 듯하다. 그리고—하지만 우리도 그런대로 견딜 것 같다.

내게 1914년 뒤로 가장 이상한 일은 꿈에도 받아들이지 못할 일들을 우리가 받아들이게 되고 마땅한 일로서 계속 살아간다는 사실이다.

나는 젬과 제리가 참호에 들어가 있고—켄과 월터도 머지않아 들어간다는 것—그 가운데 어느 한 사람이라도 돌아오지 않는다면 내 가슴은 찢어져버리리라는 것을 알고 있다—그래도 나는 이 일을 계속하고 끊임없이 계획을 세운다—때로는 인생을 즐겁게 느끼는 일까지 있다.

잠깐 동안 아무 생각도 하지 않을 때는 진심으로 유쾌한 적이 있으나 그러다 보면 불현듯 기억이 난다—기억이 난다는 것은 줄곧 머리를 떠나지 않았던 것보다 더 못 견딜 일이다.

오늘은 어둡고 흐린 날이었고 밤이 되자 날씨가 점점 사나워져, 올리버 선생님 말씀대로, 살인이나 사랑의 도피행에 적당한 재료를 찾는 소설가는 기뻐할 것이다. 창문 유리를 폭포수처럼 흐르는 빗방울은 뺨을 흘러내리는 눈물처럼 보이고, 바람은 쉿소리를 지르며 단풍나무숲을 빠져나가고 있다.

어쨌든 올해는 그리 좋은 크리스마스가 아니었다. 낸은 이가 욱신욱신 아팠고, 수전은 토끼처럼 눈이 뻘개져 있으면서도 우리 눈을 속이려 언짢을 정도로 들뜬 행동을 보였으며, 짐스는 심한 감기에 걸렸다. 나는 짐스가 크루프*⁴에 걸리지 않을까 걱정하고 있다. 짐스는 10월부터 두 번이나 크루프에 걸렸기 때문이다.

처음에 나는 죽을 만큼 무서웠다. 아버지도 어머니도 집에 계시지 않았기 때문이다. 아버지는 이 집에 앓는 사람이 있을 때에만 집을 비우는 것 같다. 그러나 수전은 침착하여, 어떻게 해야 좋을지 잘 알고 있어 아침부터 짐스는 완전히 가라앉았다.

저 아이는 좋은 성격과 나쁜 성격이 뒤섞여 있다. 1년 4개월인데 어디든 아장아장 걸어가고 말도 꽤 할 수 있게 되었다. 나를 보고 이루 말할 수 없는 귀여운 말투로 '윌러―윌'이라고 부른다. 그 말을 들을 때마다 켄이 작별인사를 하러 와서 내가 그토록 화내고 기뻐했던 그 애달프고 우스꽝스럽고 즐거웠던 밤이 생각난다.

짐스는 핑크빛 볼에 살결이 희고 눈이 크며 곱슬머리에 가끔 새로운 보조개가 보인다. 내가 수프 그릇에 담아 집으로 데려온 그 여위고 노르스름한 못생긴 아이라고는 믿을 수 없을 정도다.

아무도 짐 앤더슨의 소식을 듣지 못했다. 만일 짐 앤더슨이 돌아오지 않을 때는 짐스를 언제까지나 내 곁에 두자. 집안식구들은 모두 짐스를 너무 지나치게 소중히 다루어 멋대로 굴게 한다―기보다도

---

*⁴ 아이들의 목이나 기관지에 생기는 급성 염증.

모건과 내가 용서없이 가로막지 않았다면 멋대로 굴어 버릇없는 아이가 될 뻔했다.

수전은 짐스처럼 영리한 아이는 본 일이 없으며, 악마를 보면 그걸 분명히 가려볼 줄 안다고 칭찬했다—이것은 언젠가 짐스가 가엾게도 박사를 2층 창문으로 집어던졌기 때문이다. 박사는 떨어지는 도중 하이드 씨로 변해 구즈베리 덤불에 내리자 푸푸거리고 욕을 하기도 했다. 나는 접시에 우유를 담아 기분을 맞추어주려고 했으나 하이드는 거들떠보지도 않고 그날 하루 종일 사나운 하이드가 되어 있었다.

짐스의 최근 위업은 선룸의 큰 팔걸이의자 쿠션에 당밀을 잔뜩 발라놓은 일이다. 그리고 아직 아무도 그것을 못 알아차린 동안 적십자 일로 찾아온 프레드 클로 부인이 그 위에 앉아버렸다.

새로 만든 비단옷이 엉망이 되어버렸으므로 부인이 짜증을 내며 화낸 것도 무리가 아니었다. 그렇지만 클로 부인은 울화통을 터뜨려 짐스의 '응석'을 너무 받아준다며 나에게 심한 말을 해서 나도 하마터면 폭발할 뻔했다. 하지만 클로 부인이 비틀거리며 돌아가버릴 때까지 꾹 참았다가 터뜨렸다.

"저렇게 뒤룩뒤룩 살찐 지긋지긋한 늙은이는 또 없을 거야!"

아, 이렇게 말한 순간 얼마나 통쾌했는지. 어머니가 비난하듯 말했다.

"그분의 아들은 셋이나 전선에 나갔단다."

나는 야무지게 대꾸했다.

"어떤 무례한 행동을 해도 그것으로 다 가려지는군요."

그러나 나는 부끄러워졌다—확실히 클로 부인의 아들은 모두 전선에 나가 있고, 클로 부인은 그 점에서 매우 꿋꿋하고 충실하다. 적십자에서도 아주 믿을 만한 사람이다. 여장부에도 여러 종류가 있으므로 모든 걸 다 기억하기란 좀 어렵다. 게다가 그 옷은 클로 부인이 1년 동안에 새로 맞춘 두 벌째 비단옷이며, 지금은 누구나 다 '절약과 봉사'를 마음에 두고 있는 때인 것이다.

나는 얼마 전부터 또 그 초록빛 벨벳 모자를 다시 꺼내야만 하게 되어 쓰기 시작했다. 파란 밀짚으로 된 해군모자는 더 이상 쓸 수 없도록 오래오래 써왔다. 이 초록빛 모자는 정말 싫다! 너무 공들여 만들어져 남의 눈을 끌게 되어 있다. 어째서 이런 것이 마음에 들었는지 내 자신도 알 수 없다. 그러나 쓴다고 맹세한 이상 쓸 작정이다.

오늘 아침, 셜리와 둘이 먼디에게 특별히 좋은 크리스마스 음식을 주려고 역에 갔다. 먼디는 지금도 여전히 희망과 신념을 가지고 꿋꿋이 역에서 기다리며 보초를 서고 있다. 때로는 역 근처를 서성거리며 사람들에게 말을 거는 일도 있지만, 나머지 시간은 자기의 작은 집 문 앞에 앉아 눈도 깜박이지 않고 뚫어지게 기찻길을 바라보고 있다.

우리도 이제는 먼디를 집으로 데려올 생각을 하지 않는다. 그런 일을 해도 소용없다는 것을 알기 때문이다. 젬이 돌아오면 먼디도 함께 폴짝폴짝 뛰며 집에 돌아올 것이고, 만일 젬이—돌아오지 않으면 먼디는 심장이 뛰는 날까지 그곳에서 젬을 기다릴 것이다.

어젯밤 프레드 아널드가 왔다. 프레드는 11월로 만 18살이 되었으므로 무슨 일이 있어도 꼭 해야만 되는 어머니의 수술이 끝나는 대로 입대한다고 말했다. 요즈음 프레드는 가끔 찾아온다. 나는 프레드를 좋아하지만 내가 프레드에 대해 무언가 특별한 마음을 지니고 있다고 여기는 게 아닐까 생각하면 불안해진다.

프레드에게 켄의 이야기는 할 수 없다—왜냐하면 결국 이야기할 게 뭐 있겠는가? 그렇지만 곧 출정한다는데 쌀쌀맞고 서먹서먹하게 구는 것은 싫다. 난처한 일이다. 지금도 기억하고 있지만 전에는 애인이 몇 다스나 되면 얼마나 유쾌할까 하고 생각했었다—그러나 지금은 둘도 너무 많아서 주체하지 못하고 있으니, 참.

나는 요리를 배우기 시작했다. 수전이 가르쳐주고 있다. 오래 전 한번 배우려 한 일이 있었으나—아니, 솔직히 말하면—수전이 가르쳐주려고 했던 일이 있었다. 그때와 지금은 크게 다르다. 그때는 무슨 일을 해도 잘될 것 같지 않아 할 마음이 쉽게 사라져버렸다.

그러나 오빠들이 출정한 뒤로 나는 내 손으로 과자나 여러 가지 먹을것을 만들어 보내고 싶어 다시 시작했는데, 이번에는 놀라울 만큼 잘되었다. 수전은 내가 쓸데없는 말을 하지 않기 때문이라고 하고, 아버지는 진심으로 배우려 하는 잠재의식이 이번에는 있기 때문이라고 한다. 어느 쪽이나 다 맞는 말이다. 어쨌든 나는 멋진 쇼트케익과 과일 케익을 만들 줄 알게 되었다.

지난주에 내 솜씨도 생각지 않고 슈크림을 만들려 했으나 보기좋게 실패했다. 넙치처럼 납작해져서 나왔다. 크림을 넣으면 다시 붕긋하게 부풀지도 모른다고 생각했지만 부풀지 않았다. 아마 수전은 마음속으로 틀림없이 기뻐했으리라 여긴다. 수전은 슈크림을 잘 만들어서 집안의 누군가 다른 사람이 자기 못지않게 잘 만든다면 가슴이 찢어지는 것 같을 테니까. 수전이 일부러 잘 안 되게 한 것은 아닐까 여겨진다―아니, 그런 의심을 일으키는 일은 그만두자.

2,3일 전 오후 미랜더 프라이어가 '해충 셔츠'라는 멋진 이름으로 불리는 적십자 옷을 재단하는 일을 도와주러 왔었다. 수전이 그 이름은 고상하지 못하다고 했으므로 나는 말했다.

"그러면 하일랜드 샌디 할아버지처럼 '이 샤쓰'라고 하면 어떨까요?"

그러자 수전은 고개를 내저었으며 그녀가 나중에 어머니에게 하는 말을 들었다. 수전은 못마땅한 얼굴로 '이'니 '샤쓰'니 하는 건 젊은 아가씨들이 입 밖에 낼 말이 아니라고 생각한다고 했다. 지난번 젬이 어머니에게 보낸 편지를 보고 수전은 특별히 얼굴을 찡그렸다.

오늘 아침 내가 멋진 이 사냥을 해서 53마리 잡았다는 말을 수전에게 전해주세요!

수전은 새파래졌다.

"마님, 내가 젊었을 때는 예의를 알고 있는 사람이라면 만일 운 나쁘게도 그―그와 같은 벌레를―잡았을 경우, 그것을 되도록 감추었어요. 나도 속좁은 말을 하고 싶지는 않지만, 그래도 그런 일은 입 밖에 내지 않는 게 좋다고 생각해요."

해충 셔츠 만드는 일을 하는 동안 미랜더는 나에게 마음속 괴로움을 모두 털어놓았다. 미랜더는 절망의 구렁텅이에 빠져 있었다. 미랜더는 조 밀그레이브와 약혼했으며 조는 10월에 입대한 뒤 샬럿타운에서 훈련받고 있다. 미랜더의 아버지는 조가 입대했을 때 몹시 화내며 미랜더에게 다시는 조와 사귀거나 편지를 주고받으면 안 된다고 말했다.

가엾게도 조는 오늘이라도 외국으로 가게 될지 모르므로 가기 전에 미랜더와 결혼하고 싶어했다. 이 일은 즉 '달에 구레나룻'이 못하게 해도 편지를 주고받아 왔다는 이야기가 된다. 미랜더는 조와 결혼하고 싶어도 그렇게 할 수 없으므로 가슴이 찢어질 것만 같다고 말했다.

"조와 달아나서 결혼하면 되잖니?"

그런 충고를 하며 나는 조금도 양심에 가책을 받지 않았다. 조 밀그레이브는 훌륭한 사람이고, 프라이어 씨도 전쟁이 시작되기 전에는 조를 마음에 들어했으므로 이미 어쩔 수 없는 일이 되어 딸이 자기 가정부로 돌아오기를 바라는 이상 곧 미랜더를 용서할 것이다. 그러나 미랜더는 은빛 머리를 슬프게 내저었다.

"조도 내가 그렇게 해주기를 바라지만 그렇게 할 수는 없어. 어머니가 임종하실 때 내게 '결코 그런 짓을 하면 안 된다, 미랜더' 하셔서 약속해 버렸는걸."

미랜더의 어머니는 2년 전에 돌아가셨는데, 미랜더의 말에 의하면 미랜더의 아버지와 어머니는 부모로부터 도망쳐나와 결혼했다고 한다. '달에 구레나룻'이 그랬으리라고는 도저히 상상할 수도 없는 일이다. 하지만 그것이 사실이고 적어도 프라이어 부인은 일생 동안 후회하며 지낸 것이다. 프라이어 씨와의 생활이 몹시 어려웠으므로 이것도 부모를 등지고 달아났던 벌이라 생각하고, 미랜더에게 무슨 일이 있어도 그런 일을 해서는 안 된다고 약속하게 한 것이다.

물론 돌아가신 어머니와 한 약속을 어기라고 할 수는 없었으므로, 프라이어 씨가 집에 없을 때 조가 미랜더의 집에 와서 결혼할 수밖에 달리 도리가 없다고 생각했다. 그러나 미랜더는 말했다.

"그렇게 할 수는 없어. 아버지는 내가 그런 일을 계획하지나 않을까 의심하는지 절대로 집을 오래 비우는 일이 없어. 조 역시 한 시간쯤 전에 부탁해서는 휴가가 허락되지 않을 거야.

그래, 조를 그대로 출정시킬 수밖에 어쩔 도리가 없어. 그는 죽어버릴 거야—죽으리라는 것을 알고 있어—그리고 나는 가슴이 찢어져 버릴 테지."

미랜더는 눈물을 주르르 흘려 해충 셔츠를 흠뻑 적셨다! 내가 이런 식으로 쓰는 것은 가없은 미랜더를 동정하지 않기 때문이 아니다. 젬과 월터와 켄에게 편지쓸 때 재미있게 해주기 위해 무엇이건 되도록 우스꽝스럽게 비꼬아 쓰는 버릇이 붙었기 때문이다.

나는 정말 미랜더가 너무너무 가없었다. 미랜더는 그녀 나름대로 진심으로 조를 사랑하고, 아버지가 독일편을 드는 것을 몹시 부끄럽게 생각하고 있다. 미랜더도 내 마음을 알아차린 듯 말했다.

"나는 전부터 네게 내 고민을 다 털어놓고 싶었어. 지난 1년 동안 너는 정말로 인정 많은 아이가 되었으니까."

그럴까? 나 스스로도 내가 자기중심적이었고 생각없이 굴어왔다는 것은 알고 있다. 얼마나 제멋대로이며 생각이 모자랐던지 지금 다시 생각해도 부끄러워질 정도다. 그러고 보면 나도 전처럼 나쁘지는 않은 모양이다.

미랜더에게 내가 도움이 되었으면 한다. 전쟁 중에 결혼할 계획을 세운다는 것은 정말 낭만적인 일이고, 게다가 나는 '달에 구레나룻'을 앞질러버리고 싶은 마음이 간절하다. 그러나 하느님의 계시는 아직 내리지 않았다.

전쟁과 결혼

"마님, 정말 독일은 더없이 어리석은 바보가 되었어요."

수전은 너무 화가 나서 새파래져 있었다.

모두들 잉글사이드 부엌에 모여 있었다. 수전은 저녁에 먹을 비스킷 재료를 섞고, 블라이스 부인은 쳄에게 보낼 쇼트케이크를 만들고, 릴러는 켄과 월터에게 보낼 캔디를 만들고 있었다—전에는 릴러의 머릿속에 '월터와 켄'이라는 순서였는데 저도 모르는 새 켄의 이름이 먼저 떠오르게 되었다.

소피어도 뜨개질하며 그 자리에 함께 있었다. 남자아이들이 모두 머지않아 죽게 되고 말 것은 확실하다고 여겨졌지만, 죽는다 해도 시린 발로 죽기보다는 따뜻한 발로 죽는 편이 좋다면서 소피어는 우울한 얼굴로 부지런히 손을 움직였다.

이 평화로운 곳에 블라이스 의사가 불쑥 뛰어들어왔다. 오타와의 의사당이 불타버렸다면서 화가 머리끝까지 나서 흥분하고 있었다. 수전도 그 말을 듣기가 무섭게 성을 내며 흥분했다.

"그 독일놈들이 다음에는 무슨 짓을 할 작정일까요? 이런 데까지 찾아와 우리 의사당을 불태우다니! 이런 어이없는 일이 또 어디 있겠어요?"

블라이스 의사는 분을 조금 누그러뜨리며 말했다.

"독일군이 이 일에 책임 있는지 없는지는 모르는 일이오."

그러나 그렇다고 굳게 믿고 있는 듯한 말투였다.

"화재란 때로 누가 불을 질렀는지 모르고 마는 일도 있으니까. 지난주 마크 매컬리스터 씨네 헛간도 불에 타버렸잖소. 설마 그것도 독일군 탓이라고는 할 수 없겠지요, 수전?"

불길한 얼굴로 수전은 천천히 고개를 끄덕였다.

"글쎄요, 선생님. 그것은 모르겠군요. 그날 '달에 구레나룻'이 그곳에 있었다고 하니까요. '달에 구레나룻'이 돌아간 지 30분 뒤 불이 났거든요. 그것만은 사실이에요—그러나 나도 교회 다니는 장로가 다른 사람네 헛간에 고의적으로 불을 질렀다는 그런 말은 증거가 없는 한 섣불리 하지 않겠어요.

그러나 마크 씨 아들이 둘 다 입대한 일이며 마크 씨 자신도 지원병 모집 모임이 있으면 반드시 연설한 일 등을 모르는 사람은 없으니까요, 선생님. 그러니까 틀림없이 독일군은 그분에게 앙갚음하려고 했을 거예요."

소피어가 위엄 있게 말했다.

"나라면 도저히 지원병을 모집하는 모임 같은 자리에서 연설할 수 없어요. 남의 부인 아들에게 출정해라, 사람을 죽이거나 죽임을 당하라고 권한다는 것은 도저히 내 양심이 허락지 않아요."

수전이 말했다.

"그래? 소피어 크로퍼드, 나는 어젯밤 폴란드에서 8살 이하의 어린이로 살아남은 아이가 하나도 없다는 기사를 읽었을 때 어떤 사람에게든 출정하라는 말을 할 마음이었어. 생각 좀 해봐, 소피어 크로퍼드."

수전은 밀가루투성이 손가락을 소피어에게 흔들어 보이며 말을 이었다.

"8살……이하……어린이는……하나도 남김없이……말이야!"

소피어는 한숨을 쉬었다.

"독일군이 모조리 먹어버렸겠지."

수전으로서는 독일군 탓으로 돌릴 수 없는 죄악이 있는 것 자체가 정말 분한 모양이었다.

"글쎄. 그렇지는 않겠지. 독일군은 아직 식인종이 되지는 않은 모양이니까—내가 아는 한에서는. 가엾게도 그 아이들은 굶주리고 버림받아 죽은 거야. 너도 사람을 죽이고 있는 거나 다름없어, 소피어 크로퍼드. 이런 일을 생각하면 마음 편히 먹거나 마실 수가 없어."

지방판 신문을 읽고 있던 블라이스 의사가 말했다.

"로브리지의 프레드 카슨이 수훈장(殊勳章)을 받았다는구료."

수전이 말했다.

"그건 지난주에 들었어요. 프레드는 보병대대 전령으로 무언가 특히 용감하고 대담한 일을 한 모양이에요. 가족들에게 그 일에 대해 써보낸 편지가 마침 프레드의 할머니가 죽게 되었을 때 와닿았다더군요.

할머니는 숨이 넘어가는 게 시간문제인 때였는데 거기에 있던 감독교회 목사가 자기가 기도하는 게 싫으냐고 물었더니, '네, 네, 기도를 드려도 좋겠지만' 하고 참을 수 없다는 듯이 말하더라지 뭐예요—그 사람은 딘 집안에서 태어났으니까요, 선생님. 딘 집안사람들은 본디 기개가 있지요—'기도는 해도 좋지만 부탁이니 내게 방해되지 않도록 작은 목소리로 부탁해요. 나는 이 기막히게 좋은 소식에 대한 일을 생각하고 싶고, 그럴 겨를이 이제는 그리 없으니까요'라고 말했답니다.

정말 앨미러 카슨답지 뭐예요. 프레드를 끔찍이 사랑했으니까요. 75살인데도 흰 머리카락 하나 없더라는군요."

블라이스 부인이 말했다.

"그 말을 듣고 생각났는데—나는 오늘 아침 흰 머리카락을 하나 발견했어요—처음 난 흰 머리 말예요."

"나는 얼마 전부터 그 흰 머리를 알고 있었답니다, 마님. 그렇지만 입 밖에 내지 않았어요. 너무 고생이 많으셔서 그럴 거라고 여겼죠. 하지만 발견하고 말았으니 말씀드리는데, 흰 머리에는 나름 위엄이 있어요."

블라이스 부인도 좀 슬픈 듯 씁쓸히 웃으며 말했다.

"나도 나이가 든 모양이야, 길버트. 사람들이 나더러 젊어 보인다고 말하게 되었으니까. 젊을 때는 결코 사람들이 그런 말은 하지 않는 법이잖아. 그렇지만 흰 머리로 우울해 하지 않겠어. 빨강머리란 아무래도 좋아지지 않으니까. 길버트, 벌써 오래 전 그린게이블즈에서 내가 머리를 물들였던 때 일을 이야기했었나? 머릴러 아주머니와 나 말고는 아무도 모르는 일이거든."

"그래서 언젠가 머리를 짧게 잘랐었던 거로군?"

"그래. 독일계 유대인 행상에게서 물감을 한 병 샀어. 그래서 머리가 까매질 줄 알고 기뻐했었어. 그런데 초록색이 되고 말았지. 그래서 머리를 잘라버려야만 했던 거야."

수전이 소리쳤다.

"하마터면 위험할 뻔했군요, 마님. 물론 마님은 아직 어려서 독일사람이 어떤지 알지 못했겠지만, 그것이 독이 아니라 초록색 물감이었던 것은 하느님의 특별하신 보살핌 때문이에요."

블라이스 부인은 한숨을 쉬며 말했다.

"그 그린게이블즈 시절로부터 몇백 년이나 지난 것 같아요. 그 시절은 전혀 다른 세계예요. 전쟁이라는 균열이 생겨 인생이 둘로 나뉜 셈이죠. 앞으로 어떤 일이 기다리고 있을지 모르지만요. 하지만 지나간 과거와는 전혀 다를 거예요. 우리들처럼 반평생을 예전 세상에서 살아온 사람이 새로운 세상에 익숙해질 수 있을까 싶어요."

미스 올리버가 읽고 읽던 책에서 얼굴을 들었다.

"느끼셨는지 모르겠어요. 전쟁 전에 씌어진 것은 모두 지금과 동떨어진 것으로 생각되지 않나요? 마치 아득한 옛날인 일리어드 시대의 일을 읽는 것 같아요.

이 워즈워스의 시 말예요—상급반 아이들의 입학시험에 나왔답니다. 나는 대충 훑어보았는데, 한 행 한 행에 감도는 고전적인 한가로움과 편안함과 아름다움이 다른 행성에 속하고, 오늘날 이 어지러운 세계와는 초저녁 별처럼 관계없는 것으로 여겨져요."

수전은 비스킷을 오븐에 넣으며 말했다.

"요즈음 읽으며 크게 위안받는 것은 성경뿐이죠. 마치 독일군들의 일을 말하는 게 아닐까싶은 문구가 많아요. 하일랜드 샌디 영감님은 요한 계시록에 나오는 적그리스도란 카이저가 틀림없다고 하지만 나는 그렇게까지는 생각되지 않아요. 말하기는 좀 뭣하지만 그건 그에게 너무 과분해요."

그로부터 며칠 뒤인 어느 날 아침 일찍 미랜더 프라이어가 살그머니 잉글사이드로 찾아왔다. 겉으로는 적십자 옷을 짓기 위해서라는 구실이었지만, 사실은 혼자서 감당할 수 없는 고민을 동정심 많은 릴러에게 의논하러 온 것이었다.

미랜더는 개도 데리고 왔다—너무 많이 먹는 데다 안짱다리인 작은 개로 강아지 때 조 밀그레이브에게서 얻었다며 아주 소중히 여겼다. 프라이어 씨는 모든 개를 마음에 들어하지 않았으나 그 무렵은 딸의 구혼자로서 조에게 호의를 갖고 있었으므로 이 개를 기르도록 딸에게 허락해 주었다. 너무 감사하여 미랜더는 아버지를 기쁘게 해주려고 아버지가 끔찍이도 숭배해 마지않는 정치가인 자유당 당수 윌프리드 로리어 경의 이름을 따서 개에게 붙여주었다—물론 이 칭호는 곧 윌피로 줄었다. 윌프리드 경은 건강하게 잘 자라서 토실토실해졌다. 그러나 미랜더가 지나치게 응석을 받아주어 미랜더 말고는 아무도 이 개를 좋아하지 않았다.

릴러는 특히 싫어했는데, 그것은 이 개가 발랑 누워 네 발을 허위적거리며 매끌매끌한 배를 간질여 달라고 하는 것이 정말 얄밉도록 교활하게 여겨지기 때문이었다.

릴러는 미랜더의 핼쑥한 얼굴을 보고 밤새도록 울며 잠자지 못했음을 알자 2층 자기 방으로 가자고 했다. 푸념이 이어지리라 생각했기 때문이다. 그러나 월프리드 경에게는 아래층에서 기다리고 있으라고 명령했다.

미랜더는 슬픈 얼굴로 부탁했다.

"오, 월피도 함께 가면 안 돼? 가엾어라. 월피는 귀찮게 하지 않아. 안으로 들어오기 전에 발을 깨끗이 잘 닦아주었어. 낯선 곳에서 내가 없으면 월피는 정말 쓸쓸해 한단다. 게다가 이제 곧 조―의 추억이 되는 것은 월피밖에 없게 되니까."

릴러가 꺾였으므로 월프리드 경은 얼룩덜룩한 등 위에 꼬리를 건방진 각도로 잡아올리고 의기양양하게 둘 앞에 서서 층계를 올라갔다.

방에 들어서자마자 미랜더는 울음을 터뜨렸다.

"아, 릴러, 나는 몹시 괴로워. 얼마나 괴로운지 이루 말할 수가 없어. 정말 가슴이 찢어지려고 해."

릴러는 그녀 옆 안락의자에 앉았다. 월프리드 경은 두 사람 앞에 웅크리고 앉아 건방진 핑크빛 혀를 내밀고 듣고 있었다.

"무슨 일이야, 미랜더?"

"조가 오늘 밤 마지막 휴가를 얻어 돌아온대. 토요일에 편지가 왔어―아버지 때문에 조는 봅 크로퍼드 앞으로 편지를 보내거든― 아, 릴러, 조는 나흘밖에 있을 수 없어―금요일 아침에는 가야만 한대―그러면 다시는 못 만날지도 몰라."

릴러가 물었다.

"조는 지금도 네가 결혼해 주기를 바라니?"

"응, 그래. 몰래 달아나서 결혼하자고 편지로 열심히 부탁하고 있단다. 그러나 릴러, 아무리 조를 위한 일이라 해도 그렇게 할 수는 없어. 내게 조금이나마 위로가 되는 일은 내일 오후 잠깐 조와 만날 수 있다는 것뿐이야. 아버지가 볼일이 있어 샬럿타운에 가서야 하거든. 적어도 우리는 이별의 말은 천천히 주고받을 수 있을 거야,

하지만 아—그 다음은—릴러, 아버지는 조를 배웅하러 금요일 아침 내가 역에 나가는 일마저도 허락하시지 않을 게 뻔해."

릴러가 말했다.

"내일 오후 집에서 조와 결혼식을 올리면 되잖니?"

미랜더는 너무너무 놀라 눈물을 삼켰으므로 목이 멜 뻔했다.

"하지만, 하지만 그건 무리한 일이야, 릴러."

적십자 소녀단 조직자며 수프 그릇으로 아기를 데려온 릴러는 망설임 없이 되물었다.

"왜?"

"하지만, 하지만 나는 그런 일은 생각해 본 적이 없고—조는 결혼 허가증도 없고—나는 옷도 없어—검은 드레스를 입고 결혼할 수는 없잖아. 나—나—우린—너—너—"

미랜더는 정신없이 지껄였다. 미랜더가 매우 괴로워하는 것을 본 월프리드 경이 머리를 번쩍 들고 슬픈 소리로 짖어댔다.

릴러는 한참 동안 골똘히 머리를 요리저리 굴리더니 이윽고 입을 열었다.

"미랜더, 만일 내게 맡긴다면 내일 오후 4시 전에 너를 조와 결혼시켜 주겠어."

"설마, 그런 일을 할 수 있을 것 같니?"

"할 수 있고 또 그렇게 할 생각이야. 하지만 내가 하라는 대로 해야해."

"아……나는……설마……아, 아버지가 나를 죽여버릴 거야."

"바보 같은 소리 하지 마. 그야 물론 아버지는 몹시 화내겠지. 그러나 너는 조가 다시는 네게로 돌아오지 않는 것보다 아버지가 화낼 일이 더 무섭다는 거니?"

"아니야, 그렇지는 않아."

갑자기 미랜더의 태도가 확고해졌다.

"그럼, 내가 하라는 대로 하겠어?"

"음, 할게."

"그럼, 곧 조에게 장거리전화를 걸어 오늘 밤 결혼허가증과 반지를 구해놓으라고 이야기해."

"어머나, 그렇게 할 수 없어."

미랜더는 깜짝 놀랐다.

"그런—그런—상스러운 짓은 할 수 없어."

릴러는 이를 악물었다.

"하느님, 부디 인내력을 주십시오."

릴러는 작은 목소리로 말한 뒤 분명하게 말했다.

"그럼, 내가 할 테니 그동안 너는 집에 가서 할 수 있는 최대한 준비를 해. 내가 바느질을 도와달라고 전화하거든 곧 와야 해."

파랗게 질려 겁먹으면서도 필사적인 결의를 굳히고 미랜더가 돌아가자 릴러는 전화기로 달려가 샬럿타운으로 장거리전화를 신청했다. 전화가 놀라울 만큼 빨리 통했으므로 하느님이 자신의 행위에 찬성해 준 것이라고 릴러는 확신을 더욱 굳혔다. 그러나 병영에 있는 조밀그레이브와 연락되기까지는 넉넉히 한 시간이나 걸렸다. 그동안 릴러는 초조하여 서성대며 조와 연락되었을 때 이 전화를 누가 듣고 있다가 '달에 구레나룻'에게 알리거나 하지 않도록 해달라고 빌었다.

"조? 나는 릴러 블라이스예요. 릴러—릴러—아니, 아무래도 좋아요. 잘 들으세요. 오늘 밤 돌아오기 전에 결혼허가증—결혼허가증—네, 그래요—결혼허가증이에요—그리고 결혼반지를 준비해 주세요. 이미 준비했다고요? 그러면 그렇게 해주겠어요? 좋아요, 반드시 그렇게 해주세요—단 한 번의 기회니까요."

대성공—릴러의 유일한 걱정은 조가 있는 곳을 찾아내는 데 시간이 너무 걸리지나 않을까 하는 일이었으므로—에 기분이 좋아진 릴러는 프라이어네 집으로 전화를 걸었다. 이번에는 그리 운이 좋지 않아 '달에 구레나룻'이 나오고 말았다.

"미랜더? 어머나, 프라이어 씨군요. 저, 프라이어 씨, 죄송하지만 미랜더에게 오늘 오후에 와서 바느질을 도와야겠다고 말씀해 주시겠어요? 매우 중요한 일이거든요. 그렇지 않으면 미랜더를 귀찮게 굴지 않을 텐데 말예요. 어머나—고맙습니다."

프라이어 씨는 얼마쯤 언짢은 목소리였으나 승낙했다—블라이스 의사를 화나게 하고 싶지는 않았으며, 게다가 미랜더에게 적십자 일을 못하게 한다면 사람들이 이러쿵저러쿵 떠들어댈 것이고 글렌 마을에 더 이상 머물러 있을 수 없게 될 것이다.

릴러는 부엌으로 가서 아리송한 표정으로 문이란 문을 모두 닫아버렸으므로 수전은 무슨 일인가 하고 짐짓 놀랐다.

릴러는 엄숙하게 말했다.

"수전, 오늘 오후 결혼 케이크를 만들어줄 수 있겠어요?"

"결혼 케이크라고?"

수전은 눈을 둥그렇게 떴다.

'릴러는 전에 아무 말도 없이 전쟁고아를 데려온 일이 있는데, 이번에도 그 일 못지않게 갑작스럽게 남편을 데려온다는 말일까?'

"그래요, 결혼 케이크에요. 훌륭한 웨딩케이크 말예요—건포도와 달걀, 껍질 벗긴 시트론이 듬뿍 든 훌륭한 결혼 케이크 말예요. 그리고 다른 것도 만들어야 해요.

내일 아침이 되면 나도 돕겠지만, 오늘 오후에는 도울 수가 없어요.

결혼 의상을 만들어야 하고, 아무튼 시간에 쫓기고 있으니까요."

수전은 자기와 같은 노인은 도저히 이같은 충격을 견뎌낼 수 없다고 느꼈다.

수전은 힘없이 물었다.

"누구와 결혼할 생각이지, 릴러?"

"수전, 그 행복한 신부는 내가 아니에요. 미랜더 프라이어가 내일 오후 아버지가 시내에 가고 없는 동안 조 밀그레이브와 결혼하기로 했어요. 전쟁 가운데 결혼이에요, 수전—가슴이 두근거리고 낭만적이잖아요? 내가 이토록 흥분한 일은 태어나서 처음이에요."

이 흥분은 곧 잉글사이드 가득히 퍼져 블라이스 부인과 수전에게까지 옮아갔다.

"곧 그 케이크를 만들겠어요."

수전은 흘끔 시계를 보며 말을 이었다.

"마님, 마님은 과일을 준비하시고 달걀을 거품내 주시겠어요? 그러면 저녁 때까지는 케이크를 오븐에 넣을 수 있을 거예요. 샐러드며 다른 것은 내일 아침 만들면 되니까요. '달에 구레나룻'의 코를 납작하게 해주기 위한 일이라면 필요한 경우 밤새도록이라도 일하겠어요."

미랜더가 울면서 정신없이 헐레벌떡 달려왔다.

릴러가 말했다.

"내 흰 드레스를 네가 입을 수 있도록 고쳐야 해. 조금만 고치면 네게 꼭 맞을 거야."

잘라내고 맞추고 꿰매며 두 아가씨는 목숨을 걸고 힘껏 옷을 만들었다. 끊임없이 노력한 보람이 있어 7시쯤에는 드레스가 완성되어 미랜더는 릴러의 방에서 입어 보았다.

미랜더는 한숨을 쉬었다.

"엄청 아름답구나. 하지만 아, 베일이 있으면 좋겠는데. 나는 전부터 희고 아름다운 베일을 쓰고 결혼하는 꿈을 그리고 있었어."

어느 마음 착한 마녀가 안타까운 신부의 소원을 이루어주려고 준비하고 있었음에 틀림없었다. 문이 열리고 블라이스 부인이 안개 같은 베일을 한아름 안고 들어왔다.

"미랜더, 내일 내 베일을 네가 써주었으면 해. 내가 그리운 그린게이블즈에서 신부가 된 지 벌써 24년이 되는구나. 더없이 행복한 신부였었지. 행복한 신부의 베일은 행운을 가져다준다고 하니까."

"어머나, 친절하시게도. 고맙습니다, 블라이스 부인."

미랜더는 어느덧 눈물에 젖어 있었다.

미랜더는 베일을 써보았다. 수전은 잠깐 방에 들러 칭찬했으나 오래 있지는 않았다.

"케이크를 오븐에 넣었거든요. 그래서 지금 조용히 기다리는 중이에요. 저녁 뉴스는 니콜라이 대공이 에르즈룸을 공략했다는 것이었어요. 이것은 터키에 좋지 못한 일이지요. 니콜라이 대공을 거절한 것은 잘못된 일이었다고 러시아 황제에게 말해주고 싶을 정도예요."

수전이 아래층 부엌으로 모습을 감췄는가 싶더니 쿵 하는 큰 소리가 나고 이어서 귀가 찢어질 듯한 비명이 울려퍼졌다. 모두들 부엌으로 쏜살같이 달려갔다—블라이스 의사와 미스 올리버, 블라이스 부인, 릴러, 베일을 쓴 채인 미랜더.

수전은 부엌바닥 한가운데에 멍한 얼굴로 털썩 주저앉아 있었다. 조리대에는 한눈에 하이드로 바뀌었음을 알아볼 수 있는 '박사'가 등을 둥그렇게 웅크리고 눈빛을 번뜩이며 꼬리를 여느 때의 세 배나 부풀리고 서 있었다.

블라이스 부인이 놀라 소리쳤다.

"수전, 왜 그래요? 굴렀어요? 다치기라도 했어요?"

수전은 일어서며 험상궂은 표정으로 말했다.

"아니에요, 다치지는 않았어요. 온 몸이 덜덜 떨리긴 하지만요. 걱정하지 마세요. 어떻게 된 거냐 하면—내가 두 발로 저 빌어먹을 고양

이 녀석을 걷어차려고 했기 때문에 이렇게 된 거예요."

모두들 배를 움켜쥐고 웃었다. 블라이스 의사는 도무지 웃음을 멈추지 못했다.

"오, 수전이 욕하는 걸 들을 줄은 꿈에도 생각지 못했소."

"죄송해요."

수전은 진심으로 후회했다.

"젊은 아가씨가 둘이나 있는데 그 앞에서 그런 나쁜 말을 썼으니 미안해요. 하지만 저 고양이는 분명 빌어먹을이라고 말했듯이 확실히 빌어먹을 녀석이에요. 악마 같은 녀석이라니까요."

"머지않아 저 고양이가 펑 하는 소리와 함께 유황 냄새 속으로 사라져버릴 거라고 여기는 거요, 수전?"

"때가 오면 제자리로 돌아가게 될 거예요. 믿어도 좋아요."

수전은 고집스럽게 우기고 몸을 문지르며 오븐 쪽으로 갔다.

"내가 쾅 하고 구르는 진동으로 케이크가 납덩이처럼 무거워졌을지도 모르겠군요."

그러나 케이크는 무거워지지 않았다. 신부용 케이크로 더없이 멋지게 맛있게 구워졌으며 수전은 그 케이크에 아름답게 설탕옷을 입혔다. 다음날 오전 동안 내내 릴러와 수전은 열심히 결혼 음식을 만들었고, 미랜더에게서 아버지가 무사히 외출했다는 전화가 걸려오자 곧 모든 것을 뚜껑 달린 큰 바구니 속에 담아 프라이어네 집으로 가져갔다.

이윽고 군복차림의 조가 몹시 흥분한 모습으로 들러리인 맬컴 크로퍼드 중사와 함께 와 닿았다. 손님은 꽤 많았다. 목사관과 잉글사이드 사람들 모두와 조의 친척들이 어머니까지 포함해서 열 명쯤 와 있었기 때문이다. 조의 어머니 '죽은 앵거스 밀그레이브의 부인'은 또 하나의 살아 있는 앵거스의 아내와 가리기 위해 그처럼 명랑한 이름을 얻고 있었다. '죽은 앵거스의 부인'은 '달에 구레나룻' 집안과 결혼하는 일을 기뻐하지 않아 그리 좋은 얼굴을 하고 있지 않았다.

마침내 미랜더 프라이어는 휴가를 얻어 돌아온 조 밀그레이브 병사와 결혼했다. 마땅히 낭만적인 결혼식이어야 했을 텐데도 그렇지 못했다. 낭만과는 거리가 먼 일이 너무나 많았던 것을 릴러도 인정하지 않을 수 없었다.

우선 첫째로 미랜더가 그 옷과 베일을 썼는데도 아주 납작한 얼굴의 평범하고 보잘것없는 신부였다.

둘째로 조가 결혼식이 거행되는 동안 내내 울어 미랜더는 그 일로 마구 화를 냈다. 시간이 오래 지난 뒤에 미랜더는 릴러에게 이야기했다.

"그때, 그 자리에서 조에게 그토록 나와 결혼하는 게 싫으면 하지 않아도 좋다고 말해 주고 싶었단다. 그러나 조가 운 것은 이제 곧 나를 두고 떠나야 한다는 슬픈 생각만 했기 때문이었다지 뭐니."

셋째로 여느 때는 사람들 앞에서 얌전했던 짐스가 낯가림하여 생떼를 쓰고 '윌러'를 찾으며 소리질러 울기 시작했다. 짐스를 밖으로 데리고 나가주는 사람은 아무도 없었다. 모두들 결혼식이 보고 싶었기 때문이다. 그래서 들러리인 릴러가 짐스를 받아 결혼식이 거행되는 동안 줄곧 안고 있어야만 했다.

넷째로 윌프리드 로리어 경이 경련을 일으켰다.

윌프리드 경은 한구석에 놓인 미랜더의 피아노 뒤에 참호를 만들고 발작하는 동안 내내 야릇하기 이를 데 없는 기분 나쁜 소리를 내고 있었다. 먼저 숨막힐 듯한 뒤틀리는 소리를 계속 내더니 소름끼치는 듯한 꺽꺽거리는 목을 울리는 소리로 바뀌고 마지막에는 목이 졸리는 듯한 비명소리로 바뀌어 공포스럽게 끝났다.

메러디스 목사의 말소리는 이따금 윌프리드 경이 숨을 쉬기 위해 울부짖음을 그칠 때 말고는 아무도 한 마디도 알아듣지 못했다. 신부 쪽을 보는 사람도 수전 말고는 아무도 없었다. 수전만은 매혹된 듯 미랜더의 얼굴에서 눈을 떼지 못했다—다른 사람은 모두 개 쪽을 보고 있었다.

미랜더는 겁을 먹어 떨고 있었는데, 윌프리드 경이 그 재주를 시작하자마자 더 이상 겁먹지 않게 되었다. 머릿속에는 소중한 개가 죽어가는데 곁에 가줄 수 없다는 생각뿐이었다. 결혼식에 대한 말은 하나도 미랜더의 기억에 남지 않았다.

릴러는 짐스를 안고 있었지만, 신부의 들러리에 어울리는 황홀한 모습을 보이려고 열심히 마음 쓰고 있었는데, 그 노력도 헛수고임을 깨닫고 이런 때에는 웃음을 터뜨려서는 안 된다고 참는 데 온 힘을 쏟았다. 방 안에 있는 어느 누구도 보지 않으려 했다. 특히 '죽은 앵거스의 부인'에게 조심했다. 이를 악물고 참아 왔던 웃음이 갑자기 터져 나와 젊은 아가씨답지 않은 웃음소리를 내게 되면 큰일이라고 생각했기 때문이었다.

이윽고 두 사람의 결혼식이 무사히 끝나고 그 뒤 사람들은 모두 식당에서 축하 음식을 먹었는데, 그 음식은 한 달은 걸려 마련한 것으로 여겨질 만큼 호화롭고 푸짐했다.

사람들은 모두 무언가를 들고 왔다. '죽은 앵거스의 부인'은 큼직한 애플 파이를 갖고 왔는데, 그것을 식당 의자 위에 놓고 까맣게 잊어버린 채 그 위에 앉아버렸다. 그 덕분에 '죽은 앵거스의 부인' 기분도 검정 비단 예복도 엉망이 되어버렸지만, 파이는 없어도 떠들썩한 잔치에 전혀 지장이 없었다.

결국 '죽은 앵거스의 부인'은 파이를 다시 집으로 가지고 돌아갔다. 아무리 뭐래도 반전주의자인 '달에 구레나룻'네 돼지에게 먹일 수는 없었기 때문이다.

그날 저녁 조 부부는 기운을 되찾은 윌프리드 경을 데리고 포 윈즈 등대로 떠났다. 조의 삼촌이 지키고 있는 이 등대에서 두 사람은 짧은 신혼여행을 보낼 작정이었다.

우나와 릴러와 수전은 설거지며 뒤처리를 하고, 싸늘하게 식은 저녁 식사와 미랜더가 써 놓고 간 가엾은 편지를 프라이어 씨를 위해 마련한 식탁에 놓고 집으로 돌아갔다.

꿈꾸는 듯한 어딘지 모르게 신비로운 베일 같은 겨울의 저녁해가 글렌 마을 위를 붉게 뒤덮고 있었다.

모처럼 수전이 감상적인 말을 했다.

"나도 전쟁 신부가 되어도 나쁘지는 않았을 텐데."

그러나 릴러는 얼마쯤 맥이 빠졌다—흥분과 눈이 핑핑 돌 만큼 바쁜 가운데 지낸 36시간의 반동일지도 알 수 없었다. 웬일인지 실망스러움을 느꼈다—전체적으로 우스꽝스러웠고, 미랜더와 조는 눈물만 흘려 평범하기 그지없었다.

릴러는 볼멘소리로 말했다.

"미랜더가 저 밉살스러운 개에게 그토록 터무니없이 먹을 것을 많이 주지 않았더라면 경련은 일으키지 않았을 텐데요. 내가 단단히 주의를 주었거든요—하지만 그녀는 불쌍한 개를 굶주리게 할 수 없다면서 '이제 내게 남은 것은 이것뿐일 테니까' 어쩌니 하는 거예요. 난 그녀를 마구 흔들어주고 싶었어요."

수전이 다시 말했다.

"신랑 들러리는 신랑인 조 이상으로 '흥분'했더라. 미랜더에게 '생일을 축하합니다'라고 말하던걸. 미랜더는 그리 행복해 보이지 않았지만, 그런 사정이 있으니 어쩔 수 없는 일이겠지."

릴러는 생각했다.

'아무튼 이 일로 젬을 비롯한 모두에게 멋진 편지를 쓸 수 있을 거야. 월프리드 경의 일로 젬은 죽어라고 웃을 테지.'

그러나 전쟁 가운데 치뤄진 결혼에 대해서는 실망했지만, 금요일 아침 글렌 역에서 미랜더가 신랑을 배웅할 때 릴러는 더없이 기분이 좋았다. 그날 새벽은 진주처럼 하얗고 다이아몬드처럼 투명했다. 역

뒤의 향기 좋은 전나무숲은 서리에 덮여 있었다. 차디찬 달이 새벽의 눈덮인 들판 위에 걸려 있고, 황금빛 솜털 같은 해는 잉글사이드 단풍나무숲 위에 빛나고 있었다.

조는 얼굴이 핼쑥한 작은 신부를 꼭 끌어안고, 미랜더는 조를 쳐다보며 살며시 얼굴을 들었다. 갑자기 릴러는 가슴이 뿌듯해졌다. 미랜더가 보잘것없는 평범한 인품에 납작한 얼굴이라는 것은 문제가 되지 않았다. '달에 구레나룻'의 딸이라는 것도 문제가 아니었다. 중요한 일은 미랜더 눈에 어린 황홀한 자기 희생의 표정—늘 타오르고 있는 헌신과 충실과 용기의 성화(聖火)였다. 그 불을, 미랜더를 비롯한 몇천의 다른 여자들이 남편이 서부전선을 지키고 있는 동안 자기 집에서 계속 불태우고 있을 것을 미랜더는 말없는 기운데 조에게 약속하고 있었다.

이런 순간 흘끔흘끔 쳐다보거나 해선 안 된다고 여겨 릴러는 좀 떨어진 곳으로 갔다. 플랫폼 끄트머리까지 가보니 거기에 윌프리드 경과 먼디가 마주앉아 있었다. 윌프리드 경은 얕보는 태도로 묻는 듯했다.

"어째서 너는 이런 헐어빠진 집에서 어정거리고 있는 거지. 잉글사이드 난롯가 카펫 위에 뒹굴며 사치스럽게 살 수 있는데 잘난 체하는 거냐, 아니면 그렇게 해야만 한다고 여기는 거냐?"

이에 대한 먼디의 대답은 간단했다.

"어떤 사람과 만날 약속이 있어서 그래."

기차가 가버리자 릴러는 부들부들 떨고 있는 미랜더 곁으로 다가갔다.

미랜더가 말했다.

"이제 가버렸어. 그는 돌아오지 않을지도 몰라—하지만 나는 그의 아내니까 그에게 걸맞는 사람이 될 작정이야. 집으로 돌아가겠어."

릴러가 걱정스러운 듯 물었다.

"지금은 우리 집으로 가는 게 좋지 않을까?"

미랜더와 조의 결혼을 프라이어 씨가 어떻게 받아들였는지 아직 아무도 알지 못했다.

"아니, 조가 독일군과 맞설 수 있다면 나도 아버지에게 맞설 수 있어. 군인의 아내는 겁쟁이여서는 안 돼. 이리와, 월피. 곧장 집으로 돌아가 최악의 장면에 부딪쳐보기로 하자."

그러나 무서운 상대는 없었다. 그것은 아마 프라이어 씨가 가정부를 좀처럼 얻을 수 없다는 것과, 미랜더를 받아들일 밀그레이브 집이 여러 채 있다는 것―게다가 부재자 수당이라는 것도 있다는 것 등을 생각했기 때문이었는지도 모른다.

어쨌든 프라이어 씨는 미랜더에게 불쾌한 듯 이렇게 말했을 뿐이었다.

"무슨 그런 바보 같은 짓을 했느냐. 이제 곧 후회할 거다."

그러나 더 이상 심한 말은 하지 않았으므로 조 밀그레이브 부인은 앞치마를 두르고 늘 하던 집안일을 하기 시작했다. 한편 등대가 겨울의 거주지로 탐탁지 않다고 여기고 있던 월프리드 로리어 경은 땔나무 창고 뒤 마음에 드는 한구석에 들어앉아 전쟁 중의 결혼을 끝마쳐 마음놓이는 듯 스르르 잠들어버렸다.

온 세상 걱정

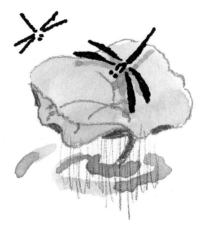

　2월 어느 추운 음산한 아침, 진저리치며 눈을 뜬 거트루드 올리버는 살그머니 릴러 방에 가서 그 곁으로 파고 들어갔다.

　"릴러, 나 무서워 죽겠어. 갓난아기처럼 무서워. 또 그 이상한 꿈을 꾸었어. 뭔가 무서운 일이 일어날 거야. 나는 알아."

　릴러가 물었다.

　"어떤 꿈이었는데요?"

　"나는 또 베란다 층계에 서 있었어. 등대의 댄스파티 전날 밤에 꾼 꿈에서처럼. 하늘에는 커다랗고 검은 먹구름이 위협하듯 동쪽 하늘에서부터 퍼져왔어. 내 눈에는 구름보다 먼저 구름의 그림자가 달려오는 게 보이고, 그 구름에 완전히 폭 싸여버렸을 때 얼음 같은 추위에 몸을 부르르 떨었지―이윽고 비바람으로 바뀌었어―무시무시한 폭풍우였지―눈을 계속 뜰 수 없는 번개가 번쩍이고 귀가 먹먹해지는 천둥소리가 요란하게 울리고 비는 폭포가 쏟아지듯 했어.

　나는 무서워 어찌할 바 몰라 안전한 곳으로 달아나려는데, 한 사나이―프랑스 육군사관 제복을 입은 병사였어―가 베란다 층계를 뛰어올라와 문 앞에 나와 나란히 섰단다. 그의 가슴 상처에서 흐르는 피로 옷은 흠뻑 젖었고 힘이 다 빠져 있었어. 그러나 파리한 얼굴로 이를 악물고 눈은 여윈 얼굴에 불타오르듯 반짝이고 있었지.

'놈들은 지나갈 수 없어' 하고 그 병사가 나직하나 격렬한 투로 말하는 목소리가 미친 듯 쏟아지는 비바람 속에서 내 귀에 뚜렷이 들렸어.

거기서 눈을 번쩍 떴지. 릴러, 나 무서워―봄이 되어도 우리 모두가 기다리는 대공격은 이루어지지 않을 거야―그뿐 아니라 오히려 프랑스가 정신없이 대공격을 받을 거야. 틀림없어. 독일군은 어딘가를 격파하려 할 거야."

릴러는 진지하게 받아들이며 물었다.

"하지만 그 사람은 '놈들은 지나갈 수 없어'라고 했다면서요?"

릴러는 블라이스 의사처럼 거트루드의 꿈을 웃는 일이 결코 없었다.

"그것이 예언인지 아니면 절망하는 마음인지는 알 수 없지만 릴러, 그 꿈의 무서움은 지금도 얼음처럼 나를 붙잡고 있어. 머지 않아 우리는 최대한의 용기를 필요로 하게 될 거야."

블라이스 의사는 아침식탁에서 웃었다―그러나 그 뒤 두 번 다시 미스 올리버의 꿈을 웃지 않게 되었다.

왜냐하면 그날 베르됭*1 공격이 시작되었다는 뉴스가 들어오고, 그 뒤로 아름다운 봄의 몇 주일 동안 잉글사이드 사람들은 모두들 걱정에 휩싸여 살아도 사는 것 같지 않은 무거운 마음으로 지냈기 때문이다. 독일군이 필사적으로 지키는 프랑스 방어선에 한 발 한 발 다가오고 있었으므로, 절망한 나머지 전쟁이 끝나기를 모두들 애타게 기다리는 나날도 있었다.

수전의 업적은 먼지 하나 없는 잉글사이드 부엌이었으나, 생각은

---

*1 프랑스 북부 뫼즈 강변에 있는 룩셈부르크와의 국경 가까운 도시.

'이미 질벅질벅한 눈이 더럽혀진' 베르됭 언저리에 있는 언덕으로 달려가 있었다. 밤이 되면 맨 마지막으로 반드시 블라이스 부인 방에 머리를 들이밀고 말했다.

"오늘도 프랑스 군이 '까마귀숲'을 지켜주었으면 좋겠는데요."

날이 샐 무렵 눈을 번쩍 뜨면, 어딘가에 있는 예언자가 이름 붙였다는 그 '죽은 사람의 언덕'—이 아직 지켜지고 있을까 생각했다. 베르됭 언저리의 지도를 수전이 그리겠다고 하면 참모총장조차도 만족할 게 틀림없었다.

미스 올리버는 비통한 목소리로 말했다.

"만일 독일군이 베르됭을 손에 넣는다면 프랑스 군의 사기가 무너져버릴 거예요."

"하지만 결코 손에는 넣지 못할 거예요."

수전은 말은 충실하게 했지만, 그렇게 되면 큰일이라고 너무 걱정되어 그날 점심은 먹을 수가 없었다.

"우선 첫째로 미스 올리버는 그렇게 되지 않는다는 꿈을 꾸었잖아요—미스 올리버는 프랑스 군이 마침 하려는 이야기를 말하기 전에 꿈으로 꾼 셈이에요—'놈들은 지나갈 수 없어' 라고 말예요. 이봐요, 미스 올리버, 나는 신문에서 그것을 읽고 미스 올리버의 꿈이 생각나 두려움에 온 몸이 싸늘해졌어요. 마치 그런 꿈을 자주 꾸었던 성경시대처럼 느껴져서요."

거투르드 올리버는 침착성 없이 서성거렸다.

"알고 있어요—알고 있어요. 나도 내 꿈을 믿으려고 필사적으로 매달리고 있어요—그런데 나쁜 뉴스가 들어올 때마다 흔들리고 말아요. 그렇게 되면 나 자신에게 그것은 '단순한 우연의 일치'라고 말해버려요—'잠재의식 아래의 기억'처럼."

"어떤 기억인지 모르지만 아직 아무도 말한 적 없는 것을 기억하고 있을 리 없지요. 그야, 나는 올리버 선생님이나 우리 의사 선생님처럼 배운 게 없지만요. 하지만 만일 그런 간단한 것을 믿을 수 없다면 차라리 배우지 않는 편이 좋아요. 어쨌든 만일 독일군이 베르됭을 공략했다 하더라도 걱정할 필요는 없어요, 군사상 중요하지 않다고 조프르도 말했으니까요."

미스 올리버가 대꾸했다.

"질 때마다 그 얼빠진 녀석이 그런 위로의 말을 하는 걸 몇 번이나 들었는지 몰라요. 이젠 그런 주문을 외워도 효과가 없어요. 요 몇 주 동안 서서히 죽어가고 있는 것 같아요. 조금씩 조금씩 피를 흘려 죽어가는 느낌이에요. 프랑스가 베르됭의 수라장에서 피를 흘리는 것처럼."

4월 중순 어느 저녁 때, 메러디스 씨가 말했다.

"이런 전쟁이 여태까지 이 세상에 있었을까요?"

의사가 절망적으로 말했다.

"너무 규모가 커서 도저히 파악할 수 없어요. 이것에 비하면 호메로스가 쓴 이야기는 비교도 안 됩니다. 트로이 전쟁의 모든 것이 베르됭 요새 주변에서 벌어졌더라도 신문 특파원이 쓰는 것은 많아야 한 줄 정도겠죠. 나는 초자연적인 힘에 대해서는 믿지 않지만."

의사는 거트루트에게 장난스러운 눈짓을 보냈다.

"이 전쟁 전체의 운명은 베르됭이 어떻게 되는가에 달려 있는 것 같아요. 수전이나 조프르가 말하듯 군사상의 중요성은 그리 없지요. 그러나 이상(理想)으로 보아서는 헤아릴 수 없는 어떤 중요성을 갖고 있어요. 독일군이 만일 거기서 이기면 전쟁 전체에서 승리할 겁니다. 만일 진다면 독일군에게 불리해질 거고요."

메러디스 씨가 딱 잘라 말했다.

"독일군은 반드시 지고 맙니다. 이상을 정복할 수는 없으니까요. 프랑스는 확실히 훌륭해요. 하얀 모습을 한 문명이 야만스러운 검은 힘에 단호하게 맞서는 듯 생각됩니다. 이것을 우리 온 세계 사람들이 깨달았으므로 모두들 결과가 나오는 것을 숨죽이고 지켜보고 있는 겁니다.

이것은 단순히 한두 개 요새의 주인이 바뀌었다거나 피가 스며든 땅을 몇 마일 빼앗았느니 빼앗지 못했느니 하는 그런 단순한 문제가 아니니까요."

거트루드가 꿈꾸듯 물었다.

"우리의 이 괴로움에 대해 그 희생 못지않은 큰 축복이 보상으로 주어질까요? 세계가 이토록 고민에 몸을 떨고 있는 것은 무언가 기막히게 훌륭한 새 시대를 낳는 괴로움일까요? 아니면 햇빛 속에서 싸우는 '몇 억이나 되는 개미의 싸움'에 지나지 않는 것일까요? 메러디스 씨, 우리는 개밋둑이나 개밋둑 주변에 사는 개미 절반을 멸망케 하는 재해를 아주 가볍게 생각하지요. 우주를 지배하는 하느님은 우리를 개미 이상으로 소중하게 생각할까요?"

메러디스 씨는 검은 눈을 번쩍 날카롭게 빛냈다.

"당신은 하느님의 힘은 무한히 큼과 동시에 한없이 작다는 것을 잊고 계십니다. 우리는 그 어느 쪽도 아니므로, 따라서 너무 큰 것도 또한 너무 작은 것도 이해할 수 없는 것입니다.

한없이 작은 것에는 개미조차도 마스토돈*²만한 중요성을 갖고 있습니다. 우리는 신기원을 낳는 고통을 증언하고 있는 것입니다—그러나 다른 모든 것과 마찬가지로 신기원도 약하디약하며 죽어라고 울어대는 생명으로서 태어나는 것입니다.

나는 이 전쟁의 직접적인 결과로서 새로운 세계를 기대하는 사람 가운데 하나는 아닙니다. 하느님은 그런 식으로 일하시지 않습니다. 그러나 일은 하십니다, 미스 올리버. 그리고 마지막에는 하느님의 목적이 이루어지는 것입니다."

*2 제3기 지구상에 살았던 거대한 코끼리.

부엌에서 수전은 감탄하며 중얼거리고 있었다.

"건전하고 정통적인 사고방식이야—건전하고 정통적인 사고방식이야."

수전은 이따금 토론에서 미스 올리버가 목사에게 지는 것을 보기 좋아했다. 미스 올리버를 좋아하지만 목사에 대해 너무나도 이교도적인 말을 하고 싶어하므로, 그런 일은 미스 올리버의 영역이 아님을 이따금 알게 해주는 편이 좋다고 생각하고 있었다.

5월에 월터로부터 수훈장을 받았다는 소식이 왔다. 무엇으로 받았는지 월터는 쓰지 않았지만 다른 사람들은 월터가 한 용감한 행위를 글렌 마을이 알아야 한다고 생각했다.

제리 메러디스가 보낸 편지에 이렇게 씌어 있었다.

이 전쟁 말고도 다른 전쟁에서라면 빅토리아 십자훈장*3에 해당할 만한 것이지만, 여기서는 용감한 행위가 날마다 일어나므로 당국에서는 빅토리아 십자훈장을 흔한 것으로 만들 수 없기 때문입니다.

수전이 크게 분개했다.

"빅토리아 십자훈장을 주었어야 해요."

월터에게 이 훈장을 주지 않은 책임이 누구에게 있는지 수전으로서는 알 수 없었지만, 만일 헤이그 장군이라고 한다면 수전은 처음으로 그가 총사령관으로서 적합한지 어떤지 깊은 의문을 갖게 되었다.

릴러는 너무너무 기뻐서 자신을 잊어버렸다. 이 일을 한 것은 그녀의 소중한 월터이다—그런 월터한테 레드먼드에 있었을 때 누군가가 흰 깃털을 보냈던 것이다—안전한 참호에서 나가 무인지대에 쓰

---

*3 영국에서 적 앞에서의 무공에 대해 주는 최고 수훈장.

러져 있는 부상한 전우를 월터가 데리고 돌아온 것이다.

아, 그때의 희고 아름다운 월터의 얼굴과 애수에 젖어 있는 눈이 보이는 듯했다. 이 같은 영웅의 여동생이라는 것은 얼마나 기쁜 일인가! 더구나 월터는 그런 일은 편지에 쓸 만한 게 못된다고 생각한 것이다.

월터의 편지는 다른 일로 가득차 있었다. 한 세기나 전, 구름 한 점 없던 옛날에 그들 둘이 알아가며 서로 친하게 지냈던 자잘한 일로 가득차 있었다.

나는 잉글사이드 뜰의 수선화를 생각하고 있어. 이 편지가 가닿을 무렵이면 아름다운 장밋빛 하늘 아래 활짝 피어 있겠지. 수선화는 정말 전과 다름없이 아름다운 금빛을 띠고 있을까, 릴러? 나로선—이곳의 양귀비꽃처럼—틀림없이 피로 빨갛게 물들어 있을 것만 같은 생각이 들어. 그리고 봄의 속삭임 하나하나가 '무지개 골짜기'의 보랏빛 제비꽃처럼 떨어져오겠지.

오늘 밤은 초승달이야—아름다운 가는 은빛 달이, 괴로워 몸부림치는 지옥 위에 걸려 있어. 오늘 밤 너는 단풍나무숲 위에 뜬 이 달을 볼 수 있게 될까?

릴러, 짧은 시 하나를 동봉하겠어. 이것은 어느 날 밤, 참호 지하실 안에서 한 자루 촛불빛에 의지하여 쓴 거야—썼다기보다 저절로 떠오른 거지—나는 쓰고 있다는 기분이 들지 않았어—무엇인가가 나를 수단으로 쓰고 있는 듯 느껴졌어.

전에도 한두 번 그런 기분이 들었던 일은 있었지만 어쩌다 한 번씩 있던 일이었고, 그 기분이 이번처럼 강했던 적은 전혀 없었어. 그래서 이 시를 런던 '스펙테이터'지에 보냈더니 게재해서 한 부 보내줬어. 네 마음에 꼭 들었으면 좋겠어. 내가 외국에 와서 쓴 시는 이것뿐이야.

그 시는 짧고 매섭고 세찬 것이었다. 한 달이 지나자 이 시는 온 세계 구석구석까지 월터의 이름을 떨치게 해주었다. 이 시는 가는 곳곳마다 인쇄되었다―수도의 일간신문이며 작은 마을의 주간신문, 심원한 비평란이며 신문의 개인 광고란, 적십자의 호소문, 그리고 정부의 지원병 모집광고 등에까지 쓰였다. 이것을 읽고 어머니며 자매들은 울고, 젊은이들은 피가 끓고, 인류의 위대한 마음 전체가 이 대전쟁의 모든 괴로움, 희망, 가엾음, 목적의 축도(縮圖)를 세 줄의 짧은 불멸의 시구에 결정(結晶)시킨 것으로서 이 시를 읽었다.

캐나다의 한 젊은이가 플랑드르의 참호 속에서 전쟁에 대한 위대한 시를 썼던 것이다. 월터 블라이스 병사 지음 '피리 부는 사나이'는 처음 인쇄될 때부터 이미 고전(古典)이 되어 있었다.

릴러는 괴로웠던 1주일 동안의 일을 써넣는 일기 첫머리에 이 시를 적었다.

비참한 1주일이었다. 이미 지나가버리고 모든 것이 다 잘못되었음을 알게 된 지금도 여전히 그 상처자국은 아물지 않았다는 생각이 든다. 그러나 어떤 의미에서는 훌륭한 1주일이었다고도 할 수 있다. 내가 여태까지 생각지도 못했던 일―사람은 무서운 고통 가운데에서도 얼마나 훌륭하고 용감해질 수 있는가를 조금이나마 알게 되었다.

나로서는 도저히 올리버 선생님과 같은 훌륭한 태도는 취할 수 있을 것 같지 않다.

오늘로부터 꼭 1주일 전 샬럿타운에 있는 그랜트 씨 어머니한테서 올리버 선생님 앞으로 편지가 왔다. 거기에는 2,3일 전 로버트 그랜트 육군소령이 전사했다는 외신전보가 왔다고 씌어 있었다.

아, 가엾은 선생님! 처음에는 주저앉아버렸다. 그러나 단 하루 만에 기운을 차려 학교에 나갔다. 선생님은 울지 않았다―눈물 한 방울

흘리는 것을 보지 못했다. 그러나 그 얼굴과 눈이란!

선생님은 말했다.

"나는 내 일로 되돌아가야 해. 그것이 지금의 내 의무니까."

나는 도저히 그런 높은 경지에 이를 수 없다.

선생님은 결코 자기 괴로움을 겉으로 나타내는 말은 하지 않았다. 단 한번 수전이 드디어 이곳에도 봄이 왔다는 말을 했을 때 선생님은 이렇게 말했다.

"정말 올해도 봄이 올까요?"

그러고는 쓸쓸히 웃었다. 그 괴로워보이는 웃음을 차마 볼 수가 없었다. 사람이 죽음 앞에 서면 꼭 저런 웃음을 지을지도 모른다는 생각이 든다.

"자기 중심으로 생각하는 내 이 버릇을 좀 봐요. 나 거트루드 올리버는 친구를 잃었다고 해서 봄이 여느 때처럼 찾아온다는 것을 믿을 수 없다는 거예요. 다른 사람 몇 백만 명이 괴로워한다 해도 봄은 반드시 찾아올 텐데. 하지만 내 괴로움에 대하여—아, 우주는 계속 존재할 수 있는 것일까요?"

어머니가 위로했다.

"그렇게 자신을 나무라선 안 돼요. 뭔가 큰 타격이 우리들의 세계를 바꿨을 때는 모든 일이 전처럼 되어나갈 리 없다는 기분이 드는 게 아주 마땅한 일이에요. 우리는 모두 그런 기분이 드는 거예요."

그러자 수전의 사촌인 그 싫은 소피어 할머니가 소리를 마구 질렀다. 소피어 할머니는 월터가 별명 붙였던 '홍조와 비탄에 잠긴 큰 까마귀' 그대로 음울한 말을 하면서 뜨개질하고 있었다.

"선생님은 그래도 나은 편이에요, 미스 올리버. 그러니 그리 신경 쓰지 말도록 해요, 남편을 잃은 사람도 있으니까요. 그야 엄청난 재난이지요. 또 아들을 잃은 사람도 있어요. 미스 올리버는 남편을 잃은 것도 아니고 아들을 잃은 것도 아니니까요."

선생님은 여전히 빈정거리듯 말했다.

"그렇고말고요. 분명히 나는 남편을 잃은 것은 아니에요—다만 남편이 될 예정이었던 사람을 잃었을 뿐이지요. 아들을 잃은 것도 아니에요—다만 내게서 태어날지 알 수 없었던 아들이며 딸들을 잃었을 뿐이지요—이렇게 된 이상 결코 태어나지 않을 거예요."

소피어 할머니가 기겁하며 나무랐다.

"그런 말을 하다니 숙녀답지 않아요."

그러자 선생님이 큰 소리로 웃기 시작했으므로 소피어 할머니는 정말로 놀라고 말았다. 가엾은 선생님이 더 이상 견딜 수 없어 급히 방에서 나가자, 소피어 할머니는 어머니에게 미스 올리버는 이번 재난으로 정신이 이상해진 게 아니냐고 물었다.

"나는 친절하고 좋은 동반자를 둘씩이나 잃는 일을 당했지만 저렇게 되지는 않았어요."

그렇겠지! 그 불쌍한 남편들은 죽을 때 아, 고마워라 하고 생각했을지도 모르니까.

그날 거의 밤새도록 선생님이 방 안을 왔다갔다하는 소리가 들렸다. 밤마다 그렇게 서성거렸지만 그날 밤처럼 오래도록 서성거리기는 처음이었다. 한 번은 마치 무엇에 찔리기라도 한 것처럼 갑자기 괴롭게 외치는 소리가 들렸다. 선생님이 가엾어 나는 잠을 이룰 수 없었다. 나는 그녀를 도울 수도 없다. 밤이 언제까지나 끝나지 않는 게 아닐까 여겨졌다.

그러나 끝났다. 그리고 성경에 있듯 '기쁨은 아침에 찾아왔다'. 다만 그 방문은 아침이 아니라 오후가 꽤 지나서였다. 전화벨이 울려 내가 받았다. 샬럿타운에서 그랜트 씨 어머니가 걸어온 것으로 모든 게 틀렸었다—로버트는 죽은 게 아니라 팔에 가벼운 상처를 입었을 뿐이며, 아무튼 얼마 동안 안전한 병원에 들어가 있다는 소식이었다. 어째서 그런 착오가 생겼는지 아직 모르지만, 틀림없이 로버트 그랜트라는 이가 또 한 사람 있었을 것이라는 말이었다.

나는 수화기를 놓자 '무지개 골짜기'로 날아갔다. 틀림없이 날아갔을 것이다—발이 땅에 닿은 기억이 없으니까. 나는 다 함께 놀던 가문비나무숲 빈터에서 학교에서 돌아오는 올리버 선생님을 만나 조금 전에 들은 소식을 단숨에 알려주었다.

물론 나는 좀 더 분별 있어야 했다. 나는 너무 기뻐 흥분했으므로 차분히 생각할 수 없었던 것이다. 선생님은 무엇에 얻어맞은 듯 금빛 양치류 속에 쓰러져버렸다. 이때의 놀라움…… 덕분에 나는 분별력이 생겼으리라—이런 점에서는 적어도—남은 일생에서는. 나는 선생님을 돌아가시게 했다고 생각했다—선생님의 어머니가 젊을 때 심장이 약해 갑자기 돌아가셨다던 일이 문득 떠올랐다.

내게는 몇 해에 해당할 만큼 시간이 지난 뒤에야 가까스로 선생님의 심장이 아직 움직이고 있음을 확인했다. 얼마나 난처했던지! 여태까지 기절한 사람을 본 적 없었고 집에 가도 도와줄 사람이 아무도 없음을 알고 있었다. 다이와 낸이 레드먼드에서 돌아오므로 모두 역으로 마중나갔던 것이다.

그러나 나는 기절한 사람 다루는 법—이론적으로는—을 알고 있었다. 그리고 지금은 실제로 알고 있다. 다행히도 바로 옆에 시냇물이 있었으므로, 한동안 미친 사람처럼 활약한 뒤에야 선생님은 가까스로 의식을 되찾았다.

선생님은 내가 이야기한 소식에 대해서는 더 이상 한 마디도 하지 않았고 나도 다시는 그 일을 건드릴 마음이 들지 않았다. 나는 선생님을 부축해 단풍나무숲을 지나 선생님 방으로 조심스럽게 모셔갔다. 그러자 선생님은 "봅이—살아 있다" 하고 마치 몸이 찢기는 듯한 목소리로 말하더니 침대에 몸을 내던지고 울고 울고 또 울었다. 나는 사람이 이렇게 처절하게 우는 것을 본 일이 없다. 1주일 동안 흘리지 않았던 눈물이 이때 모두 터져나온 것이다. 어젯밤에는 줄곧 울었던 듯한데, 오늘 아침 선생님의 얼굴은 마치 무슨 환상이라도 보는 듯 즐거워해서 우리는 너무 기뻤지만 어쩐지 무서운 생각이 들었다.

다이와 낸은 2주일쯤 집에 있다가 킹스포트 훈련소로 가서 또 다시 적십자 일을 한다. 나는 그들이 부럽다. 아버지는 짐스며 적십자 소녀단 등 너도 여기서 훌륭한 일을 하고 있지 않느냐고 하신다. 그렇지만 다이와 낸의 일처럼 낭만적인 데가 없다.

쿠트가 함락되었다. 함락되니 오히려 마음이 후련하다. 꽤 오래 전부터 조마조마했기 때문이다. 그 때문에 온종일 우울해져 버렸으나 그 뒤 기운을 내어 그런 일은 과거로 몰아넣어버렸다.

소피어 할머니는 여전히 음울해 하며 영국군은 어디서나 지고 있다고 불평했다.

수전은 굽히지 않고 말했다.

"져도 아주 멋있게 진다니까. 무언가를 뺏기면 가만히 노리고 있다가 다시 되빼앗아버리니까! 아무튼 국왕폐하와 국가가 뒤뜰에 심은 감자눈을 자르는데 지금 나를 필요로 하고 있으니 칼을 가지고 도와줘, 소피어. 그러면 기분전환이 돼서 줄마하라고 부탁받지도 않은 선거 일로 안절부절못하지 않아도 될 테니까."

역시 수전은 믿음직스러운 사람이다. 가엾은 소피어 할머니를 납작하게 해주는 솜씨는 보기만 해도 기분 좋다.

베르됭에서는 전투가 끝없이 이어지고 있어서 우리는 희망과 절망 사이를 왔다갔다하고 있다. 그러나 나는 올리버 선생님이 꾼 이상한 꿈이 프랑스의 승리를 예언하고 있음을 알고 있다.

"'놈들은 지나갈 수 없어.'"

노먼의 독설

"어디를 헤매고 다니는 거지, 나의 앤?"

블라이스 의사가 물었는데, 그는 결혼한 지 24년이 되는데도 주위에 아무도 없을 때면 지금도 '나의 앤'이라고 다정하게 부르고 있었다.

앤은 베란다 층계에 앉아 신부같이 훌륭하게 봄꽃이 핀 싱그러운 경치를 멍하니 바라보고 있었다. 하얀 과수원 저쪽은 거뭇거뭇한 어린 전나무와 유백색 벚나무가 숲을 이루고 있었다. 숲에서는 울새가 경쾌하게 지저귀고 있었다. 저녁 어스름이 밀려오고 단풍나무숲 위에는 어느새 별이 반짝이고 있었기 때문이었다.

앤은 작은 한숨 소리와 더불어 제정신으로 돌아왔다.

"참기 어려운 현실에서 꿈 속으로 도피해 있었어, 길버트—아이들이 모두 다시 집으로 돌아와—모두 다시 작아져서—'무지개 골짜기'에서 놀고 있는 꿈이었어. '무지개 골짜기'도 지금은 언제나 조용해—그러나 맑은 목소리와 떠들썩한 아이들다운 소란스러움이 옛날처럼 들려오는 것을 상상하고 있었어.

젬의 휘파람도, 월터의 요들송도, 쌍둥이의 맑은 웃음소리도 들려와 아주 짧은 순간 나는 서부전선에서 터지는 대포 소리를 잊어버리고 가상의 행복을 맛보고 있었어."

블라이스 의사는 대답하지 않았다. 때로는 일 때문에 잠깐씩 서부전선에 대해 잊을 수 있었지만 그것은 아주 드문 일이었다. 지금도 숱 많은 곱슬머리에 2년 전에는 없었던 흰 머리가 꽤 많이 섞여 있었다.

블라이스 의사는 사랑하는 아내의 별 같은 눈을 미소를 머금고 내려다보았다―그 눈에는 여태까지 언제나 웃음이 넘쳐 있었는데, 지금은 언제나 마른 눈물이 넘쳐 있는 듯 여겨졌다.

손에 괭이를 들고 머리에는 나들이용 모자를 쓴 수전이 지나갔다. 그녀는 걱정스러운 듯한 얼굴로 물었다.

"나는 지금 비행기에서 결혼식을 올렸다는 부부 이야기를 신문에서 읽었는데, 합법적이라고 할 수 있을까요, 선생님?"

블라이스 의사는 진지하게 대답했다.

"괜찮다고 봐요."

수전은 염려스러운 태도로 말했다.

"내가 보기에 결혼식이란 엄숙한 것이므로 비행기 같은 흔들거리는 곳에서 한다는 것은 알맞지 않다고 생각되는데요. 하지만 모든 게 지난날과는 많이 달라졌으니까요.

자, 기도회가 있기까지는 아직 30분이나 남았으니 힘내어 뒤뜰에 있는 무성한 풀을 뽑으러 갈까 해요. 그러나 풀을 뽑으면서도 트렌티노*¹에서 벌어진 새 걱정거리를 생각하겠지요. 오스트리아가 하는 꼴은 정말 탐탁지 못하군요, 마님."

앤도 슬픈 듯 말했다.

"정말이에요. 오전 중 내내 잼을 만들며, 마음은 전쟁 뉴스를 애타

---

*¹ 이탈리아 북동부에 있는 주. 본디 오스트리아령의 일부였던 제1차 세계대전의 격전지.

게 기다리고 있었지요. 드디어 뉴스가 왔을 때는 너무 무서워 움츠러들고 말았어요. 자, 이제 나도 기도회에 갈 준비를 해야겠어요."

어느 마을에는 책에도 씌어 있지 않은 역사가 있고, 비극과 희극과 극적인 사건이 입에서 입으로 몇 대나 전해 내려오고 있다. 그것들은 혼례나 장례날에 이야기되고 겨울 난롯가에서 되풀이된다. 글렌 세인트 메리 마을의 이런 전설의 연대기에 그날 밤 감리교회에서 한 합동기도회 이야기는 불멸의 자리를 차지하게 되었다.

합동기도회는 아널드 씨가 생각해낸 일이었다. 샬럿타운에서 겨울 동안 줄곧 훈련받은 주(州) 보병대대가 머지않아 해외로 떠날 예정이었다. 글렌 마을, 항구 건너편, 항구 곶, 위 글렌 마을 출신인 그 대대의 포 윈즈 부대원들이 마지막 휴가를 보내기 위해 돌아와 있었으므로 아널드 씨는 떠나기 전에 합동기도회를 여는 게 좋지 않겠느냐고 참으로 그럴 듯한 일을 생각해 냈다. 메러디스 씨도 찬성했으므로 기도회는 감리교회에서 한다고 발표되었다.

글렌 마을에서 열린 기도회는 그리 출석률이 좋지 않은데, 이날 밤 감리교회는 만원이었다. 갈 수 있는 사람은 모두 갔다. 미스 코닐리어까지 왔다―미스 코닐리어가 감리교회 안에 발을 들여놓은 것은 이번이 처음이었다. 세계 전쟁이 아니라면 그녀를 여기로 데려올 수 없었을 것이다.

남편이 놀라자 미스 코닐리어는 침착하게 말했다.

"전에는 감리교파를 아주 싫어했지만, 지금은 그렇게 싫지 않아요. 카이저니 힌덴부르크*²니 하는 사람들이 이 세상에 있는데 감리교파를 싫어해 봐야 무슨 소용있겠어요."

마침내 미스 코닐리어도 온 것이다. 노먼 더글러스 부부도 왔다. '달에 구레나룻'은 이 건물에 자기가 대단한 명예를 주고 있는 듯 거

---

*2 독일의 육군 장군·정치가. 1847~1934. 제1차 세계대전 중 독일의 참모총장으로서 전쟁을 지휘했고, 1925년 독일공화국 제2대 대통령이 되었음.

드름피우며 앞자리를 향해 통로를 걸어갔다. '달에 구레나룻'이 온 것을 보고 사람들은 저마다 얼마쯤 놀랐다. 여느 때는 조금이라도 전쟁에 관계 있는 모임은 아예 피하고 있었기 때문이다. 그러나 메러디스 씨는 모두 참석해 주기를 바라고 있었고, 프라이어 씨는 분명 이 부탁을 진심으로 받아들인 듯했다.

검은색 나들이옷에 흰 넥타이 차림으로 숱 많은 빳빳한 회백색 곱슬머리를 단정하게 갈라 빗고, 천해 보이는 동그란 붉은 얼굴은 여느 때보다 더 '신앙심이 있는 사람'인 체하고 있다고 수전은 무자비하게 생각했다.

나중에 수전은 말했다.

"그 사나이가 그런 모습으로 교회에 들어오는 것을 본 순간, 뭔가 '일'이 일어나겠구나 생각했어요, 마님. 어떤 형태로 일어나는지는 몰랐지만, 그 사나이의 얼굴을 보고 좋지 않은 목적으로 왔다고 생각했어요."

기도회는 관례대로 시작되어 조용히 진행되었다. 먼저 메러디스 씨가 여느 때처럼 감동적인 열띤 말을 하고, 이어서 아널드 씨가 취미로나 내용으로나 조금도 나무랄 데 없다고 미스 코닐리어마저 감탄해 마지않을 만큼의 연설을 했다.

이윽고 아널드 씨는 프라이어 씨에게 기도를 이끌어달라고 부탁했다.

미스 코닐리어는 전부터 아널드 씨를 상식이 없다고 말했었다. 감리교파 목사를 판단하는 데 미스 코닐리어는 너그러운 적이 그리 없었지만, 이 경우 그 생각은 틀림이 없었다. 확실히 아널드 씨는 상식이라는 바람직한, 설명하기 어려운 요소를 그리 갖고 있지 않았던 게 틀림없었다. 그렇지 않다면 병사들을 위한 기도회에서 프라이어 씨에게 기도를 이끌어달라고 부탁하는 일은 하지 않았으리라.

아널드 씨로서는 메러디스 씨에 대한 답례로 여겼던 것이다. 메러디스 씨는 자신의 연설 끝에 감리교회 집사에게 기도를 부탁했었다.

몇몇 사람들은 프라이어 씨가 무뚝뚝하게 거절하리라 여겼다—그것만으로도 스캔들을 일으키기에 충분했다. 그런데 프라이어 씨는 벌떡 일어나 선뜻 기도하기 시작했다.

"자, 기도합시다."

사람이 가득찬 건물 구석구석까지 들리는 우렁찬 목소리로 프라이어 씨는 줄줄 막히지도 않고 떠들어댔다.

어이없어 멍해진 청중들이 듣기에도 역겨운 전쟁을 반대하는 주장을 펴는 프라이어 씨의 호소에 자기들이 귀를 기울이고 있음을 깨닫고 소스라치게 놀랐을 때 그 기도는 상당한 곳까지 진행되고 있었다.

프라이어 씨는 적어도 자신의 신념에 대해서는 용기가 있었던 것이다. 그렇지 않으면 나중에 사람들이 이야기했듯이, 교회 안이라면 안전하며 다른 곳에서는 군중에게 추궁당하여 괴로움받을 염려가 있으므로 입 밖에 낼 수 없는 의견을 늘어놓기에 꼭 알맞은 기회라고 여겼기 때문일지도 모른다.

프라이어 씨 기도는 계속되었다. 이 사악한 전쟁이 끝나도록—서부전선에서 살육을 강요당하고 있는 속임수에 빠진 군대가 자기네들의 도리에 어긋난 행위에 눈 떠 더 늦기 전에 회개하도록—살인과 군국주의의 길로 끌려들어가 여기 참석하고 있는 젊은 용사 여러분은 아직 구원을 받을 수 있다……

프라이어 씨는 여기까지는 아무 방해 없이 기도를 계속했다. 듣는 사람 쪽은 너무도 어이가 없고, 교회 안에서는 비록 어떤 도발적 행위가 있을지라도 떠들면 안 된다는 신념이 태어나면서부터 강하게 몸에 배어 있는 탓으로 프라이어 씨는 끝까지 아무 방해도 받지 않고 해낼 수 있는 듯 보였다.

그러나 듣는 사람들 가운데 적어도 한 사람만은 성스러운 건물에 대한 선천적 또는 후천적 경의에 마음 쓰지 않는 사나이가 있었다.

노먼 더글러스는 수전이 자주 말하듯 '이교도'밖에 안 되는 것이다. 그런데 알고 보니 열광적인 애국적 이교도였다.

프라이어 씨가 무엇을 말하고 있는지 충분히 알게 되자 별안간 광포한 전사(戰士)로 바뀌었다. 버럭 소리치는 동시에 옆 신도석에서 벌떡 일어나 청중을 앞에 두고 우레 같은 목소리로 고함쳤다.

"그만해, 그만하라니까! 그 괘씸한 기도를 당장 그만하란 말야! 정말 괘씸하기 짝이 없는 기도로군!"

교회 안에 있는 모든 사람들의 머리가 한꺼번에 번쩍 들어올려졌다. 뒤쪽에 있던 군복차림을 한 젊은이가 조그맣게 갈채를 보냈다. 메러디스 씨가 나무라듯 손을 들었으나 노먼은 그런 것에 아랑곳하지 않았다. 노먼은 말리는 아내의 손 밑으로 빠져 단숨에 앞자리로 껑충 뛰어나가 운 나쁜 '달에 구레나룻'의 웃옷깃을 움켜잡았다.

프라이어 씨는 그만두라고 명령해도 그만두지 않더니 이제 하는 수 없이 그만두었다. 무서운 분노로 긴 빨간 수염을 글자 그대로 곤두세운 노먼이 프라이어 씨의 뼈가 우두둑 소리를 낼 만큼 뒤흔들어대며 그 사이사이에 무서운 독설을 퍼부었기 때문이다.

"이 건방진 짐승 같은 녀석!"—힘껏 흔들며—"이 성질 고약한 썩은 녀석!"—힘껏—"이 짐승 같은 녀석!"—힘껏—"이 역병 같은 기생충아"—힘껏—"이 쓰레기 같은 독일 녀석!"—힘껏—"이 비열한 뱀 같은 녀석……이……이……"

노먼은 한순간 말이 막혔다. 다음으로 교회니 뭐니 아랑곳없이 최대한 나쁜 말을 퍼부을 것이라고 누구나 다 생각했으나, 그 순간 아내와 눈이 마주친 노먼은 꾹 참고 고함쳤다.

"이 위선자 녀석!"

마지막으로 힘껏 흔들고 난 뒤 온 힘을 다해 '달에 구레나룻'을 냅다 떠밀쳤으므로, 불행한 반전론자는 성가대 자리 입구 언저리까지 날아가버렸다. 조금 전까지 붉었던 프라이어 씨 얼굴이 새파래져 있

었다. 그러나 궁지에 몰린 프라이어 씨가 덤벼들었다.

"고소할 테다."

"해봐—해봐!"

노먼은 소리치더니 또다시 돌진했다. 그러나 프라이어 씨 모습은 이미 없었다. 복수의 귀신으로 바뀐 군국주의자에게 두 번 다시 걸려들고 싶지 않았기 때문이다. 노먼은 한순간 무례하고 의기양양하게 설교단 쪽을 쳐다보았다.

"그렇게 당황한 얼굴 하지 마시오, 목사님네들. 당신들은 그렇게 할 수 없었을 게 아니오. 누구나 그런 일을 목사가 해야 한다고는 생각지 않으니까. 그러나 누군가가 해야만 할 일이었소.

내가 그 녀석을 내쫓았으므로 당신들도 기뻐하고 있잖소. 투덜대며 불평을 늘어놓거나 시끄럽게 조잘거리거나 와글와글 떠들게 하다니 당치도 않은 일이오. 선동에다 반역—누군가가 결판을 내야 해요.

나는 이런 때를 위해 태어난 거나 다름없소. 마침내 나도 교회에서 한몫한 셈입니다. 이것으로 또 60년은 얌전히 앉아 있을 수 있겠소! 당신들은 모임을 계속하시오, 목사님네들. 이제 반전론자의 기도로 시끄러워지는 일은 결코 없을 테니까."

그러나 경건한 기도를 드릴 기분은 싹 사라져버렸다. 그 사실을 두 목사 모두 느꼈으므로 조용히 모임을 끝내고 흥분한 사람들을 달래며 돌려보낼 수밖에 없다고 생각했다.

메러디스 씨는 짤막하고 진지한 투로 군복차림의 젊은이들을 불러 이야기했다—아마 그 덕분에 프라이어 씨네 집 유리창은 두 번째 습격을 당하지 않았을 것이다—그리고 기도회를 끝내며 아널드 씨는 조리에 맞지 않는 축복을 주었다—적어도 자기로서는 조리에 맞지 않는다고 느꼈다. 왜냐하면 큰 사나운 개가 지나치게 살찐 강아지를 물고 흔들 듯 거인 같은 노먼 더글러스가 뒤룩뒤룩 살찌고 으스대는 작은 '달에 구레나룻'을 흔들어대던 모습이 머리에서 금방 사라지지 않았기 때문이다. 또 그런 모습이 모두의 머릿속에도 남아 있음을 알고 있었다.

아무튼 합동기도회는 무조건 잘 이루어졌다고는 할 수 없었다. 그러나 아무 방해도 받지 않은 참다운 모임은 여러 차례 있었어도 고스란히 잊혀지고 만 데 비해, 이 기도회는 글렌 세인트 메리 마을사람들의 기억 속에 오래오래 남았다.

수전은 집에 돌아오자 이렇게 말했다.

"마님, 나는 이제 결코 노먼 더글러스를 이교도라고 부르지 않겠어요. 엘런 더글러스가 잘난 체하는 여자가 아니라 해도 오늘 밤은 틀림없이 우쭐했을 거예요."

블라이스 의사가 말했다.

"노먼 더글러스는 전혀 변명할 여지가 없는 일을 하고 말았소. 모임이 끝날 때까지는 뭐라고 하든 프라이어를 내버려둬야만 했어요. 그리고 나중에 프라이어가 소속한 교회의 목사와 임원회에서 벌주도록 해야 했소. 그것이 가장 적절한 조치지요. 노먼의 행위는 몹시 보기에 안 좋고 남이 듣기에도 언짢은 일이며 정말이지 어이가 없어 말문이 막혔다오. 하지만 정말이지—"

블라이스 의사는 머리를 젖히고 껄껄 웃었다.

"앤 아가씨, 참으로 가슴이 후련해졌어."

지금 서부전선에는

1916년 6월 20일 잉글사이드에서

너무 바쁜데다 좋든 나쁘든 오늘도 내일도 가슴 죄는 뉴스뿐이어서 몇 주일 동안이나 일기를 쓸 틈도 마음의 여유도 없었다. 나는 일기를 규칙적으로 써나가고 싶다. 여러 해에 걸친 전쟁 중에 쓴 일기는 자손에게 전해지면 매우 흥미진진한 것이 된다고 아버지가 말씀하셨기 때문이다.

난처하게도 이 소중한 일기에 아이들에게 읽히고 싶지 않은 개인적인 일들을 두세 가지 쓰고 싶다. 아이들에게 나는 자신의 경우는 제쳐두고 예의범절에 대해 엄청 까다로운 사람이 될 것 같다!

6월 첫주도 괴로운 나날이었다. 오스트리아군은 금방이라도 이탈리아를 침략할 듯이 보였다. 그러던 가운데 유틀란트 전투의 무서운 첫번째 뉴스가 들어왔다. 유틀란트에서 독일 해군이 영국 해군에게 대승리를 거두었다는 것이었다. 그날을 나는 언제까지나 잊지 않을 것이다.

우리는 완전히 단념해 버렸다. 영국 해군에게 기대를 걸 수 없다면 무엇에 의지해야 한단 말인가? 올리버 선생님은 말했다.

"꼭 믿었던 친구에게 비틀거릴 만큼 세게 얻어맞은 듯한 기분이에요."

우리도 그런 기분이었다. 좌절하지 않는 사람은 오직 수전뿐이었다. 수전은 경멸하듯 흥 콧방귀를 뀌며 말했다.

"카이저가 영국 해군을 패배시켰다는 말은 틀림없이 독일측의 거짓말일 테니까요."

이틀쯤 지난 뒤, 그 말대로 영국이 패한 게 아니라 영국의 승리였음을 알았을 때 우리는 '내가 그랬잖느냐'는 수전의 말을 귀가 아프도록 들었으나 모두들 기꺼이 참았다.

수전을 항복시킨 것은 키치너 경의 죽음*1이었다. 처음으로 수전이 실망해서 힘이 쭉 빠지는 것을 보았다. 우리들 모두에게도 타격을 주었지만, 수전은 절망의 구렁텅이로 빠졌다. 이 소식은 밤에 전화로 알려졌으나 수전은 이튿날 신문 표제를 볼 때까지도 믿으려 하지 않았다.

수전은 울지도 않고 기절하지도 않고 히스테리도 일으키지 않았으나 수프에 소금 넣는 것을 깜빡 잊어버렸다. 그런 일은 여태까지 내 기억에 없다. 어머니도 올리버 선생님도 나도 가슴 아파하며 울었다. 그러나 수전은 돌처럼 차갑고 빈정거리는 표정으로 우리들을 보며 말했다.

"카이저와 카이저의 여섯 아들은 모두 살아서 팔팔해요. 그러니 이 세상이 아주 쓸쓸해진 것은 아니잖아요. 왜 울지요, 마님?"

수전의 이 돌처럼 손댈 수 없는 상태는 24시간이나 이어지고, 거기에 소피어 할머니가 나타나 수전과 함께 한탄하기 시작했다.

"무서운 소식이야, 수전. 우리는 최악의 경우를 각오하는 편이 좋을지도 몰라. 넌 언젠가 말했었지―나는 잊지 않고 기억하고 있어, 수

---

*1 군사회담을 위해 러시아로 가던 도중 타고 있던 배가 영국 북쪽의 오크니 바다에서 격침되어 죽음.

전 베이커―하느님과 키치너를 절대로 믿고 있다고 말했지. 아, 수전, 이제 하느님밖에 남지 않았어."

소피어 할머니는 마치 세계가 위기에 맞닥뜨려 있기라도 한 듯 비통한 얼굴로 손수건을 눈에 갖다댔다. 수전에게는 소피어 할머니가 구원의 하느님이 되었다. 수전은 갑자기 제정신으로 돌아왔다.

수전은 호되게 나무랐다.

"소피어 크로퍼드, 조용히 해요! 언니는 바보일지도 모르지만, 불경한 바보가 될 필요는 없으니까. 이제는 연합군을 받쳐줄 사람이 하느님밖에 없다고 해서 울고불고하는 것은 온당치 못해요.

키치너가 죽은 것은 우리에게 있어서 큰 손실이니까, 그 일로 이러니저러니하지는 않겠어요. 그러나 이 전쟁의 결과가 한 사람의 목숨에 달린 것은 아니고, 게다가 러시아도 다시 공격을 시작하려 하고 있으니 곧 잘될 거예요."

수전은 매우 힘차게 말하여 자신도 그렇게 납득시켰으며 곧 활기를 되찾았다. 그러나 소피어 할머니는 고개를 저었다.

"앨버트의 아내가 갓난아기에게 부루실로프라는 이름을 따서 붙이고 싶다고 하지만, 나는 우선 부루실로프가 어떻게 될지 조금 더 상태를 보고 나서 하라고 했어. 러시아 사람은 감쪽같이 없어져버리는 버릇이 있으니까."

그러나 러시아군은 훌륭하게 활약하고 있었고 이탈리아를 구한 것도 러시아였다. 그렇지만 러시아군이 파죽지세로 진격한다는 뉴스가 거의 날마다 들어와도 전처럼 뛰어가서 국기를 내걸 마음은 없었다. 올리버 선생님이 말했듯 베르됭이 우리의 기쁨을 모두 말살시켜버린 것이다. 승리가 서부전선측이었다면 우리는 좀 더 기뻐할 마음이 되었을 것이다.

올리버 선생님은 오늘 아침에도 한숨 쉬며 말했다.

"영국은 언제 공격할까? 우린 무척 기다렸지만―너무 오래잖아."

지난 몇 주 동안 이 근처에서 일어난 가장 큰 사건은 해외로 떠나기 전에 자기네 지방을 지나는 지방 보병대대의 행군이었다. 부대는 샬럿타운에서 로브리지로 나간 뒤 항구 곶을 돌아 위 글렌을 지나 글렌 세인트 메리 역으로 행군했다.

　모든 사람들은 이 행군을 보러 밖으로 나갔다. 나가지 않은 사람은 몸져누워 있는 클로 할머니와 프라이어 씨뿐으로, 프라이어 씨는 지난주 합동기도회가 있던 그날 밤 이후 교회에도 모습을 보이지 않았다.

　보병대대가 지나가는 것을 보는 일은 멋지기도 했지만 못견디게 괴롭기도 했다. 젊은 사람도 있고 중년인 사람도 있었다. 아직 16살인데 입대하고 싶은 마음에서 18살이라고 맹세한 항구 건너편의 로리 매컬리스터도 있었다. 55살이라는 것을 누구나 다 알고 있는데도 44살이라고 맹세한 위 글렌의 앵거스 매킨지 씨도 있었다. 로브리지 출신으로 남아프리카에 갔던 일이 있는 퇴역군인 두 사람도 있었고, 항구 곶의 18살 되는 백스터네 세 쌍둥이도 있었다.

　행진해 가는 병사들을 향하여 모두들 진심어린 성원을 보냈다. 20살 된 아들 찰리와 어깨를 나란히 하고 가는 40살의 포스터 부스에게도 격려의 말을 보내주었다. 찰리의 어머니는 그가 태어났을 때 죽었으며, 찰리가 입대했을 때 포스터는 이제까지 자기가 갈 수 없을 듯한 곳에는 아무 데도 찰리를 보낸 일이 없으므로 플랑드르의 참호에도 다른 사람보다 먼저 보낼 생각은 없다고 말했다.

　역에서는 먼디가 미친 듯이 뛰어다니며 이 사람들 모두에게 젬에게 전할 말을 부탁했다. 메러디스 씨가 인사말을 읽고 레타 크로퍼드가 '피리 부는 사나이'를 암송했다. 병사들은 미친 듯이 레타에게 갈채를 보내며 소리쳤다.

　"우리도 뒤를 따르자—우리도 뒤를 따르자—우리는 맹세를 저버리지 않는다."

나는 이토록 사람의 마음을 분발케 하는 훌륭한 시를 쓴 사람이 내 오빠라고 생각하니 자랑스러워 견딜 수 없었다.

그리고 카키색 대열을 보았을 때 군복으로 무장한 저 키 큰 남자들이 내가 어렸을 적부터 함께 웃고 놀고 춤추며 놀려댔던 남자아이들일까 하고 이상한 기분이 들었다. 무엇인가가 이 사람들을 부추겨 딴 곳으로 떼어놓고 만 것처럼 보였다. 이 사람들은 피리 부는 사나이가 부르는 소리를 들었던 것이다.

보병대대에는 프레드 아널드도 끼어 있었는데 나는 프레드 일로 견딜 수 없이 괴로웠다. 프레드가 저토록 슬픈 얼굴로 출정해야 하는 것은 내 탓이기 때문이다. 어쩔 수 없었던 일이지만, 나는 달리 내가 어떻게 할 수 있었으면 좋았을걸 하는 생각이 몹시 들었다.

프레드는 휴가 마지막날 밤 잉글사이드로 찾아와서 나를 사랑하며, 돌아오면 언젠가 자기와 결혼하겠다고 약속해 주지 않겠느냐고 부탁했다. 프레드가 필사적이어서 나는 그토록 비참한 적은 태어나서 처음이었다. 그 약속만은 할 수 없었기 때문이다. 비록 켄의 일이 없었을지라도 나는 프레드를 그런 뜻으로는 좋아하지 않았고 도저히 그런 마음을 가질 수 없었다. 그러나 아무 희망도 위안도 주지 않은 채 전선으로 보낸다는 것은 참으로 잔혹하고 무정한 일로 여겨졌다.

나는 어린애처럼 엉엉 소리내어 울었다. 그런데도—아, 내 마음속에는 구제하기 힘든 천박한 데가 틀림없이 있을 것이다—나는 울며불며 프레드가 한창 미칠 것처럼 비통한 얼굴을 하고 있는 참에 문득 머릿속에 살아 있는 한 아침마다 저 코를 아침 식사 식탁 너머로 본다는 건 정말 참을 수 없는 일일 거라는 생각이 떠올랐다.

이것도 내 자손들에게 읽히고 싶지 않은 사항 가운데 하나다. 그러나 부끄럽지만 이것은 부인할 수 없는 사실이다. 이런 생각이 떠오른 것은 어쩌면 좋은 일이었는지도 모른다. 왜냐하면 가엾고 후회스러워 터무니없이 겁없는 대답을 했을지도 모르는 일이었기 때문이다. 만일

프레드의 코가 프레드의 눈이나 입과 마찬가지로 훌륭했다면 그런 일도 일어났을지 모른다. 그렇게 되었다면 내가 얼마나 난처한 입장에 놓이게 될지 생각할 수조차 없다!

가엾게도 프레드는 내가 약속할 수 없음을 확실히 알게 되자 훌륭한 태도를 취했다—하기야 그 때문에 사태는 더욱 괴로워졌지만. 만일 프레드가 나에게 기분 나쁜 태도를 취했다면 나는 이처럼 슬퍼하거나 마음에 가책을 받지는 않을 것이다—하기야 왜 마음에 가책을 받는지 나 자신도 알 수 없었다. 왜냐하면 프레드를 좋아한다는 생각이 들 게 한 적이 '한 번도' 없었으니까. 그런데 마음에 걸려 견딜 수 없었다—지금도 그렇다. 만일 프레드가 돌아오지 않게 되기라도 한다면 이 일은 일생 동안 내 머릿속에서 떠나지 않을 것이다.

그러자 프레드는—내 사랑을 가지고 참호에 갈 수 없다면 하다못해 우정만이라도 받았다고 느끼고 싶으니 자기가 떠나가기 전에—아마도 영원히 떠나가기 전에 꼭 한 번만 이별의 키스를 해주지 않겠느냐고 부탁했다.

나는 어째서 연애사건을 즐겁고 재미있는 것으로 상상했었는지 스스로도 알 수 없다. 연애란 실로 무서운 것이다. 나는 켄과의 약속 때문에, 가엾게도 가슴이 찢어질 듯한 생각을 하고 있을 프레드에게 가벼운 키스조차도 할 수 없는 일이 잔혹하게 여겨졌다. 나는 프레드에게 물론 우정은 주겠지만 다른 사람과의 약속이 있으므로 키스할 수 없다고 말하는 도리밖에 없었다.

"그건—그건 켄 포드야?"

프레드가 묻기에 나는 고개를 끄덕였다.

그 사실을 말해야 한다는 것은 더없이 괴로운 일이었다—나와 켄만의 신성한 비밀이었기 때문이다.

프레드가 돌아간 뒤 내가 2층 내 방으로 올라와 너무 오랫동안 심하게 울었으므로 어머니가 오셔서 까닭을 알고 싶어했다. 나는 어머니에게 이야기했다. 어머니는 내 이야기를 말없이 듣고 있었는데, 얼굴에는 '이런 어린애와 결혼하고 싶다는 생각을 하는 사람이 있단 말인가?'하는 표정이 뚜렷이 떠올라 있었다. 그러나 어머니가 아주 상냥하게 잘 이해해 주고 충분히 헤아려 주었으므로—아, 참으로 요셉을 아는 사람이라는 느낌이 들어—뭐라고 말할 수 없을 만큼 위안을 받았다. 무엇보다도 좋은 사람은 어머니다.

나는 울면서 말했다.

"하지만 어머니, 프레드는 이별의 키스를 해달라고 했어요. 하지만 나로서는 도저히 할 수가 없었어요. 그것이 무엇보다도 마음아파요."

어머니는 침착하게 말했다.

"어머나, 왜 키스해 주지 않았지? 그런 때에는 키스해 줘도 좋았을 텐데."

"하지만 그렇게 할 수 없었어요, 어머니—켄이 출정할 때 그가 돌아올 때까지 누구와도 키스하지 않겠다고 굳게 약속한걸요."

이것 또한 가엾은 어머니에게는 강력한 폭약이었다. 어머니는 묘하게 목이 메어 소리쳤다.

"릴러, 너는 케니스 포드와 결혼약속을 했니?"

"나는……몰라요."

나는 흐느껴 울었다.

"모른다고?"

어머니가 되물었으므로 나는 그 이야기도 모조리 하지 않을 수 없었다. 이야기하다 보니 켄이 진심이었다고 생각한 것이 점점 어리석게 느껴졌다. 이야기를 끝낼 무렵에는 내가 바보처럼 느껴져 부끄러운 생각마저 들었다.

어머니는 한동안 잠자코 있더니 이윽고 내 옆으로 다가와서 앉아 나를 꼭 끌어안았다.

"울지 마라, 릴러 나의 릴러. 프레드에 대해 조금도 자신을 나무랄 만한 일은 하지 않았으니까. 레슬리 웨스트의 아들이 자기 이외의 사람과는 키스하지 말라고 했다면, 너는 켄과 결혼약속을 한 것으로 생각해도 될 것 같구나. 하지만—아, 내 아기—내 막내아기—나는 너를 잃고 말았어—전쟁 덕분으로 너는 너무 일찍 어른이 되었구나."

어머니에게 안겨서 아직도 위안을 받을 정도니 나는 결코 대단한 어른이 될 수 없을 것이다. 그런데도 이틀 뒤 프레드가 행진해 가는 것을 보았을 때 내 가슴은 견딜 수 없이 아팠다.

그러나 내가 켄과 정말로 결혼약속을 한 것으로 어머니가 생각해 주어 기쁘다!

먼디는 알고 있다

"오늘로 잭 엘리엇이 전쟁소식을 가져왔던, 그 등대의 댄스파티가 있었던 날 밤으로부터 꼭 2년이 되었어요. 기억하고 계세요, 올리버 선생님?"

미스 올리버 대신 소피어가 대답했다.

"물론 알고 있지, 릴러. 그날 밤 일을 나는 또렷이 기억하고 있어. 네가 그 예쁜 옷을 자랑하려고 이리로 뛰어내려 왔던 일도 잊지 못하고 있어. 한치 앞을 못 내다본다고 내가 주의를 주었던 그대로였잖니? 설마 그날 밤 너는 자신이 어떻게 될 것인지 생각해 보지도 않았을 테지."

그러자 수전이 날카로운 말로 끼어들었다.

"그런 일을 생각한 사람은 아무도 없어요. 아무도 예언하는 힘을 가지고 있지는 못하니까요. 사람에게 죽기 전에 무슨 일이 일어나리라고 말하는 것쯤은 그리 앞을 내다보는 힘도 필요없어요. 그런 말이라면 나도 할 수 있으니까요."

릴러가 어쩐지 슬픈 목소리로 말했다.

"그때 우리는 모두 두세 달만 지나면 전쟁이 끝날 것으로 생각했죠.

돌이켜 보면 그런 생각을 했다니 우스운 일이에요."

미스 올리버가 어두운 표정을 지으며 말했다.

"그런데 2년이 지난 여태까지도 전혀 끝날 생각을 안 하니 말예요."

그러자 수전이 뜨개바늘로 딱 소리를 내며 말을 이었다.

"이것 봐요, 미스 올리버, 지금 한 말은 이치에 맞는 것 같지 않군요. 언제 끝나든 우리는 마지막으로 치러질 전쟁에 2년 더 다가선 셈이잖아요?"

그러자 소피어가 성질날 말을 꺼냈다.

"앨버트가 오늘 몬트리올 신문을 보니, 어떤 군사전문가가 이 전쟁은 앞으로 5년 더 이어지리라 생각한다는 말이 버젓이 씌어 있었다더라."

"그럴 리 없어요."

릴러가 소리쳤으나 그렇게 말한 다음 희미하게 한숨을 쉬었다.

"2년 전이었다면 2년이나 이어질 리 없다고 했겠지만, 전쟁이 앞으로 5년이나 이어진다니, 정말!"

수전이 말했다.

"이제 와선 나는 틀림없이 그렇게 될 거라고 생각하지만, 만일 루마니아가 참전하면 5년 대신 5개월로 끝낼 수 있을 거예요."

소피어가 한숨을 쉬며 말했다.

"나는 외국인 말은 믿을 수 없어."

그러자 수전이 반박했다.

"프랑스인도 외국인이잖아. 베르됭을 좀 봐. 그 이른바 위대한 군사전문가 한 사람의 말을 빌면 바야흐로 베르됭이 구출될 것은 조금도 의심할 나위가 없는 모양이니까. 털끝만큼도 의심할 여지가 없대, 소피어 크로퍼드. 게다가 올여름 솜*¹에서의 대승리를 생각해봐. 대

---

*1 프랑스 중북부에 있는 지방. 1916년 7월의 전투에서는 영국군이 크게 패했으나 1918년 3월 전투에서는 영국군이 독일군을 쳐부수어 그 뒤 독일군은 모든 전선에서 패퇴했음.

공격은 시작되었고, 러시아군은 아직 우세하니 말이야. 사로잡은 독일군 사관들이 자기네가 졌다고 하더라고 헤이그 장군이 말하지 않았어."

"잔인무도한 독일사람의 말은 한 마디도 믿을 수 없어. 따르고 싶다고 해서 믿는 것은 분별없는 짓이야, 수전 베이커. 솜에서 영국군은 몇 백만이라는 병사를 잃고 얼마나 앞으로 나갔지? 현실을 봐, 수전 베이커. 현실을 보라니까."

수전은 몹시 겸손해졌다.

"그렇게 해서 독일군을 녹초가 되도록 만들고 있지. 그런 이상 2,3 마일 동쪽이거나 서쪽이거나 그런 건 문제가 아니야. 나는 군사전문가는 아니지만, 소피어 크로퍼드. 나조차도 그걸 알 정도니 소피어도 뭐든지 나쁜 쪽으로만 생각하려 하지 않는다면 알 수 있을걸. 세상에서 영리한 것은 독일병뿐만은 아니니까.

앨리스테어 매컬럼의 아들로 위 글렌 출신인 로드릭 이야기를 들었어? 지금 독일의 포로로 있는데 지난주 어머니한테 편지가 왔다나봐. 편지에 대우는 아주 친절하고, 포로에게 먹을 것도 충분히 준다는 등 뭐든지 다 좋게만 썼더래.

그런데 이름을 쓸 때 로드릭과 매컬럼 사이에 게일 어*2로 '모두 거짓말이다'라는 뜻의 말을 두 개 써넣었더래. 독일사람인 검열관은 게일 어를 모르므로 그것도 로디의 이름 가운데 한 부분인 줄 알고 통과시켜 버린 거야. 바보같이 속은 줄은 꿈에도 모르고.

자, 오늘 하루 전쟁에 대한 일은 헤이그에게 맡겨두고 나는 초콜릿 케익에 설탕옷을 입혀야겠어. 다 만들면 맨 윗선반에 올려놓을 거야. 요전에는 만든 것을 선반 아랫단에 넣어두었더니 키치너 도련님이 들어와 설탕옷을 다 벗겨 몽땅 먹어버렸어. 그날 밤 차 마시러 온 손

---

*2 스코틀랜드 고지대 및 아일랜드에 사는 켈트인의 언어.

님이 있어서 내가 케이크를 가지러 가보니 차마 볼 수가 없을 지경이었지 뭐야!"

소피어가 물었다.

"그 가엾은 아이의 아버지한테서는 아직 소식이 없어?"

릴러가 대답했다.

"아뇨, 7월에 편지가 왔어요. 부인이 죽은 일이며 아기를 내가 맡아 돌보고 있다는 소식을 듣고—메러디스 씨가 편지를 보내셨거든요— 곧 편지를 썼대요. 하지만 아무리 기다려도 답장이 오지 않아 틀림없이 자기 편지가 닿지 않은 모양이라고 생각하기 시작했대요."

수전이 비웃었다.

"2년이나 지나서야 겨우 생각하기 시작했다니, 생각하는데 꽤 시간이 걸리는 사람도 있구먼. 짐 앤더슨은 2년이나 참호에 있으면서 가벼운 상처 하나 입지 않았으니까. 옛 속담에도 있듯이 바보는 운이 좋다고 하잖아."

"짐스에 대해 몹시 다정하게 쓰고, 짐스를 보고 싶다고 씌어 있었어요. 그래서 나는 아이 일을 편지에 자세히 쓰고 스냅 사진도 보냈어요. 짐스는 다음주에 2살이 돼요. 저토록 귀여운 아이는 없어요."

소피어가 말했다.

"릴러는 전에는 아기를 그리 좋아하지 않았었는데."

릴러는 솔직히 말했다.

"이성적으로는 아기가 전보다 조금도 더 좋아지지 않았어요. 하지만 짐스는 귀여워요. 그래서 앤더슨이 무사하다는 것을 알았을 때 그리 기쁘게 생각되지 않았을 정도예요."

소피어가 놀란 듯 힘주어 말했다.

"설마 그 남자가 죽었으면 좋겠다고 생각한 것은 아니겠지!"

"당치도 않아요! 다만 앞으로도 짐스를 잊어버려 줬으면 했을 뿐이에요."

소피어가 나무라듯 말했다.

"그렇다면 릴러 아버지가 아이 양육비를 대야 할 거야. 젊은 사람들은 정말 생각이 없다니까."

마침 이때 달려온 짐스가 발그레한 볼에 곱슬거리는 머리로 키스하지 않고는 견딜 수 없는 모습을 하고 있었으므로 소피어마저 조건부로 듣기 좋은 말 한 마디라도 하지 않을 수 없었다.

"이 아이는 정말 튼튼해 보이는구나. 하긴 혈색이 좀 지나치게 좋은 건지도 모르겠지만—흔히 말하는 폐병 앓는 사람의 얼굴빛과는 다르지.

릴러가 이 아이를 데려온 다음날 나는 이 아이를 보고 설마 릴러가 키우리라곤 생각지 못했어. 릴러가 그런 일을 할 수 있으리라곤 여겨지지 않아 집에 돌아가자 앨버트의 아내에게 그렇게 말했었지. 그러니까 앨버트의 아내는 릴러 블라이스는 아주머니께서 생각하시는 것보다 훨씬 꿋꿋한 데가 있다고 말하지 뭐야. 앨버트의 아내는 전부터 릴러에 대해 좋게 생각하고 있었어."

이 점에서는 앨버트의 아내 한 사람만이 세상에서 고립되어 있다는 듯이 소피어는 한숨을 크게 내쉬었다. 그러나 진정으로 그렇게 생각하는 것은 아니었다. 그녀는 그녀 자신의 우울한 방식으로 릴러를 매우 마음에 들어했으나 젊은 사람은 눌러놔야만 한다는 것이었다. 그렇지 않으면 사회의 기강이 해이해진다고 생각하고 있었다.

미스 올리버가 반쯤 놀리는 기분으로 속삭였다.

"2년 전 오늘 밤, 릴러가 등대에서 걸어 돌아왔던 일을 기억하고 있어?"

"그럼요, 기억하고말고요."

릴러는 웃었다. 그러나 그 웃음은 꿈꾸는 듯한 방심상태로 바뀌어 갔다. 릴러는 다른 일—케니스와 모래톱에서 지냈던 한때의 일을 생각하고 있었던 것이다.

'켄은 오늘 밤 어디 있을까? 그리고 젬과 월터, 즐거운 웃음이 넘쳐 흐르던 그날 밤—그림자 하나 없는 기쁨으로 가득찼던 마지막 밤에 오래된 포 윈즈 등대에서 춤추고 달에 들떠 있던 그 남자아이들은 모두 어떻게 지내고 있을까.'

솜 전선의 더러운 참호에서 네드 버의 바이올린 소리 대신 대포를 쏘는 소리와 부상병의 신음소리를 들으며 은빛으로 반짝이는 푸른 만 대신 번쩍이는 조명탄을 바라보고 있을 것이다.

그 젊은이들 가운데 두 사람이 플랑드르의 양귀비꽃 밑에 잠들어 있다. 위 글렌의 에릭 버와 로브리지의 클러크 맨리였다. 부상 입고 병원에 들어가 있는 이들도 있었다.

그러나 이제까지 목사관과 잉글사이드 아이들은 무사했다. 그들은 불사신인 것처럼 생각되었다. 그러나 전쟁이 1주일, 또 1주일, 한 달, 또 한 달 이어짐에 따라 불안은 조금도 줄어들지 않았다.

릴러는 한숨을 쉬었다.

"이것은 열병의 일종과는 다르므로 2년 동안 걸리지 않았으니 면역 되었다고 안심할 수는 없어요. 위험은 그들이 처음으로 참호에 들어 간 날과 다름없이 크고 절박한걸요. 이것을 알기에 나는 날마다 괴로 워요. 하지만 여태까지 다치지도 않고 버티어 왔으니 끝까지 이대로 가지 않을까 하는 생각도 들어요.

아, 올리버 선생님, 아침에 눈을 떴을 때 오늘은 어떤 뉴스가 들어 올까 걱정하지 않아도 된다면 얼마나 좋겠어요? 아무래도 그런 생활 은 꿈꿀 수조차 없어요.

2년 전 오늘 아침, 나는 불현듯 잠이 깨었을 때 오늘이라는 새로운 날이 내게 어떤 기쁨의 선물을 가져다줄 것인가 하는 일을 기대했었 어요. 이것이 유쾌한 일로 가득하리라고 여겼던 2년 전이에요."

"지금 너는 이 힘든 2년을 재미있는 일로 가득 찬 행복한 2년과 바꾸고 싶은 마음이니?"

릴러는 천천히 대답했다.

"아니에요, 바꾸고 싶지 않아요. 이상하죠—괴로운 2년이었어요. 그런데도 이상하게 고맙다는 생각이 들어요—힘들기는 했지만 무언가 엄청 귀중한 것을 내게 준 듯한 기분이에요—그렇게 할 수 있다 하더라도, 나는 2년 전으로 거꾸로 돌아가 예전의 나로 되돌아가고 싶지 않아요.

그렇다고 내가 훌륭한 진보를 했다고 여기는 건 아니에요—하지만 지금은 그 무렵처럼 이기적이고 제멋대로인 바보는 아니에요. 그때에도 내게는 어렴풋이 이런 마음이 있었다고 생각해요, 선생님—그러나 그것을 몰랐던 거예요. 지금은 그것을 분명히 알고 있어요—대단한 일이죠—2년 동안 괴로운 생각을 해온 만큼 가치가 있어요. 그렇기는 하지만—"

릴러는 변명하듯 웃었다. 그리고 말을 이었다.

"더 이상은 아프지 않았으면 해요—비록 마음을 더욱더 성숙시키기 위한 일이라도 말예요. 앞으로 2년이 지났을 때 나는 뒤돌아보고 그 2년이 나를 향상시켜 준 것을 또 감사할지 모르지만, 하지만 지금은 지긋지긋해요."

"모두 다 그래. 그러므로 정신을 향상시키는 수단이나 방법을 우리 마음대로 선택할 수 없게 되어 있는 거겠지. 자기들이 받은 교훈을 비록 귀중하고 중요한 것으로 여긴다 해도, 그 고통스러운 가르침을 앞으로도 받을 생각은 아무도 없는 법이야.

자, 수전의 말처럼 희망을 갖기로 하자. 사실 지금은 전쟁상태도 좋은 쪽으로 향하고 있으니까. 여기서 루마니아가 참전하면 우리가 모두 깜짝 놀랄 만큼 순식간에 전쟁이 끝날지도 모르지."

루마니아는 참전했다—수전은 루마니아의 국왕과 여왕만큼 훌륭한 왕실의 부부 사진은 본 일이 없다고 칭찬했다.

이리하여 여름은 지나갔다. 9월 첫무렵에 캐나다군이 솜 전선으로 이동했다는 소식이 들어와 걱정이 한층 더 깊어져갔다. 처음으로 블라이스 부인의 기력이 얼마쯤 떨어졌다. 불안한 나날이 거듭되는 동안 블라이스 의사는 근심스러운 눈으로 아내를 바라보게 되어 적십자 일로 특별히 힘드는 일은 이것도 안 되고 저것도 안 된다고 말하게 되었다.

블라이스 부인은 열심히 부탁했다.

"오, 내게 일을 하게 해줘. 일을 하게 해줘, 길버트. 일하는 동안은 그리 두려운 마음이 들지 않으니까. 게으름 피우고 있으면 온갖 일을 떠올리게 돼—쉬는 것은 내게 고문이야. 두 아이는 무서운 솜 전선에 가 있고—셜리는 밤낮으로 비행기 책을 읽느라 열중해서 아무 말도 하지 않아. 하지만 그 눈에는 목적이 나타나 있지. 아냐, 나는 쉬고 있을 수 없어—그런 말은 하지 말아줘, 길버트."

그러나 블라이스 의사는 고집스럽게 물러나지 않았다.

"당신이 목숨을 단축하는 자살행위를 하도록 내버려둘 수는 없어, 앤 아가씨. 아들들이 돌아왔을 때 기쁘게 맞아들일 수 있는 어머니로 있어줬으면 좋겠어. 봐, 당신은 너무 창백해서 말갛게 비쳐 보일 정도잖아. 이래서는 안 돼—이래도 되는지 수전에게 물어봐."

"아, 수전과 둘이 짜고서 덤벼드는 데는 못 당해."

앤은 실망했다.

어느 날, 멋진 뉴스가 들어왔다. 캐나다군이 많은 포로며 총과 함께 쿠서렛과 마르텐퓌히[*3]를 점령했다는 것이었다. 수전은 국기를 달고, 어려운 일을 맡기는 데 어느 병사를 뽑을 것인가를 헤이그가 알고 있는 것이 분명하다고 말했다. 다른 사람들은 덮어놓고 기뻐할 마음이 들지는 않았다. 어떤 희생을 치렀는지 알 수 없는 일 아닌가?

그날 새벽이 움틀 무렵 눈을 뜬 릴러는 창가로 다가가 밖을 내다보

---

*3 둘 다 프랑스 북부의 도시.

았다. 잠을 자고 난 탓으로 뽀얗고 도톰한 눈꺼풀이 무거웠다. 새벽녘 세계는 다른 시각일 때와는 다른 모습을 보이고 있었다. 공기는 이슬을 머금어 차갑고, 과수원이며 숲이며 '무지개 골짜기'는 신비로움과 기묘함으로 가득차 있었다. 동쪽 언덕 너머로 금빛 도는 골짜기와 은빛 어린 핑크빛 저지대가 있었다. 바람 한 점 없었으며 역 쪽에서 슬픈 듯한 개 울음소리가 또렷이 들렸다.

'먼디일까? 먼디라면 왜 저렇게 우는 것일까?'

릴러는 몸을 떨었다. 그 목소리에는 뭔가 불길하고도 슬픈 울림이 담겨 있었다. 언젠가 밤에 올리버 선생님과 어둠 속을 걸어 집으로 돌아올 때 개짖는 소리를 듣고 선생님이 했던 말이 생각났다.

"개가 저렇게 울 때는 죽음의 천사가 지나가고 있는 거란다."

릴러는 그 울음소리를 들으면서 무서움에 오싹 소름이 끼쳤다. 먼디다—분명히 그렇다고 릴러는 느꼈다.

'누구의 죽음을 애도하여 먼디는 울고 있는 것일까—누구의 영혼에 먼디는 저토록 슬픈 이별의 인사를 보내고 있는 것일까?'

릴러는 잠자리로 돌아갔으나 잠을 이룰 수 없었다. 하루종일 릴러는 아무에게도 말할 수 없는 두려움에 벌벌 떨며 지켜보고 기다렸다.

먼디를 보러 역에 갔더니 역장이 말했다.

"아가씨네 개는 밤중부터 새벽녘까지 기분 나쁜 소리로 울었어. 왜 그렇게 울었는지 모르겠군. 내 아내도 잠을 깨고, 한 번은 내가 나가 어이 하고 소리쳐 보았지만 내 쪽은 쳐다보지도 않았어. 저기 플랫폼 끄트머리에 달빛을 받으며 멍하니 앉아 2,3분마다 코를 위로 쳐들고 마치 가슴이 찢어지기라도 한 듯 짖어댔지. 그런 일은 한 번도 없었는데—언제나 자기 집에서 얌전히 자고, 다음 기차가 올 때까지 조용히 있었는데 말이지. 그런데 어젯밤에는 뭔가 마음속에 생각되는 일이 있었던 모양이야."

먼디는 자기 집에 누워 있었다. 릴러를 보자 꼬리를 흔들며 손을 핥았으나 가져간 음식은 건드리려고도 하지 않았다.

"병이 났는지도 몰라."

릴러는 걱정되어 먼디를 혼자 두고 돌아오기가 싫었다. 그러나 그날은 나쁜 뉴스가 들어오지 않았다—다음날도 그 다음날도 무사했다. 릴러의 걱정은 차츰 사라졌다. 먼디는 이제 울지 않았고, 여느 때와 마찬가지로 기차를 맞아들이고 보내는 일과를 이어 갔다.

닷새가 지나자, 잉글사이드 사람들은 다시 명랑해져도 될 듯한 기분이 들었다. 릴러는 수전을 도와 아침식사 준비를 하느라 부엌 안을 힘차게 뛰어다니며 즐거운 듯 맑은 목소리로 노래를 불렀으므로, 길 건너편의 소피어가 그 소리를 듣고 앨버트 부인에게 투덜대며 말했다.

"'먹기 전에 노래하고 자기 전에 울라'는 것은 전부터 들어온 말이야."

그러나 릴러는 해지기 전에는 울지 않았다. 그날 오후 아버지가 여위고 창백하여 늙어 보이는 얼굴로 돌아와 월터가 쿠서렛에서 전사했다는 말을 전했을 때, 릴러는 정신을 잃고 아버지의 품속으로 쓰러져 오랫동안 괴로움조차도 느끼지 못했다.

꿈결로

심한 괴로움의 불꽃은 다 타버리고 잿빛 재가 온 세계를 뒤덮었다. 릴러의 젊은 생명은 육체적으로 어머니보다 빨리 회복되었다. 슬픔과 충격으로 블라이스 부인은 몇 주 동안 몸져누워 있었다. 릴러는 아직 생존이라는 것을 고려해야만 하는 이상 생존을 이어 갈 수 있음을 알 수 있었다.

해야 할 일도 있었다. 수전 혼자서는 다 해낼 수 없었기 때문이다. 릴러는 낮에는 어머니를 위해 차분함과 인내를 옷처럼 걸치고 있었으나 밤이면 잠자리 속에서 젊은 사람으로서 느끼는 운명에 대한 반역의 뜨거운 눈물을 흘렸다. 마침내 그 눈물도 말라버렸을 때 참을성 있는 작은 아픔이 그것을 대신했으며, 그 아픔은 릴러가 죽을 때까지 사라지지 않았다.

릴러는 절망하여 미스 올리버에게 호소했다.

"아, 선생님. 월터가 이 세상 어느 곳에도 없다는 생각은 언제쯤 익숙해질까요? '프랑스 어딘가'에 있을 것이라는 사실은 못 견디게 격정스러웠지만, '이 세상 어디에도' 없다는 것은 도저히 감당할 수 없어요."

'나의 아름다운 월터—다시는 내가 있는 곳으로 돌아오지 않는다—다시는 '무지개 골짜기'에 나란히 함께 앉을 수 없는 것이다.'

릴러가 사랑했던 그 멋진 잿빛 눈은 영원히 잠겨버리고 말았다. 릴러는 미스 올리버에게 울며불며 매달렸다. 미스 올리버는 해야 할 말과 해서는 안 될 말을 분별하고 있다. 그런 사람은 흔치 않았다. 애도의 말을 하러 온 친절하고 마음 착한 손님들은 이따금 릴러에게 참을 수 없는 괴로움을 느끼게 했다.

윌리엄 리스 부인이 명랑하게 말했다.

"시간이 지나면 잊을 거예요."

리스 부인에게는 힘센 아들이 셋이나 있는데 한 사람도 전선에 나가지 않았다.

미스 세러 클로가 말했다.

"죽은 사람이 젬이 아니라 월터여서 그나마 다행이에요. 월터는 교회 회원에 들어 있었지만, 젬은 그렇지 않으니까요. 나는 메러디스 씨에게 몇 번이나 말했는지 몰라요. 젬이 출정하기 전에 진지하게 이야기했어야 했다고 말예요."

리스 부인은 한숨을 쉬며 말했다.

"안타깝게도 월터는 죽기 전에 너무 괴로움을 겪지 말았어야 했을 텐데. 클러크 맨리는 몇 시간이나 차디찬 눈 위에 쓰러진 채로 온몸이 불처럼 뜨겁고 목이 타서 발견된 순간 죽어버렸답니다. 가엾은 월터도 그런 고통을 겪지 말았어야 할 텐데 말예요. 게다가 이 계절은 그곳이 엄청 더운 모양이더군요. 월터도 참 가엾기도 하지."

수전이 부엌문 앞에 나와 화내며 한 마디 했으므로 릴러는 안도의 숨을 쉬었다. 마침 더 이상 참을 수 없다고 생각했을 때였기 때문이었다.

"여기 와서 월터에 대해 가엾다느니 어쩌느니 하고 말하지 말았으면 좋겠어요. 월터는 조금도 불쌍하지 않아요. 당신들 누구보다도 행복해요. 아들을 싸움터에 보내지 않은 당신이야말로 가엾은 사람이에요—가엾고 초라하고 천하고 소견머리 좁고—너무너무 가엾군요. 당신네 아들들도 마찬가지예요. 번창하는 농장과 살찐 가축을 가지고 있으면서 그 마음은 벼룩만치도 못돼요—그것도 크게 봐줘서요."

"나는 이곳에 슬퍼하는 사람을 위로하러 온 것이지 창피당하러 온 게 아니에요."

그리고 리스 부인은 돌아가버렸지만 아무도 안됐다는 생각을 하지 않았다. 이윽고 수전은 분개하던 마음도 사라져버려 부엌으로 물러나 비참한 모습으로 식탁 앞에 털썩 앉았다.

"마치 해가 져버린 것 같군. 내가 마지막으로 보낸 과자는 아직 가닿지 않았겠지. 가엾기도 해라. 그 아이가 시인이라는 것은 찬성할 수 없었지만, 그것만 빼면 태어나면서부터 결점 하나 없었지. 엉뚱한 일이라면 돼지 등에 올라탄 정도였어. 그것도 페이스 메러디스가 꾀어서 한 일이었지.

그런 아이가 독일군에게 살해되고 슬픈 영혼에게 위로가 되도록 장례식도 치르지 못하다니. 마침내 마님께서는 병이 나셨고 릴러는 몸이 닳도록 일하는데 나는 그것을 어떻게도 할 수 없으니, 나도—나도—이제 온 힘이 빠져버렸어."

가엾은 수전은 나이든 충실한 머리를 감싸안고 한동안 심하게 흐느껴 울었다. 이윽고 일하기 시작하여 짐스의 놀이옷을 다리기 시작했다. 자신이 하려고 부엌에 들어온 릴러는 그것을 보고 상냥하게 나무랐다.

그러나 수전은 완강하게 고집부렸다.

"전쟁고아를 위해 너무 많은 일을 해서 릴러를 죽게 할 수는 없어."

가엾은 릴러는 소리쳤다.

"아, 수전, 나는 쉬지 않고 꾸준히 일하고 싶어요. 그리고 잠자는 것도 싫어요. 자는 동안만 잠시 잊고 있다가 아침에 잠이 깨면 다시 한

꺼번에 기억이 되살아나는 것을 견딜 수 없어요. 사람이 설마 이런 일에 익숙해질까요, 수전?

게다가 아, 수전, 리스 부인이 한 말이 머릿속에서 떠나지 않아요. 월터는 몹시 괴로워했을까요? 월터는 본디부터 괴로움을 아주 예민하게 느꼈어요. 아, 수전, 만일 괴로워하지 않았음을 알게 되면 나도 얼마쯤은 기운이 날 것 같아요."

이 소망은 자비롭게도 이루어졌다. 월터의 부대장이 보낸 편지에 월터는 쿠서렛 전투에서 공격을 퍼붓던 상황에서 총알에 맞아 즉사했음을 알았다. 바로 그날 월터 자신이 릴러에게 보낸 편지가 왔다.

릴러는 그 편지 겉봉을 뜯지 않고 '무지개 골짜기'로 가져가 월터와 마지막으로 이야기했던 곳에서 읽었다. 편지를 읽는다는 것은 참으로 묘한 일이었다—괴로움과 위안이 묘하게 뒤섞인 달콤씁쓸한 느낌이었다.

그 충격을 받은 뒤 처음으로 릴러는 불안에 떠는 희망과 신념과는 다른, 풍부한 재능을 타고나 훌륭한 이상을 품었던 월터가 지금도 여전히 그대로 빛과 같이 살아 있음을 분명히 느꼈다. 그것만은 소멸될 수 없는 것이다—그런 타고난 재주며 이상으로부터 빛을 빼앗을 수는 없는 것이다. 쿠서렛 진격 전날 밤 쓴 그 편지에 저절로 배어나온 인간성은 독일군의 포탄으로도 부술 수 없었다. 지상에 있는 사람과의 현세적인 인연은 끊어졌다 할지라도, 그것은 틀림없이 계속 살아 있을 것이다.

월터는 이렇게 썼다.

우리는 내일 정상을 돌파하기로 되어 있어, 릴러 나의 릴러. 어머니와 다이에게는 어제 편지를 썼는데 웬일인지 네게는 오늘 밤에 써야 할 것 같은 기분이 들어. 사실 오늘 밤은 편지쓸 생각이 없었거든—그러나 쓰지 않을 수 없구나. 항구 건너편 톰 크로퍼드 부인을 기억하니? 그 할머니는 늘 이것저것 해야 할 일이 '마음에 걸린다'고 말했었지. 지금의 내가 꼭 그런 기분이야. 너에게—내 동생이며 단짝인 너에게 오늘 밤 편지를 써야지 하는 생각이 '마음에 걸려' 있어. 내게 만일의 일이—아니, 내일이 되기 전에 너에게 이야기해 두고 싶은 일이 좀 있어.

너와 잉글사이드가 오늘 밤에는 이상하게 코가 닿을 만치 가까이 느껴져. 여기 온 뒤 그런 느낌이 든 것은 처음이야. 언제나 집은 멀리 떨어져—이 더러움과 피로 뒤엉킨 곳에서 절망적으로 나 홀로 멀리 떨어져 있는 듯 여겨졌었지. 그러나 오늘 밤에는 몹시 가깝게 느껴져—아주 가깝게 느껴져—네 모습이 보이는 듯싶어—네가 말하는 목소리가 똑똑히 들릴 정도야. 그리운 고향의 언덕을 환하게 비추는 달빛이 보이는 것 같아.

이곳에 온 뒤 이 세상 어딘가에 편안하고 조용한 밤과, 빛을 잃지 않은 달이 있으리라고는 생각되지 않았어. 그러나 웬일인지 오늘 밤에는 내가 전부터 사랑했던 아름다운 것이 모두 다시 가능하게 여겨졌어—이것은 기쁜 일이야. 나는 깊은, 무어라 형용할 수 없는 행복한 기분이야.

지금 집에서는 선선한 가을이겠지—항구는 꿈을 꾸고, 글렌의 산들은 파랗게 안개가 끼어 있겠지. '무지개 골짜기'에는 탱알꽃이 흐드러지게 피어 있을 거야—우리들의 '여름은 가고' 말이야.

릴러, 너도 알다시피 나는 전부터 어떤 일을 예감했었어. 피리 부는 사나이의 일을 기억하고 있겠지—아니, 어쩌면 기억하지 못할 거야—너는 아직 어렸으니까. 오래 전 어느 날 저녁 무렵, 낸과 다이와 젬과 메러디스네 집 아이들과 함께 '무지개 골짜기'에 있었을 때 나는 이상한 환상이랄지, 예감이랄지—뭐라고 불러도 좋지만—그런 것을 봤어. 릴러, 나는 피리 부는 사나이가 그림자 같은 군대를 뒤에 거느리고 골짜기를 내려가는 것을 보았어. 다른 아이

들은 내가 본 척하는 데 지나지 않는다고 말했지—그러나 나는 그 순간 분명히 피리 부는 사나이를 봤어.

그런데 릴러, 나는 어젯밤 또 피리 부는 사나이를 보았단다. 내가 보초를 서고 있는데, 피리 부는 사나이가 우리의 참호에서 무인 지대를 가로질러 독일군 진지 쪽으로 가는 것을 보았어—여전히 키가 큰 그림자 같은 모습으로 기분 나쁘게 피리를 불고 있었지—그 뒤를 카키 군복을 입은 병사들이 따라갔어.

릴러, 나는 정말로 피리 부는 사나이를 보았어—공상이 아니야—환상도 아니야. 그 피리 소리를 나는 분명히 들었어. 그리고—피리 부는 사나이는 사라져버렸어. 그러나 나는 피리 부는 사나이를 분명 보았어—그것이 무엇을 뜻하는지 나는 알아—나도 그를 따라간 사람들 속에 들어가는 거야.

릴러, 피리 부는 사나이는 내일 피리를 불어 나를 '서쪽'으로 가게 하겠지. 나는 그것을 굳게 믿고 있어. 더욱이 릴러, 나는 두려워하지 않아. 소식을 듣게 되면 이 사실을 생각해 줘. 여기서 나는 내 자신의 자유를 얻었어—모든 두려움에서 풀려난 거야. 무언가를 두려워할 일은 다시 없을 거야—죽음도—삶도. 만일 결국 살아간다고 하면 말이야.

그리고 이 두 가지 가운데에서는 삶 쪽이 어렵게 여겨져—왜냐하면 내게는 삶이 두 번 다시 아름다워지지 않을 테니까. 언제나 싫은 추억이 따라붙어 다닐 테지—그래서 나에게 인생은 언제까지나 추하고 고통에 찬 것이 될 거야. 나로선 도저히 잊을 수 없어.

그러나 삶이거나 죽음이거나 나는 두렵지 않아, 릴러 나의 릴러, 그리고 나는 이곳에 온 일도 후회하지 않아. 나는 나름대로 '만족'해. 전처럼 꿈꾸는 듯한 시를 쓰는 일은 이제 없겠지—일하는 사람들을 위해 —그러나 나는 미래의 시인을 위해 캐나다를 안전한 나라로 만드는 일을 도왔어—그리고 꿈꾸는 사람을 위해서도—

미래에 캐나다뿐 아니라 세계에 랑게마르크며 베르됭의 '붉은 비'가 황금빛 수확을 가져다주었을 때 꿈꾸는 사람들이 없다면 일하는 사람들에게 아무런 목적이 없어질 테니까—그것은 일부 사람들이 어리석게도 생각하는 것처럼 1년이나 2년 안으로가 아니라, 지금 뿌린 씨앗이 싹터서 크게 자라려면 한 세대는 걸리겠지.

그래, 나는 오기를 잘했다고 생각해, 릴러. 위험에 맞닥뜨려 있는 것은 내 사랑하는 바다에서 태어난 작은 섬이 처해진 운명만이 아니야. 캐나다며 영국의 운명만도 아니야. 바로 인류의 운명이지. 그래서 우리는 용감하게 싸우고 있는 거야. 그리고 우리는 꼭 이길 거야—그 사실을 한순간도 의심해서는 안 돼, 릴러. 왜냐하면 싸우고 있는 것은 살아 있는 사람만이 아니야—죽은 사람들도 싸우고 있기 때문이야. 그 같은 군대가 질 까닭이 없어.

릴러, 네 얼굴에는 아직도 웃음이 있을까? 그러길 바라. 앞으로 몇 년은 이 세상에 이제까지보다 더 웃음과 용기가 필요할 거야. 나는 지루한 설교를 하고 싶지는 않아—지금은 그럴 때가 아니니까. 그러나 내가 '서쪽으로 갔다'는 소식이 전해졌을 때, 네가 괴로움을 조금이라도 쉽게 견딜 수 있을 만한 말을 뭔가 하고 싶은 거야.

내 일뿐만 아니라 릴러, 네 일도 내게는 어떤 예감이 있어. 켄은 네게 돌아가리라고 생각해—그리고 이윽고 네게 긴 행복한 세월이 찾아오겠지. 너는 아이들에게, 우리가 그 때문에 싸우다 죽은 이념을 가르치겠지—그 이념은 그 때문에 죽어야 했던 것과 동시에 그것을 위해 살아야 한다는 것, 그렇지 않으면 그것을 위해 치른 희생이 쓸모없게 된다는 것을 아이들에게 잘 가르쳐줘.

이것은 네가 해야 할 일들 가운데 일부야. 만일 네가—고향의 아가씨들 모두가—그렇게 해준다면, 돌아가지 못하는 우리는 너희들이 우리에 대해 한 '맹세'를 어기지 않았음을 알게 될 거야.

오늘 밤 우나에게도 편지를 쓰려고 했지만 이제 시간이 없어. 이 편지를 우나에게 읽어주고 사실은—이 편지는 너희들 둘에게, 사랑스럽고 훌륭하고 충실한 너희들 둘에게 보낸 것이라고 이야기해 줘. 내일 정상을 돌파할 때 나는 너희 둘을 생각할 거야. 릴러 나의 릴러, 네 웃음과 그리고 우나의 차분히 가라앉은 파란 눈을—웬일인지 오늘 밤은 그 눈도 똑똑히 보여—그래, 너희들은 둘 다 맹세를 지키겠지—나는 그것을 알고 있어, 너도, 우나도. 그럼—잘자. 우리는 새벽에 정상을 넘을 거야.

릴러는 이 편지를 몇 번이나 읽었다. 마침내 일어섰을 때는 릴러의 헬쑥한 젊은 얼굴에 새로운 빛이 나타나 있었다. 주위에는 월터가 사랑했던 탱알꽃이 피고 가을햇살이 따갑게 내리쬐고 있었다. 적어도 그 한순간만이라도 릴러는 고통과 쓸쓸함을 뛰어넘었다.

릴러는 확고하게 말했다.

"맹세를 지킬게, 월터, 난 일하고—가르치고—배우고—웃을 거야, 그래, 웃을게—일생 동안, 오빠를 위해, 그리고 부르는 소리에 따라 가면서 오빠가 전해준 것을 위해서."

릴러는 월터의 편지를 신성한 보물로 간직해둘 작정이었다. 그러나 우나가 편지를 읽고 돌려주기를 망설이는 그 얼굴표정을 보았을 때 어떤 사실이 생각났다.

'내가 그렇게 할 수 있을까? 아, 할 수 없어, 월터의 편지를, 월터의 마지막 편지를 내놓다니 도저히 할 수 없어. 내 것으로 해둬도 제멋대로라고는 할 수 없겠지. 베낀 편지로는 넋이 담겨 있지 않은걸.'

그러나 우나는, 우나는 거의 아무것도 가지고 있지 않다. 게다가 그 눈은 아직 우는 일도 동정을 구하는 일도 허용되지 않은 가슴이 찢겨진 여자의 눈이었다.

릴러는 느릿느릿 물었다.

"우나, 이 편지를 갖고 싶니, 유품으로?"

우나는 힘없이 대답했다.

"응, 네가 줄 수만 있다면."

릴러는 서둘러 대답했다.

"그러면—네가 가져."

"고마워."

우나는 이 말밖에 하지 않았지만, 그 목소리를 듣고 릴러는 자기의 조그만 희생이 보답받았음을 느꼈다.

우나는 편지를 받아들고, 릴러가 가버리자 편지에 쓸쓸하게 입술을 꾹 눌러댔다. 우나는 자신의 일생에 두 번 다시 사랑이 찾아오지 못할 것을 알았다—그것은 '프랑스 어딘가' 흙 속에 피로 물들어 영원히 파묻힌 것이다.

그녀 말고는—아마 릴러는—알고 있을지 모르지만—아무도 이 사실을 모를 것이다. 그녀에게는 남들 앞에서 슬퍼할 권리가 없다. 언제까지나 이어질 괴로움을 되도록 감추고 참아 나가야 한다—단지 혼자서. 그러나 그녀도 맹세를 지키리라.

내일이면 늦으리

1916년 가을은 잉글사이드에 뼈아픈 계절이었다. 블라이스 부인은 좀처럼 건강을 되찾지 못했고 모두의 마음은 슬프고 쓸쓸했다. 누구나 다 그 슬픔을 다른 사람 눈에는 숨기려고 명랑한 듯 행동했다. 릴러는 열심히 웃었다. 잉글사이드 사람 아무도 그 웃음에 속지 않았다. 마음에서 우러나오는 진정한 웃음이 아니라 건성으로 웃는 것이기 때문이었다.

그러나 외부사람들은 슬픔을 너무 쉽게 잊어버리는 사람도 있다고, 아이린 하워드는 릴러 블라이스가 그런 경박한 아이임을 알고 몹시 놀랐다고 한 마디 했다.

"왜냐하면 그토록 월터 생각을 하는 듯 보이게 해놓고 월터가 죽었어도 도무지 마음 쓰는 것 같지 않잖아. 릴러가 눈물 흘리는 걸 보거나 월터에 대한 말을 하는 걸 들은 사람은 아무도 없었으니까 말야. 확실히 릴러는 월터 일을 까맣게 잊어버린 거야. 가엾어라─월터의 가족이라면 좀 더 뼈저리게 느껴야 한다고 생각해.

지난번 적십자 소녀단에서 난 릴러에게 월터는 참으로 훌륭하고 용감하고 멋졌다고 말했어. 월터가 죽어버린 지금 내게 있어 다시는

인생이 전처럼 되지 않을 거라고—우린 아주 가깝게 지내는 사이였
거든—글쎄, 월터가 입대한 것을 가장 먼저 이야기한 사람은 바로
나였단다.

그랬더니 릴러는 마치 남의 이야기라도 하는 것처럼 침착하고 냉엄
하게 말했어.

'훌륭한 월터는 조국을 위해 모든 것을 바친 수많은 젊은이 가운데
한 사람에 지나지 않아.'

정말이지 나도 그렇게 태연하게 있을 수 있었으면 좋겠어—하지만
나는 그렇게 못해. 난 정말 작은 일에도 민감하거든—너무너무 마음
아파하는 성격이야—언제까지나 상처가 낫지 않아. 답답한 나는 릴
러에게 어째서 월터를 위해 상복을 입지 않느냐고 대놓고 물었어. 그
랬더니 어머니가 그러지 말았으면 좋겠다고 하셔서 그런다는 거야.
하지만 그 일은 아주 나쁜 평판이 자자하단다."

그러자 베티 미드가 반대했다.

"릴러는 색깔있는 옷은 결코 입지 않아—하얀 옷만 입어."

아이린은 고개를 갸우뚱거리며 의미심장하게 말했다.

"흰색은 다른 어떤 빛깔보다도 릴러에게 잘 어울려. 게다가 그 아이
피부에는 검정이 전혀 맞지 않는다는 것을 우리들 모두가 알잖아. 하
지만 물론 그래서 그 아이가 검정옷을 입지 않는 거라고 말하는 건
아니야. 그냥 이상할 뿐이지. 만일 내 오빠가 죽었다면 나는 온통 검
정옷만 입을 거야. 다른 옷을 입을 마음이 어떻게 들겠니? 솔직히 말
해서 나는 릴러 블라이스에게 정말 실망했어."

베티 미드가 릴러의 편을 들며 소리쳤다.

"그렇지 않아. 난 릴러를 훌륭하다고 생각해. 확실히 2, 3년 전 릴러
는 좀 자만심이 강해서 남을 비웃거나 했어. 그렇지만 지금은 조금도
그런 데가 없어. 글렌 마을에서 릴러만큼 자신을 돌보지 않고 용기
있는, 그리고 저만큼 철저하고 참을성 있게 '자기 의무'를 다하는 소

녀는 결코 없다고 생각해. 우리 적십자 소녀단만 해도 그 아이의 재치와 인내와 열성이 없었다면 몇 번이나 막혀버렸을지 몰라—너도 그건 잘 알잖아, 아이린."

아이린의 눈이 동그래졌다.

"어머나, 나는 릴러를 헐뜯는 게 아니야. 나는 다만 그 애가 인정없는 걸 비난할 뿐이야. 그건 어쩔 수 없는 일이겠지만. 물론 그 애는 천성적으로 일을 잘하지—그건 누구나 다 알고 있어. 일을 성공적으로 처리하기를 아주 좋아해—그런 사람도 필요하다는 걸 나도 인정해.

그러니 마치 내가 무슨 특별히 심한 말이라도 한 것처럼 그런 얼굴로 나를 째려보지 말아줘. 네가 정 그렇다면 릴러 블라이스야말로 온갖 미덕의 표본이라고 기꺼이 인정하겠어. 게다가 누구나 대개 다 포기해 버릴 만한 일에도 끄떡없다는 것 또한 미덕임에는 틀림없지."

아이린이 한 말의 일부가 릴러에게도 전해졌지만 예전처럼 언짢지 않았다. 그런 일은 아무래도 좋다. 그뿐이었다. 인생은 거대하므로 그런 하찮은 일에 마음 쓰고 있을 수 없다. 자기에게는 지켜야 할 약속과 해야 할 일이 남아 있다. 비참한 가을의 길고 괴로운 나날을 릴러는 자신의 일에 정신을 쏟아 충실하게 지냈다.

전쟁 소식은 끊임없이 끔찍했다. 가엾은 루마니아가 독일군에게 차례차례 승리를 내주었기 때문이다.

수전은 근심스럽게 중얼거렸다.

"외국인이란—외국인이란. 러시아 사람이나 루마니아 사람이나 모두 외국인이니까 믿을 수 없어요. 하지만 베르됭 이후로 희망을 버리지 않기로 했어요. 저, 마님, 도브루자*¹란 강인가요, 산맥인가요? 아니면 지금의 상황을 말하는 것인가요?"

---

*1 루마니아 남동부에서 불가리아 북동부에 걸친 지역.

11월에 합중국 대통령 선거가 있었으며 수전은 매우 열중했다—열중하고는 변명했다.

"설마 내가 양키들 선거에 흥미를 갖는 날이 올 줄은 생각지도 못했어요, 마님. 이것만 보아도 이 세상에서 우리는 어떻게 될지 알 수 없지요. 그러니 큰소리는 땅땅 칠 수 없어요."

7일 밤 수전은 양말 한 켤레를 다 짜야 한다는 이유로 늦게까지 자지 않고 있었다. 그러나 이따금 카터 플래그네 가게에 전화를 걸어 휴즈가 당선되었다는 첫소식이 들어오자 거드름 피우는 걸음걸이로 느릿느릿 2층 블라이스 부인 방으로 가 침대 발치께에서 흥분을 누른 낮은 목소리로 보고했다.

"주무시지 않는다면 틀림없이 궁금해 하실 거라 생각했지요. 앞으로는 보기 좋게 되리라고 여겨지는군요. 틀림없이 휴즈도 성명서를 내겠지만 좀 더 좋은 일을 위해 내주었으면 싶어요. 나는 구레나룻을 그리 좋아하지 않지만 모든 일이 다 내 마음에 들 수는 없으니까요."

아침이 되어 마침내 윌슨이 재선되었다는 뉴스가 들어오자 수전은 다른 낙관론으로 바뀌었다.

수전은 기운차게 말했다.

"뭘요, 같은 바보라도 우리가 모르는 바보보다 아는 바보가 좋다는 옛 속담도 있으니까요. 나는 조금도 윌슨을 바보라고 나무라는 게 아니에요. 하기야 때로는 태어날 때부터 분별이 모자라는 점이 없지 않을까 여겨지는 일은 있지만 말예요. 하지만 윌슨은 적어도 글을 쓰는 것만은 썩 잘해서, 휴즈니 하는 그 남자가 그런 것까지 할 수 있을지 어떨지는 알 수 없으니까요. 여러 가지로 생각해 보니 양키를 칭찬하고 싶군요. 어엿한 분별을 지니고 있음을 알았으니 나도 그것을 인정하지요.

소피어는 루스벨트를 당선시키고 싶어했는데 양키들이 루스벨트에게 기회를 주지 않았다면서 투덜거리고 있답니다. 나도 루스벨트로 하고 싶었지만 이런 일은 하느님께서 정하시는 것이니 우리는 그것으로 만족해야만 하죠. 하기야 루마니아 일로는 하느님이 어떤 생각으로 계시는지 나로선 알 수 없지만 말예요—실례지만."

애스퀴스 내각이 사직하고 로이드 조지가 총리가 되었을 때 수전은 하느님께서 의도하시는 바를 알았다—알았다고 여겼다.

"마님, 마침내 로이드 조지가 나섰군요. 이렇게 되면 좋겠다고 나는 전부터 기도했었답니다. 이제 곧 형편이 좋아질 거예요. 이렇게 된 것도 루마니아의 재난 덕분임을 지금에서야 처음으로 알았어요. 더 이상 꾸물거리지는 않겠지요. 이젠 싸움에 이긴 거나 같아요. 부쿠레슈티*²가 함락되건 않건 말예요."

그러나 부쿠레슈티가 함락되었다—독일이 평화협상을 제의했다. 이에 대해 수전은 경멸하며 들어 보려고도 하지 않고 그와 같은 제의를 받아들이는 일에 절대 반대하였다. 윌슨 대통령이 그 유명한 12월 평화성명을 냈을 때 수전은 맹렬하게 비꼬았다.

"우드로 윌슨이 강화를 맺는다지요? 먼저 헨리 포드가 해보고 이번에는 윌슨인가요? 하지만 평화란 잉크로 이루어지는 것이 아니니까요. 윌슨, 그것만은 확실해요."

수전은 부엌의 합중국 쪽으로 난 창문으로 불운한 대통령에게 소리쳐 말했다.

"로이드 조지의 연설은 카이저에게 사물에 대한 도리를 가르칠 테니 당신은 자기 나라에서 평화 신조를 지키며 우표값을 아끼고 있으면 되는 거예요."

릴러가 놀렸다.

"그 말을 윌슨 대통령이 듣지 못하다니 불쌍하군요, 수전."

---

*2 루마니아의 수도.

"정말이야, 릴러. 도움될 충고를 주는 사람이 아무도 곁에 없다니 불쌍해. 민주당원이니 공화당원이니 하는 사람이 그만큼이나 있으면서 그런 충고를 줄 사람이 아무도 없는 것은 분명하니까. 나야 민주당도 공화당도 구별하지 못하지만 말이야. 양키가 하는 정치는 아무리 연구해도 나로서는 도무지 풀 수 없는 수수께끼야. 하지만 내가 대충 보기에는, 유감스럽게도—"

수전은 도무지 마음놓이지 않는다는 듯 고개를 설레설레 저으며 말을 이었다.

"모두 비슷비슷하지 않을까 해."

험악한 날씨가 이어진 12월 마지막 주 일기를 릴러는 다음과 같이 썼다.

크리스마스가 끝나 한시름 놓았다. 우리는 내심 크리스마스가 오는 것이 무서웠다—쿠서렛 이후 처음 맞는 크리스마스이기 때문이다. 그러나 메러디스 집안사람들을 모두 식사에 초대했을 뿐, 아무도 억지로 명랑하게 행동하려고 하지 않았다. 다들 다만 평화롭게 조용히 지내 그 덕분에 살아났다.

그리고 짐스의 병이 깨끗이 나은 것도 매우 고마운 일이다—너무 감사해서 모처럼 기쁨과도 비슷한 심정이 되었다—비슷하지만 과거의 기쁨과는 다르다. 진심으로 기쁨을 느끼게 되는 일이 다시 또 있을까? 나의 기쁨이 모두 죽어버린 것 같다—월터의 심장을 꿰뚫은 그 총알에 사살된 것 같다. 아마도 언젠가 새로운 기쁨이 내 마음속에 태어날지도 모른다—그러나 옛날의 기쁨은 다시 되살아나지 않을 것이다.

올해는 겨울이 무척 빨리 왔다. 크리스마스 열흘 전에 크게 눈보라가 쳤다—적어도 그때는 큰 눈보라로 생각했다. 그런데 그것은 서곡에 지나지 않았던 것이다. 다음날은 맑은 날씨로 잉글사이드도 '무지개 골짜기'도 경치가 훌륭했다. 나무들은 모두 눈에 덮이고 가는 데마다 큼직하게 큰 눈더미가 생겼으며 북동풍의 '끌'로 더없이 환상적인 모양으로 조각되어 있었다.

아버지와 어머니는 애번리에 가셨다. 기분전환은 어머니에게 유익한 일이라고 아버지가 생각한 까닭이었고, 두 분 다 가엾은 다이애너 아주머니를 만나보고 싶어하였기 때문이기도 하다. 아주머니의 아들인 잭이 얼마 전 중상을 입었던 것이다.

두 분은 수전과 내게 집을 맡기고 갔으며, 아버지는 다음날 돌아올 예정이었다. 그러나 아버지는 1주일 동안이나 돌아오지 않았다. 그날 밤부터 다시 거친 바람이 휘몰아쳐 나흘 동안이나 조금도 쉴새없이 이어졌기 때문이다.

프린스 에드워드 섬에서도 몇 해 만이라는 심하고도 오래 이어진 폭설이었다. 모든 것이 다 혼란상태에 빠졌다—도로는 막혀 오갈 수 없게 되고, 기차는 선 채로 꼼짝하지 못했으며 전화는 전혀 통하지 않았다.

그런데 엎친 데 덮치는 격으로 짐스가 덜컥 병이 난 것이다. 아버지와 어머니가 집을 떠날 때 짐스는 가벼운 감기에 걸려 한 이틀쯤 심해지는 것 같았으나, 나는 심각해질 위험성이 있으리라고는 전혀 생각지 않았다. 그래서 열을 재보지도 않았다. 순전히 내 부주의로 일어난 일이어서 나는 내 자신을 용서할 수 없다.

사실은 이때 나는 슬럼프에 빠져 있었다. 어머니는 안 계시고 나는 '긴장'이 풀렸던 것이다. 계속 씩씩하게 명랑한 척하며 행동하는 데 지쳐 2, 3일 동안 침대에 엎드려 울기만 했다. 짐스를 돌봐주지 않았던 것이다—그것이 무서운 사실이다—월터와의 약속에 비겁하게도 충실하지 못했던 셈이다—짐스가 죽기라도 했다면 나는 결코 내 자신을 용서할 수 없었을 것이다.

아버지와 어머니가 떠난 지 사흘째 되는 날 짐스가—갑자기 나빠졌다―심각하게 나빠졌다. 그때는 수전과 나 둘밖에 없었다. 올리버 선생님은 폭풍이 시작되던 날 로브리지에 가서 돌아오지 못했다.

처음에 우리는 그리 놀라지 않았다. 짐스는 크루프에 몇 차례나 걸렸었는지 모르며, 언제나 수전과 모건과 나 셋이 그리 힘들지 않고 잘 돌봐왔기 때문이다. 그러나 얼마 안 되어 우리는 몹시 걱정스러워졌다.

수전이 어두운 얼굴로 말했다.

"이런 크루프는 이제까지 본 적이 없어."

나는 이미 때가 늦은 뒤에야 겨우 그것이 어떤 종류의 크루프인지 알게 되었다. 여느 크루프―의사가 말하는 '의사성(擬似性)'이 아니라 '진성(眞性) 크루프'였다. 위험성을 띤 아주 무서운 것임을 나는 알고 있었다.

더구나 아버지는 안 계시고 의사가 있는 곳은 가장 가까운 곳이라고 해봐야 로브리지다―전화는 전혀 통하지 않고―말도 사람도 그 날 밤의 눈더미 속을 헤치고 나갈 수 없었다.

기특하게도 어린 짐스는 목숨을 위해 필사적으로 싸웠다―수전과 나는 생각나는 한 최선의 치료법과 아버지의 책에서 눈에 띄는 대로 최대한 치료법을 다 시도해 보았지만 짐스는 점점 나빠질 뿐이었다. 짐스의 모습을 보거나 괴로워하는 목소리를 듣는 것은 가슴이 저미는 듯한 느낌이었다. 짐스는 숨쉬기조차 버거워 헐떡거렸다―가엾게도 얼굴은 무섭게 시퍼런 빛으로 바뀌고, 그야말로 죽을 것 같이 아파하는 표정이 되어 제발 살려달라고 우리에게 호소하는 듯 작은 손을 계속 허우적거렸다.

전선에서 가스 공세를 받은 병사들도 틀림없이 이런 모습이었을 거라고 문득 생각한 나는 짐스의 일로 걱정하고 안타까워하면서도 그 일이 머리에서 떠나지 않았다. 그 동안에도 내내 그의 가느다란 목 속의 막(膜)은 크고 두꺼워져 짐스는 그것을 이겨낼 수가 없었다.

아, 나는 미친 듯이 되었다! 이제까지 짐스가 내게 얼마나 소중한 존재인지를 몰랐던 것이다. 나는 어찌해야 좋을지 몰랐다. 무기도 없이 막강한 적과 싸우고 있는 비참한 심정이었다. 맨손으로 독일군 기관총에 맞섰던 그 불쌍한 러시아 병사처럼.

이윽고 수전이 두 손 두 발 들고 항복하고 말았다.

"우린 이 아이를 도저히 살릴 수 없어—아, 선생님이 계신다면—이것 좀 봐, 가엾게도! 어찌해야 좋을지 모르겠구나!"

짐스를 본 나는 죽어가고 있다고 생각했다. 수전은 짐스가 조금이라도 숨을 편하게 쉴 수 있도록 침대 안에서 안아주고 있었다. 그러나 전혀 숨쉬고 있는 것으로 보이지 않았다. 천사같이 잠든 모습, 귀엽고 장난꾸러기 같은 천진난만한 얼굴의 전쟁고아가 내 눈 앞에서 숨막혀 죽을 것처럼 되어 있는데도 나는 아무 도움도 줄 수 없는 것이다.

절망한 나머지 나는 더운 찜질을 하려고 준비했던 수건을 팽개쳐 버렸다. 이런 것이 다 무슨 소용인가? 짐스는 죽어가고 있다—그것은 내 탓이다—내가 조심하여 잘 돌봐주지 않았기 때문이다!

마침 그때에—밤 11시쯤—현관 벨이 울렸다. 그 벨 소리는—무섭게 울부짖는 폭풍 속에서 온 집 안에 울려퍼졌다. 수전은 나갈 수 없었다—짐스를 내려놓을 수 없었기 때문이다—그래서 내가 아래층으로 정신없이 뛰어내려갔다.

홀에서 나는 잠깐 멈춰섰다—갑자기 터무니없는 두려움에 사로잡혔던 것이다. 언젠가 올리버 선생님에게서 들은 기분 나쁜 이야기가 불현듯 생각났기 때문이다.

어느 날 밤, 선생님의 아주머니가 병든 남편과 단 둘이 집에 있었다. 현관문을 두드리는 소리가 나기에 가서 열어보니 아무도 없었다—적어도 눈에 보이는 것은 아무것도 없었다. 그런데 문을 열었을 때 밖은 조용하고 따뜻한 여름밤이었는데도 소름끼칠 만큼 차디찬 바람이 불어들어와 아주머니 곁을 홱 스쳐지나 곧장 2층으로 올라간 것처럼 느껴졌었다. 그러자 곧 비명소리가 들렸다—2층으로 뛰어올라가 보니 아주머니의 남편은 이미 싸늘하게 죽어 있었다. 그래서 문을 열었을 때 '죽음'을 불러들인 게 틀림없다고 아주머니는 믿고 있다고 올리버 선생님은 말했었다.

그토록 무서워하다니 어리석은 일이었다—그래도 나는 정신이 뒤집히고 몹시 지쳐 있었으므로 그 순간 도저히 문을 열 마음이 들지 않았다—밖에는 매정한 죽음이 기다리고 있는 것 같았다. 그러다가 나는 꾸물거릴 겨를이 없음을 생각해 냈다—이런 어리석은 생각을 해선 안 된다—나는 앞으로 달려나가 문을 힘껏 열었다.

분명 차디찬 바람이 불어들고 눈이 소용돌이치며 들어왔다. 그러나 입구에는 피가 통하는 사람모습이 서 있었다—머리끝에서 발 끝까지 눈을 함빡 뒤집어쓴 바로 메리 밴스였다—그리고 메리는 죽음 대신 삶을 가져다주었던 것이다. 그때는 그런 줄 몰랐으므로, 나는 다만 메리를 물끄러미 쳐다보고 있었다.

메리는 안으로 성큼 들어와 문을 닫자 이를 드러내보이며 환히 웃었다.

"나는 쫓겨나서 온 건 아니야. 이틀 전에 카터 플래그 씨네 가게에 왔다가 눈이 수북히 쌓여 오도가도 못하고 갇혀버린 거야. 그런데 애비 플래그 할아범이 어찌나 성가시게 구는지 오늘 밤에는 무슨 수를 써서라도 여기까지 오려고 결심했지. 여기까지는 어떻게든 눈 속을 헤치고 올 수 있으리라 여겼었는데, 정말이지 모험을 하는 것 같았어. 나는 일단 하려고 마음먹으면 끝까지 해내. 정말 지독한 밤이지?"

얼른 나는 제정신으로 돌아와 빨리 2층으로 되돌아가야 한다는 것을 깨달았다. 나는 급하게 사정을 설명하고 눈을 털어내려는 메리를 혼자 남겨둔 채 2층으로 잽싸게 올라갔다. 2층으로 돌아와보니 짐스는 조금 전의 발작은 가라앉았으나 내가 방에 들어가기 무섭게 또 발작이 시작되었다. 나는 짐스를 들여다보고 어쩔 줄 몰랐다. 나는 아무짝에도 '쓸모없는' 존재였다. 신음하고 울거나 하는 일 말고는 아무것도 할 수 없었다—아, 그것을 생각하면 부끄럽다! 그렇다고 내가 무엇을 할 수 있단 말인가—우리는 알고 있는 한 모든 일을 다 해보았던 것이다. 그때 갑자기 뒤에서 메리의 큰 목소리가 들렸다.

"어머나, 그 아이는 죽어가고 있잖아!"

나는 홱 노려보며 돌아섰다. 짐스가, 내 귀여운 아기가 죽어가고 있음을 내가 모르기라도 한단 말인가! 그 순간 메리를 문 밖이나 창문 밖으로 어디로든 집어던지고 싶었다. 메리는 침착하게 마치 숨막힌 아기 고양이라도 바라보듯 그 기분 나쁜 눈으로 내 아기를 내려다보며 서 있었다. 본디 나는 메리를 좋아하지 않았지만, 그때는 정말이지 죽도록 미웠다.

수전이 멍하니 말했다.

"우리가 할 수 있는 일은 다 해봤지만, 이것은 여느 크루프가 아니야."

"그래요, 이것은 디프테리아성 크루프예요."

메리는 분명하게 말하고 앞치마를 와락 움켜잡았다.

"꾸물거리고 있을 시간이 없어요—어떻게 해야 하는지 내가 알고 있어요. 몇 해 전 내가 항구 건너편 와일리 부인 집에 있을 무렵 월 크로퍼드 씨 아이가 의사 두 사람에게 치료를 받았는데도, 디프테리아성 크루프로 죽어버렸어요.

매컬리스터 할머니가 이 말을 듣더니—바로 그분이에요, 내가 폐렴으로 죽게 되었을 때 살려준 사람은—훌륭한 사람이에요—어떤 의사도 할머니와는 비교가 안 돼요—요즘 의사들은 그 할머니 발바닥도 못 쫓아간다니까요—그분이 '내가 그곳에 있었더라면 할머님께 배운 치료법으로 거뜬히 그 아이의 목숨을 건져주었을 텐데' 하면서 와일리 부인에게 얘기해 준 치료법을 나는 줄곧 잊어버리지 않았

어요. 기억력 좋기로 나는 굉장하거든요—머릿속에 깊숙이 간직해 두었다가 필요할 때가 되면 척 나오니까요. 이 집에 유황이 있나요, 수전?"

다행히 유황은 있었다. 수전과 메리가 그것을 가지러 아래층에 가 있을 때 나는 짐스를 안고 있었다. 나는 아무 희망도 갖지 않았다—조금도. 메리는 멋대로 허풍떨라고 해—전부터도 허풍쟁이였으니까—나는 어떤 할머니의 치료법으로도 지금의 짐스를 구할 수 없다고 생각했다.

이윽고 메리가 되돌아왔다. 두꺼운 플란넬 헝겊으로 입과 코를 싸매고, 불타는 석탄을 반쯤 넣은 수전의 낡고 일그러진 양은냄비를 들고 있었다.

메리는 자신만만하게 말했다.

"두고 봐요. 아직 해본 적은 없지만, 어쨌든 이 아이의 병은 악화되어가고 있으니 죽든 살든 둘 가운데 하나예요."

메리는 석탄에 유황 한 숟가락을 뿌렸다. 그리고 짐스를 안아올리더니, 숨이 막히고 눈도 뜰 수 없을 것 같은 불꽃 위에 짐스의 얼굴을 아래쪽으로 향하게 하고 몸을 거꾸로 들었다. 나는 왜 뛰어가서 짐스를 낚아채오지 않았는지 스스로도 알 수 없다. 운명적으로 그렇게 정해져 있었기 때문이라고 수전은 말하는데, 그 말이 맞는 것 같다. 사실 나는 의욕을 잃은 채 움직일 힘조차 없어진 것 같았으니까. 수전도 그 자리에 못박힌 듯 문가에서 메리가 하는 일을 그저 지켜보고 있었을 뿐이다.

짐스는 메리의 크고 굳센 치료의 손—그렇다, 그때 메리는 분명 무엇이든 할 수 있다—에 붙잡혀 몸부림쳤다. 그리고 숨이 막혀 가르랑거렸다—숨이 막혀서 가르랑거렸다—짐스는 고문당해 죽고 말거라고 생각했다—그러자 사실은 긴 시간이 아니었지만 내게는 한 시간도 더 지난 듯 느껴졌을 때, 갑자기 짐스가 목숨을 앗아가려던 목 속의 막을 기침과 함께 뱉어냈다.

메리는 짐스의 몸을 일으켜 침대에 눕혔다. 짐스는 대리석처럼 핼쑥하고, 갈색 눈에서는 눈물이 줄줄 흐르고 있었다. 그러나 그 무서운 납빛이 얼굴에서 사라지고 호흡이 완전히 편안해져 있었다.

메리가 밝은 목소리로 말했다.

"조금 효력이 있잖아? 어떤 작용을 하는지 짐작가지 않았었지만, 되든 안 되든 운을 하늘에 맡기고 한번 해본 거야. 날이 샐 때까지 한두 번 더 이 아이의 목을 그을려주겠어. 균을 다 죽이기 위해서 말이야. 하지만 이제 문제없다는 걸 알았지?"

짐스는 곧 쌔근쌔근 잠들어버렸다—처음에 두려워한 그런 혼수상태가 아니라 진짜로 잠든 것이었다. 밤 동안 메리는 두 번이나 짐스를 '그을렸으므로' 새벽에는 목이 깨끗해지고 체온도 거의 정상으로 돌아왔다.

이것을 확실하게 알자 나는 뒤돌아서서 메리 쪽을 바라보았다. 메리는 침대의자에 털썩 앉아, 수전이 너무도 잘 알고 있을 일을 아는 체하며 지껄여대고 있었다. 그러나 나는 메리가 아무리 아는 체하거나 허풍떨어도 괜찮았다. 메리는 잘난 체할 만한 권리가 있다—나로서는 도저히 할 수 없었던 일을 과감하게 해내어 짐스를 무서운 죽음에서 구해준 것이다.

어렸을 적에 말린 대구를 들고 나를 뒤쫓아 온 글렌 마을을 돌아다녔던 일도 이제는 상관없었고, 등대에서 춤추던 날 밤 내 낭만적인 꿈에 온통 거위기름을 칠해 주었던 일도 아무렇지 않았다. 메리가 자기 자신을 다른 누구보다도 훌륭한 척척박사로 여기고 언제나 그것을 다른 사람에게 자랑해도 괜찮다—나는 다시는 메리를 싫어하지 않을 것이다. 나는 메리에게 다가가 키스했다.

메리가 물었다.

"또 무슨 일이 일어났니?"

"아니—다만 네가 너무 고마워서 그래, 메리."

메리는 의기양양해서 싱글벙글 웃으며 말했다.

"그럴 거야. 그건 마땅하다고 생각해, 정말이지. 내가 우연히 그때 찾아왔으니 망정이지 수전과 너 둘이서 하마터면 아이를 죽여버릴 뻔했으니 말이야."

메리는 수전과 내게 최고로 훌륭한 아침 식사를 만들어 먹게 해주고, 수전의 말을 빌면 이틀 동안이나 '마음대로 휘두르다가' 길이 뚫리자 집으로 돌아갔다.

그 무렵 짐스는 거의 다 나았으며 그제서야 아버지도 돌아오셨다. 아버지는 잠자코 우리 이야기를 듣고 있었다. 대체로 아버지는 이른바 '할머니들의 치료법'을 경멸하고 있었디. 아버지는 조금 웃으며 말했다.

"앞으로 메리는 내가 중환자를 맞을 때마다 자기한테 의논하러 갈 줄 알겠구나."

이리하여 크리스마스는 생각했던 것만큼 괴롭지 않았다. 그리고 지금 새해가 다가오고 있다—우리는 아직도 이 전쟁을 끝나게 해줄 '대공격'을 기대하고 있다—먼디는 추위 속에서 불침번을 서고 있으므로 몸이 굳어 류머티즘에 걸렸으나 여전히 '분투'하고 있으며, 셜리는 하늘의 용사가 세운 공훈 이야기를 계속 읽고 있다. 오, 1917년이여, 너는 무엇을 가져다줄 것인가?

셜리의 출발

수전은 신문에 실려 있는 윌슨의 이름을 밉살스러운 듯 뜨개바늘로 마구 찔러대며 말했다.

"아니에요, 우드로, 승리 없이는 결코 평화가 있을 수 없어요. 우리 캐나다 사람은 평화도 승리도 모두 얻을 생각이에요. 우드로, 당신은 그래도 좋다면 승리 없는 평화니 하는 걸 차지하면 되겠군요."

수전은 대통령에게 한바탕 해주었다는 만족감으로 의기양양해서 잠자리에 들어갔다. 그러나 며칠 뒤 수전은 몹시 흥분해서 블라이스 부인 방으로 뛰어들어 왔다.

"마님, 어떠세요. 바로 지금 샬럿타운에서 전화로 뉴스가 전해졌는데 드디어 우드로 윌슨이 독일 대사라는 남자를 쫓아버리고 말았답니다. 그것은 다시 말해 전쟁을 하자는 선포라더군요. 그래서 나는 우드로의 머리가 어떻게 되든 틀림없이 인정 많은 사람일 거라고 생각하게 되었어요. 그래서 식량청(食糧廳)이 뭐라고 소리를 질러대건 설탕을 조금 가져다가 초콜릿캔디를 만들어 축하해주기로 했어요.

나는 그 잠수함 일[1]로 위기를 맞게 될 거라 여겼었거든요. 소피어

---

[1] 독일의 무경고 무제한 잠수함 작전.

가 그것을 시초로 연합군의 최후가 온다고 하기에 내가 그렇게 말해 주었답니다."

앤은 미소 지으며 말했다.

"선생님에게 초콜릿캔디 이야기를 하면 안 돼요. 선생님은 정부가 요구하는 절약정책에 엄격히 따르도록 엄중하게 명령하니까요."

"암요, 여부가 있나요, 마님. 남자란 한 집안의 가장이니 여자들은 그 명령에 따라야지요. 나는 내가 생각하기에도 절약이라는 점에서는 참으로 숙달된 것 같답니다."

수전은 어떤 독일어를 섞어 쓰고 싶어했는데, 그것이 멋진 효과를 거두었다.

"하지만 때로는 은밀히 용기를 내서 하고 싶은 일을 해야 하지요. 얼마 전에도 셜리가 내 초콜릿 당과(糖菓)를 먹고 싶어했거든요—셜리는 수전 표 초콜릿 당과라고 하지요. 그래서 나는 축하할 만한 승리가 있으면 만들어주겠다고 했답니다. 이 뉴스는 승리와 전혀 다를 바 없다고 생각돼요. 선생님도 모르신다면 걱정하실 일이 아니니까요. 내가 모든 책임을 지겠어요, 마님. 그러니 걱정하지 마세요."

그해 겨울, 수전은 부끄러움도 없이 셜리를 응석받이로 만들었다. 주말마다 퀸즈아카데미에서 셜리가 돌아오면 수전은 있는 힘을 다해 블라이스 의사를 속이거나 어물쩍하며 셜리가 좋아하는 요리를 모두 만들어 놓고 부지런히 셜리의 시중을 들었다.

수전은 다른 사람에게는 누구에게나 계속 전쟁이야기만 하면서도 셜리에게는, 또는 셜리 앞에서는 결코 전쟁이야기를 꺼내지 않았으며 쥐를 지키는 고양이처럼 오로지 셜리를 바라보고 있었다. 그리하여 바폼 돌출부에서 독일군의 퇴각이 시작되고 그것이 이어졌을 때, 수전의 기쁨은 말로 나타내는 것보다 더 깊은 무엇인가에 달아 있었다. 분명히 끝날 날이 가까워졌다—이제 이렇게 되면 또 누군가가 출정하기 전에 전쟁은 곧 끝날 것이다.

수전이 자랑했다.

"마침내 이쪽 뜻대로 되어가기 시작했어요. 미국이 드디어 전쟁을 선포했어요. 내가 언제나 그들이 그렇게 하리라고 믿은 것처럼요. 우드로의 편지 쓰는 재능에도 불구하고 그들은 활기차게 전쟁에 뛰어드는 것을 보게 될 거예요. 왜냐하면 일단 시작하면 그러는 것이 그들의 습관인 줄 나는 알고 있거든요. 독일군을 달아나게 했으니까요."

사촌 소피어가 불평했다.

"미국이 선의를 가지고는 있지만 이번 봄에 이 세상의 모든 활기를 전선에 가져가라고 그들에게 짐 지울 수는 없고, 연합군은 그 전에 최후를 맞을 거야. 독일군은 다만 꾀어들이려 하고 있을 뿐이야. 그 사이먼즈라는 사나이의 이야기로는, 독일군의 퇴각은 연합군을 괴로운 지경에 몰아넣기 위해서라던걸."

수전은 힘주어 말했다.

"그 사이먼즈라는 사나이는 쓸데없는 말을 지껄인 거야. 나 같으면 로이드 조지가 영국 총리로 있는 한 그런 의견으로 고민하지 않아. 로이드 조지는 결코 속지 않지, 그것만은 확실해. 나한테는 일이 잘 돼가는 걸로 보여. 미국이 참전했고 우리는 쿠츠와 바그다드를 다시 찾았잖아—두고 봐, 6월에는 연합군이 베를린에 들어가 있을 테니까—그리고 러시아군도. 황제라는 방해자가 없어졌으니까. 그건 아주 잘 되었다고 나는 생각해."

소피어가 말했다.

"잘 되었는지 어떤지는 때가 지나면 알게 되겠지."

만일 누군가가 소피어를 보고 당신은 폭정(暴政)이 폐지되는 것을 보는 것보다도, 또는 운터 덴 린덴 거리로 진주하는 연합군을 보는 것보다도 수전이 창피당하는 꼴을 보고 싶어한다고 말한다면, 소피어는 그야말로 버럭 성냈을 것이다. 그러나 러시아 국민의 눈물과 한탄을 전혀 모르는 소피어로서는 이 밉살스러운 낙천가인 수전이야말로 끊임없는 골칫거리였다.

마침 그때 셜리는 거실 테이블 끝에 앉아 다리를 건들거리며—햇볕에 그을어 혈색 좋은, 머리끝에서부터 발끝까지 건강한 젊은이였다—침착하게 말하고 있었다.

"어머니, 아버지, 나는 지난 월요일로 18살이 되었어요. 입대해도 될 나이라고 여기지 않으세요?"

파리해진 어머니는 지그시 셜리를 보았다.

"내 아들 둘이 출정하여 하나는 영원히 돌아오지 못한다. 그런데 너까지 바쳐야 한단 말이니, 셜리?"

고대로부터의 외침이다—'요셉도 없고 시메온도 없다. 그런데 벤저민도 데려가려 하다니.'[*2] 이 옛날의 늙은 족장(族長)들의 부르짖음을 대전쟁 아래 어머니들은 어쩌면 똑같이 그대로 되풀이하고 있단 말인가?

"나를 비겁한 병역기피자로 만들고 싶다는 말씀은 아니지요, 어머니? 나는 항공대에 들어가려고 해요. 어때요, 아버지?"

애비 플래그에게 줄 류머티즘 가루약을 조제하여 종이에 싸고 있던 의사의 손이 떨리고 있었다. 이때가 오리라는 것을 어렴풋이 알고 있었지만, 거기에 대한 각오가 되어 있는 것은 아니었다. 그는 무거운 목소리로 대답했다.

"네가 의무라고 믿는 일을 나는 말릴 생각은 없다. 그러나 어머니 허락없이는 가면 안 된다."

셜리는 더 이상 아무 말도 하지 않았다. 본디 말 많은 젊은이는 아니었다. 앤도 그때는 더 이상 다른 말을 하지 않았다.

앤은 항구 건너편 오래된 묘지에 있는 작은 조이의 무덤을 생각하고 있었다—조이도 살아 있다면 지금은 어엿한 여성이 되어 있을 것

[*2] 구약성서 창세기 제42장 36절, 아버지 야곱의 말.

이다—앤은 또 프랑스에 있는 흰 십자가를 생각하고 있었다. 반짝이는 회색 눈을 가진 이 남자아이는 앤의 무릎에서 처음으로 의무와 충실에 대한 가르침을 받았던 것이다—끔찍한 참호에 있는 젬—기다리고 있는 낸과 다이와 릴러—기다리고—기다리다 보면 황금의 청춘시절은 지나가 버린다—앤은 또다시 견딜 수 있을까 생각했다. 견딜 수 있을 것 같지 않았다. 분명히 이제껏 나는 할 수 있는 한 충분히 다 바쳤다.

그런데도 그날 밤, 앤은 셜리에게 가도 좋다고 허락했다. 집안사람들은 수전에게 당일날 이야기하지 않았다. 수전이 안 것은 2, 3일 지나 셜리가 항공대 제복차림으로 부엌에 나타났을 때였다. 수전은 젬과 월터 때의 절반도 떠들어대지 않았다. 다만 차갑게 말했을 뿐이었다.

"그럼, 셜리 도련님도 끌려가는 거로군."

"끌려간다고요? 천만에요, 내가 자진해 가는 거예요, 수전—아무래도 가야겠어요."

수전은 테이블 옆에 앉아 잉글사이드 아이들을 위해 일하여 구부러지고 마디가 굵어진 늙은 손을 맞잡고 떨리는 몸을 진정시키려 했다.

"그래, 가야지. 전에는 어째서 그런 마음이 들게 되는지 알지 못했지만 이제는 잘 알아."

셜리가 말했다.

"수전은 훌륭해요."

수전이 냉정하게 사태를 받아들였으므로 한시름 놓았다—'큰 소동'을 벌이지나 않을까 해서 내심 걱정했던 것이다. 셜리는 힘차게 휘파람 불며 부엌에서 나갔다. 그러나 30분쯤 지나 얼굴이 핼쑥한 앤이 들어가 보니 수전은 아직도 우두커니 앉아 있었다.

"마님, 나도 이제 나이들었군요."

그전의 수전이라면 죽는 편이 낫다고 생각될 말을 수전은 나직이 털어놓기 시작했다.

"젬과 월터는 마님의 아이였지만, 셜리는 내 아이예요. 그 아이가 비행기로 날아다니다니, 생각만 해도 못 견디겠어요—저 아이의 비행기가 추락하여 몸이 부서져버린다면—어린 갓난아기였을 때 내가 돌보고 안아주고 한 귀엽고 소중한 몸이……"

앤이 소리쳤다.

"수전, 그만해 둬요!"

"아, 마님, 죄송합니다. 이런 말을 떠드는 게 아니지요. 가끔 나는 여장부가 될 결심을 했던 일을 금세 잊어버리고 만답니다. 이번, 이번 일로 정신이 좀 뒤집히고 말았어요. 그러나 다시는 제정신을 잊어버리는 짓은 하지 않겠어요. 다만 2, 3일 동안 부엌일이 여느 때처럼 순조롭게 되지 않더라도 너그럽게 봐주세요. 아무튼—"

수전은 억지로 쓸쓸한 웃음을 띠었다.

"적어도 비행기를 타는 건 깨끗한 일일 거예요. 참호에서처럼 더럽게 흙투성이가 되지는 않을 테니까요. 잘 됐어요. 저 아이는 본디 깔끔한 것을 좋아했으니까요."

그리하여 셜리는 출정했다—젬처럼 유쾌한 모험에라도 나가는 듯한 밝은 태도도 없었고 월터처럼 희생의 불꽃을 태우지도 않았으며, 다만 불쾌하고 싫은 일이지만 해야 할 일이므로 한다는 냉정하고 사무적인 기분으로 떠났다.

셜리는 5살 이후 처음으로 수전에게 키스하고 말했다.

"갔다오겠어요, 수전—수전 어머니."

수전은 감격스러워 울면서 말했다.

"내 다갈색 도련님—내 다갈색 도련님."

블라이스 의사의 슬퍼하는 얼굴을 보고 수전은 가차없이 생각했다.

'어렸을 때 언젠가 선생님이 이 아이를 때린 일을 기억하겠지요. 다행히 나는 한 번도 그런 일은 하지 않았으니까 마음에 찔리는 것은 없어요.'

블라이스 의사에게는 그런 벌을 준 기억이 없었다. 그러나 모자를 쓰고 왕진나가려다 한순간 조용하고 휑뎅그렁한 거실에 우뚝 멈춰섰다. 이 거실도 전에는 아이들의 웃음으로 가득차 있었다.

그는 소리내어 말했다.

"우리 집 막내아들—마지막 남은 아들인데. 착하고 다부지고 총명한 아이였는데. 언제나 우리 아버지를 생각나게 하는 아이야. 그 아이가 출정하는 것을 나는 자랑으로 알아야 해. 젬이 출정할 때는 자랑스러웠어. 월터 때도 그랬었지. 그러나 우리 집은 한마디로 '황량하도다'로군."

그날 오후, 위 글렌의 샌디 노인이 블라이스 의사에게 말했었다.

"나는 생각하고 있었다오, 선생. 선생댁은 오늘 아주 텅 빈 듯 여겨지겠구나 하고."

하일랜드 샌디 노인이 이상하게 에둘러 한 말 그대로라고 블라이스 의사는 생각했다. 그날 밤 잉글사이드는 한없이 넓어 보였다. 더구나 셜리는 겨우내 주말밖에 돌아오지 않았으며 집에 있어도 본디 조용한 성격이었다. 이토록 큰 공백이 생긴 듯 여겨지는 것은 혼자 남아 있던 셜리가 출정했기 때문일까?—어느 방이나 모두 텅 비어 인기척이 없었다—잔디밭 나무들까지도—그 밑에서 어린 시절에 뛰어놀던 남자아이들의 마지막 녀석이 없어졌음을 움트기 시작한 가지도 서로 비비대며 위로하고 있는 것처럼 보였다.

수전은 하루 종일 쓸고 닦고 열심히 일했다. 부엌의 시계태엽을 감아주고 지킬 박사를 사납게 밖으로 내쫓아버리자 한동안 문 앞에 서서 글렌 마을을 내려다보고 있었다. 마을은 기울어가는 초승달의 희미한 은빛 속에 꿈속의 환영처럼 떠 있었다. 그러나 수전은 눈에 익은 언덕도 항구도 보이지 않았다. 그날 밤 셜리가 있을 킹스포트의 항공대 기숙사 쪽을 바라보고 있었다.

"그 아이는 나를 '수전 어머니'라고 불렀지? 아, 이제 우리 집 남자들은 다 가버린 셈이군—젬, 월터, 셜리 그리고 제리와 칼. 더욱이 아무도 어쩔 수 없어 간 사람은 없어. 그러니까 우리는 자랑스럽게 생각할 권리가 있는 거야. 그러나—"

수전은 괴로운 듯 한숨을 쉬었다.

"자랑이 무엇이 되는 건 아니잖은가."

달은 더욱 기울어 서쪽의 검은 구름 속으로 숨어버렸으므로 글렌 마을은 갑자기 어두운 그림자에 휩싸였다. 거기서 몇천 마일 떨어진 저쪽에서는 카키색 군복을 입은 캐나다군 병사들이—살아 있는 사람이나 죽은 사람이나—비미*3를 함락시키고 있었다.

비미라는 지명은 세계대전 캐나다사(史)에 진홍색과 황금색으로 쓰여 있다.

어느 독일군 포로가 자신을 붙잡은 상대에게 말했다.

"이곳은 영국군도 공략하지 못했고 프랑스군도 못했다. 그러나 당신네들 캐나다군은 바보이기 때문에 손에 넣을 수 없는 장소를 분별하지 못한 것이다."

이리하여 '바보들'은 비미를 손에 넣은 것이다. 그리고 그 대가를 치렀다.

제리 메러디스는 비미에서 중상을 입었다. 등에 총상을 입었다는 전보가 온 것이다.

"낸도 가엾게 되었구나."

이 소식이 알려지자 블라이스 부인은 말하고, 그리운 그린게이블즈에서 지냈던 자신의 행복했던 소녀시절을 떠올렸다. 그 무렵에는 이

---

*3 프랑스 북부의 도시. 제1차 세계대전에서 독일군에 점령되었으나 1917년 10월 9일 캐나다군이 공략했음.

런 비극이 하나도 없었다. 지금 아가씨들은 얼마나 괴로움을 겪어야 하는 것인가! 2주일 뒤 레드먼드에서 돌아온 낸의 얼굴은 지난 2주일 동안이 낸에게 있어 어떠했는지 여실히 말해 주고 있었다.

요 2주일 동안에 존 메러디스도 갑자기 더욱 늙어버린 것 같았다. 페이스는 집으로 돌아오지 않았다. VAD(지원 간호부)로서 대서양을 건너간 것이다. 다이는 아버지에게 자기도 가겠다고 허락을 받으려 했으나, 아버지는 어머니 때문에 보낼 수 없다고 말했다. 그래서 다이는 집에 돌아오자 곧 서둘러 킹스포트 적십자 일로 되돌아갔다.

산사나무꽃이 사람들 눈에 띄지 않는 '무지개 골짜기' 구석진 곳에 옹긋쫑긋 피기 시작했다. 릴러는 산사나무꽃이 어서 피기를 기다리고 있었다. 릴러는 생각했다.

'전에는 젬이 어머니에게 맨 먼저 핀 산사나무꽃을 꺾어다드렸어. 젬이 출정하자 월터가 어머니에게 꺾어드렸지. 지난해 봄에는 셜리가 찾아서 꺾어드렸어. 이번에는 내가 남자들을 대신해야 해.'

그러나 릴러가 아직 한 송이도 발견하기 전 어느 날 저녁때, 브루스 메러디스가 화사한 남홍색 작은 산사나무 가지를 한아름 안고 잉글사이드를 찾아왔다. 브루스는 베란다 층계를 기운차게 뛰어올라가 산사나무 가지를 블라이스 부인의 무릎 위에 놓았다.

브루스는 수줍어하며 무뚝뚝하게 말했다.

"셜리가 있었으면 꺾어왔겠지만, 셜리는 여기 없으니까요."

"그래서 이렇게 해야겠다고 생각했구나, 아가."

앤의 입술이 떨리며, 두 손을 주머니 속에 집어넣고 자기 앞에 서 있는 땅딸막하고 눈썹이 시커먼 아이를 내려다보았다.

"오늘 젬에게 산사나무꽃을 꺾으러 가지 못하는 일을 걱정하지 말라고 편지 썼어요. 내가 잘 알아서 하겠다고요. 그리고 나도 이제 얼마 안 있으면 10살이니까 18살이 되는 것도 금방일 테고, 그러면 전쟁에 나가 젬의 일을 거들어주고 내가 대신 근무해 주는 동안 휴가를 얻어 돌아올 수 있을지 모른다고도 썼어요. 제리에게도 편지를 썼어요. 제리는 많이 좋아졌대요."

"정말? 무슨 좋은 소식이 있었니?"

"네, 오늘 어머니에게 편지가 왔는데 위험한 고비는 지났대요."

블라이스 부인은 속삭이듯 중얼거렸다.

"오, 하느님, 고맙습니다."

브루스는 묘한 얼굴로 블라이스 부인을 바라보았다.

"어머니가 이 이야기를 했더니 아버지도 그러셨어요. 하지만 요전에 미드 씨네 개가 우리 집 고양이를 죽이는 게 아닌가 싶을 만큼 무섭게 물고 휘둘렀는데 아무렇지도 않은 일이 있었어요. 그래서 내가 그렇게 말했더니 아버지가 무서운 얼굴로 고양이에 대해서 다시 그런 말을 하면 안 된다고 하셨어요.

하지만 왜 그러면 안 되는지 나는 도저히 모르겠어요, 아줌마. 나는 정말로 너무너무 고맙게 생각했거든요. 게다가 고양이 스트라이피를 살려준 것은 하느님이 틀림없었으니까요. 그 미드 씨네 집 개는 턱이 무척 커서 스트라이피를 물고 흔들 때 정말 무지막지했어요. 그런데 왜 하느님한테 고맙다고 하면 안 된다는 거예요?"

브루스는 무언지 생각난 모양으로 말을 이었다.

"어쩌면 내가 너무 큰 소리로 말했기 때문인지도 모르겠어요―스트라이피가 아무렇지도 않다는 것을 알자 나는 너무 좋아 팔짝팔짝 뛰며 정신없이 되어버렸으니까요. 그래서 고함치듯 말해버렸거든요, 아줌마.

아줌마나 아버지처럼 비밀이야기를 하듯 살짝 말했더라면 괜찮았을지도 모르는데. 그렇지요, 아줌마."

브루스는 '비밀이야기'를 하는 식으로 목소리를 낮추어 앤 곁으로 다가섰다.

"내가 할 수만 있다면 카이저에게 어떻게 하고 싶은지 아세요?"

"어떻게 하고 싶지, 아가?"

브루스는 위엄 있는 얼굴이 되어 말했다.

"오늘 학교에서 노먼 리스가 말했는데, 자기는 카이저를 나무에 묶어놓고 성난 개를 부추겨서 물어뜯게 하겠대요. 그리고 에밀리 플래그는 카이저를 우리 안에 처넣고 뾰쪽한 것으로 마구 찔러주겠대요. 모두 그런 말만 해요. 하지만 아줌마—"

브루스는 주머니에서 작고 네모진 손을 꺼내 진지한 표정으로 앤의 무릎에 올려놓았다—그러고는 말을 이었다.

"나는 카이저를—할 수 있으면 단번에—좋은 사람으로—아주 좋은 사람으로 바꾸고 싶어요. 내가 하고 싶은 일이란 바로 그거예요. 그게 가장 무서운 벌이라고 생각되지 않아요, 아줌마?"

수전이 물었다.

"정말 착한 아이로구나. 그 성질 나쁜 악마에게 어찌 그게 벌이 되리라고 생각하니?"

브루스는 파랗고 짙은 눈으로 수전을 뚫어지게 보며 말했다.

"왜냐하면 만일 카이저가 좋은 사람으로 바뀌면 자기가 한 짓이 얼마나 무서운 일인지 알게 되어 몹시 괴로워 견딜 수 없게 될 테니 다른 어떤 방법보다도 슬프고 언짢은 마음이 될 게 아니에요? 그는 아주 끔찍하게 느껴질 거예요—그리고 영원히 그런 심정인 채로 있어야 하잖아요.

그래요, 나라면 카이저를 좋은 사람으로 만들 거예요—그것은 그를 꼭 알맞게 다루는 일이 될 거예요."

브루스는 결심을 다지는 듯 주먹을 불끈 쥐고 확고하게 고개를 끄덕였다.

청혼

　서녘 하늘에 뜬 커다란 새처럼 한 대의 비행기가 글렌 세인트 메리 마을 위를 날고 있었다. 맑게 갠 엷은 은빛 어린 노란색 하늘은 바람에 깨끗이 날려버린 광대한 자유천지처럼 느껴졌다.

　잉글사이드 잔디밭 위에 몰려서 있는 한 무리의 사람들은 매혹된 듯 올려다보고 있었다. 그해 여름, 기지로 돌아가는 비행기를 가끔 올려다보는 것은 신기한 일이 아니었다. 그때마다 수전은 몹시 흥분했다. 저 높은 구름 속을 날고 있는 것이 킹스포트에서 이 섬으로 날아온 셜리가 될 수도 있지 않은가?

　그러나 지금 셜리는 나라 밖에 나가 있으므로 수전은 그 비행기와 조종사에게는 그리 강한 관심을 갖지 않았다. 그럼에도 정중한 눈길로 그것을 바라보았다.

　"나는 생각해 보았는데요, 마님, 무덤에 묻혀 있는 노인들이 불쑥 무덤에서 일어나는 순간 저 광경을 보면 어떻게 생각할까요? 우리 아버지는 보나마나 찬성하지 않을 거예요. 새롭고 색다른 것에는 도무지 마음에 들어하는 법이 없었으니까요. 농작물을 거둬들이는 데도 끝까지 낫으로 해냈답니다. 풀베는 기계를 절대로 쓰려 하지 않았어요. 할아버지가 써서 좋았던 것이니 자신에게도 그것으로 충분하다고 늘 말씀하셨지요.

불효인지는 몰라도 그 점에 대해서는 아버지의 생각이 잘못된 거라고 생각해요. 그러나 나도 비행기를 탐탁해 할 정도는 아니에요. 군사적으로는 필요할지도 모르지만요. 만일 하느님이 우리를 날게 할 생각이었다면 태어났을 때부터 날개를 주셨을 거예요. 주지 않은 걸 보면 안전한 땅바닥에 딱 붙어 있으라는 생각으로 계시는 게 뻔한 일이지 뭐겠어요.

어쨌든 마님은 내가 비행기로 하늘을 돌아다니는 것은 절대로 못 보실 거예요."

그러자 릴러가 놀렸다.

"하지만 아버지의 새 자동차가 오면 그걸 타고 조금 돌아다녀 보는 것은 싫지 않겠지요, 수전?"

수전이 말을 받았다.

"자동차에도 이 늙은 몸을 맡겨둘 수는 없지. 하지만 나는 일부 소견 좁은 사람들 같은 생각은 하지 않아. '달에 구레나룻'이 섬에 자동차를 달리게 했다며 내각을 사퇴시키라고 외치고 있어요, 마님. 자동차를 보았을 때 엄청 화를 냈다더군요.

지난번 자기네 밀밭 옆 좁은 길로 자동차가 오는 것을 보자, '달에 구레나룻'은 울짱을 뛰어넘어 길 한복판에 갈퀴를 들고 막아섰답니다. 자동차에 탔던 남자는 어떤 중개인이었다는데, '달에 구레나룻'은 자동차만큼 중개인을 싫어하거든요. 아무튼 그는 자동차를 세워버렸지요. '달에 구레나룻' 옆으로는 양쪽 다 지나갈 만한 틈이 없고 설마 '달에 구레나룻'을 치어 죽일 수도 없는 일이었으니까요.

그러자 '달에 구레나룻'은 갈퀴를 치켜들고 '여기서 그 기계란 놈과 함께 썩 나가! 안 나가면 이 갈퀴로 너를 푹 찔러버릴 거야.'라고 고함 쳤어요.

그래서 어떻게 되었는지 아세요, 마님, 가엾게도 그 사람은 로브리지 가도까지 1마일 가까이나 자동차를 뒷걸음쳐 몰고 가야 했고, 그 뒤를 '달에 구레나룻'이 한 발자국 한 발자국 따라가며 갈퀴를 휘둘러대고 욕설을 퍼부었다지 뭐예요.

그런데 마님, 그런 것은 분별 있는 행동이라고 볼 수 없지요. 그렇기는 하지만 비행기니 자동차니 뭐니 해서 섬도 그전 같지 않게 되었어요."

비행기는 높이 떠올랐다가 급히 내려오고 빙빙 돌다가 다시 올라가더니 끝내 저녁놀진 언덕 아득히 먼 곳의 작은 점이 되고 말았다.

앤은 시의 한 구절을 읊었다.

드높은 창공을
왕자의 권위로써 건너는
저 테베의 독수리처럼
위엄있는 날개를 펴고.

미스 올리버가 말했다.

"비행기 덕분에 인류는 지금보다 훨씬 행복하게 될까요? 인류의 행복은 아무리 그 나눔에 변화가 있을지라도 그 자체는 대대로 그리 변함이 없고, '수많은 발명'에도 불구하고 행복은 늘지도 줄지도 않는 게 아닐까 여겨져요."

메러디스 씨는 아득한 옛날부터 분투해 온 인간의 최근의 승리를 상징하는 사라져가는 점을 눈으로 배웅하고 있었다.

"결국 '하느님의 나라는 내 속에 있다'는 거죠. 행복은 물질적 성취나 위업에 의존하지 않으니까요."

블라이스 의사가 말했다.

"아무리 그래도 비행기에는 매력을 느껴요. 저건 본디부터 인류가 동경하는 꿈의 하나였으니까. 하늘을 날아다니는 꿈이죠. 차례차례로 꿈이 실현되어 간다고나 할까—굽힐 줄 모르는 우뚝 솟은 노력에 의해 마침내 실현되는 거겠죠. 나도 비행기를 타보고 싶소."

릴러가 말했다.

"셜리로부터 온 편지에 처음 비행기에 탔을 때 몹시 실망했다고 씌어 있었어요. 새가 대지에서 날아오르는 것과 같은 기분을 맛보리라고 기대했었대요. 그런데 자기는 조금도 움직이는 것 같지 않은데 땅이 갑자기 자기 밑으로 떨어져버린 느낌이었대요.

그리고 처음으로 혼자 날았을 때 갑자기 심한 향수병에 사로잡혔대요. 그런 마음이 든 일은 이제까지 단 한 번도 없었는데 아무튼 그렇더래요. 갑자기 허공을 방황하는 것 같아서 지구의 인간 동료들에게로 무턱대고 돌아가고 싶어지더래요. 그런 마음은 곧 극복했지만, 그 기분 나쁜 고독감이 언제까지나 남아 처음 혼자서 탔을 때의 일이 악몽처럼 여겨진다고 씌어 있었어요."

비행기는 사라졌다. 블라이스 의사는 머리를 젖히고 한숨을 쉬었다. 그리고 아내 쪽을 바라보았다.

"저 조인(鳥人)이 보이지 않게 되니 마치 내가 기어다니는 벌레 같은 심정으로 땅 위로 다시 끌려오는군, 앤. 내가 처음으로 당신을 마차에 태우고 애번리를 달렸던 때 일이 아직도 기억나?—당신이 애번리 초등학교에서 가르치게 된 뒤 처음 맞은 가을로, 카모디 음악회에 갔던 날 밤이었어. 나는 이마에 흰 별이 있는 검은 망아지와 번쩍거리는 새 마차를 준비해 갔는데—나는 이 세상에서 다시없을 만큼 우쭐해 있었어. 우리 손자쯤 되면 저녁 때 비행기를 타고 '한 바퀴 돌고 오자'고 가볍게 연인을 데리고 나올 수 있게 되리라 여겨져."

"그래도 비행기로는 그 작은 실버스폿만큼 멋있지 않을 거야. 기계는 그저 단순한 기계에 지나지 않으니까—하지만 실버스폿은 사람과 똑같았어, 길버트. 그 말 뒤에 앉아서 드라이브하는 것은 저녁놀에 불타는 구름 속을 날아가는 것 이상이었는걸. 아니, 나는 아무래도 손자의 연인이 부러워지지 않을 것 같아. 메러디스 씨 말씀이 옳아. '하느님 나라'는—그리고 사랑과—행복의 나라는—외면적인 것에 달려 있지 않으니까."

블라이스 의사는 진지한 얼굴로 말했다.

"게다가 우리의 그 손자는 비행기에만 주의해야 하지—고삐를 말 등에 놓은 채 지그시 연인의 눈을 지켜볼 수는 도저히 없을걸. 또 한 손으로는 비행기를 조종하기 어렵지 않겠어? 그래, 나로서는 역시 아직도 실버스폿이 좋을 것 같군."

블라이스 의사는 고개를 설레설레 저었다.

그 여름 러시아 전선이 또다시 허물어져서 수전은 케렌스키가 결혼한 뒤로 틀림없이 이렇게 될 것으로 여겼었다고 신랄한 말을 했다.

"신성한 결혼을 헐뜯고 흉볼 생각은 없지만 말예요, 마님. 그렇지만 남자가 혁명을 하고 있을 때는 그것만으로도 벅찰 테니까 결혼은 좀 더 적당한 시기까지 미루는 것이 옳다고 생각했답니다. 이번에는 러시아군도 당했으니 사실을 보지 않으려고 한다는 것은 지각 없는 짓이죠.

그러나 로마 교황으로부터 화평을 제안받은 데 대해 우드로 윌슨이 보낸 회답을 보셨나요? 엄청나더군요. 나도 그토록 일의 진상을 잘 표현할 수는 없을 거예요. 윌슨의 다른 점은 모두 용서해 줘도 좋다는 기분이 들 정도예요. 윌슨이 말뜻을 잘 알고 있는 것만은 확실해요.

의미에 대해서라면, 지난번 '달에 구레나룻'에 대해 들으셨나요, 마님? 지난번 '달에 구레나룻'은 로브리지 가도 초등학교로 가서 4학년 학생들에게 받아쓰기 시험을 보게 하려는 생각을 한 모양이더군요. 거기서는 봄과 가을에 방학이 있고, 아직 여름학기가 또 있답니다. 그 가도 사람들은 좀 시대에 뒤떨어졌지요. 그 학교에 내 조카딸 엘러 베이커가 다니고 있어서 이 이야기를 들은 거예요.

선생님은 골치가 너무 아프고 기분이 좋지 않아서 프라이어 씨가 시험감독을 보는 동안 맑은 공기를 마시러 잠시 자리를 떠나 있었대요. 아이들은 받아쓰기는 잘했는데, '달에 구레나룻'이 뜻을 묻기 시작해서 어찌해야 할지 모르게 되고 말았어요. 아직 공부하지 않은 곳이었으니까요.

엘러며 다른 큰 학생들은 어쩌나 하고 애를 태웠대요. 학생들은 자기네 선생님을 무척 좋아했는데, 프라이어 씨의 형이며 그 학교의 이사로 있는 에이벌 프라이어는 그 선생님에게 반대해서 다른 이사들에게도 그런 생각을 갖게 하려고 했거든요. 그러므로 엘러를 비롯한 다른 아이들 모두, 만일 4학년 학생들이 '달에 구레나룻'에 뜻을 대답하지 못하면 '달에 구레나룻'은 자기들의 선생님을 쓸모없다고 여겨 에이벌에게 그렇게 말할 터이므로 에이벌에게 좋은 구실을 주는 게 된다고 걱정한 것이죠.

그런데 샌디 로건 덕분에 어려움을 모면했다지 뭐예요. 이 아이는 고아원에 있는 아이인데, 영리한 아이여서 금방 '달에 구레나룻'이 어느 정도의 사람인가를 평가해 버리고 '달에 구레나룻'이 '해부'란 무엇이냐고 묻자 '위가 아픈 것입니다' 하고 눈도 깜박이지 않고 얼른 대답한 거예요. '달에 구레나룻'이라는 남자는 무식한 사람이죠, 마님. 사실, 자기도 그 말뜻을 몰랐던 거예요. 그래서 '썩 잘했어요. 썩 좋아요.' 했답니다.

그 반 아이들은 곧 알아차리고—적어도 머리좋은 서너 아이들은—이 우스갯짓을 이어 갔지요. 진 블레인은 '청각(聽覺)'이라는 것은 '종교적인 언쟁'이라고 했고, 뮤리얼 베이커는 '불가지론자(不可知論者)'란 '소화불량을 일으킨 사람'을 말한다고 했고, 짐 카터는 '신랄'이란 '채식밖에 하지 않는 것'을 가리킨다는 식으로 모든 낱말을 깨끗이 처리해 버렸답니다. '달에 구레나룻'은 그것을 모두 그대로 받아들이고 '썩 잘했어요, 아주 좋아요.' 라고 계속했으므로 엘러는 시치미 떼고 있기가 민망해 죽을 뻔했다더군요.

선생님이 교실에 들어오자 '달에 구레나룻'은 학생들이 학과에 대한 이해가 대단하다고 칭찬하면서, 선생님이야말로 이 학교의 보배라는 것을 이사들에게 이야기할 생각이며 4학년 학생이 낱말의 뜻을 설명할 차례가 되자 그토록 분명하고 재빨리 대답할 수 있다니 '정말 희한하다'면서 싱글벙글 돌아갔답니다.

그렇지만 마님, 이 일은 아주 비밀로 해줘야 한다고 엘러가 말했으니 로브리지 가도 초등학교 선생님을 위해 비밀을 지켜줘야 해요. 만일 속았다는 것을 '달에 구레나룻'이 알게 되면 그 선생님은 파면되고 말 테니까요."

그날 오후 메리 밴스가 잉글사이드로 찾아와 캐나다군이 70고지를 점령했을 때 부상한 밀러 더글러스가 한쪽 다리를 잘라내야만 했다고 보고했다. 잉글사이드 사람들은 메리에게 동정했다. 메리의 열의와 애국심은 불붙기까지는 시간이 걸렸지만 일단 불붙었다싶자 누구에게도 뒤지지 않게 믿음직스러운 밝은 빛을 내뿜으며 타오르고 있었다.

메리는 그 자리에 있는 사람들에게 훌륭한 태도를 보였다.

"나보고 한쪽 다리밖에 없는 남편을 갖게 되었다고 놀리는 사람도 있지만, 하지만—다리가 열 개나 있다 해도 세계 어느 누구보다도 나는 한쪽 다리밖에 없는 밀러가 더 좋아요—하긴 로이드 조지라면 다르지만 말예요.

그만 돌아가야겠어요. 여러분께서 밀러 소식을 듣고 싶어할 것 같아 가게에서 돌아가는 길에 잠깐 들른 거예요. 그러나 빨리 돌아가야 해요. 저녁 때 마른풀 쌓는 일을 도와주겠다고 룩 매컬리스트에게 약속했거든요. 남자가 모자라 수확을 돕는 일은 우리 여자 손에 달려 있는 셈이에요.

나는 작업복 바지를 만들었는데, 매우 잘 어울려요. 그런 보기 흉한 것을 입으면 안 된다고 앨릭 더글러스 부인은 말하고 엘리엇 부인까지 흘끔흘끔 곁눈질로 보지만, 세상은 달라져가고 아무튼 나로서는 키티 앨릭 아주머니를 깜짝 놀라게 하는 것만큼 재미있는 일은 없거든요."

릴러가 말을 꺼냈다.

"아버지, 나는 잭 플래그 대신 한 달만 잭 아버지 가게에서 일하려고 해요. 아버지만 반대하시지 않으면 그렇게 하겠다고 오늘 약속했어요. 그러면 잭은 농부들의 수확을 도와줄 수 있을 거예요. 나는 밭에서는 그리 도움되지 못할 거예요—도움이 되는 소녀들도 많지만요—하지만 내가 잭의 일을 하면 잭의 시간을 자유롭게 해주는 셈이에요. 요즘은 짐스도 낮에는 그리 많은 시중을 들어주지 않아도 되고 또 나도 밤이면 줄곧 집에 있는걸요, 뭐."

블라이스 의사는 눈을 깜박이며 어이없어 물었다.

"설탕이며 콩 무게를 달거나 버터며 달걀을 흥정하는 일을 네가 좋아하게 될까?"

"아마 좋아하게 되지는 않겠지만 그런 것은 문제가 아니에요. 다만 그것도 의무를 다하는 방법의 하나라는 것뿐이에요."

그리하여 릴러는 한 달 동안 카터 플래그네 가게 점원이 되었고, 수전은 앨버트 크로퍼드의 메귀리밭 일을 도와주러 갔다.

수전은 자랑했다.

"나는 아직 누구에게도 지지 않아요. 건초더미를 만드는 일에 대해서는 남자도 누구 하나 나를 당해낼 사람이 없으니까요. 내가 애써 거들어준다고 했더니 앨버트는 내가 그 일을 하기에는 너무 힘들 거라고 불안해 하는 것 같기에 내가 하루만 시험삼아 시켜보라고 했죠. 내 뚝심을 보여주겠다고요."

한순간 잉글사이드 사람들은 아무도 말하는 사람이 없었다. 잠자코 있었던 것은 수전의 '근로봉사' 하려는 마음이 너무 가상해서 훌륭한 일이라고 감탄했기 때문이었으나 수전은 그 뜻을 잘못 알고 햇볕에 그을린 얼굴을 빨갛게 붉혔다.

수전은 변명했다.

"아무래도 그리 좋지 않은 말을 쓰는 게 버릇이 된 모양이에요, 마님. 이 나이에 그런 버릇이 붙다니, 원! 젊은 아가씨들에게 아주 나쁜 본보기예요. 틀림없이 신문을 너무 읽은 탓인 것 같아요. 버릇없는 글귀를 많이 쓰고 내가 젊었을 때처럼 별표도 붙이지 않았으니까요. 전쟁이 모든 사람을 타락시키고 있어요."

흰 머리를 바람에 날리며 치맛자락을 안전하고 편리하게 하기 위해 높이 걷어올리고—작업복 바지는 문제가 아니다—곡물더미 위에 선 수전의 모습은 아름답지도 로맨틱하게 보이지도 않았지만, 그 여윈 팔에 넘치는 정신은 비미를 함락하고 독일군 부대를 베르됭에서 물리친 정신과 같은 것이었다.

그러나 어느 날 오후 마차를 타고 지나가다가 수전이 힘차게 밀단을 집어던지는 것을 본 프라이어 씨는 감동했다. 다만 '달에 구레나룻'이 감탄한 까닭은 좀 달랐다.

'저 여자는 일하는 솜씨가 대단하군. 젊은 여자 두 사람 몫은 거뜬히 해낼 만하겠는걸. 좀 더 어려운 일도 얼마든지 있지. 만일 조 밀그레이브가 살아서 돌아오면 나는 미랜더를 잃게 되는데, 가정부를 두면 마누라 이상으로 돈이 더 들고 언제 버리고 달아날지 알 게 뭔가. 한 번 잘 생각해 봐야겠는걸.'

1주일 뒤 오후 늦게 마을에서 돌아온 블라이스 부인은 잉글사이드 문 앞에서 너무너무 놀란 나머지 움직일 수 없게 되었다. 이상한 광경이 눈에 띄었던 것이다. 부엌 끝에서 뚱뚱하고 오만한 프라이어 씨가 여러 해 동안 경험한 일이 없을 만큼 무서운 기세로 달려나왔다. 그 얼굴 구석구석까지 공포가 새겨져 있었다. 무리도 아니었다.

왜냐하면 그 뒤에서 수전이 복수의 여신처럼 손에 김이 무럭무럭 나는 큰 무쇠냄비를 들고 따라잡기만 하면 상대방의 운명이 어떻게 될 것인지 위태로움을 느낄 만한 험상궂은 눈길로 나타났기 때문이다. 쫓는 사람이나 쫓기는 사람이나 잔디밭을 무서운 속력으로 가로질러 왔다. 수전보다 두세 걸음 먼저 문까지 온 프라이어 씨는 문을 비틀어 열자 우뚝 서 있는 잉글사이드 여주인에게는 눈길도 주지 않고 쏜살같이 달아났다.

화들짝 놀란 앤은 숨막힐 듯한 목소리로 불렀다.

"수전!"

정신없이 달려온 수전은 냄비를 내려놓고 프라이어 씨 뒤에서 주먹을 마구 휘둘렀다. 프라이어 씨는 아직도 수전이 뒤쫓아오는 줄 아는 모양으로 계속 뛰어가고 있었다.

앤은 얼마쯤 엄한 목소리로 물었다.

"수전, 이게 어찌된 일이에요?"

"그렇게 물으시는 것도 마땅해요, 마님. 내가 이토록 이성을 잃은 것은 요 몇 년 동안에 없었던 일이니까요. 저─저─저 반전론자가 뻔뻔스럽게도 이곳에, 더구나 내 부엌에까지 와서 나더러 결혼해 달라는 거예요, 저 사나이가!"

앤은 웃음을 삼켰다.

"하지만 수전─점잖게 거절하는 방법은 없었을까요? 만일 누가 지나가다가 그런 장면을 보았다면 어떤 소문이 날지 생각해 봐요."

"정말 마님 말씀이 백 번 옳아요. 나로서는 도리에 맞는 생각을 할 수 없게 되어 그런 것까지는 생각지 못했어요. 너무 화가 나서 정신이 없었으니까요. 어쨌든 안으로 들어오세요. 모두 다 이야기해 드릴 테니까요."

수전은 냄비를 집어들고 아직도 분한 나머지 부들부들 떨면서 어깨를 으쓱거리고 부엌으로 들어가 냄비를 난로 위에 메어붙이듯 올

려놓았다.

"잠깐 기다리세요. 창문을 활짝 열어 부엌 공기를 바꿔야겠어요, 마님. 자, 이제 좀 나아진 것 같군요. 그리고 손도 말끔히 씻어야지. '달에 구레나룻'이 들어왔을 때 악수했으니까요. 뭐, 하고 싶어서 한 건 아니지만요. 그 퉁퉁하고 기름진 손을 내밀었을 때 달리 어찌해야 할지 몰랐거든요.

마침 오후 설거지를 다 끝냈을 때였어요. 다행히 모든 것이 깨끗해지고 반짝반짝 빛났어요. 나는—이 물감도 끊었으니 깔개를 만들 누더기를 물들여 저녁 식사 전에 완전히 처리해 버려야겠다고 생각하고 있었어요.

그때 바닥에 그림자가 보이기에 얼굴을 드니 '달에 구레나룻'이 풀먹여 다림질을 한 듯 말쑥하게 차리고 문 앞에 서 있지 뭐예요. 아까도 말했듯이 나는 정중히 악수하고, 마님과 선생님 두 분 다 집에 안 계시다고 말했지요. 그러자 '달에 구레나룻'이 이렇게 말하는 거예요. '당신을 만나러 온 거요, 미스 베이커' 하고요.

영문을 모르는 나는 아무튼 앉으라고 했지요. 내 쪽에서도 예의는 지켜야 했으니까요. 그러고는 부엌 한복판에 버티고 서서 되도록 멸시하는 얼굴로 '달에 구레나룻'을 노려봤어요. 뻔뻔스럽기로 소문난 '달에 구레나룻'도 그러는 데는 좀 쩔쩔매는 것 같았어요.

그래도 그 작은 돼지 같은 눈으로 나를 감상적으로 바라보기 시작하기에 혹시나 하는 무서운 생각이 떠오르지 뭐겠어요. 드디어 태어나서 처음 결혼신청을 받는구나 하는 생각이 들더군요, 마님. 나는 전부터 한 번만이라도 좋으니 결혼신청을 받고 거절해 봤으면 좋겠다, 그렇게 하면 다른 여자들의 얼굴을 당당히 마주 볼 수 있으리라고 생각했었는데 '이것으로는' 자랑거리도 못돼요. 사람을 모욕하는 거라고 여겨요. 할 수만 있으면 어떻게든 막아낼 방법을 생각해내야지요.

어쨌든 그때는 완전히 놀라버렸으므로 내가 불리한 입장에 있었던 거예요, 마님. 사람에 따라서는 신청하기 전에 청혼에 대한 예고 같은 말을 조금 하는 편이 좋다고 여기는 이도 있는 모양이에요. 자기의 의도를 뚜렷이 하는 정도라도 말이지요.

그러나 '달에 구레나룻'은 나라면 좋은 대로 골라잡기는커녕 두말 없이 덤벼들 거라고 생각했던가 봐요. 이제 이것으로 그 사나이도 눈을 떴을 거예요. 여부가 있나요. 눈을 떴고말고요, 마님. 이제 뛰는 걸 그만두었는지 모르겠군요."

"수전이 기뻐하지 않는 심정은 잘 알아요. 하지만 그런 꼴로 이 집에서 쫓아내지 않더라도 좀 더 점잖게 거절하는 방법은 없었나요?"

"네, 그렇게 할 수도 있었고 또 그렇게 할 작정이었지만 '달에 구레나룻'이 한 한 마디 말 때문에 도저히 참을 수 없을 만큼 화가 나고 말았어요. 그렇지 않았다면 나도 물감냄비를 들고 쫓아가거나 하지는 않았을 거예요. 결혼신청을 승낙한다는 것은 당치도 않은 일이라 치더라도 말이에요.

아무튼 만났을 때 있었던 일을 모두 다 이야기하죠. 아까도 말했듯 '달에 구레나룻'은 앉았는데, 그 바로 옆 의자에 박사가 자고 있었어요. 자는 체하고 있었지만, 그 고양이는 자고 있지 않은 걸 나는 잘 알고 있었죠. 왜냐하면 하루 종일 고양이는 하이드가 되어 있었고 하이드는 결코 자지 않으니까요.

그리고 보니 마님, 요즘 저 고양이가 전보다 자주 하이드가 되는 걸 알아차리셨나요? 독일이 이기면 이길수록 저 고양이는 점점 더 하이드가 되는 거예요. 그만큼만 이야기하고 나머지는 마님 판단에 맡기겠어요.

내가 저 고양이를 어떻게 생각하는지 꿈에도 모르고 '달에 구레나룻'은 내 비위를 맞추려고 저 고양이를 칭찬해 줘야겠다고 생각한 거예요. 우둥퉁하게 살찐 손을 내밀어 하이드의 등을 쓰다듬으며 '정말 귀여운 고양이군요' 하고 말했어요.

그 귀여운 고양이는 '달에 구레나룻'에게 덤벼들어 물어뜯었답니다. 그리고 무서운 기세로 그르렁거리며 문으로 뛰어나가 버렸어요. '달에 구레나룻'은 어이없어 하며 뛰어나가는 것을 보고 있더니 '정말 괴상한 나쁜 놈이군' 하더군요. 그 점은 나도 찬성이었지만, 그런 것을 '달에 구레나룻'에게 말할 생각은 없고 게다가 무슨 권리가 있어 우리 고양이를 나쁜 놈이라고 하는 건지. 그래서 나는 말해 줬죠. '나쁜 놈이든 아니든, 저 고양이는 캐나다 사람과 독일사람을 사귈 줄 알아요' 라고요.

마님, 그렇게 빈정대는 말을 들었다면 못 견뎠겠죠? 그런데 '달에 구레나룻'은 눈 하나 깜짝하지 않는 거예요. 기분이 좋아 뒤로 벌렁 기대어 마치 천천히 이야기하려는 태도기에 나는 뭔가 할 이야기가 있으면 얼른 끝내는 게 좋다, 이 누더기를 저녁 식사 전에 모조리 물들여야 하므로 꾸물거리며 시간 보내고 있을 수는 없다고 생각하고 얼른 이야기를 꺼냈지요.

'프라이어 씨, 뭔가 내게 특별히 할 이야기가 있다면 빨리 해줬으면 고맙겠군요. 오늘 오후는 엄청 바쁘니까요.'

그랬더니 '달에 구레나룻'은 그 빙 둘러 난 붉은 수염 속에서 기쁜 듯 싱글거리며 나를 바라보고 말하는 것이었어요, 마님.

'당신은 사무적인 사람이군요, 나도 그 의견에 찬성이오. 구태여 돌려서 말하거나 하여 쓸데없이 시간을 낭비할 필요는 없지요. 내가 오늘 여기 온 것은 당신이 나와 결혼해 줬으면 해서요.'

그렇게 된 거예요, 마님. 64년이나 기다려 가까스로 나도 결혼신청을 받은 셈이죠.

나는 그 철면피한 자를 노려보며 말해 줬어요.

'비록 당신이 이 세상에 단 하나밖에 없는 남자라 해도 나는 당신과 결코 결혼하지 않아요, 조사이어 프라이어. 자, 이것이 내 답변이

니 이제 그만 썩 돌아가요.'

나는 사람이 그처럼 놀라는 것을 본 일이 없어요. '달에 구레나룻'은 소스라치게 놀라는 바람에 저도 모르게 불쑥 실토해 버린 거예요. '아니, 결혼할 기회를 주어 댁이 몹시 기뻐할 줄 알았는데' 하고요.

이 말을 듣고 마님, 나는 신경이 곤두서 버렸어요. 독일인 반전론자에게 그런 모욕을 받았다면 마땅하다고 생각지 않으세요?

나는 나가라고 고함치고 저 무쇠냄비를 집어들었죠. '달에 구레나룻'은 내가 갑자기 머리가 돈 줄 알았던지, 펄펄 끓는 물감이 잔뜩 든 무쇠냄비가 실성한 사람 손에 있으면 위험한 무기가 된다고 여긴 모양이에요. 어쨌든 나가기는 했지만 마님께서 보신 대로 제대로 떳떳이 나가지는 못했죠.

다시 이곳에 찾아와 내게 결혼신청할 걱정은 안 해도 될 것 같아요. '달에 구레나룻' 부인이 되고 싶지 않다는 여자가 적어도 한 사람만은 글렌 세인트 메리 마을에 있음을 이제는 그 사나이도 분명 알았겠죠."

기다림

chang.kye

1917년 11월 1일 잉글사이드에서

11월이다—글렌 마을은 온통 회색과 갈색으로 칠해져 있으나, 여기저기 고리버들이 서 있는 곳은 흐릿한 풍경 속에 큰 금빛 횃불이 켜져 있는 듯하다. 다른 나무들은 모두 잎이 떨어졌다.

요즘은 용기를 불러일으키기가 힘이 든다. 카포레토*¹의 참극은 너무 무시무시해서 수전조차도 위로되는 말을 섣불리 꺼내지 못한다. 우리들 나머지 사람들은 위로의 말을 듣고자 원하지도 않는다.

"베니스를 빼앗기면 안 돼. 결코 베니스를 빼앗기면 안 돼."

올리버 선생님은 마치 여러 번 말하면 빼앗기지 않을 수 있는 것처럼 필사적으로 되풀이하고 있다. 어떻게 하면 베니스를 빼앗기지 않을 수 있는지 나로선 알 수 없다.

그렇지만 수전은 1914년에 파리를 아무래도 빼앗기고 말 것 같았음에도 빼앗기지 않았으므로 베니스도 지킬 수 있으리라고 단언하고 있다.

---

*1 코발리도의 옛 이탈리아어 지명. 유고슬라비아 북서부의 마을로, 제1차 세계대전에서 이탈리아군이 크게 패한 곳.

아, 베니스를—아드리아 해(海)의 아름다운 여왕인 베니스를 빼앗기지 않도록 나는 열심히 기도하고 있다. 아직 본 일은 없지만 나는 베니스에 대해 바이런과 같은 마음을 갖고 있다—전부터 나는 베니스를 좋아했다—전부터 내게 베니스는 '마음의 요정 도시'였다.

베니스에 대한 나의 동경은 틀림없이 월터로부터 전해진 것이다. 월터는 베니스를 무척 예찬했었으니까. 베니스를 보는 것이 월터의 꿈 가운데 하나였다. 지금도 기억하는데—전쟁이 시작되기 바로 전인 어느 날 저녁 '무지개 골짜기'에서—언젠가 둘이 베니스로 가서 달밤의 거리에 곤돌라를 띄울 계획을 세운 일이 있었다.

전쟁이 시작된 뒤로 가을이 되면 웬일인지 우리편 군대는 큰 타격을 입는다. 1914년에는 안트베르펜, 1915년에는 세르비아, 지난해 가을에는 루마니아, 이번에는 이탈리아가 가장 심하다.

만일 월터의 그 가엾은 마지막 편지에 씌어 있던 '살아 있는 사람만이 아니야. 죽은 사람들도 싸우고 있기 때문이야. 그 같은 군대가 질 리가 없어' 하는 말이 없었다면 나는 너무 절망한 나머지 체념해 버렸을지도 모른다.

그렇다, 질 리가 없다. 최후에는 이기는 것이다. 비록 한순간이라도 의심하지 않을 테다. 의심하는 일은 '맹세를 저버리는' 것이 된다.

요 얼마 전 우리는 모두 새로 발행된 국채를 위해 맹렬한 운동을 해 왔다. 우리 적십자 소녀단 단원들은 부지런히 국채를 사도록 권하고 다녔다. 처음에 절대로 사지 않겠다고 거절하는 꽤 까다로운 고집 덩어리도 몇 사람인가 만났다.

나는—나까지도—'달에 구레나룻'과 맞붙었다. 나는 언짢은 마음만 안게 되고는 거절당할 거라고 예상했었다. 그런데 놀랍게도 '달에 구레나룻'은 아주 붙임성 있게 그 자리에서 1천 달러어치 채권을 맡아주었다. 반전론자인지는 모르지만, 유리한 투자를 눈앞에 내놓았을 때는 그것을 알아보는 것이다. 비록 지불하는 곳이 군국주의 정부라고는 하지만 돈은 돈이니까.

아버지는 프라이어 씨가 잘못된 마음을 고친 것은 국채구입 장려 대회에서 한 수전의 연설 덕분이라며 수전을 놀렸다. 나는 그럴 리 없다고 생각한다. 프라이어 씨가 연인다운 신청을 한 데 대해 수전이 명백히 거절하는 뜻을 밝힌 뒤로 프라이어 씨는 드러내 놓고 수전을 비난하고 있었기 때문이다. 그러나 수전이 연설한 것은 사실이다─ 더구나 그 대회에서 가장 훌륭한 연설이었다. 수전은 자신이 그런 일을 하는 것은 이번이 처음이자 마지막이라고 딱 잘라 말하고 있다.

이 대회에는 글렌 마을 사람들이 하나도 빠지지 않고 모두 다 참석하여 꽤 많은 연설이 있었는데, 어딘지 모르게 축 처진 기분이어서 특별히 열의를 북돋을 만한 것은 못되었다. 할당에 있어서 이 섬을 으뜸이 되게 하고 싶어 애태우는 수전은 열성이 없는 데 실망하여, 연설에 '전혀 패기가 없다고' 물어뜯을 것처럼 찌푸린 얼굴로 올리버 선생님과 내게 소곤거렸다.

그리고 모임 끝에 아무도 앞으로 나와 국채를 사려 하는 사람이 없는 것을 보자 마침내 수전은 '흥분해' 버렸다. 적어도 나중에 수전이 표현한 말에 따르면 그랬다. 수전은 보닛 밑에서 무서운 얼굴을 내보이며 벌떡 일어나─글렌 마을에서 아직도 보닛을 쓰는 사람은 수전뿐이다─큰 소리로 한껏 비꼬며 말했다.

"돈을 내는 것보다 입으로 애국주의를 부르짖는 편이 분명 싸게 먹히지요. 게다가 우리는 동정을 구하고 있는 것이니까요. 공짜로 당신네들의 돈을 빌려달라고 하고 있으니까요! 이 대회에 대한 이야기를 듣는다면 카이저는 틀림없이 낙담하겠지요!"

수전은 카이저의 간첩이─아마도 프라이어 씨 같은 형태로─글렌 마을에서 벌어지는 일을 하나도 남김없이 곧장 카이저에게 보고하는 것으로 굳게 믿고 있었다.

노먼 더글러스는 "옳소, 옳소!" 하고 소리치고 뒤쪽 젊은이는 "로이드 조지는 어떻고요?" 하며 수전이 기뻐하지 않을 투로 물었다. 키치 너가 없어진 뒤로 로이드 조지가 수전의 마음에 쏙 드는 영웅이 되었다.

수전은 받아넘겼다.

"나는 언제나 로이드 조지의 뒤를 밀 거예요."

워런 미드가 그 기분 나쁜 웃음소리를 크게 내며 말했다.

"그 말을 들으면 아마 로이드 조지는 마음 든든해 할 거요."

워런의 말은 화약에 불을 붙인 것과 같았다. 수전은 '단호하게' 하고 싶은 말을 다 해버렸다. 더구나 아주 멋지게 해냈다. 어쨌든 수전의 연설에는 '패기'가 부족하지 않았다. 일단 분발하자 수전은 연설하는 솜씨에 모자람이 없었으며 남자들을 공격하는 점에서는 우습기도 하고 멋지기도 하고 효과적이기도 했다.

수전은 자기와 같은 사람이 몇 백만이나 로이드 조지 뒤를 밀며 격려하고 있다고 말했다. 그것이 수전이 한 연설의 주된 골자였다. 갸륵한 수전! 수전이 애국심, 충절, 온갖 종류의 기피자에 대한 경멸의 발전기로 변해서 바로 이때라는 듯 그것을 방전(放電)했을 때 청중들은 격동했다. 자신은 여성 참정권론자가 아니라고 수전은 미리 이야기했지만, 그날 저녁 수전은 여성의 올바른 가치를 인식케 하여 글자 그대로 남자들을 움츠러들게 했다.

연설이 끝났을 때 사람들은 자진해서 수전의 명령에 따르려 하고 있었다. 마지막으로 수전은 사람들에게 곧 연단으로 나와 국채를 신청하라고 명령했다—실제로 명령했던 것이다. 요란한 박수갈채가 있은 뒤 사람들은 거의 그 말에 따랐다. 워런 미드까지도 망설이지 않았다.

다음날 샬럿타운의 일간지에 실린 신청 금액의 총계는 글렌 마을이 섬 전체에서 가장 앞지르고 있었다—이것은 확실히 수전 덕분이다. 수전 자신은 그날 밤 집에 돌아오자 매우 수줍어하며 시집도 안 간 여자에게 알맞지 않은 행동이 아니었을까 하고 걱정하며 어머니에게 후회하는 말을 했다.

"여자답지 못한 짓을 했어요."

오늘 밤 우리는 다 함께—수전은 빼놓고—시운전하는 아버지의 새 자동차를 타보았다. 매우 즐거운 드라이브였다. 그렇기는 한데 마지막에 어느 까다로운 할머니—즉 위 글렌의 미스 일리저버스 카 덕분에 개천에 빠지는 보기 흉한 꼴이 되었다—미스 일리저버스는 아무리 경적을 울려도 말을 옆으로 비켜 우리를 지나가게 해주려 하지 않았다. 아버지는 몹시 화를 냈으나 속으로 나는 미스 일리저버스를 동정했다.

만일 내가 미혼여성으로 나의 늙은 말을 몰면서 처녀로서 공상을 마음껏 하며 달리고 있었다면 뒤에서 시끄러운 자동차가 요란하게 경적을 울려도 말고삐 하나 움직이지 않고 미스 일리저버스와 마찬가지로 고집스럽게 앉은 채 말했을 것이다.

"꼭 지나가려거든 개천으로 가시지요."

우리는 개천으로 지나갔다—자동차는 모래 위로 몰아올려졌다—그리고 미스 일리저버스가 마차를 덜커덩거리며 의기양양하게 우리를 거들떠보지도 않고 멀어져 가는 것을 얼빠진 얼굴로 바라보고 있었다.

이 일을 편지에 쓴다면 젬은 웃을 것이다. 젬은 전의 미스 일리저버스를 알고 있으니까.

그런데—베니스를—구할—수 있을 것인가?

1917년 11월 19일

안타깝게도 베니스는 아직 구원받지 못했다—매우 위험한 처지에 놓여 있다. 그러나 드디어 이탈리아군은 피아베 강*² 전선에서 저항

---

*2 이탈리아 북동부에 있는 강. 상류는 제1차 세계대전의 격전지.

하기 시작했다. 확실히 군사평론가들은 이탈리아군이 베니스를 끝까지 지키지 못하고 아디제 강으로 물러날 게 틀림없다고 말하고 있다. 그러나 수전과 올리버 선생님과 나는 어떻게 해서든지 베니스를 구해야만 하므로 이탈리아군은 끝까지 분발할 것이다. 군사평론가가 뭐라고 하든 무슨 상관인가.

아! 베니스를 끝까지 지켜내리라고 믿을 수 있으면 좋으련만!

우리 캐나다군은 또 큰 승리를 거두었다—파셴델을 습격하여 온갖 반격을 받으면서도 지키고 있다. 우리와 관계된 사람들은 아무도 이 싸움에 끼어 있지 않다. 그러나 다른 가족의 아들들이 얼마나 많이 전사상자 명단에 실려 있는가! 조 밀그레이브도 그 속에 들어 있지만 다행히 생명에는 아무 이상 없다.

미랜더는 조에게서 소식이 올 때까지 며칠이나 애처로운 마음으로 지냈다. 그러나 결혼한 뒤로 미랜더의 눈부신 변화는 엄청나서 마치 딴 사람 같다. 그 눈까지도 검고 깊이를 더해 갔다. 하기야 미랜더의 감정이 전보다 강하게 활동하기 시작했기에 빛나게 된 것이라고 여겨진다.

자기 아버지를 교묘히 설득시키는 모습은 눈이 휘둥그레질 정도이다. 서부전선에서 비록 1야드의 참호라도 확보할 때마다 국기를 높이 달았다. 청소년 적십자에도 빠짐없이 출석했다. 그리고 자못 '부인'다운 우스꽝스러운 태도를 취하므로 매우 우습다. 그렇지만 미랜더는 글렌 마을의 전쟁신부임에 틀림없으므로 부인인 체하며 기뻐하는 것을 아무도 이러쿵저러쿵 할 일은 못된다.

러시아의 소식도 좋지 않다. 카렌스키 정부가 쓰러지고 레닌이 러시아의 지배자가 되었다. 이 무렵과 같은 잿빛 가을의 나날을 불안과 불길한 뉴스 속에서 절망적인 기분으로 지내고 있을 때 용기를 잃지 않는다는 것은 결코 쉬운 일이 아니다. 그렇지만 우리는 선거가 가까워졌으므로 하일랜드 샌디 영감님 말을 빌면 '마음이 침울'해진다.

주요 쟁점은 징병제도이므로 이제까지 없었던 격렬한 선거가 될 것이다.

조 포아리에의 말을 빌면 '어엿한 한 사람몫의 여자'로 남편이나 아들을 전선에 내보낸 사람은 모두 투표할 수 있다.

"아, 나도 21살이라면 좋을 텐데!"

올리버 선생님과 수전은 투표권이 없다며 몹시 분개하고 있다. 올리버 선생님은 무서운 기세로 말했다.

"이런 불공평한 일은 없어요. 애그니스 카 같은 사람은 남편이 출정했다는 이유로 투표할 수 있으니 말예요. 그 사람은 남편을 가지 못하게 하려고 필사적으로 말렸을 정도인걸요. 연방정부에 반대하는 투표를 할 수 있어요. 그런데도 내게는 선거권이 없어요. 출정한 사람이 내 남편이 아니라 연인에 지나지 않는다는 이유로 말이죠!"

수전은 프라이어 씨 같은 괘씸한 반전론자도 투표하는데 자기는 그것이 불가능하게 되자—부글부글 끓는 분노가 말투에도 그대로 나타났다.

실제로 항구 건너편 엘리엇 씨네나 크로퍼드 씨네나 매컬리스터 씨네 사람들이 불쌍하게 여겨진다. 그 사람들은 이제까지 자유당과 보수당 진영으로 뚜렷이 나뉘어져 있었는데, 지금은 정박소(碇泊所)에서 떠내려가—묘한 비유라는 건 알지만—넘실거리는 파도 사이를 떠돌고 있으니까.

로버트 보든 경[*3] 쪽에 투표해야만 한다면 자유당 사람들 가운데에는 죽을 것 같은 심정이 되는 사람도 있을 것이다—그렇지만 드디어 징병제도가 필요한 시절이 왔다고 생각한다면 그렇게 하지 않을 수 없다. 또 딱하게도 징병제도에 반대하는 보수당 가운데에는 이제까지 너무나도 싫어했던 로리에에게 투표해야 할 사람들도 있다. 이

---

*3 캐나다 정치가. 1854~1937. 제1차 세계대전 때 캐나다 수상을 지냄.

것을 몹시 괴로워하는 사람들도 있으나 다른 사람들은 교회 통일에 대한 마셜 엘리엇 아주머니와 같은 태도로 임하고 있다.

엘리엇 아주머니는 어젯밤 오셨다. 아주머니는 전처럼 자주 오지 않는다. 나이가 들어 이토록 멀리까지 걸어올 수 없는 것이다—그리운 '미스 코닐리어' 아주머니가 늙어버렸다고 생각하는 것만으로도 싫다—우리는 본디 아주머니를 좋아했고 아주머니도 우리 잉글사이드 아이들을 몹시 사랑해 주셨다.

아주머니는 교회 통일에 크게 반대했지만, 어젯밤 아버지가 통일하기로 사실상 결정되었다고 이야기하자 단념하는 듯했다.

"모든 것이 난마 같이 얽히고 설킨 세상인걸 어쩌겠어. 한 가지가 더 흐트러졌다고 해서 어떻게 될 것도 없지. 아무튼 독일 사람에 비하면 감리교들조차도 나로선 좋게 여겨지는걸."

우리 적십자 소녀단은 아이린 하워드가 다시 들어왔는데도 잘 운영되고 있다—아이린은 로브리지의 소녀단에서 싸운 모양이다. 나는 이해가 간다. 지난 번 만났을 때 아이린은 자못 다정한 척하며 빈정거렸다—내가 샬럿타운 광장을 가로질러가는 것을 '그 초록색 벨벳 모자'로 알아보았다는 것이었다. 사람들은 모두 그 밉살스럽고 괘씸한 모자로 나라는 것을 알게 된다. 그 모자를 쓰게 된 뒤 이것으로 네 번째 계절이다. 어머니까지도 이번 가을에는 새 모자를 사라고 하셨지만 나는 고집스레 안 사겠다고 버텼다. 전쟁이 이어지는 한 겨울엔 이 벨벳 모자를 쓸 생각이다.

1917년 11월 23일

피아베 강 전선은 아직도 참아내고 있다—캄브레*4가 대승리를 거두었다. 나는 그것을 축하하여 국기를 내걸었다—그러나 수전은

---

*4 프랑스 북부의 도시에서는 빙 장군(영국 장군. 1862~1935). 캐나다 총독을 지냈으며, 비미의 빙 자작이라고도 불렸음.

말했다.

"오늘 밤에는 부엌 아궁이에 주전자를 올려 끓는 물을 준비해 놓아야겠어요. 자세히 살펴보니 영국이 이길 때마다 키치너 아기가 폐렴을 일으키곤 하더군요. 저 아이의 혈액에 친독파(親獨派) 피가 흐르지 않으면 다행이겠어요. 저 아이 아버지 쪽 일은 아무도 잘 모르니 말예요."

올가을 짐스는 두세 번 크루프에 걸렸다—여느 크루프였다—지난해 같은 그런 무서운 것은 아니다. 그러나 저 작은 혈관에 어떤 피가 흐르든 좋고 건전한 피다. 짐스는 장밋빛으로 통통하게 살찌고 머리는 물결을 치듯 굽슬굽슬하여 몹시 귀엽다. 그리고 이상한 말을 하기도 하고 우스꽝스러운 것을 묻기도 한다.

짐스는 부엌에서 특별히 마음에 들어 하는 의자가 있다. 그러나 그것은 수전의 마음에도 드는 것이므로 수전이 앉으려 하면 짐스는 비켜야만 했다.

지난번 수전이 그 의자에서 짐스를 내려놓았을 때 짐스는 휙 돌아서더니 정색하며 말했다.

"수전이 죽으면 내가 그 의자에 앉아도 돼?"

수전은 어쩌면 그런 무서운 소리를 할까 하고 이때부터 짐스의 조상에 대해 걱정하기 시작한 듯하다.

요전 날 밤, 나는 짐스를 데리고 가게까지 걸어갔다. 그토록 늦은 밤에 밖으로 데려나간 것은 처음이었으므로 짐스는 별을 보자 큰 소리로 말했다.

"오, 월러, 저걸 봐. 큰 달님과 작은 달님이 저렇게 많아!"

지난주 수요일 아침은 짐스가 눈을 떠 보니 내가 전날 밤 잊고 태엽을 감아주지 않았던 작은 자명종 시계가 멈춰 있었다. 짐스는 자기의 작은 침대에서 뛰어내려 조그만 파란 플란넬 잠옷차림으로 놀란 얼굴을 하고 내가 있는 곳으로 쪼르르 달려왔다.

"시계가 죽었어. 오, 윌러, 시계가 죽었어."

짐스는 금방 숨이라도 멈출 것 같았다.

어느 날 밤 짐스는 수전과 내게 몹시 화를 냈다. 짐스가 매우 갖고 싶어하는 것을 끝내 우리가 주지 않았기 때문이다. 기도할 때도 짐스는 부루퉁하게 부어 있었는데 '나를 착한 아이가 되게 해주세요' 하고 말하는 대목에 이르자 짐스는 힘차게 덧붙여 말했다.

"그리고 윌러와 수전을 착한 아이가 되게 해주십시오. 둘 다 착한 아이가 아니니까요."

나는 만나는 사람마다 짐스가 한 말을 꺼낼 생각은 아니다. 다른 사람들이 그렇게 하는 걸 보면 언제나 지겨운 생각이 드는걸! 나는 다만 이 복잡한 일기에 소중하게 써서 간직할 뿐이다!

오늘 밤에도 짐스를 재울 때 짐스는 진지한 얼굴로 물었다.

"왜 '어제'는 돌아오지 않아, 윌러?"

아, 왜 돌아올 수 없을까, 짐스? 꿈과 웃음이 있던 아름다운 '어제'—젬 오빠들이 집에 있고—월터와 나란히 앉아 단둘이 책을 읽고 산책하며 '무지개 골짜기'에서 초승달과 저녁해를 바라보던 무렵이. '어제'가 돌아온다면 얼마나 좋을까!

그러나 '어제'는 결코 돌아오지 않는단다, 짐스—'오늘'은 어두운 구름에 싸여 있고—우리는 '내일'의 일을 감히 생각해 보려고 하지도 않는단다.

1917년 12월 11일

오늘은 기막히게 좋은 뉴스가 들어왔다. 드디어 영국군이 어제 예루살렘을 공략한 것이다. 우리는 가슴 뿌듯해 하며 국기를 걸었다. 올리버 선생님도 조금 기운을 되찾았다.

"역시 십자군이 목표로 삼았던 곳에 다다르게 된 날까지 살아 있기를 잘했어. 어젯밤에는 틀림없이 옛 십자군 망령들이 모두 예루살렘 성벽으로 몰려왔을 거야. 사자심왕*5을 맨 앞에 세우고."

수전이 만족한 데에는 그 나름의 원인이 있었다.

"예루살렘도 헤브론도 제대로 발음할 수 있어 정말 고마운 일이에요. 프셰미실이니 브레스트―리토프스크니 하는 이름을 발음하던 뒤라 참으로 기분 좋군요! 이제 아무튼 터키를 쫓아냈고 베니스는 무사하고 랜즈다운 경 따위는 문제시하지 않아도 되고 걱정할 까닭은 하나도 없잖아요."

예루살렘! '영국의 유니언잭이 우리들 위에서 펄럭이고 있다'―터키의 초승달 깃발은 사라졌다. 월터가 들으면 얼마나 설렐까!

1917년 12월 18일

어제 선거가 있었다. 저녁때가 되자 어머니와 수전과 그리고 올리버 선생님과 나는 거실에 모여 숨도 쉴 수 없을 만큼 불안한 가운데 기다리고 있었다.

아버지는 마을에 나가고 안 계셨다. 우리는 뉴스를 들을 방법이 없었다. 카터 플래그네 가게는 우리 선과 다르기 때문이며, 그리로 연결하려 할 때마다 교환국에서 '통화중입니다' 하는 말이 들렸다―확실히 그럴 것이었다. 몇 마일 사방에 있는 사람들이 모두 우리와 같은 목적으로 카터 플래그네 가게로 전화하고 있을 터이므로.

10시 무렵, 올리버 선생님이 전화 수화기를 들었을 때 항구 저편 누군가가 카터 플래그 씨와 이야기하는 소리가 우연히 들렸다. 올리버 선생님은 부끄러운 줄도 모르고 귀를 기울여 듣고 있었는데 그 결과 속담에도 있듯이 남의 말을 엿들은 벌을 받았다. 다시 말해서 언짢은 말을 들은 것이다―연방정부는 서부에서 '도무지 신통치 않다'는 것이었다.

---

*5 獅子心王. 영국왕 리처드 1세. 1189년의 제3회 십자군에 가담했음.

우리는 낙심한 채 얼굴만 마주보았다. 정부가 서부의 지지를 얻을 수 없다면 마침내 지게 되는 것이다. 올리버 선생님이 분해서 화가 난 듯 말했다.

"캐나다는 세계에 창피한 꼴을 보이게 되는 거야."

수전이 신음하듯 말했다.

"만일 사람들이 모두 항구 건너편 마크 크로퍼드 집안사람들 같다면 이렇게 되지는 않았을 텐데요. 그 집 사람들은 오늘 아침 큰아저씨를 헛간에 가두고 연방정부에 표를 던지겠다고 약속할 때까지 꺼내주지 않았다지 뭐예요. 그야말로 효과 만점이지요."

그 뒤 올리버 선생님도 나도 마음이 전혀 가라앉지 않았다. 방안을 돌아다니는 동안 다리가 지쳐버려 주저앉지 않을 수 없게 되고 말았다.

어머니는 태엽을 감아놓은 기계처럼 쉬지 않고 뜨개질을 이어 가며 차분하고 의연한 모습이었다. 정말 훌륭하게 해냈으므로 우리는 모두 속아서 부러워했지만, 다음날 나는 어머니가 양말을 4인치나 풀고 있는 것을 보았다. 뒤꿈치를 짜야 할 곳을 그냥 지나쳐버린 것이다!

12시 무렵, 아버지가 돌아오셨다. 아버지는 문 앞에서 걸음을 멈추고 우리를 바라보았다. 우리도 아버지를 물끄러미 보았다. 어떤 소식인지 아버지에게 물을 용기가 없었던 것이다.

그러자 아버지는 서부에서 '도무지 신통치 못했던 것'은 로리에이며, 연방정부는 압도적인 표를 얻어 마침내 이겼다고 하셨다. 올리버 선생님은 손뼉을 치며 기뻐했고, 나는 웃고 싶기도 울고 싶기도 했다. 어머니의 눈은 옛날처럼 빛났고, 수전은 헐떡임인지 외침인지 가려낼 수 없는 괴상한 소리로 말했다.

"이 말을 들으면 카이저가 그리 좋은 기분이 되지는 못하겠군요."

그런 뒤 모두 자러 갔으나 너무 흥분한 나머지 잠을 제대로 이룰 수 없었다. 정말이지 오늘 아침에 수전이 정색하고 말했던 대로다.

"마님, 여자에게 정치는 너무 딱딱하군요."

1917년 12월 31일

전쟁이 일어난 뒤로 네 번째 크리스마스도 지났다. 우리는 앞으로 1년 더 전쟁에 견딜 용기를 그러모으려 하고 있다―여름 내내 독일이 대부분 승리를 거두었다. 지금 봄의 '대공격'에 대비해 러시아 전선에서 군대를 그러모으고 있는 모양이다. 그것을 기다리며 겨울을 지내기는 도저히 어려울 것으로 여겨질 때가 가끔 있다.

이번 주는 해외에서 많은 편지가 왔다. 셜리도 지금 전선에 나가 있어 퀸즈아카데미에서 축구에 대해 써보냈듯 꼼꼼하게 아주 마땅한 일처럼 여러 가지를 적어 보냈다.

칼의 편지로는 몇 주째나 비가 온다고 하며, 참호 속에서 보내는 밤은 언제나 오래 전 헨리 워런의 유령에게서 달아난 벌로 묘지에서 지냈던 밤을 생각케 한다고 씌어 있었다.

칼의 편지는 늘 우스갯소리와 재미있는 일로 가득차 있다. 이 편지를 쓰기 전날 밤 대대적인 쥐잡기가 있었는데―저마다 총검으로 쥐를 찔렀으며―칼이 가장 많이 잡아서 상품을 탔다고 한다.

칼을 알아보는 순한 쥐 한 마리가 있어 밤에는 칼의 주머니 속에서 잔다고 한다. 쥐들은 다른 사람만큼 칼을 괴롭히지 않는다―칼은 본디 작은 동물들과 사이가 좋았었다. 지금 참호 안 쥐의 습성을 연구 중인데, 언젠가 그는 쥐에 관한 논문을 써서 유명해지리라는 것이었다.

켄에게서는 짤막한 편지가 왔다. 요즘 켄의 편지는 모두 짧다―그리고 내가 좋아하는 그 생각지 못한 말도 그리 자주 들어 있지 않다.

'켄은 출정인사를 하러 이곳에 왔던 그날 밤 일을 모두 잊어버린 게 아닌가' 때로 그렇게 생각되는 일도 있다. 그리고 나서 돌아보면

기다림 389

켄이 줄곧 기억하고 있으며 언제까지나 잊지 않고 있음을 알게 해주는 글귀가 한 줄 또는 한 마디는 꼭 들어 있었다.

이를테면 오늘 편지에는 다른 처녀에게 써도 될 말만 씌어 있었으나 자기 이름을 쓰는 곳에 여느 때처럼 '케니스로부터(Yours, Kenneth)'라고 쓰는 대신 '당신의 케니스(Your Kenneth)'로 되어 있었다.

아, 케니스는 일부러 's'를 빼버린 것일까, 아니면 부주의로 빠뜨린 것일까? 그렇게 생각하니 오늘 밤도 한밤중까지 잠을 이룰 수 없을 것 같다.

케니스는 지금 대위다. 나는 기쁘기도 하고 자랑스럽기도 하다. 그러나 '포드 대위'라고 하면 소름끼칠 만큼 멀고 높은 곳에 있는 사람으로 들린다. '켄'과 '포드 대위'는 다른 두 사람처럼 생각된다. 사실상 나는 켄과 약혼한 건지도 모른다—이 점에 대한 어머니의 의견이 내 마음속에 기둥이 되고 성채가 되고 있다—그러나 '포드 대위'와 약혼한다는 것은 있을 수 없는 일이다!

젬도 지금은 중위가 되었다—싸움터에서 진급한 것이다. 새 군복을 입은 스냅 사진을 내게 보내왔다. 여위고 어른스럽게 보인다. '어른스럽다니' 어린아이였던 젬이 그 사진을 보았을 때 어머니 얼굴을 잊을 수 없다.

어머니는 이렇게 말했다.

"이것이 나의 젬일까? 그 꿈의 집에서 갓난아기였던 젬이란 말인가?"

곧 페이스한테서도 편지가 왔다. 영국에서 VAD 일을 하고 있는데 희망에 넘친 힘찬 편지였다. 행복하다고 해도 될 만한 생활인 듯하다. 젬의 마지막 휴가 때 만났고, 만일 젬이 다칠 경우 가까이 있으므로 곁으로 달려갈 수 있다. 그것은 페이스에게 아주 고마운 일인 것이다.

아, 나도 페이스와 함께 있었으면 좋으련만! 그러나 내가 할 일은 이 집에 있다. 내가 어머니를 두고 가는 것을 월터가 좋아할 리 없다는 것은 너무도 뻔한 일이고 나는 나날의 생활 가운데 아주 작은 보잘것없는 일에 이르기까지 모두 월터와의 '맹세'를 지키려 노력한다. 월터는 캐나다를 위해 죽었다. 그러나 나는 캐나다를 위해 살아야만 한다. 그것이 월터의 소망인 것이다.

1918년 1월 28일

수전은 사촌 소피어에게 말했다.

"나는 폭풍에 흔들리는 마음을 영국 함대에 맡기고 쌀겨 비스킷을 만들기로 하겠어."

소피어는 독일이 새롭고 강력한 잠수함을 처음 물에 띄웠다는 달갑지 않은 이야기를 하러 와 있었다. 그러나 수전은 요리 방면에 대한 제한으로 기분이 몹시 나빴다. 연합정부에 대한 수전의 충성심은 엄격히 시험받고 있는 중이었다. 처음 요구에는 용감하게도 잘 견디어냈다. 밀가루에 대한 명령이 나왔을 때 수전은 명랑하게 말했다.

"나 같이 늙은 개가 새로운 재주를 배우는 듯한 기분이 들지만 독일놈들을 쓰러뜨리는 데 도움된다면 전시 빵 만드는 방법쯤은 기억해 두겠어요."

그러나 그 뒤의 제안은 수전을 화나게 만들었다. 아버지가 단단히 일러두지 않았다면 틀림없이 로버트 보든 경을 경멸했을 것이다.

"짚도 없이 벽돌을 만들라는 건가요, 마님! 버터도 설탕도 없는데 무엇으로 과자를 만들 수 있겠어요? 만들 수 있을 리 없잖아요. 과자다운 과자는 말예요. 물론 두꺼운 널빤지 같은 과자는 만들 수 있지요, 마님. 더구나 거기에 설탕옷을 조금 입혀 가리는 일조차도 할 수 없으니 말예요! 오타와 정부가 내 부엌까지 쳐들어와 식료품을 배급하는 날이 올 줄이야!"

수전은 '국왕 폐하와 나라'를 위해서라면 자신의 마지막 피 한 방울까지도 바치겠지만, 사랑하는 요리법을 포기하는 일은 또 다른 문제이며 그 쪽이 더 중요한 일이기도 했다.

낸과 다이한테서도 편지를 받았다―편지라기보다 쪽지를 받았다. 둘 다 바빠서 편지 쓸 틈도 없는 것이다. 시험이 눈앞에 다가왔기 때문이다. 둘 다 올봄에 문학부를 졸업한다.

나는 분명 이 집안의 실패작이다. 그러나 웬일인지 나는 한 번도 대학생활을 동경한 일이 없었고 지금도 매력을 느끼지 않는다. 나는 포부라는 것을 가지고 있지 않은 게 아닌가 싶다.

단 한 가지 내가 되고 싶다고 생각하는 것이 있다―그렇게 될 수 있을지 어떨지는 아직 모른다. 그렇게 될 수 없다면―나는 아무것도 되고 싶지 않다. 그러나 여기에는 쓰지 않겠다. 생각하는 것은 상관없지만, 소피어 할머니는 아니지만, 쓰게 되면 부끄러움을 모르는 게 된다.

아니, 쓰기로 하자. 인습이지만 소피어 할머니를 무서워할 것은 없다! 나는 케니스 포드의 아내가 되고 싶은 것이다! 자, 어때?

곧 거울을 보았지만 얼굴이 붉어진 흔적은 전혀 없다. 나는 처녀로서 분명 모자라는 점이 있나 보다.

오늘 먼디를 만나러 갔다. 먼디는 류머티즘에 걸려 몸이 굳어 있었으나 여전히 그곳에 앉아 기차를 기다리고 있다. 꼬리를 탁탁 치며 탄원하듯 내 눈을 보았다. 그 눈은 묻고 있는 듯했다.

"젬은 언제 돌아와요?"

아, 먼디, 그 물음에는 선뜻 대답할 수 없단다. 또 우리 모두가 끊임없이 묻고 있는 일에 대해서도 대답할 수 없단다.

"독일군이 다시 서부전선을 공격하면, 승리를 향해 마지막 대공격을 시도한다면 어떤 결과가 올까?"

1918년 3월 1일

오늘 올리버 선생님이 말씀하셨다.

"봄은 무엇을 가져다줄까? 이토록 봄을 두려워하기는 처음이야. 공포에서 벗어난 생활이 또다시 찾아오리라고 생각해? 거의 4년 동안이나 우리는 무서워하면서 자고 겁먹으면서 일어나곤 했어. 공포는 식사할 때마다 부르지도 않는데 슬그머니 다가오고, 아무도 환영하지 않는데 모임에 얼굴을 쏙 내밀지."

소피어가 한숨을 쉬었다.

"힌덴부르크는 4월 1일에 파리를 점령한다고 말하는군."

"힌덴부르크라고?"

그 이름에 담겨진 수전의 경멸하는 마음은 말로 다 표현할 수 없을 정도였다.

"4월 1일이 무슨 날인지 잊은 건 아닌가요?"

올리버 선생님은 소피어 못지않게 음침한 말을 하기 시작했다.

"이제까지 힌덴부르크는 말한 대로 해왔는걸요."

수전이 맞받아쳤다.

"그렇겠죠. 러시아나 루마니아 군대를 상대로 싸웠을 경우에는 그렇겠죠. 글쎄, 영국군과 프랑스군을 만날 때까지 기다려요. 양키는 말할 것도 없는 일이지만 말예요. 양키들은 전속력으로 그리로 나가는 중이니 틀림없이 이길 거예요."

나는 일부러 물었다.

"몬스*6 전투 전에도 수전은 지금과 같은 말을 했잖아요?"

그러자 올리버 선생님이 말했다.

"힌덴부르크는 1백만 명의 목숨을 걸고라도 연합군 전선을 돌파하겠다고 말하고 있어요. 그만한 희생을 치르면 얼마쯤 성공은 틀림없이 확보할 수 있을 테고, 그렇게 되면 마지막에 힌덴부르크를 쳐부순다 할지라도 우리는 도저히 그때까지 견딜 수 없어요. 몸을 웅크리고

---

*6 벨기에 남서부의 도시.

타격이 내려지기를 기다린 이 2개월은 전쟁 전의 모든 세월을 다 합친 것보다도 길게 생각돼요.

나는 온종일 정신없이 일하지만 새벽 3시면 눈이 뜨여져 철(鐵)의 군단(軍團)이 드디어 공격을 시작했을지 어떨지를 떠올리기 시작해요. 새벽 3시니 하는 시각이 없었으면 좋겠다는 생각마저 들어요. 그 시각이 되면 힌덴부르크가 파리에 들어온 모습이며 독일이 이겨서 의기양양한 것이 눈에 또렷이 떠올라요. 이 괘씸한 시간 말고는 눈에 떠오르지 않지만."

올리버 선생님의 형용사에 수전은 탐탁지 않은 표정이었으나 '괘씸한'이라면 그런 대로 괜찮겠지 하고 생각한 모양이었다.

어머니는 조바심에 전전긍긍하며 말했다.

"무슨 마법의 약이라도 한 모금 먹고 앞으로 석 달쯤 잠들어버렸다가 눈을 떠보니 어느새 아마겟돈이 끝나 있다면 좋겠는데."

어머니가 슬럼프에 빠져서 이런 말을 한 일은, 적어도 입 밖에 내어 말하는 것은 좀처럼 없는 일이었다. 월터가 돌아오지 못하게 되었음을 안 9월의 그 비참한 날 뒤로 어머니는 많이 변했다. 그렇지만 언제나 씩씩하고 참을성 있게 지내왔다. 그런 어머니까지도 지금은 더이상 참을 수 없는 극한상황에 이른 것 같았다.

수전은 어머니 곁으로 가서 어깨를 어루만지며 다정하게 말했다.

"걱정하거나 낙심하면 안 돼요, 마님. 나도 어젯밤 그렇게 생각되어 잠자리에서 일어나 불을 켜고 성경을 펼쳤답니다. 그랬더니 맨 먼저 눈에 들어온 말이 뭐였다고 생각되시나요?

'그들은 그대와 싸우리라. 그러나 그대를 이길 수는 없다. 왜냐하면 그대를 구하기 위해 내가 그대와 함께 있음이니라, 하고 만군(萬軍)의 주님은 말씀하시니라'하는 뜻의 성경 말씀이 있었답니다.

이거예요. 나는 올리버 선생님처럼 꿈의 계시를 해명하는 힘은 갖고 있지 않지만, 이것이야말로 분명 하느님의 이끌어주심이며 힌덴부르크는 결코 파리로 들어갈 수 없음을 그때 그 자리에서 알았어요. 그래서 그 다음은 더 읽지 않고 잠자리로 돌아가 아침이 될 때까지 3시든 몇 시든 깨지 않고 푹 잤어요."

나는 수전이 읽은 성서의 말씀을 혼자 여러 번 되풀이했다. 만군의 주님은 우리와 함께 계신다—그리고 모든 올바른 사나이들의 마음도 두려움을 모르게 된다—그러므로 서부전선에 집중되고 있는 독일 군세도 대포도 그와 같은 장애를 만나게 되면 틀림없이 꺾일 것이다. 이렇게 생각하는 것은 마음이 고양되었을 때다. 그러나 그렇지 않을 때는 올리버 선생님처럼 이 무시무시하고 불쾌한 폭풍 전의 고요함을 단 한순간도 견딜 수 없을 것 같다.

1918년 3월 23일

'최후의 총결전' 아마겟돈이 시작되었다! 과연 그럴까?

어제 나는 우편물을 가지러 우체국에 갔다. 음산하고 추운 날이었다. 눈은 조금씩 녹았지만 생기 없는 잿빛 대지는 꽁꽁 얼어붙고 살을 에는 듯한 바람이 불고 있었다. 글렌 마을은 어디를 보나 추하고 절망적이었다.

이윽고 나는 커다란 검은 표제가 실린 신문을 받았다. 독일이 21일에 공격을 가했다. 독일은 병기와 포로를 대량으로 포획했다고 주장하고 있다. '격전이 계속되고 있다'고 헤이그 장군이 말하고 있다. 이 말이 왠지 싫다.

우리는 모두 주의를 집중하는 일은 아무것도 할 수 없음을 깨달았다. 그래서 모두 맹렬한 기세로 뜨개질을 하고 있다. 뜨개질은 기계적으로 할 수 있기 때문이다. 적어도 기다리고 있을 때의 그 견딜 수 없는 괴로움, 타격이 언제 어디서 내려질 것인가 하는 무서운 불안은 끝났다. 타격은 내려졌다. 그러나 아무것도 우리를 이길 수는 없는 것이다!

내가 이렇게 일기를 앞에 놓고 내 방에 앉아 쓰고 있는 오늘 밤, 서부전선에서는 어떤 일이 일어나고 있을까? 짐스는 작은 침대에 잠들어 있고 바람이 창문 언저리를 돌며 서글프게 불고 있다. 내 책상 위에는 월터의 사진이 걸려 있다. 그는 아름다운 깊은 눈으로 나를 바라보고 있다. 그 한쪽에는 월터가 집에서 지낸 마지막 크리스마스에 내게 준 모나리자가 놓이고, 또 한쪽에는 액자에 넣은 시 '피리 부는 사나이'가 걸려 있다.

이 시를 읊는 월터의 목소리가 들려오는 것 같다―이 짧은 시에 월터는 자기의 영혼을 쏟아넣은 것이다. 그러므로 이 시는 영원히 살아서 우리나라의 미래에 이르기까지 월터의 이름을 전하리라.

내 주위 모든 것이 조용하고 편안하며 '우리집'의 따뜻함에 감싸여 있다. 월터가 아주 가까이 있는 듯 느껴진다. 가운데 걸린 얇게 흔들리는 베일을 헤치면 월터를 볼 수 있는 것이다. 마치 월터가 쿠서렛 싸움이 있기 전날 밤 피리 부는 사나이를 본 것처럼.

오늘 밤 멀리 프랑스에서는―전선을 계속 유지하고 있을까?

슬픈 일요일

1918년 3월 어느 1주일에 담겨 있는 시커멓게 그을린 인간의 괴로움과 번민은 세계의 역사가 시작된 뒤 어떤 1주일 동안에도 이제까지 한 번도 볼 수 없었을 것이었다.

그 1주일 가운데에는 온 인류가 마치 십자가에 못 박힌 것과 같은 하루가 있었다. 그날 지구 전체가 천지를 뒤흔드는 진동에 신음했을 것이다. 가는 곳곳마다 사람들의 마음은 두려움에 떨었다.

그 날도 으스스한 잿빛 새벽이 잉글사이드를 소리없이 찾아왔다. 블라이스 부인과 릴러와 올리버 선생은 불안한 가운데에도 희망과 확신을 가지고 교회 갈 준비를 하고 있었다.

블라이스 박사는 집에 없었다. 위 글렌의 마우드네 집으로 왕진가 있었다. 마우드네 집에서는 가련한 전쟁신부가 이 세상에 죽음이 아니라 삶을 주기 위해 용감하게 싸우고 있었다.

수전은 오늘 아침 집에 있기로 했다고 말했다―수전으로서는 드문 결심이다.

"오늘 아침에는 교회에 가고 싶지 않아요, 마님. 만일 '달에 구레나룻'이 아주 신심 두터운 듯한 만족스러운 얼굴로 와 있는 것을 보면—'달에 구레나룻'은 독일이 이기고 있다고 생각될 때는 늘 그런 얼굴을 하고 있으니까요—나는 참을성이고 예절이고 다 잊어버리고 성경이나 찬송가책을 그 사나이에게 집어던지고 말 거예요. 그런 짓을 하면 나도 신성한 교회도 모욕당하는 셈이니까. 가지 않겠어요, 마님. 정세가 달라질 때까지는 교회에 가지 않고 집에서 열심히 기도를 드리겠어요.”

올리버 선생은 교회 쪽으로 얼어붙은 거리를 걸으며 릴러에게 말했다.

“오늘 교회에 가는 일이 얼마나 유익할지 몰라도, 나도 집에 있는 편이 좋았을지 모르겠어. 전선이 아직 지탱되고 있을까 하는 일밖에는 머릿속에 없는걸.”

릴러가 말했다.

“다음 일요일은 부활제예요. 우리의 큰 목적에 대해 죽음을 예고하는 걸까요, 아니면 삶일까요?”

그날 아침 메러디스 씨는 '마지막까지 견디는 사람은 구원받을 것이다' 라는 한 구절을 설교했는데, 하느님의 계시를 받아 하는 그 말로부터 희망과 확신이 울려나오고 있었다. 릴러는 자리 위의 벽에 장식된 '월터 커스버트 블라이스의 영전에 바치노라'라고 씌어진 위패를 올려다보았을 때 두려움에서 벗어나 새로운 용기가 솟아오름을 느꼈다.

'월터가 헛되이 목숨을 버렸을 리 없다. 월터에게는 예언적인 환상을 보는 힘이 있었는데, 그 월터가 승리를 이미 예고했는걸. 나도 그 신념을—전선을 끝까지 지켜나갈 수 있다는 신념을 단단히 움켜쥐고 있으리라.'

릴러는 되살아난 듯한 들뜬 기분이 되어 교회에서 집으로 걸어돌아왔다. 다른 사람들도 희망을 안고 모두 웃는 얼굴로 잉글사이드로 들어갔다.

거실에는 소파에 곤히 잠든 짐스와, 자못 하이드인 체하며 난로 옆 깔개 위에 '떡 버티고 앉아 쉬고' 있는 박사 말고는 아무도 없었다. 식당에도 아무도 없었다―더 이상한 것은―식탁 위에 식사조차 준비되어 있지 않은 일이었다. 수전은 어디 간 것일까?

블라이스 부인은 걱정되어 소리쳤다.

"병이 났을까? 오늘 아침, 교회에 가지 않아서 이상하다고는 생각했지만."

부엌문이 살며시 열리고 수전이 새파래진 얼굴로 문 앞에 나타났으므로 블라이스 부인은 소스라치게 놀랐다.

"수전, 왜 그래요?"

수전이 힘없이 대답했다.

"영국군 전선이 무너져 독일군의 포탄이 파리에 떨어지고 있답니다."

세 사람은 어이가 없어 서로 얼굴을 마주보았다.

릴러가 헐떡이며 말했다.

"설마―설마, 그럴 리 없어요."

미스 올리버는 기분 나쁜 목소리로 비웃으며 말했다.

"그렇게 된다면―우스꽝스러운 일이야."

블라이스 부인이 물었다.

"수전, 누구한테 들었어요?―이 뉴스는 언제 들어온 거지요?"

"30분쯤 전에 샬럿타운에서 장거리전화가 걸려왔어요. 이 정보는 어젯밤 늦게 시내에 들어왔다나봐요. 전화로 알려준 분은 홀랜드 선생님인데, 그게 사실이라고 말했어요. 그 말을 듣고 나서 나는 아무것도 하지 못했어요, 마님. 점심준비도 해놓지 않아 죄송해요. 이토록 칠칠치 못한 짓을 한 것은 처음이에요. 조금만 참고 계시면 곧 뭐든지 만들겠어요. 감자는 그만 태워버렸지만요."

블라이스 부인은 격렬하게 말했다.

"점심이라고요? 누가 점심을 먹겠대요, 수전. 아, 이런 일은 믿을 수 없어—틀림없이 악몽일 거야."

릴러가 중얼거렸다.

"파리는 함락되고—프랑스는 무너지고—전쟁에 졌어."

릴러는 희망도 신뢰도 신념도 모두 폐허가 되어버린 한가운데에 서 있었다.

"오, 하느님—오, 하느님."

올리버 선생은 신음하고 손을 비비며 방 안을 돌아다녔다.

"오, 하느님!"

그밖의 일은 아무것도—그밖의 말은 한 마디도—사람마음으로부터 모든 버팀목이 사라져버린 경우, 극도의 고민과 호소가 담긴 아득한 옛날부터 이 외침 말고는 아무것도 입에 담을 수 없었다.

"하느님이 죽어버렸어?"

몹시 놀란 듯한 귀여운 목소리가 거실문 앞에서 들려왔다. 잠에서 막 깨어난 얼굴이 발그레해진 짐스가 큰 갈색 눈에 무서워하는 표정을 담고 서 있었다.

"오, 윌러—오, 윌러, 하느님은 죽어버렸어?"

올리버 선생은 걸음을 멈추고 소리를 지르며 말끄러미 짐스를 바라보았다. 겁에 질린 짐스의 눈에 눈물이 그렁그렁 고이다 넘쳐나왔다. 릴러는 뛰어가서 달랬다. 축 늘어져 의자에 앉아 있던 수전이 벌떡 일어났다. 갑자기 침착함을 되찾고 또렷하게 말했다.

"아니, 하느님은 돌아가시거나 하지 않아—로이드 조지도. 그 사실을 우리는 잊고 있었어요, 마님. 울지 말아, 키치너 도련님. 사태가 나쁘게 되어나간다고는 하지만 더 나쁜 경우도 있을지 모르니까요. 영국군 전선이 무너졌다고 해서 영국 해군이 진 것은 아니에요. 그 사실을 마음속에 잘 새겨두기로 해요. 기운 차려 뭘 좀 간단한 걸 만들기로 하죠. 힘을 길러둬야 하니까요."

모두들 수전의 그 '간단한 음식'을 먹는 체해 보였지만, 결국 그런 시늉을 해보였을 뿐이었다. 잉글사이드에서는 어느 한 사람도 그 암담했던 오후를 잊어버리는 이가 없었다. 거트루드 올리버는 방 안을 돌아다녔다—모두 서성거렸다. 그러나 수전은 예외였다. 그녀는 회색 전쟁 양말을 꺼내들었다.

"마님, 드디어 나도 일요일에 뜨개질을 해야만 하게 되었어요. 이렇게 되리라고는 이제까지 꿈에도 생각지 못했는데 말이에요. 이를테면 어떤 이유든 간에 이런 일을 하면 십계명 제3조를 어기는 셈이 된다고 생각했으니까요. 그렇지만 계율을 어기는 일이 되건 말건 오늘은 뜨개질을 하지 않을 수 없어요. 그렇지 않으면 미쳐버리고 말겠어요."

블라이스 부인은 침착하지 못한 채 말했다.

"뜨개질을 할 수 있다면 해봐요, 수전. 나도 할 수 있다면 뜨고 싶지만—하지만 난 못하겠어요—도저히 못하겠어요."

릴러는 신음소리를 냈다.

"좀 더 자세한 것을 알기만 해도 좋겠는데요. 모든 걸 다 알게 되면 뭔가 솟아날 힘이 있을지도 몰라요."

올리버 선생이 씁쓸한 목소리로 말했다.

"독일군이 파리를 포격하고 있다는 사실을 알잖아. 그렇게 된 이상 독일군은 가는 곳곳마다 모조리 쳐부수고 그 문 앞까지 와 있을 거야. 그래, 우리는 진 거야—과거의 민족이 그랬듯 우리도 사실을 그대로 받아들여야 해. 정의 편에 있었던 다른 나라들도 가장 좋고 가장 용감한 사람들을 바쳤고—그랬는데도 진걸, 뭐. 우리는 '이제까지 패배한 몇 백만인가의 숫자에 다시 더해진 하나'가 되는 데 지나지 않는 거야."

릴러는 파리해진 얼굴을 갑자기 빨갛게 물들이며 소리쳤다.

"나는 그런 식으로 단념하지 않아요. 나는 희망을 버리지 않아요. 우리가 정복당한 게 아닌걸요. 그래요, 비록 독일이 프랑스 전체를 침략했다 해도 우리는 정복되지 않아요. 나는 이렇게 절망한 일이 부끄러워져요. 다시는 그렇게 낙심하거나 하지 않을 거예요. 곧 시내로 전화해서 자세한 것을 물어보기로 해요."

그러나 시내로 전화를 연결할 수 없었다. 장거리전화 교환수는 반쯤 미친 듯이 되어버린 이 고장 여기저기로부터 똑같은 문의전화가 걸려와 정신없이 바빴다.

드디어 릴러는 단념하고 살그머니 '무지개 골짜기'를 찾아갔다. 월터와 마지막으로 이야기했던 그 한구석 잿빛으로 시든 풀 위에 무릎을 꿇고 릴러는 쓰러진 나무의 이끼낀 밑둥에 힘없이 떨어뜨린 머리를 기댔다. 검은 구름 사이로 햇빛이 비쳐 골짜기에 연한 황금빛 햇살을 쏟았다. '연인의 나무'에 매달린 방울이 3월의 거센 바람에 가끔 생각난 듯 환상적인 음색을 울리고 있었다.

릴러는 속삭였다.

"오, 하느님, 내게 힘을 주옵소서. 부디 힘을, 그리고 용기를 주옵소서."

그러고는 어린아이처럼 두 손을 맞잡고 짐스처럼 천진난만하게 빌었다.

"부디 내일은 좀 더 좋은 소식을 듣게 해주옵소서."

릴러는 오랫동안 그곳에 무릎을 꿇고 있었다. 잉글사이드로 돌아왔을 때 릴러는 침착해지고 각오를 단단히 한 생기 있는 태도가 되어 있었다.

블라이스 의사가 돌아와 있었다. 더글러스 헤이그 마우드가 무사히 '인생'의 기슭에 상륙했으므로 지쳐 있기는 했지만 의기양양했다. 올리버 선생은 침착성을 잃은 채 서성거렸으나 블라이스 부인과 수전은 충격에서 벗어나 있었다. 수전은 재빨리 해협에 잇닿은 항구에 새로운 방어계획을 세우기 시작하고 있었다.

"이런 항구들을 확보하기만 하면 벌어진 상황을 충분히 헤쳐나갈 수 있어요. 파리는 사실 군사적으로 중요하지 않으니까요."

올리버 선생이 마치 수전에게 뭔가로 얻어맞은 것처럼 험악한 목소리로 말했다.

"제발 그만둬 줘요."

'군사적으로 중요하지 않다'는 말을 너무 많이 들어 지겨운 맛이 되어버린 그 말이 지금 상태에서는 올리버 선생에게 불쾌한 비웃음처럼 여겨져 절망적인 것보다도 더 두렵게 들렸기 때문이었다.

블라이스 의사가 말했다.

"전선이 무너졌다는 말은 마우드네 집에서 들었지만, 그러나 독일군이 파리를 포격하고 있다는 이야기는 도무지 믿어지지 않소. 비록 전선을 쳐부쉈다고는 하나 파리는 가장 가까운 지점에서도 50마일은 떨어져 있으니 그 잠깐 사이에 포병대를 어떻게 사정거리 가까이까지 접근시킬 수 있었겠소? 두고 봐요. 정보 가운데 이 부분만은 사실이 아닐 테니. 나는 직접 시내로 장거리전화를 걸어보겠소."

블라이스 의사도 릴러와 마찬가지로 장거리전화를 연결시키지 못했지만, 그 의견으로 모두들 얼마쯤 마음이 밝아져 그럭저럭 저녁을 지낼 수 있었다.

9시에 가까스로 장거리전화로 정보가 들어왔으므로 모두 그날 밤을 넘길 수가 있었다.

수화기를 내려놓고 블라이스 의사는 말했다.

"전선은 생캉탱*¹ 앞의 한 군데가 격파되었을 뿐, 영국군은 정연하게 퇴각하고 있는 모양이오. 이것은 그리 나쁜 일은 아니오. 파리에 떨어졌다는 포탄은 70마일이나 먼 곳에서 날아왔다고 하오. 독일군이 발명한 뭔가 놀랄 만한 장거리포로, 공격을 시작함과 동시에 발사되고 있다는구료. 뉴스는 이것뿐이오. 믿을 만한 것이라고 홀랜드 선

---

*1 프랑스 북부의 도시.

생이 말했소."

올리버 선생이 웃는 얼굴을 보이려고 애쓰며 말했다.

"이것이 어제였다면 견딜 수 없는 뉴스였겠지만, 오늘 아침에 들은 소식에 비하면 고맙다고 해도 될 만한 뉴스예요. 그래도 오늘 밤에는 잠을 잘 수 없을 것 같아요."

수전이 말했다.

"아무튼 꼭 한 가지 고마운 일이 있어요, 미스 올리버. 그것은 사촌 소피어가 오늘 여기 오지 않은 일이에요. 여기에 소피어까지 오면 나도 견딜 수 없었을 테니까요."

어디로

'손해는 입었어도 격파되지는 않았음'이라고 씌어진 월요일 신문 표제를 수전은 일하면서 몇 번이나 혼자 되뇌고 있었다.

생캉탱 재난으로 생긴 틈은 얼마 뒤 메워졌지만, 연합군 측은 1917년 50만 명이나 되는 목숨의 대가로 얻은 지대에서 인정사정없이 뒤로 퇴각당하고 있었다. 수요일 표제에는 '영국군과 프랑스군은 독일군을 막아냈다'고 되어 있었다. 그러나 아직도 후퇴는 이어지고 있다. 뒤로—뒤로—뒤로! 어디서 끝날 것인가? 전선은 다시 허물어질 것인가—이번에야말로 무너져 멸망으로?

토요일의 표제에는 '베를린에서도 공격이 저지된 것을 인정하고 있다'라고 되어, 이 무시무시한 1주일이 지나서 비로소 잉글사이드 사람들은 안도의 한숨을 내쉬었다.

수전은 믿음직하게 활기를 띠며 말했다.

"이것으로 우리는 1주일을 넘겼어요—자, 다음 1주일도 넘겨봐요."

부활제 아침 교회 쪽으로 걸으며 올리버 선생은 릴러에게 말했다.

"나는 마치 빙빙 돌다가 멈춘 고문대에 탄 죄수 같은 기분이 들어. 하지만 고문대에서 내릴 수는 없어. 언제 또 고문이 시작될지 모르는걸."

릴러가 말했다.

"지난 일요일에 나는 하느님을 의심했지만 오늘은 무조건 믿어요. 악이 이긴다는 것은 있을 수 없는 일인걸요. 우리측에는 정신이 있고 정신은 반드시 육체보다 뒤에 남으니까요."

그럼에도 불구하고 그로부터 어두운 봄날이 이어지는 동안 릴러의 신념은 몇 번이나 흔들렸다. 아마겟돈은 사람들이 바란 것처럼 2,3일로 끝나지 않고 몇 주일 몇 달이나 이어졌다. 거듭 되풀이해서 힌덴부르크는 무시무시한 습격을 하여 효과는 오르지 않더라도 마음놓을 수 없는 성공을 거두었다. 군사비평가는 위험하기 그지없는 정세라고 되풀이하여 단언했다. 소피어도 거듭거듭 군사비평가에게 동의했다.

소피어는 한탄했다.

"연합군이 3마일만 더 후퇴하면 결국 전쟁에 지는 거야."

수전은 몹시 경멸하듯 말했다.

"그 3마일 안에 영국 해군이 정박해 있기라도 한다는 거야?"

소피어는 정색을 하고 대꾸했다.

"이건 이런 일에 대해 뭐든지 다 알고 있는 사람의 의견이니까."

"도대체 그런 사람이 어디 있다는 거지? 군사비평가니 뭐니 해봐야 소피어나 나와 마찬가지로 아무것도 몰라. 이루 헤아릴 수 없을 만큼 틀린 말만 하고 있었잖아? 어째서 그토록 어두운 면만 보는지 모르겠군, 소피어 크로퍼드?"

"어째서라니, 밝은 면은 결코 없으니까, 수전 베이커."

"어머나, 그럴까? 오늘은 4월 20일인데 힌덴부르크는 아직도 파리에 못 들어갔잖아? 4월 1일까지는 들어간다고 했는데. 그것만으로도 밝은 면이 아닐까?"

"나로서는 독일군이 파리에 들어가는 날도 머지않았다고 생각해.

그뿐만이 아니지. 캐나다에도 올 거야, 수전 베이커."

"캐나다 이곳만은 안 돼. 내게 갈퀴를 쥐어줘봐. 독일군 따위가 프 린스 에드워드 섬에는 결코 발을 못들여놓게 할 테니까."

굳게 선언한 수전은 그 태도로 보나 마음가짐으로 보나 혼자힘으 로 온 독일군을 패배시키기에 충분해 보였다.

"그렇고말고, 소피어 크로퍼드. 솔직하게 말하면 나는 소피어의 그 음울한 예상에 정말 지긋지긋해. 확실히 잘못된 일은 있었지. 만일 캐나다군이 남아 있었다면 독일군은 도저히 파셴델을 탈환하지 못 했을 것이고, 리스 강*¹을 그 포르투갈 사람들에게 맡긴 건 잘못이었 어. 그렇다고 소피어든 누구든 전쟁에 졌다고 떠들어대며 돌아다닐 이유는 되지 않아.

나는 소피어와 조금도 싸우고 싶지 않아. 특히 이런 때는. 그렇지만 우리의 사기를 유지해야만 하므로 내 생각을 분명히 말하는데, 기가 죽는 말만 할 거라면 소피어 같은 사람은 여기 있지 않는 게 좋겠어."

소피어는 크게 화내며 모욕당한 것을 굳게 명심하고 분연히 돌아 간 채 몇 주일 동안이나 수전의 부엌에 나타나지 않았다. 차라리 그 편이 좋았을지도 모른다. 왜냐하면 그 몇 주일 동안은 몹시 괴로운 시기였으므로. 독일군은 이번에는 여기를, 또 이번에는 저기를 공격 하여 그때마다 중요한 지점이 그들 손아귀에 떨어져가는 것처럼 보 였다.

5월 첫무렵 일이었다. 바람과 햇빛이 '무지개 골짜기'에서 장난치고 단풍나무숲은 금록색으로 싹트고 새파란 항구에 잔물결이 일며 흰 파도머리가 보이던 어느 날, 젬에 대한 소식이 왔다.

캐나다군 진지에서 참호전이 있었다—아주 소규모 싸움으로, 외 신전보에도 언급되지 않을 정도였다. 그것이 끝났을 때 제임스 블라

---

*1 프랑스와 벨기에를 흐르는 스케르데 강의 지류. 제1차 세계대전 마지막 싸움터의 하나 였던 곳.

이스 중위가 '부상을 입고 행방불명되었다'는 보고가 들어왔다.

그날 저녁 릴러는 핏기 없는 얼굴로 신음했다.

"죽었다는 소식보다 더 나쁘잖아."

올리버 선생이 주장했다.

"아니―아니야―'행방불명'이니 조금은 희망이 남아 있어, 릴러."

"그래요. 고통에 시달리는 희망 말이죠. 그 덕분에 최악 경우의 단념조차 할 수가 없어요. 가엾은 로브리지의 어베이 부인처럼요. 어베이 부인의 아들은 1년 동안이나 '행방불명'되어 있어요. 모두들 죽은 것으로 생각하지만, 어베이 부인만은 살아 있다는 희망에 매달려 있지요. 그 불안으로 죽을 듯한 느낌이에요.

아, 올리버 선생님―젬이 살았는지 죽었는지 모르는 채 몇 주일 몇 달 동안이나 지내야만 하는 거예요―아마 영원히 모르는 채 끝날지도 몰라요. 나는―나는 견딜 수 없어요―견딜 수 없어요. 전에는 월터가―이번에는 젬. 이 때문에 어머니는 돌아가시고 말 거예요―선생님, 어머니의 얼굴을 보세요. 아시죠? 어머니는 결코 우시지 않아요. 마음속으로 죽을 만큼 피를 흘리고 있는 거예요. 게다가 페이스―가엾은 페이스―견딜 수 있을까요?"

올리버 선생은 괴로운 나머지 몸을 부르르 떨었다. 릴러의 책상 위에 걸려 있는 모나리자의 무한한 미소가 갑자기 밉살스러워졌다.

'이런 일이 있어도 네 얼굴에서 그 미소를 없애지 못하는가?'

올리버 선생은 미칠 것 같은 마음에 사로잡혔다. 그러나 상냥하게 릴러를 위로했다.

"아니, 그런 일로 릴러의 어머니는 돌아가시거나 하지 않아. 연약한 어머니가 아니신걸. 게다가 젬이 죽었으리라고는 믿으려 하지도 않잖아. 어머니는 희망을 버리지 않을 것이고, 우리도 그래야 해. 페이스도 틀림없이 그럴 거야."

릴러는 신음했다.

"나는 안 돼요. 젬은 부상당했어요—어떻게 살아남을 수 있겠어요? 만일 독일군에게 발견되었다 해도—독일군이 부상한 포로를 어떻게 다루는지 아시잖아요. 나도 희망을 가질 수 있으면 좋겠다고 생각해요, 올리버 선생님—그러면 편해질 테니까요. 하지만 나로서는 희망이 죽어 없어진 것 같이 여겨져요. 뭔가 타당한 이유가 없이는 결코 희망을 가질 수 없어요—그런데 그럴 만한 이유가 없는걸요."

올리버 선생이 자기 방으로 돌아가고, 릴러가 맥없이 침대에 누워 달빛을 받으며 조금이라도 힘을 주옵소서 하고 필사적으로 기도하고 있는데 수전이 여윈 그림자처럼 들어와 릴러 곁에 앉았다.

"릴러, 걱정하지 말아. 젬 도련님은 죽지 않았으니까."

"어머나, 어떻게 그렇다고 믿을 수 있어요, 수전?"

"나는 그러리라는 것을 알고 있기 때문이야. 내가 하는 말을 잘 들어야 해. 오늘 아침 그 소식이 왔을 때, 맨 먼저 머리에 떠오른 것이 먼디였어.

그래서 오늘 저녁 설거지를 마치고 빵이 구워지도록 올려놓고는 곧 역으로 가보았어. 그랬더니 먼디는 여느 때와 다름없이 참을성 있게 밤 기차를 내내 기다리고 있잖겠어? 릴러, 그 참호의 습격은 나흘 전—지난 월요일이었지? 그래서 나는 역장에게 지난 월요일 밤에 먼디가 울거나 짖어대지 않았느냐고 물어봤어.

역장은 잠깐 생각한 뒤 말했어.

'아니, 그런 일은 없었소.'

그래서 나는 또 다짐하며 물었지.

'틀림없나요? 이 일은 역장님이 생각하는 것보다 훨씬 중요하니까요.'

그러자 역장이 대답했어.

'틀림없소. 지난 월요일에는 우리집 암말이 병이 나서 밤새도록 자지 않고 있었는데, 먼디는 아무 소리도 없었소. 만일 소리를 냈다면

들렸을 거요. 마구간 문은 줄곧 열어놓은 채였고 개집은 마구간 맞은편에 있으니까요.'

자, 릴러, 이것은 역장 말 그대로야. 쿠서렛 싸움이 있은 뒤에는 가엾게도 그 개가 밤새도록 울었었잖아? 더구나 먼디는 월터를 젬만큼 좋아하지 않았는데도 말이야. 월터가 죽은 것을 그토록 슬퍼했는데, 젬이 죽은 날 밤 자기 집에서 곤히 잘 것 같아?

아니야, 릴러, 젬 도련님은 죽지 않았어. 그것만은 분명해. 죽었다면 지난번처럼 먼디가 알았을 테니 기차를 아직도 계속 기다리고 있을 리 없지."

그런 일은 터무니없는 이야기고—이치에도 맞지 않으며—있을 수 없는 일이다. 그런데도 릴러는 수전의 말을 믿었다. 블라이스 부인도 믿었다. 블라이스 의사도 겉으로는 우습게 여기는 듯 희미하게 웃었지만 절망감 대신 이상한 안도감을 느꼈다.

그리고 어리석고 터무니없는 일일지도 모르지만 글렌 역에서 충실한 작은 개가 주인이 돌아오기를 확고한 신념으로 지금도 여전히 기다리고 있다는 이유 하나만으로 모두 살아갈 기력과 용기가 솟아났다. 상식은 웃을지도 모른다—회의하는 마음은 '미신에 지나지 않는다'고 중얼거릴지 모르지만—그러나 잉글사이드 집안은 먼디가 알고 있다는 신념을 굳게 간직하고 있었다.

바다는 흐른다

봄이 되어 아름다운 잉글사이드 잔디밭을 일구어 감자를 심은 것을 보고 수전은 몹시 슬퍼했다. 하지만 자기가 손수 기른 작약꽃 화단이 희생되었어도 군소리 한 마디 하지 않았다.

그러나 정부가 일광절약법률[1]을 통과시켰을 때는 어이없어 했다. 연방정부보다 높은 힘을 지닌 하느님이 있어 그 하느님께 자신은 충성을 맹세하고 있다는 것이었다.

"하느님이 하시는 일에 참견하는 게 옳은 일이라고 생각하는 건가요?"

수전은 화가 머리끝까지 나서 블라이스 의사에게 항의했다. 블라이스 의사는 법률은 지켜야만 한다고 태연하게 대답하고 잉글사이드 시계를 한 시간 빨리 가게 했다. 그러나 수전의 작은 자명종시계만은 블라이스 의사의 힘이 미치지 못했다.

수전은 고집부렸다.

"저 시계는 내 돈으로 산 것이니까요, 마님. 하느님의 시간에 맞추

---

[1] 여름에 능률을 높이려고 아침 일찍 근무하고 저녁에 휴식을 취하게 하려는 의도에서 중앙표준시보다 한 시간 빨리 가게 한 것. 서머타임.

지 보든*²의 시간에는 맞추지 않겠어요."

수전은 잠자고 일어나는 일도 '하느님의 시간'에 따랐고, 나가고 들어오는 것도 그 시간에 따라 행했다. 식사는 마지못해 보든의 시간을 따랐으나, 무엇보다도 불만인 것은 교회에 갈 때도 그 시간에 따르는 일이었다.

그러나 기도하는 일도 닭에게 모이주는 일도 자기 시계에 맞춰 해나갔으므로 블라이스 의사를 바라보는 수전의 눈에서 언제나 의기양양한 빛을 슬쩍 엿볼 수 있었다. 적어도 그것만이라도 선생을 앞지른 게 된다.

어느 날 밤에 수전이 말했다.

"이 일광절약일까지도 '달에 구레나룻'은 매우 기뻐하고 있다나 봐요. 물론 그럴 거예요. 이것을 발명한 것은 독일사람이라니까요. 요전에 '달에 구레나룻'은 보리를 망칠 뻔했어요. 워런 미드 씨네 소들이 지난 주 밭에 들어가—우연이었는지 아닌지는 모르지만, 마침 독일군이 슈맹 데 담을 점령한 날이었어요—마구 짓밟고 돌아다니는 것을 딕 클로 부인이 다락방 창문으로 우연히 발견한 거예요.

처음에는 프라이어 씨에게 일러줄 생각이 없었고, 소들이 프라이어 씨네 보리를 뜯어먹는 것을 '그거 잘 됐다'면서 바라보고 있었다고 내게 말하더군요.

그러나 곧 보리는 소중한 것이며 '절약과 봉사'의 방침으로 본다면 어떻게든 저 소들을 쫓아내야겠다고 다시 생각하고 아래로 내려가 '달에 구레나룻'에게 그 사실을 전화로 알렸다는군요.

그 사례로 '달에 구레나룻'은 클로 부인에게 묘한 말을 했다나봐요. 클로 부인은 욕이라고 하지는 않았지만요. 전화로 들은 일을 확실하다고는 할 수 없으니까요. 그러나 그녀는 나름대로 판단하고 있고, 그

---

*2 캐나다 총리.

것은 나도 마찬가지예요. 입 밖에 내어 말하지는 않지만요. '달에 구레나룻'은 메러디스 씨의 장로 가운데 한 사람이니 조심해야지요."

메러디스 씨는 미스 올리버와 릴러가 있는 쪽으로 다가와 물었다.

"새로운 별이라도 찾으십니까?"

둘은 꽃핀 감자밭 속에 서서 하늘을 바라보고 있었다.

"네—우리는 하나 찾았어요—보세요, 저 가장 높고 오래된 소나무 우듬지 바로 위에 있어요."

릴러는 낮은 목소리로 덧붙였다.

"3천 년이나 전에 일어난 일을 보고 있다니 얼마나 멋있어요? 충돌로 이 새로운 별이 생긴 것이라고 천문학자가 말했어요. 이런 일을 생각하면 나 같은 사람은 정말 하찮은 존재로 여겨져요."

올리버 선생은 불안스러운 얼굴로 말했다.

"별의 세계에서는 그런 사고방식이 옳다고 하겠지만 독일군이 다시 훌쩍 뛰면 파리로 닿을 곳에 와 있다는 사실이 작은 사건이 되지는 않아요."

메러디스 씨는 꿈꾸듯 아득히 먼 별을 바라보며 말했다.

"오래전 나는 천문학자가 되고 싶었죠."

올리버 선생이 동의했다.

"그랬다면 뭔가 묘한 짜릿함을 맛볼 수 있었을 거예요. 여러 가지 의미로 이 세상과는 동떨어진 기쁨 말이에요. 나도 두세 사람 천문학자를 알고 있으면 좋을 텐데 하고 생각한답니다."

릴러가 웃으며 말했다.

"천사군(天使軍)의 소문이야기를 하고 계시군요."

블라이스 의사는 말했다.

"천문학자들도 이 세상 일에 깊은 관심을 가질지 궁금해요. 아마도 화성의 운하 같은 걸 연구하는 사람은 서부전선에서 진지를 조금 빼앗았느니 빼앗겼느니 하는 중요성에 대해서는 그리 강하게 느끼지 않는 게 아닐까요?"

메러디스 목사가 말했다.

"어디선가 읽었는데, 1870년 파리가 한창 포위되어 있을 때 에르네스트 르낭*3이 책을 썼는데 '무척 즐겁게 썼다'고 했다더군요. 이런 사람이야말로 철학자라는 것이겠지요."

올리버 선생이 말했다.

"난 이런 것도 읽었어요. 르낭이 죽기 직전 죽음에 있어 단 한 가지 유감스럽게 여기는 일은 저 '아주 흥미로운 젊은 독일 황제'가 그 생애에 어떤 일을 하는가를 끝까지 확인하지 못하고 죽어야만 하는 거라고 했다지 뭐예요. 만일 오늘날 에르네스트 르낭이 '길을 잘못 들어와서' 그 흥미로운 젊은이가, 세계가 아닌 그가 사랑하던 프랑스에 대해 어떻게 했는가를 본다면 1870년 그때처럼 태연할 수 있었을까요?"

"젬은 오늘 밤 어디 있을까?"

릴러는 갑자기 생각나서 괴로워졌다.

젬의 소식이 온 지 한 달이 넘게 지났다. 모든 노력을 다 해보았지만 젬에 대해서는 아무것도 알 수 없었다. 진지가 습격되기 전에 젬이 쓴 편지가 두세 통 왔을 뿐 그 뒤로는 소식이 끊어지고 말았다. 바야흐로 독일군은 시시각각으로 파리에 가까이 육박하여 다시금 마른 강에 이르렀으며 피아베 강*4에서 또다시 오스트리아 군이 공격에 나섰다는 소문이 돌고 있었다.

릴러는 실망하여 새로운 별에서 얼굴을 돌렸다. 이런 때에는 희망도 용기도 송두리째 사라져버리고―하루도 더 이상 살아갈 수 없을 것 같은 기분이 드는 것이었다.

'젬 몸에 무슨 일이 생겼는지 알 수 있다면 좋으련만―무슨 일이

---

*3 프랑스 역사가·사상가. 1823~1892.
*4 이탈리아의 베네치아 북쪽을 흐르는 강.

라도 제대로 알고만 있으면 바로 대처할 수 있으니까. 그런데 걱정이며 의심이며 불안에 휩싸여 시달리니까 사기가 쉽게 떨어져버려. 젬이 살아 있다면 뭔가 소식이 왔을 거야. 죽은 것이 분명해. 다만—우리는 모르고 있는 거야—언제까지나 확인할 수 없을 테지. 먼디는 늙어 죽을 때까지 기차를 기다리고 있을 거야. 가엾고 충실한 먼디는 류머티즘에 걸린 개에 지나지 않아. 주인의 운명에 대해 우리와 마찬가지로 아무것도 모르는 거야.'

릴러는 그날 밤 눈이 말똥말똥해져 늦게까지 잠을 이룰 수 없었다. 잠이 깨어 보니 거트루드 올리버가 창가에 앉아 몸을 내밀고 신비로운 은빛 새벽을 바라보고 있었다. 단정한 검은 머리가 탐스러우며 총명하고 아름다운 옆얼굴이 동쪽 하늘의 푸르름을 띤 금빛을 배경으로 뚜렷이 떠올라 있었다.

릴러는 미스 올리버의 이마와 턱의 선에 젬이 감탄하던 일이 떠올라 몸을 부르르 떨었다. 젬의 일을 떠오르게 하는 것은 모두 릴러에게 견딜 수 없는 괴로움을 주었다. 월터의 죽음으로 릴러의 마음은 깊은 상처를 받았다. 그러나 그것은 깨끗한 상처이므로 그 상처자국은 영원히 남겠지만 그러한 상처의 성질로서 서서히 아물어가고 있었다.

하지만 젬의 행방불명이 가져다준 괴로움은 그것과 다른 것이었다. 독을 머금고 있으므로 상처가 아물지 않는 것이다. 번갈아 가며 찾아오는 희망과 절망, 다음날도 또 다음날도 오지 않는—영원히 오지 않을지도 모르는—편지를 끝없이 애타게 기다리는 심정—신문에 보도되는 포로 학대의 이야기, 젬의 상처에 대한 괴로운 불안—이러한 것들이 점점 더 견딜 수 없게 되어갈 뿐이었다.

거트루드 올리버가 릴러 쪽을 보았다. 그 눈은 이상한 빛을 띠고 있었다.

"릴러, 나는 또 꿈을 꿨어."

릴러는 자지러지며 소리쳤다.

"어머나, 싫어요—싫어요."

그녀의 꿈은 언제나 불길한 일만 알려주기 때문이었다.

"릴러, 이번에는 좋은 꿈이었어. 잘 들어봐—4년 전과 똑같은 꿈이야. 나는 베란다 층계에 서서 글렌 마을을 내려다보고 있었어. 마을은 아직도 온통 파도에 덮여 내 발치에 넘실거리고 있었지.

그러나 보고 있는 동안에 파도가 밀려나가기 시작했어. 4년 전에 밀려왔을 때 못지않는 속도로. 계속 밀려나가 만 있는 곳까지 가버렸어. 그리고 내 앞에는 푸르른 글렌 마을이 아름답게 나타나고 마을에서 '무지개 골짜기'로 무지개가 걸려 있는 거야—눈부신 멋진 빛깔의 무지개였어—그때 눈이 번쩍 뜨였지. 릴러, 릴러 블라이스—물결의 흐름이 달라진 거야."

"그것을 믿을 수 있다면 좋겠는데요."

거트루드는 마음이 들떠 성경 구절을 인용했다.

"내 공포의 예언이 진실이거늘 길조의 예언 또한 믿을지니라. 알겠지? 나는 굳게 믿고 있어."

그러나 그로부터 며칠 뒤 피아베 강에서 이탈리아군이 대승리를 거두었음에도 그 뒤로 한 달 동안 거트루드 올리버는 몇 번이나 자신의 꿈을 의심했는지 모른다. 7월 중순 무렵 독일군이 또 마른 강을 건넜을 때에는 걷잡을 수 없는 절망감에 사로잡혔다. 마른 강의 기적이 다시 한 번 일어나주기를 바라는 것은 헛된 일이라고 모두들 생각했다.

그런데 기적은 되풀이된 것이다. 1914년 때와 마찬가지로 싸움의 양상이 마른 강에서 완전히 바뀌었다. 프랑스군과 미군이 적의 방비가 허술한 측면을 급습하여 눈 깜짝할 사이에 싸움의 판국이 확 바뀐 것이다.

블라이스 의사가 7월 20일에 말했다.

"연합군은 엄청난 대승리를 두 번이나 거두었어."

블라이스 부인이 말했다.

"거의 끝날 때가 되었다는 생각이 들어—어쩐지 그렇게 여겨져."

"아, 고마워라."

수전은 늙은 손을 떨며 맞잡고 낮은 목소리로 덧붙였다.

"하지만 우리 집 도련님들은 돌아오지 않는군요."

그러면서도 수전은 밖에 나가 국기를 달았다. 예루살렘이 무너진 뒤 처음이었다. 산들바람을 받아 국기가 수전의 머리 위에서 힘차게 펄럭였을 때, 셜리가 했던 일을 기억하고 있던 수전은 한 손을 들어 국기에 경례했다.

"당신을 걸어두기 위해 우리는 모두 뭔가를 바쳐왔습니다. 40만 명에 이르는 남자아이들이 나라 밖으로 나갔고, 그 가운데 5만 명이 전사했습니다. 그러나 당신한테는 그만한 가치가 있습니다!"

바람으로 잿빛 머리가 얼굴 언저리에 어지러이 날리고 온 몸을 감싼 무명 앞치마는 미적(美的)인 견지에서가 아니라 전적으로 절약이라는 뜻에 따라 만들어진 것이었다. 그럼에도 이때 수전의 모습은 위엄에 차 있었다. 수전도 용감하고 꿋꿋하며 참을성 있고 씩씩한 여성들—과거에 승리를 가능케 한 여성들—가운데 한 사람이었다.

수전을 대표로 하여 모두들 마음속으로 깊은 경례를 했다. 그들이 가장 사랑하는 사람들이 그 상징을 위해 싸운 것이다. 이 같은 생각이 문 앞에서 수전을 지켜보는 블라이스 의사의 가슴 속에 떠올랐다.

수전이 집으로 들어가려 하자 블라이스 의사는 말했다.

"수전, 이 일에 수전은 처음부터 끝까지 참으로 훌륭하오!"

머틸더 피트먼 부인

Chang, Kye

릴러와 짐스가 타고 있는 열차는 밀워드의 작은 대피선(待避線)에 멈춰섰다. 두 사람은 맨 뒤쪽 승강층계에 서 있었다—몹시 무더운 8월의 저녁무렵이었으므로 만원 열차 안은 숨이 막힐 것 같았다.

열차가 어째서 밀워드의 대피선에 멈춰섰는지 아무도 알지 못했다. 여기서 내리는 사람도 타는 사람도 이제까지 전혀 없었기 때문이다. 여기서부터 4마일 안으로 집이라곤 한 채밖에 없었으며, 그 집은 몇 에이커나 되는 월귤나무 들판과 가문비나무숲으로 에워싸여 있었다.

릴러는 샬럿타운에 있는 친구집에 묵으러 가는 길이며, 다음날은 적십자의 물건을 살 예정이었다. 짐스를 데려온 것은 수전이나 어머니에게 수고를 끼치고 싶지 않은 마음도 있었지만, 영원히 짐스를 떼어놓기 전에 되도록 함께 있고 싶다는 간절한 바람 때문이었다.

바로 며칠 전 짐스의 아버지 제임스 앤더슨에게서 편지가 왔다. 부상하여 입원하고 있다, 전선에는 돌아갈 수 없을 것으로 여겨지므로 되도록 빨리 짐스를 데리러 돌아가고 싶다는 사연이 씌어져 있었다.

이 편지를 읽고 릴러는 마음이 무거워졌고 걱정되기도 했다. 짐스를 끔찍이 사랑하므로 짐스와 헤어지게 되면 괴로울 게 불 보듯 뻔했다.

만일 짐 앤더슨이 아기를 위해 버젓한 가정이 준비된 남자라고 한다면 그리 나쁘지 않을 것이다. 하지만 아무리 친절하고 마음이 좋다 하더라도—짐 앤더슨이 친절하고 마음좋다는 것을 릴러는 잘 알고 있었다—방랑벽이 있으며 굳건한 성품이 없는 무책임한 아버지에게 짐스를 내주어야 한다는 것을 생각하면 릴러는 견딜 수 없었다.

앤더슨이 글렌 마을에 머무르게 될 것 같지는 않았다. 지금은 마을에 한 사람도 친척이 없기 때문이다. 영국으로 돌아갈 것으로 여겨지기도 했다. 귀엽고 밝게 소중히 키운 짐스를 다시는 만날 수 없을지도 모른다.

저런 아버지를 둔다면 짐스가 어떤 운명에 처하게 될지 모르는 일이다. 릴러는 짐스를 자기가 데리고 있게 해달라고 짐 앤더슨에게 부탁할 생각이었지만, 편지 내용으로 보아 그것은 거의 이뤄질 수 없는 소망이었다.

릴러는 생각했다.

'만일 글렌에만 있어준다면 짐스에게 끊임없이 관심을 기울일 수 있고 또 가끔 만날 수도 있으니 이토록 걱정되지 않으련만. 그러나 앤더슨 씨는 틀림없이 글렌에 있지 않을 거야—그렇게 된다면 짐스의 장래에는 내가 함께 할 기회가 영영 없어지고 말겠지.

이처럼 영리한 아이인데—어디서 이어받았는지 큰 포부도 지니고 있고—게으르지도 않거든. 하지만 이 아이의 아버지는 교육비며 세상에 내보내기 위한 돈이 한푼도 없을 거야. 짐스, 나의 소중한 전쟁 고아야, 너는 앞으로 어떻게 될까?'

짐스는 자기가 앞으로 어떻게 될 것인가에 대해서는 조금도 생각하고 있지 않았다. 작은 대피역의 지붕 위를 뛰어다니는 얼룩다람쥐의 재주 부리는 모습을 보고 마냥 기뻐 어쩔 줄 모르고 있었다. 기차가 움직이기 시작하자 짐스는 한 번 더 다람쥐를 보려고 릴러의 손에서 자기 손을 뽑아내 열심히 몸을 앞으로 내밀었다.

짐스가 앞으로 어떻게 될 것인가 하고 정신없이 생각하던 릴러는 지금 짐스에게 어떤 일이 일어나려 하고 있는지 주의하는 것을 잊어버리고 말았다. 어떤 일이 일어났는가 하면 짐스는 균형을 잃고 층계로 거꾸로 굴러떨어져 작은 대피역의 플랫폼에 한 번 퉁겨지고 나서 건너편 양치류 덤불에 떨어졌다.

릴러는 비명을 지르며 정신없이 승강층계를 달려내려와 기차에서 훌쩍 뛰어내렸다.

다행히 기차는 비교적 느린 속도로 움직이고 있었으며, 다행스럽게도 릴러는 기차가 나아가는 쪽으로 뛰어내릴 만한 분별을 갖고 있었다. 그래도 기린초가 무성한 도랑 속에 떨어져 둑에 털썩 넘어져버렸다. 이 사건을 알아차린 사람은 아무도 없었으며 기차는 들판 커브를 돌아 힘차게 달려가버렸다.

릴러는 머리가 어질어질했지만 다친 데 없이 일어나 도랑에서 기어나오자 짐스가 죽었거나 형편없이 다쳤으리라 여기며 미친 듯이 플랫폼으로 달렸다.

그러나 짐스는 두세 군데 가볍게 벗겨지고 몹시 겁먹었을 뿐 상처는 아무 데도 없었다. 너무 놀랐기에 짐스는 울지도 못했으나 릴러는 짐스가 무사함을 알자 울음을 터뜨렸다.

짐스는 정나미떨어진 듯 내뱉으며 말했다.

"심술쟁이 기차잖아? 하느님도 심술쟁이야."

짐스는 하늘에 대고 눈을 흘겨주었다.

릴러의 울음소리에 웃음이 섞여 아버지가 말하는 히스테리 상태가 되었다. 그러나 릴러는 히스테리에 사로잡히기 전에 본디상태를 되찾았다.

"릴러 블라이스, 너를 부끄럽게 생각해. 얼른 정신차려. 짐스, 그런 말 해선 안 돼."

짐스는 화가 나서 항의했다.

"하느님이 나를 기차에서 떨어뜨렸잖아? 누가 나를 떨어뜨렸는데 윌러는 아닌걸. 그러니까 하느님이지."

"아니야. 그렇지 않아. 네가 떨어진 건 내 손을 놓고 몸을 너무 앞으로 많이 내밀었기 때문이야. 그렇게 해서는 안 된다고 말했었잖아. 그러니까 네가 잘못한 거야."

짐스는 릴러가 정말로 그러는지 어떤지를 확인했다. 그리고 다시 하늘을 올려다보며 기분 좋게 사과했다.

"그럼, 하느님, 미안해요."

릴러도 하늘을 올려다보았다. 하늘은 탐탁지 못한 흐린 날씨였다. 북서쪽에 검은 구름이 뭉게뭉게 일고 있었다. 어떻게 하면 좋을까? 오늘 밤 떠나는 기차는 이제 없었다. 9시 임시열차는 토요일에만 있다. 폭풍우가 닥치기 전에 2마일 앞 해너 브루스터네 집에 가 닿을 수 있으면 좋으련만. 릴러 혼자라면 쉬운 일이지만 짐스를 데려가게 되면 쉽지 않을 것이다. 짐스의 작은 다리로 어떨까?

릴러는 절박한 심정으로 말했다.

"그렇게 해봐야겠어. 소나기가 멎을 때까지 이 역에 있어도 되겠지만 비가 밤새도록 주룩주룩 내릴지도 모르고 아무튼 캄캄해지겠지. 해너네 집에 닿기만 하면 하룻밤 머무를 수 있으니까."

해너 브루스터는 해너 크로퍼드였던 무렵 글렌 마을에 살며 릴러와 함께 학교에 다녔다. 그 무렵 해너가 세 살 위였지만 둘은 아주 사이가 좋았었다. 해너는 아직 어릴 때 결혼하여 밀워드에 살았다. 심한 노동을 하고 갓난아기도 돌봐야 했으며 건달인 남편 때문에 해너의 생활은 어려워 좀처럼 친정에도 오지 못했다. 해너가 결혼한 지 얼마 안 되어 릴러가 찾아간 일이 있지만 그 뒤 여러 해 동안 만나지도, 편지도 받지 못했다. 하지만 혈색 좋고 싹싹하고 인심 좋은 해너가 사는 집이라면 어떤 집이든 짐스와 둘을 환영해 머무르게 해줄 것이다.

처음 1마일은 둘 다 매우 형편 좋게 나아갔으나 2마일째는 힘들었다. 지나가는 사람도 많지 않은 외딴길은 울퉁불퉁하고 마차바퀴 자국이 깊이 패여 있었다. 짐스가 지칠 대로 지쳐버렸으므로 나머지 4분의 1마일쯤은 짐스를 안고 가야만 했다.

브루스터네 집에 다다랐을 때 릴러는 녹초가 되어 큰길에 짐스를 내려놓고 후유 안도의 숨을 쉬었다. 하늘은 온통 검은 구름으로 덮이고 굵은 빗방울이 후두둑거리기 시작했다. 우르릉쾅쾅거리는 천둥소리가 점점 크게 들려왔다.

이때 릴러는 난처하게 되었음을 깨달았다. 블라인드가 모두 내려지고 문에는 자물쇠가 단단히 걸려 있었다. 브루스터네 사람들이 집에 없는 게 분명했다. 릴러는 작은 헛간으로 달려갔다. 그곳도 자물쇠가 달려 있었다. 몸을 피할 수 있는 곳은 아무 데도 보이지 않았다. 하얗게 칠한 집에는 베란다며 포치조차도 없다.

이제는 거의 어두워져서 릴러는 어찌해야 좋을지 알 수 없었다.

릴러는 결심했다.

"창문을 부수고라도 안으로 들어가야지. 그렇게 해도 괜찮다고 해너도 생각할 테니까. 소나기를 만나 비를 피하러 해너네 집에 왔다가 안으로 들어가지도 못했다는 말을 들으면 해너는 결코 나를 잘했다고 여기지 않을 거야."

운 좋게도 릴러는 가택침입죄를 저지르지 않아도 되었다. 부엌 창문이 쉽게 위로 올라갔기 때문이다. 짐스를 안아올려 안으로 들여놓고 자기도 기어들어간 순간 폭풍이 맹렬하게 날뛰기 시작했다.

두 사람 뒤에서 후드득거리며 쏟아지는 우박을 보고 짐스는 기쁜 듯이 손뼉을 치며 외쳤다.

"오! 작은 천둥조각 좀 봐."

릴러는 창문을 닫고 가까스로 램프를 찾아 불을 켰다. 그곳은 쾌적하고 아담한 부엌이었다. 한쪽 문을 열어보니 훌륭한 살림이 정연하게 놓여진 응접실이었고, 다른 한쪽에는 식료품이 넉넉히 저장되어 있었다.

릴러는 말했다.

"자, 편히 쉬자. 틀림없이 해너는 그렇게 말할 테니까. 짐스와 둘이 간단한 식사를 끝낸 다음 비가 멎지 않고 아무도 돌아오지 않거든 2층 손님 침실에 가서 자자. 위급한 때에는 사려 있는 행동을 취하는 게 무엇보다도 중요해.

바보가 아니었다면 나는 짐스가 떨어진 것을 보고 곧 기차로 되돌아가 누군가에게 부탁해 기차를 세웠어야 했어. 그랬더라면 이렇듯 난처하게 되지 않았을걸. 이렇게 된 이상 할 수 있는 데까지 해둬야지."

릴러는 주위를 둘러보았다.

"이 집은 전에 내가 왔던 때보다 가구 같은 게 훨씬 훌륭해졌네. 물론 그 무렵은 해너와 테드가 살림을 갓 시작했던 때였지. 하지만 테드는 어쩐지 그리 성공할 것 같지 않다고 생각했었는데. 이런 가구를 들여올 수 있는 걸 보니 내가 생각했던 것보다 테드는 잘해 왔나 봐. 해너를 위해 기쁜 일이야."

천둥은 멎었으나 비는 여전히 억수로 퍼붓고 있었다. 11시가 되었으므로 아무도 돌아오지 않는 것이리라고 릴러는 생각했다. 짐스는 긴 안락의자에 깊이 잠들어 있었다.

릴러는 짐스를 2층 손님 침실로 안고 가 침대에 눕혔다. 그리고 자기도 옷을 벗고 세면대 서랍에서 찾아낸 잠옷으로 갈아입은 다음 졸린 눈으로 썩 좋은 라벤더 향기가 풍기는 시트 사이로 기어들어 갔다. 모험과 크게 수고를 하여 몹시 지쳐 있었으므로 릴러는 주위가 이상하게 여겨져도 눈을 뜰 수 없어 2,3분 뒤 깊은 잠으로 빠져들어 갔다.

릴러는 이튿날 아침 8시까지 자고 있다가 느닷없이 놀라 잠을 깼다. 누군가가 거칠고 불쾌한 목소리로 말하고 있었다.

"자, 둘 다 일어나. 이게 어찌된 거야."

릴러는 순식간에 잠이 확 달아났다. 이렇듯 철저하게 눈이 뜨여진 일은 태어나서 처음이었다. 방에는 세 인물이 서 있었다. 한 사람은 남자로 릴러가 본 적도 없는 사람이었다. 더부룩한 검은 턱수염을 기른 큰 남자로 성난 얼굴을 찌푸리고 있었다. 옆에 한 여자가 서 있었다―키 크고 여윈 바짝 긴장된 몸매로 불타는 듯한 빨강머리에 무어라 형용할 수 없는 모자를 쓰고 있었다. 남자 이상으로 기분 나쁘고 어이없는 얼굴표정이었다.

두 사람 뒤에 또 한 사람이 있었다―몸집 작은 노부인으로 적어도 80살은 되어 보였다. 이 노부인은 몸집이 지그마한 데도 불구하고 매우 범하기 어려워 보이는 사람이었다. 온통 까만 옷차림을 했고 머리카락은 눈처럼 희었으며 핏기 없는 얼굴에 활기 있고 생생한 새까만 눈을 갖고 있었다. 다른 두 사람 못지않게 놀란 모습이었으나 기분 언짢은 것은 아니라고 릴러는 알아차렸다.

릴러는 뭔가 잘못을―엄청난 잘못을 저질렀다는 것을 깨달았다.

남자는 아까보다도 더 성난 목소리로 물었다.

"이보시오, 대체 당신은 누구요? 여기에 어떤 볼일이 있는 거요?"

릴러는 한쪽 팔꿈치를 짚고 주뼛주뼛 몸을 일으켰다. 당황하여 거북해 하는 것이 태도에도 나타나 있었다. 뒤에 선 검정과 흰 노부인이 소리 죽여 쿡쿡 웃으며 혼잣말을 하는 게 들렸다.

릴러는 생각했다.

'저 할머니는 살아 있는 인간임에 틀림없어. 저런 사람을 꿈에서 볼 수는 없을 테니까.'

릴러는 헐떡거리며 큰 소리로 말했다.

"이 댁은 시어도 브루스터 씨네 댁이 아닌가요?"

몸집이 큰 여자가 처음으로 입을 열어 말했다.

"아니에요, 여기는 우리 집이에요. 지난해 가을 브루스터 씨로부터 샀어요. 그 집 사람들은 그린베일로 이사 갔어요. 우리는 채플리라고 해요."

가엾은 릴러는 너무 실망하여 힘없이 베개에 엎드려버렸다.

"실례했어요. 나는—나는—브루스터 씨네 집이라고 생각했었어요. 브루스터 씨 부인이 내 친구거든요. 나는 릴러 블라이스예요. 글렌 세인트 메리의 블라이스 의사 딸이랍니다.

내—내—이 아이를 데리고 마을로 가는 도중—이 아이가 기차에서 떨어졌어요. 그래서 나도 뒤따라 뛰어내렸지요. 아무도 알아차리지 못했어요. 어젯밤에는 집으로 돌아갈 수 없다는 걸 알았고 폭풍우가 금방이라도 몰아칠 것 같아—그래서 우리는 여기에 와서 아무도 없기에—우리는—우리는—창문으로 들어와—그리고—쉬고 있었던 참이에요."

여자는 한껏 빈정거리며 말했다.

"그런 것 같군요."

남자도 맞장구쳤다.

"있음직한 이야기로군."

여자가 덧붙였다.

"우리는 어제 태어난 갓난애가 아니니까요."

검정과 흰 노부인은 아무 말도 하지 않았으나 다른 두 사람이 이런 말을 하는 것을 듣자 소리도 내지 않고 배를 움켜잡고 웃으며 머리를 마구 흔들고 손을 허공에 내저었다.

채플리 부부의 불쾌한 태도에 화가 난 릴러는 평정심을 잃고 발끈했다. 릴러는 침대에 벌떡 일어나 앉아 한껏 의연하게 말했다.

"여러분들이 언제 태어났는지 또 어디서 태어났는지 전혀 나는 모르지만 그곳에서는 틀림없이 아주 색다른 예절을 가르쳤던 모양이군요. 내 방에서—아니, 이 방에서 나가주실 만한 예절을 알고 있다면 나는 일어나서 몸차림을 끝내고 이제 더 이상 폐를 끼치지 않겠어요."

릴러는 찌르는 듯이 빈정거리는 투로 말을 이었다.

"그리고 우리가 먹은 식사대와 어젯밤 머문 대금을 충분히 드리겠어요."

검정과 흰 유령 같은 부인은 허공에 박수를 쳤으나 소리는 하나도 나지 않았다. 채플리 씨는 릴러의 말투에 겁을 먹었던지—또는 돈을 내겠다는 말을 듣고 기분이 좋아졌는지 아까보다 예의 바르게 말했다.

"과연 돈을 내주기만 한다면 머물러 있어도 좋소."

그러자 검정과 흰 부인이 놀라우리만큼 맑고 단호한 위엄이 담긴 목소리로 나무랐다.

"아가씨에게 돈을 지불하게 하다니 당치도 않아. 자네가 부끄러움이라는 걸 지니지 않았다면 자네 로버트 채플리 대신 이 장모가 부끄러움이라는 걸 잘 알고 있어. 머틸더 피트먼이 있는 집에서는 어떤 손님에게도 식비나 숙박비를 받지 않아. 이걸 결코 잊어선 안 돼. 지금 내 형편이 전만 못하다곤 해도 예절까지 고스란히 잊어버린 것은 아니니까. 어밀리어를 시집보냈을 때부터 자네가 인색하다는 것은 알고 있었지만 자네는 어밀리어까지 자네 못지않을 만큼 나쁘게 만들어버렸어.

그렇지만 머틸더 피트먼은 오랜 세월 집안일을 지휘해 왔으니 앞으로도 통솔하겠네. 자, 로버트, 여기서 나가 이 아가씨가 옷을 갈아입도록 해드리게. 어밀리어, 너는 아래층에 가서 이 아가씨에게 아침 식사를 준비해 드리도록 해."

큰 어른이 둘씩이나 이 조그마한 노부인의 말에 이토록 비굴할 만큼 유순하게 따르는 것을 릴러는 본 일이 없었다. 둘은 말이며 눈초리에 털끝만큼도 반항하지 않고 조용히 나갔다. 문이 닫히자 피트먼 부인은 소리내지 않고 몸을 양쪽으로 흔들며 웃었다.

"우스꽝스럽지? 대개는 자기들이 하고 싶은 대로 내버려두지만 이따금 고삐를 단단히 잡아당겨야 할 때도 있지. 그런 때에는 힘껏 세게 잡아당겨야 해.

저 두 사람은 나를 화나게 할 생각은 추호도 할 수 없거든. 내가 제법 많은 돈을 갖고 있는데 그것을 모두 자기들에게 남겨주지 않으면 큰일이라고 생각하니까. 그건 나도 마찬가지야. 얼마쯤은 남겨주겠지만 얼마쯤은 주지 않아. 저 두 사람을 약 오르게 해주기 위해서지. 누구에게 줄 것인지 아직 결정하지 않았지만 빨리 정해야 될 거야. 여든이 지나면 이미 남의 나이를 빌어쓰는 거나 다름없으니까.

자, 천천히 옷을 갈아입도록 해요. 나는 아래층에 가서 저 못된 사람들을 두 눈으로 감독할 테니까. 아가씨가 데려온 아이는 아주 잘생겼군. 동생인가?"

릴러는 차분하게 말했다.

"아니에요. 어머니는 죽고 아버지는 외국에 갔으므로 내가 돌봐주고 있는 전쟁고아예요."

"전쟁고아라고? 흠! 자, 나는 저 아이가 깨어나기 전에 급히 나가는 편이 좋을 것 같군. 그렇게 하지 않으면 틀림없이 울음을 터뜨릴 테니까. 아이들은 나를 좋아하지 않아. 한 번도 좋아한 일이 없지. 아이가 자진해서 내 곁에 온 기억은 한 번도 없어. 내 아이도 그랬어. 사실 어밀리어는 내 양딸이야. 그래서 얼마나 귀찮은 일을 덜었는지 모르지. 아이가 나를 좋아하지 않으면 나도 아이를 좋아하지 않을 테니까 서로 피장파장이야. 그러나 정말 귀여운 아이로군."

이때를 기다리기라도 한 듯 짐스가 눈을 반짝 떴다. 큰 갈색 눈을 깜박이지도 않고 피트먼 부인을 빤히 바라보더니 이윽고 일어나 예쁜 보조개를 만들면서 피트먼 부인을 가리키며 정색한 얼굴로 릴러에게 말했다.

"예쁜 아줌마다, 윌라. 예쁜 아줌마야."

피트먼 부인은 미소 지었다. 80살이 넘었지만 여전히 칭찬에는 약한 법이다.

"어린아이와 바보는 사실을 말한다더군. 젊었을 때는 나도 듣기 좋은 말을 들어왔지만 이런 나이가 되면서 줄어들게 마련이지. 여러 해 동안이나 듣지 못했어. 기분 좋군. 아가야, 내게 뽀뽀는 해주지 않겠지?"

그러자 짐스는 놀라운 일을 해치웠다. 짐스는 감정을 노골적으로 드러내는 성격이 아니어서 잉글사이드 사람들에게도 키스를 잘 하지 않았다. 그런데 한 마디도 하지 않고 침대에서 벌떡 일어나, 속옷만 입어 오동통한 몸으로 발판 있는 데까지 재빨리 가더니 피트먼 부인의 목에 팔을 두르고 덥석 안겨 힘차게 진정 어린 뽀뽀를 세 번 네 번이나 했다.

이 정다운 모습에 깜짝 놀란 릴러가 나무랐다.

"얘, 짐스."

피트먼 부인은 보닛을 똑바로 고쳐 쓰면서 말했다.

"그냥 내버려둬. 정말이지 나를 무서워하지 않는 사람을 보면 마음이 기뻐지거든. 모두 나를 보면 겁내니까. 아가씨도 마찬가지야. 감추려고 하지만. 어째서 그럴까?

물론 로버트와 어밀리어는 마땅하지. 내가 일부러 무서워하게 만들고 있으니까. 그렇지만 다른 사람들도 언제나 무서워해—아무리 내가 친절하게 대해도 말이지. 아가씨는 이 아이를 앞으로도 데리고 있을 생각인가?"

"그렇게 할 수 없을 것 같아요. 이 아이 아버지가 곧 돌아올 거예요."

"좋은 사람인가? 그 아버지라는 사람은?"

릴러는 더듬더듬 말했다.

"글쎄요—친절하고 좋은 사람이에요—하지만 몹시 가난해요—언제까지나 가난하지 않을까 해요."

"그렇군—성품이 굳건하지 못하여—가정을 가질 수 없고 가족을 부양할 힘도 없는 그런 사람이군. 좋아요, 좋아요. 내가 좋도록 하지—좋도록. 내게 생각이 있으니까. 좋은 생각이 났어. 게다가 로버트와 어밀리어를 괴로워 몸부림치게 할 거야. 내게는 그것이 무엇보다도 큰 목적이니까.

물론 나는 저 아이가 마음에 들어. 나를 무서워하지 않으니까. 저 아이는 시중들어줄 만한 가치가 있어. 자, 조금 전에도 말했듯이 몸차림하고 준비가 다 되거든 아래로 내려와."

어젯밤 넘어지기도 하고 걷기도 했으므로 릴러는 몸이 뻣뻣하고 여기저기 쑤시며 아팠으나 오래 걸리지 않아 자기와 짐스의 몸차림을 끝냈다.

부엌으로 내려가니 식탁 위에 김이 오르는 따끈한 아침 식사가 준비되어 있었다. 채플리 씨의 모습은 보이지 않고 채플리 부인이 기분이 좋지 않은지 거칠게 빵을 자르고 있었다. 피트먼 부인은 팔걸이의자에 앉아 잿빛 군대양말을 뜨고 있었다. 보닛을 아직 쓰고 있으며 의기양양한 표정도 그대로였다.

"둘 다 어서 앉아서 마음껏 식사를 많이 들어."

릴러는 열심히 말했다.

"나는 배고프지 않아요. 아무것도 들어갈 것 같지 않아요. 게다가 이제는 역으로 나가야 할 시간이에요. 아침 열차가 이제 곧 올 거예요. 너무 제멋대로지만 이만 실례하겠어요. 짐스의 것으로 버터 바른 빵을 한 조각 가져가겠어요."

피트먼 부인은 장난스럽게 릴러 쪽으로 뜨개바늘을 흔들어 보였다.

"어서 앉아서 아침 식사를 해. 이건 피트먼 부인의 명령이야. 누구나 피트먼 부인의 말을 듣지. 로버트와 어밀리어조차도 그래. 아가씨도 내가 하라는 대로 해야만 해."

릴러는 어깨를 으쓱이며 시키는 대로 식탁에 앉아 피트먼 부인의 최면술적인 영향에 의해서인지 꽤 많은 식사를 했다. 유순한 어밀리어는 한 마디도 하지 않았다. 피트먼 부인은 아무 말도 하지 않고 부지런히 뜨개질을 계속하며 소리죽여 웃고 있었다. 릴러가 다 먹고 나자 피트먼 부인은 양말을 감아놓았다.

"자, 가고 싶거든 가도 돼. 그렇지만 가지 않아도 돼. 여기에 좋을 만큼 있어도 되니까. 식사준비는 어밀리어에게 하라고 할 테니."

적십자 소녀단의 한 단원으로부터 잘 뻐기는 '압제적인 아이'라고 비난받을 만큼 독립심 강한 미스 블라이스도 완전히 질려 얌전하게 사양했다.

"고맙습니다. 하지만 정말로 가야겠어요."

피트먼 부인은 문을 홱 열었다.

"좋아, 그럼, 탈 것을 준비해 두었어. 이미 로버트에게 마차를 준비하도록 시켜 아가씨를 역까지 바래다주라고 일러두었지. 나는 로버트에게 무슨 일이건 시키는 것이 재미있어. 그것만이 내게 남은 단 한 가지 운동이라 해도 좋을 정도야. 여든 고개를 넘으니 거의 온갖 일이 하찮아져 로버트를 마음대로 지배하는 일 정도밖에는 없어."

문 앞에 아담한 좌석이 달린 마차가 서 있고 타이어는 고무였다. 앞자리에 로버트가 앉아 있었다. 장모의 말이 한 마디 남김없이 들렸을 터인데 그런 기색을 조금도 보이지 않았다.

릴러는 아주 조금 남아 있던 용기를 불러일으켜 말했다.

"저—되도록이면—저—"

여기까지 말하자 또다시 피트먼 부인의 눈이 뚫어지게 쏘아보았다. 릴러는 가까스로 말을 이었다.

"지불할 돈을—저—"

"피트먼 부인은 아까도 말했고—진심으로 그렇게 생각하며—손님을 대접하고 그 값을 받거나 하지 않고 함께 있는 다른 사람에게도 받게 하지 않아. 욕심이 많아서 받고 싶은 마음이 굴뚝 같은 사람들일지라도 절대로 받지 못하게 해.

자, 어서 떠나도록 해. 다음에 이쪽으로 또 올 때에는 반드시 들러줘. 무서워하면 안 돼. 아가씨가 무서워했다는 것은 조금도 아니지만. 오늘 아침 로버트를 야단친 것으로 봐서는 말이야. 요즘 아가씨들은 대개 겁쟁이로 겁먹은 사람들뿐이니까. 내 처녀시절에는 도무지 무서움을 몰랐었지.

그 아이를 잘 보살펴줘. 흔해빠진 여느 아이가 아니니까. 로버트에게 물웅덩이는 모두 피해서 지나가라고 해. 새 마차에 온통 흙탕이 튀게 하고 싶지 않으니까."

마차가 움직이기 시작하자 피트먼 부인의 모습이 보이지 않게 될 때까지 짐스는 키스를 던지고, 피트먼 부인은 그에 답하여 양말을 흔들었다. 역까지 가는 도중 로버트는 좋은 말이든 나쁜 말이든 한마디도 하지 않았지만 물웅덩이에 대한 일은 잊어버리지 않았다. 대피선 역에서 마차를 내리자 릴러는 정중하게 인사말을 했다. 그에 대해 로버트는 뭔가 투덜투덜거리며 말머리를 돌려 돌아가버렸다.

'후유, 살았다.'

릴러는 깊숙이 숨을 들이마셨다. 그리고 혼잣말을 했다.

"릴러 블라이스로 어서 돌아가자. 지난 몇 시간 동안 나도 모르는 다른 사람이 되어 있었는걸—누구였는지는 모르지만—저 색다른 괴짜 할머니가 창조해낸 사람이야. 나는 저 할머니의 최면술에 걸렸던 거야. 오빠들에게 보낼 편지를 쓰기에는 더없이 좋은 모험이었어."

그러자 릴러는 한숨이 나왔다. 지금은 편지를 쓴다 해도 제리와 켄과 칼과 셜리밖에 없다는 것이 절실하게 생각났기 때문이다. 젬은— 피트먼 부인의 이야기를 들으면 유쾌할 텐데—대체 어디에 있을까, 젬?

좋은 소식

1918년 8월 4일

등대의 댄스파티가 있은 지 오늘 밤으로 꼭 4년째가 된다―4년 동안이나 전쟁이 이어진 것이다. 그러나 실제로는 4년의 3배로 생각된다. 그때 나는 15살이었다. 지금은 19살이다. 이 4년 동안이 내 일생에서 가장 즐거운 세월이 되리라고 생각했었는데, 전쟁으로 지새우는 세월―공포와 슬픔과 걱정의 세월이 되어버렸다―그러나 힘에 있어서나 성격에 있어서 얼마쯤 성장했으면 좋겠다고 겸허하게 바라고 있다.

오늘 복도를 지나가는데 어머니가 아버지에게 나에 대한 말을 무언가 하는 것이 또렷이 들렸다. 나는 엿들을 생각은 아니었다―2층으로 가려고 복도를 걸어가고 있는데, 엿듣는 사람에게는 듣고 싶어하는 말이 들리지 않는다더니 과연 나는 듣고 싶은 말이 들려왔다―나를 칭찬하는 말이었다.

그 말을 한 사람이 어머니이므로, 이 일기에 적어두었다가 앞으로 기세가 보기좋게 꺾이는 일이 생겨버려 자신을 허영심이 강하고 제멋대로며 겁쟁이여서 아무 쓸모도 없다고 여기는 낙담에 빠져 있을 때 위안으로 삼으려 한다.

"지난 4년 동안 릴러는 참으로 훌륭한 아가씨가 되었어. 본디 조금도 책임감이 없는 아이였는데. 아주 쓸모 있고 여자다운 아가씨로 변해, 정말이지 내 위안이 되어주고 있어.

낸과 다이는 커감에 따라 내게서 좀 멀어졌어—집에 있는 일이 거의 없으니까—하지만 릴러는 점점 더 내게 가까워지고 있어. 우리는 아주 사이가 좋아.

릴러가 없었더라면 이 괴로운 세월을 어떻게 지냈을까 하는 생각이 들어, 길버트."

이것이 어머니의 말이다—나는 기쁘기도 하고—슬프기도 하고—자랑스럽기도 하고 부끄럽기도 했다! 어머니가 이렇게 생각해 준다는 것은 기쁜 일이다—그러나 내게는 그만한 자격이 없다. 나는 그토록 좋은 사람도 아니고 어머니처럼 강하지도 못하다. 기분이 나빠지거나 초조해 하기도 하고 슬퍼하거나 절망스러운 적이 산더미처럼 많이 있었다. 이 집에서 줄곧 기둥이 되어온 것은 어머니와 수전이다. 그러나 나도 조금은 도움이 되어 왔다고 생각하니 기쁘고 고맙기도 하다.

다행히 전쟁 뉴스는 계속 좋다. 프랑스군과 미군은 자꾸 독일군을 구석으로 몰아넣고 있다. 이따금 이토록 좋은 일이 언제까지나 이어질까 하고 걱정될 때도 있다—4년 가까이나 호된 꼴을 겪어 왔는걸. 이렇게 잇따른 성공이 믿어지지 않는 심정이 되기도 한다.

그러나 우리는 떠들썩하게 축하하지는 않는다. 수전은 여전히 국기를 달지만 모두 조용히 일을 진행시킨다. 크게 기뻐하기에는 너무 비싼 대가를 치러왔기 때문이다. 그 대가가 헛되지 않은 것을 다만 고마워할 뿐이다.

젬으로부터는 아무 소식도 없다. 그러나 우리는 희망을 지니고 있다—그밖에는 어떻게 할 마음도 되지 않기 때문이다. 그러나 섣불리 입 밖에 내지는 않지만, 그런 희망은 어리석은 일이라고 모두들 마음속으로 생각할 때가 있다. 몇 주일이 지나감에 따라 그런 때가 점점 더 자주 왔다. 더구나 영원히 모르고 말지도 모른다. 그렇게 생각하니 무엇보다도 괴롭다.

페이스는 어떻게 견디고 있을까 하는 생각이 든다. 페이스에게서 온 편지로 ㅂ호건대 그는 한순간도 희망을 버리지 않고 있다. 그러나 우리 모두와 마찬가지로 견딜 수 없는 절망에 잠기는 일도 있을 것이다.

1918년 8월 20일

캐나다군이 또 전투를 했으며 오늘 메러디스 씨한테로 칼이 가벼운 부상을 입어 입원하고 있다는 전보가 왔다. 어디를 다쳤는지는 씌어 있지 않아, 그런 일은 별로 없었으므로 우리 모두 걱정하고 있다.

요즘은 날마다 새로운 승리의 뉴스가 들어온다.

1918년 8월 30일

오늘 메러디스 씨네 집으로 칼의 편지가 왔다. 상처는 '아주 가벼운 것'에 지나지 않았다. 그러나 부상당한 오른쪽 눈이 영원히 볼 수 없게 되었다!

칼은 명랑하게 썼다.

'눈은 하나만 있으면 충분히 벌레를 관찰할 수 있습니다.'

그럴지도 모른다. 더 심한 일이 일어났었을 수도 있으니까! 양쪽 눈이었다면 어떻게 되었을까! 그러나 칼의 편지를 읽은 뒤 오후 내내 나는 울었다. 칼의 그 아름답고 두려움을 모르는 파란 한쪽 눈이 이렇게 사라져버리다니!

그래도 꼭 한 가지 마음의 위안이 되는 것이 있다―칼은 전쟁터로 돌아가지 않아도 되는 것이다. 퇴원하면 곧 돌아오기로 되어 있다―우리 마을 사람들 가운데에서는 귀환 제1호다. 나머지 사람들은 도대체 언제 돌아온단 말인가?

게다가 영원히 돌아오지 못할 이도 한 사람 있다. 적어도 돌아온다해도 우리에게는 보이지 않는다. 그러나 아, 틀림없이 있을 것이다. 우리 캐나다군 병사가 돌아올 때 그림자 군대도 함께 돌아온다―전사한 사람들의 군대가. 우리 눈에는 보이지 않겠지―그러나 모두 거기에 있을 것이다!

1918년 9월 1일

어제 어머니와 함께 샬럿타운으로 영화 '세계의 용사들'을 보러 갔다. 나는 어이없는 바보스러운 짓을 하고 말았다―아버지는 내가 죽을 때까지 놀려댈 것이다. 하지만 너무너무 사실 같았는걸―나는 너무 열중해서 눈 앞에서 일어나는 장면 말고는 모조리 잊어버렸다.

이윽고 곧 끝나갈 무렵, 손에 땀을 쥐게 하는 아슬아슬한 장면이 나타났다. 가녀린 여주인공이 자기를 잡아가려는 무서운 독일군에게 몸부림치며 저항하고 있었다. 나는 그 아가씨가 칼을 지니고 있음을 알고 있었다―위급할 때 쓸 수 있게끔 감추는 것을 보았던 것이다―그러므로 어째서 그 아가씨가 칼을 꺼내 그 지긋지긋한 녀석을 해치우지 않는지 알 수 없었다. 아마도 칼을 잊어버린 거라고 생각한 나는 그 장면이 최고조에 이르자 흥분하고 말았다. 사람들로 가득찬 극장 안에서 느닷없이 벌떡 일어나 목청껏 외쳤다.

"칼이 당신 양말 속에 있어요―칼이 당신 양말 속에 있다니까요!"

그 일대가 소란해졌다!

우스꽝스럽게도 내가 그렇게 말한 순간 아가씨는 칼을 움켜쥐더니 병사를 푹 찔러 죽이고 말았다!

극장 안 사람들이 모두 웃었다. 나는 제정신으로 돌아와 너무 부끄러워서 자리에 털썩 앉고 말았다. 어머니는 배꼽을 잡고 웃었다. 나는 어머니를 힘껏 흔들어주고 싶었다. 그런 바보짓을 하기 전에 어째서 나를 끌어앉혀 입을 틀어막아 주지 않았단 말인가. 어머니는 그럴 겨를이 없었다고 변명하신다.

다행히도 극장 안은 어두웠으며, 아마 나를 아는 사람은 아무도 없었을 것이다. 더구나 나는 지금까지 자신에 대해 분별과 자제심 있는 여자다운 사람이 되어 왔다고 여기고 있었던 것이다! 그런 바람직한 상태가 되려면 아직 멀었다는 게 이로써 확실해졌다.

1918년 9월 20일

동쪽에서는 불가리아가 강화 신청을 해오고, 서쪽에서는 영국군이 힌덴부르크 전선을 궤멸시켰다. 글렌 세인트 메리 마을에서는 브루스 메러디스가 나를 감탄케 하는 일을 했다―그 마음 뒤에 흘러 넘치는 애정 때문에 훌륭하다고 여겼다. 메러디스 아주머니가 오늘 밤 이곳에 와서 그 이야기를 해주었다―어머니와 나는 흐느끼며 울었고, 수전은 일어서서 벽난로 가장자리에 놓인 것을 덜그럭거리며 소란스러운 소리를 내고 있었다.

본디 브루스는 젬을 매우 좋아하여 지난 오랜 세월 동안 젬의 일을 결코 잊지 않았다. 브루스는 브루스 나름대로 먼디 못지않게 충실했다. 우리는 언제나 브루스에게 젬은 반드시 돌아온다고 말해 줬었는데, 어젯밤 카터 플래그네 가게에서 브루스는 노먼 더글러스 아저씨가 젬 블라이스는 돌아오지 않을 게 뻔하니 잉글사이드 사람들도 단념하는 게 좋을 거라고 단호하게 말하는 것을 들었던 모양이다. 브루스는 집에 돌아오자 울면서 잠들었다.

오늘 아침 메러디스 아주머니는 브루스가 뭔가 크게 결심한 듯한 슬픈 모습으로 자기의 소중한 아기 고양이를 안고 뒤뜰로 나가는 것을 보았다. 그 일을 안 아주머니는 그 뒤 그리 깊이 생각하지 않았는데, 잠시 뒤 브루스가 보기에도 처참한 얼굴로 들어와 스트라이피를 물에 빠뜨려 죽였다고 몸을 떨고 엉엉 울며 말했다. 놀란 메러디스 아주머니가 소리치며 물었다.

"왜 그런 짓을 했지?

"젬이 돌아오게 하려구요. 나는 스트라이피를 바치면 하느님이 젬을 돌아오게 해줄 거라고 생각했어요. 그래서 스트라이피를 물에 빠뜨려 죽인 거예요. 아, 어머니, 가슴이 아팠어요. 하지만 이제 하느님은 틀림없이 젬 형을 돌아오게 해주실 거예요. 스트라이피는 나의 가장 소중한 것이었거든요. 나는 젬을 돌아오게 해주신다면 스트라이피를 드리겠다고 하느님께 분명히 말했어요. 그러니 꼭 돌아오게 해주시겠지요, 어머니?"

메러디스 아주머니는 가엾은 브루스에게 뭐라고 말해야 좋을지 몰랐다고 한다. 제물을 바쳐도 젬은 돌아오지 않을는지도 모른다—하느님은 그런 식으로 하지 않는다는 말을 도저히 할 수 없었다. 아주머니는 브루스에게 소망이 곧 이루어진다고 생각하게 하면 안 된다, 얼마 동안 젬은 돌아오지 않을지도 모른다고 열심히 타일렀으나 브루스는 이렇게 말했다.

"1주일보다 더 오래 걸릴 리는 없어요, 어머니. 아, 어머니, 스트라이피는 퍽 좋은 고양이었어요. 예쁜 목소리로 가르랑거렸거든요. 틀림없이 하느님 마음에 쏙 드셔서 젬을 돌아오게 해주실 거예요, 그렇죠?"

메러디스 씨는 브루스의 신앙에 미칠 영향을 걱정하고 있고, 아주머니는 만일 이 소원이 이루어지지 않을 경우 브루스 자신에 미칠 영향을 걱정하고 있다. 나는 이 일을 생각할 때마다 울지 않고는 견딜 수 없을 것 같다. 너무나도 훌륭하고 슬프고—아름답기 때문이다. 헌신적인 귀여운 브루스! 그 아기 고양이를 무척이나 귀여워했었는데. 만일 이 희생이 헛되이 끝난다면—많은 희생이 헛되이 끝나고 있는 듯하므로—브루스는 가슴이 찢어지고 말 것이다. 왜냐하면 아직 나이가 어려 우리의 기도에 대해 하느님이 우리 뜻대로 무엇이든 다 들어주시지는 않는다는 것—또 우리가 사랑하는 것을 바쳐도 하느님이 교환조건으로 승낙하지는 않으신다는 걸 모르기 때문이다.

나는 조금 전까지 창가에 무릎을 꿇고 은은한 달빛을 받으며 오랫동안 하느님께 몇 번이나 되풀이하여 오로지 감사드리고 있었다. 어젯밤부터 오늘에 걸친 기쁨이 너무너무 가슴 벅차서 숨쉬기가 괴로울 정도다―너무 커서 우리의 심장으로는 지탱하기 어려울 정도다.

어젯밤 11시쯤 내 방에서 셜리에게 편지를 쓰고 있었다. 외출한 아버지 말고는 모두들 잠자리에 들어 있었다. 갑자기 전화 벨이 울렸으므로 어머니가 일어나기 전에 받으려고 나는 복도로 달려갔다. 장거리전화였다. 수화기를 들자 목소리가 들렸다.

"여기는 샬럿타운 전신국입니다. 블라이스 선생께 해외에서 전보가 와 있습니다."

셜리의 일이 머리에 떠올랐다―가슴의 고동이 멈췄다―그러자 상대방의 목소리가 들렸다.

"네덜란드에서 왔습니다."

전보문은 다음과 같았다.

지금 도착. 독일에서 도망쳐 왔음. 건강함. 제임스 블라이스.

나는 기절하지도 쓰러지지도 소리지르지도 않았다. 기쁘지도 놀라지도 않고 아무 느낌도 없었다. 월터가 입대한다는 말을 들었을 때와 마찬가지로 마비상태가 되었다.

내가 수화기를 내려놓고 멍하니 돌아서자 어머니가 방문 앞에 서 있었다. 전부터 입었던 장미꽃무늬 옷을 입고 머리를 굵게 하나로 땋아 뒤로 길게 늘어뜨리고 눈을 반짝이며 있었다. 마치 어린 아가씨 같았다.

"젬 소식이 온 거지?"

'어떻게 아셨을까? 수화기에 대고 나는 다만 "그렇습니다―네―

네" 하고 대답했을 뿐 다른 말은 한 마디도 하지 않았는데.'

어머니는 자신도 어떻게 알았는지 모르지만 막연히 느꼈다는 것이다. 잠이 깨었는데 전화 벨이 울려 '젬의 소식이로구나' 하고 생각했다고 한다.

"젬은 살아 있고―건강하며―네덜란드에 있어요."

어머니는 복도로 나와 말했다.

"아버지께 전화로 알려야 해. 위 글렌에 가셨으니까."

어머니는 침착했다―내가 기대했던 것과 전혀 달랐다. 하지만 나도 기대했던 것과는 전혀 달랐었으니까. 나는 올리버 선생님과 수전을 깨워 알렸다.

수전은 먼저―

"하느님 감사합니다."

그리고 다음에는 조금 뒤―

"먼디가 알고 있다고 내가 말했었지?"

그리고 마지막으로는 이렇게 말했다.

"아래층으로 가서 차를 끓여야겠어."

수전은 잠옷차림으로 아래층에 내려갔다. 그리고 차를 끓여 어머니와 올리버 선생님에게 갖다주었다―그러나 나는 내 방으로 돌아와 문을 잠그고 창가에서 무릎을 꿇고 울었다―그 멋진 소식이 왔을 때의 올리버 선생님과 똑같았다.

부활절 아침이 어떤 기분인지 드디어 나도 분명하게 알게 된 것같다.

1918년 10월 4일

오늘 젬에게서 편지가 왔다. 집에 와 닿은 지 여섯 시간밖에 안 되는데 너덜너덜해질 만큼 돌아가며 읽었다. 이 편지가 온 것을 여자 우체국장이 온 글렌 마을사람들에게 이야기했으므로, 소식을 들으려고 한 사람 빠짐없이 모두 우리 집에 몰려왔기 때문이다.

젬은 넓적다리에 중상을 입었다. 그래서 발견되어 포로가 되었지만 열에 들떠 있었으므로 자기에게 어떤 일이 일어났는지, 또 어디에 있는지조차 알지 못했다. 몇 주일 뒤, 가까스로 의식을 되찾아 편지를 쓸 수 있게 되었다. 그래서 편지를 쓰기는 썼지만—그러나 집으로 오지 않았다.

수용소에서는 그리 심한 취급을 받지 않았다—다만 먹을 것이 나빴을 뿐이다. 검은 빵 조금과 순무조림과 가끔 조금씩 나오는 검정 콩이 든 수프 말고는 아무것도 없었다. 그런데도 우리는 그동안 줄곧 날마다 세 끼씩 꼬박꼬박 사치스러운 식사를 해온 것이다!

젬은 부지런히 집에 편지를 보냈으나 답장이 오지 않는 것으로 보아 받지 못한 게 아닌가 하는 걱정이 들었다. 몸이 회복되자 곧 탈주를 꾀했으나 붙잡혀 다시 끌려갔다. 한 달 뒤 동료 한 사람과 또다시 탈주를 시도한 것이 마침내 성공하여 네덜란드에 닿은 것이었다.

젬은 집으로 곧 돌아올 수는 없다. 전보로 알려온 것만큼 건강하지 못했던 것이다. 상처가 완전히 낫지 않았으므로 영국 병원에서 다시 치료받아야만 했다. 그러나 부상은 나을 것이며 무사히 있으므로 머지않아 돌아갈 수 있다고 씌어 있었다. 아, 덕분에 모든 것이 얼마나 달라졌는지 모른다!

오늘 짐 앤더슨으로부터도 편지가 왔다. '영국' 아가씨와 결혼하고 제대 수속을 밟아 신부와 함께 캐나다로 돌아오고 있는 중이었다. 나는 기뻐해야 할지 슬퍼해야 할지 모르겠다. 신부가 어떤 사람이냐에 달린 것이다.

또 한 통의 편지를 받았는데 좀 이상한 내용이었다. 샬럿타운의 어느 변호사로부터 온 것으로, '고(故) 머틸더 피트먼 부인'의 재산에 대한 일로 급히 만나러 와달라는 것이었다.

피트먼 부인의 사망—심장마비를 일으킨 것이었다—소식은 2, 3

주일 전 신문에서 읽었다. 이 호출은 짐스와 관계된 일이 아닌가싶다.

1918년 10월 5일

오늘 아침 시내에 가서 피트먼 부인의 변호사를 만나고 왔다. 작은 몸집에 마른 사람으로, 세상을 떠난 의뢰인에 대한 말을 할 때 깊은 경의를 나타내는 것을 보니—그 또한 로버트나 어밀리어와 마찬가지로 피트먼 부인에게 절대 복종해 왔음이 분명하다. 변호사는 피트먼 부인이 돌아가시기 바로 전에 새로운 유언장을 작성했다고 한다.

피트먼 부인은 3만 달러를 남겼는데 대부분은 딸 어밀리어 채플리에게 주었다. 그러나 5천 달러를 짐스 몫으로 내게 맡긴 것이다. 이 자는 짐스의 양육비로 내가 해야겠다고 생각되는 알맞은 방법으로 쓰고 원금은 짐스가 만 20살이 되는 생일에 본인에게 주기로 되어 있다.

분명히 짐스는 행운을 타고난 아이다. 코너버 할머니 손에 걸려 시들어 죽어갈 뻔한 것을 내가 구해 주었다—디프테리아성 크루프로 죽을 뻔한 것을 메리 밴스가 구해 주었다—기차에서 굴러떨어졌을 때는 운이 좋아서 살아났다. 더욱이 양치류 덤불 속에 굴러떨어졌을 뿐만 아니라 이 기막힌 유산 속으로 떨어진 것이다. 피트먼 부인이 말했듯이, 그리고 나도 전부터 믿었듯이 짐스는 분명히 흔해빠진 여느 아이가 아니므로 장래의 운명도 시시하게 되지는 않을 것이다.

어쨌든 짐스에게 재산이 생겼다. 더구나 이 유산은 만일 짐 앤더슨 씨가 쓰고 싶어도 그렇게 할 수 없도록 되어 있다. 이제 새로 들어온 영국인 새어머니가 좋은 사람이기만 하면 내 전쟁고아의 앞날은 완전히 마음을 놓아도 될 텐데.

이 일을 로버트와 어밀리어는 어떻게 생각할까? 다음에 집을 비울 때는 단단히 창문에 못질을 할 것이다!

병사를 위하여

어느 일요일 오후—정확히 말하면 10월 6일 오후—릴러가 시의 한 구절을 인용해서 말했다.

"오늘은 '살을 에는 바람과 어두운 하늘'이구나."

너무 추워 거실 벽난로에 불을 피웠다. 활기찬 불꽃은 밖의 추위에 맞서 크게 타올랐다.

"선선한 10월이라기보다 매서운 11월 같아요. 11월은 정말 싫은 달이에요."

또다시 수전을 용서한 소피어와 마틴 클로 부인도 마침 와 있었다. 클로 부인은 일요일에 남의 집을 방문한 게 아니라 수전의 류머티즘 약을 얻으러 온 것이었다. 그편이 블라이스 선생님에게서 구하는 것보다 싸게 먹히기 때문이다.

소피어가 한숨을 쉬면서 예언했다.

"올해는 겨울이 일찍 오지 않을까 싶어. 연못 가장자리에 사향뒤쥐가 끔직이도 큰 집을 만들었으니 그것이 움직일 수 없는 증거야. 어머나, 이 아이는 어쩜 이리도 컸을까!"

아이가 크는 게 곤란한 일이기라도 한 듯 소피어는 또다시 한숨을 쉬고 말을 이었다.

"이 아이의 아버지는 언제쯤 돌아오지?"

릴러가 대답했다.

"다음 주에 와요."

소피어는 나직하게 한숨을 쉬며 말했다.

"계모가 가엾은 이 아이를 구박하지 않으면 좋겠군. 하지만 어렵지—어려워. 아무튼 이 아이는 어떤 곳이든지간에 다른 데서 받는 대우가 여기에서와는 다르다는 것을 틀림없이 느낄 거야. 릴러가 이제까지 줄곧 아이의 응석을 받아주어 멋대로 굴게 되고 말았으니까."

릴러는 미소 지으며 짐스의 곱슬머리에 뺨을 댔다. 명랑하고 착한 짐스가 멋대로 굴지 않는다는 것을 릴러는 잘 알고 있었다. 그러나 웃는 얼굴을 보이기는 해도 릴러는 내심 걱정되었다. 처음 보게 되는 앤더슨 부인에 대해 릴러도 여러 가지로 생각하며 어떤 사람일까 불안스러워하고 있었다.

'귀여워해 주지 않는 사람에겐 짐스를 넘길 수는 없어.'

릴러는 고집스럽게 생각했다.

"비가 올 모양이야. 올가을에는 이제까지도 무섭게 왔으니까. 밭농사를 짓는 사람들은 아주 힘들 거야. 내가 젊었을 때는 이런 일이 없었지. 10월이면 대개 날씨가 좋았어. 그렇지만 계절도 이제는 전과 전혀 달라졌어."

소피어의 그 음울한 목소리를 가로막고 느닷없이 전화 벨이 울렸다. 거트루드 올리버가 받았다.

"그렇습니다. 네? 뭐라고요? 정말인가요? 그것은 공식적인 건가요? 고맙습니다. 고맙습니다."

거트루드 올리버는 극적인 몸짓으로 방에 있는 사람들 쪽으로 돌아섰다. 검은 눈이 반짝이고 가무잡잡한 얼굴은 감동으로 불타오르고 있었다. 갑자기 두꺼운 구름 사이에서 해가 얼굴을 내밀고 창문

밖 새빨갛게 물든 단풍나무숲 너머로 비쳐 들어왔다. 그 반사된 빛은 이 세상 것이 아닌 불꽃이 되어 거트루드를 감싸고 거트루드는 신비스러운 멋진 의식을 행하는 여신처럼 보였다.

거트루드가 말했다.

"독일과 오스트리아가 강화를 제의했어요."

릴러는 잠시 정신이 이상해지고 말았다. 펄쩍펄쩍 뛰고 손뼉 치며 울고웃고 하며 방안을 춤추고 돌아다녔다. 클로 부인이 나무랐다.

"앉아라, 아가야."

클로 부인은 어떤 일에도 흥분한 적이 없으며 그 때문에 인생을 살아오면서 놓쳐버린 수고와 기쁨이 너무 컸다.

릴러가 외쳤다.

"아, 지난 4년 동안 절망과 걱정으로 방 안을 몇 시간이나 돌아다녔는걸요. 지금은 기뻐서 돌아다니는 거니 그냥 내버려두세요. 그 길고 괴로운 세월도 지금 이 순간을 누리기 위해 살아온 거예요. 다시 한번 살아도 보람이 있고 뒤돌아볼 가치가 있어요. 수전, 국기를 달아요. 그리고 이 뉴스를 온 글렌 사람에게 전화로 알려줘야지요."

짐스가 열심히 물었다.

"이제 설탕을 쓰고 싶은 만큼 얼마든지 써도 돼?"

그것은 평생 잊을 수 없는 오후였다. 그 반가운 뉴스가 퍼지자 흥분한 사람들이 온 마을을 뛰어다니다가 잉글사이드로 몰려왔다. 메러디스 집안사람들도 와서 저녁 식사를 다 함께 했다. 사람들은 저마다 이야기할 뿐, 남의 말에는 귀기울일 생각도 하지 않았다.

소피어는 독일과 오스트리아가 하는 말은 조금도 믿을 수 없으며 이것도 계략의 일부라고 했으나, 아무도 관심두지 않았다.

수전이 말했다.

"오늘 같은 일요일로 3월의 그 일요일을 메울 수 있겠군요."

거트루드 올리버는 릴러에게만 꿈꾸듯 말했다.

"정말 평화가 찾아온다면 모든 일이 따분하고 맥이 빠지지 않을까. 4년 동안이나 무서운 생각과 불안, 심한 패배, 깜짝 놀랄 만한 승리 속에 살아왔으니 말이야. 그 이하의 일은 어떤 것이라도 평범하고 하찮게 되고 마는 게 아닐까? 날마다 우편물 오는 걸 무서워하지 않아도 되다니 무척 묘하고—고맙고—조금은 따분해질 것 같아."

릴러가 말했다.

"아직 한동안은 걱정해야 할 거예요. 앞으로 몇 주일 동안은 진정한 평화가 아니니까요. 평온해질 수가 없는걸요. 그리고 그 사이에 뭔가 무서운 일이 일어나지 말라는 법도 없잖아요. 나는 흥분이 싹 식어버렸어요. 이기기는 했지만—아, 얼마나 비싼 대가를 치렀어요!"

거트루드는 조용히 물었다.

"자유의 대가로 치면 결코 비싼 게 아니야. 너무 비싸다고 생각해, 릴러?"

릴러는 작은 목소리로 대답했다.

"아니오."

릴러의 눈에 프랑스 싸움터에 서 있는 작고 흰 십자가가 떠올라 보였다.

"아니에요. 살아 있는 우리가 그 대가에 걸맞는 일을 하고 '신뢰에 보답한다'면 말이에요."

"신뢰에 보답할 거야."

거트루드는 이렇게 말하고 갑자기 일어섰다.

테이블을 둘러싼 모든 사람들이 순간 조용해졌다. 침묵이 흐르는 가운데 거트루드는 월터의 유명한 시 '피리 부는 사나이'를 낭송했다. 낭송이 끝나자 메러디스 씨가 일어나서 유리잔을 높이 들었다.

"말없는 군대를 위해—피리 부는 사나이의 부름에 따른 젊은이들을 위해 건배합시다. '우리의 내일을 위해, 그들은 오늘을 바친 것입니다.' 이 승리는 그들의 것입니다!"

신혼여행

11월 첫무렵 짐스는 잉글사이드를 떠났다. 릴러는 엉엉 울며 보냈으나 마음속에서는 불안감이 사라졌다. 짐 앤더슨의 두 번째 부인은 아주 인상 좋은 사람이었으므로 어머니로 얻게 된 짐은 참으로 운이 좋다고 저마다 놀랄 정도였다. 얼굴은 장밋빛이고 눈이 파란 제라늄 꽃잎처럼 동그랗고 깔끔하며 건전한 인품이었다. 한 번 보자 곧 릴러는 짐스를 맡겨도 믿을 만하다고 생각했다.

앤더슨 부인은 진심으로 기뻐하며 말했다.

"나는 어린아이를 무척 좋아해요. 아이들에게 익숙하답니다. 동생들이 여섯이나 있었으니까요. 짐스는 정말 귀여운 아이군요. 이토록 튼튼하고 의젓하게 키우다니, 아가씨도 대단하군요. 나는 이 애를 내 아이처럼 사랑스러워할 거예요, 아가씨.

짐에게도 바른 생활을 할 수 있게 하겠어요. 짐은 부지런히 일을 잘하는 사람이에요—다만 계속 일하도록 하고 돈을 잘 간수해 주는 사람이 필요해요. 우리는 마을에서 좀 떨어진 곳에 작은 농장을 빌려두었으므로 그곳에 자리잡을 예정이에요. 짐은 영국에 있고 싶어 했지만 내가 안 된다고 했어요. 나는 새로운 고장에 가보고 싶었고

전부터 내게 캐나다가 맞는다고 생각했었거든요."

"여기서 가까이 살게 되어 기뻐요. 이곳에 가끔 짐스를 놀러보내줘요. 나는 짐스가 귀여워 못견디겠으니까요."

"그렇겠죠, 아가씨. 이토록 귀여운 아이는 본 일이 없으니까요. 아가씨가 이 아이에게 어떻게 해주었는지 짐과 나는 잘 알고 있으니 결코 은혜를 저버리는 짓은 하지 않을 거예요. 아가씨가 바랄 때는 언제든 이리로 데려와도 좋아요. 또 이 아이를 키우며 어려울 때는 아가씨의 의견을 언제나 기꺼이 묻겠어요. 짐스는 어느 누구보다도 아가씨의 아이이므로 이 아이의 몫을 듬뿍 드리도록 하겠어요."

이리하여 짐스는 가버렸다―수프 그릇도 함께 가져갔지만 그 속에 들어앉아 가지는 않았다.

이윽고 휴전소식이 들려와 글렌 세인트 메리 마을까지도 들끓었다. 그날 밤 마을에서는 모닥불을 크게 피우고 카이저 상(像)을 만들어 불태웠다. 어촌 젊은이들은 모래 언덕 전체에 불을 질러 7마일에 걸친 장려한 큰불을 일으켜 보였다. 잉글사이드에서는 릴러가 웃으며 자기 방으로 뛰어올라갔다.

"이제부터 나는 더없이 여자답지 못한, 용서할 수 없는 일을 할 생각이야."

릴러는 모자상자에서 그 초록빛 벨벳 모자를 꺼냈다.

"이 모자의 형태가 없어질 때까지 온 방안을 걷어차며 다니려 해요. 살아 있는 한 이런 초록빛 모자는 두 번 다시 쓰지 않을 거예요."

올리버 선생이 웃으며 말했다.

"분명히 릴러는 맹세를 용감하게 지켜냈어."

릴러는 기쁜 듯 모자를 힘껏 걷어차며 말했다.

"용감한 게 아니에요―완전한 고집이었어요―부끄럽게 여기고 있어요. 다만 어머니에게 보이고 싶었을 뿐이에요. 자기 어머니에게 보이고 싶어하다니―정말 불효한 짓이죠! 하지만 해냈어요. 자기 자신에게도 떳떳하게 해보였어요!

아, 올리버 선생님, 지금의 나는 다시 어려진 듯한 기분이 들어요—어리고 경솔하며 바보스럽게 여겨져요. 나는 11월이란 싫은 달이라고 한 일이 있죠. 당치 않아요. 1년 가운데 가장 멋진 달이에요.

들어보세요, '무지개 골짜기'에서 방울소리가 딸랑딸랑 울려오고 있어요! 이토록 똑똑히 들린 것은 처음이에요. 저 방울은 새로운 평화와 행복과 지금 다시 우리들의 것이 된 그립고 아름다우며 올바르고 가정적인 모든 것을 축하하여 울리고 있는 거예요, 선생님.

지금 내가 제정신이라는 건 아니에요—그런 체하지도 않겠어요. 오늘은 온 세계가 미친 듯한 흥분을 마음껏 일으키고 있는걸요. 곧 차분해질 거예요—그리고 '신뢰에 보답하여'—새로운 세계 건설에 착수하는 거예요. 하지만 오늘만은 아이처럼 기뻐하기로 해요."

햇빛이 반짝이는 밖에서 수전이 아주 만족스러운 표정으로 들어와 보고했다.

"하이드가 없어졌어요."

"없어졌다고요? 죽었다는 말인가요, 수전?"

"아니에요, 마님. 죽지 않았어요. 하지만 다시는 그 고양이를 볼 수 없을 거예요. 틀림없어요."

"그런 수수께끼 같은 말 하지 말아요, 수전. 그 고양이가 어떻게 되었다는 거죠?"

"실은 마님, 오늘 오후 그 고양이는 뒷문 층계에 앉아 있었어요. 마침 휴전 협상이 이루어졌다는 뉴스가 들어온 바로 뒤였는데, 그 고양이는 하이드 가운데 최고로 거친 하이드처럼 사나운 모습으로 앉아 있었어요. 정말 무서운 모습이었어요.

그런데 브루스가 죽마(竹馬)를 타고 부엌 모퉁이를 돌아왔어요. 요즘 죽마 타는 법을 알게 되어 얼마나 잘 타는지 내게 보이려고 온 것이지요. 하이드는 그 모습을 언뜻 보자마자 단숨에 뒤뜰 울짱을 훌쩍 뛰어넘어 귀를 뒤로 눕히고 단풍나무숲을 쏜살같이 달려가버렸어요. 동물이 그렇게 겁먹은 것은 처음 보았어요, 마님. 그 뒤로 돌아오지 않아요."

"어머나, 돌아올 거예요, 수전. 아마 무서운 생각을 한 덕분에 얌전해져서 돌아올 테죠."

"이제 알게 되겠죠, 마님—곧 알게 될 거예요. 아시겠어요, 휴전 협약이 된걸요. 그래서 생각났는데, 어젯밤 '달에 구레나룻'이 뇌일혈로 쓰러졌다나봐요. 벌을 받은 것이라고는 말하지 않겠지만요. 뭐, 나는 하느님의 의논상대는 아니니까요. 하지만 내게는 나만의 생각이 있는 법이지요. '달에 구레나룻'의 일도 하이드의 일도 글렌 세인트 메리 마을에서는 그리 사람들 입에 오르내리지 않게 될 게 분명해요."

분명히 하이드의 소식은 없었다. 무서워서 돌아오지 않거나 하는 일은 없을 것이므로 틀림없이 총에 맞았든가 독이 든 것을 실수로 먹었든가 하는 비참한 운명에 빠졌을 거라고 잉글사이드에서는 생각했다. 수전만은 그렇게 생각지 않고 '본디 살던 곳으로 돌아간 것'에 지나지 않는다고 주장했다. 릴러는 슬퍼했다. 위엄 있는 황금빛 고양이를 매우 귀여워했기 때문이다. 기분 나쁜 하이드일 때도 얌전한 지킬일 때 못지않게 좋아했었다.

수전이 말했다.

"마님, 대청소도 끝났고 뜰의 채소도 모두 지하실에 잘 저장되어 있으니 평화조약의 축하로 나는 신혼여행을 갔다 왔으면 해요."

"신혼여행이라고요, 수전?"

수전은 똑같은 말을 되풀이했다.

"네, 마님, 신혼여행이에요. 나는 남편을 맞을 수는 없겠지만, 그렇다고 뭐 모든 것을 다 손해봐야 한다는 법은 없잖겠어요? 그래서 신혼여행을 갈 생각이에요. 샬럿타운에 사는 남동생과 동생네 가족을 찾아가보려고 해요.

올케가 가을부터 줄곧 앓고 있는데, 죽을지 살지 아무도 모른답니다. 올케는 무엇을 하든간에 다 끝날 때까지는 절대로 남에게 이야기하지 않는 성격이니까요. 우리 집안에서 그녀를 싫어하는 것은 그것이 주된 원인이지요. 하지만 신중하게 병문안을 꼭 갔다 와야겠다고 생각해요.

시내에서 하루 이상 묵었던 일은 20년 동안 없었고, 게다가 크게 소문난 영화도 보아두는 편이 좋을 것 같다는 생각이 들어요. 시대에 아주 뒤떨어지면 곤란하니까요. 그러나 그런 일에 흥분하지는 않으니 걱정하지 않아도 돼요, 마님. 휴가를 주실 수 있다면, 2주일 동안만 집을 비웠으면 해요."

"사실 수전은 천천히 여유롭게 휴가를 지낼 만한 자격이 있어요. 한 달 동안으로 하는 게 좋겠어요. 그편이 신혼여행에 알맞아요."

"아니에요, 마님, 2주일이면 충분해요. 게다가 적어도 크리스마스 3주일 전에는 돌아와 준비를 시작해야 하거든요. 올해는 그 어느 때보다 즐거운 크리스마스가 될 테니까요, 마님. 우리 집 도련님들이 크리스마스 때는 돌아올 수 있을까요?"

"아니에요, 못 돌아올 거예요, 수전. 젬도 셜리도 너무 바빠서 봄이 되기까지는 갈 수 없을 것 같다는 편지를 보내왔어요—셜리는 한여름에나 돌아올지도 몰라요.

하지만 칼은 돌아올 테고, 낸과 다이도 돌아올 테니 다시 한번 떠들썩하게 축하를 하기로 해요. 다 함께 앉을 자리를 준비하기로 해요, 수전. 전쟁이 시작된 뒤 처음 맞은 크리스마스에 수전이 했듯이—그래요, 식구 모두의 자리를—영원히 비어 있을 내 소중한 아들의 의자도 다른 사람들 것과 똑같이 준비하기로 해요, 수전."

"그 아이 자리를 내가 잊을 리 있겠어요, 마님."

수전은 눈물을 닦으며 '신혼여행' 짐을 싸러 방에서 나갔다.

오, 릴러 나의 릴러!

크리스마스 바로 전에 칼 메러디스와 밀러 더글러스가 돌아왔다. 글렌 세인트 메리 마을에서는 로브리지에서 빌려온 브라스밴드와 집에서 만든 환영 플래카드를 들고 역으로 마중 나갔다.

밀러는 목발을 짚었는데도 씩씩한 몸짓으로 싱글벙글 환한 얼굴을 보이고 있었다. 어깨가 떡벌어진 당당한 모습을 한 사나이가 되어 있었다. 가슴에 단 훈장을 보고 미스 코닐리어는 그 집안의 부족함을 너그러이 보아, 메리와의 약혼을 말로는 하지 않았지만 속으로는 허락해 주기로 어느 정도 마음이 꺾여 있었다. 의기양양한 메리의 태도는 그야말로 굉장했다. 카터 플래그가 밀러를 우두머리 점원으로 채용했을 때에는 특히 야단스러웠다. 그러나 그것을 나쁘게 생각하는 사람은 없었다.

메리는 릴러에게 말했다.

"물론 이렇게 되면 우리에게는 농사일이 문제가 아니니까. 하지만 밀러는 다시 조용한 생활에 익숙해지면 가게경영이 자기 마음에 썩 드는 일이 되리라 여기고 있고, 플래그 씨 쪽이 키티 아주머니보다 훨씬 붙임성 있는 주인이잖니.

우리는 가을에 결혼식을 올리고 내다지창문과 이중지붕이 있는 전의 미드 씨네 집에서 살기로 했어. 그 집을 나는 전부터 글렌 마을에서 가장 멋지고 여겼었는데, 설마 내가 살게 되리라고는 꿈에도 생각지 못했어. 물론 우리는 빌려 쓰는 것이지만, 모든 일이 우리 뜻대로 잘 되어 플래그 씨가 밀러를 공동경영자로 해준다면 언젠가는 우리들 것이 될 거야.

릴러, 나도 출세했잖아? 옛날의 나를 생각하면 말이야. 한번도 가게주인 부인이 되고 싶다는 생각을 한 적은 없지만. 밀러는 야망에 넘치는 남자란다. 나는 아내로서 내조를 다할 생각이야. 밀러가 말하는데, 프랑스 아가씨 가운데 뒤돌아볼 만한 사람은 하나도 없었고 그곳에 가 있는 동안 줄곧 나만 생각했다지 뭐니?"

1월에는 제리 메러디스와 조 밀그레이브가 돌아왔다. 그 겨울 동안에 글렌 마을과 그 근처에서 출정한 사나이들이 두셋씩 돌아왔다. 나갈 때와 똑같은 모습으로 돌아온 사람은 하나도 없었다. 다행히 부상을 면한 사람들조차도 그러했다.

잉글사이드 잔디밭에 하얀 수선화가 피고 '무지개 골짜기'의 시냇물 둑에 보랏빛 제비꽃이 아름답게 피어 있는 어느 봄날, 완행열차가 한가로이 글렌 마을 역으로 들어왔다. 그 기차로 글렌 마을에 오는 승객은 좀처럼 없으므로, 마중 나간 사람은 새로 부임한 역장과 검고 누런 작은 개뿐이었다.

4년 반 동안 이 개는 부옇게 일어나는 수증기를 토해내며 이 마을로 들어오는 기차를 한 번도 빠짐없이 마중해 왔다. 몇 천 번이나 오가는 기차를 마중했는데도 먼디가 애타게 기다리는 사람은 돌아오지 않았다. 그래도 먼디는 희망을 버리지 못하고 애타는 눈으로 계속 지켜보고 있었다.

비록 개였지만 때로는 마음이 꺾여질 때도 있었을 것이리라. 눈에 띄게 늙어버렸고 류머티즘에 걸려 있었다. 기차가 가버린 뒤 자기 집으로 돌아가는 먼디의 걸음걸이는 이제 아주 조용했다. 지금은 결코 껑충껑충 뛰거나 하지 않고 머리를 맥없이 떨어뜨리고 느릿느릿 걸었으며, 축쳐진 꼬리에는 거만하게 빳빳이 들고 다니던 그 전 밝았던 모습이 온데간데없었다.

이 기차에서 단 한 사람의 손님이 내렸다. 키가 후리후리한 사나이로, 빛바랜 중위 군복을 입고 눈에 띨까말까할 정도로 다리를 절고 있었다. 얼굴은 구릿빛으로 그을리고 이마 언저리에 늘어진 붉은 곱슬머리에는 흰 머리칼이 섞여 있었다.

새로 부임해온 역장은 신기한 듯 이 사나이를 빤히 바라보았다. 군복차림의 병사들이 기차에서 내리는 것은 자주 보아온 광경으로, 어떤 사람은 떠들썩하게 많은 사람들이 마중했으며, 또 돌아오는 깃을 알리지 않은 사람은 이 병사처럼 조용히 내려왔다. 그러나 이 병사의 태도와 얼굴에는 어떤 위엄이 있어 거기에 마음이 끌린 역장은 대체 누구일까 얼마쯤 흥미를 느꼈다.

이 역장의 곁을 검고 누런 얼룩무늬가 바람처럼 쏜살같이 홱 지나갔다. 먼디의 몸이 굳어졌다고? 먼디가 류머티즘이라고? 먼디가 늙었다고? 그런 것은 믿을 수 없었다. 먼디는 너무너무 기뻐서 다시 젊어져 미칠 듯이 된 강아지였다.

먼디는 그 키 큰 병사에게 덤벼들어 컹컹 짖었는데, 그 소리는 너무 기뻐 목에 걸려버렸다. 먼디는 뒹굴고 정신없이 몸부림치며 환영하는 마음을 실컷 나타내려 했다. 병사의 군복 다리에 기어오르려다가는 떨어져 기쁨에 숨이 막히고 그 작은 몸이 산산조각나지 않을까 여겨질 만큼 땅바닥에 몸을 비벼댔다. 병사의 장화를 핥았다.

중위가 입으로는 웃고 눈에는 눈물이 글썽해지며 가까스로 안아올리자 먼디는 군복 어깨에 목을 올려놓고 짖는 건지 흐느껴우는 건지 알 수 없는 묘한 소리를 내며 햇빛에 그을린 목을 핥았다.

먼디의 이야기는 역장도 들어 알고 있었다. 그제야 역장은 이 귀환

병이 누구인지 알았다. 드디어 먼디의 오랜 불침번은 끝났다, 젬이 돌아온 것이다.

릴러는 1주일 뒤 일기에 이렇게 썼다.

우리는 모두 기쁘고 슬프고 고마워하고 있다. 하긴 수전은 아직도 회복되지 않았다—종일 일하여 피로했던 날이라 남아 있는 것으로 그럭저럭 저녁준비를 한 그날 저녁, 젬이 돌아왔을 때 그 순간 느꼈던 놀라움은 영원히 회복되지 않으리라 여겨진다. 나로서는 지금도 수전의 모습을 잊을 수 없다. 수전은 저장식품을 싹 다 긁어모으려고 식료품실에서 지하실로 헐레벌떡 뛰어다녔다. 식탁에 무엇이 놓여 있는지 아무도 마음을 쓸 겨를이 없는데도—아무튼 그때는 아무도 음식을 먹을 수 없었다. 젬을 보고 있는 것만으로도 가슴이 벅찼고 배는 고프지 않았다. 어머니는 다시 사라져버리기라도 하면 큰일이라는 듯이 결코 젬으로부터 눈을 떼지 않았다.

젬이 돌아와 정말 기쁘다. 그리고 먼디도 건강하게 돌아와 다행이다.

먼디는 잠깐 동안도 젬 곁을 떠나려 하지 않았다. 젬의 침대 발치에서 자고 식사 때는 어김없이 옆에 앉는다.

일요일에는 교회에 함께 가 무슨 일이 있어도 우리들 자리로 오려고 고집을 피웠다. 잠자리에 들어가자 먼디는 젬의 발치에서 잠들어버렸다. 한번은 설교하는 도중 잠이 깬 먼디가 젬의 환영을 처음부터 다시 해야 한다고 생각했던지 벌떡 일어나서 계속 짖어댔으나 젬이 안아올리자 다시금 조용해졌다.

그러나 아무도 마음에 두지 않는 듯했으며, 메러디스 씨는 예배가 끝난 뒤 우리들 있는 곳으로 와서 먼디의 머리를 쓰다듬어주며 말했다.

"신뢰와 애정과 성실은 어디에 있든 고귀하고 소중한 것입니다. 이 작은 개의 애정은 보물입니다.”

어느 날 밤 젬과 ‘무지개 골짜기’에서 이야기하다가 나는 전선에서 무섭다고 생각한 적 있느냐고 물어보았다.

젬은 웃었다.

“무섭더냐고? 몇 번이나 그런 생각을 했었는지 몰라. 무서워서 털 끝이 곤두서는 것 같았어. 월터가 무서워하는 것을 보고 언제나 비웃었던 바로 내가 말이야. 알고 있니? 월터는 전선에 나간 뒤 결코 무서워하지 않았어. 월터는 두려운 ‘현실’에는 결코 겁먹지 않았어. 월터를 겁먹게 하는 것은 자기 상상력뿐이었어. 월터의 연대장이 말했는데 월터가 연대에서 가장 용감했었대.

릴러, 나는 집에 돌아올 때까지 정말 월터가 죽었다고 받아들일 수 없었어. 지금 월터가 없어 얼마나 쓸쓸한지 몰라—집에 있던 사람들은 어떤 점으로는 익숙해졌겠지—그러나 내게는 모든 게 새로워. 월터는 나와 함께 컸고, 형제인 동시에 친구이기도 했지. 그래서 지금 이렇게 어렸을 때 좋아했던 이 오래된 골짜기에 있으니 다시는 월터를 만날 수 없다는 사실이 뼈저리게 느껴져.”

젬은 가을에 대학으로 다시 돌아간다. 제리와 칼도 마찬가지다. 셜리도 그러리라 여겨진다. 셜리는 7월에 돌아올 예정이다. 낸과 다이는 선생님을 계속할 것이다.

페이스는 9월이 되어야 돌아온다. 돌아오면 페이스도 선생님이 되는 게 아닐까 한다. 젬이 의과대학을 졸업한 뒤가 아니면 두 사람은 결혼할 수 없으니까.

우나는 킹스포트에서 가정과를 공부하기로 결정한 듯하다. 올리버 선생님은 사랑하는 소령님과 결혼하게 되어, 마음껏 기뻐하고 있다. ‘부끄러운 줄도 모르고 기뻐하고 있다’고 그녀 자신도 말한다. 그러나 선생님의 태도는 참으로 훌륭하다고 생각한다. 모두들 장래 계획이며 희망을 이야기하고 있다—전보다 가라앉아 있긴 하지만, 그래도 몇 해의 공백이 있었음에도 굽히지 않고 힘껏 살아가려는 열의와 결심이 엿보인다.

젬이 말했다.

"우리는 지금 새로운 세계에 있는 거야. 그것을 거쳐온 본디 세계보다 더 좋은 세계로 만들어야만 해. 그것이 앞으로 우리가 할 일이야. 이미 끝났다고 여기는 사람도 있는 것 같지만, 사실은 끝나지 않았어. 아직 시작조차 하지도 않았어. 옛 세계는 망하고 우리는 새로운 세계를 이룩해야만 해. 물론, 몇 년이나 걸리는 일이야.

나는 전쟁이라는 것을 충분히 보고 겪어왔으므로 전쟁이 일어날 수 없는 평화로운 세계를 만들어야 한다는 것을 알게 되었어. 우리는 군국주의에 치명상을 주기는 했지. 그러나 그것은 완전히 죽지 않았고 이것은 독일에만 한정된 일도 아니야. 낡은 정신을 쫓아내는 것만으로는 부족해. 새로운 정신을 끌어들여야 하는 거야."

내가 이 젬의 말을 일기에 써두는 것은 때때로 다시 읽어보고 '맹세를 지키는 일'이 어렵게 느껴졌을 때 힘을 얻기 위해서다.

릴러는 후유 한숨을 깊이 내쉬며 일기를 덮었다.

이때의 릴러는 맹세를 지키는 것이 버거운 상태에 있었다. 다른 사람들은 모두 삶에서 이룩할 특별한 목적이며 계획을 가지고 있는 듯 보였다. 릴러에게는 아무것도 없었다. 릴러는 너무나 쓸쓸해 견딜 수 없었다. 젬은 돌아왔다. 그러나 1914년 출정할 무렵 잘 웃는 어린아이 같은 오빠가 아니라 지금은 페이스의 것이 되어 있다. 월터는 영원히 돌아오지 않는다. 짐스까지 곁을 떠나고 없다.

갑자기 그녀의 세계가 휑하니 공허하게 여겨졌다. 텅 비어 있는 듯 생각되기 시작한 것은 어제 몬트리올 신문에서 2주일 전에 돌아온 병사들의 명부를 쭉 보다가 케니스 포드 대위의 이름을 발견한 뒤부터의 일이었다.

'그렇다면 켄은 돌아와 있었구나. 그런데 돌아온다는 편지도 보내지 않다니. 캐나다에 돌아온 지 2주일이나 되었는데 내게 아무 소식도 없었어. 켄은 까맣게 잊어버리고 만 거야. 잊었다 해도—악수—키스—눈짓—지나가는 감정에 지배되었을 뿐인 힘없는 약속—이정도의 일밖에 없지만. 모든 것이 다 어리석다. 나는 어리숙하고 로맨틱하며 미숙한 바보였던 것이다. 좋아, 이제부터는 좀 더 현명해지자. 아주 영리하고 신중해져야지. 그리고 남자들이며 그들의 태도를 마음껏 경멸해 줄 테다.

나도 우나와 함께 대학에 가서 가정과 공부를 하는 편이 좋을 것 같아.'

릴러는 자기 방 창가에 서서 이런 생각을 하며 '무지개 골짜기'의 연한 에머랄드 빛 칡덩굴이 얽혀 있는 사이를 내려다보고 있었다. 지금으로서는 가정과에 그리 매력을 느끼지 않았지만, 새로운 세계를 이룩할 일을 앞두고 여자로서 무언가 해야만 했다.

현관 벨이 울렸다. 릴러는 내키지 않는 마음으로 층계 쪽으로 갔다. 나가 보지 않을 수 없다—집에는 릴러 말고는 아무도 없었기 때문이다. 그러나 이때의 릴러는 낯선 손님은 생각만 해도 싫었다. 천천히 내려가 현관문을 열었다.

층계에 군복 입은 사나이가 서 있었다. 키 크고 눈과 머리가 검었으며 가늘고 흰 흉터가 햇빛에 그을린 볼에 나 있었다. 릴러는 한순간 얼빠진 표정으로 그 사나이의 얼굴을 뚫어져라 바라보았다. 도대체 누구일까?

알고 있을 텐데—이 사나이에게는 어딘가 몹시 눈익은 느낌이 있었다—그 사나이는 말했다.

"릴러 마이 릴러."

"켄!"

릴러는 숨이 멎을 것 같았다. 물론 켄이었다—그러나 무척 나이들어 보였고—매우 달라졌으며—게다가 그 흉터—눈과 입 언저리에 있는 주름살—릴러의 머리는 걷잡을 수 없이 혼란스러워졌다.

켄은 릴러가 내미는 떨리는 손을 잡고 지그시 릴러를 바라보았다. 4년 전 가냘팠던 릴러는 이제 어느 정도 균형이 잡히고 통통해졌다. 출정했을 때에는 여학생이었는데 이제는 어엿한 여성이 되어 있다—멋진 눈과 윤곽이 또렷한 입술과 장밋빛 볼을 지닌 여성—아름답고 바람직한 여성—켄이 오랫동안 꿈에 그렸던 여성이 되어 있었다.

켄은 뜻있게 물었다.

"릴러 마이 릴러, 나의 릴러?"

릴러는 진한 감동으로 머리 끝에서 발 끝까지 떨렸다.

기쁨—행복—슬픔—걱정—이 긴 4년 동안 그녀의 마음을 아프게 한 온갖 감정이 가슴 밑바닥에서부터 차오르며 순간 릴러의 마음에 왈칵 밀려온 듯싶었다. 릴러는 말을 하려 했다. 그러나 목이 메여 처음에는 도무지 목소리가 나오지 않았다. 이윽고 릴러는 혀 짧은 소리로 대답했다.

"그려요."

Lucy Maud Montgomery
ANNE OF GREEN GABLES
《ANNE》의 에피소드

고아 아닌 고아 앤

　앤의 커다란 눈은 순진하며 호기심에 넘친다. 그것은 세계를 응시하고 작은 일에도 기쁨을 발견한다. 그리고 풍부한 상상력이 그 기쁨을 몇 배로 더해 준다. 역경에 놓였을 때 상상력은 언제나 앤의 강력한 편이었다. 그린게이블즈에 오기까지 지루한 나날들은 상상력이 없었다면 견딜 수 없을 만한 것이었다.

　하늘이 내려 준 앤의 상상력은 때때로 주인을 조종하는 일도 있다. 흐느껴 우는 앤에게 머릴러가 이유를 묻자, 앞으로 다이애너가 결혼할 것을 상상하니 그 슬픔에 가슴이 찢어질 듯하다고 말한다. 머릴러는 소리내어 웃는다.

　그리고 앤은 다이애너와 갖가지 무서운 상상으로 만든 '도깨비숲'이 두려워 소름끼쳐 한다. 감정이 풍부한 앤은 기쁨도 슬픔도 폭풍과 같다. 좋은 일이 있으면 하늘에라도 껑충 뛰어오를 듯하지만 다음날에는 완전히 바뀌어 '고뇌의 구렁텅이'에 끝없이 떨어지는 일도 있다. 머릴러는 몹시 걱정하지만 앤의 마음은 부드럽게 흘러가는 강물과 같다. 잠시 깊은 슬픔에 빠져도 이윽고 어김없이 웃는 얼굴로 되돌아가는 것이다.

　한편 자존심 강한 앤은 절대로 상처받는 일을 참지 못한다. 마음이 맞지 않는 조지 파이에게 도전받은 앤은 명예를 걸고 무모하게도 배리네 지붕 위를 걷다가 보기좋게 떨어져 발목을 삐게 된다. 변변치 못한 자존심은 지켰지만 심한 통증과 오랫동안 지루한 요양생활을 해야 하는 괴로운 일에 부딪친다.

그래도 앤은 후회하지 않는다. 차가운 비에 고개를 떨구어도 태양이 구름 사이로 살짝 나타나면 피고 지는 꽃 같은 앤의 강인함은 아랑곳하지 않고 얼굴을 든다. 그것은 어디에서 솟아오르는 것일까? 앤이 세상을 사랑하고 있기 때문일 것이다. 아무리 침울해도 세상은 아름답고 즐겁게 빛나고 있다. 그것을 느끼는 마음을 열어 둔다면 어떤 상처도 곧 치유되는 것이다.

몽고메리는 '길 잃은 어린이들'에 대한 이야기를 많이 썼다. 그녀의 어떤 소설을 보든 등장인물 가운데 적어도 고아가 한 사람쯤은 있다. 《그린게이블즈 빨강머리 앤》은 몽고메리의 혈연인 파스 맥닐이 엘런이라는 소녀를 입양한 실제 사건을 바탕으로 하고 있다. 엘런은 '구제받지 못할 만큼 평범하며 지루할 만큼 조용한 여자아이'였으나, 1908년판 표지그림의 옆얼굴과 많이 닮은 인물이었다.

앤이라는 주인공은 거의 실제로는 있을 수 없을 만큼의 예외적인 고아이다. 앤은 명석하고 낙관적이다. 또한 지적이면서도 적극적이고 버릇이 좋다. 시간이 지나면서 몽고메리는 현실적인 경향을 취하게 된다. 《무지개골짜기》《아들들 딸들》에서는 건방지고 상처입은 메리 밴스가 등장한다. 메리는 앤을 마구 공격적으로 만든 것 같은, 말하자면 앤의 그림자 같은 면을 가진 인물이라 할 수 있다.

《그린게이블즈 빨강머리 앤》을 읽으면 고아에 대한 의문이 여러 가지로 떠오르게 된다. 어째서 고아는 이 섬이 아닌 노바스코샤의 고아원으로부터 오는 것일까? 그런 약한 처지의 어린이들을 지켜주는 사람이 있었을까? 그렇듯 간단하게 앤을 블뤼엣 부인의 손에 넘겨버릴 수 있는 것일까?

《그린게이블즈 빨강머리 앤》을 포함하여 몽고메리가 어린이들의 이야기를 쓰는 데 있어 의도한 것은, 약한 처지에 있는 어린이에 대한

건초 가을이면 프린스 에드워드 섬 들판 어디서고 흔히 볼 수 있는 둥글게 말아 놓은 양질의 마른 풀.

어른들의 태도를 고치고, 어린이 한 사람 한 사람의 존재가 무엇과도 바꿀 수 없다고 하는 인식에 이르게 하려는 것이었다. 그리하여 몽고메리는 18세기에 시작하여 그녀의 시대까지 이어졌던 고아나 가난한 어린이들을 값싼 노동력으로 생각하는 태도를 추방하려 한 것이었다.

고아원에서 그린게이블즈로 보내진 여자아이는 행동이 괴상한데다 화를 잘내는 편이다. 처음에는 그런 소문이 났지만 학교에 다니기 시작한 앤은 곧 모든 사람들에게 사랑받는 사람이 되었다.

어쨌든 앤이 있으면 수업도 놀이도 한층 즐거워진다. 앤의 맑은 목소리가 합창이나 낭독에 빠져서는 안 되며 타고난 상상력은 소꿉놀이를 하는 화목한 분위기다. 앤은 좋은 선생님을 만나 공부에 힘쓰고 잠재되어 있던 풍부한 재능을 꽃피운다.

그 무렵 가난한 어린이(고아든 아니든)는 정식으로 교육받을 수 없는 것이 보통이었다. 교육은 돈을 주고 개인적으로 교사를 고용하거나 여러 가지 종파의 교회가 제공했다. 로마 가톨릭에서는 수녀나 사제가 어린이에 대한 교육을 맡았다. 영국 국교회와 개신교 각파는 부랑아를 교육하기 위한 자선학교를 세웠다.

그러나 이런 어린이들은 앞날에 힘든 노동이 기다리고 있어 사실은 아주 기초밖에 배울 수 없었다. 종교계 사람들은 구약성서에 "종들이 숲의 나무를 베고 개울의 물을 긷는다(신명기 29 : 11)"는 말씀을 근거로 가난한 사람들을 하층계급에 묶어두려고 했다.

오히려 동물의 행복에 대한 관심이 어린이에 대한 행복보다 먼저 생겼다. 1822년 동물을 보호하는 규제가 영국과 노바스코샤에서 시행되었다. 또 1824년 노바스코샤 동물보호협회가 설립되었다. 그러나 보호받지 못하는 어린이에 대한 관심이 일반인들에게 퍼진 것은 1850년대 이후의 일이었다.

1880년에는 노바스코샤의 주법(州法)으로 학대받는 어린이, 방치된 어린이에 대처하도록 결정되었다. 동물애호협회가 열여섯 살 이하의 어린이를 구호하는 역할을 맡고 나섰다. 1888년에는 그들이 처리한 사례의 3분의 2가 어린이와 가족에 대한 것이었다.

이같이 동물이 어린이보다 중요했으므로 "블뤼엣 부인 같은 사람에게는 비록 개나 고양이라 하더라도 내가 소중하게 여기는 것을 줄 수 없어"라는 매슈의 대사나 《무지개골짜기》의 메리 밴스가 "최근 4년 동안 지내온 생활은 개만도 못해"라고 푸념하는 것도 이해가 갈 것이다.

다른 몽고메리의 작품과 달리 《만남》에서는 개도 고양이도 나오지 않는다. 고아인 여주인공은 초목이나 길 따위에 이름을 붙이고 다니지만 이름을 지어주는 동물은 거의 없다.

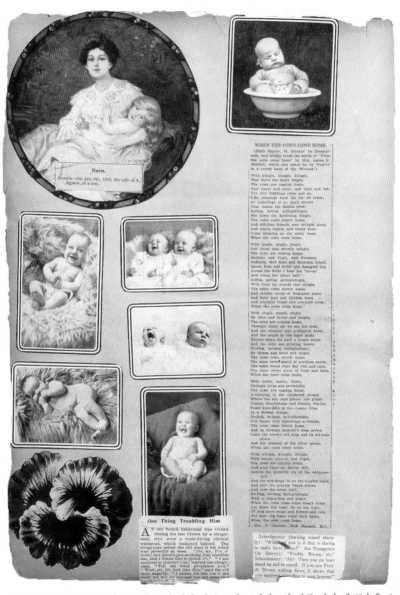

모드의 〈스크랩북스〉 '아기' 모드의 16세 시절 친구 로라 프리처드의 아들 아기 때 모습을 스크랩하였다. 작품 속 앤의 첫째 딸은 낳자마자 죽고, 젬, 월터, 다이, 낸, 셜리, 릴러 등 6명의 아이들이 태어난다. 앤은 첫째 딸 조이의 죽음을 마음속에서 내려놓지 못한다.

《아들들 딸들 *Rilla of Ingleside*》(1921) 초판본 표지

《그린게이블즈 빨강머리 앤》에 나오는 '호프타운'의 고아원은 1857년에 설립된 핼리팩스 고아원이 그 모델이다. 이곳에는 세 살에서 열한 살까지의 어린이가 수용되었고, 그들에게 똑같은 제복을 입혔다. 어린이들은 모두 시설의 일을 도왔다. 시설을 떠난 고아들에 대한 추적과 감독은 대개 하지 않았다.

앤의 시대에는 유아사망률이 높았다. 가정에서 애정에 싸여 자라는 어린이도 마찬가지였다. 그러한 형편이니 시설에 있는 갓난아기들의 위험은 더욱 컸다. 몽고메리의 《아들들 딸들》은 배경이 제1차 세계대전인데, 릴러의 아버지이고 의사인 길버트가 전쟁고아는 호프타운에서 살아남을 수 없을 것이라고 말한다. 이것은 확실히 핼리팩스의 고아원을 가리키고 있는 것이다.

프린스 에드워드 섬은 농업 지역으로 언제나 농사를 도와 줄 일손이 필요했다. 그러므로 다른 지역에서 고아를 데려오는 편이었고 1907년까지는 자체 고아원이 없었다. 고아가 생긴 경우는 암묵적으로 친척이나 이웃이 고아원에 데려가도록 주선했다.

영국의 고아 구제운동은 영국 본토에 비해 식민지 쪽이 건전하다고 생각되어 북아메리카나 오스트레일리아로 많은 어린이를 내보내기 시작했다. 이런 어린이 가운데는 본국에 친척이나 연관 있는 사람

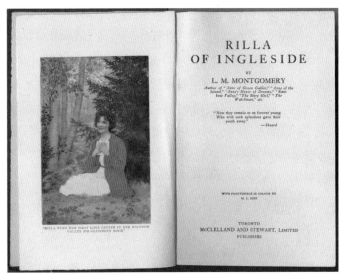

《아들들 딸들》(1921) 속표지

이 있기도 했으나 변명의 여지가 없었다. 형제자매 때로는 쌍둥이조차도 따로따로 떼어 놓았고, 일단 어린이를 받아들일 집이 결정되면 그 뒤의 사정을 돌보는 일은 없었다. 특히 약한 입장에 있는 소녀들은 고용인들의 위안용으로 제공되는 일도 적지 않았다.

이렇게 런던 뒷골목에서 전원지대로 보내진 어린이들은 주로 농장 노동자로 자랐다. 1868년에 어린이 수출이 시작되어 1874년에는 이미 항의 소리가 나오고 있었으나, 그 뒤에도 이에 구애받지 않고 이어졌다. 1939년 제2차 세계대전 직전 영국에서는 고아를 실은 마지막 배가 항구를 떠났다. 전쟁으로 일손이 부족해진 영국이 고아수출을 그만두게 된 것이다.

1891년 토론토에 '어린이원조협회(CAS)'가 설립되었다. 이런 종류의 것으로는 캐나다에서 제1호였다. 핼리팩스에서는 1905년에 CAS가 결성되었으나 1914년까지밖에 존재하지 못하고, 그 뒤 동물애호협회가 공식적으로 이 일을 인계받았다. 어린이보호법이 노바스코샤에서 처음으로 정해진 것은 1906년의 일이었다.

문학에서는 세기가 바뀔 무렵 '고아소설'이 폭발적으로 유행했다. 이것은 어린이나 어린이와 사회와의 연관에 대하여 새로운 생각의 표현이 반영된 것으로 볼 수 있다. 《그린게이블즈 빨강머리 앤》이 세상에 나온 1년 뒤인 1909년에는 프린스 에드워드 섬에도 CAS가 설립되었으나, 이 단체가 주로 다룬 것은 비행을 저지른 어린이들이었다. 보호자를 필요로 하는 어린이들을 보호하기 위한 법이 제정된 것은 1910년의 일이었다.

낙관적 기질, 지적 발달, 귀부인 같은 몸놀림 등은 앤이 지니고 있는 남다른 장점이지만, 그런 것들은 자칫 잘못하면 성장과정에서 사라질 가능성이 높다. 본디 그녀는 애초부터 살아남을지 어떨지조차 의심스러웠던 것이다.

앤은 생후 3개월이라는 사망률이 높은 시기에 토머스 부인이 돌보게 되었다. 토머스 부인은 가난하고 남편은 심한 술주정꾼이었다. 뒤에 앤은 해먼드 부인의 세 쌍둥이를 돌보게 된다. 그러나 작품 어디에도 앤이 심한 일을 해서 병이 났다는 이야기는 없다.

이것은 《무지개골짜기》의 메리 밴스와는 정반대이다. 메리는 자신이 중병에 걸렸거나 죽어가고 있었다는, 피가 얼어붙는 것 같은 경험을 말하고 있다. 고아원은 특히 전염병이 퍼지기 쉬웠으므로, 앤이 고아원에 있었다고 해도 완전히 안전했다고는 할 수 없다.

앤은 개신교 시설에 들어갈 수 있는 자격을 갖추고 있었다. 로마 가톨릭의 시설은 곤궁한 자는 모두 인수해야 했으므로 정원을 초과하는 일도 가끔 있었다. 그러나 개신교계 고아원은 입소자를 선별할 수가 있었다. 그래서 '구해 줄 만한 아이'만을 선정하였다. 구해줄 가치가 없는 빈민, 주정뱅이, 게으른 자 등은 문전에서 쫓겨났다. 또 가난한 부모의 아들과 딸보다는 아예 부모가 없는 고아 쪽이 환영받았다. 나중에 친권을 주장하면 곤란해지기 때문이다. 개신교 시설에는 보호하고 있는 고아의 혈연관계인 자가 시설의 조치에 관여할 수 없

Assassination of Archduke Franz Ferdinand of Austria

On 28 June 1914, Archduke Franz Ferdinand of Austria, heir presumptive to the Austro-Hungarian throne, and his wife, Sophie, Duchess of Hohenberg, were shot dead in Sarajevo, by Gavrilo Princip, one of group of six Bosnian Serb assassins coordinated by Danilo Ilić. The political objective of the assassination was to

제1차 세계대전 촉발 '오스트리아 프란츠 페르난도 황태자 암살되다'라는 1914년 6월 28일자 신문기사 급보를 펼쳐보는 수전의 이야기를 시작으로 제8권이 전개된다. 사진은 암살 직후 체포되는 세르비아 청년.

도록 하는 규칙이 있었다.

적출자—곧 정당하게 결혼한 부모에게서 출생한 아이들은 입소를 인정받는 중요한 조건이었다. 스코틀랜드 고원지대를 고향으로 하는 선조를 가진 프린스 에드워드 섬 사람들은 미혼모가 낳은 아이들은 일생 동안 남에게 봉사하는 신분을 피할 수 없다고 생각하고 있었다.

앤은 이러한 조건을 모두 갖추고 있었다. 열병으로 죽은 부모는 둘 다 교사라는 사회적 신분이 높은 사람들이었다. 《첫사랑》에서 자신이 태어난 집을 방문했을 때, 앤은 부모가 서로 사랑하고 있었다는 사실을 알게 되었다. 이것도 예외라고 할 수 있다.

이와는 대조적으로 《무지개골짜기》에서 메리 밴스는 한층 더 사실적으로 묘사되어 있다. "우리 엄마는 목을 맸고, 아버지는 목을 찔러 죽었어." "무시무시하구나, 왜 그랬지?"라는 물음에 대하여 "술 때문이

리스크데일의 제16대대 많은 젊은이들이 세계대전 참전을 위해 집결하고 있다. 작품 속 글렌 역의 떠나는 병력 속에는 월터가, 배웅나온 사람들 속에는 동생 릴러가 있었다.

야”라고 메리는 짧게 대답한다.

주위에 고아를 멸시하는 풍조가 있다면, 어린이의 자아성장은 곤란하게 된다. 자신이 놓인 상황을 어떻게 할 수도 없고, 주체성이 길러지지도 않으며, 쌓인 원한만 부추기게 될 것이다.

조지 파이는 퀸즈아카데미에서 앤에게 흥미를 가진 남자아이에게 찬물을 끼얹는 것 같은 말을 한다.

“그 애는 커스버트네에서 길러주는 고아로 그 전에는 어떻게 지냈는지 아무도 모른다고 가르쳐 줬어.”

따라서 매슈가 “하지만 우리들이 저 애에게 쓸모 있을지도 모르지”라는 식으로 말한 것은 이례적인 일이다. 그야말로 진실한 그리스도교적 자애정신의 본보기라고 해야 할 것이다.

머릴러도 편견만 갖고 있었던 것은 아니다. 예정대로 남자아이였다면 부엌 한쪽의 긴 의자에서 재우면 되었겠지만, 앤에게는 2층 침실을 주었던 것이다. 일반적으로 남자아이에게는 일을 가르칠 수 있어

적십자 단원들과 함께한 모드(왼쪽에서 네 번째) 1914~18년까지 치러진 세계대전으로 많은 젊은이들이 희생되었고, 이에 따라 수많은 전쟁고아가 생겨나, 이는 사회문제로 대두되었다. 이 시기에 고아를 소재로 한 소설들이 봇물을 이루게 된다. 모드의 작품도 예외는 아니다.

서 중하게 여겼으나 다만 개신교 신자라는 조건이 붙었다. 부득이한 경우는 여자아이라도 입양하지만 이 때 종교는 문제삼지 않았다.

고아가 받을 수 있는 교육은 한정된 것이었다. 그 가운데에서 앤 셜리는 아주 특이한 존재라고 할 수 있다. 고아와 빈민은 신분에 알 맞은 취급을 받아야 한다는 생각이 일반적이었다. 1854년에 해밀턴의 구두제조공이 고아소년을 데려오고 싶다고 신청했으나 거부당했다. 고아에게는 농사일이나 하인 일이 알맞다는 이유에서였다.

앤은 시험을 쳐서 수석으로 입학하고 교사자격증을 얻기 위한 퀸 즈아카데미에서 대학 장학금을 받는 자격을 얻게 된다. 작자인 몽고메리조차 앤이 빠른 시기에 학교에서 성공을 거둔 것은 "너무 잘되어서 예술적 가치를 손상하고 있다"라고 말하고 있다. 앤은 학교 선생이 되고 다시 의사와 결혼함으로써 사회적 지위를 상승시킨다. 하층계급 메리 밴스가 상점주인의 아내로 들어앉은 것도 잘된 일이라고 말해야 할 것이다.

모드의 막내아들 스튜어트, 남편 이완과 큰아들 체스터 온타리오 노발에서.

고아를 데려오는 형식에는 양자 입양, 양육의 위탁, 기한부 일하기 등 여러 가지가 있었으나, 실질적인 내용에는 큰 차이가 없었다. 어느 쪽이 되어도 심한 노동과 학대가 기다리고 있을 뿐이었다. 그렇지만 앤의 경우는 다른 고아들처럼 일하게 되지는 않았다.

앤의 경우에도 최악의 경우 블뤼엣 부인에게 보내질 가능성이 없지 않았다. 현실적으로는 머릴러 같은 인물보다 그쪽으로 가게 될 가능성이 더 컸으며, 그때까지 앤은 보살핌을 받기보다 일만 심하게 했던 것이다. 《무지개골짜기》에서 메리 밴스는 멍든 자국을 보이며 보호자인 와일리 부인에게서 받은 학대 이야기를 하고 더 심한 곳으로 가게 되기 전에 "악마와 함께 있는 편이 낫다"며 달아나 버린다.

1914년 이후 고아에 대한 사람들의 견해는 바뀌기 시작했다. 1914년 노바스코샤의 빈민수용소에는 아직 어린이들이 있었다. 빈민수용소 규정을 정한 주법은 1958년에야 가까스로 무효가 되었다. 여기에서도 1920년이 되어서야 CAS가 계속 활동을 하게 되었다.

제1차 세계대전은 사회적 변화에 속도를 더했다. 조국을 위하여 목숨을 버린 영웅들의 아이들을 멸시하는 일이 어찌 가능한가.《아들들 딸들》에서 릴러는 아버지가 돌아오지 않으면 짐스를 그대로 기르려고 결심하는데, 이것은 전쟁고아를 돌보아야 한다는 세상의 사정을 암시하고 있는 것이다.

1960년대에 이르러 고아원이 폐쇄되기 시작했다. 핼리팩스 고아원이 문닫은 것

옥스브리지스콧 박물관에 전시되어 있는 유화 〈루시 모드의 한때〉
루시의 젊은 시절 모습. 배경 위쪽의 범선은 당대의 가장 유명한 마르코 폴로호이다. 1887년 7월 25일, 8세의 모드는 이 범선을 보았다. 그날은 이 배가 침몰한 날이었다. 이 침몰 사건은 모드의 문학 이력에 큰 영향을 미쳤다. 배경의 아래 그림은 작품 속의 앤과 그린게이블스의 모습이 표현되어 있다.

은 1969년의 일이었다. 최근에는 공화당 사람들이 희망없는 어린이들을 위하여 고아원을 세울 것을 제의하고 있다.

앤은 고아로서는 예외일지도 모른다. 그러나 어리고 약한 처지에 놓인 어린이들에게 가정이라는 것이 얼마나 중요하며, 또한 그들을 애정어린 마음으로 돌보는 게 얼마나 소중한 일인가를 가르쳐 주고 있다. 따라서 앤은 우리들에게 더욱 귀중한 존재라고 해야 할 것이다.

몽고메리의 작품 속에는 앤과 같은 고아가 많이 등장한다. 몽고메리 자신은 고아가 아니었지만, 어렸을 때 어머니가 결핵으로 죽고, 아

버지는 개발 붐이 한창이던 서부로 떠났다. 때문에 몽고메리 자신 멜로드라마의 주인공 같았으므로 스스로에게 연민을 느꼈다.

몽고메리는 여느 사람들과 다른 자신의 개인적인 환경과 처지를 바탕으로 여기에 상상력을 동원해 앤 이야기를 펼쳐 나가려고 생각했다. 그런데 몽고메리는 스스로가 특별한 존재가 아니라는 것을 차츰 인식하게 되었다.

샬럿타운에서 만난 M부인의 이야기를 들었을 때 몽고메리 자신의 인생사를 듣는 것 같았다. M부인은 여든 살이 넘은 노부인이었다. 아버지는 프린스 에드워드 섬에서 태어났고 은행원이었는데, 신천지를 건설중이던 서부 앨버타 주에 부임했다. M부인은 앨버타 주에서 태어났다. 앨버타는 몽고메리가 재혼한 아버지와 얼마 동안 살았던 서스캐처원 주 옆에 있다.

그런데 어머니가 죽고 아버지의 형편도 어려웠으므로 다섯 살 때 외할머니를 따라 아버지가 태어난 프린스 에드워드 섬으로 가 조부모 밑에서 성장했다. 아버지는 그 뒤 프린스 앨버트에서 재혼하여 쌍둥이와 또 한 아이를 낳았고, 은행업을 포기한 뒤 주정부의 공무원이 되었다.

외갓집 조부모에게는 두 딸이 남아 있었는데, 모드에게는 이모가 되는 두 자매는 몸에 장애가 있었다. 두 자매는 매우 사이가 좋았으나, 부모의 사랑을 받지 못해 매우 쓸쓸하게 지냈다. 그러나 교육은 철저하게 받았는데, 동생은 퀸즈아카데미의 모델인 몽고메리의 모교 프린스 오브 웨일즈 칼리지를 졸업한 뒤 몬트리올에 있는 맥길 대학까지 진학해 언니의 남자친구였던 M씨와 결혼했다.

지금의 관점으로는 파란만장한 인생처럼 보이지만, 그즈음에는 그리 드문 일도 아니었다. 또 가난한 사람들의 떠돌이 이야기도 아니었다. 이런 요소는 몽고메리도 매우 비슷했다. 몽고메리를 서부의 아버지에게 데려다 준 이는 친할아버지였는데, 그는 프린스 에드워드 섬

프레더 캠벨의 무덤 모드의 사촌이자 가장 친했던 친구 캠벨의 묘. 제1차 세계대전이 끝난 이듬해인 1919년 36세의 젊은 나이로 죽어 파크코너 묘지에 묻혔다. 제8권 《아들들 딸들》은 캠벨에게 헌정되었다.

에서 선출된 국회의원이었기에 여행 중에 특별열차를 임시로 정차시켜 타기도 하였다.

외할아버지도 처음에는 마차를 판매하다가 뒤에 자동차판매업으로 사업을 확장시켜 경제적으로 풍족했고, M씨는 옷가게로 출발하였으나 뒤에 샬럿타운의 번화가에서 백화점을 경영하는 사업가가 되었다. 파란만장하다거나 멜로드라마 같았다고 생각한 인생은 사실상 일반적인 생활이었다.

이 제8권 《아들들 딸들 *Rilla of Ingleside*》(1921)로 앤의 이야기는 일단 끝이 난다. 9·10 두 권에서도 앤은 이따금 등장하지만 앤 연대기가 아닌 애번리 연대기, 즉 앤이 성장한 애번리 마을사람들이 주역으로 나온다. 앤과 길버트는 행복한 가정을 이루고, 막내딸 릴러가 화려하게 새출발하여, 앤의 인생은 돌고 돌아 하나의 수레바퀴를 만든다.

김유경
숙명여자대학교 미술대학 서양화 전공(부전공 영문학) 졸업
창작미협전 「정월」 특선 목우회전 「주왕산」 입상
지은책 「조선 열두달 이야기」 옮긴책 「잉걸스·초원의 집」
「몽고메리·앤스북스」 10권

Lucy Maud Montgomery
ANNE OF GREEN GABLES

ANNE

8
아들들 딸들
루시 모드 몽고메리/김유경 옮김
1판 1쇄 발행/2002. 1. 1
2판 1쇄 발행/2004. 6. 1
3판 1쇄 발행/2014. 5. 5
3판 3쇄 발행/2019. 4. 20
발행인 고정일
발행처 동서문화사
창업 1956. 12. 12. 등록 16-3799
서울 중구 다산로 12길 6(신당동 4층)
☎ 546-0331~6 (FAX) 545-0331
www.dongsuhbook.com

＊

＊
사업자등록번호 211-87-75330
ISBN 978-89-497-0852-2 04840
ISBN 978-89-497-0844-7(전10권)

한국독서대상수상

올컬러 ANNE 총10권

그린 게이블즈 빨강머리 앤 | 루시 모드 몽고메리 | 김유경 옮김 | 동서문화사

1 만남 큰 눈에 주근깨투성이 빨강머리 앤이 꿈에 그리던 따뜻한 보금자리 그린게이블즈에서 지내는 소녀시절. 아름다운 마을에서 펼쳐지는 우정, 갈등, 행복, 사랑 이야기.

2 처녀시절 초등학교 신임교사로서 바쁜 나날을 보내는 열여섯 살 앤의 가을부터 이야기는 시작된다. 소녀에서 한 여성으로 성장해가는 앤의 정겨운 나날이 펼쳐진다.

3 첫사랑 앤의 즐거운 학창시절. 하지만 괴로움으로 마음이 요동치는 밤도 있었다. 꿈에 그리던 대학에서 공부하며 진정한 사랑에 눈떠가는 과정이 아름답게 펼쳐진다.

4 약속 서머사이드 중학교의 교장으로 부임한 앤을 맞이하는 사람들의 적의 시선. 다고난 유머와 인내로 곤경을 헤쳐 나가는 젊은 여성의 개성 넘치는 모습을 그리고 있다.

5 웨딩드레스 앤과 길버트는 해변 '꿈의 집'에서 달콤한 신혼생활을 보낸다. 특별한 이웃에 둘러싸여 행복하게 살아가는 둘에게 드디어 귀여운 아이도 태어나는데…….

6 행복한 나날 의사인 남편 길버트를 도와 여섯 아이를 기르게 되고 친구를 맞으면서 바쁜 나날을 보내는 앤. 삶을 사랑하며 행복하게 살아가는 것은 더없이 멋진 일이다.

7 무지개 골짜기 '무지개 골짜기'에서 황홀한 나날, 순수한 꿈과 바람은 어른들에게 천사의 목소리로 울려온다. 자연과 인간 마음을 아름답게 그려낸 주옥같은 스토리.

8 아들들 딸들 세계대전이 일어나 아들과 딸의 연인들이 잇따라 출정을 하게 된다. 전쟁에서 사랑하는 사람을 잃은 슬픔을 견뎌내는 어머니 앤과 막내 릴러의 의연한 모습.

9 달이가고 해가가고 15년 만에 이루어진 사랑, 말 못하는 소녀를 구원하는 젊은 교사의 헌신적 애정 등, 앤 주위 사람들이 만들어가는 마음 따뜻한 주옥같은 이야기들.

10 언제까지나 신시어 숙모의 고양이는 어디로? 샬럿의 옛 애인은 누구? 언뜻 평온하면서도 뜻 깊은 애번리 여러 사건들, 그리고 감동적인 크리스마스 이야기가 펼쳐진다.